징깽맨이

징깽맨이 하근찬 전집 14

초판 1쇄 발행 2025년 10월 24일

지은이 하근찬
펴낸이 강수걸
편집 오해은 강나래 이선화 이소영 이혜정 한수예 유정의
디자인 권문경 조은비
펴낸곳 산지니
등록 2005년 2월 7일 제333-3370000251002005000001호
주소 부산시 해운대구 수영강변대로 140 BCC 626호
전화 051-504-7070 | 팩스 051-507-7543
홈페이지 www.sanzinibook.com
전자우편 sanzini@sanzinibook.com
블로그 http://sanzinibook.tistory.com

ISBN 979-11-6861-526-7 04810
ISBN 978-89-6545-749-7 (세트)

＊본 전집은 백신애기념사업회가 영천시의 지원을 받아 제작되었습니다.

하근찬 전집 14

징깽맨이

산지니

밑바닥을 향한 진실한 시선

세상은 속도에 차이는 있겠지만 늘 변해왔다. 그 변화에 사람들은 순응하기도 하고 저항하기도 하면서 발걸음을 맞춰왔다. 좋은 작가에게 우리가 거는 기대가 있다면, '새로운 눈'으로 세상의 변화를 보여주는 것이다. 작가가 보여주는 세계는 새로운 세상의 창조와 같다. 작가가 개성적으로 바라보는 창조적 관점은 세계에 새로운 옷을 입히는 것과 같기 때문이다.

하근찬은 한국전쟁 이후의 상처를 민중의 관점에서 어루만지면서 '치유의 서사'를 펼쳐 보인 좋은 작가다. 그는 전쟁 이후의 혼란한 세계 속에서 '새로운 눈'으로 창조적 소설 작품을 써낸 존재다. 진실을 향한 집념을 가진 작가는 좋은 작품들을 남긴다. 하근찬은 '새로운 눈'과 '진실을 향한 집념'으로 사실의 기록자에 머물지 않고 진정한 창작자가 되었다.

작가는 맑고 정상적인 눈을 가져야 한다. 건강한 눈으로 항상 세상을 골고루 넓게, 그리고 똑바로 바라보아야 한다. 똑바로 바라본다는 것은 바꾸어 말하면 어떤 현상의 밑바닥에 흐르는 진실을 꿰뚫어 보아야 한다는 뜻이다.

세상을 골고루 넓게 바라보는 것도 중요하지만, 똑바로 바라보는, 즉 꿰뚫어 보는 안광이 작가에게는 더욱 중요하다. 그렇지 않고서는 세상이 빚어내는 갖가지 일들의 의미를 파악할 수가 없는 것이다.(하근찬, 「진실을 꿰뚫어야 하는 안광(眼光)」, 『내 안에 내가 있다』, 엔터, 1997, 274쪽.)

하근찬은 세상을 바라보는 '눈'에는 두 가지가 있다고 보았다. 하나는 '세상을 골고루 넓게' 바라보는 눈이고, 또 하나는 '세상을 똑바로' 바라보는 눈이다. 그렇다면 작가가 강조하는 '똑바로 바라보는 눈'이란 무엇일까? 그것은 나타나는 현상에만 머물지 않고, 그 현상의 밑바닥에 있는 원인을 꿰뚫는 혜안을 말한다. '사건이 있었네!'에서, '왜 이 사건이 일어났을까?'라고 질문하는 탐구정신이기도 하다. 하근찬은 '바로 본다는 것'은 보이는 것에만 시선을 두지 않고, "밑바닥에 흐르는 진실"을 밝히는 것이라고 했다. 진실을 위해서는 깊이, 그리고 많이 생각해야 하고, 현상 이면에 담긴 원리와 작용하는 힘을 밝혀내는 노력을 해야 한다.

하근찬은 밑바닥에 흐르는 진실을 탐구한 작가였다. 웅숭깊은 그의 이 시선과 거룩한 문학적 성취는 한국문단에서 보기 드문 문학적 자산이다. 그럼에도 그의 문학세계를 전체적으로 살필 수 있는 전집이 없었으며, 참고할 만한 좋은 선집도 간행되지 못했다는 것은 참으로 안타까운 일이었다.

하근찬 탄생 90주년을 맞아 구성된 '하근찬 문학전집' 간행위원회는 다음과 같은 목표를 설정하였다.

첫째, 하근찬 작품 세계 전체를 충실히 복원하고자 했다. 그간 하근찬의 소설세계는 단편적으로만 알려져 있었다. 하근찬의 등단작 「수난이대」는 일제강점기와 한국전쟁으로 이어져온 민중의 상처를 상징적으로 치유한 수작이다. 그러나 그의 문학세계는 「수난이대」로만 수렴되는 경향이 있었다. 하근찬은 「수난이대」 이후에도 2002년까지 집필 활동을 하면서, 단편집 6권과 장편소설 12편을 창작했고 미완의 장편소설 3편을 남겼다. 문업(文業)만으로도 45년을 이어온 큰 작가였다. '하근찬 문학전집' 간행위원회는 하근찬의 작품 세계를 '중단편 전집' 8권과 '장편 전집' 13권으로 나눠 총 21권을 간행함으로써, 초기의 하근찬 문학에 국한되지 않는 전체적 복원을 기획했다.

둘째, 하근찬 문학세계의 체계적 정리, 원본에 충실한 편집, 발굴 작품 수록을 통해 자료적 가치를 확보하려고 노력했다. 하근찬 문학전집은 '중단편 전집'과 '장편 전집'으로 구분하여 간행했다. 먼저 '중단편 전집'은 단행본 발표 순서인 『수난이대』, 『흰 종이수염』, 『일본도』, 『서울 개구리』, 『화가 남궁 씨의 수염』을 저본으로 삼았다. 이때 각 작품집에 중복 수록된 작품은 제외하여 편집하였다. 또한 단행본에 수록되지 않은 알려지지 않은 하근찬의 작품들도 발굴하여 별도로 엮어냈다. 이를 통해 전집의 자료적 가치를 높였다. 다음으로, 장편의 경우 하근찬 작가의 대표작인 『야호』, 『달섬 이야기』, 『월례소전』, 『산에 들에』 뿐만 아니라, 미완으로 남아 있는 『직녀기』,

『산중 눈보라』,『은장도 이야기』까지 간행하여 전체 문학세계를 조망할 수 있도록 했다.

셋째, 젊은 세대들의 감각과 해석을 반영하여 그의 문학에 새로운 생명력을 불어넣고자 했다. 하근찬의 작품세계가 펼쳐 보이고 있는 한국현대사의 진실한 풍경들도 젊은 세대들에 의해 읽히지 않으면 의미가 반감될 수밖에 없다. 하근찬 문학의 새로운 해석의 발판을 마련하기 위해, 젊은 연구자들의 충실하고 의미 있는 해설을 덧붙였다. 또한, 개작, 제목 바뀜, 재수록 등을 작품 연보에서 제시하여 실증적 가치를 높이기 위해서도 노력했다.

한 작가의 문학적 평가는 전집이 간행되었을 때 비로소 그 발판이 마련된다고 한다. 1957년에 등단, 집필기간만도 45년의 문업을 이루어온 장인적 작가에 대한 본격적 연구의 발판이 60여 년이 지난 이제야 비로소 마련되었다는 것은 안타까운 일이다. 하근찬의 문학세계에 대한 새로운 조명이 2021년 문학전집 간행과 함께 활기를 띨 수 있기를 기대한다.

2021.10.
『하근찬 문학전집』간행위원회
송주현 · 오창은 · 이정숙 · 이중기 · 장수희

일러두기

1) 『하근찬 중단편전집』과 『하근찬 장편전집』은 하근찬의 소설세계를 일반 독자들에게
   널리 소개하고, 그 문학적 의미가 현대적으로 재해석되도록 하는 데 목적이 있다.

2) 이 책의 작품 수록 순서는 단행본으로 발표된 순서에 따랐으며, 출전을 작품의
   끝부분에 밝혀두었다.

3) 작가가 지문에서 사용한 방언과 비표준어는 작품을 훼손하지 않는 범위 내에서
   현대어로 바꾸었으며, 작가가 의도적으로 구분해서 사용한 '목덜미'와 '목줄기'는
   그대로 살렸다.

4) 작가 고유의 표현은 그대로 살렸다.
   예 : 오리막(오르막), 고깃전(어물전), 변솟간(변소), 동넷방(동네 방), 생각키는/
   생각히는(생각나는) 등.

5) 한 작품에서 같은 뜻의 단어를 표준어와 비표준어 또는 방언을 혼용해서 사용한 경우
   하나로 통일했다.
   예 : 뒤안/뒤란 → 뒤안, 복받치는/북받치는 → 복받치는, 무신/무슨 → 무슨,
   잘몬/잘못 → 잘못, 부스스/부스스 → 부스스, 돋우다/돋구다 → 돋우다 등.

6) 다음과 같은 표현은 어법에 맞게 수정했다.
   예 : 소중스리 → 소중하게, 뭐라고든지 → 뭐라든지, 칭칭하게 감은 → 칭칭 감은,
   그리고 나서 → 그러고 나서

7) 영어 표현의 경우 현행 '외래어표기법'에 따르는 것을 원칙으로 했다.

차례

꿈속의 징

낙엽이 지고 있었다. 교수실 창밖으로 내다보이는 은행나무의 노오랗게 단풍이 든 이파리가 한 잎 두 잎 바람도 없는데 나부껴 떨어지고 있었다.

고즈넉한 오후였다. 현중하는 가벼운 오수(午睡)를 느끼며 가만히 창밖을 내다보고 있었다. 가을 오후의 삼삼한 햇살 속으로 나부껴 떨어지는 은행잎이 마치 노오란 나비들의 낙하처럼 느껴졌다.

현중하는 은행잎을 무척 좋아한다. 이파리로서 꽃처럼 아름다운 것은 은행잎이 아닌가 생각한다. 어린 시절부터 그렇게 생각했었는데, 그 생각은 육십을 바라보는 지금도 변함이 없다. 푸른 은행잎도 좋지만, 노오랗게 단풍이 든 은행잎은 꽃 못지않게 화사하다.

현중하는 포켓에서 담배를 꺼냈다. 그러나 얼른 한 개비를 뽑아내질 않고 조금 망설인다. 피울까 말까…… 피우고 싶은 욕구를 억눌러보려고 애를 쓴다. 그러나 잘 되지가 않아 결국 한 개비를 뽑아 들고 불을 붙이고 말았다.

혈압이 약간 높아졌으니 술과 담배를 끊는 것이 좋고, 커피나 설탕이 많이 든 것, 짠 음식 같은 것은 피하는 게 좋다는 의사의 권고를 들은 뒤로 현중하는 우선 술을 끊었다. 그리고 담배를 끊으려고 지금 노력하고 있는 중이다. 술을 끊는 것도 무척 힘이 들었지만, 그에 못지않게 담배는 좀처럼 끊어지지가 않는다. 알코올보다 니코틴의 마력이 훨씬 강한 모양이다.

담배연기를 푸— 내뿜으면서 현중하는 혼자서 비시그레 웃음을 지었다. 늙어간다는 것은 결국 한 가지 한 가지 일상의 욕구를 자제하고, 욕망을 끊어간다는 것을 의미하는 것 같았다. 그렇게 자꾸 하나씩 끊어나가다가 마침내는 목숨까지 끊어지고 마는 것이 인생이라고 생각하니 허망하고 쓸쓸하면서도 우스웠다.

그는 커피를 무척 좋아했다. 하루에 보통 대여섯 잔을 마셨다. 그런데 이제 그것도 하루에 딱 한 잔만 마시기로 하고 있는 것이다. 언젠가는 그것마저 깨끗이 끊어버려야 되지 않을까 생각하고 있다. 그러니까 담배와 커피만은 아직 미련을 떨쳐버릴 수가 없어서 양을 줄여 안타깝게 그 맛을 붙들고 늘어져 있는 셈이다.

바람도 없는데 하염없이 떨어져 내리는 은행잎을 내다보며 담배를 피우고 있던 현중하는 문득 간밤의 꿈 생각이 머리에 떠올랐다. 참으로 이상한 꿈을 꾸었던 것이다.

현중하는 거의 매일 밤 꿈을 꾼다고 해도 과언이 아니다. 젊었을 때나 지금이나 변함이 없는 일종의 습관처럼 되어 있다. 어떤 때는 잠자리에서 오늘 밤은 무슨 꿈을 꿀 것인가 하는 기대를 하면서 잠들기도 했다.

그가 꾸는 꿈은 크게 두 가지로 나눌 수가 있다. 흑백의 꿈과 천연색의 꿈이다. 보통 때의 꿈은 흑백의 낡은 필름이 돌아가는 듯한 그런 꿈인데, 어쩌다가 한 번씩 선명한 천연색의 꿈을 꾸게 된다. 천연색의 꿈을 꾸고 일어난 아침에는 묘하게 기분이 유쾌하다. 오늘 무슨 좋은 일이 있을 것 같은 예감이 드는 것이다. 그런 예감은 거의 적중했다. 그러니까 천연색의 꿈은 그로서는 곧 길몽인 셈이다.

간밤의 꿈도 천연색이었는데, 그 내용이 특이하다면 특이하고, 신비하다면 신비했다.

어딘지 잘 알 수 없는 낯선 시골길을 현중하는 혼자서 걸어가고 있었다. 봄철인 것도 같았고 가을인 듯도 한 그런 묘한 풍경이었다. 들녘에 가지가지 꽃들이 화사하게 피어 있는가 하면, 숲에서는 곱게 단풍이 든 나뭇잎들이 팔랑팔랑 나부껴 떨어지고 있었다. 나비가 날기도 했고 기러기 떼가 하늘 높이 날아오고 있기도 했다.

사방을 두리번거리며 걸어가던 현중하는 문득 언젠가 본 일이 있는 옛 민화 한 장이 머리에 떠올랐다. 사계절이 한 폭의 그림 속에 뒤섞여 담겨 있는 그런 풍경화였다.

지금 자신이 마치 그 민화의 풍경 속으로 걸어 들어와 있는 듯한 착각을 느끼며 현중하는,

"흠― 도대체 여기가 어딜까?"

하고 중얼거렸다.

잠시 걸어가니 이번에는 커다란 기와집이 한 채 나타났다. 지붕에 이끼가 끼기도 한 낡은 건물인데, 여염집은 아닌 것 같고 무슨 옛 관아인 듯했다. 아니나 다를까 눈여겨보니 현판에 동헌이라는 두 글자가 괴이하리만큼 굵은 획으로 쓰여져 있었다.

그 우중충한 건물을 지나자 저만큼 앞에 높다랗고 긴 방죽이 보였다. 그 방죽을 향해 현중하는 그저 걸음이 가는 대로 건들건들 걸어가고 있었다. 차츰 가까워지면서 보니 높다란 방죽 위에 사람들이 허옇게 모여 있었다. 웬 사람들일까 싶으며 현중하는 경사가 급한 방죽 비탈을 기어서 오르기 시작했다.

숨을 헐떡이고 땀을 뻘뻘 흘리며 가까스로 방죽 위에 오른 현중하는 절로 입에서,

"햐—"

탄성이 터져 나왔다.

눈앞에 마치 바다처럼 느껴지는 끝없는 넓은 호수가 펼쳐져 있는데, 그 물이 눈이 시리도록 시퍼렇고 맑았다. 아직까지 현중하는 그처럼 맑고 푸른 거대한 호수를 본 적이 없었다.

그런데 방죽 위에 허옇게 모여 있던 사람들의 모습이 어찌된 영문인지 하나도 보이지가 않았다. 그 많은 사람들이 다 어디로 사라진 것일까…… 이상하게 생각하며 두리번거리고 있는데, 방죽 저 끝으로부터 사람 하나가 걸어오고 있었다.

차츰 가까워지는데 보니 흰 바지저고리를 입고 있었고 머리에는 상투를 꽂고 있었다. 그리고 큼직한 징을 들고 있었다. 늙은 징잡이였다.

그 징잡이와 마주선 현중하는 눈이 휘둥그레지며 그만,

"헛헛허……."

웃음을 터뜨리고 말았다.

뜻밖에도 그 늙은 징잡이가 다름 아닌 바로 자기 자신이 아닌가.

"허허허 허허허……."

그 징잡이도 마주보며 웃어댔다. 웃음을 거두고 나서 징잡이는 징을 번쩍 쳐들고 징채를 냅다 휘둘렀다.

쿵— 거창하게 큰소리로 울리더니 우르릉 우르릉 우르릉— 그 여운이 길게 이어졌다. 그런데 그 다음부터는 두들기지도 않는데 징이 혼자서 쿵— 우르릉 우르릉 우르릉— 계속 울리는 것이었다.

나중에는 징잡이는 어디론지 홀연히 사라지고 엄청나게 커진 징만 호수 위에 덩실하게 떠서 청동빛으로 번들거리며 혼자서 계속 울리고 있었다.

꿈을 깬 현중하는 기분이 얼떨떨했다. 누르면서도 푸른빛으로 번들거리는 거창하게 큰 징이 아직도 눈앞에 보이는 듯했고, 혼자서 계속 울리던 그 징소리가 귓전에 얼얼하게 감돌고 있는 것 같았다. 우르릉 우르릉— 길게 이어지던 그 여운은 흡사 징의 오열처럼 느껴졌다.

참으로 이상한 꿈이었다. 바지저고리를 입고 상투를 꽂은 늙은 징잡이가 자기 자신이었다니, 두 개의 자기가 서로 마주보며 웃어댔다니 얄궂기도 했고, 우습기도 했다. 마치 지나간 역사의 어떤 한 시대 속으로 자기가 걸어 들어가 본 것 같았고, 그 시대의 상징에 접해 본 듯한 그런 꿈이었다.

현중하는 대학에서 한국사를 강의하는 역사학 교수였다. 한국의 근세사가 그의 전공이었다. 말하자면 그의 머릿속에는 한국의 역사가 가득 담겨서 늘 출렁거리고 있다고 할 수가 있다.

그러나 그는 지금까지 그런 역사적인 것과 관련되는 꿈은 한 번도 꾼 적이 없다. 꿈이란 으레 일상의 자질구레한 일과 연관이 되거나, 혹은 동떨어진 환상적인 그런 것이었지, 결코 역사의 한 시대가 배경이 되는 일은 없었다.

그런데 간밤의 꿈은 분명히 역사의 한 시대 속으로 자기가 걸어들어간 것 같다. 우중충한 건물의 현판에 틀림없는 '東軒'이라는 두 글자가 쓰여 있었고, 방죽 위에 나타난 늙은 징잡이가 상투를 꽂고 있질 않았는가. 비록 자기 자신이긴 했지만 말이다.

그리고 그 꿈이 처음부터 끝까지 선명한 천연색이었다.

길몽이라는 생각이 들면서도 현중하는 어쩐지 여느 때의 천연색 꿈과는 현저히 다른 듯해서, 도대체 오늘 무슨 일이 있으려나 하고 기대와 함께 약간 두려운 생각이 들기도 했다. 꿈의 내용이 아무래도 예사롭지가 않은 것이다.

꿈을 가지고 그날의 길흉을 점친다는 것은 우스운 일이라고 현중하는 생각해 왔다. 그러나 노년으로 접어들면서부터는 전혀 허황된 일도 아니로구나 하고 고개를 끄덕이게 된 것이다. 실제로 꿈이 간혹 그날의 예시적 역할을 하는 터이고, 특히 천연색의 꿈을 꾸었을 경우에는 큰일이든 하찮은 일이든 좌우간 무슨 좋은 일이 있기 마련이니 말이다.

그래서 아침에 잠을 깨면 현중하는 으레 간밤에 꾼 꿈을 더듬어보고, 그날의 길흉을 예측해보는 버릇을 지니게 되었다. 늙어가는 일종의 망령이라고도 할 수 있겠으나, 어쨌든 그 일에 재미까지 느끼고 있는 것이다.

아침 식탁에서 현중하는 간밤의 꿈 이야기를 꺼냈다.

"어젯밤에는 참 이상한 꿈을 꾸었지 뭐야."

"무슨 꿈인데요?"

영지가 물었다. 영지는 금년에 대학을 졸업하고 '한국여성'이라는

16

잡지사에 근무하고 있는 햇병아리 잡지기자다. 일남이녀 가운데 막내딸이다.

첫딸인 영은은 출가를 했고, 아들 영두는 미국에 유학을 가 있다. 그러니까 지금은 가족이 셋이다.

유혜선 여사는 힐끗 남편을 바라보며 또 꿈 얘기로군 싶은 듯 시들한 표정을 지었다.

"무슨 꿈인가 하면, 내가 어느 시골길을 가는데 글쎄, 봄인지 가을인지 뒤죽박죽이지 뭐야. 꽃도 피고, 낙엽도 지고……."

현중하는 꿈 얘기를 늘어놓기 시작했다.

"한참 걸어가니까 덩실하게 큰 기와집이 한 채 나타났는데, 그게 옛날의 관아 아니겠어. 현판에 동헌이라는 두 글자가 큼직하게 쓰여 있더라니까."

영지는 얼른 머리에 와 닿지가 않는 말이 있었다.

"동헌? 동헌이 뭐예요?"

"동녘 동(東) 자, 초헌 헌(軒) 자, 옛날 고을 원이 정사를 보던 곳 말이다."

"아, 동헌. 알아요."

"그 동헌을 지나니까 커다란 방죽이 나타났고, 방죽 위에 사람들이 허옇게 모여 있지 뭐야. 그런데 내가 땀을 뻘뻘 흘리며 그 방죽 위에 기어 올라가 보니까 글쎄, 그 많던 사람들이 어디로 갔는지 하나도 보이지 않고, 상투를 꽂은 늙은 징잡이가 한 사람 나타나지 않겠어."

"징잡이?"

"징 치는 사람을 징잡이라 그러지. 그런데 말이야, 그 징잡이가 누군고 하면…….”

“누군데요?”

“바로 나지 뭐야.”

그러자 유혜선이,

“히히히…….”

참 시시하면서도 우습다는 듯이 킬킬거렸다.

“아버지가 상투를 꽂고 징을 들고 나타났다는 말이에요? 그럼 아버지가 두 사람이었네요.”

영지도 재미있다는 듯이 미소를 지었다.

“글쎄, 꿈이지만 참 얄궂더라니까. 그런데 그 상투를 꽂은 내가 징을 치니까 쿵 우르르— 쿵 우르릉 우르릉— 계속 울리는 거야. 마치 징의 울음소리 같더라니까. 이상한 꿈이지?”

숟가락질을 하면서 가만히 듣고 있던 영지가 불쑥 말했다.

“동학란 아니에요?”

“뭐? 동학란?”

“예, 어쩐지 동학란의 꿈같은데요. 전봉준이 처음 봉기를 한 게 만석보에서였잖아요. 누구더라, 그 못된 고부군수…….”

“조병갑이지.”

“예, 그 조병갑의 수탈에 못 견뎌 만석보에서 봉기를 시작했잖아요. 어쩐지 그때 일과 비슷한 느낌이 드는 꿈인데요.”

“글쎄, 그러고 보니까…….”

현중하는 곧장 고개를 끄덕였다. 전봉준의 만석보 봉기와 분위기가 비슷할 뿐 아니라, 오열과도 같았던 징소리가 실패로 돌아가고 만 동학혁명을 상징하는 듯했다.

"전봉준인지 만석본지…… 시간 늦어요. 오늘 첫 시간부터 강의가 있는 날이잖아요. 너도 출근 늦겠다. 어서 밥이나 먹어."

유혜선은 아침부터 허황된 꿈 얘기로 능장을 부린다 싶어 찬물을 끼얹듯 심술궂게 말했다.

은행잎이 나부껴 떨어지고 있는 창밖을 내다보며 현중하는 동학 혁명과 연관이 되는 듯한 꿈을 꾸다니…… 도대체 무슨 예시일까 하고 생각에 잠기다가 졸음이 와서 크게 하품을 하고 있는데, 따르 릉— 전화벨이 울렸다. 수화기를 들자,

"현 교수님이죠? 여기 총장실인데요. 총장님이 곧 좀 오시래요."

여직원의 여린 목소리가 들려왔다.

난데없는 총장의 호출이라니, 무슨 일일까…… 싶으며 현중하는 자리에서 일어났다. 그리고,

"아으윽—"

크게 기지개를 한번 켜고 교수실을 나섰다.

총장실로 들어선 현중하는 응접 소파에 푹신히 묻혀 앉아 있는 박원일 총장의 표정부터 얼른 살폈다. 박 총장의 얼굴에는 은은한 미소가 떠오르고 있었다. 현중하는 대뜸 나쁜 일은 아니로구나 싶었다.

박원일 총장은 연세가 육십 중반이었으나 아직 얼굴에는 젊은이 못지않은 생기가 남아 있고, 그러면서도 오랜 교육자 생활에서 근엄한 권위 같은 것이 깃들어 보였다. 평소에 웃는 일이 드문 그런 타입이었다. 그런데 그 얼굴에 은은한 미소가 내비쳤다면 무슨 좋은 일이 있는 게 틀림없는 것이다.

"부르셨습니까?"

"예, 이리 앉으세요."

현중하는 박 총장의 맞은편 소파에 궁둥이를 내렸다.

"요즘 날씨가 무척 좋지요?"

박 총장은 힐끗 창 쪽으로 한번 시선을 주며 한가롭게 날씨 얘기부터 꺼냈다.

"예."

현중하의 얼굴에도 절로 부드러운 웃음이 감돌았다.

"단풍이 한창일 텐데……."

"그렇죠."

"단풍은 내장산이 제일이죠?"

"맞습니다. 설악도 좋고 속리산도 괜찮죠."

"내장산이 전라북도던가요, 남도던가요?"

"전라북도죠. 정읍 근처에 있습니다."

현중하는 혹시 박 총장이 같이 내장산에 가자는 게 아닌가 싶어 어쩐지 기대에 어긋나는 듯 가벼운 실망을 느끼면서도 한편 조금 우습기도 하고, 재미있다 싶기도 했다.

"내장산에 한번도 안 가보셨습니까?"

"왜요, 가봤지요. 십여 년 전에 한번 가봤어요."

그리고 박 총장은 잠시 말이 없었다. 마치 무슨 생각에 잠기는 듯 얼굴에 근엄한 기색이 떠오르고 있었다.

현중하는 가만히 박 총장의 다음 말을 기다렸다.

"현 선생, 다름이 아니라 저……."

박 총장은 무겁게 입을 열었다. 그 어조로 보아 단풍 구경은 아니라는 것을 현중하는 대뜸 느낄 수가 있었다.

"한 가지 무거운 직책을 맡아주었으면 하고……."

"뭔데요?"

"우리 학교에 새로 민속박물관을 하나 짓고 있잖아요? 그 박물관의 관장직을 맡아주었으면 하는 거죠."

"제가요?"

"예, 현 선생이 가장 적임자가 아닌가 생각되어서요."

뜻밖의 일이었다. 학교에서 민속박물관을 신축하고 있다는 것은 현중하도 익히 알고 있고, 그 박물관은 명년 가을 대학 개교 30주년 기념일에 개관을 한다는 것도 잘 알고 있다. 민속박물관의 건립에 대해 교수들 사이에 찬반의 의견이 있었으나, 결국 재단이사회에서 30주년 기념사업으로 채택이 되어 지금 학교 안의 녹지인 동산 숲속에 전통적 양식의 아담한 건물이 세워지고 있는 것이다.

그러나 민속학이 전공도 아닌 자기에게 그 관장직을 맡아달라니, 현중하는 의외의 일에 약간 당황하지 않을 수 없었다.

"저는 민속학에 대해 깊이 아는 바가 없고, 또 박물관 운영 같은 것도 전혀 문외한인데, 제가 어떻게……."

현중하의 말에 박 총장은 고개를 살짝 가로저으며 다시 은은한 미소를 떠올렸다.

"그게 아니에요. 내 얘기를 들어보세요. 물론 우리 학교에 민속학 전공의 교수가 없는 건 아니지요. 그러나 나는 일부러 민속학 전공이 아닌 분을 택한 겁니다. 왜냐하면…… 비록 명칭은 민속박물관이지만 그냥 민속품을 진열해 놓는 그런 것이어서는 의미가 없다고 생각해요. 그런 박물관은 경복궁에 가도 있고, 용인 민속촌에 가면 살아서 움직이고 있는 현장까지 볼 수가 있지요. 그러나 그건 관광용에 불과해요. 대학의 민속박물관이라면 그런 식으로 겉만 보게 하는 전시적인 것이어서는 안 된다고 생각해요. 무언가 일반 민속박물관과는 다른 데가 있어야 되지요. 관광용이 아니라, 교육용이니까요."

박 총장의 얘기는 현중하를 슬그머니 끌어당기는 듯했다. 그래서 현중하는 말없이 고개를 두어 번 끄덕였다.

그런 현중하의 반응을 보자 박 총장은 기분이 좋은 듯 더욱 자신 있는 어조로 말을 이었다.

"민속박물관이기는 하지만, 민속이라는 한정된 테두리에서 벗어나 좀더 넓게 역사와도 연관이 되고, 나아가서는 무언가 철학도 담겨 있는 그런 박물관을 만들어야 되지 않을까 생각하는데, 현 선생 의견은 어때요?"

"좋은 생각이십니다. 역사와의 연관이라는 말씀을 하시니까 얼른 생각되는 것은 민속박물관은 역사 중에서도 정사 쪽보다 야사라 할까, 민간에 파묻혀 있는 설화와 전설 같은 쪽에 더 관련이 되는 게 바람직하겠군요."

"바로 그겁니다. 현 선생 입에서 바로 그런 말이 나오리라 기대했기 때문에 현 선생을 관장으로 점찍은 거지요. 허허허……."

이제 현중하의 응낙을 받은 것과 다름이 없어서 박 총장은 기분 좋게 소리를 내어 웃었다.

현중하는 어쩐지 좀 쑥스러워지는 느낌이어서 다시 한마디 했다.

"그런데 제가 관장직을 맡으면 민속학을 전공한 선생들이 반발할 것 같은데요?"

"반발하다니요. 민속학 전공으로는 나이 많은 이가 없잖아요. 내가 가만히 헤아려보니 전임으로는 두 사람 있는데, 둘 다 젊은 선생이에요. 민속학을 전공한 분에게 관장직을 맡기고 싶어도 적임자가 없어요. 아직 사십도 안 된 사람을 관장직에 앉힐 수는 없잖아요? 물론 그 두 선생에게도 협력을 구할 생각이지요. 그러니까 아무 염려 말고 맡아주세요."

"예 알겠습니다."

현중하의 입에서 대답이 미끄럽게 흘러나왔다.

"그럼 현 선생, 잘 부탁해요. 아무쪼록 틀에 박히지 않고, 누가 보아도 특색이 있는 그런 박물관을 한번 만들어 봅시다. 철학이 담긴…… 철학이 안 담기면 무게가 없어요. 허허허……."

박 총장은 철학 전공의 교수답게 민속박물관에도 철학을 강조하며 기분 좋게 웃었다.

"최선을 다해 보겠습니다만 과연 제가 해낼 수 있을는지……."

"현 선생 같으면 해낼 수 있으니까 당장 오늘부터 계획을 짜 보세요. 나도 아이디어가 생기면 제공할 테니까요."

총장실을 나서는 현중하는 어깨가 무거워진 느낌이었다. 박 총장이 민속박물관에 대해 큰 욕심을 가지고 있는 것 같았고, 자기에게 전적으로 기대를 거는 듯해서였다. 부담감과 함께 가벼운 흥분 같은 것을 느끼기도 했다.

민속박물관 관장직을 맡게 되었다고 해서 흥분이 되는 것은 아니었다. 오히려 그런 직책은 귀찮을 뿐이었다. 현중하는 학사 운영에 관여하는 보직 교수가 되는 것을 싫어했다. 오직 학문연구와 강의만이 교수의 본분이라고 생각하는, 말하자면 인생을 외곬으로 살아가는 데에 가치를 두는 그런 타입이었다.

그러나 이번 민속박물관의 경우는 단순히 그 운영을 맡게 되었다기보다는 새로 만들어내는 데 있어서의 그 방향이라 할까, 내용을 책임지는 일이라고 할 수 있다. 그러니까 그저 많은 종류의 민속자료를 모아서 잘 전시하고 원활히 운영해 나가는 데 그치는 것이 아니라, 어떤 내용이 담긴 민속품을 수집할 것인지, 그 계획단계부터 창의를 발휘해야 하고, 개관이 된 뒤에도 어떤 식으로 교육에 도움이 되도록 활동해야 할 것인지, 그 운영의 색다른 방법까지 창안해내지 않으면 안 되는 것이다.

역사와 연관이 되면서 철학도 담긴 민속박물관, 말하자면 그런 하나의 큰 작품을 만들어내는 일이라고 할 수 있다. 소매를 걷어붙이고 덤벼들어 볼 만한 과업이 아닐 수 없다.

현중하는 그 일에 대학교수 생활의 마지막 정열을 한번 쏟아 보아야지 하고 생각하며 아랫배에 지그시 힘을 주었다.

어깨는 무거워진 듯했으나 걸음은 가벼웠다. 은행잎이 떨어져 노오랗게 깔린 길을 가벼운 걸음으로 교수회관 쪽으로 되돌아가던 현중하는 문득 또 간밤의 꿈 생각이 머리에 떠올랐다. 꿈속에서 천연색으로 빛나던 그 커다란 청동의 징, 길게 여운을 끌며 오열하듯 울리던 그 징소리…… 결코 헛된 꿈은 아니라는 생각이 들었다. 징은 곧 민속악기가 아니고 무엇인가. 그리고 꿈의 내용이 어쩐지 역사와 관련되는 것인 듯했고, 또 징의 그 오열과도 같은 울음에는 어떤 철학적인 의미가 담겨 있다고 봐도 과언이 아니지 않겠는가. 민속박물관의 책임자가 될 것을 예시한 꿈에 틀림이 없는 것이다.

"참 이상한 일이지. 이상한 일이야."

혼자서 중얼거리며 현중하는 고개까지 끄덕였다.

그렇게 생각에 잠기며 걸어가고 있는데,

"안녕하세요. 선생님."

마주오던 여학생 하나가 앞에 멈추어 서서 까딱 머리를 숙였다.

"응."

"선생님, 무슨 좋은 일이 있으신 모양이죠?"

"왜?"

"얼굴에 그렇게 쓰여 있는데요."

"그래? 뭐라고 쓰여 있는데?"

현중하는 한 손으로 얼굴 한쪽을 슬쩍 한번 쓰다듬어 내리며 히죽이 미소를 지었다.

"나 지금 기분 좋다. 이렇게 쓰여 있는걸요. 하하하……."

여학생은 조금 수줍은 듯한 표정을 지으면서도 호들갑스럽게 소리를 내어 웃었다. 웃을 때 그녀의 한쪽 볼에 빠끔히 보조개 한 개가 패여 귀여웠다.

백연미라는 역사학과 2학년 여학생이었다. 현중하는 제자인 그 연미를 볼 때마다 묘한 친밀감 같은 것을 느낀다. 귀엽게 생겼을 뿐 아니라 어디선지 옛날에 많이 본 듯한 그런 인상으로 다가오기 때문이다.

전혀 생면부지의 초면인데도 지난날에 어디선가 많이 대한 듯 낯익어 보이는 그런 사람이 있는 법이다. 자기와 가까운 누군가를 닮은 듯해서 그런 경우도 있지만, 그게 아닌데도 어쩐지 무척 자기와 가까웠던 사람처럼 친근감을 자아내는 얼굴이 있다. 그게 남자인 경우도 있고, 여자인 경우도 있다.

현중하는 그런 사람을 대할 때면 첫눈에 그만 묘하게 가슴이 조금 두근거리는 것을 어쩌지 못한다. 남자의 경우보다 여자가 그런 경우는 좀 야릇한 기분이 되기까지 한다.

그런 느낌은 비단 사람에게만 국한되는 것이 아니다. 낯선 고장의 생소한 거리를 걷다가도 어떤 곳에서는 예전에 많이 거닐던 거리처럼 무척 정답게 느껴지는 수도 있다. 마치 옛날에 자기가 그곳에 살았던 것처럼 말이다.

한때 현중하는 그런 뭐라고 설명할 수 없는 현상에 대해 생각해 본 적이 있었다. 혹시 전생이라는 것과 연관이 되는 것이 아닐까 싶었다. 전생이라는 것이 과연 있는 것인지, 죽음 다음의 내세라는 것이 또한 있는 건지…… 알 길이 없지만, 종교에서 흔히 말하는 그런 설을 긍정한다면 전생에서의 인연 때문에 현세에서 그처럼 처음 대하는 데도 남달리 친근감을 자아내게 되는 것이 아닐까 싶었다. 물론 헤아릴 길 없는 허황한 가정이지만, 그렇게밖에 달리 뭐라고 설명할 길이 없었다.

어쨌든 그런 점도 신비로운 현상 가운데 하나라고 현중하는 생각하고 있다.

현중하는 오십 고개를 넘으면서부터 사람이 살아가는 데 있어서 신기한 일이 많구나 하는 생각을 하기에 이르렀다. 논리적으로, 다시 말하면 과학으로 설명할 수 없는 그런 일이 허다하게 느껴지는 것이다. 그래서 곧잘 신비감이 살짝살짝 몸에 와 닿기도 한다. 봄철에 돋아나는 새싹이나 피어나는 꽃을 볼 때도 그전에는 그저 곱구나, 새봄이 왔구나 하고 기분이 밝아질 뿐이었는데, 이제는 거기에 무슨 신의 손길 같은 것이 와 닿는 듯이 느껴져 신비감에 사로잡히기도 한다. 가을철의 조락을 볼 때도 마찬가지고, 사람의 죽음과 태어남을 볼 때면 그런 신비감이 한층 더해진다.

얼마 전 현중하는 첫 외손자를 보았는데, 그 아기가 어찌나 귀엽고 사랑스러운지 정말 자기 자신도 이상할 정도였다. 그러면서 도대체 이 생명이 어디서 온 것일까 하고 헤아릴 길 없는 신비감에 젖어 들기도 했다. 그런 게 다 노년으로 접어든 나이 탓이 아닌가 하고 현중하는 생각하고 있다. 현중하가 백연미를 처음 본 것은 이년 전 입학시험의 면접 때였다.

한 학생 한 학생 차례차례 면접을 해나가던 현중하는 어떤 여학생 하나가 앞에 와 서서 나풀 단발머리를 숙여 절을 하고서 얼굴을 들자, 아! 자기도 모르게 하마터면 입 밖으로 소리를 흘릴 뻔했다. 속으로 약간 당황하여 두툼한 입술을 꾹 다물자, 절로 침이 한 덩어리 꿀꺽 목구멍으로 넘어갔다.

앳되어 보이고 귀엽게 생긴 얼굴이었다. 그래서 현중하가 당황한 것은 물론 아니었다. 어디선지 무척 낯이 익은 듯했고, 묘하게 따스한 친근감까지 물씬 전해져 왔기 때문이었다.

그때는 아직 금주를 하기 전이어서 그 전날 밤에 술을 좀 과음하여 아직 작취가 완전히 가시지 않은 상태였기 때문에 더 그랬는지도 몰랐다.

현중하는 앞에 놓인 면접서류에 얼른 시선을 떨구었다. 성명은 백연미였고, 본적은 전북이었으며, 현주소는 서울 시내였다. 내신 성적은 상위에 속해 있었다.

"보호자 이름은?"

현중하는 고개를 들어 백연미를 바라보며 물었다. 서류에 물론 보호자 성명도 적혀 있었다. 그런데 보호자의 성이 달랐기 때문에 입에서 나오는 대로 물어보았다.

"장교식 씁니다."

연미는 약간 수줍은 듯한 표정으로 살짝 눈을 내리깔며 대답했다.

"응 이숙부(姨叔父)구먼. 이모부란 말이지?"

보호자와의 관계란에 이숙부라고 적혀 있었던 것이다.

"예."

들릴 듯 말 듯 대답하고서 연미는 이번에는 고개까지 살짝 떨구었다.

"아버지가 안 계시는가?"

"예."

"돌아가셨어?"

"예."

현중하는 '어머니도?' 하고 물어보려다가 그만두었다. 왠지 모르게 그 여학생에게는 그런 것까지 물어보고 싶은 심정이었으나, 입학시험의 면접에서 학생의 가족사항을 꼬치꼬치 캐묻는다는 게 좀 우스웠던 것이다. 그래서 얼른 표정까지 살짝 고치며 왜 역사학과를 지망했느냐는 그런 질문으로 옮겼다.

그 뒤 현중하는 신입생으로 입학한 백연미를 곧잘 대하게 되었다. 남녀공학인 대학이라 역사학과에는 여학생의 수효가 남학생의 삼분의 일 정도밖에 되지가 않아 강의실에서도 쉽사리 연미의 얼굴이 눈에 들어오곤 했다. 어디선지 많이 본 듯하면서 묘하게 친근감을 주는 앳되고 귀엽게 생긴 연미를 대할 때마다 현중하는 기분이 좋았다.

그런 현중하의 호감이 은연중 전달되어 연미 역시 현 교수를 다른 교수들보다 한결 좋아했다. 스스럼없이 접근해서 어리광을 부리기도 예사였다. 이제 2학년의 가을이어서 연미의 모습에서는 여전히 앳되어 보이면서도 제법 숙녀 티가 흐르고 있었다.

노오랗게 깔린 은행잎들을 사뿐사뿐 밟으며 저만큼 멀어져가는 연미의 뒷모습을 현중하는 힐끗 한번 돌아보았다.

"귀여운 아이지."

싱겁게 혼자 중얼거리며 미소를 지었다.

교수회관으로 들어선 현중하는 우편함 쪽으로 가서 꽂혀 있는 편지 두 통을 뽑아들었다. 두 통 다 청첩장인 것 같았다.

"또 고지선가……."

가을 들어 벌써 열 통에 가까운 결혼청첩장을 받은 터이라 별로 반가운 것이 아니어서 현중하는 중얼거리며 계단을 올라갔다.

이 층 자기 방으로 돌아온 현중하는 창변에 앉아 두 통의 우편물을 뜯어보았다. 한 통은 예상대로 결혼청첩장이었으나, 다른 하나는 출판기념회의 초청장이었다. 초청장부터 자세히 들여다보았다.

시인 이형기 씨의 시선집 『그해 겨울의 눈』의 출간을 축하하는 모임이었다. 일시는 바로 오늘 하오 여섯 시였고, 장소는 한국일보사 스카이라운지에 있는 송현 클럽이었다.

"호, 형기가 시선집을 냈군. 가봐야지."

현중하는 고개를 끄덕였다.

이형기 시인은 현중하와 같은 대학을 다닌 동창인데, 학과는 달랐으나 한때 하숙을 같이 한 일이 있어서 지금도 꽤 가까이 지내는 사이였다.

한국일보사 앞에서 택시를 내린 현중하는 손목시계를 보았다. 아직 여섯 시 이십 분 전이었다. 이른 감이 있었으나, 이형기를 만나 오래간만에 얘기도 좀 나누고 싶고 해서 곧바로 엘리베이터로 스카이라운지에 올라갔다.

벌써 축하객들이 속속 모여들고 있었다. 접수처에서 회비를 내고, 시선집 한 권을 증정받은 현중하는 회장으로 들어갔다. 이미 축하객들이 여러 사람 와 있었고, 이형기는 하객들과 환담을 나누고 있었다. 그쪽으로 다가가서 현중하는 빙그레 웃으며 손을 내밀었다.

"오래간만이네, 형기. 축하하네."

"오, 중하. 고마워. 이렇게 와주어서."

"고맙긴…… 당연히 와야지."

여러 달 만에 만나는 터이라 현중하는 좀 얘기를 나누고 싶었으나, 벌써 이형기가 다른 하객과 악수를 나누는 그런 분위기여서 단념을 하고 창 쪽으로 가서 의자에 앉았다. 창밖에는 어느덧 어둠이 짙어져 서울 중심가의 현란한 야경이 펼쳐지고 있었다. 고층 빌딩의 스카이라운지에서 불빛이 명멸하는 도심의 야경을 내려다보는 것은 언제나 즐거운 일이었다. 현중하는 새삼스럽게 무슨 경이로운 광경이라도 대하는 듯 한참 창밖으로 시선을 보냈다.

여섯 시가 조금 지나서 출판기념회는 시작되었다. 회순에 따라 진행되어 나가는 동안 현중하는 좀 색다른 감회에 젖고 있었다. 문인들의 모임이라 그런지 장내의 분위기가 어딘지 모르게 부드럽고, 밝고, 약간은 유머러스한 데까지 있는 듯했다. 이따금 웃음이 터지는 것을 보아도 알 수가 있었다. 현중하도 사춘기인 중학생 시절엔 한때 시를 열심히 읽고 써보기도 한 문학 소년이었다. 나중에 역사학 쪽으로 방향을 바꾸기는 했지만, 문학에 대해 지금도 한 가닥 아련한 그리움을 간직하고 있었다. 그래서 그런지 학술단체의 모임에서

와는 다른 지난날의 추억에 젖어드는 듯한 감회가 있었다.

축하의 시 낭독 순서가 되었다. 젊은 여류시인 한 사람이 마이크 앞으로 나와 섰다. 이형기 시인이 심사를 해서 문단으로 내보낸 신인이라는 사회자의 소개였다. 「징깽맨이의 편지」라는 이형기 시인의 시 한 편을 낭송하는 것이었다. 낭랑한 목소리가 장내에 잔잔히 물결치듯 넘치기 시작하자, 현중하는 가만히 눈을 감았다.

여보게 친구
쇠붙이에도 혼령이 있다네
더구나 방짜쇠 구리와 주석을
대충 4대 1로 섞어 녹인 그 방짜쇠에는

지리산의 물돌
물돌로 만든 틀에
방짜쇠 그 쇳물을 부어 굳힌 바디기에는

바디기를 다시 불에 달궈
앞메 전메 센메
세 메꾼이 메질하는 늘품질
그리고는 바디기 가장자리를 두들겨 세워
시울을 만드는 돋음질

다음은 부질일세 징 모양을 잡아주는
그러나 아직은 징이 아니야

혼령이 잠든 한밤중의 백치
눈뜨라 혼령아 징의 혼령아
중망치로 두드려 흔들어 깨우면
우웅 웅얼웅얼 무딘 울음소리

여보게 친구
혼령은 울음일세……

시를 낭송하고 있는 여류시인의 얼굴에 약간 열기가 피어나는 듯
했다. 목소리도 차츰 고조되어 중량감을 더해가고 있었다.
현중하는 지그시 두 눈을 감고 있었다. 그 낭랑하면서도 무겁게
울려 퍼지는 목소리가 마치 가슴 속에 와 닿아 메아리를 이루고 있
는 듯한 느낌이었다. 여류시인의 뛰어난 낭송 탓이기도 했지만, 그것
보다도 그 시의 내용 때문이었다.

날이 새면 드디어 재울음을 깨울 차례
그렇지 깨우지 잠자는 울음
잠자는 혼령을

망치여 망치여
온몸에 전기가 통해 찌릿찌릿
손끝 떨리는 중망치여

어쩌면 내 가슴속 울음을 몽땅

징한테 먹여주는 것인지도 모르지만
어쨌거나 친구
울음 말곤 혼령이 또 어디 있겠나

　시는 이렇게 끝을 맺고 있었다. 낭송이 끝나자 장내에 요란한 박수소리가 넘쳤다. 현중하는 박수를 치면서 자기도 모르게 곧장 고개를 끄덕이고 있었다.

　그날 주인공인 이형기 시인의 답사를 끝으로 회순은 끝나고 칵테일파티로 들어갔다.

　현중하는 맥주를 한 컵 마셨다. 혈압이 높아져서 금주를 시작한 뒤로 처음 입에 대어보는 술이었다. 마실까 말까 망설이다가 묘하게 기분이 고조되어 있어서 그런지 술에 대한 갈증이 혀끝에서 심히 감돌았고, 무슨 중병에 걸린 것도 아닌데 이런 좋은 분위기에서의 간절한 욕구까지 억누를 필요는 없다 싶었던 것이다.

　맥주 한 컵이었지만 오래간만에 마셔 그런지 곧 눈언저리가 혼혼해 왔다. 술은 술을 당기는 법이어서 현중하는 한 컵 더 마실까 하는 유혹을 느꼈다. 그러나 그 유혹은 눌러야겠다 싶어서 빈 컵을 테이블 위에 놓고 돌아섰다.

　장내를 휘둘러보며 이형기가 어디에 있는지 작별인사라도 하고 가려고 찾았으나 얼른 눈에 띄지가 않아 그냥 출입구 쪽으로 걸음을 옮겼다.

　바깥으로 나와 택시를 잡아탄 현중하는 시트에 비스듬히 드러눕듯 몸을 기댔다. 혼혼한 주기와 함께 가벼운 피로가 온몸을 나른하게 풀어놓는 듯했다.

불빛이 명멸하는 밤의 거리를 택시는 조금 달리다가는 신호등에 걸려 멈추곤 했다. 현중하는 차창 밖을 멀뚱히 내다보며 도시의 밤은 아름답구나 하는 생각이 문득 들었다. 번잡하고 어수선한 낮의 광경과는 달리 그런 산만함은 적당히 어둠에 묻혀버리고 갖가지 색채로 명멸하는 네온사인과 달리 차들의 불빛 행렬만이 눈에 들어와 약간 주기가 있어서 그런지 정감 어린 아름다움으로 비쳤다.

잠시 후 지그시 두 눈을 감으며 현중하는 오늘은 참 묘한 날이라는 생각을 했다. 간밤의 꿈과 오후에 학교에서 있었던 총장과의 대화, 그리고 저녁의 출판기념회, 그 세 가지가 어떤 고리로 연결되어 있는 것같이 느껴졌다. 꿈에 나타났던 징과 민속박물관과 출판기념회에서 낭송된 「징깽맨이의 편지」라는 시, 그 세 가지 사이에 공통점이 있지 않는가 말이다. 특히 꿈에 본 징과 낭송된 시의 내용과는 그대로 직접적인 관계가 있질 않는가. 참 묘한 일이 아닐 수 없다.

그런데 '징깽맨이'란 무슨 뜻인지 현중하는 잘 알 수가 없었다. 처음 듣는 말이었다.

집에 돌아온 현중하는 서재의 책상 위에 출판기념회에서 기증받은 이형기 시선집이 든 봉투를 던져놓고, 화장실로 가서 얼굴과 손을 씻었다. 그는 귀가를 하면 언제나 세수뿐 아니라, 발까지 씻는 버릇이 있었다. 일종의 결벽 같은 것이었다.

화장실에서 나온 현중하는 다시 서재로 들어가 책장에서 두툼한 국어사전을 뽑아내어 책상 앞에 앉아 펼쳤다. '징깽맨이'라는 단어를 찾아보는 것이다.

생소한 낱말이나 무슨 의문 나는 것이 있으면 즉시 해답을 찾아보는 그런 버릇은 학창 시절부터 몸에 밴 것인데, 대학의 중견교수가 되어 있는 지금도 변함이 없다. 학자다운 습성이라고 할까.

사전을 찾아보았으나 헛일이었다. '징깽맨이'라는 단어는 나와 있질 않았다.

"여보, 저녁 안 잡숴요?"

방문을 열고 유혜선이 재촉을 하듯 말했다.

현중하는 사전을 덮고 자리에서 일어났다.

주방 한쪽에 놓인 식탁에 가서 혼자 저녁을 먹다가 현중하는 거실 소파에 앉아 텔레비전을 보고 있는 아내에게 불쑥 말을 던졌다.

"오늘 나 감투 썼어."

"감투라니요?"

유혜선은 뜻밖이라는 그런 표정으로 힐끗 돌아보았다. 학교에서나 무슨 학회 같은 단체에서 남편은 책임을 맡는 일을 싫어하는 성미라는 것을 잘 알고 있는 터라 의외였던 것이다.

"박물관 관장이 됐지 뭐야."

"박물관요?"

"학교에 새로 민속박물관을 짓고 있는데 그 관장직을 맡게 됐어."

"웬일이유? 당신이……."

"총장이 기어이 내가 맡아야 되겠다는 거야. 그래서 도리 없이 승낙했지."

"잘했어요. 늙어서는 감투도 쓸 만하면 써야 되는 거예요."

"감투랄 것도 없지만……"

"왜요, 장(長) 자가 붙었잖아요. 민속박물관장…… 틀림없는 감투죠."

유혜선은 기분이 마냥 좋은 듯 엷은 주름이 지고 있는 눈언저리에 미소를 떠올리며,

"그건 그렇고, 관장이 됐으니까 별도로 보수가 있겠네요. 얼마나 준대요?"

하고 물었다.

"몰라."

현중하는 퉁명스럽게 대답했다.

도대체 여자란 늙으면 돈밖에 모르는 동물 같아서 역겨움이 느껴지기까지 했다. 비단 이번뿐이 아니라 늙은 아내는 매사에 그저 돈, 돈, 돈이었다. 감투를 반기는 것도 명예로 생각해서가 아니라, 그에 따르는 돈 때문인 것 같질 않는가.

식사를 마치자 현중하는 거실 탁자 위에 놓인 석간신문을 들고 말없이 다시 서재로 들어갔다. 방 한쪽에 늘 깔려 있는 보료 위에 벌렁 드러누워 신문을 대충 훑어보고 나서 현중하는 부스스 일어나 책상 위에 놓인 봉투에서 이형기의 시선집을 꺼냈다. 오늘밤은 신문 기사보다 이형기의 시에 더 관심이 갔던 것이다.

다시 드러누워 시집을 펼쳤다. 여류시인이 낭송하던 그 「징깽맨이의 편지」라는 시를 찾아 천천히 음미하며 읽어나갔다.

"아, 여기 설명이 있군."

시를 다 읽고 난 현중하는 미소를 떠올렸다. 시의 끝에 '징깽맨이란 징 만드는 사람의 자조적 호칭이다'라는 주석이 붙어 있었던 것이다.

중학생 시절 한때 문학에 매력을 느껴 시를 열심히 써보기까지 했던 현중하인지라 지금도 시집을 펼쳐들면 아련한 그리움 같은 것이

되살아났다. 역사학이라는 학문의 길로 방향을 돌리기는 했지만, 아직도 문학에 대한 미련은 말끔히 가시지가 않고 남아서 머릿속 한쪽에 은은하게 배어 있는 셈이다.

그래서 실제로 현중하는 곧잘 수필을 쓴다. 신변잡기에 가까운 것이든 학술적인 것이 됐든 잡지사나 신문사에서 청탁이 오면 쾌히 집필을 해서 발표를 하고 있다.

어쩌면 현중하의 글 쓰는 그런 면을 좋게 보아서 박 총장이 민속박물관의 책임자 자리를 그에게 맡겼는지도 모른다. 딱딱한 학문만을 하는 사람보다는 수필 같은 부드러운 글도 곧잘 쓰는 사람의 머리에서 보다 색다르고 기발한 생각이 나올 것이라고 기대하고서 말이다.

"이형기가 정말 좋은 시를 쓰는구나."

누워서 시집을 펼쳐든 채 현중하는 혼자 중얼거렸다. 전에도 그의 시집을 기증받아 더러 읽고 고개를 끄덕인 적이 있지만, 이번의 이 「징깽맨이의 편지」라는 시는 특히 가슴에 와 닿는 것이 있었다. 처음부터 다시 한번 읽어보았다.

여보게 친구
쇠붙이에도 혼령이 있다네

시작부터 콱 가슴을 사로잡는 것이 아닌가. '쇠붙이에도 혼령이 있다네'라는 구절은 결코 아무나 쉽게 할 수 있는 말이 아니었다. 시의 중간쯤에 나오는,

눈뜨라 혼령아 징의 혼령아
중망치로 두드려 흔들어 깨우면
우웅 웅얼웅얼 무딘 울음소리

여보게 친구
혼령은 울음일세

이 대목도 일품이었다. '혼령은 울음일세'라는 표현은 그야말로 적
절하면서도 의미심장한 말이 아닐 수 없었다. 현중하는 그 구절에서
마침내 가벼운 전율 같은 것을 느꼈다.
시의 맨 끝 대목 역시 좋았다.

어쩌면 내 가슴속 울음을 몽땅 징한테 먹여주는 것인지도 모
르지만 어쨌거나 친구
울음 말곤 혼령이 또 어디 있겠나.

현중하는 가슴이 멍멍 해지는 것을 어쩌지 못했다. '울음 말곤 혼
령이 또 어디 있겠나' 이 말에서 한없이 깊고 짙은 어떤 한 같은 것
을 느낄 수가 있었다.
'징깽맨이'라는 한 개인이 징을 만들며 그 속에 쏟아 부은 자신의
간절한 한을 노래한 것이지만, 그 개인의 차원을 넘어선 보다 넓고
큰 한의 덩어리 같은 것이 담겨 있기도 한 시 같았다. 그것을 민중이
라고 해도 좋고, 백성이라고 해도 좋으며, 혹은 우리 겨레 전체라고
해도 무방할 것 같은 그런 큰 무리의 거대한 한을 말하고 있는 듯했

다. 현중하는 어쩐지 그렇게 해석하고 싶었다.

징의 울음소리가 바로 그런 상징이 아니고 무엇이겠는가 말이다.

시집을 옆에 놓고 지그시 두 눈을 감고 누워 있는 현중하의 귀에 쿵 우르릉 으르릉— 쿵 우르릉 우르릉— 어디선지 멀리서 징 울리는 소리가 들려오는 듯했다. 간밤의 꿈속에서 울리던 징소리 같았다. 이명이었다.

나이 탓인지 현중하는 간혹 가다가 피로할 때면 이명이 생긴다. 쓰르름 쓰르름…… 귀뚜라미가 우는 것 같은 소리가 나기도 하고, 앵앵앵…… 어디선지 벌들이 날고 있는 듯한 소리가 귓속에서 울리기도 한다.

오늘밤은 그 이명이 징소리처럼 들렸던 것이다.

이명이 가라앉으며 나른한 피로감을 느낀 현중하는 큰방으로 가서 잠자리에 들려고 부스스 자리에서 일어났다. 일어나면서 현중하는 문뜩 무슨 생각이 머리에 와 닿은 듯,

"옳지, 됐어."

하고 내 뱉었다.

"혼이 담긴 물건을 수집해야지. 맞어. 울음이 담긴 물건 말이야. 됐어, 됐어."

혼자서 중얼거리며 싱글싱글 웃기까지 했다.

학교의 민속박물관에다가 앞으로 수집해서 진열할 자료에 대한 생각이었다. 그저 아무거나 재래적인 물건을 모을 것이 아니라 역사와 전설이 깃든, 다시 말하면 혼과 울음이 담긴 그런 값어치 있는 물건을 수집해 보자 싶었던 것이다.

"혼이 담기고 울음이 담긴 물건이라…… 좋지, 좋아."

서재의 문을 열고 거실로 나가면서도 현중하는 중얼거리고 있었다.

그러자 언제 돌아왔는지 식탁에서 혼자 늦은 저녁을 먹고 있던 영지가 힐끗 바라보았다.

"아버지, 무슨 좋은 일이 있는 모양이죠?"

"허허…… 아니 그저……."

"혼이 담기다니요, 무슨 말이에요?"

"혼이 담기고 울음이 담긴 그런 물건들을 수집해 볼려고 그래."

"그게 뭔데요? 그런 물건이 있나요?"

"학교에 민속박물관을 새로 짓고 있는데 말이야, 거기에 그런 자료들을 모아서 진열하면 어떨까 하는 거야."

아직도 소파에 앉아 텔레비전 연속드라마를 보고 있는 유혜선이 불쑥 끼어들었다.

"너거 아버지 감투 쓰셨단다."

"무슨 감투?"

"민속박물관 관장이 되셨다지 뭐냐."

"아버지, 정말이에요?"

"응."

현중하는 좀 멋쩍은 듯 비식 웃으며 고개를 끄덕여 보였다.

"축하해요, 아버지."

별로 축하하는 것 같지도 않은 그런 덤덤한 얼굴로 영지가 말했다.

"철학이 담긴 민속박물관을 한번 만들어보라지 뭐냐. 총장이……."

"철학이 담긴 민속박물관…… 총장 멋있는데요. 그래서 혼이 담기고 울음이 담긴 물건을 수집하시겠다 그거군요."

그러자 유혜선이 도무지 알 수 없다는 그런 표정으로 약간 빈정거리듯이 입을 열었다.

"혼이 담기고 울음이 담긴 물건이 도대체 뭔데요? 그런 게 다 있나?"

"있지. 찾으면 의외로 많을지도 몰라."

"귀신 붙은 물건인 모양이지."

그 말에 영지가 까르르 웃었다.

"왜 웃니? 그렇지 뭐냐. 혼이 담겨서 울음을 운다면 그게 귀신 붙은 물건 아니고 뭐란 말이냐?"

현중하는 약간 어이가 없는 듯한 눈길로 아내를 바라보며,

"여보게 친구. 쇠붙이에도 혼령이 있다네. 혼령은 울음일세."

시를 낭송하듯 말했다. 그리고 상대가 못 된다는 듯이 성큼성큼 큰방으로 들어가 버렸다.

이튿날 첫 강의 시간이었다. 2학년의 한국근세사 강의였는데 강의실로 들어간 현중하는 학생들의 출석을 체크하고 나서 대뜸 칠판에다가 '징깽맨이의 편지'라고 크게 썼다.

학생들은 난데없이 그게 무슨 말인가 싶은 듯 의아한 표정들이었고 서로 수군거리기도 했다.

"이 시간에는 먼저 학생들에게 잠시 한 편의 시에 대해서 좀 얘기를 해야겠으니 양해를 해요."

현중하의 말이 떨어지자 학생들은 근세사 시간에 웬 신가 하고 약간 호기심이 동하는 듯한 그런 표정들로 바뀌었다.

"이런 제목의 신데, 누가 지은 것인고 하면……."

그러자 한 남학생이 불쑥 입을 열었다.

"징깽맨이가 도대체 뭡니까?"

"징깽맨이라는 말은 징을 만드는 사람들이 자기네를 자조적으로 부르는 말이지. 글 쓰는 사람들은 글쟁이, 그림 그리는 사람들은 환쟁이라고 하듯이…… 이 시를 지은 사람은…….."

현중하는 '이형기'라는 석 자를 또 칠판에다가 썼다.

"이형기라는 시인인데 나하고 대학 동창이지. 전공은 달랐지만 한때 하숙을 같이 한 적이 있어서 친한 사이였지. 자, 이 「징깽맨이의 편지」라는 시를 한번 읽어 볼 테니까 들어들 봐요."

현중하는 시집을 펼쳐 들고 침을 한 덩어리 꿀꺽 삼켰다. 그리고 천천히 낭송을 하기 시작했다.

"여보게 친구/쇠붙이에도 혼령이 있나네/더구나 방짜쇠 구리와 주석을/대충 4대1로 섞어 녹인 그 방짜쇠에는…….."

여학생 몇몇이 고개를 숙이며 킥킥 웃었다. 뜻밖에도 현 교수가 목소리를 가다듬고 진지하게 시를 낭송하는 게 어쩐지 우스웠던 것이다.

그러나 곧 조용해졌고, 낮으면서도 굵고 무게가 있는 현중하의 시 낭송하는 소리가 부드러우면서도 질량감 있게 실내에 깔렸다.

맨 앞줄 창가에 앉아 있는 백연미는 처음에는 살짝 미소를 짓고 있었으나, 곧 그 미소가 사라지고 약간 심각해진 듯한 그런 표정으로 가만히 현 교수를 지켜보고 있었다.

시 낭송이 끝나자 숨을 죽이고 있던 연미는 자기도 모르게 그만 박수를 쳤다. 그러자 다른 학생들도 따라서 장난스럽게 박수를 쳐 댔다.

"잘 읽으시는데요."

"선생님, 시인 같으시네요."

"옛날에 문학소년 아니었어요?"

웃음과 함께 학생들이 떠들어대기도 했다.

"이 시 어떤가?"

현중하는 시집을 교탁 위에 내려놓으며 학생들을 둘러보았다.

"명신데요."

남학생 하나가 불쑥 대답했다.

"어떤 점이 그런가?"

"전체적으로 다 그래요."

어른 개구쟁이 같은 어조였다. 여기저기서 킥킥거렸다.

"고이얀 녀석 같으니……."

그러나 현중하는 싱그레 웃고 나서,

"역사학도도 시를 몰라서는 안 되는 거야. 어떻게 보면 역사도 거대한 한 편의 시지."

하면서 칠판에다가 '쇠붙이에도 혼령이 있다네' '혼령은 울음일세' 이 두 구절을 또 적었다.

칠판에 쓴 시의 두 구절을 입 밖에 소리를 내어 중얼거리듯 읽어 보는 학생들도 있었다.

연미는 꼭 입을 다물고 눈으로 읽으며 참 묘한 말이라는 생각이 들었다. 쇠붙이에도 혼령이 있다니, 그리고 혼령은 울음이라니…… 약간 괴이하면서도 뭔가 깊은 의미가 담겨 있는 듯했다.

"어때요? 여러분, 좋은 말이지? 난 근래에 이렇게 가슴에 와 닿는 말은 처음이야. 하잘것없는 쇠붙이에 혼령이 깃들어 있고, 그 혼령은 곧 울음이라니 기가 막히는 말이잖아. 징을 소재로 해서 그렇게 노래할 수 있다는 것은 대단한 경지지. 이형기 시인 알아줘야 돼."

현중하는 학생들의 반응을 살피듯 실내를 한번 휘둘러보았다. 수긍을 하는 건지 어떤지 잘 알 수가 없는 대체로 그런 모호한 표정들이었다. 개중에는 코언저리에 비시그레 노골적으로 냉소를 떠올리고 있는 학생도 있었다.

"안 그래요? 여러분. 이런 표현을 아무나 할 수 있을 것 같애요?"

"아무나 못하지요. 그런데 선생님, 너무 비과학적이잖아요."

여학생 하나가 진지하게 반박을 하듯 말했다.

"비과학적이라…… 시니까 그럴 수 있지 않겠어."

"아무리 시지만 어떻게 쇠붙이 속에 혼령이 있을 수 있어요? 또 그 혼령이 운다니 괴상망측하잖아요. 시가 미신에 빠져서는 안 된다고 생각해요."

"미신이라…… 허허허……."

현중하는 아내가 귀신 붙은 거 아니냐고 하던 말이 생각나서 절로 웃음이 나왔다.

"미신이라기보다도 신비의 세계 쪽이라고 하는 게 옳겠지. 시를 과학이라는 잣대로 재려고 해서는 안 되지. 시뿐 아니라 종교니 철학 같은 것도 다 그런 거 아니겠어. 이 시에 있어서 반드시 쇠붙이인 징 속에 혼령이 있다는 뜻이 아니라, 징깽맨이가 징을 만들면서 그 속에 온갖 정성을 다 쏟아 붓는다는 그런 의미지. 다시 말하면 자기의 혼을 그 속에 불어넣는 거지. 그래야 제대로 징다운 소리가 난다 그거야. 그 소리는 즉 징 속의 혼령이 우는 듯한 소리라 그런 뜻이야. 옛날 장인들의 정신을 노래한 시지."

그 여학생도 이제 다소곳이 듣고 있었다.

"옛날 사람들의 장인정신이라는 것은 대단한 거였던 것 같애. 기계문명이 발달하면서 그런 정신이 점점 희박해진 것이 안타까워. 요즘은 대량생산, 대량판매의 시대가 돼버려서 혼을 불어넣고 앉아 있을 수가 없게 됐다 그거야. 물론 요즘이라고 해서 장인정신에 철저한 사람이 전혀 없는 것은 아니지만…… 그리고 이 시에는 장인정신뿐 아니라, 어떤 짙은 한도 담겨 있는 것 같애. 예를 들면 이런 대목……."

현중하는 시집을 다시 펼쳐서 어떤 구절을 찾아 읽었다.

"어쩌면 내 가슴속 울음을 몽땅/징한테 먹여주는 것인지도 모르지만…… 이런 구절을 보면 징깽맨이가 자기의 한을 그 징 속에 불어넣고 있다고 해도 과언이 아니지. 그리고 그 한은 단순히 징깽맨이 한 사람만의 것이 아니라, 보다 넓은 의미의 거대한 한이라고 할 수도 있을 것 같애. 우리 모두의…… 시를 읽고 나면 어쩐지 그런 생각이 들어. 에— 내가 이 시간에 왜 이 시를 가지고 얘기를 하는가 하면 다름이 아니라……."

그제야 학생들은 본론이 나오는구나 싶어서 모두 현 교수를 똑바로 바라보았다.

"우리 학교에 민속박물관을 짓고 있다는 것은 학생들도 다 잘 알고 있지요? 그 민속박물관에 어떤 물건을 진열하면 될까 생각해 본 일이 있어요?"

아무도 대답을 하는 사람이 없었다.

"바로 이 시에 나오는 징처럼 혼이 깃들고 울음이 담긴 그런 물건들을 수집해서 진열해야 되지 않을까 하고 내 나름대로 생각해 본

거지. 그래서 여러분들에게 이 시를 읽어 보인 거요. 민속박물관이라고 해서 그저 아무거나 민속적인 자료면 덮어놓고 끌어모아 늘어놓아서는 의미가 없어요. 대학의 민속박물관은 다른 일반 민속박물관과는 좀 다른 데가 있어야 된다고 생각해요. 어때요? 여러분. 안 그래요?"

여학생 하나가 입을 열었다. 조금 전에 그 시를 비과학적이라고 반박을 했던 여학생이었다.

"옳은 말씀이에요. 대학의 민속박물관과 일반 민속박물관은 다른 점이 있어야 되겠지요. 그런데 선생님, 시니까 그런 표현이 가능한 것이지 실제로 혼이 깃들고 울음이 담긴 그와 같은 물건이 있을 수 있나요?"

"있지. 찾아보면 의외로 많으리라고 생각하는데……."

"어떤 물건인데요? 예를 들어 말씀해 보세요."

여학생은 도무지 납득이 안 간다는 그런 표정이었다.

"물론 물건 자체 속에 직접 혼이 깃들거나 울음이 담겼다고는 할 수 없겠지만, 그 물건의 유래를 한번 생각해 보는 거지. 역사와 어떤 관련이 있다든지 혹은 전설이나 설화가 깃들어 있는 물건이라면 그냥 아무데나 널려 있는 민속품하고는 다른 것이라고 할 수 있지 않겠어? 예를 들면 경주에 있는 에밀레종 같은 거 말이야. 그 종에는 애절한 전설이 깃들어 있잖아. 여러분 다 그 전설 알지요?"

"예—"

학생들이 웃음을 띠며 대답했다.

"그래서 지금도 그 종을 치면 마치 어린아이가 울며 어머니를 부르는 듯한 소리가 난다잖아. 그런 종은 다른 종들과는 다른 셈이지.

바로 혼이 깃들고 울음이 담긴 물건들을 찾아보자는 거야. 물건과 함께 역사적인 사실, 혹은 전설이나 설화 같은 것도 수집해서 정리해 놓으면 색다른 민속박물관이 되지 않겠느냐 그 말이야."

남달리 흥미가 있는 듯 두 눈을 반짝거리면서 듣고 있던 연미가 불쑥 입을 열었다.

"그런데 선생님 왜 학교 민속박물관에 대해서 그렇게 관심이 많으세요?"

"그럴 수밖에 없게 됐어."

현중하는 연미와 시선이 마주치자 절로 싱그레 웃음이 떠올랐다.

"왜요?"

"글쎄, 내가 민속박물관의 운영 책임을 맡게 됐지 뭐야."

"그럼 민속박물관 관장이 되신 거예요?"

"응."

"뜻밖인데요. 선생님 축하드려요."

"허허허…… 다른 학생들은 축하 안 하는 건가?"

그러자 학생들은 제각기 뭐라고 한마디씩 떠들어대며 웃었다.

"여러분들이 많이 도와줘야겠어. 곧 겨울방학이니까, 각자 고향에 돌아가면 내가 방금 얘기한 그런 민속자료를 한번 찾아보도록 해요. 방학 중의 과제라고 생각하고…… 알겠지요? 자, 그건 그렇고…… 보자, 이 시간은 어디부터더라……."

현중하는 강의 노트를 펼쳤다.

저무는 해

학교신문을 펼쳐보는 백연미는 가슴이 조금 두근거리기까지 했다.

종강이 된 날 오후였다. 겨울답지 않게 따스한 날씨여서 교문 쪽으로 혼자 걸어가던 연미는 은행나무가 늘어서 있는 길가의 벤치에 잠시 궁둥이를 내렸다. 그리고 조금 전에 받은 신문을 펼친 것이다. 어쩌면 그 신문을 빨리 좀 보기 위해서 벤치에 앉았는지도 모른다. 좌담회 기사 때문이었다.

겨울방학을 앞두고 발행된 신문이어서 여느 때보다 그 면수가 두 배였다. 좌담회 기사는 한가운데 2면을 온통 다 차지하고 있었다.

"호호호……."

연미는 절로 웃음이 나직이 흘러나왔다. 자기의 사진이 눈에 띄었던 것이다.

연미는 지금까지 자기의 사진이 신문이나 잡지에 실린 적이 한 번도 없었다. 국민학교 육 년, 중고등학교 육 년, 그리고 대학에 들어와 이 년, 합해서 벌써 십사 년 동안이나 학창생활을 해온 터이지만 학교에서 펴내는 교지나 학생신문 같은 데에도 아직까지 한 번도 사진이 실린 일이 없는 것이다. 그런데 이번에 좌담회에 참석한 덕분에 처음으로 지상에 사진이 찍혀 나온 것이다.

참석자가 모두 여덟 사람이었는데, 교수 세 분은 네모진 사진으로 실리고, 학생 다섯 사람은 원형의 사진으로 게재되어 있었다. 그 동그란 다섯 개의 사진 가운데는 남학생이 셋이었고, 여학생이 둘이었다. 그 여학생 둘 중에 자기가 하나를 차지하고 있는 것이다.

연미는 공연히 분에 넘친다는 생각부터 들어 목이 절로 움츠러드는 듯하면서 자꾸 쑥스러웠다. 그러나 결코 기분이 나쁠 턱은 없었다.

사진은 가만히 들여다볼수록 우스우면서도 신기했다. 자기가 한창 얘기를 하고 있을 때 찍은 얼굴이어서 어쩐지 그 표정이 좀 자기 같지가 않게 느껴지기도 했다.

연미는 동그란 자기의 사진에서 시선을 떼어 현중하 교수의 네모진 사진으로 옮겨갔다. 현 교수는 빙그레 미소를 짓고 있는 모습이었다.

연미는 현 교수의 웃음 띤 사진을 마치 친근한 어버이라도 되는 듯한 그런 따스한 심정으로 바라보았다. 연미 역시 현 교수를 다른 교수들과는 약간 다른 그런 눈으로 언제나 보고 있었다. 묘하게 친근감이 느껴지는 것이었다. 현 교수가 연미를 어디선가 옛날에 많이 본 듯한 묘한 친근감으로 대하는 그 심정이 은연중 전해져서 그런지도 몰랐다.

이번 좌담회에 자기가 감히 참석자의 한 사람으로 선정된 것도 전적으로 현 교수의 선심 때문이라고 연미는 속으로 고마워하고 있다. 자기가 특별히 다른 학생들을 젖히고 참석자로 뽑힐 아무런 이유가 없는 것이다.

"그때, '민속박물관 관장이 되신 거예요? 뜻밖인데요. 선생님 축하드려요.' 하고 인사를 한 게 마음에 쏙 드셨던 게 틀림없어. 히히히……."

연미는 혼자서 속으로 중얼거리며 킬킬 웃었다.

좌담회 기사의 첫 면 한가운데에 참석자 전원이 둘러앉아 얘기를 주고받고 있는 장면의 사진이 크게 실려 있었다. 그 사진의 여러 사람 가운데서 자기의 모습을 발견한 연미는 또 한번 쑥스러운 미소를 지었다. 옆모습이고, 다른 사람에게 약간 가려져서 또렷하게 보이지는 않았지만 분명히 자기 모습이어서 신기한 듯 잠시 들여다보았다.

그 다음에야 시선을 기사 쪽으로 가져갔다.

좌담회의 제목은 '역사와 철학이 담긴 민속박물관 만들기'라고 되어 있었다. 그리고 '겨레의 혼이 깃든 물건, 살아 있는 자료를 수집하자'라는 소제목이 붙어 있었다.

현중하 교수가 스스로 사회자가 되어 처음부터 좌담회를 이끌어 나갔는데, 연미는 그 기사를 읽으면서 참 묘미가 있다는 생각이 들었다. 며칠 전 좌담회 때의 광경이 머릿속에 떠오르고, 또 그때 발언했던 내용들이 거의 그대로 잘 정리되어 있었기 때문이었다. 그저 독자의 입장에서 읽는다면 뭐 별로 크게 흥미로울 것도 없겠지만, 그 좌담회에 직접 참석을 했던 당사자의 입장에서 읽으니 묘하게 재미가 있고 약간 흥분이 되는 것 같기도 했다.

드디어 자기가 처음으로 발언을 한 대목이 다가오자 연미는 슬그머니 긴장이 되는 것을 느꼈다.

현 교수— 백연미 학생은 어떻게 생각해요? 어디 의견을 말해 봐요.

백연미— 저는 대학에 민속박물관을 세우는 것은 아주 뜻깊은 일이라고 생각합니다. 물론 민속박물관보다 도서관의 증축이나 기숙사의 건축이 더 급선무라고 할 수도 있겠죠. 그러나 그것은 어느 대학에나 있고 또 있어야 되는 기본 시설인 셈이죠. 개교 30주년을 기념하는 사업으로는 적당치 않다는 생각이 들어요. 기념사업은 뭔가 좀 색다른 것이라야 되리라고 생각해요. 우리 학교에는 아직도 기숙사가 없는데, 그것은 개교기념사업과는 별도로 빨리 추진되어야 할 과제라고 생각합니다.

민속박물관의 건립에 대해서 부정적인 발언을 한 영문과 3학년의 남학생이 했는데, 그에 대한 연미의 반박인 셈이었다. 이미 이사회에서 결정이 내려져 착공을 한 터이지만 민속박물관의 건립을 탐탁지 않게 여기는 의견은 학생들 사이에도 적지 않았던 것이다. 차라리 그 비용으로 도서관을 증축하고, 기숙사를 짓는 게 훨씬 실용적이라는 의견을 그 남학생이 말했던 것이다.

자기가 한 발언을 읽고 난 연미는 제법 똑똑한 말을 했구나 싶어 절로 흐뭇한 미소가 입언저리에 떠오르고 있었다. 그런데 그때 자기가 긴장이 되어서 아무래도 그렇게 조리 있게 발언을 했던 것 같지가 않아서 기사 정리를 잘한 게 아닌가 싶어 신문이란 묘한 것이구나 하는 생각이 들기도 했다.

현 교수— 참 좋은 말을 했어요. 나도 전적으로 동감이에요. 기숙사를 세우는 일은 민속박물관 건립과는 별도로 추진되어야 마땅해요. 그런데 백연미 학생, 왜 민속박물관 건립이 기념사업으로 아주 뜻깊은 일이라고 생각하나요?

백연미— 저는 우리 사회가 너무 물질만능으로만 흐르는 것 같아 안타깝게 생각하고 있습니다. 모든 가치의 척도가 황금인 것처럼 되어가고 있어요. 정신적인 가치는 자꾸 뒷전으로 밀리고요. 그래서 우리 것에 대한 인식도 전반적으로 퇴색되어 가고 있죠. 우리 것에도 남의 것에 못지않은, 오히려 훨씬 나은 것이 적지 않는데 그것을 잃어가고 있단 말입니다. 그런 전통적인 것을 되찾아 우리의 정신문화를 살찌게 하는 일은 결코 물질적인 발달에 못지않은 중요한 과제라고 생각합니다. 그런 관점에서 볼 때 민속박물관의 건립은 아주 적절한 것 같애요. 특히 역사와 철학이 담긴 민속박물관을 만든다니, 아주 뜻깊은 일이 아니고 무엇이겠습니까.

연미는 자기가 제법 그럴듯한 말을 했구나 싶었다. 평소에 우리의 삶의 질이 물질적인 것으로 지나치게 기울어지고 있는 것 같아 바람직하지 못하다는 생각과 함께 우리 것에 대한 재인식과 애정이 특히 필요하다는 생각을 해오기는 했으나, 막상 좌담회에서 그런 견해를 개진하여 그것이 활자화된 것을 읽어보니 별안간 자기가 마치 무엇이 된 듯한 느낌이어서 좀 쑥스럽기도 했다.

연미가 세 번째로 발언을 한 것은 좌담회가 거의 종반으로 접어들었을 때였다. 그 대목은 민속자료의 수집 방법에 대한 의견 교환이었다.

현 교수— 자, 그럼 지금부터 역사가 담기고 혼이 깃든 그런 살아 있는 민속자료를 어떻게 수집할 것인가, 그 방법에 대해서 얘기를 나누어보기로 합시다. 방방곡곡에 흩어져 있는 그런 자료를 수집하는 무슨 좋은 방법이 없을까요? 각자 아이디어를 한번 애기해 봐요.

장상구— 곧 겨울방학이니까 전교 학생들에게 방학 중 과제로 한 가지씩 그런 자료를 수집해 보도록 하는 것이 어떻겠습니까?

윤민숙— 학생들의 힘을 빌리는 방법이 저도 가장 효과적이라고 생각합니다. 그러나 그냥 막연히 학생들에게 그런 자료를 수집해보라고 해서는 별로 효과가 없을 것 같은데요. 이 일에 관심을 가지는 학생은 협조를 할지 모르지만, 그렇지 않은 학생들은 마이동풍일 거예요. 귀찮은 일을 누가 할려고 그러겠어요? 중학교 학생 같으면 모르지만, 고등학교 학생만 돼도 벌써 잘 안 될 텐데, 하물며 대학생들에게……

현 교수— 일리가 있는 말이에요. 그럼 어떻게 해야 대학생들을 움직일 수 있을까요?

윤민숙— 대가가 있어야 되겠죠. 어떤 대가가 됐든 대가가 있어야 움직이리라고 생각합니다.

현 교수— 야박한 세태로군요. 자기 학교의 일에 협조하면서 대가를 바라다니…… 그러나 시대가 그러니 도리가 없는 일이죠. 대가라면 어떤 것이……?

백연미— 현상모집을 하면 어떨까요? 학생들을 대상으로 해서 기한을 정해서 그런 자료에 대한 내력을 써서 응모하도록 하는 거죠. 그래서 그중에서 자료로서 가치가 있는 것을 뽑아 시상을 한다면 많은 응모가 있지 않을까 생각합니다.

현 교수— 그거 좋은 생각인데요. 말하자면 자료에 대한 원고를 모집하는 셈이군요.

최 교수— 현상모집을 한다면 상금을 좀 두둑하게 걸어서 우리 학교 학생들만을 대상으로 할 게 아니라, 전국의 학생들을 대상으로 하는 것이 더 효과적일 거예요. 우리 학교 학생들은 대부분이 서울에 사니까, 지방 대학생들을 움직이게 하는 것이 방방곡곡의 자료를 수집하는데 도움이 되지 않겠어요?

현 교수— 그거 좋은 생각입니다.

활짝 웃던 현 교수의 얼굴이 연미는 지금도 눈앞에 보이는 듯했다. '현상모집'이라는 아이디어를 제공한 것이 연미였기 때문에 현중하는 그때 연미를 향해 무척 기분이 좋은 듯 밝은 웃음을 웃었던 것이다.

좌담회 기사를 다 읽고 난 연미는 얼른 신문의 1면을 보았다. 좌담회 기사의 맨 끝에 '민속자료 현상모집 요강은 1면에'라는 안내의 말이 있었던 것이다. 좌담회 기사부터 들추느라 연미는 신문의 첫 면을 아직 보지 못했던 것이다.

민속자료 현상모집의 광고는 신문 1면의 한가운데에 큼직하게 나와 있었다. 학교 신문의 1면에 그런 광고가 게재되기는 연미의 기억으로는 처음이었다. 학교 당국의 관심도를 미루어 짐작할 수 있는 듯했다.

민속자료 현상모집의 취지가 먼저 자세히 나와 있었고, 응모 자격은 전국 대학생이었으며, 마감은 89년 2월 말일로 되어 있었다. 그러나 방학 중에 수시로 보내주면 좋겠다는 주가 붙어 있었다. 원고 매수도 2백자 원고지 10매 이상 제한 없음이라고 되어 있었다.

상금의 액수를 본 연미는,

"어머."

절로 입이 살짝 벌어졌다.

특상이 한 편인데 상금이 백만 원이 아닌가. 원고지 10매에 백만 원이면 한 장에 십만 원 꼴이었다. 군침이 당기고도 남을 만했다.

우수상은 10편인데 각 이십만 원이었다. 그리고 입선상이라는 것이 있는데 편수에 제한이 없고, 상금은 각 십만 원씩이었다. 그러니까 뽑히기만 해도 십만 원, 즉 원고지 한 장에 만 원 꼴이었다.

당선된 모든 자료의 매입은 별도로 학교에서 부담한다는 설명이 첨가되어 있었다.

무슨 횡재거리라도 발견한 듯 두 눈을 반질거리며 연미가 그 현상모집 광고를 들여다보고 있는데,

"뭐야? 좋은 거 났어?"

누군가가 다가와서 어깨를 툭 쳤다.

양희경이었다. 같은 과의 친구로, 얼마 전 현중하가 「징깽맨이의 편지」라는 시에 대해 얘기할 때 비과학적이라고 반박을 하며 아무리 시지만 미신에 빠져서는 안 되지 않느냐고 하던 그 여학생이었다.

"너 이거 봤니?"

"뭔데?"

희경은 연미 곁에 바싹 붙어 앉으며 신문을 받아 들었다. 둘이는 아주 가까이 지내는 사이였다.

"이거 뭐야? 신문 1면에 광고가 다 나와 있네. 민속자료 현상모집이라…….."

"특상이 말이야 상금이 얼만지 보라구."

"어머, 백만 원이구나."

"괜찮지?"

"야— 이거 방학 동안에 다른 일 다 집어치우고 민속자료 수집하

러 다녀야겠구나.”

“맞어. 하하하.”

“우수상만 받아도 괜찮겠는데…… 이십만 원이잖아.”

“입선상만 해도 괜찮잖아. 십만 원이 어디야.”

“원고지 열 장에 십만 원이면 한 장에 만 원이네. 그 장사 괜찮은데…….”

희경이가 현상모집 광고를 다 보고 나자 연미가,

“이거 봐. 좌담회 기사…….”

하면서 자기가 얼른 신문의 한가운데 면을 펼쳤다.

“참, 니가 참석했었지. 애, 너 사진 예쁘게 나왔다.”

“이쁘긴…….”

“이쁜데 뭘…….”

여러 개의 사진을 대충 훑어보고 나서 희경이 불쑥 말했다.

“현 교수님하고 너하고 어쩐지 닮았다 애.”

“뭐라구?”

뜻밖의 말에 연미는 자기도 모르게 약간 당황하는 표정을 지었다.

“현 교수님하고 닮았다는데 왜 그렇게 놀라니?”

희경이가 좀 이상하다는 듯이 연미를 바라보았다.

“놀라긴…… 현 교수님하고 나하고 닮았다니 말이나 되니?”

“그럴 수도 있지 뭐.”

“그럴 수도 있다니?”

“꼭 무슨 육친이라야만 닮니? 남이라도 닮은 사람이 많잖아.”

그 말에 연미는 실제로 현 교수와 자기가 닮았는지 보려고 신문을 희경으로부터 얼른 빼앗다시피 해서 사진을 눈여겨 들여다보았다.

"닮았지? 안 그러니? 입술하고 턱은 거의 상사형*(크기와 관계없이 모양이 서로 비슷한 둘 이상의 도형)인데……."

"……."

"눈썹도 약간 닮은 것 같고……."

연미는 아무 말이 없었다. 어떻게 보면 과연 닮은 것도 같고 그렇지 않은 것도 같아 종잡을 수가 없었다. 자기의 사진은 말을 하는 모습이고, 현 교수는 미소를 짓고 있는 얼굴이어서 정확하게 비교해 볼 수가 없었다.

"내가 현 교수님하고 닮을 턱이 있니."

그러면서 연미는 신문을 도로 희경에게 주었다.

희경이 좌담회 기사를 읽기 시작했다. 연미는 기분이 약간 침울해진 듯 입을 꼭 다물고 벤치 앞길에 떨어져 있는 노오란 은행 이파리 하나를 가만히 바라보고 있었다. 어딘지 모르게 쓸쓸한 그런 표정이었다.

난데없이 희경이가 현 교수와 자기가 닮았다는 그런 말을 하다니, 연미는 정말 뜻밖이 아닐 수 없었다. 지금까지 누구한테서도 그런 말을 들어본 적이 없었고, 또 그런 생각을 해 본 적도 없었다. 현 교수와 자기가 닮다니…… 도무지 있을 수 없는 일이었다.

그러나 그 말을 듣고 사진을 보니 과연 좀 닮은 듯이 느껴지질 않는가. 참 이상한 일이었다.

희경의 말마따나 반드시 육친만이 닮는 것이 아니라, 남남끼리도 닮을 수가 있을 것이다. 현 교수와 자기가 닮았다는 것이 연미는 결코 싫지가 않았다. 오히려 은근히 기쁜 일이었다. 현 교수도 다른 학생들보다 자기를 귀여워하고 있는 것 같고, 자기도 다른 교수들보다 현 교수가 좋으니, 서로 닮기까지 했다면 얼마나 기분 좋은 일인가 말이다.

연미가 침울해지고 쓸쓸한 표정이 떠오른 것은 그래서가 아니라, 자기에게 아버지가 없다는 사실 때문이었다. 아버지가 없다는 사실은 연미의 마음속 깊은 한쪽에 슬픔으로 서려서 스물한 살이 된 지금까지 지워지지가 않고 있었다.

친구들이 아버지 얘기를 하거나 혹은 친구 집에 놀러가서 아버지에게 어리광을 부리며 웃기도 하는 친구를 볼 때면 연미는 겉으로는 아무렇지도 않은 체하려고 애를 썼지만 속으로는 적잖이 마음이 아프곤 했었다. 왜 나에게는 아버지가 없을까……. 그런 생각에 잠을 이루지 못하며 남몰래 베개에 눈물을 적신 적도 한두 번이 아니었다. 여중 1,2학년 시절에 특히 그랬었다.

현 교수와 닮았다는 말은 연미를 기분 좋게 하면서도 한편 마음속 깊은 곳에 잠자고 있는 그 슬픔을 건드렸던 것이다.

연미는 유복자였다. 아버지를 한 번도 본 적이 없었다. 어머니의 뱃속에 있을 때 아버지는 비명에 가고 말았던 것이다.

아버지가 돌아가시고 없다는 것을 연미가 알게 된 것은 국민학교 1학년 때였다. 그리고 어머니의 뱃속에서 서너 달이 되었을 때 아버지가 교통사고로 사망했다는 것과 유복자를 낳은 어머니가 돌을 지낸 자기를 이모에게 맡기고서 출가하여 여승이 되었다는 사실은 중학교 1학년 때에야 알았다.

국민학교에 입학한 지 얼마 안 되는 어느 날이었다. 담임인 여선생이 교실에서 가정환경 조사에 따라 아이들을 차례차례 불러 세워 아버지 이름이 뭐냐, 직업이 뭐지, 하고 물어나갔다. 말하자면 아이들의 발표 능력을 시험해보는 것이었다.

"백연미."

"예."

연미는 손가락 하나를 입에 문 채 자리에서 일어났다.

"아버지 이름이 뭔지 아니?"

"알아요."

"어디 한번 말해 봐요."

그러면서 여선생은 환경조사서로 시선을 떨구었다.

"장교식입니다."

연미는 또렷한 발음으로 대답하고는 얼른 도로 자리에 앉았다.

여선생은 미심쩍은 듯한 표정으로 바뀌었다.

"장교식 씨가 아버지 맞아요?"

"예."

"아닌데…… 아버지가 아니라……."

여선생은 말을 하려다가 아차 싶은 듯 얼른 입을 다물어버렸다. 그런 사실을 연미가 모르는 것 같으니 덮어두고, 보호자를 통해서 가정 내막을 알아보는 것이 교육적이라는 생각이 들었던 것이다.

그러나 아이들이 웃음을 터뜨렸다.

"쟤는 아버지도 모르는가 봐."

"성이 다른데 어떻게 아버지가 되니, 그지?"

"바보다. 바보."

하고 떠들어 대기도 했다.

연미는 무엇이 어떻게 된 영문인지 알 수가 없어 빨갛게 물든 얼굴로 선생님과 아이들을 번갈아 두리번거리다가,

"아버지 맞는데……."

하더니 그만 조그마한 두 손바닥으로 얼굴을 가리며 울음을 터뜨렸다.

학교를 마치고 집에 돌아간 연미는 대뜸 어머니에게 물었다.

"엄마, 아버지가 장교식이 맞지?"

"응."

연미가 어머니라고 알고 있는 문수진은 실은 작은 이모였다. 난데없이 이 애가 왜 그러는가 싶어 문수진은 가만히 연미의 얼굴을 살피듯 바라보았다.

"그런데 아니라지 뭐야."

"누가?"

"학교 선생님이…… 선생님 바보야. 그지? 엄마."

문수진은 말문이 막히지 않을 수 없었다. 그리고 순간적으로 문수진은 이제 이 애가 학교에 들어갔으니 알 것은 알아야 될 때가 됐구나 하는 생각이 들었다. 그래서 연미의 조그마한 두 손을 꼭 감싸듯 따스하게 붙들고 예사롭게 웃으면서 입을 열었다.

"연미야 실은 말이다 아버지가 돌아가셨어. 연미가 어릴 때……."

"참말이야?"

"응, 참말이야."

"그럼 지금 아버지는 누구야?"

"키워준 아버지지."

이모부라는 말이 나오려는 것을 얼른 삼키고서 그렇게 말했다.

이모부다고 말할 경우, 어머니까지가 실은 어머니가 아니라, 이모라는 사실이 밝혀질 것이 아닌가. 아버지 어머닌 줄 알았던 두 사람이 하루아침에 이모, 이모부로 바뀌고 말면 어린 가슴에 충격이 너무 클 것 같아서 문수진은 자기 자신은 어머니로서 그대로 행세하기로 하고, 아버지에 대해서만 사실을 밝혔던 것이다.

그러나 아버지에 대해서도 실은 사실 그대로는 아니었다. 어린 것에게 유복자라는 걸 설명해 주고 아버지가 교통사고로 죽었다는 사실을 알린다는 것은 너무 가혹한 일 같아서 그저 적당히 어릴 때 돌아가셨다고 얼버무렸다.

그 말을 들은 연미는 두 눈을 동그랗게 뜨고서 말없이 어머니를 바라보고만 있었다. 어린 가슴에 충격이 간 게 틀림없었다.

문수진은 일부러 온 얼굴에 활짝 웃음을 떠올리며 말했다.

"어릴 때 돌아가신 아버지보다 키워준 아버지가 훨씬 낫지 뭐. 그지? 연미를 버리고 혼자서 저세상으로 가버린 아버지가 무엇이 좋아. 밉지, 안 그래?"

"……."

"연미한테 과자도 사 주고, 옷도 사 주고, 학교도 보내주신 지금 아버지가 훨씬 고맙지, 맞지?"

"응."

연미는 어쩐지 슬픈 듯한 표정으로 고개를 끄덕였다.

"그러니까 돌아가신 아버지는 잊어버리고 지금 아버지를 진짜 아버지라고 생각해. 얼굴도 모르는 돌아가신 아버지가 무슨 소용이 있어, 그지?"

"응, 헤헤헤……."

연미는 대답을 하고 나서 그만 묘하게 웃었다. 슬프면서도 억지로 웃으려는 그런 웃음이었다. 두 눈에는 눈물이 어려 있었다.

문수진은 이튿날 바로 학교로 찾아가서 담임선생에게 연미의 자라온 내력을 대충 얘기하고서 지금 아버지가 이모부라는 사실을 알리지 말도록 부탁을 해두었다.

　아직 어려서 그런지 연미는 그 일에 대해 곧 잊어버린 듯 전과 별로 다름이 없었다. 간혹 아버지에 대해서만은 좀 묘한 시선으로 가만히 바라볼 때가 있었다.

　아무 탈 없이 다른 학생들과 마찬가지로 연미도 국민학교를 졸업하고 중학교에 진학을 했다.

　연미가 중학생이 되어 얼마 안 되는 어느 날, 시골에 사는 외할머니 임실댁이 서울 딸네 집에 다니러 왔다. 임실댁은 중학생이 된 외손녀 연미를 보고 무척 대견해 하면서도 어딘지 모르게 속으로 측은하게 여기는 듯한 그런 표정으로,

　"관세음보살—"

하고 한숨을 쉬듯 뇌었다.

　연미는 평소에는 공부방에서 혼자 잤는데, 외할머니가 온 뒤로 둘이 한 방에서 자게 되어 무척 좋았다. 임실댁은 연미와 한 이불 속에 누워서 외손녀에게 이런 얘기 저런 얘기를 곧잘 구수하게 해주곤 했다.

　어느 비가 추적추적 내리는 밤이었다. 빗소리 때문인지 임실댁은 기분이 울적한 듯 이부자리 속에서 나직한 소리로 관세음보살을 뇌곤 했다. 그러다가 옆에 누워 있는 연미를 향해 가만히 입을 열었다.

　"연미야 잠들었냐?"

　"아니요. 왜? 외할머니."

　"나하고 얘기 좀 할꺼나?"

"그래요. 외할머니 얘기 재미있어."

"관세음보살―"

"무슨 얘긴데요? 외할머니, 어서 해봐."

"저…… 뭣이냐 허면……"

임실댁은 좀 망설이는 듯하더니 또 한번 나직이 관세음보살을 뇌고는 입을 열었다.

"연미야, 너도 인제 중학생이 됐응께로 알 것은 알아야 쓰겄지, 잉?"

"예, 무슨 일인데요?"

연미는 바짝 호기심이 생기는 듯 외할머니 쪽으로 돌아누워 어둠 속에서 두 눈을 깜작거렸다.

"내가 지금부터 허는 얘기를 듣고 놀래면 못 쓰는 거여. 중학생이 됐응께로 놀래지 말고 들어. 잉?"

"예."

"뭣이냐 허면 저…… 너는 너거 아버지가 너 어릴 때 세상을 베렸는 줄 알고 있지? 그것이 아니랑께. 니가 아직 태어나기 전에 세상을 베렸어야."

"어머, 그래요?"

"니가 너거 어메 뱃속에서 서너 달이 됐을 때 교통사고를 당했당께로. 그래서 세상을 베리뿌렸어."

"어머나……."

조금 뜸을 들이듯 말이 없다가 임실댁은 나직이 한숨을 한번 쉬고서 한결 가라앉은 담담한 목소리로 남의 얘기하듯 말했다.

"그라고 잉, 너거 어메는 니가 돌을 지내자 집을 나가 뿌렸지 뭐여."

"아니 뭐라고요? 집을 나가버려? 외할머니, 그게 정말이야?"

연미는 놀라서 벌떡 일어나 앉았다.

"정말이여."

"그럼 지금 엄마가 어머니가 아니란 말이야?"

"이모여, 이모."

"이모?"

"너거 어메 동생이여. 동생헌티 너를 맡기 뿌리고 집을 나갔당께로."

"어머나 어머나⋯⋯."

연미는 너무나 뜻밖의 말에 어쩔 줄을 모르다가 그만 두 손으로 얼굴을 가리고 울음을 터뜨리고 말았다.

"관세음보살―"

하면서 임실댁은 부스스 일어났다.

어둠 속에 앉아 엉엉 소리를 내어 서럽게 우는 연미를 임실댁은 말없이 지켜보다가 가엾다는 듯이 등을 가만가만 어루만져 주며,

"그래, 실컨 울어라. 한번 울어뻔져야 쓰는 거여."

하고 혼자 중얼거리듯이 말했다.

한참 서럽게 울고 난 연미는 잠시 넋을 잃은 것처럼 앉아 있더니 울먹이는 듯한 목소리로 물었다.

"우리 어머니는 그럼 지금 어디 있어? 외할머니."

"너거 어메가 누군고 하면 자운사의 월엽 스님이여. 알겠어?"

"예? 월엽 스님이?"

연미는 또 한번 놀라고 있었다.

월엽 스님을 연미는 큰이모라고 알고 있었다. 어머니로부터 그렇

게 들었던 것이다. 두어 차례 월엽 스님이 서울로 찾아온 적이 있었고, 한번은 어머니를 따라 전라북도 장수군에 있는 자운사로 그 큰이모를 찾아가 본 일도 있었다.

연미는 월엽 스님을 대할 때마다 어린 생각에도 왜 우리 큰이모는 여자가 머리를 빡빡 깎고 중이 되었을까 하고 속으로 좀 이상하게 여겼다. 어쩐지 좀 보기가 민망하고 얄궂었었다.

그런데 그 월엽 스님이 이모가 아니라 진짜 어머니라니, 그리고 지금까지 어머니라고 생각했던 이는 반대로 이모라니…… 도대체 어떻게 된 영문인지, 연미는 어처구니가 없기만 했다.

외할머니로부터 자기의 출생에 대한 비밀을 알게 된 연미는 걷잡을 수 없는 슬픔과 괴로움의 구렁텅이로 빠져들고 말았다. 갓 중학교에 입학을 한 열네 살짜리 소녀의 가슴 속은 충격으로 온통 터져 나가는 듯했다.

아버지는 왜 아직 내가 태어나기도 전에 교통사고를 당하셨을까…… 그리고 어머니는 무슨 까닭이 있어서 나를 작은 이모에게 맡기고서 머리를 깎고 절로 들어가 버린 것일까…… 이런 운명비극에 대한 생각이 밑도 끝도 없이 꼬리를 이어 괴롭혔다.

그리고 거기에 더 얹어서 이모는 무엇 때문에 그런 사실을 비밀로 부치고서 지금까지 자기가 어머니 노릇을 해왔을까, 진짜 어머니를 큰이모라고 속이고서…… 이런 생각까지 겹쳐 아픈 가슴을 더욱 쑤셔댔다.

며칠이 지난 어느 날 밤, 연미는 마침내 견디지 못해 큰방으로 이모를 찾아갔다.

이모는 텔레비전의 연속극을 보고 있었고, 유치원에 다니는 이종

동생 윤수는 방바닥에 엎드려 그림책을 보고 있었다. 이모부는 아직 귀가를 않고, 외할머니는 그날 아침에 시골로 돌아갔다.

방으로 들어가 앉아 연미는 이모에게 대들 듯이 물었다.

"이모는 왜 나를 속였어요? 말해 봐요."

연미가 문수진에게 경어를 쓴 것은 그때가 처음이었다. 그전에는 늘 진짜 어머닌 줄 알고 반말을 써왔었다.

연미의 대드는 듯한 물음에 문수진은 약간 표정이 굳어들었다. 그러나 이미 이런 일이 있으리라고 예상하고 있었고, 또 연미의 입에서 그런 말이 나오기를 기다리고 있기도 했다. 친정어머니가 연미에게 비밀 얘기를 들려주었다는 것을 안 뒤로 문수진은 연미의 눈치만 보아왔다. 먼저 자기가 그런 말을 꺼내면 어린 가슴을 거듭 아프게 할 것 같아 가만히 기회를 기다리고 있었던 것이다.

문수진은 억지로 얼굴에 웃음을 떠올리며 말했다.

"그래, 연미야. 나하고 조용히 얘기 좀 할까."

엎드려 그림책을 보고 있던 윤수가 무슨 일인가 싶어서 눈이 동그래지며 누나와 엄마를 번갈아 바라보았다.

그런 윤수를 보자 문수진은,

"연미야, 저 방으로 가는 게 좋겠다. 저 방으로 가서 얘기하자."
하고 자리에서 일어났다.

연미의 공부방으로 가서 마주앉자 문수진은 될 수 있는 대로 별일 아니라는 듯이 담담한 어조로 말을 꺼냈다.

"연미야, 이모가 너를 속이고 싶어서 속였겠니. 이모는 말이다 너를 진짜 딸로 생각하고 싶어서 그런 거야."

그 말에 연미는 뭐라고 대꾸를 못하고 이모를 가만히 바라보기만 했다.

"니가 아직 태어나기 전에 너거 아버지가 교통사고로 돌아가셨다는 얘기는 외할머니한테 들었지?"

"예."

"너거 어머니는 혼자서 너를 키우다가 니가 돌을 지나자 나한테 맡아 키워달라고 부탁을 했어. 그때 너거 어머니는 정신이 무척 쇠약해져 있었어. 그렇지 않겠니? 남편 없이 혼자서 아기를 키우려니까…… 그때 나는 애가 없었지 뭐야. 첫 아기를 해산할 때 잘못돼서 수술을 해서 낳았는데, 아기가 죽어버렸어. 그 뒤로 나는 웬일인지 임신을 못했거든."

연미는 이모의 얼굴을 빤히 바라보며 다소곳이 듣고 있었다.

이모의 입으로부터 비밀의 껍질이 한 꺼풀씩 벗겨지는 것 같아 긴장감에 휩싸여 있었고, 슬프면서도 묘한 흥미를 느끼기도 했다.

"내가 임신을 못해서 괴로워하는 것을 알고 너거 어머니는 너를 나한테 맡기면서 친딸처럼 키우라고 했어. 그 말에 나는 그때 그저 웃기만 했었지만, 너를 맡아서 키우다 보니 정말 친딸 같은 정이 솟질 않겠어. 그래서 지금까지 너를 친딸로 생각하고 키워온 거야. 너거 어머니 말도 있었고 해서…… 뭐 너를 일부러 속일려고 그런 게 아니야. 이모도 어머니와 다를 게 뭐니? 안 그러니?"

그 말에 연미는 뭐라고 얼른 대답이 나오지가 않고 절로 고개가 숙여졌다. 그러나 연미는 곧 얼굴을 들고서 물었다.

"그럼 윤수는 누구예요?"

임신을 못했다면 지금 일곱 살짜리인 윤수는 또 누군가 하는 의문이 솟았던 것이다.

문수진은 미소를 지었다.

　"윤수는 내가 그 뒤에 낳은 아이야. 다시 임신을 해보려고 온갖 약을 다 먹었지 뭐니. 절에 다니며 불공도 드리고…… 그래도 잘 안 되더니 니가 여덟 살인가 되던 해 용케 임신이 됐어. 그래서 낳은 거야. 내가 서른아홉에 낳았으니까 만득인 셈이지."

　"만득이라뇨?"

　"늦게 얻은 아이단 말이지."

　문수진은 이제 더 할 말이 없었다. 그 정도 얘기를 해주었으면 이제 연미의 의문이 풀렸으리라 생각했다.

　그러나 잠시 말이 없이 무슨 생각에 잠기는 듯하던 연미가 다시 불쑥 입을 열었다.

　"이모, 그런데 말이에요, 왜 우리 어머니가 나를 이모한테 맡기고서 머리를 깎고 절에 들어갔지요? 왜 그랬어요?"

　"그때 너거 어머니가 정신이 무척 쇠약해져 있었다니까."

　"정신이 쇠약해졌다고 중이 된단 말이에요? 자기 아이를 남한테 맡기고서……."

　문수진은 답변이 궁해지는 것을 느끼며 곤욕스러운 표정으로 가만히 연미를 바라보았다. 연미의 두 눈에는 어머니에 대한 원망스러움이 분노로 바뀌어 싸늘하게 반짝거리는 듯했다.

　"그게 어머니예요? 그럴 수가 있어요? 정신이 쇠약해졌으면 병원엘 가야지, 왜 머리를 깎고 중이 된단 말이에요? 더구나 여자가……."

　"……."

　"무슨 이유가 있을 거예요. 안 그래요? 이모."

"글쎄……."

"아무 이유도 없었다면 자기가 낳은 아이를 남한테 키우라고 맡기고 중이 될 수는 없어요. 정신이상자 같으면 몰라도…… 반드시 무슨 이유가 있을 거예요. 이모, 그 이유가 뭐예요? 이모는 아실 거 아니에요."

"난들 어떻게 아니. 남의 속을……."

"정말 몰라요? 나를 이모한테 맡길 때 왜 중이 되려고 한다는 얘기가 있었을 거 아니에요."

"그런 얘긴 없었어. 실은 말이야 나도 너거 어머니가 스님이 된 것을 나중에 알고 깜짝 놀랐지 뭐야. 너를 나한테 맡길 때에는 머리를 깎고 스님이 된다는 말은 없었거든. 그저 정신이 쇠약해져서 수양을 하러 절에나 좀 들어가 있어야겠다고 말하길래 그런가 보다 했었지."

문수진은 자기도 실은 언니가 왜 절에 들어가 머리를 깎고 스님이 되었는지 그 확실한 이유를 지금까지도 모르고 있었고, 한 가닥의 의문으로 남아 있다면 남아 있는 셈이었다. 그런데 연미의 입에서 추궁하듯 그 말이 나오니 절로 진지해지지 않을 수 없었다.

"그때 너거 어머니가 머리를 깎고 스님이 되겠다는 말을 했더라면 내가 반대했을 거야. 왜 자기가 낳은 아이를 남한테 맡기고서 절로 들어가려고 하느냐고 그 이유를 캐물었을 거야. 여자가 머리를 깎고 스님이 된다는 것은 보통 일이 아니거든. 그런데 그런 내색은 전혀 없었어. 나중에 스님이 된 뒤에 왜 그랬느냐고 물으니까 웃으면서 실은 처음부터 그럴 생각이었다는 거야. 그 이유가 도대체 뭐냐고 따져 물어도 그저 속세의 괴로움에서 벗어나고 싶어서였지 하고는 염불만 외지 뭐니. 정말 속세의 괴로움에서 벗어난 사람처럼 온 얼굴에 미소를 지으면서 말이야. 그러니 더 뭐라고 말을 붙여보겠니.”

가만히 듣고 있던 연미는 속눈썹을 바르르 떨며 쏘아붙이듯이 말했다.

“속세의 괴로움에서 자기만 벗어나면 되나요? 딸은 어떻게 하라고요?”

마치 이모에게 잘못이라도 있는 듯한 그런 말투였다.

문수진은 곤혹스러웠다. 그러나 애써 엷은 웃음을 떠올렸다.

“맞다. 니 말이…… 나도 그렇게 생각한다. 그렇지만 여자가 머리를 깎고 스님이 될 때에는 남모르는 괴로움이 얼마나 컸겠니. 어머니의 그 심정도 이해를 해야지. 너도 인제 중학생이 됐으니까…….”

“남모르는 괴로움이 도대체 뭐예요? 난 이해 못해요.”

싸늘하게 내뱉고는 그만 연미는 발딱 일어나 방문을 왈칵 열고 나가버렸다.

그런 일이 있은 뒤로 어머니에 대한 연미의 원망스러움과 미움의 감정은 더욱 짙어졌고, 왜 자기를 버리다시피 이모에게 맡기고 절에 들어가 중이 되었는지 그 까닭에 대한 의문 역시 조금도 엷어지지가 않았다.

이듬해, 그러니까 연미가 중학교 2학년 때 한번 어머니가 서울 집에 온 적이 있었다. 학교에서 돌아온 연미는 집에 여승이 와 있는 것을 보자 대뜸 안색이 새하얗게 변하고 말았다. 그전 같으면 큰이모라고 반겼을 터인데, 이제 그게 아닌 것이었다. 어머니에 대한 원망과 미움의 감정이 불끈 되살아나 연미는 그만 확 돌아서서 집을 나가버렸다. 머리를 빡빡 깎은 중대가리인 어머니의 꼬락서니가 보기도 싫었던 것이다. 친구네 집에 가서 얹혀 있다가 어머니가 시골로 돌아간 뒤에야 연미는 집에 돌아왔었다.

어머니에 대한 그런 짙은 원망과 미움의 감정도 한 해 한 해 나이를 거듭함에 따라 차츰 수그러져서 고등학교 2학년이 되었을 무렵에는 이제 그런 감정은 거의 사라지고, 아련한 슬픔만이 가슴 속에 엷은 안개처럼 서려 있었다. 그러면서도 여전히 어머니의 출가에 대한 의문만은 사라지질 않고 남아서 슬픔의 안개와 더불어 일렁거렸다.

그 의문을 풀어보려고 그해 겨울방학이 시작되자 연미는 마침내 혼자서 전라북도 장수군에 있는 자운사로 어머니를 찾아갔다. 열여덟 살도 이제 며칠이면 끝나는 세모였다. 국민학교 시절에 이모와 함께 한번 가본 일이 있었으니 두 번째 걸음이었다.

연미가 자운사에 도착했을 때는 해가 서산에 걸려 있었다. 산등성이에 얹혀 곧 넘어가려는 해는 엄청나게 커 보였고, 유난히도 붉어 보였다. 일주문 앞에 걸음을 멈추고 책가방을 든 채 서서 연미는 한참 그 석양을 바라보며 넋을 잃었다.

그때까지 연미는 그처럼 크고 붉은 해를 본 적이 없었다. 물론 저물어가는 해를 여러 번 보았지만, 서울이라는 도시의 복판에서 본 해와 인적이 없는 적요한 산중에서 바라보는 석양과는 현저한 차이가 있었던 것이다. 크기와 빛깔이 도무지 비교가 안 되는 듯했다.

연미는 '대자연'이라는 말이 실감나는 느낌이었다.

저무는 햇덩어리가 산 너머로 절반가량 모습을 감출 때까지 넋을 잃고 바라보고 있던 연미는 푸드득 산비둘기가 날개를 털며 날아오르는 소리에 놀라 제정신이 들어 다시 걸음을 떼놓았다.

일주문을 들어서는 연미는 기분이 묘하게 가라앉아 있었다. 그러면서도 가슴 속에 무엇이 뿌듯하게 충만해 있는 듯한 느낌이었다. 방금 바라본 석양 때문인지도 몰랐다. 어머니를 만나게 된다는 생각에 조금 전까지만 해도 공연히 가슴이 울렁거리고 기분이 착잡했었는데 말이다.

두 번째 걸음이었지만 절은 어쩐지 낯설어 보였다. 일주문에서 절 경내까지는 꽤 거리가 있었다.

자연석 계단으로 된 숲속의 오솔길을 걸어 올라가는데 멀리서 목탁소리와 불경 읽는 소리가 은은하게 흘러왔다. 저녁 예불을 하고 있는 모양이었다.

경내에 들어선 연미는 조심스러운 걸음으로 법당을 향해 갔다. 목탁소리와 독경소리가 그곳에서 흘러나오고 있었던 것이다.

겨울이라 그런지 법당 정면의 문들은 굳게 닫혀 있었다. 연미는 돌계단을 올라 법당의 옆으로 돌아가 보았다. 옆문은 조금 열려 있었다.

연미는 가슴이 약간 두근거리는 것을 느끼며 가만히 안을 들여다보았다. 부처님이 계시는 법당을 들여다본다기보다도 어머니의 거처를 들여다보는 듯한 느낌이었다.

세 사람의 여승이 나란히 앉아서 예불을 하고 있었다.

불단에 촛불이 켜져 있기는 했으나 법당 안은 벌써 어둠침침했다. 그러나 연미는 그 세 여승 중에서 대뜸 어머니를 알아볼 수가 있었다. 어머니는 가운데 앉아서 목탁을 치면서 독경을 하고 있었다.

연미는 두 눈에 눈물이 핑 어리는 것을 어쩌지 못했다. '어머니!' 하고 부르며 뛰어 들어가 어머니를 붙들고 목 놓아 울고 싶은 심정이었다. 복받쳐 오르는 그런 뜨거운 충격을 연미는 이를 악물고 가만히 돌아서서 참았다.

잠시 후, 목탁소리와 독경소리가 멎고, 세 여승이 자리에서 일어나 세 번 배례를 했다. 그리고 예불은 끝났다.

어머니가 먼저 법당을 걸어 나오고 두 젊은 여승은 뒷정리를 하는 모양이었다.

연미는 얼른 몇 걸음 뒤로 물러나 살짝 돌아섰다.

법당 옆문을 나온 월엽 스님은 책가방을 든 웬 여학생이 돌아서 있는 것을 보고 가만히 물었다.

"누구냐? 웬 여학생이지?"

등 뒤로 어머니의 목소리를 듣고도 연미는 그 자리에 얼어붙은 것처럼 가만히 서 있었다.

월엽은 어떤 여학생이 날이 어두워지는데 저렇게 법당 옆에 서 있는지, 더구나 등을 돌리고서…… 싶어서 가만가만 다가갔다.

"학생, 누구냐니께요?"

어머니의 체온이 등에 와 닿는 듯하자 연미는 순간 자기도 모르게,

"어머니."

하면서 돌아섰다. 그리고 그만 흐흐흑 흐느꼈다.

"아니, 이게 누구다냐? 연미 아니냐?"

"어머니."

연미는 무너지듯 어머니의 품에 안겨버렸다.

"오메, 이것이 어떻게 된 일이다냐? 아이고, 나무관세음보살—"

너무나 뜻밖의 일에 월엽도 어찌할 바를 몰랐다.

예불의 뒷정리를 하고서 법당을 나오던 두 젊은 비구니가 그 광경을 보고서 눈이 휘둥그레졌다.

그제야 월엽은 가슴에 얼굴을 묻고 흐느껴 우는 연미를 다독거려 떼내었다. 어머니의 품에서 떨어져나간 연미는 그러나 그 자리에 그대로 서서 한 손으로 얼굴을 가리고 여전히 훌쩍거렸다.

월엽은 연미의 다른 손에 들려 있는 책가방을,

"나무관세음보살……."

하면서 자기가 받아들었다.

"누구당가요? 그 학생……."

한 비구니가 물었다.

그러자 월엽은 입언저리에 좀 쑥스러운 듯한 엷은 웃음을 떠올리며 대답했다.

"내 딸이지."

담담한 어조였다.

"오메, 그래라우?"

"주지 스님에게 딸이 있었구마니라우."

두 비구니는 이번에는 입까지 살짝 벌리며 놀라고 있었다.

저녁을 먹고 나서였다. 촛불이 켜진 승방에 어머니와 단둘이 마주앉은 연미는 새삼스럽게 어머니의 얼굴을 가만히 바라보고 있을 뿐 아무 말이 없었다.

"연미야 잘 왔다. 니가 니 발로 찾아오기를 에미는 기다리고 있었어. 언젠가는 찾아올 줄 알았당게."

월엽이 먼저 입을 열었다.

"서울 너거 이모네는 다 잘 있지야?"

"예."

연미는 나직한 목소리로 대답하고는 살짝 눈을 내리깔았다가 반짝 치뜨면서 어머니의 표정을 살피듯 바라보았다. 그 입에서 '서울 너거 이모'라는 말이 나왔기 때문이었다. 그전 같았으면 '서울 너거 어머니'라고 했을 터인데 말이다. 그 표정이 궁금했던 것이다.

"어머."

연미는 속으로 약간 놀라고 있었다. 어머니의 표정이 너무 담담하고 예사롭기만 했던 것이다. 마치 지난날에 아무 일도 없었던 것 같은 그런 자연스러움이었다.

놀라면서도 연미는 조금 어이가 없기도 해서 히히힉 웃음이 나와 버렸다.

연미의 그 웃음의 뜻을 환히 들여다보는 듯 월엽은,

"다 인연의 소치인 것이여."

하고 자기도 입언저리에 은은한 미소를 떠올렸다.

'다 인연의 소치'라고 한 어머니의 말이 무슨 뜻인지 연미로서는 잘 알 수가 없었으나, 왠지 그 말에 슬그머니 반감이 고개를 쳐들었다. 그래서 불쑥 대들 듯이 물었다.

"자기 딸을 남에게 키우라고 맡기는 것도 인연이란 말이에요?"

"나무관세음보살—"

"이모를 친어머닌 줄 알고 난 컸단 말이에요. 중학교 1학년이 될 때까지 감쪽같이 속았지 뭐예요. 그렇게 어린 것을 속이는 것도 인연인가요?"

"속이다니…… 그저 니가 자연히 알게 될 때까지 가만히 있었을 뿐인 거여."

"자연히 알게 되다니요? 남이 말해 주지 않는데 어떻게 알게 된단 말이에요? 중학교 1학년 때 외할머니가 얘기해 줘서 알았어요. 도대체 뭐예요? 왜 그랬어요? 내가 그렇게 싫었나요?"

연미는 싸늘한 눈길로 어머니를 쏘아보았다. 가슴 속에서 사라진 줄 알았던 원망과 미움의 감정이 새파랗게 되살아 오르고 있었다.

그러나 월엽은 표정이 약간 굳어졌을 뿐 여전히 담담한 어조였다.

"니가 싫다니…… 그것이 말이라고 하냐? 자기가 낳은 자식이 싫은 에미도 세상에 있다냐?"

"그럼 왜 이모에게 키우라고 맡기고서 어머니는 절에 들어와 버렸어요? 왜 그랬어요? 그 이유를 말해 봐요. 그 이유가 알고 싶어요."

"……"

"나를 버리다시피 하고서 어머니가 머리를 깎고 스님이 된 이유가 도대체 뭘까 하고 얼마나 생각했는지 알아요? 오늘 이렇게 어머니를 찾아온 것도 그 이유를 직접 어머니한테 물어보려고 해서예요. 그 이유가 뭐예요? 얘기해 줘요."

여러 해 동안 가슴 속에서 맴돌았던 의문을 기어이 풀어보려는 듯이 연미는 어머니를 몰아붙이듯 추궁을 했다.

방 안에 바람이 스며드는 것도 아닌데 촛불이 저절로 일렁거렸다. 일렁거리다가 가만히 멎는 그 불꽃을 월엽은 하염없이 바라보다가 입을 열었다.

"사람이 살아가면서 하는 일이랑 게 반드시 이유가 있어서만은 아닌 것이여. 때로는 아무 이유도 없으면서도 그렇게 하고 싶은 때가 있는 법이여. 자기 마음을 자기가 맘대로 못 한당게. 그런 것이 바로 인연의 소치란 말이여. 알겠어?"

"……"

"내가 부처님 곁으로 오고 싶었던 것도 바로 그래서였당게. 아무 이유도 없이 속세에 사는 것이 괴롭고 못 견디겠더랑께."

"괴로운 이유가 있었을 거 아니에요. 아무 이유도 없이 어떻게 괴로움이 생기나요? 안 그래요? 어머니."

"이유가 있어서 생기는 괴로움은 그 이유를 없애면 사라지지 않겠냐? 허지만 이유가 없이 생기는 괴로움은 없앨 수가 없당게. 그것이 바로 업보라는 것이여."

"업보가 도대체 뭔데요?"

연미는 '인연'이라는 말과 함께 '업보'라는 말에도 반감이 고개를 쳐드는 모양이었다.

"전생에 지은 죄를 이 세상에서 받는 것이 업보여. 그렁게로 아무 이유가 없으면시로 괴로운 거여. 알겠냐?"

열여덟 살짜리 여고 2학년생이 그런 말을 납득할 리가 없었다.

"모르겠어요."

연미는 서슴없이 대답했다.

월엽은 씁쓰레한 미소를 떠올렸다. 연미가 모르겠다고 대답한 그 속이 환히 들여다보이기 때문이었다.

인연이니 업보니 하는 말을 연미가 이해할 리가 없었다. 그러나 그래서보다도 그 대답은 한마디로 어머니에 대한 불만이었던 것이다.

"그래, 모르는 것이 당연히여. 아직 어리니께로. 나중에 자연히 알게 된당게."

어머니의 입에서 또 '자연히 알게 된다'는 말이 나오자 연미는 불쑥 다시 반감이 솟구쳤으나 이번에는 꼭 입을 다물어 버렸다.

그때 밖에서 누군가가 헛기침으로 인기척을 하고서 방문을 열었다. 젊은 비구니였다. 홍시를 담은 쟁반을 살며시 방 안에 들여놓고 방문을 닫았다.

월엽은 홍시 쟁반을 끌어당겨서 연미 앞에 놓았다. 그리고 홍시 한 개를 집어서,

"자, 먹어봐라."

하면서 연미에게 내밀었다.

연미는 그것을 두 손으로 받았다.

어머니에게 경어를 쓰고 홍시를 두 손으로 받던 연미도 촛불을 끄고 어머니와 한 이불 속에 들자 달라졌다. 서먹서먹하고 쑥스럽던 기운이 사라지고, 형언할 수 없는 따스하고 야릇한 육친의 정이 온몸을 휘감는 듯했다. 그래서 그만 저도 모르게,

"엄마."

약간 어리광 섞인 그런 목소리로 부르며 어머니의 품 안으로 기어들었다. 어머니의 가슴에 얼굴을 묻고 그 야릇한 온기에 못 견디겠는 듯이 몸을 떨며 이마를 문질러댔다.

"나무관세음보살—"

월엽은 품 안에 든 연미를 지그시 끌어안았다.

잠시 후, 연미는 속삭이듯이 물었다.

"엄마. 나 보고 싶지 않았어?"

"왜 안 보고 싶었겠냐."

"그런데 왜 찾아오지 않았지?"

"몇 번 안 찾아갔었냐. 몇 해 전 니가 중학교 2학년 땐가는 찾아 갔께로 지가 집을 나가 빼껴 놓고서……."

"그때는 정말 엄마가 미웠단 말이야. 얼마나 엄마를 원망했다고……."

그런 말은 이제 그만두자는 듯이 연미는 얼른 얘기를 돌렸다.

"엄마 내가 엄마 뱃속에 있을 때 아버지가 돌아가셨다며?"

"응."

"왜 교통사고를 당하셨어?"

"그것을 어떻게 안다냐? 안 봤는디……."

월엽은 약간 짜증스러운 어조였다.

연미는 잠시 말을 멈추었다가 다시 물었다.

"아버지가 돌아가셨기 때문에 엄마가 괴로웠던 거 아냐? 아버지가 돌아가시고 혼자서 나를 키우려니까 괴로웠던 거지? 맞지? 엄마. 그래서 나를 이모한테 맡기고 절에 들어온 거지?"

"아니랑게. 아까 그러코롬 얘기 안 하던게비."

"아버지가 병으로 돌아가신 것도 아니고, 교통사고로 돌아가셨는데, 그럼 조금도 괴롭지 않았단 말이야?"

"그것도 쪼께 원인은 됐을 거여."

"쪼께가 아니라, 큰 원인일 것 같은데. 내 생각에는……."

"나무관세음보살— 야야, 밤이 깊었어야. 인제 그만 자자."

자꾸 캐묻는 연미가 귀찮아진 듯 월엽은 슬그머니 돌아누웠다.

어디선가 부엉이 우는 소리가 부엉부엉…… 들려오고 있었다.

연미는 그해 겨울방학이 거의 끝날 때까지 자운사에 머물면서 육친에 대한 그동안의 갈등 같은 것을 어느 정도 해소할 수가 있었다. 어머니의 출가에 대한 의문을 시원하게 풀 수는 없었지만 말이다.

그 의문은 어머니 말마따나 '자연히', 고쳐 말한다면 '언젠가는' 알게 될 때가 있겠지 하고 연미는 생각했다.

책가방을 들고 서울을 향해 자운사를 떠날 때 연미는 어머니와의 석별의 정 때문에 오히려 서러웠다. 이제 어머니에 대한 원망과 미움의 감정 같은 것은 말끔히 사라졌고, 가슴 속에 서려 있던 슬픔의 안개 같은 것도 많이 걷혀 있었다.

말하자면 연미로서는 큰 전기가 된 셈이었다.

그 뒤부터는 방학만 되면 서둘러 자운사로 어머니를 찾아가곤 했다. 어쩌면 그것이 연미로서는 남들한테 내놓고 자랑할 수 없는 자기만의 은밀한 기쁨인 셈이었다. 어머니가 비구니라는 사실을 아직 소녀라고 할 수 있는 연미는 아무래도 비밀로 붙이고 싶었다. 조금 심정이 착잡했던 것이다.

이제 종강이 되었으니 며칠 뒤에는 자운사 어머니 곁으로 내려가야지 하는 생각에 연미는 가슴이 은밀히 부풀어 있었다. 그런데 뜻밖에도 희경이가 학교신문의 좌담회 기사에 실린 사진들을 보고 현 교수와 자기가 닮았다는 말을 하는 바람에 아버지 없는 자신의 슬픔이 되살아나는 듯해서 슬그머니 우울해지지 않을 수 없었다.

"너 말 잘했는데……."

좌담회 기사를 대충 훑어보고 난 희경이가 연미를 돌아보며 싱긋 웃었다.

"잘했니?"

연미도 얼굴에서 우울한 표정을 얼른 지우고서 미소를 떠올렸다.

"현상모집 아이디어도 니가 제공했군 그래."

"맞아. 그런 생각을 미리 했던 것은 아닌데 얘기가 진행되어 나가는 도중에 문득 떠오르지 뭐야."

"현 교수님은 민속박물관 일에 아주 정열을 다 쏟으시는 것 같애."

"그렇지? 아마 마지막 업적을 남기시려는 모양이야."

"현 교수님 아직 육십은 멀었지?"

"가까이 됐을걸. 확실한 나이는 모르지만……."

벤치에 나란히 앉아 그런 얘기를 주고받고 있는데, 공교롭게도 저만큼 길에 현 교수가 혼자서 퇴근을 하는 듯 걸어오고 있는 모습이 보였다.

"하하하…… 호랑이도 제 말하면 온다더니……."

"맞어, 하하하……"

연미와 희경이가 까르르 웃으며 약속이라도 한 듯 벤치에서 일어났다.

"뭣이 그렇게 좋아서 웃어대지?"

현 교수도 둘이를 알아보고 빙그레 미소를 지으며 걸어왔다.

연미와 희경은 마치 기다리고 있기라도 했던 것처럼 얼른 현 교수 곁으로 다가가 나란히 걸었다.

"선생님 지금 연세가 몇이세요?"

희경이가 애교 섞인 음성으로 불쑥 물었다.

"아니, 별안간 왜 나이는?"

"방금 둘이서 선생님 나이를 가지고 얘기를 했거든요."

"그랬어? 허허, 몇이나 돼 보이나?"

"글쎄요…… 저는 아직 육십이 멀었을 거라고 했고, 연미는 가까이 되셨을 거라고 했어요. 어느 쪽이 맞아요?"

"연미 쪽이 맞았는데…… 육십 고개가 멀지 않았어."

현중하는 조금 쓸쓸하게 웃었다.

이번에는 연미가 현 교수에게 물었다.

"선생님, 좌담회 기사 읽어보셨어요?"

"응, 읽어봤지. 난 신문이 나오기 전에 읽어봤어. 원고로 말이야. 그리고 내가 원고를 수정하기도 했는걸."

"그러셨어요? 어쩐지 제가 한 말이 너무 조리 있게 잘 나와 있는 것 같았어요. 저는 그렇게 조리 있게 얘기한 것 같지가 않은데……."

"내가 특별히 연미의 발언은 잘 다듬었지. 허허허……."

좀 싱거운 소리를 했다 싶어서 현중하는 일부러 농담이라는 듯이 걸걸한 목소리로 웃었다.

희경이가 약간 셈이 나는 듯 비꼬는 투로 말했다.

"선생님 그러시면 안 돼요. 편애죄라는 거 모르세요? 교육자의 죄목 가운데 제1호예요. 나중에 학교 청문회에 증인으로 불려나가시면 어쩌려고 그러세요? 제가 두 귀로 똑똑히 들었단 말이에요. 꼼짝 못하세요."

교수님한테 농담이 좀 지나쳤다 싶어서,

"호호호……."

호들갑스럽게 웃고 나서 희경은 얼른 말머리를 돌렸다.

"선생님, 현상모집의 특상 상금이 백만 원이래요. 힌트를 주실 수 없어요? 제가 방학 중에 열심히 뛰어서 특상을 차지할라 그래요."

"좋아, 열심히 뛰어봐. 그러나 반드시 어떤 것이 특상감이라는 기준은 없지. 들어온 원고 내용을 검토해 보면 그 중에서 가장 돋보이는 것이 있겠지. 그게 특상인 것이지 뭐."

"역사와 철학이 짙게 담겨야 돋보이겠죠?"

희경의 말투에 약간 장난기 같은 것이 묻어 있었다. 현 교수가 민속박물관 때문에 역사와 철학에 살짝 들린 사람처럼 여겨졌던 것이다. 강의실에서 「징깽맨이의 편지」라는 시를 읊조리고, 장황하게 해

설을 늘어놓은 다음, 혼과 울음이 담긴 민속자료를 운운하던 그때부터 그런 생각이 들었었다.

"물론이지, 역사와 철학이 담겨야지. 그것이 안 담긴 자료는 입선상도 못 받는다구."

희경의 장난기 어린 말투가 싫지 않은 듯 현중하는 히죽 웃으며 고개를 끄덕였다. 그리고 물었다.

"학생은 고향이 시골인가?"

"아니에요. 서울이에요. 선생님, 제 이름을 모르시는군요. 섭섭한데요. 양희경이에요. 기억해 주세요."

"허허허…… 알지, 왜 몰라. 고향이 서울이면 민속자료 수집이 어렵겠는데……."

"외가가 강원도거든요. 외가에 가보려고 해요."

현중하는 이번에는 연미에게 물었다.

"연미도 서울이 고향인가?"

"아니에요. 전라북도예요."

"아, 그래? 전라북도 어딘데?"

"김제군이 원고향이에요."

"김제군? 그럼 내가 살던 곳이군."

"어머, 선생님 김제군에 사셨어요? 그곳이 고향이에요?"

"고향은 경기도지. 그런데 어릴 때 그곳에 가서 살았어."

"아, 그렇군요."

연미는 더욱 정겨운 눈으로 힐끗 현 교수를 바라보았다.

"그럼 방학에 시골에 내려가겠군."

"예. 어머니한테요."

"내려가거든 민속자료 수집해 보라구."

"그럼요. 제가 특상을 차지할 작정인데요."

"그래, 좋아. 열심히 뛰어봐. 허허허……"

현중하는 기분이 좋은 듯 밝게 웃었다.

겨울 편지

"엄마, 내가 세배할게. 절 받아."

연미의 말에 월엽은 조금 쑥스러운 표정을 지었다.

"세배는 무슨……."

"아니야, 엄마한테 세배하고 싶어."

"하고 싶으면 하랑게."

월엽은 자세를 고쳐 앉았다.

자리에서 일어선 연미는

"어머니, 새해 복 많이 받으세요."

하고 나붓이 큰절을 했다.

"오냐, 너도 몸 성하고, 공부 열심히 히여. 나무관세음보살—"

월엽은 한손에 쥔 염주를 잘그락거렸다.

새해 아침이었다. 승방의 창문에 아침 햇살이 산뜻하게 비치고 있었다.

연미는 어제 늦게 자운사에 도착했다.

서울 이모가 제주도에 있는 시집에 갈 일이 생겨서 연미가 집을 지키느라 어머니한테 내려오는 것이 예정보다 늦어졌던 것이다.

세배를 마치고 연미는 어머니와 마주앉아 이런 얘기 저런 얘기 나누다가 문득 생각이 떠올라서 물었다.

"엄마, 혹시 말이야 민속자료 좋은 거 없어?"

"민속자료 좋은 거라께?"

월엽은 무슨 말인지 얼른 알아들을 수가 없어 멀뚱한 표정을 지었다.

"민속자료 몰라? 우리의 조상들이 쓰던 옛날 물건 말이야."

"민속품 말이지야?"

"응."

"민속자료라고 헝께 얼른 알 수가 있어야지. 그건 뭣 땜시?"

"우리 학교에 민속박물관을 짓고 있거든. 거기에 전시할 자료를 모으고 있어. 1등으로 뽑히면 백만 원이야."

"백만 원? 뭣이?"

"상금 말이야."

"상금을 걸고 민속품을 모집하냐?"

"응, 현상모집을 하고 있어. 엄마, 신문 보여줄까?"

연미는 자기의 백 속에서 학교신문을 꺼내어 먼저 1면에 나와 있는 현상모집 광고부터 보도록 어머니 앞으로 내밀었다.

월엽은 돋보기를 끼고 신문을 받아 들었다. 광고를 훑어보고 나서 혼자 중얼거리듯이 말했다.

"참 재미있다야. 별 요상한 모집도 다 본당게."

"왜 이상해? 멋있는 아이디어잖아? 이 아이디어 내가 제공한 거야. 여기 봐. 좌담회 기사야. 내 사진도 나와 있어."

연미는 어머니에게서 신문을 받아 한가운데의 좌담회 기사를 펼쳐가지고 다시 건넸다.

"말을 하면서 찍었네잉?"

월엽은 신기한 듯이 연미의 동그란 사진을 가만히 들여다보았다. 그리고 시선을 다른 사진으로 옮겼다.

현중하의 네모진 사진을 보자 월엽은 유심히 눈여겨 들여다보더니 어찌된 영문인지 그만 표정이 야릇하게 굳어들고 있었다.

야릇하게 굳어드는 듯한 어머니의 표정을 연미는 가만히 바라보고 있었다.

연미의 눈길을 느끼자 월엽은 이번에는 다른 사진으로 옮기고 있었다.

"엄마, 왜 그래?"

"뭣이 말이냐?"

"그 현 교수님 아는 분이야?"

"알기는 내가 어떻게 안다냐."

"그럼 왜 그래? 표정이 이상한데…….”

"애도 참…… 내 표정이 뭣이 어떻다는 거여. 하하하…….”

월엽은 웃었다. 그러나 웃음 역시 어딘지 모르게 부자연스러웠다.

"현중하 교수님이라고 우리 역사학과 주임교수야. 새로 짓고 있는 민속박물관의 관장직을 맡으셨어. 그래서 그 교수님이 주동이 돼서 민속자료를 수집하고 있어. 좌담회도 바로 그런 내용이야."

"응 그러냐."

"엄마, 내가 말이야 좌담회에 참석하게 된 것도 다 그 현 교수님 덕분이야. 나를 무척 귀여워해 주시거든."

"나무관세음보살—"

월엽은 묘한 눈길로 연미를 힐끗 바라보았다.

"왜? 귀여워한다니까 이상해?"

연미는 재미있다는 생각이 들어 속으로 샐룩 미소를 지었다.

"그 교수 나이가 얼마나 됐는데?"

"육십이 다 돼가나 봐. 엄마 연세하고 비슷한 것 같애."

월엽은 말없이 가만가만 고개를 끄덕였다.

"그리고 말이야 엄마, 그 교수님이 어릴 때 김제에 살았대. 고향은 경기돈데……."

"그 교수가 그런 말을 하더냐?"

"응."

"나무관세음보살—"

한숨을 내쉬듯 염불을 또 뇌며 월엽은 이번에는 지그시 두 눈을 감아버렸다.

아무래도 어머니의 태도가 예사롭지 않다 싶어서 연미는 호기심 어린 눈으로 가만히 지켜보고 있었다.

잠시 후 눈을 뜬 월엽은 신문을 방바닥에 놓고 말없이 자리에서 일어서려 했다.

"엄마, 어디 가? 이 좌담회 기사 한번 읽어봐. 내가 한 말이 어떤가……."

"가만있어. 소피를 좀 보고서……."

월엽은 일어나 얼른 방문을 열고 나갔다. 마치 그 과제로부터 벗어나고 싶은 사람처럼 보였다.

아무래도 이상하다고 연미는 고개를 갸웃이 눕혔다. 현 교수를 어머니가 아는 것만 같은 느낌이 들었다. 그 표정이나 태도로 보아 어쩐지 그런 것 같았다. 그러나 어머니는 분명히 '알기는 내가 어떻게 안다냐.' 하고 말하지 않았는가. 그렇다면 혹시 현 교수가 나를 귀여워해 준다니까 묘한 오해를 한 걸까…… 두 갈래로 생각을 해보며 연미는 어머니가 볼일을 마치고 돌아오기를 기다렸다.

한참 기다려도 어머니는 돌아오는 기척이 없었다. 어찌된 일인가 싶어 연미는 신문을 그대로 방바닥에 놓아둔 채 밖으로 나가보았다.

어머니의 모습은 보이지 않았다. 소변이 마려워서 나갔으니 변소에 아직까지 앉아 있을 턱은 없었다. 어디 갔는가 하고 연미는 절 경내를 한 바퀴 돌아보았다. 역시 눈에 띄지가 않았다.

"어떻게 된 일이지……."

이상하다는 생각과 함께 묘한 호기심이 머리를 쳐들어서 연미는 곧장 고개를 갸웃거리며 혼자서 헤죽 웃기도 했다.

혹시 싶어서 법당으로 가보았다. 법당 옆문이 빼꼼히 열려 있었다. 살짝이 연미는 안을 들여다보았다.

아니나 다를까, 어머니는 거기 있었다. 부처님 앞에 앉아서 가만가만 염주를 헤아리고 있을 뿐 경을 읽거나 염불을 외지도 않았다. 자그락자그락 염주알 소리만이 들릴 듯 말 듯 이어지고 있었다.

연미는 정물처럼 앉아 있는 어머니의 모습을 한참동안 가만히 지켜보고 있었다. 아무래도 무슨 깊은 까닭이 있는 것 같았다. 결코 여느 때의 예불은 아닌 듯했다. 개인적인 어떤 번뇌를 다스리고 있는 듯이 보였다.

그렇다면 틀림없이 현 교수와 모르는 사이가 아닐 것이고, 알아도 그냥 보통 아는 것이 아니라 무슨 사연이 있는 것만 같았다. 신문에서 현 교수의 사진을 본 뒤부터 어머니의 표정과 태도가 눈에 띄게 달라졌고, 그리고 변소에 간다고 나간 사람이 법당에 들어가 부처님 앞에 저렇게 앉아 있으니 말이다.

도대체 어머니와 현 교수가 어떤 사이일까…… 연미는 그런 생각을 하다가 가만히 돌아섰다. 어머니의 그런 모습을 더 지켜보고 있기가 민망스러웠던 것이다.

연미는 법당 뒤편에 있는 칠성각 옆을 지나 오솔길을 따라 산으로 올라갔다. 한참 가면 양지바른 골짜기에 깎아지른 듯한 커다란 바위가 있는데, 거기에 부조된 마애불이 있었다.

연미는 자운사를 찾아올 때면 곧잘 혼자서 그 마애불을 보러 가곤 했다. 산새들의 지저귀는 소리와 나뭇가지를 스치며 지나가는 바람소리가 들릴 뿐 인적이 끊긴 호젓한 분위기가 우선 마음에 들었다. 그리고 오랜 세월의 물결에 풍화되어 은은한 모습으로 떠올라 보이는 불상도 볼수록 신묘한 아름다움을 느끼게 했다. 그곳 나무 밑에 연미는 홀로 앉아서 불상을 우러러보며 이런 생각 저런 생각 하염없는 생각에 잠기기를 좋아했다.

산에는 눈이 희끗희끗했다. 그러나 그곳 양지바른 골짜기에는 눈이 거의 녹고 없었다. 나무 밑에 있는 바윗돌에 연미는 궁둥이를 내렸다. 잠시 마애불을 우러러보고 있던 연미는 그 옛날에 어떤 사람이 저 불상을 새겼을까 하는 생각을 문득 해보았다.

석공이 만들었는지, 아니면 처사나 승려였는지 알 길이 없지만, 어쨌든 아주 신심이 두터운 사람이었을 게 틀림없고, 또 무척 외로운 남자였을 것 같은 생각이 들었다.

저렇게 깎아지른 듯한 바위에 저처럼 큰 불상을 새길 때에는 꽤나 오랜 기간이 걸렸고 많은 힘이 들었을 터인데, 인적이 끊긴 산중에서 외로움과 고달픔을 견뎌가며 일을 해낸 것을 보면 아무래도 보통 사람의 솜씨는 아닌 듯싶었다.

불상의 온 얼굴에 은은한 미소가 감돌고 있었다. 그리고 그 용모가 어딘지 모르게 여인으로 보였다. 얼굴뿐 아니라 어깨에서 팔로 흘러내리는 선도 부드럽기 그지없고, 양쪽 손의 손가락 역시 가늘고 길었다. 가슴도 풍만하며 허리도 미끈했다. 전체적으로 아름다운 여불이라는 느낌이었다.

어쩌면 사랑에 실패하여 아픈 이별을 맛본 남자가 그 여자를 못 잊어서 산중으로 들어와 사무치는 그리움을 바위에 저렇게 불상으로 새겨놓았는지도 모른다는 생각을 연미는 문뜩 해보았다. 그런 어떤 간절함이 없고서는 저런 미불을 만들어 낼 수는 없었으리라 싶었다.

그 남자는 저 불상을 완성한 다음 어떻게 했을까…… 아픈 상처가 아물어서 다시 속세로 내려가 다른 여자를 만나서 아들 딸 낳고 잘 살아갔을까. 아니면 끝내 아픔과 외로움이 사라지지가 않아 저 불상 앞에서 스스로 목숨을 끊어버리기라도 했을까. 그렇지 않으면 불문에 귀의하여 머리를 깎고 승려가 되어 번뇌를 다스리는 수도의 길을 택한 것일까…….

상상의 즐거움에 젖듯이 혼자서 이런 생각을 해보던 연미는 문뜩 법당 안에 정물처럼 앉아 있던 어머니의 모습이 떠올랐다. 자신의 번뇌를 조용히 다스리고 있는 게 틀림없어 보이던 그 모습……

그렇다면 혹시 어머니도 어떤 사랑의 아픔 때문에 속세를 떠나 불문에 귀의한 것이나 아닐까. 그 상대의 남자가 누굴까.

상상의 날개를 펼치던 연미는 눈이 번쩍 뜨이는 느낌이었다. 지난날에 현중하 교수와 어머니 사이에 혹시 비련의 관계가 있었던 것은 아닐까 하는 생각이 머리에 와 닿았던 것이다.

"어머, 어쩌면……."

연미는 스스로 놀라고 있었다.

전혀 터무니없는 상상만은 아니라 싶었다. 현 교수의 사진을 본 어머니의 태도가 아무래도 이상하지 않았는가 말이다. 그리고 어머니의 고향도 김제인데, 현 교수도 어린 시절에 김제에 살았었다고 하지 않았는가.

연미는 앉았던 바윗돌에서 벌떡 일어났다. 마치 무슨 희한한 비밀의 동굴 속으로 들어가는 감추어진 문이라도 발견한 것 같은 느낌이었다.

바로 지척의 소나무 그늘에서 꿩이 한 마리 푸르륵 날개를 털며 날아올랐다.

"아이 깜짝이야."

마애불 앞을 떠나 오솔길을 내려가던 연미는 주춤 멈추어 섰다가 다시 걸음을 떼 놓았다.

연미는 어머니가 왜 머리를 깎고 비구니가 됐는지, 그 출가의 이유에 대해 오랜 동안 품어왔던 의문이 이제 의외로 쉽게 풀릴지도 모른다는 생각에 조금 가슴이 두근거리기까지 했다. 그 의문을 풀 수 있는 비밀의 문을 발견하여 마치 그 문을 열고 들어가 보려는 사람처럼 약간 설레는 듯한 걸음으로 절을 향해 내려갔다.

먼저 법당으로 가보았다. 옆문도 닫혀 있었다. 가만히 열고 들여다보니 어머니의 모습은 이제 보이지 않았다.

승방으로 갔다. 문을 열고 들어서니 어머니는 아랫목에 옆으로 누워서 돋보기를 끼고 신문을 읽고 있었다. 물론 아까 그 학교신문이었다.

연미가 들어서자 월엽은 어딘지 모르게 약간 당황하는 듯한 기색으로 얼른 신문을 놓고 얼굴에서 돋보기를 뗐다. 그리고 물었다.

"어디 갔다 오냐?"

"뒷산 마애불에요."

"안 춥더냐?"

"아니요."

손이 좀 시려서 연미는 어머니 곁으로 다가가 아랫목에 깔려 있는 담요 밑으로 두 손을 넣었다.

"엄마, 좌담회 기사 읽어봤어?"

"응, 아직 다는 못 읽었고……."

"내가 말한 거 어때?"

"야, 니가 제법이랗게. 말 잘했시야."

"그래 아이 좋아."

연미는 얼굴에 활짝 기쁜 빛을 띠며 곧 손뼉이라도 칠 듯했다. 대학 2학년생이면서도 마치 국민학생 같았다. 어머니 앞에서는 절로 그렇게 어린애처럼 되는 법이지만, 연미는 일부러 더 호들갑스럽게 구는 것이었다.

연미는 어머니가 방바닥에 놓은 신문을 집어 들었다. 그리고 시치미를 뚝 떼고 말했다.

"엄마, 그런데 말이야, 희경이라는 내 친구가 뭐라느냐 하면……
현 교수님 사진하고 내 사진을 보더니 닮았다는 거야. 어때? 엄마도
닮아 보여?"

"……."

"이거 봐. 이 사진하고 이 사진하고 닮았어?"

연미는 신문을 어머니 얼굴 앞으로 가져가서 현 교수와 자기의 사
진을 가리켜 보였다.

월엽은 아무 말이 없었다.

"말해 봐. 엄마 눈에는 어떻게 보여? 닮아 보여, 안 닮아 보여?"

대답을 강요하듯이 하자 그제야 월엽은,

"남남끼리 뭣 땜시 닮는다냐. 어디 볼거나. 돋뵈기를 끼고 봐야 잘
빈당게."

투덜거리듯이 말하며 부스스 일어나 앉았다.

돋보기를 콧등에 얹고서 월엽은 연미로부터 신문을 받아 들어
새삼스럽게 좌담회 기사 속에 실려 있는 사진으로 눈을 가져갔다.
먼저 연미의 사진부터 보고서 힐끗 시선을 현 교수의 사진으로 옮
겼다.

연미는 마치 비밀의 문을 살짝이 열고 안으로 한 걸음 들어선 듯
한 그런 기분으로 어머니의 표정을 가만히 살폈다. 어머니의 입에
서 현 교수에 대한 말이 어떤 식으로 나오는지 궁금하고 재미있기
도 했다.

"너는 말하면시로 찍었고, 이 사람은 웃으면시로 찍었네."

"그래도 인상이 닮았는지 안 닮았는지 보면 알 수 있잖아."

"안 닮았당게. 남인데 어떻게 닮는다냐."

"남이라도 닮는 수가 있지 뭐."

"너는 얼굴이 둥근 편인디, 이 사람은 긴 편 아니냐. 이 사람 인상은 말 같고…….”

"말 같애? 하하하…… 나는?"

"너는 토끼 같고…….”

"엄마 딸이니까 귀엽게 보이는 모양이지."

"말하고 토끼하고 어떻게 닮을 수가 있냐. 안 그러냐?"

"하하하…….”

"이 사람은 말이라도 호마가 아니라, 조랑말 상이다야."

"조랑말 상? 아이 재밌어. 그런데 엄마, 왜 이 사람 이 사람 그래? 우리 교수님이야. 현중하 교수님."

"교수면 너헌티 교수지, 나헌티도 교수다냐? 교수도 사람이지 벨 것이여?"

"어머."

연미는 어머니의 말투에 약간 놀라지 않을 수 없었다. 마치 현 교수에 대해 무슨 악감이라도 품고 있는 것 같은 어조가 아닌가 말이다. 표정을 보니 역시 못마땅한 기색이 역력했다.

"엄마, 왜 그래?"

"뭣이 말이냐?"

"현 교수님한테 무슨 감정이라도 있는 사람 같애."

"감정이 있기는 무슨 감정이 있다냐. 생판 모르는 사람헌티…… 그저 그렇다는 말이지."

월엽은 다시 신문을 방바닥에 놓고 얼굴에서 돋보기를 뗐다. 그리고 도로 자리에 옆으로 드러누우며 화제를 바꾸듯이 말했다.

"좌담회 기사를 읽어봉께 너거 학교 괜찮은 학교 같은디."

"왜? 엄마."

"요새 공부께나 허고 출세께나 했다는 사람들은 거개가 다 우리 것은 시삐*(마음에 차지 않거나 별로 대수롭지 않은 듯하게) 보고 업신여길라고 허는 판인디, 대학에서 우리 조상들이 쓰던 옛것을 소중허게 생각하고서 민속박물관을 맹근당게 말이여."

"좋은 사업이지?"

"그렇당게."

어머니를 바라보는 연미의 두 눈은 기쁨에 반짝거렸다.

"엄마, 그 좋은 사업을 현 교수님이 맡아서 추진해 나가고 계셔."

연미가 다시 현중하 교수를 들먹였으나 월엽은 아무 말이 없었다. 일부러 그 말은 귓전으로 흘려버리듯 하고는 불쑥 딴 말을 꺼냈다.

"대학생들도 요새는 돈밖에 모르는 모양이지?"

"돈밖에 모르다니 그게 무슨 소리야?"

어머니의 엉뚱한 말에 반짝거리던 연미의 두 눈이 가벼운 반발의 빛을 띠었다.

"안 그러냐. 자기 학교의 민속박물관에 진열할 민속품을 모으는데 상금을 걸어야만 허니 말이여. 그란허면 협조를 안 항께 그러는 거 아니겄어."

"협조를 안 하는 게 아니라 덜 하는 거지. 국민학생이나 중학생 같으면 선생님이 시키면 꼬박꼬박 하겠지만, 고등학생만 돼도 다르단 말이야. 대학생들은 벌써 어른이잖아. 대가리가 굵어서 말만 가지고는 잘 안 움직인단 말이야."

"그렇다고 돈을 내건다냐? 돈을 줄 테니까 자, 움직이라 이거냐?"

"돈이 아니라 상금이란 말이야."

"상금이 돈이지 뭐다냐? 상금하고 돈하고 다르당가?"

"그냥 돈하고는 다르다고 할 수 있잖아. 상금은 상으로 주는 돈이란 말이야. 어떤 남다른 노력과 그 성과에 대한 대가가 그거야. 공짜가 아니란 말이야. 그러니까 받아도 떳떳하고 주어도 정당한 거지."

"대학생이 다르기는 다르당게. 무슨 말인지 알쏭달쏭하게 잘도 둘러붙인당께로."

"하하하…… 엄마 그 현상모집 아이디어 내가 생각해 낸 거란 말이야. 좌담회 기사에 나와 있잖아. 내가 말했잖아."

"읽어봤당게."

"엄마, 좌우간 특상을 하면 상금이 백만 원이란 말이야. 백만 원이 어디야."

"돈이 나쁘다는 것이 아니랑게. 돈이 뭐 나쁘다냐. 요새 세상에 돈 마다는 사람이 어딨다냐. 그것이 아니라, 내 말은 학교에서 공부허는 학생들까지 그러면 쓰겠냐 이거여. 그렇게 돼서는 못쓴다 이거여."

"엄마 말 무슨 뜻인지 잘 알아."

연미는 숨을 돌리듯 꿀컥 침을 한 덩어리 삼켰다. 그리고 말을 이었다.

"좌우간 그 특상을 내가 차지할 작정이야. 백만 원을 남한테 빼앗길 수 있어? 안 그래? 엄마."

"너 인제 봉께 배짱이 보통이 아니다야. 호호호……."

월엽은 별로 기분이 나쁘지 않은 듯 히들히들 웃었다.

"그러니까 엄마, 엄마도 좀 도와줘."

"내가 뭣을 어떻게?"

"무슨 좋은 민속자료 없겠어? 역사적으로 가치 있는 물건이면 제일이고, 그렇지 않으면 전설이나 설화와 관계가 있어도 좋고……"

잠시 머릿속을 더듬어보는 듯하더니 월엽은 혼자 중얼거리듯이 말했다.

"그 징이 괜찮겠는데……."

"징? 엄마, 무슨 징인데?

어머니의 입에서 징이라는 말이 나오자 연미는 약간 놀라지 않을 수 없었다. 공교롭다는 생각이 들었던 것이다.

현 교수가 「징깽맨이의 편지」라는 시를 낭송하고, 그 시에 대한 설명을 늘어놓은 끝에 그런 징처럼 혼과 울음이 담긴 진짜 값어치 있는 민속자료를 수집해보자고 연설하던 그 인상적이던 강의시간의 일이 생각났다. 그런데 바로 어머니의 입에서도 징이라는 말이 나오질 않았는가.

우연 치고도 신기한 우연이어서 연미는 다시 두 눈을 반짝이며 누워 있는 어머니 곁으로 조금 다가앉기까지 했다.

"이얘기*('이야기'의 방언)가 많은 징인디, 그 징이 아직도 그 집에 있는지 모르겠당게."

"어떤 이야긴데? 역사와 관계되는 거야, 아니면 전설이나 설화야?"

"동학란 때 맹근 징이랑께 역사와 관계되는 것이 아니겠어? 참말인지 거짓말인지 그 징을 맹근 사람이 죽은 날 그 시각이 되면 징이 혼자서 저절로 울린다는 것이여."

"어머, 그게 정말이야?"

"말이 그렇더랑게. 내가 직접 들어보지 않았응께 참말인지 거짓말인지 그 징을 맹근 사람이 확실헌 것은 알 수 없지만……."

"어느 집에 그 징이 있는데?"

"우리 시고모부 집에 있었당게."

"시고모부? 시고모부면 어떻게 되는 거야? 누구야?"

"너거 아버지 고모부가 나한테 시고모부 아니냐. 시가집*('시집'의 방언) 고모부란 말이여."

"그럼 나한테는……."

연미는 잠시 머릿속에서 인척관계를 헤아려보고서 말을 이었다.

"할아버지뻘 되는 거 같은데…… 맞지?"

"대고모부(大姑母夫)랑게. 너헌티는……."

"대고모부? 그럼 할아버지가 어디 사시는데?"

이모를 어머니로 알고 자라온 그런 연미인지라 친척들에 대해 도무지 캄캄했다.

"정읍서 살았는디, 지금도 거기서 사는지 알 수 없당게. 벌써 오래 전잉께로."

"그 할아버지가 아직 살아는 계셔?"

"글쎄 그것도 확실히 모른당게. 돌아가셨다는 말을 못 들었응께 살아 계시겠지 뭐."

"연세는 얼마나 되신 분이야?"

"살아 계시면 팔십이 넘었을 꺼여."

뭔가 이야기가 안개 속으로 기어들어 가는 느낌이었다. 어쩌면 구름을 잡는 일처럼 되어버릴 것 같기도 했다. 그러나 그럴수록 연미는 더욱 구미가 당기고 있었다.

"그 징에 대한 내력을 엄마도 알고 있어? 동학란 때 만들었다는데,

누가 만들었고, 어떻게 된 일인데? 전봉준이가 그 징을 쳤다는 거야? 그렇다면 틀림없이 특상감인데…… 한번 얘기해 봐."

"전봉준이가 그 징을 쳤는지 어쨌는지는 알 수 없지만, 좌우간 동학군을 위해서 맹글었다는 거여."

"누가 만들었는데?"

"누구라더라…… 이름도 들었는디 하도 오래돼서 잊어먹었이야. 시고모부하고 어떻게 되는 사람이던디. 외삼촌이라 그러덩가…… 그냥 삼촌이라 그러덩가……."

월엽은 표정까지 흐리멍덩해지고 있었다.

그런 어머니가 연미는 안타까웠다. 그러나 육십이 가까운 나이인 데다가 건망증까지 심한 듯하니 도리가 없는 일이었다.

"삼촌이든 외삼촌이든 그런 관계까지는 몰라도 돼. 그런데 그 사람이 왜 동학군을 위해서 그 징을 만들었대? 그 이유가 있었을 거 아냐? 칼이나 창을 만들었다면 이유고 뭐고 뻔하지만, 무기도 아닌 징을 만들었을 때는 뭔가 까닭이 있었을 거야."

"글쎄, 그 사연이 구구절절하더랑게."

"한번 얘기해 봐. 그게 중요하다구."

"아이고 답답히여. 들은 지가 하도 오래돼서 잊어먹었당게 그러네. 좌우간 그 사람이 자기 목숨까지 내놓고서 그 징을 맹근 셈이더랑게. 그 징 때문에 그 사람이 결국 죽은응께 말이여."

"어머, 그래?"

"자세한 이야기는 말이여 우리 시고모부를 만내서 들어보랑게."

"살아 계시는지도 확실히 모르면서……."

"살아 있을 거여. 돌아가셨더라도 그 집 자손은 안 있겄냐. 자손들은 그 징의 내력을 알고 있을 껭께로."

"정읍에 지금도 사는지 어떤지……."

"글쎄, 수소문을 해봐야지. 그만헌 노력도 안 허고 가만히 앉아서 백만 원을 타먹을라 그러냐?"

"하하하…… 가만히 앉아 있는데 누가 백만 원을 준대?"

연미는 기분이 좋았다. 됐다 싶었다. 그 징에 대해 자세히 내력을 조사해서 응모하기로 마음을 굳혔다.

어머니의 그 모호한 얘기만 들어도 어쩐지 학교의 민속박물관에 소장하려고 현상모집하고 있는 민속자료의 성격에 딱 들어맞는 것 같았다. 우선 동학혁명이라는 근세사에서도 획기적인 사건과 관계가 되어 있고, 또 아직 자세한 사연은 알 수가 없지만 그 징을 만든 사람이 아마도 그 속에다가 자신의 혼을 불어넣은 게 틀림없는 것 같으니 말이다. 그 사람이 죽은 그날 그 시각이면 그 징이 혼자서 저절로 울린다니, 말하자면 혼령의 울음이라고 할 수 있지 않은가. 그 징을 만들었기 때문에 그 사람이 목숨까지 잃게 되었다면 더욱 그럴 법한 이야기가 아니고 무엇인가.

바로 현 교수가 말하던 역사가 깃들고 혼과 울음이 담긴 그런 민속자료가 그 징인 것 같았다. 공교롭게도 현 교수가 예로 들었던 「징껭맨이의 편지」라는 그 시의 내용과도 딱 들어맞질 않는가.

연미는 벌써 현상공모의 특상을 자기가 차지해놓은 것처럼 기뻤다.

연미는 현 교수에게 편지를 쓰기로 마음먹었다.

절에 전화가 있었다. 전기도 들어와 있었다. 두어 해 전까지만 해도 밤에 촛불을 켜야 하는 형편이었는데, 이제 문명의 손길이 이 깊은 산중까지 와 닿아 있었다.

무슨 연락할 일이 있으면 서울이든 어디든 전화기의 다이얼만 돌리면 되었다. 그러나 연미는 현 교수에게 전화를 거는 것보다는 편지를 쓰는 편이 낫겠다는 생각이 들었다. 우선 현 교수네 집 전화번호를 모르고 있었다. 하지만 굳이 전화를 걸려고 마음먹으면 전화번호는 알 길이 없는 것도 아니었다. 학교 교무처에 연락을 해봐도 될 것이고, 서울에 있는 친구에게 알아서 알려달라고 전화로 부탁을 해도 될 것이다. 그렇지 않고 학교의 교수실로 전화를 걸어보는 방법도 있다. 방학 중이지만 혹시 교수실에 나와 있을지도 모르니 말이다.

그러나 전화를 거는 것보다는 편지를 쓰는 편이 낫겠다고 생각한 이유의 첫째는 문의해보고 싶은 이쪽 생각을 말로보다는 글로 표현하는 편이 훨씬 정확하고 구체적일 수 있기 때문이었다.

연미가 현 교수에게 문의해보고 싶은 것은 물론 그 징에 대해서였다. 이러이러한 징이 있는데, 그 징의 소유자가 옛날 거주하던 곳에 현재도 그대로 사는지 알 수 없다는 것, 그 사람은 그곳에 살고 있더라도 지금도 징이 그 집에 있는지 어떤지도 확실치 않다는 것, 만일 징이 어디에 있는지 모를 경우에도 그 징에 대한 내력만을 알아서 원고를 작성해서 응모해도 되느냐는 그런 것들이었다.

먼저 징의 실재 여부를 알아보고서 실물이 없을 경우에 문의를 해보는 것이 순서이겠으나, 그럴 경우 어쩌면 헛수고가 될지도 모르기 때문에 미리 그 점을 확실히 알고서 그래도 괜찮다면 현지로 찾아가보는 게 옳을 것만 같았던 것이다.

그리고 두 번째 이유는 현 교수를 한번 이곳 자운사까지 오도록 유인해보고 싶은 생각이 들었던 것이다. 어머니와 현 교수를 대면시켜보고 싶은 야릇한 호기심 때문이었다. 그렇게 될 경우 어쩌면 어머니의 비밀이 밝혀질지도 모르니 말이다. 어머니와 현 교수가 실제로 전혀 모르는 사이인지, 아면 과거에 어떤 비련의 관계라도 있었던 사이인지, 대면시켜보면 알게 아닌가 말이다. 만일 서로 사랑했던 사이라면 어머니의 출가가 그것으로 인한 것인지도 알 수 없는 것이었다.

말하자면 어머니의 비밀의 동굴 속으로 한 걸음 들어가 보려는 속셈이었다.

현 교수를 이곳 자운사까지 오도록 하기 위해서는 전화보다 아무래도 편지라야 가능할 것 같았던 것이다.

그리고 또 한 가지 이유가 있다면 왠지 현 교수에게 편지를 쓰고 싶은 야릇한 설렘 같은 것 때문이었다. 평소의 친근감이 더욱 짙어져서 약간 그 색깔을 달리하고 있다고나 할까.

밤이 이슥해서 어머니가 잠든 뒤 연미는 편지를 쓰기 시작했다. 현 교수에게 편지를 써서 보낸다는 사실을 연미는 어머니가 모르도록 하고 싶었던 것이다.

징에 대한 문의만을 한다면 그럴 필요도 없겠는데, 어머니와 현 교수가 과거에 어떤 사이였는지 그것을 알기 위해서 현 교수를 이곳 자운사로 유인하는 그런 내용도 담는 터이라, 아무래도 어머니 몰래 써야 제대로 써질 것 같았다.

선생님께.

선생님 해가 바뀌었군요. 새해에도 늘 건강하시고, 하시는 일마다 잘 되시기를 두 손 모아 기원합니다.

저는 지금 시골에 와 있습니다. 선생님, 여기가 어딘지 아시 겠어요? 자운사라고 제 집과 마찬가지예요. 왜 그러냐구요? 자세한 얘기는 나중에 드리기로 하죠.

지금 깊은 밤중이에요. 혼자 엎드려서 이 글을 쓰고 있어요. 선생님, 다름이 아니라 한 가지 여쭈어 볼 게 있어서 그래요. 뭐냐 하면 징에 관한 얘긴데요. 학교의 민속박물관에 소장하 기에 그야말로 알맞은 그런 징이에요. 간단히 그 징에 대해 적어볼게요.

동학혁명 당시에 전봉준의 농민군을 위해서 만들어진 징이 라고 합니다. 그런데 그것을 만든 징깽맨이가 그 징 때문에 목숨을 잃고 말았다는 것입니다. 자세한 내력은 아직 조사를 해보지 않아서 모르겠습니다만, 신기한 것은 그 징이 징깽맨 이가 죽은 날 그 시각이 되면 혼자서 저절로 울린다는 것입 니다. 그것이 사실이라면 그야말로 값어치 있는 민속자료가 아니겠습니까. 그 징깽맨이가 그 징 속에다가 자기의 혼을 불어넣은 게 틀림없지 뭡니까.

선생님이 말씀하신 역사와 철학이 깃들고, 혼과 울음이 담긴 바로 그런 민속자료입니다. 그리고 선생님이 언젠가 강의시 간에 낭독하시고 설명을 해주신 「징깽맨이의 편지」라는 시 의 내용과 어쩌면 그렇게도 유사한지 저는 정말로 희한한 일 이라고 놀라고 또 기뻐하고 있습니다.

그런데 선생님, 한 가지 걱정이 되어 먼저 선생님께 여쭈어 보는 것입니다. 다름이 아니라, 그 징을 소유한 사람이 예전에 정읍에 살았다고 하는데, 지금도 그곳에 사는지 분명치가 않고, 또 살고 있다 하더라도 그 징이 그 집에 아직 있는지 그 점도 확실치가 않습니다. 만일 그 징이 어디에 있는지 소재를 알 수 없는 경우에도 그 징에 대한 내력을 조사해서 원고를 만들어 현상모집에 응모해도 되는지요? 다시 말하면 민속자료의 현물이 없어도 그 정보만으로도 가능한지 어떤지 그 점을 알고 싶은 것입니다.

선생님, 바쁘시더라도 저의 문의에 대해 속히 회답을 해주시면 고맙겠습니다.

편지를 쓰고 있는데 어디선지 부형부형…… 밤 부엉이가 우는 소리가 들려왔다. 연미는 잠시 펜을 멈추고 그 소리에 귀를 기울였다. 도시의 소음 속에 젖어 있던 청각이라 그런지 그 부엉이 울음소리는 마치 어디 먼 태고의 세상에서 울려오는 소리 같았다. 어떤 신비감마저 느껴졌다.

연미는 다시 펜을 움직이기 시작했다.

선생님, 어디선지 밤 부엉이가 우는 소리가 들려오고 있습니다. 서울에서는 결코 들을 수 없는 소리지요. 산사의 겨울 정취가 물씬 몸에 다가오는 듯해요. 밤이 아주 깊었어요. 그런데도 도무지 잠이 오질 않는군요.

선생님, 재미있는 얘기 한 가지 할게요. 들어보세요.

선생님하고 저하고 닮았다는 말을 들었지 뭐예요. 두 사람한테서 그런 말을 들었어요, 두 사람이 누군지 아세요? 하나는

과 친구인 희경이고, 한 사람은 우리 엄마예요. 학교 신문에 난 좌담회 기사가 있잖아요. 그 기사에 실린 사진을 보고 글쎄 그러지 뭐예요. 희경이는 그때 학교 벤치에 앉아서 그런 말을 했고, 어머니는 오늘 낮에 신문을 보고서 그런 말을 하셨어요.

선생님은 어떻게 생각하세요? 선생님하고 저하고 닮았나요?

여기까지 쓰고서 연미는 헤죽헤죽 웃었다. 이런 경우의 거짓말은 조금도 죄 될 게 없다 싶었다. 또 재미있기까지 했다. 어머니는 한사코 안 닮았었다고 했었는데, 안 닮았다는 말은 편지에 쓰고 싶지 않았던 것이다. 그러니까 연미는 속으로 은근히 현 교수와 자기가 닮았기를 바라고 있는 셈이었다.

다음은 현 교수를 이곳 자운사로 유인할 차례였다. 연미는 어쩌면 이 대목이 가장 중요한 것 같아 어떻게 쓸까 잠시 생각하다가 펜을 놀렸다.

그리고 선생님, 긴 겨울방학 동안 무얼 하실 예정인지요? 혹시 여행을 하실 생각은 없으신지…… 그럴 생각이 계시다면 이곳 제가 있는 절로 한번 놀러 오시지 않으시겠어요? 그다지 크고 이름난 절은 아니지만 며칠 조용히 쉬시기에는 아주 안성맞춤인 그런 아담한 산사입니다. 저희 집과 다름없는 곳이니 아무 부담감을 가지지 마시고 가벼운 기분으로 훌쩍 떠나오세요. 답답한 서울에 갇혀 계시지 말고요. 예? 선생님. 선생님이 오시면 함께 정읍으로 그 징을 찾아가 보고 싶어

요. 저 혼자 가는 것보다 얼마나 기쁘고 즐거운 일인지, 생
각만 해도 벌써 가슴이 조금 두근거리기까지 해요. 호호
호…….

선생님, 곧 회답 주세요. 손꼽아 기다리고 있겠어요. 그럼 만
날 때까지 안녕.

연미는 편지 끝에다가 지운사의 전화번호를 적어놓았다. 회답을
하기 귀찮으면 손쉽게 전화를 걸 수 있도록 말이다.

아침에 좀 늦게 일어난 현중하는 조간신문을 들고 화장실로 들어
갔다. 조간 하나, 석간 하나, 신문을 두 가지 보고 있다.

변기에 앉자 신문을 펼쳐보는 것이 습관처럼 되어 있는데, 오늘
아침은 신문을 펼칠 생각은 없이 간밤의 꿈을 가만히 떠올렸다.

천연색의 꿈이었다. 눈이 내리고 있었다. 목화송이만큼씩 한 함박
눈이 푸덕푸덕 쏟아지는 속으로 웬 사슴이 한 마리 뛰어오고 있었
다. 산중이었다. 현중하는 어떤 오두막집의 추녀 밑에 서 있었다.

눈 속으로 껑충껑충 뛰어온 사슴이 그만 현중하의 품 안으로 안기
듯이 달려들었다. 암사슴이었다. 현중하는 놀라지 않고 오히려 활짝
웃으며 그 암사슴을 끌어안았다.

그런데 안고서 보니까 사슴이 아니라, 뜻밖에도 단발머리를 한 소
녀가 아닌가.

"나 누군지 알아?"

소녀는 상글상글 웃으면서 빤히 쳐다보았다.

그러나 현중하는 그게 누군지 얼른 알아볼 수가 없었다. 어디선지
많이 본 듯한 얼굴인데, 도무지 누군지 머리에 떠오르지가 않았다.

"누구지? 어디서 많이 본 듯한 얼굴인데……."

"하하하…… 잊어먹었구나. 나는 너를 잊지 않았는데…… 너 중하지? 맞지? 하하하……."

까르르 웃으면서 소녀는 현중하의 가슴에서 떨어져 나갔다. 그리고 단발머리를 나풀거리면서 저만큼 달려가더니 이쪽을 향해 돌아서서 상글상글 미소를 날리면서,

"이래도 누군지 모르겠어?"

하고 소리를 질렀다.

"아니, 수선이 아니야? 문수선!"

놀라는 순간 꿈이 깨었던 것이다.

문수선이 꿈에 나타나다니…… 현중하는 참 묘한 일이라고 생각했다.

문수선은 현중하의 첫사랑의 여자였다. 현중하로 하여금 사랑에 눈뜨게 한 소녀였고, 또 이별의 아픔이 어떤 것이라는 걸 맛보게 했던 처녀였다. 벌써 사십 년이 다 되어가는 옛날의 일이어서 현중하의 머릿속에는 희미하게 빛이 바래어 이제 그 흔적이 남아 있는 둥 마는 둥한 그런 여자인데, 그 문수선이 서로 사랑에 눈뜰 무렵의 그 소녀의 모습으로 꿈에 나타나다니 묘한 일이 아닐 수 없었다.

꿈이 천연색이었으니 결코 흉몽은 아니라는 생각이 들었다. 길몽임에는 틀림없는데, 꿈의 내용이 너무 뜻밖이어서 도대체 무슨 예시일까 싶어 오늘 하루 일이 궁금해지기까지 했다.

현중하는 늦은 아침을 먹고 조금 앉았다가 집을 나섰다. 며칠 동안 집에 들어앉아 있었더니 답답하기도 했고, 또 오래간만에 학교에도 한번 들러봐야겠다는 생각이 들었던 것이다.

방학 중의 학교는 한산해서 약간 쓸쓸한 느낌을 주었다. 겨울이라 더 그런 것 같았다.

현중하는 먼저 교무처를 찾아가 보았다.

방학 중이지만 혹시 무슨 교수회의 같은 예정이 있지 않나 알아보기 위해서였고, 또 현상모집을 한 민속자료에 관한 학생들의 응모 원고가 우편물로 교무처에 배달되어 있지나 않는가 싶어서였다.

신입생 입학시험이 전기로 끝난 터이라 교수들을 소집하는 예정도 없었고, 아직 방학한 지 얼마 안 되어서인지 응모해 온 우편물도 배달되어 있는 게 없었다.

현중하는 교수회관으로 갔다. 회관으로 들어선 현중하는 우편함이 있는 곳으로 가보았다.

몇 통의 편지가 자기의 우편함 안에 들어 있었다.

현중하는 그것을 꺼내 들고 이 층 자기의 방으로 올라갔다.

편지란 어떤 내용이 됐든 우선 반가운 법이다. 어디서 온 것일까 하고 책장 앞에 앉자 현중하는 한 장 한 장 그 송신인부터 먼저 보았다.

"아니, 백연미가……."

현중하는 연미의 편지를 보자 절로 얼굴에 희색이 떠올랐다.

다른 편지들은 젖혀두고, 그것부터 뜯어 알맹이를 꺼냈다.

'선생님께, 선생님 해가 바뀌었군요.' 이렇게 '선생님'이란 호칭으로 시작된 것부터가 현중하는 기분이 좋았다.

'현 선생님' 혹은 '현 교수님' 이런 호칭보다 그냥 '선생님'이라고 부르는 편이 훨씬 가깝고 정겹게 느껴지는 것이다.

편지를 읽어나가던 현중하는 '저는 지금 시골에 와 있습니다. 선생님 여기가 어딘지 아시겠어요? 산중의 절이에요. 뜻밖이죠? 자운사라고 제 집과 마찬가지예요. 왜 그러냐구요? 자세한 얘기는 나중에 드리기로 하죠.' 이 대목에 이르자 살짝 고개를 한쪽으로 기울였다가 가만가만 끄덕였다. 절이 제 집과 마찬가지라니, 어떻게 된 영문인가 싶었고, 그렇다면 혹시 어머니가 그 절의 소유자거나 아니면 주지라도 되는 모양이지 싶었던 것이다. 아버지는 돌아가셨다고 했으니 말이다.

징에 대해서 문의 한 대목을 읽고 난 현중하는,

"하하— 기가 막히는 자료군."

절로 입에서 감탄의 말이 흘러나왔다.

잠시 편지 읽기를 멈추고서 현중하는 생각해 보았다.

어쩌면 그렇게 공교로울 수가 있는지, 속으로 약간 놀라지 않을 수 없었다. 이형기의 「징깽맨이의 편지」라는 시에 나오는 그 징과 흡사하질 않는가 말이다.

그리고 동학혁명 당시에 만들어서 사용한 물건이고, 만든 사람이 그 징 때문에 목숨을 잃었으며, 또 그가 죽은 날 그 시각이 되면 징이 혼자서 저절로 울린다니, 그게 사실이라면 바로 자기가 머릿속에 그리고 있는 역사가 깃들고 혼과 울음이 담긴 신비하기까지 한 그런 전형적인 민속자료가 아니고 무엇인가.

현중하는 그 징이 정읍에 지금도 있으면 천만다행이지만, 만일 없을 경우에는 어디에 가서 묻혀 있는지 자기가 나서서라도 그 행방을 추적하여 현품을 기어이 찾아내야겠다고 생각했다. 어쩌면 그보다 더 값진 민속자료를 구할 수는 없을 것 같은 생각까지 들었다.

그리고 현중하는 연미가 문의한 것처럼 실물의 소재는 알 수가 없고, 그 내력만 조사해서 응모해 올 경우 어떻게 처리해야 될지 생각해 보았다. 민속자료의 원고를 현상모집 하는 이유는 그 자료들을 수집하기 위해서인데, 실제로 필요한 그 물건의 소재를 모른다면 헛일이 아닐 수 없었다. 내력을 적은 원고만으로 무슨 소용이 있겠는가 말이다. 민속박물관에…….

그러나 일단 그런 원고도 받아들여서 검토해보는 것이 옳으리라 싶었다. 내용이 값어치 있는 것이면 어떻게든지 그 실물을 찾아내야 되지 않겠는가 말이다. 어쩌면 그런 일이 힘은 들겠지만 앞으로 해야 할 진짜 보람 있는 일일 것 같았다.

"좋아, 그런 원고도 받아주지."

현중하는 혼자 결정을 내리고 중얼거렸다. 다시 편지를 읽어 나갔다. 현중하는 자기와 연미가 닮았다고 희경이와 연미 어머니가 말했다는 대목을 읽고는 절로 미소가 지어졌다. '선생님은 어떻게 생각하세요? 선생님하고 저하고 닮았나요?'라는 표현에는 한쪽 볼에 예쁘게 보조개가 파이는 연미의 웃는 모습이 그대로 떠올라 보이는 듯했다.

"나하고 연미가 닮았다고? 허허허…… 그런가? 어디가 닮았을까…… 남인데…… 허허허……."

전혀 생각지도 않았던 일이어서 현중하는 그런지 어떤지 잘 알 수가 없으면서도 공연히 기분이 좋은 듯 혼자서 중얼거리며 싱글싱글 싱겁게 웃었다.

'그리고 선생님, 긴 겨울방학 동안 무얼 하실 예정이신지요? 혹시 여행을 하실 생각은 없으신지…… 그런 생각이 계시다면 이곳 제가 있는 절로 한번 놀러 오시지 않으시겠어요?'라는 대목에 이르자 현중하는 눈앞이 현저히 밝아지는 느낌이었다.

'선생님이 오시면 함께 정읍으로 그 징을 찾아가 보고 싶어요. 저
혼자 가는 것보다 얼마나 기쁘고 즐거운 일인지 생각만 해도 벌써
가슴이 조금 두근거리네요. 호호호……' 이 대목을 읽고 나서는,

"하하— 이것 봐라."

현중하는 자기도 모르게 내뱉으며 약간 놀라고 있었다.

'그럼 선생님, 만나 뵐 때까지 안녕.' 이렇게 편지는 끝나고 있었는
데, 다 읽고 난 현중하는 조금 당황할 지경이었다. 문득 간밤의 꿈
생각이 머리에 떠올랐다. 마치 함박눈 속으로 뛰어온 암사슴이 가슴
안으로 뛰어들어 불쑥 안겼을 때와 같은 그런 느낌이었다.

현중하는 연미의 편지를 아무래도 그냥 예사롭게 생각할 수가 없
었다. 읽고 난 뒤의 기분이 결코 담담하지가 않았다. 맥박이 평상시
보다 약간 빠르게 뛰고 있는 느낌이었다.

그냥 제자가 스승에게 쓴 편지라고는 도저히 볼 수가 없었다. '저
혼자 가는 것보다 얼마나 기쁘고 즐거운 일인지 생각만 해도 벌써
가슴이 조금 두근거리네요. 호호호……' 이 대목과 '그럼 선생님, 만
나 뵐 때까지 안녕.' 이런 마지막 인사는 사제지간의 테두리를 벗어
났다고밖에 볼 수가 없었다. 그것을 친밀감의 짙은 표현이라고 할
수도 있겠으나, 여제자이고 보니 아무래도 그 색깔이 약간 다르다고
생각하지 않을 수 없었다.

연미로부터 이런 달짝지근한 편지를 받게 되다니 정말 의외의 일
이었으나, 현중하는 솔직히 말해서 결코 싫지가 않았다. 야, 이게 어
찌된 일이야 싶었다. 육십이 멀지 않은 메말라가는 나무에 감미로운
수액이 다시 훈훈하고 짜릿하게 퍼져 오르는 듯한 느낌이었다.

현중하는 가만히 큰 숨을 들이마셨다가 내뱉었다. 어쩐지 그 숨결도 약간 후끈해진 것 같았다. 담배를 꺼냈다. 서슴없이 한 개비를 뽑아 입에 물고 불을 붙였다. 그리고 푸— 연기를 실내의 공간을 향해 내뿜었다. 어쩐지 그 담배연기도 여느 때보다 한결 연연하게 퍼져나가는 듯했다.

담배를 피우면서 현중하는 간밤의 꿈과 연미의 편지를 연관시켜 생각해 보았다. 오늘 연미의 편지를 받으려고 그런 꿈을 꾼 게 틀림없었다.

그런데 꿈에서는 옛날의 첫사랑이었던 문수선이가 사슴의 모습으로 나타나 가슴에 안기더니, 현실에서는 제자인 백연미가 뜻밖의 편지를 보내오지 않았는가. 문수선과 백연미, 두 여자 사이에 어떤 관련이라도 있는지, 아니면 그저 그런 식으로 꿈답게 예시를 한 것인지…… 어떻게 생각하면 허황하고 부질없기도 한 그런 상념에 젖어서 현중하는 한참동안 몽롱하면서도 감미로운 상태가 되어 있었다.

문득 한기를 느끼면서 현중하는 제정신이 들었다. 자리에서 일어나 석유난로에 불을 붙였다.

현중하의 취미는 등산과 여행이라고 할 수 있었다, 등산은 특별한 일이 없는 한 일요일마다 하고 있다. 대체로 혼자 가고, 간혹 친구들과 어울리기도 한다. 여행 역시 좋아하는 터이지만 교직에 매인 몸이라 자주 떠나지는 못한다. 주로 방학 때를 이용하고 있다.

이번 겨울방학 동안에는 어디로 여행을 떠날 것인가 생각하고 있는 중인데, 마침 잘 됐다 싶었다. 연미를 찾아서 떠나기로 마음먹었다. 산사에 있다고 하니 등산복 차림으로 떠나는 게 좋을 것 같았다.

산에도 오르고, 또한 연미와 함께 그 징을 찾아 현지에도 가보고 말이다.

연미의 편지에 대해 어떤 식으로 회답을 하는 것이 좋을지 현중하는 생각해 보았다. 답장을 써서 우송할 것인지, 아니면 편지 끝에 적혀 있는 전화번호로 곧바로 전화를 것 것인지…… 전화를 걸면 아주 손쉬울 것이다.

편지 잘 받았다는 말을 하고, 곧 찾아갈까 하는데 정확한 날짜는 다시 전화로 연락하겠다는 정도로 용건만 말하면 되는 터이니 말이다. 어쩌면 그렇게 속히 전화로 알려주기를 바라고 그 번호를 적어 놓았는지 모른다.

그러나 현중하는 왠지 전화로 간단히 회답하고 싶은 생각이 들지 않았다. 편지를 써보고 싶은 것이다.

요즈음은 서울 시내는 물론이고, 지방에 사는 친지에게나 심지어 외국에 가 있는 사람에게도 편지를 쓰는 일은 극히 드물고, 손쉽게 전화 다이얼을 돌려서 간단한 용무를 마치는 세상이다. 그래서 현중하는 편지를 써본 기억이 까마득하다.

사람과 사람 사이의 진정(眞情)의 주고받음이란 아무래도 전화보다는 편지라야 가능하다는 그런 생각을 해보면서 현중하는 책상 서랍에서 용지를 꺼냈다.

막상 펜을 들려고 하니 좀 쑥스러웠다. 육십이 다 되어가는 교수가 갓 스물을 한둘 넘었을 뿐인 아직 어리다고밖에 볼 수 없는 여제자에게 약간 설레는 듯한 심정으로 편지를 쓰려고 들다니 낯간지럽다는 생각이 들지 않을 수 없었다.

그리고 문득 간밤의 꿈에 나타났던 그 문수선에게 처음으로 소위 러브레터라는 것을 썼던 때의 일이 머리에 떠오르기도 했다.

중학교 4학년 때 하숙방에 엎드려서 밤이 이슥토록 쓰고는 찢고 쓰고는 찢고 하며 사흘 밤을 끙끙거린 다음에야 겨우 마음에 드는 한 통의 연애편지를 완성했던 것이다.

글재주가 없어서가 아니었다. 끓어오르는 마음을, 불타는 가슴속을 어떻게 하면 몽땅 다 편지지 위에 쏟아놓을 수가 있을까 해서였고, 그것도 아주 멋있는 말과 그럴듯한 표현으로만 고르고 골라서 쓰느라 그랬던 것이다.

연애편지를 완성한 날 밤에는 코에서 단내가 솔솔 풍길 지경이었고, 이튿날 아침에는 세숫대야에 뚝뚝 몇 방울의 코피까지 떨어졌었다.

쑥스러운 듯이 혼자서 히죽이 웃고 나서 현중하는,

"어험—"

헛기침을 한번 크게 했다. 그리고는 될 수 있는 대로 근엄한 표정을 애써 지었다. 결코 교수의 체통을 잃어서는 안 된다는 생각이 들었던 것이다.

현중하는 편지에 쓸 연미에 대한 호칭을 어떻게 하는 것이 좋을까 생각해 보았다. 그냥 '연미'라고 하기보다 성을 붙여서 '백연미'라고 하거나 '연미 양'이라고 쓰는 편이 교수가 여제자에게 하는 편지로서 타당할 것 같았다.

백연미에게
보내준 편지 오늘 잘 받았다.
새해에는 연미 양도 더욱 건강하고, 학업에 힘써서 한층 보람 있는 학교생활이 되길 바란다.

시골의 산사에 가 있다니 뜻밖이었다. 연미 양의 집과 다름이 없다는데, 어떻게 된 영문인지 잘 모르겠구나. 도시생활에서 벗어나 방학 동안 산중의 절간에 들어가 있다는 것은 참으로 좋은 일이지. 어떤 곳인지 가보고 싶구나.

그렇지 않아도 방학 중에 어디든 여행을 떠날까 생각하고 있던 중인데, 뜻밖에 연미 양이 산사로 초대를 했으니 잘됐지 뭐야. 그리고 민속자료도 좋은 것이 있다고 하니 겸사겸사해서 한번 찾아가겠다.

아직 그 징의 소재와 자세한 내력을 조사해보지 않은 모양인데, 편지에 적혀 있는 것만 보아도 대단히 가치가 있는 민속자료 같구나. 어쩌면 바로 내가 찾고자 하는 그런 전형적인 물건이 아닌가 하는 생각까지 든다. 그 징의 소재와 내력을 조사하러 함께 현지로 가보기로 하자. 즐겁고 보람 있는 여행이 될 것 같아 나도 벌써부터 가슴이 조금 설렌다.

여기까지 쓰고서 현중하는 펜을 멈추었다. '즐겁고 보람 있는 여행이 될 것 같아 나도 벌써부터 가슴이 조금 설렌다.' 이 대목이 어떨까 하는 생각이 들었던 것이다.

'나도 벌써부터 가슴이 조금 설렌다.'는 표현은 바로 연미의 '얼마나 기쁘고 즐거운 일인지 생각만 해도 벌써 가슴이 조금 두근거리네요. 호호호……'라는 표현에 대해 맞바로 다가가는 셈이 아닌가.

설사 심정은 그렇다 하더라도 교수의 입장에서 여제자에게 그런 식으로 겉으로 드러내어 직접 표현을 해서는 안 된다 싶었다.

그래서 현중하는 그 대목을 죽 그어버리고, '즐겁고 보람 있는 여행이 될 것 같다.'만 남겨놓았다.

현중하는 새 용지에다가 다시 썼다. 그리고 다음으로 이어나갔다.

그런데 그곳 자운사를 찾아가라면 약도가 필요할 것 같다.
자세한 안내도를 그려서 보내주기 바란다.
회신이 오기를 기다리고 있겠다. 출발할 날짜가 결정되면
그때는 전화로 연락하기로 하지. 그럼 연미 양, 만날 때까지
안녕.

현중하 씀.

펜을 놓고 현중하는 혼자서 좀 낯간지러운 듯한 그런 웃음을 떠올렸다. 맨 끝의 '만날 때까지 안녕'이라는 말이 어쩐지 좀 나이에 걸맞지 않는다는 생각이 들었던 것이다.

그러나 그 정도는 교수로서의 품위에 손상이 될 게 없을 것 같았다.

현중하는 학교를 나설 때 교내 우체국에 가서 그 편지를 부쳤다.

며칠 뒤의 밤이었다.

따르르 따르르…… 전화벨이 울렸다. 거실에서 텔레비전을 보고 있던 유혜선이 전화를 받더니 서재 쪽을 향해서 큰소리로 외쳤다.

"여보— 전화 왔어요."

서재에도 전화기가 있었다. 저녁을 먹고 나서 서재의 보료 위에 드러누워 석간신문을 보고 있던 현중하는 일어나 신문을 놓고 수화기를 들었다.

"여보세요, 나 현중한데요."

"선생님 안녕하셨어요? 저예요. 연미……."

연미의 목소리가 수화기 속에서 가물거렸다.

"오, 연미, 잘 있었어?"

"예, 오늘 선생님 편지 받았거든요."

"응, 오늘 들어갔군."

"그런데 선생님, 언제 오실 예정이세요?"

"글쎄…… 연미의 편지가 오기를 기다리고 있었지. 찾아가는 데 약도가 필요하니까."

"선생님, 그러지 마시고 곧 오세요. 빨리 뵙고 싶단 말이에요. 호호호……."

"그래? 허허허…… 그렇지만 그곳이 어딘지 편지에 적힌 주소만 가지고는 찾아가기가 힘들지 않을까?"

"걱정 마시고요, 언제 출발하시는지 확실한 날짜와 차 시간을 알려주시면 제가 마중을 나갈게요."

"그래? 그러면 보자…… 내일은 안 되겠고, 모레쯤 출발할까?"

"모레쯤이면 안 돼요. 확실히 모레면 모레라고 못 박아야지요. 그래야 마중을 나갈 게 아니에요."

"그럼 가만있자…… 내일 내가 전화를 하도록 하지."

"선생님, 그러지 말고 지금 결정해 버려요. 모레 오시기로…… 자꾸 연기하지 마시고요. 빨리 뵙고 싶다니까요. 정말이에요. 호호호……."

"허허허……."

현중하도 전화기에다가 대고 껄껄껄 기분 좋게 웃었다. 그리고 말했다.

"좋아, 모레 출발하지."

"아이 좋아라. 선생님, 무슨 차로 오시겠어요?"

"여행은 기차라야 기분이 나지만, 서울역까지는 우리 집에서 멀단 말이야. 고속버스 터미널은 가깝거든."

"그럼 고속버스로 오세요. 전주까지 오시면 돼요. 제가 전주 터미널로 마중을 나갈 테니까요."

"거기서 전주가 꽤 멀 텐데……."

"좀 멀어도 선생님이 오시는데 나가야죠."

"허허 미안한데…… 좋아. 그럼 모레 열 시 고속버스로 출발하지. 전주까지 세 시간쯤 걸리지?"

"예, 그럼 선생님 모레 뵙겠습니다."

"응."

"선생님 안녕."

수화기 속에서 연미의 연한 목소리가 사라졌다.

이틀 뒤, 현중하는 아침 아홉 시 반경에 집을 나섰다.

여행을 떠나는 사람이라기보다 등산을 가는 사람의 차림이었다. 등산복에다가 등산모 그리고 배낭을 메었고, 피켈까지 한 손에 들었다. 등산을 위한 완전무장이었다. 전북 쪽으로 떠난다고 아내에게 말하니까,

"전라도 어느 산에 가요?"

유혜선이 물었다.

"지리산에라도 한번 올라가 볼까 싶은데, 모르지, 가봐야지."

"혼자 가요?"

"응."

"혼자 전라도까지 등산을 가다니, 취미도 참 별나다니까."

"당신은 몰라서 그래. 혼자서 멀리 등산을 가는 게 얼마나 좋다고. 특히 겨울 등산이 일품이라구."

"예, 그 일품 실컷 즐기고 와요. 언제 돌아오는 거유?"

"며칠 걸리겠지 뭐. 전화할께."

현관을 나서며 현중하는 재미있다는 듯이 혼자서 히죽이 약간 의미 있는 웃음을 떠올렸다.

아파트를 나서자 바로 저만큼 택시가 한 대 와서 멎었고, 승객이 내렸다. 손쉽게 택시를 탄 현중하는,

'출발부터 순조로운 걸 보니 유쾌한 여행이 되겠군.' 하고 속으로 중얼거렸다.

터미널에 도착하니 열 시 오 분 전이었고, 표를 사가지고 버스에 오르자 얼마 안 있어 출발이었다. 열 시 정각 버스였다.

"역시 출발이 순조롭다니까."

현중하는 창밖을 내다보며 가만히 미소를 지었다.

올겨울은 이상 난동(暖冬)이어서 달리는 차창 밖으로 내다보이는 산에 거의 눈이 없었다. 그래서 그런지 전개되는 풍경이 어쩐지 을씨년스럽기만 할 뿐 산뜻한 맛은 별로 느낄 수가 없었다. 겨울 풍경은, 특히 산은 아무래도 흰 눈이 덮여 있어야 제격인데 말이다.

어쨌든 오래간만에 서울을 벗어나 후련한 산야를 누비며 고속으로 달리는 기분은 괜찮은 것이었다.

버스가 대전 근처에서 호남 쪽 고속도로로 접어들자 현중하는 어쩐지 묘하게 감회에 젖어드는 느낌이었다. 논산 근처를 지나 전라북

도가 가까워질수록 그 감회는 한결 짙어지는 듯했다. 마치 옛 고향이 점점 다가오고 있는 듯한 그런 기분이었다.

현중하의 고향은 경기도였다. 그러나 국민학교 2학년 때 전라북도로 이사를 가서 그곳에서 국민학교를 졸업했고, 또 중학교를 다녔기 때문에 마치 그 고장이 고향 같은 느낌이었다. 어린 시절과 사춘기의 가지가지 추억이 그곳에 얼룩져 있는 터이니 말이다. 첫사랑의 감미롭고 아픈 추억도 그 고장에 남아 있다.

현중하는 절로 아득한 지난날의 추억 속으로 젖어들지 않을 수 없었다.

옛날의 무지개

현중하가 고향인 경기도 땅을 떠나 전라북도로 이사를 간 것은 국민학교 2학년 때의 일이었다. 정확하게 말하면 1940년 2월이었다. 그러니까 일제 말엽이다.

현중하의 아버지 현장명 씨는 국민학교 교사였는데, 근무하던 경기도의 어떤 농촌 학교에서 일본인 교장과 싸우는 바람에 파면을 당했다. 그것이 1938년의 일이었다.

그 학교의 야마구찌(山口)라는 일본인 교장은 참으로 고약한 사람이었다. 현장명은 그 학교에 부임하는 날 첫 대면에서 벌써 그것을 느낄 수가 있었다.

현장명이 내민 사령장을 받아 든 야마구찌는 잠시 그것을 들여다보고 있더니 힐끗 쳐다보며 말했다.

"포마아도 냄새 지독한데……."

사령장의 내용을 들여다본 게 아니라, 남의 머리 냄새부터 맡고 있었던 모양이었다. 말하자면 첫마디부터가 으름장이었다.

야마구찌는 매사가 그런 식이었다. 자기는 김치 냄새가 질색이니 도시락 반찬으로 김치를 가지고 와서는 안 된다고, 신성한 교무실에 김치 냄새가 풍기다니 절대로 용납할 수 없는 일이라고 선생들에게 호통을 치기도 했다. 걸핏하면 '조센징 조센징'(조선놈 조선 놈) 하면서 학생들의 조그마한 잘못도 결코 그냥 넘겨버리는 일이 없었다. 교장 선생이라는 사람이 아이들의 뺨을 찰싹찰싹 때리기가 일쑤였고, 화가 많이 났을 경우에는 신고 있던 슬리퍼를 벗어 들고 그것으로 냅다 얼굴이고 어디고 사정없이 갈겨 대기도 했다.

'훈계'라는 용어는 그의 교육사전에는 애초부터 없는 모양이었다. 오직 '체벌'이 있을 뿐이었다. 그것도 교육을 위한 체벌이 아니라, 멸시와 증오에 찬 그런 것이었다.

사람의 쓸개를 달고는 도저히 이 야마구찌 밑에서 견딜 수가 없었다. 여러 조선인 선생들이 그에게 맞서다가 쫓겨 좌천이 되어 간 것도 무리가 아니었다.

현장명 역시 견디다 못해 그만 일대일로 부딪치고 말았던 것이다. 부임한 지 불과 반년밖에 안 되어서였다.

어느 날 쉬는 시간이었다. 갓을 쓴 노인 한 사람이 요란스럽게 교무실로 들어서더니 대뜸 큰소리로,

"왜 고무신을 안 찾아주지요? 응? 이게 핵꼰가."

시비를 걸듯 말했다.

선생들은 모두 눈이 휘둥그레지지 않을 수 없었다. 야마구찌도 마침 자기 자리에 앉아 있었다.

"핵교에서 도둑놈을 키워요? 왜 핵교라는 곳에서 고무신이 없어지

지? 선상들은 그런 것도 감독 못하고 뭣들 하는 거요?"

노인은 수염을 덜덜 떨면서 이따금 손으로 삿대질까지 해댔다. 그 뒤에 코를 빼문 아이가 조그만 어깨를 떨면서 서 있었다. 손자인 모양이었다.

현장명도 어이가 없어서 노인의 얼굴을 멀뚱히 바라보고만 있었다.

결코 보통 일이 아니었다. 물론 고무신 따위 물건이랑 돈을 잃어버리는 일도 있었지만, 그렇다고 학부형이 저렇게 교무실까지 찾아들어와서 삿대질을 해가며 떠들어대는 일이란 있을 수가 없었다. 그럴 수 없는 세상이었다.

국민학교에 입학하는 데도 시험을 쳐서 합격해야 될 뿐 아니라, 교장의 눈 밖에 나면 퇴학처분도 곧잘 내려지는 판인데 감히 어디라고 말이다.

노인 뒤에 따라 들어와 서 있는 아이가 자기 학급 아이라는 것을 알자 현장명은 얼른 자리에서 일어났다.

야마구찌는 의자에 푹신 기대앉은 채로 눈썹 하나 까딱 안 하고 노인을 노려보고 있었다.

노인에게 다가간 현장명은 우선 머리를 굽실했다. 잘 알았다는 뜻이기도 했고, 자기가 담임이라는 인사이기도 했다. 그리고 현장명은 두 손으로 노인의 한쪽 팔을 잡으며 사정하듯이 말했다.

"여기서 이러시면 안 됩니다. 밖으로 나갑시다. 어르신네, 어르신네."

야마구찌가 파르르 눈꺼풀을 떨며 자리를 박차고 일어난 것은 바로 그때였다.

"어르신네가 다 뭐야. 이 새끼!"

우르르 달려온 야마구찌는 다짜고짜로 현장명의 뺨을 한 대 올려붙였다.

너무나 뜻밖의 일에 현장명은 정신이 얼떨떨했다.

순간 실내에는 숨 막히는 긴장이 감돌았다. 노인네도 어이가 없는 듯 입을 딱 벌렸다. 야마구찌는 이번에는,

"이 똥강아지 같은 놈의 새끼!"

하고 욕을 내뱉으며 아이를 가서 냅다 걷어차 버리는 것이 아닌가.

아이는 때구르르 간단히 나가굴러 버렸다. 겁을 집어먹은 노인은 눈이 휘둥그레지며 비실비실 뒤로 물러서고 있었다.

눈에 핏발이 선 듯한 야마구찌는 제 풀에 식식거리며 이번에는 또 얼른 슬리퍼 한 짝을 벗어 쥐고 노인에게로 달려들었다. 순간 현장명은 자기도 모르게 질끈 아랫입술을 물었다. 그리고 얼른 가서 야마구찌의 뒷덜미를 홱 잡아채 버렸다.

그 해대는 푼수와는 달리 야마구찌는 딱할 정도로 힘없이 뒤로 벌렁 넘어졌다. 그러나 오기는 살아 있어서 비틀비틀 일어나기가 무섭게,

"이 개새끼! 감히 누구한테……."

냅다 악을 쓰며 곁에 있는 의자를 두 손으로 번쩍 쳐들었다. 내리치려는 것이었다.

반사적으로 현장명은 몸을 움츠리기는 했으나 한 발도 뒤로 물러서지는 않았다. 까짓 놈의 것 한바탕 해보자는 듯이 불끈 두 주먹을 쥐고 야마구찌를 무섭게 노려보았다.

그러자 우르르 여러 선생들이 야마구찌와 현장명 사이를 가로막

왔다.

현장명은 그 일 때문에 군 학무과로, 도청 학무국으로 불려가 조사를 받고 결국 파면 처분을 당하고 말았다. 야마구찌 교장은 산간 벽지의 조그마한 학교로 좌천이 되어 갔다.

그런데 같은 일본인이지만 야마구찌 교장과는 대조적으로 도청 학무국의 니시다(西田)라는 시학관은 퍽 점잖고 인정이 많은 사람이었다. 그는 현장명을 조사한 다음 이렇게 말했다.

"당신은 어쨌든 결과적으로 상사에게 반항을 하고 모욕을 가한 것이 되오. 사석에서도 아니고, 교무실에서 여러 선생들이 보는 앞에서 그런 불상사를 저질렀으니 구제할 길이 없소, 교육계의 기강을 바로잡기 위해서 파면 처분을 내리는 수밖에 도리가 없게 되었소, 이것은 공적인 나의 입장이오."

니시다는 담배를 한 대 피워 문 다음 조금 어조를 낮추어서 말을 이었다.

"그러나 사적으로는 당신의 그때 심정과 행동을 충분히 이해할 수가 있어요. 나도 사람이니까요. 그래서 지금은 안 내릴 도리가 없지만, 기회가 있으면 당신을 구제해주고 싶어요. 그러니까 학교를 떠나 다른 곳에 이사를 가 있더라도 나한테 주소를 알리도록 해요. 무슨 말인지 알겠지요?"

"예, 알고말고요."

현장명은 어떤 감동 같은 것을 느끼며 머리를 숙였다.

같은 일본 사람이면서 어쩌면 이렇게 야마구찌와는 다를 수가 있을까 싶으며 현장명은 니시다 시학관의 얼굴을 인자한 어버이를 대하듯 그런 심정으로 바라보지 않을 수 없었다.

이 년이 지난 어느 날 현장명은 다시 니시다 시학관의 편지를 받았다. 좀 만나 얘기를 했으면 좋겠다는 내용이었다.

그때 현장명은 인천에 있는 실습학원이라는 재수생들을 위한 사설 학원에서 강사 노릇을 하고 있다. 그 무렵의 재수생이란 국민학교를 졸업하고 중학교 입시에 실패하여 한번 더 시험 준비를 하는 학생들이었다.

그 학원에서 교편을 잡으며 현장명은 처음 한동안은 혹시 니시다 시학관한테서 무슨 좋은 소식이 오지 않을까 하고 기다렸었다. 물론 이사한 주소를 알려놓고서 말이다. 그러나 해가 바뀌어도 아무 기별이 없자 헛된 기대라고 단념을 했고, 자연히 그 일을 잊어버리고 말았다.

그런데 이 년이 지나 뜻밖에 편지를 받게 된 것이었다. 현장명은 좀 얼떨떨한 기분으로, 한편 희망에 가슴이 부풀기도 하면서 니시다를 찾아갔다.

도청 학무국으로 찾아갔는데, 니시다는 대뜸 현장명을 알아보고는,

"여기서는 얘기하기가 곤란하니 잠시 같이 나갈까."

하면서 자리에서 일어났다.

니시다 시학관은 현장명을 데리고서 구내식당으로 갔다. 점심시간이 지난 터여서 식당 안은 한산했다.

니시다 시학관은 차를 2인분 시키고 나서 현장명에게 물었다.

"요즘 뭘 하고 있소? 아직 그 학원에 나가고 있소?"

"예 그렇습니다."

"학원도 말하자면 사설이긴 하지만 일종의 교육기관인 셈이니까

괜찮겠구먼."

"……."

"어떻소? 복직할 생각이 있소?"

"예, 있습니다."

복직이라는 말에 현장명은 귀가 번쩍 뜨이는 느낌이었다.

"그런데 잘 알겠지만 파면을 당한 사람은 그 도내에서는 복직이 불가능해요. 타도면 가능하지. 어떻소? 전라북도로 갈 생각이 있소?"

"전라북도로요?"

전혀 예기치 않았던 일이기 때문에 한장명은 약간 주저하지 않을 수 없었다.

"이번에 내가 전라북도로 전근을 가게 됐소. 내가 그곳으로 가면 당신을 복직시킬 수가 있을 거요. 학원에 나가는 것도 좋지만 칠팔 년만 공립학교에서 더 근무하면 은급(恩給)이 붙질 않소. 은급이 붙어야 교직을 그만둬도 노후의 걱정이 없지. 안 그렇소? 그러니까 잘 생각을 해서 대답을 해요. 파면을 당한 당신의 그때 일을 내가 잘 알기 때문에 딱해서 구제해 줄려고 그러는 거니까……."

니시다의 얼굴에는 부드러운 미소까지 어려 있었다.

"예. 그러지요. 시학관님께서 시키는 대로 하겠습니다."

현장명은 마음으로부터 고맙게 생각하며 머리를 숙였다.

"그럼 우선 전라북도 김제군에 백구면이라는 데가 있는데, 그곳에 치문학교라고 있소. 사립학교지만 우선 그곳에 가 있도록 해요. 그 학교 교장과는 잘 아는 사이여서 벌써 얘기를 해두었소. 그 학교에 근무하고 있으면 내가 기회를 보아서 공립학교로 복직을 시켜줄 테니까.”

“예. 그러겠습니다. 시학관님 정말 고맙습니다. 저를 그렇게까지 염려해 주셔서…….”

정말 너무 고마워서 현장명은 어찌할 바를 몰랐다.

같은 일본인이면서도 야마구찌와 니시다가 이렇게 다를 수가 있는가 싶었다. 한쪽은 김치 냄새가 질색이니 도시락 반찬으로 김치를 싸가지고 와서는 안 된다고 선생들에게 호통을 치는가 하면 걸핏하면 ‘조센징 조센징’ 하면서 슬리퍼를 벗어 들고 그것으로 학생들을 갈겨대는 그런 망나니인가 하면, 다른 한쪽은 파면된 조선인 교사의 억울함을 측은히 여겨 은급, 즉 연금을 염려해주며 자기가 전근해 가는 도에서 복직을 시켜주겠다고 자청해서 나서는 그런 사람이라니, 정말 보살과 야차 같은 대조가 아닐 수 없었다.

일이 그렇게 되어 현장명은 고향인 경기도 땅을 떠나 전라북도로 가족들을 데리고 이사를 가게 되었던 것이다.

국민학교 2학년짜리인 현중하는 전라북도가 어딘지 알 수가 없었지만, 좌우간 멀리 이사를 간다는 바람에 공연히 기분이 좋았다. 그것도 기차를 타고 오래오래 간다는 말에 더욱 신나기만 했다.

대전에서 기차를 갈아타고 날이 희뿌옇게 밝아올 무렵 이리역에 내렸다. 야간열차를 탔던 것이다.

눈에 하얗게 뒤덮인 싸늘한 새벽이었다. 중하는 곧장 모가지를 움츠렸다.

“아버지, 여기가 전라북도야?”

“그래, 다 왔다.”

중하는 어쩐지 좀 실망이 되는 듯 혼잣말처럼 뇌까렸다.

"전라북도가 뭐 이래."

그러자 현장명은,

"왜 어떤데?"

하고 빙그레 웃었다.

국민학교 2학년짜리인 중하는 전라북도라고 하면 지금까지 살던 곳과는 아주 딴판인 말하자면 이국처럼 머리에 그려왔던 것이다. 집도 다르고 길도 다르고 자동차 같은 것도 다르고, 산이랑 심지어 사람까지도 다를 것이라고 생각했던 것이다. 그림에서 본 이국의 풍경처럼 그렇게 기대해 왔는데, 막상 와보니 그게 아니라, 하얀 눈경치까지 모든 것이 비슷하니 재미가 있을 리 없었다. 몹시 춥기만 했다.

그러나 그날 중하는 참으로 놀라운 것을 보았다. 지금까지 한 번도 본 일이 없는 눈이 휘둥그레질 그런 것이었다. 그것은 기나긴 다리였다.

여관을 찾아 들어가서 좀 자고 일어나 늦은 아침을 먹고 버스를 탔다. 버스는 덜컹덜컹 뛰면서 시내를 빠져나가 시골 신작로를 달렸다. 멀리 눈에 덮인 하얀 야산이 간혹 보일 뿐 사방은 온통 들이었다.

얼마나 달렸을까. 눈앞을 가로막는 기다란 둑이 나타났다. 신작로가 두 갈래로 갈라지며 거기 마을이 있었다.

"여기가 목천포라는 곳이다."

현장명은 벌써 그 마을의 이름을 알고 있었다. 치문학교에 한번 혼자서 니시다 시학관의 소개장을 가지고 교장을 만나러 찾아가 보았던 것이다.

"목천포요?"

중하는 어쩐지 마을 이름이 묘하게 들렸다.

그 목천포라는 곳을 지나자 버스는 부르릉부르릉…… 발동을 돋우며 둑을 올라챘다.

"햐—"

중하는 절로 입이 딱 벌어졌다.

물론 강이었다. 그러나 강 때문에 입이 벌어진 것은 아니었다. 강의 이쪽 둑에서 저쪽 둑까지 끝없이 넓은 공간을 가로질러서 다리가 걸려 있는 것이었다. 다리의 끝이 가물가물 잘 보이지 않을 지경이었다. 그제야 중하는 과연 전라북도라는 곳이 다르구나 하고 혀를 내둘렀다.

치문학교는 그 긴 다리를 건너자 바로 둑에서 얼마 되지 않는 곳에 있었다.

학교 곁에 마을이 있고, 그 주위는 온통 논이었다. 학교 옆의 논은 구획이 굉장히 넓었다. 큼직큼직한 논이 여러 개 펼쳐져 있는데, 마침 겨울인데다가 물이 괴어 있었던지 논이 온통 한 장의 얼음판을 이루고 있었다. 그래서 그것은 논이라기보다는 하나의 커다란 호수처럼 느껴졌다. 학교 운동장보다 아마 열 배는 더 넓은 것 같았다.

"햐— 굉장히 넓다. 스케트 타면 신나겠는데……."

어린 중하의 눈이 다시 휘둥그레진 것은 물론이다.

그 넓은 논의 임자가 바로 학교 설립자였다. 말하자면 '아는 것이 힘이다. 배움만이 사는 길이다' 하는 그런 선각과 우국심에서 설립한 학당이었다. 그 무렵 벌써 개교한 지가 이십 년이 넘는 우리나라에서 몇 개 안 되는 농촌의 사립학교였다.

그러나 학생 수는 아직 이백 명 선을 넘지 못하고 있었다. 한 학년이 평균 삼십 명가량밖에 안 되는 셈이어서 1,2학년과 3,4학년은 각각 복식학급으로 편성되어 있었고, 5학년과 6학년만 제대로 한 교실을 차지하고 있었다.

네 학급에 교실이 네 개, 직원실이 하나, 직원은 선생 네 사람에 교장과 부교장이 있고, 소사가 한 사람 있었다. 말하자면 규모는 작으나 잘 짜인 학교라고 할 수 있었다.

학교 바로 뒤에 사택이 있었다. 긴 함석집인데, 그것을 울타리로 한가운데를 나누어 두 세대용으로 만들어 놓은 것이었다. 그 한쪽에 중하네가 이사를 들었다.

뒤뜰에는 복숭아나무가 한 그루 서 있었다. 겨울이어서 나무는 가지만 앙상했지만, 그것이 복숭아나무라는 것을 알고 중하는 무척 기뻐했다. 빨리 봄이 와서 잎이 피고 꽃이 피어서 복숭아가 주렁주렁 열렸으면 좋겠다 싶었다.

옆집에는 문방원이라는 선생이 살고 있었다. 사십이 훨씬 넘은 선생으로, 그 치문학교에서 무려 십 년 가까이나 계속 근무하고 있는 터였다. 말하자면 별 늘품은 없으나 직무에 묵묵히 충실한 그런 소 같은 사람이었다.

그 문 선생은 자식 부자였다. 아들 넷에 딸이 둘, 모두 육남매였다. 배는 족족 낳아서 실패하는 일 없이 줄줄이 키워나가고 있었다.

그 두 딸의 이름이 하나는 수선이었고, 하나는 수진이었다. 큰딸인 수선이는 중하보다 한 살 위로, 그때 3학년생이었다.

수선이는 속눈썹이 유난히 길어서 얼른 보면 눈이 온통 새카맣게 젖어 있는 듯해서 인상적이었다. 중하네가 이사 온 날부터 수선이는 그 긴 속눈썹을 깜짝거리며 곧잘 중하네 집으로 놀러오곤 했다.

수선이는 한 학년 위랍시고 제 딴엔 중하를 동생처럼 대했다. 방과 후에 함께 학교로 놀러가서는 여기는 우리 교실, 여기는 5학년 교실, 여기는 6학년 교실 하고 교실 하나하나를 설명해 주기도 했고, 변소로 데리고 가서는,

"너 이 칸에는 들어가면 못쓴다. 알겠냐? 이 칸에는 선생님들만 들어가시는 칸이랑게."

자랑스럽게 설명을 해주고는 공연히 히히히…… 웃기도 했다.

그럴 때면 중하는 도무지 이 학교는 어설프게만 느껴져서,

"인천 우리 학교는 이 층이야. 참 크단 말이야. 변소 칸도 참 많아. 스무 개도 넘을 거야. 아니?"
하고 콧대를 높였다.

그러면 수선이는,

"흥! 변소 칸이 많으면 좋다냐? 똥꾸린내만 많이 나지, 헤헤헤……."

이렇게 받아넘겨 버리는 것이었다.

겨울이 가고 봄이 오자 수선이는 중하를 데리고 강둑으로 놀러 갔다. 둑에는 띠의 어린 순인 삘기가 수없이 많았다. 갓 돋아나는 삘기를 뽑아 껍질을 벗겨 알맹이를 입에 넣고 씹으면 달짝지근한 맛이 썩 괜찮았다. 그래서 수선이는 봄철이면 곧잘 그 삘기를 뽑으러 둑을 찾아가곤 했던 것이다.

가파른 비탈을 기다시피 하여 올라가 둑 위에 선 중하는,

"햐― 저 다리 정말 길다―"
하고 입을 딱 벌렸다. 두 번째 보는 터이지만 신기하고 놀랍기만 했다. 그래서 그만 중하는 두 손을 번쩍 쳐들며,

"만세—"소리를 질렀다.

"하하하……."

수선이는 까르르 웃고 나서 놀리듯이 말했다.

"다리보고 뭣 땜시 만세를 부르냐? 너 참 웃긴당게."

"다리가 너무 기니까 그랬지 만세를 부르는 게 뭐 나쁘니?"

중하는 좀 쑥스러워서 빨간 혓바닥을 날름날름 내밀어 보였다.

한 번은 비가 그친 뒤에 둑을 찾아갔었다. 둑 위에 먼저 올라선 수선이가 한쪽 하늘을 가리키며 소리를 질렀다.

"저 무지개 보랑게!"

"햐— 무지개 크다—"

뒤따라 올라간 중하도 눈이 휘둥그레졌다.

비가 그친 뒤의 활짝 개인 맑은 하늘에 거창하게 큰 무지개가 선명하게 걸려 있었다. 마치 흐르는 강줄기 위에 높다랗게 걸려 있는 하늘의 고운 다리 같았다.

수선이와 중하는 어느 결에 서로 손을 잡고 나란히 서서 잠시 넋을 잃은 것처럼 무지개를 바라보고 있었다. 비가 그친 뒤면 강둑 위에 곧잘 무지개가 섰지만, 저렇게 크고 선명한 무지개는 수선이도 처음 보는 터이라 약간 얼떨떨하기까지 했다.

무지개를 바라보고 있던 수선이가 먼저 입을 열었다.

"중하야, 너 저렇게 겁나게 큰 무지개 첨 봤지?"

"우리 인천에도 무지개 있어. 저거보다 더 큰 것도 봤단 말이야."

중하는 공연히 지지 않으려고 목소리를 돋우어 대꾸했다.

"저보다 더 큰 무지개가 어딨다냐? 거짓말 말랑게."

"거짓말 아냐. 정말이야. 우리 인천에는 바다도 있다. 아니? 너 바다 못 봤지?"

엉뚱하게 중하는 바다 얘기를 꺼냈다.

"우리도 군산에 가면 바다 있어. 나도 가봤당께로."

"군산이 어딘데?"

"기차 타고 가면 있어."

"거짓말."

"참말이여. 뭣 땜시 거짓말한다냐? 우리 아버지한테 물어볼래? 우리 아버지하고 가봤단 말이여."

그러자 중하는 그만 대꾸할 말이 없어진 듯,

"삐비 뽑자!"

소리를 빽 지르며 잡고 있던 수선이의 손을 뿌리치듯 놓고는 저쪽 풀밭으로 뛰어갔다.

'삘기'를 사투리로 '삐비'라고 했는데, 어느덧 중하도 그곳 사투리가 입에 익어 있었다.

삘기는 언제나 수선이가 중하보다 월등히 많이 뽑았다. 풀잎 속에 숨듯이 섞여 있는 삘기를 중하는 좀처럼 잘 분간해내질 못했다. 어쩌다가 한 개씩 뽑아서는 날름 씹어 먹어버리고는 소복이 한손에 모아 쥐고 있는 수선이에게 쪼금만 달라고 헤헤거리며 알랑방귀를 뀌기도 했다.

그럴 때면 수선이는 기분이 좋으면 선뜻 선심 쓰듯 한두 개 뽑아주었지만, 대개의 경우는,

"안 줘. 너 줄라고 뽑았냐? 애가 달아 죽겠자잉?" 하고 놀리며 요리조리 삘기 쥔 손을 감추기 일쑤였다.

한 번은 그렇게 애를 태우며 좋아하는 수선이에게 중하는 그만 사

내답게 왈칵 달려들어 억지로 삘기를 모조리 빼앗으려고 했다. 그러나 만만히 빼앗길 수선이가 아니었다.

"엄메! 야가 왜 이런디야? 아니 이 썩을 놈이…… 내가 뺏길 줄 아냐? 에라 이 썩을 놈아!"

냅다 악을 쓰며 그만 힘껏 중하를 떠밀어 버렸다.

계집애지만 한 살 위라 중하는 당해낼 도리가 없었다.

"으악—"

비명을 지르며 그만 비탈진 둑을 데굴데굴 굴러 내렸다. 둑 아래 풀밭으로 굴러 떨어진 중하는 잠시 움직이질 않았다.

"오메, 어쩐다냐."

놀라 겁을 집어먹은 수선이가 얼른 뛰어 내려갔다.

"중하야, 어디 다쳤냐?"

수선이가 다가가 근심스럽게 물었다.

그러자 중하는,

"헤헤헤……."

웃으면서 발딱 일어났다. 네가 떠밀어서 굴러떨어져도 이렇게 끄떡없다는 그런 표정이었다.

그러나 일어나 걸음을 떼놓으려던 중하는 한쪽 발을 제대로 딛지 못하고 휘청 그 자리에 주저앉고 말았다.

"아이고 아야! 나 몰라—"

그제야 절로 울음이 터져왔다. 발목께가 약간 멍이 들어 욱신거렸다.

수선이는 우는 중하를 달래며 삘기를 모조리 손에 쥐어주고는,

"내가 업고 갈께. 자 업혀." 하면서 등을 내밀었다.

중하는 마지못한 듯 울음을 그치고 수선이의 등에 업혔다.

한 살 위라고는 하지만 수선이는 거의 저와 덩치가 다를 바 없는 중하를 업고 집을 향해 걷느라 애를 먹었다.

남이야 끙끙거리며 애를 먹거나 말거나 중하는 기분이 나쁘지가 않았다. 한참 가다가 중하는 수선이의 등에 업힌 채 공연히 혼자서 헤죽헤죽 웃었다. 그리고 나직한 소리로 중얼거렸다.

"기분 좋다. 이랴 이랴."

"뭣이여? 이랴 이랴? 요것이 누구를 말인 줄 아능기비여."

그러면서도 수선이는 별로 기분 나쁜 표정이 아니었다. 오히려 그런 중하가 귀여운 듯 상긋 미소를 짓고 있었다.

조금 가다가 중하는 이번에는 사내랍시고 제법 싱겁게 말했다.

"우리 말 궁뎅이가 따뜻해서 좋다."

"뭣이 어찌여?"

"니 궁뎅이가 방방하고 따뜻해서 기분 좋다 말이다. 하하하 히히히……."

중하는 수선이의 궁둥이에 닿아 있는 저의 아랫배께가 야릇하게 따뜻해진 것을 느끼며 짓궂게 웃어댔다.

"엄메 야 봐, 히히히…… 쪼깬 것이 요상하당게."

그러면서 그만 수선이는 그 자리에 풀썩 중하를 내려놓아 버렸다. 그리고 이제 나는 모른다는 듯이

"쪼깬 것이 벌써…… 벨꼴이랑게."

그러자 중하도 지지 않으려는 듯이 큰소리로 대꾸했다.

"저는 안 쪼깬은가? 궁뎅이도 쪼깬으면서 지랄이야."

한쪽 발목이 꽤 욱신거리기는 했으나 중하는 네가 안 업어줘도 나

혼자 얼마든지 걷는다는 듯이 이를 악물며 절름절름 억지로 걸음을 떼놓았다.

그런 일이 있고 나면 며칠 동안은 서로 뜸했으나, 곧 그들은 또 어울려 오누이처럼 정답게 놀았다.

여름철에는 개울에서 멱을 감으면서 놀았고, 가을에는 들녘에 나가 메뚜기를 잡으며 놀았다.

가을이 짙어가는 어느 날 오후, 중하와 수선이는 여느 때와 다름없이 둘이 논둑으로 메뚜기를 잡으러 나갔다.

메뚜기 역시 수선이가 중하보다 월등히 잘 잡았다. 중하는 메뚜기를 발견하고도 잡으려는 순간 곧잘 놓쳐버리곤 했는데, 수선이는 눈에 띄기만 하면 가만히 다가가서 잽싸게 손바닥으로 덮쳐서 번번이 수확을 올렸다. 그런 수선이가 중하는 언제나 부럽고, 약간 샘이 나기도 했다.

메뚜기를 잡으면 둘이 다 강아지풀 줄기에다 꿰어서 꿰미를 만들어 나갔다. 중하가 반 꿰미도 채 못 만들었을 때 이미 수선이는 한 꿰미를 채우고서 새 꿰미를 준비하게 마련이었다.

그날도 수선이는 이미 한 꿰미가 다 차가고 있었으나, 중하는 아직 반 꿰미도 못 되어 벌써 싫증이 나서 논둑에 멀뚱히 서서 별로 나오려고 하지도 않는 하품을 억지로 한번 크게 했다. 그리고 벼가 누우렇게 익어가는 논 한가운데에 우두커니 서 있는 허수아비를 새삼스럽게 바라보았다.

중하는 허수아비를 볼 때마다 공연히 좋았다. 마치 동냥아치 같기도 하고, 또 어떤 것은 무엇에 놀란 등신 같기도 해서 우스웠다.

들녘에는 여기저기 허수아비가 여러 개나 서 있었다. 중하는 그것들을 하나하나 헤아려보았다.

"열 개가 넘는다. 하하하……."

먼 데서 가물거리는 것까지는 다 헤아릴 수가 없었다.

잠시 혼자서 그러고 있다가 보니까 조금 전까지 저만큼 앞에서 부지런히 메뚜기를 잡아나가고 있던 수선이의 모습이 보이지 않았다.

"수선아—"

어디로 갔는가 싶어서 불러보았다.

"왜?"

"어딨니?"

"여깄어—"

얼른 소리가 나는 쪽으로 뛰어가 보았다.

논둑이 기역자로 꺾어져 돌아간 곳에 수선이는 쪼그리고 앉아 있었다.

"하하하…… 오줌 누는구나. 난 어디 갔는가 했지."

"저리 가, 남자가 여자 오줌 누는 거 보면 못써야. 저리 돌아서서 눈 깜고 있으랑께."

"그래, 히히히……."

중하는 돌아서서 눈을 감으며 킬킬 웃어댔다. 그러나 곧 또 뒤를 돌아보았다.

"인제 돌아봐도 소용없어야. 다 눴당께. 헤헤헤……."

수선이는 얼른 팬티를 끌어올리고 치마를 내리며 일어섰다.

"아 재밌다."

중하가 공연히 혼자 좋아서 싱글거리자,

"재미있긴 뭣이 재미있냐? 저는 오줌 안 누는게비여."

수선이는 힐끗 눈을 흘겼다. 그러나 그 속눈썹이 길고 짙은 눈매가 야릇하게 고왔다.

해가 뉘엿뉘엿 서쪽으로 기울어질 무렵, 수선이가 앞서고 중하가 뒤를 따르며 좁은 논둑길을 걸어 집으로 향했다. 수선이는 메뚜기를 두 꿰미 들고 있었고, 중하는 한 꿰미도 채 못 되는 것을 들고 있었다.

"수선아."

공연히 혼자서 히죽 웃으면서 중하가 입을 열었다.

"왜?"

"내가 한 가지 물어봐도 돼?"

"먼데? 물어보랑게."

"여자는 왜 앉아서 오줌을 누어?"

그러자 수선이는 힐끗 뒤를 돌아보며,

"하하하……."

재미있다는 듯이 깔깔거렸다. 그리고 쏘아붙이듯이 말했다.

"쪼깬 것이 벨 것을 다 물어보네. 남자는 왜 그럼 서서 누냐?"

"남자니까 서서 누지."

"그것도 대답이냐? 그렇게 말한다면 여자는 여자니까 앉아서 누지."

"서서 누는 게 좋아."

"뭣이 좋으냐? 앉아서 누는 것이 좋지."

"헤헤헤……."

"호호호……."

조금 가다가 이번에는 수선이가 물었다.

"중하야, 너 말이여 애기를 어떻게 낳는지 아냐? 모르지?"

"알아."

"어떻게 낳냐?"

"엄마가 낳지 뭐."

"엄마가 혼자서 낳는 줄 아냐?"

"그럼 누구하고 둘이서 낳는단 말이야?"

"그것도 모르는 바보."

"너는 아니?"

"나는 안당게로. 호호호……."

"가르쳐줘."

"나중에 니가 크면 가르쳐 주께. 지금은 안 된당게로."

"왜 안 돼?"

"쪼깬으니까 가르쳐줘도 몰라."

"너는 안 쪼깬니?"

"나는 안 쪼깐탕께. 흐흐흐 히히히……."

수선이는 한 살 위랍시고 제법 묘한 웃음을 웃으며 재미 좋은 듯이 폴짝폴짝 뛰어가기 시작했다.

"안 가르쳐줘도 좋아. 우리 엄마한테 물어볼 거야."

중하는 수선이가 미워서 그만 조그마한 주먹으로

"요놈 먹어라!"

하고 뛰어가는 수선이의 뒷모습에다 대고 감자를 한 개 먹였다.

그처럼 어울려 놀던 중하와 수선이는 이듬해 봄에는 헤어지지 않을 수 없게 되었다. 중하의 아버지가 공립학교로 복직 발령이 나서 치문학교를 떠나게 되었던 것이다.

현장명이 새로 발령을 받은 곳은 같은 김제군 내의 죽산면에 있는 죽산북국민학교였다.

죽산으로 이사를 간 지 한 달쯤 된 어느 날, 저녁을 먹으면서 현장명은 중하에게 물었다.

"중하야, 너 수선이 보고 싶지 않니?"

"보고 싶어요."

"보고 싶거든 편지를 써보지."

"편지요? 편지를 어떻게 쓰는데요?"

"니가 수선이에게 하고 싶은 말을 그대로 적으면 되는 거야. 작문 짓듯이 말이다."

"……."

"한번 써봐라. 내가 부쳐 줄 테니까."

그러자 어머니도 웃으면서 거들었다.

"써보도록 해. 그렇게 만날 둘이서 붙어 다녔으니까 편지라도 해야지."

"엄마, 편지 써서 부치면 수선이도 편지 보내와?"

"답장이 오겠지."

"그럼 써볼까……."

중하는 어쩐지 좀 쑥스러운 생각이 들어 코를 찡긋했다.

그래서 중하는 난생 처음으로 편지라는 것을 써보았다. 중하가 쓴 편지를 한장명이 부쳤다.

편지를 부친 뒤 중하는 매일같이 수선이의 답장을 기다렸다. 그러나 답장은 좀처럼 오질 않았다. 그래서 수선이 그 가시나 편지를 쓸 줄 모르는가 보다 하고 속으로 욕을 해주고 잊어버리려 할 즈음 답장이 왔다.

　수선이의 편지를 받은 중하는 좋기도 하고 신기하기도 해서 읽고
또 읽었다. 그리고 가지고 다니며 친구들에게 자랑을 하기도 했다.
친구들은 계집애한테서 온 편지라는 것을 알고 벌써 연애한다고 놀
리기도 했다.

　한번 그렇게 편지를 주고받은 뒤로 중하는 새로 생긴 친구들에게
재미를 붙이느라 자연히 수선이를 잊어버리고 말았다.

　중하는 그 죽산에서 국민학교를 졸업하고 전주에 있는 중학교에
진학했다. 그리고 중학교 1학년인 그해 여름에 8·15 해방을 맞이
했다.

　해방이 되자 현장명은 교장이 되어 같은 군내에 있는 봉남국민학
교로 전근을 갔다. 일제 시대에는 조선인 교사는 좀처럼 교장이 되
기가 어려웠다. 간혹 된다 해도 아주 후미진 산간벽지의 보잘것없는
조그마한 학교에 발령이 났다.

　그런데 해방이 되어 일본인 교장들이 모조리 저희나라로 돌아가
고 나자 그 자리를 메꾸느라 교직 경력이 오래인 고참 교사들은 거
의 교장으로 발령을 받게 되었던 것이다.

　봉남국민학교는 죽산북국민학교보다는 조금 작은 편이었으나, 김
제 읍내에서 가깝고, 또 전주 쪽으로 위치하고 있어서 현장명으로서
는 큰 영전이 아닐 수 없었다. 그곳으로 이사를 하자 전주에서 하숙
생활을 하고 있는 중하는 토요일이면 으레 집에 다니러 오곤 했다.

　중하가 4학년 때의 일이었다. 집에 다니러 왔다가 전주로 돌아가
는 길에 우연히 중하는 수선이를 만나게 되었다.

　봉남에서 전주로 가기 위해서는 금구라는 데까지 걸어가서 그곳

에서 차를 타는 것이 가장 빠른 길이었다.

그날도 중하는 금구까지 걸어가 삼거리에서 차를 기다렸다. 김제 쪽에서 오는 길과 정읍 쪽에서 오는 길이 그곳에서 합쳐져 전주로 향하고 있었다. 그러니까 김제 쪽이든 정읍 쪽이든 어느 쪽에서 오는 차라도 타면 되는 것이었다.

그 무렵에도 물론 버스가 다니고 있었다. 그러나 하루에 두세 번 오고 가는데, 그것도 제대로 운행 시간을 지키지 않아 언제 올지 대중을 할 수가 없었다.

그래서 지나가는 빈 트럭들이 버스 대신 사람들을 실어 날랐다. 트럭에 사람이 올라타는 게 당연한 그런 시절이었다.

그날도 중하는 트럭에 몸을 실었다. 김제 쪽에서 온 트럭인데 짐을 앞쪽에 조금 싣고 있었고, 뒤편에 이미 사람이 네댓 타고 있었다. 그 가운데 여학생이 하나 섞여 앉아 있었다.

그 세일러복을 입은 여학생과 시선이 마주치자 중하는 얼른 고개를 돌렸다. 그 여학생 역시 후다닥 시선을 피해 살짝 고개를 숙이고 있었다. 트럭은 뿌우연 흙먼지를 날리고 훌떡훌떡 뛰기도 하면서 달리고 있었다.

잠시 가다가 중하는 어쩐지 그 여학생이 자기를 눈여겨 바라보고 있는 것만 같은 그런 느낌이 들어 힐끗 또 그 여학생을 바라보았다. 재빨리 여학생이 고개를 돌리고 있었다.

고개를 돌린 여학생을 중하는 가만히 지켜보았다. 어디선지 많이 본 듯한 그런 낯익은 얼굴이었다. 누굴까…… 그러나 중하는 그게 누군지 얼른 머리에 와 닿지가 않았다.

그렇게 몇 차례 시선이 오고간 다음이었다. 중하는 얼굴이 화끈해지는 것을 느꼈다. 그 여학생이 시선이 마주치는 순간 살짝 웃었던 것이다. 그런데 그 웃음이 보통 웃음이 아니라 무척 반가우면서도 부끄러워하는 그런 웃음이었다. 분명히 중하를 알아보는 것 같았다.

그러나 중하는 그때도 아직 그녀가 누구인지 모르고 있었다. 머릿 속에서 죽산북국민학교의 여학생들만을 떠올리면서 그 가운데 누군가 하고 더듬고 있었던 것이다. 김제 쪽에 온 트럭이었고, 죽산은 그쪽 방향에 있었던 것이다.

여학생은 자꾸 이쪽을 힐끗힐끗 훔쳐보듯 바라보고는 혼자서 살짝살짝 웃고 있었다. 그러다가 다시 중하와 시선이 정면으로 마주치자 약간 당황하는 듯 이번에는 얼굴을 엷게 붉히며 눈을 내리깔았다.

"아니."

순간 중하는 자기도 모르게 눈이 번쩍 뜨이고 있었다.

여학생의 내리깐 두 눈의 속눈썹이 길고 짙어서 온통 눈이 시커멓게 젖어 있는 듯이 보였던 것이다. 그 검은 눈을 보자 중하는 치문학교의 수선이가 번쩍 떠올랐던 것이다.

아마도 틀림없는 수선인 것 같았다.

벌써 칠팔 년이라는 세월이 지났으니 정확히 그녀라고 단정하기는 아직 일렀으나 십중팔구 그런 것같이 보였다.

칠팔 년 전 그때는 단발머리의 조그마한 계집애였는데, 이제 머리를 뒤로 두 갈래로 땋고 있었고, 비록 세일러복을 입고 있기는 했으나 어느 모로나 무르익어가는 처녀티가 역력했다.

그런데도 그 시커멓게 젖은 듯한 눈을 비롯해서 하얀 이마랄지 오뚝한 코, 그리고 야들야들하면서도 윤곽의 선이 선명한 입술 같은 것이 어린 시절의 확대판처럼 느껴졌다. 처음에는 누군지 기억이 안 되다가도 한번 그게 수선이라는 생각이 들자 용모의 여러 부분이 신기하게도 옛날의 조그맣던 수선이의 닮은꼴로 떠오르는 것이었다.

트럭이 어느 산모퉁이를 돌 때 맞은편에서 오는 차를 피하느라 한쪽으로 휙 기울어졌다. 사람들도 따라서 그쪽으로 쏠리면서 놀라 비명들을 질렀다. 그러나 트럭은 용케 충돌과 전복을 면하고 다시 부릉부르릉 소리를 내지르며 달려 나갔다.

눈이 휘둥그레진 사람들이 안도의 숨들을 내쉬는데 그때 또 중하는 그녀와 시선이 마주쳤다. 이번에는 중하가 먼저 활짝 웃어 보였다. 그 웃음은 깜짝 놀랐다는 그런 뜻이기도 했고, 한편 오래간만에 만나 반갑다는 표시이기도 했다. 그러자 그녀도 화답이라도 하듯 마주 웃었다.

이제 틀림없는 수선이었다. 그러나 중하는 불과 서너 사람 건너편에 앉아 있는 수선이에게 말을 걸질 못했다. 쑥스러웠을 뿐 아니라, 사람들의 앞이라 주저되었던 것이다.

그 무렵은 요즘과 달리 남자와 여자가, 특히 총각과 처녀가 남들이 보는 앞에서 공공연히 서로 말을 주고받거나 나란히 같이 길을 걷는다는 것은 결코 예사롭지 않은, 버르장머리 없는 짓이었다. 더구나 교복을 입은 남학생과 여학생이 그런다는 것은 있을 수 없는 일이었다. 곧 풍기문란으로 통했고, 불량학생으로 취급되기 일쑤였다.

칠팔 년 만에 공교롭게도 트럭 위에서 우연히 만나게 된 중하와 수선이는 전주에 도착할 때까지 서로 부끄럽고 수줍은 웃음을 나누었을 뿐 한마디 말도 주고받지 못했다.

사람들을 실은 트럭은 으레 시의 들머리에 이르면 그곳에서 승객을 내리게 했다. 시내까지 트럭이 사람을 싣고 공공연히 달리지는 못했던 것이다.

완산동 고개에서 중하는 다른 사람들과 함께 트럭에서 내렸다. 물론 수선이도 그곳에서 내렸는데, 트럭에서 내리자 수선이는 중하를 거들떠보지도 않고 고개를 살짝 숙이고는 제 갈 길로 사뿐사뿐 걸음을 옮기는 것이었다. 마치 중하로부터 얼른 도망치려는 사람 같았다.

중하는 그런 수선이의 뒷모습을 잠시 바라보고 있다가 성큼성큼 뒤따르기 시작했다.

수선이는 다리를 건너 시내 쪽으로 향하고 있었다. 중하가 하숙을 하고 있는 곳은 서학동이었다. 그러니까 방향이 달랐다.

다리 입구에서 중하는 잠시 망설였다. 저렇게 뒤도 돌아보지 않고 도망치듯이 걸어가고 있는 수선이의 뒤를 따라가 보는 게 옳을지, 그만두고 하숙집 쪽으로 돌아서는 게 좋을지…… 아무래도 하숙집 쪽으로 '우향 앞으로 가'를 하는 게 옳을 것 같았다.

저렇게 모른 척하고 냉정하게 제 갈 길만 서두는 가시내의 뒤를 따라간다는 게 자존심을 약간 상하게 했다.

그러나 막상 하숙집 쪽으로 걸음을 돌리려 하니 미련이 남았다. 이대로 그냥 수선이와 말 한마디 나누어보지 못하고 헤어져버린다는 것은 무척 안타까운 일이었다. 그래서 중하는 아랫배에 지그시 힘을 넣으며 그녀의 뒤를 끝까지 따라가 보기로 마음을 먹고 다리를 건넜다.

시내를 가로질러서 수선이의 걸음이 가닿은 곳은 오목대가 저만큼 바라보이는 주택지대였다. 옛 기와집들이 즐비한 골목으로 수선이는 걸어 들어갔다. 골목 안은 인적이 드물고 호젓했다.

바짝 뒤를 따라붙은 중하는,

"문수선!"

하고 조금은 큰소리로 불렀다. 어쩐지 목소리가 떨리는 듯했다.

"문수선 씨 맞지요?"

온 얼굴이 벌겋게 물들며 중하가 다가갔다.

그녀 역시 발그레 얼굴을 물들이며 수줍게 웃었다. 대답은 없었으나 그 웃음은 곧 '맞어, 내가 문수선이여.'라는 뜻이었다.

중하는 뭐라고 다음 말을 꺼냈으면 좋을지 몰라서 좀 머뭇거리다가 불쑥 입에서 나오는 대로 말했다.

"나 모르겠어요? 나 현중합니다."

"하하하……."

"무척 오래간만이네요."

"정말…… 몰라보겠어."

뜻밖에도 수선이는 반말을 했다.

요즘과는 달리 그 무렵은 총각과 처녀는 물론이고, 남학생과 여학생 사이에서도 아주 남달리 가까워지기 전에는 서로 경어를 쓰기 마련이었다.

그런데 첫마디부터 수선이는 반말로 나왔던 것이다. 중하는 속으로 약간 당황했다. 야, 이것 봐라, 싶었으나 자기는 그녀처럼 반말을 쓸 수가 없었다. 그래서 잠시 입 안에서 우물우물하다가 말했다.

"여기서 하숙을 하나요?"

"응. 저기 저 집이여."

수선이는 이번에도 예사롭게 반말로 대답하면서 골목 안쪽의 대문을 가리켜 보였다.

그 말투나 표정으로 보아 마치 중하를 칠팔 년 전 그때와 마찬가지로 동생처럼 생각하려 드는 것 같았다. 한 살 위랍시고 말이다.

그날 중하는 수선이와 그 골목에서 잠시 더 얘기를 주고받았다. 궁금한 점을 중하가 물었고, 수선이가 대답하는 그런 식이었다. 끝까지 수선이는 반말이었고, 중하는 경어를 썼다. 그래도 중하는 왠지 조금도 기분 나쁘지가 않았다. 동생처럼 생각하려 드는 듯한 그 마음이 오히려 어린 시절의 정을 그대로 되살리는 것 같아 좋았던 것이다.

그러면서도 중하 자신은 끝내 반말을 쓰지 않았다. 그녀가 한 살 위고, 또 한 학년 위라고 해서 그런 것은 결코 아니었다. 어쩐지 반말을 하기가 좀 어색했고, 그녀가 누나처럼 나온다면 이쪽은 동생처럼 대해주는 것도 재미있다 싶었던 것이다.

트럭에서 둘이가 칠팔 년 만에 우연히 만나게 된 것은 수선이네 아버지 문방원 씨가 김제군에 있는 황산면의 면장으로 취임을 하게 되어 얼마 전에 그곳으로 이사를 했기 때문이었다. 황산면은 금구에서 김제 쪽으로 가는 도중에 있었다. 그래서 수선이가 김제 쪽에서 오는 트럭에 타고 있었던 것이다.

문방원 씨는 해방이 된 뒤에도 여전히 사립학교인 치문학교에서 교편생활을 하다가 이번에 고향인 황산면의 면장으로 이야기가 되어 교직생활을 청산하고 환향을 한 셈이었다.

중하가 봉남면에 산다는 것을 알고 수선이는 기뻐했다. 봉남과 황산은 바로 어깨를 나란히 하고 있는 면이었다.

그런 일이 있은 뒤로 중하는 토요일에 집에 다니러 갈 때면 혹시나 수선이를 만나게 되지 않을까 하고 은근히 기대를 했고, 또 일요일 오후에 전주로 돌아올 때 역시 김제 쪽에서 오는 트럭을 기다리며 행여 그녀가 타고 있지 않나 하고 혼자서 공연히 가슴을 설레곤 했다.

　그러나 좀처럼 그녀를 만날 수 없었다. 우연이란 그렇게 쉽사리 와주질 않는 것인 모양이었다.

　그런데 묘하게도 그녀를 만나지 못할수록 그녀가 차츰 더욱 그리워지는 것이 아닌가. 치문학교에서 헤어져 죽산으로 이사를 갔을 때는 편지를 한번 주고받고는 자연히 그녀가 머리에서 희미해져서 나중에는 깨끗이 사라져 버렸었는데, 이번에는 오히려 정반대였다. 차츰 희미해지는 것이 아니라, 야릇하게도 그녀의 모습이 머릿속에서 더욱 짙어져만 가는 것이었다.

　그녀는 한 살 위랍시고 칠팔 년 전 어린 시절 누나인 듯이 나왔고, 중하 역시 동생인 것처럼 대해 주었지만, 날이 갈수록 그게 아니었다. 그녀가 조금도 손위의 누나처럼 여겨지지가 않고, 그냥 수선이라는 무르익어가는 처녀로, 세일러복을 입은 여학생으로 야릇하게 다가올 뿐이었다.

　마침내 중하는 주말에 집에 다녀오는 그 기회에 우연히 만나게 되기만을 기대하고 있을 수가 없었다. 제 발로 걸어서 찾아가 만나는 기회를 만드는 도리밖에 없다 싶었다.

　달이 밝은 밤이었다. 중하는 혼자서 하숙집을 나섰다.

　"어디 가나?"

　한방에서 함께 하숙을 하고 있는 친구가 물었다.

"바람 좀 쐬러……."

"무슨 바람?"

"너는 임마, 공부나 해."

"가을 밤바람 말이냐? 좋지, 나도 같이 가면 안 되나?"

"밤바람을 누가 같이 쐰다더냐?"

"그래 좋다. 혼자 가서 실컨 쐬고 와라. 너무 쐬고서 감기는 들지 말고."

친구는 다 알 만하다는 듯이 싱그레 웃고 있었다.

하숙집을 나선 중하는 곧바로 수선이가 하숙하고 있는 오목대 근처의 그 기와집 골목을 찾아갔다.

달빛이 새하얗게 깔린 골목길을 걸어 들어가며 중하는 혼자서 히죽히죽 웃고 있었다. 칠팔 년 전 가을에 논둑에서 수선이와 둘이 메뚜기를 잡다가 해가 저물어 집으로 돌아가면서 주고받은 말이 문득 머리에 떠올랐던 것이다.

"중하야, 너 말이여 애기를 어떻게 낳는지 아냐? 모르지?

"알아."

"어떻게 낳냐?"

"엄마가 낳지 뭐."

"엄마가 혼자서 낳는 줄 아냐?"

"그럼 누구하고 둘이서 낳는단 말이야?"

"그것도 모르는 바보."

"너는 아니?"

"나는 안당게로. 호호호……."

"가르쳐줘."

"나중에 니가 크면 가르쳐주께. 지금은 안 된당께로."

"왜 안 돼?"

"쪼깬으니까 가르쳐줘도 몰라."

"너는 안 쪼깬니?"

"나는 안 쪼깐탕께. 흐흐흐 히히히……."

"안 가르쳐줘도 좋아. 우리 엄마한테 물어볼 거야."

어린 시절의 이 대화를 수선이도 기억하고 있는지 궁금했다. 아마 기억하고 있으리라 싶었다. 설령 까맣게 잊어버렸다 하더라도 그때 얘기를 꺼내면 대뜸 기억이 되살아나리라 여겨졌다. 어린 시절의 그런 종류의 대화는 다른 말들과는 달리 인상 깊게 기억의 밑바닥에 박혀 남아 있는 법이니까 말이다.

"인제 내가 이렇게 컸으니 애기를 어떻게 낳는지 안 가르쳐주겠어요? 그때 그랬잖아요. 나중에 니가 크면 가르쳐준다고……."

수선이를 만나 이런 말을 꺼내면 어떤 표정을 지을까 싶으니 중하는 공연히 재미있기만 했다. 그러나 오늘밤 당장 그런 말을 꺼냈다가는 대번에 일을 망쳐버린다는 것을 모르는 바 아니었다. 언젠가 나중에 적당히 가까워진 다음에 꼭 그 말을 꺼내 봐야지 하고 중하는 속으로 싱겁게 웃었다.

그리고 골목 안에 있는 수선이네 하숙집 대문 앞으로 슬금슬금 다가갔다.

대문은 닫혀 있었다. 살짝 밀어보았으나 삐그덕 조금 소리가 날 뿐 끄떡도 하지 않았다. 밤이 아직 깊지도 않았는데 벌써 안으로 굳게 빗장이 걸려 있는 것이었다.

대문 앞에 서서 중하는 잠시 어떻게 수선이를 불러낼 것인지 생각해 보았다. 별 뾰족한 수가 없었다. 그래서 망설인 끝에 중하는 복식호흡을 하듯 아랫배에 숨을 크게 들이마셨다가 힘을 주어 그것을 내뱉으며,

"문수선!"

냅다 고함을 질렀다.

아무 반응이 없었다. 다시 한번 고함을 내질렀다.

"문수선! 문수선!"

그러자 안에서

"누구냐?"

아낙네의 목소리가 들리고, 사람이 나오는 기척이 있었다.

"수선이 누나를 좀 만날라고요."

아낙네가 대문간으로 다가오자 중하는 재빨리 말했다. 전혀 생각지 않았던 '누나'라는 말이 절로 입에서 튀어나와 주었다.

"문수선이 동생이냐?"

"예, 사촌동생입니다."

역시 절로 혓바닥에서 굴러 나온 대답이었다.

빗장이 벗겨지고, 대문이 열렸다.

"학생이네, 들어오랑게."

아낙네가 얼굴을 내밀었다. 부엌일을 하는 여자인 듯했다

중하는 사촌동생이라고 했으면서도 성큼 대문 안으로 발을 들여놓을 수가 없었다. 어쩐지 뒤가 당기는 듯 머뭇거려지며 어색하기만 했다. 그래서 쑥스럽고 약간 비굴해 보이기까지 하는 그런 웃음을 떠올리며 아낙네에게 사정을 하듯 말했다.

"미안하지만 아주머니, 우리 누나 잠깐 좀 불러줘요."

"동생인데 들어오면 어때서……."

아낙네는 좀 수상쩍다는 듯이 고개를 갸웃거리면서 돌아서 안으로 향했다.

곧 여학생 하나가 나오는 게 열린 대문 틈으로 보였다. 중하는 슬그머니 긴장이 되어 두어 걸음 옆으로 비켜섰다.

"오메, 누구라고……."

대문 밖을 내다본 수선이는 뜻밖이라는 듯이 약간 놀라는 기색이었다. 그러나 달빛 아래 드러나 보이는 그녀의 표정은 이미 부르는 소리를 듣고 중하라는 것을 짐작하고 있었던 듯이 보였다.

"오래간만입니다."

중하는 공연히 얼굴을 붉히며 어색하게 입을 열었다.

수선이는 살짝 미소를 지을 뿐 아무 말이 없었다.

"토요일에 집에 갈 때랑 일요일 오후에 집에서 올 때마다 혹시 만나게 되지 않을까 싶었는데, 한 번도 못 만났지 뭡니까."

"토요일마다 집에 다니러 가?"

이번에도 수선이는 반말이었다.

"그 전에는 토요일마다 집에 다니러 가진 않았는데, 수선 씨를 만나고부터는 토요일이 되면 하숙집에 가만히 들어앉아 있을 수가 없게 됐지 뭡니까. 이번에는 만날 수 있을까, 이번에는 만날 수 있겠지 하고 나서곤 했죠. 그런데도 그 뒤론 지금까지 한 번도 못 만났다니까요."

약간 투정을 하는 듯한 중하의 말투에 수선이는 살짝 미소를 지으며 말했다.

"그랬었구만. 나는 한 달에 한번 집에 댕기로 간당게."

"최근엔 언제 갔었는데요?"

"지난달 마지막 토요일에 갔다 왔지. 매달 마지막 토요일에 갔다가 일요일에 온다고. 하숙비를 가지로 강께."

"아, 그렇구나."

중하는 알았다는 듯이 고개를 끄덕였다.

"그런디 말이여 왜 자꾸 나를 만날라고 그러지? 무슨 볼일이라도 있어?"

수선이의 말에 중하는 그만 어이가 없어지고 말았다. 마치 이마빼기라도 한 대 얻어맞은 것 같은 느낌이었다. 정말로 하는 소린지 농담으로 하는 말인지 잘 알 수가 없어서 중하는 뚱한 표정으로 수선이를 똑바로 쏘아보듯 바라보았다.

수선이는 약간 긴장이 되는 모양이었다. 그러나 입언저리에는 짓궂은 미소 같은 것이 묻어 있는 듯했다.

중하는 약간 떨리는 목소리로 내뱉었다.

"수선 씨, 그게 말이라고 해요. 그리고 이제부터 나한테 반말을 쓰지 말아요."

"오메, 왜 이런다냐?"

"왜 나한테 반말을 하죠? 나는 반말을 안 하는데……."

"동생 같으니까 반말을 하지."

"난 동생이 아니란 말이요. 수선 씨를 누나라고 생각해 본 적이 한 번도 없어요. 인제부터 날 동생처럼 대하지 말아요."

"호호호……."

"왜 웃어요?"

"내가 한 살 우엔디 그러네."

"한 살 위고 밑이고 그런 게 무슨 상관이란 말이요. 그때는 철없는 어릴 때고, 인제 어른이 다 됐단 말입니다. 나이 같은 거 아무 소용없어요. 인제부터 나를 부를 때 중하 씨라고 불러줘요. 알겠죠?"

"호호호……."

"웃지 말라니까요. 농담이 아니란 말이요. 내가 얼마나 수선 씨를 생각하고 있는지 알기나 해요? 밤에 잠이 안 올 때가 많단 말이요. 수선 씨를 만난 뒤로 불면증에 걸렸단 말입니다."

"히히히……."

수선이는 웃음을 참으려 해도 도저히 안 되겠는 듯 한 손으로 입을 가리며 또 킬킬거렸다.

남은 진지하게 얘기를 하는데 자꾸 웃어대는 바람에 그만 중하는 화라도 난 것처럼,

"웃지 말라는데 왜 자꾸 웃어요?"

버럭 큰소리를 내질러 버렸다.

수선이는 눈이 휘둥그레지고 말았다.

"오메, 누가 듣는당게로."

"들어도 상관없어요."

"주인아저씨가 알면 큰일난당게. 우리 아버지하고 친구 되는 분이란 말이여."

"그러니까 웃지 말고 내 말을 진지하게 들어 달라 그 말이요. 그리고 수선 씨, 나한테 반말을 쓰지 말라는데 왜 자꾸 반말을 해요?"

"호호호……."

못 참겠는 듯 수선이는 또 깔깔거리며 그만 뒤돌아서 대문 안으로 들어가려 했다.

"가지 말아요. 할 얘기가 더 있단 말이요."

"안 돼요. 큰일난당게요."

그제야 수선이는 경어를 썼다.

"큰일은 무슨 큰일이 나요?"

"인제 찾아오지 말아요. 알겠능기라우? 중하 씨."

약간 장난기가 풍기는 그런 어조로 뇌까리고는 재미있다는 듯이 킥킥 웃으며 후다닥 대문 안으로 뛰어 들어가 쾅! 문짝을 닫아버렸다. 그리고 철커덕! 빗장까지 질러버리는 것이었다.

중하는 닫혀진 대문짝을 잠시 노려보듯이 가만히 바라보고 있었다. 수선이가 정말로 집 안으로 들어가 버리는 것 같았다.

"흥!"

중하는 콧방귀를 한번 뀌었다. 그리고 성큼 돌아섰다.

"어디 두고 보자. 가시내 지가 비싸게 굴어도 소용없어. 암 소용없지. 없고말고……."

곧장 투덜거리듯 입속으로 중얼거리며 중하는 골목길을 성큼성큼 걸어 나갔다.

별로 좋지가 않던 기분이 하숙집이 가까워졌을 무렵에는 현저히 달라져 있었다. 재미있고 유쾌하기까지 했다. 그래서 중하는 하늘에 둥실 떠 있는 달을 향해 경쾌하게 휘파람을 날리기까지 했다.

오늘밤의 일이 결코 실패라고 생각되지 않았던 것이다. 그 정도면 오히려 성공이라 싶었다. 동생처럼 생각하고서 반말을 하는 수선이를 기어이 경어를 쓰도록 만들었으니 말이다. 그리고 그녀가 "인제 찾아오지 말아요. 알겠능기라우? 중하 씨." 하고는 대문 안으로 뛰어 들어가 버리기는 했지만, 그때의 어조랄지 표정이 결코 싫어서가 아니라는 것을 잘 말해주고 있질 않았던가.

하숙에 돌아가자 친구가 빙그레 웃으며 물었다.

"가을 밤바람이 어떻더냐? 새콤하더냐?"

그 말에 중하는 맞장구를 치듯 대답했다.

"새콤할 뿐 아니라, 달짝지근하더라야."

수선이가 비록 진심이 아니라 반농담조로 앞으로는 찾아오지 말라는 말을 했다 치더라도 그 말을 정면으로 거역하고서 다시 그 하숙집 대문 앞으로 찾아간다는 것은 있을 수 없는 일이라고 중하는 생각했다. 그녀를 곤경에 몰아넣어서는 안 되기 때문이었다. 하숙집 주인이 자기 아버지의 친구이기 때문에 혹시 이상하게 생각하면 그 말이 아버지의 귀에 들어갈 것 같아서 걱정이 되어 주인아저씨가 알면 큰일 난다고 한 게 틀림없으니, 그 심정을 참작해주는 것이 그녀를 그리워하는 사내로서 취해야 할 태도일 것 같았다.

그렇다면 어떻게 하는 것이 좋을까…… 중하는 두고두고 생각해보았다. 학교에 가서 공부를 하다가도 창밖을 멀뚱히 내다보며 어느새 그런 생각에 잠기기까지 했다.

편지를 써야겠다는 결론에 중하는 도달했다. 만나서 얘기하는 것보다 편지를 쓰는 편이 자기의 심정을 훨씬 더 간절하게 그녀에게 전달할 수 있을 것 같았다. 만나서 일차적으로 심정의 일부분은 내비친 셈이니, 이번에는 보다 더 구체적이고 절절하게 그리움을 종이 위에 쏟아서 전하는 것이 옳으리라 싶었다.

편지를 쓰기로 작정을 하자 중하는 절로 머리에 떠오르는 기억이 있어서 비식 혼자서 웃었다. 죽산으로 이사를 가서 얼마 안 되어 아버지의 권유에 따라 치문학교의 수선이에게 편지를 써서 보냈던 일이 생각났던 것이다. 그녀의 답장을 받고 하도 신기하고 좋아서 가지고 다니며 친구들에게 자랑을 했더니 "그거 연애편지 아니냐." "너 쪼깬은 것이 벌써 연애를 하는구나." 하고 놀리던 일이 머리에 떠올랐다. 칠팔 년이 지나서 이제 정말로 수선이에게 연애편지를 쓰게 될 줄은 미처 몰랐었다.

친구가 잠자리에 든 다음 중하는 방바닥에 이불을 덮고 엎드려 펜을 들었다. 작문에 꽤나 소질이 잇는 터인데도 편지는 어찌된 셈인지 도무지 잘 쓰여지지가 않았다. 이런 말을 쓰고 나면 저런 말이 좋을 것 같고, 그 표현을 하고 나면 또 다른 표현이 머리를 휘어잡곤 해서 쓰다가 찢고 하며 끙끙거렸다.

잠든 줄 알았던 친구가 가만히 눈을 뜨고 보고 있다가 비시그레 코언저리에 웃음을 떠올리며 한마디 빈정거렸다.

"너 참 공부 열심히 하는구나. 잠도 안 자고 그거 무슨 공부냐?"

"임마, 너는 잠이나 자."

"호호호…… 공부 잘 해보랑게."

이틀 밤을 끙끙거린 끝에 겨우 한 통의 연애편지를 완성했는데, 그 다음 날 밤에 한번 더 읽어보니 몇 군데 또 마음에 안 드는 표현이 있어서 그 대목을 고쳐 다시 정서를 했다. 그러고 났더니 이튿날 아침에는 세수를 하는데 코피가 몇 방울 뚝뚝 떨어졌다.

"러브레터라는 것은 사람 코피 나게 하는 거로구나."

발그레 물드는 대야의 물을 내려다보며 중하는 멋쩍은 듯이 중얼거렸다.

러브레터를 쓰는 것도 힘이 들었지만, 이번에는 그것을 어떻게 전달해야 될지 그것도 쉬운 일이 아니었다.

중하는 생각한 끝에 결국 도리 없이 다시 수선이가 하숙하고 있는 그 골목을 찾아가기로 했다.

그러나 이번에는 당당히 대문 앞으로 가서 그녀를 불러내는 것이 아니라, 그 골목 어딘가에 대기하고 있다가 그녀가 나타나기를 기다려 아무도 모르게 얼른 목적을 달성하기로 했다.

저녁을 먹고 밤에 행동을 개시해서는 목적을 이룰 것 같지가 않았다.

밤에 수선이가 하숙집을 나와 외출을 할 턱이 없으니 말이다.

그 무렵은 남녀를 막론하고 학생이 밤에 쓸데없이 돌아다니다가 단속하는 교사에게 걸리면 이튿날 학교 훈육실로 불려가 호되게 꾸지람을 듣고 반성문을 써야 하며, 경우에 따라서는 정학 처분을 받기까지 했다.

남녀 학생들이 연애를 하다가 걸리면 퇴학 처분도 내려지는 판국이었다.

그래서 간덩이가 부은 학생이 아니면 밤에 함부로 바깥으로 나돌아 다닐 생각을 하지 않았다.

수선이를 만나러 달밤에 돌아다닌 중하는 말하자면 간덩이가 벙벙하게 부어 있었던 셈이다.

그러니까 오후에 수선이가 학교를 마치고 돌아오는 기회를 잡는 것이 좋겠는데, 몇 시쯤 귀가를 하는지 잘 알 수가 없고, 또 그 시간에는 자기도 학교가 끝날지 어떨지 짐작할 수가 없었다. 생각한 끝에 중하는 아침에 등교하는 때를 노리기로 했다. 학교에 가기 위해서 하숙집을 나서는 시간은 얼마든지 가늠할 수 있지 않는가 말이다.

드디어 중하는 교복 상의 안 포켓에 러브레터를 고이 간직하고서 아침을 먹기가 바쁘게 서둘러 책보를 들고 혼자서 먼저 하숙집을 나섰다.

그 무렵은 책가방이 아니라, 중학생들도 모두 책보였다.

거리를 다른 학생들은 학교를 향해 걷고 있는데, 중하는 반대 방향인 오목대 쪽의 가시내를 향해 걸음을 재촉했다.

그러나 그날은 실패였다. 이미 등교를 해버린 듯 아무리 기다려도 수선이의 모습은 골목길에 나타나지 않았다.

이튿날 아침엔 아예 조반을 먹지 않고 하숙집을 나섰다. 제대로 아침밥을 챙겨먹고서는 일을 성사시킬 수가 없을 것 같아 까짓것 한 끼쯤 굶기로 한 것이다.

골목을 조금 들어가면 기역자로 꺾어지는 작은 골목이 또 있었다. 그 꺾어진 담벼락 모서리에 붙어 서서 수선이가 나타나기를 기다렸다.

가을이 서서히 깊어가고 있어서 벌써 서리가 내린 듯 발가락이 꽤나 시렸다.

마침내 수선이의 모습이 저 골목 안쪽에 나타났다. 중하는 가슴이 공연히 벌떡벌떡 뛰기 시작했다. 아랫배에 지그시 힘을 주며 초조히 기다리고 있었다.

곧 중하는 온몸의 긴장이 맥없이 풀려버리는 것을 느끼며,

"뭐 저래. 재수 없게……."

혼자서 투덜거렸다.

수선이의 뒤를 따라 다른 여학생이 하나 나타났던 것이다. 같이 한 방에서 하숙을 하는 친구인 듯 그들은 뭐라고 정답게 주고받으

며 나란히 걸어왔다.

절호의 기회가 망쳐진 것 같아 중하는 안타깝고 분하기까지 했다. 그들이 가까워지자 중하는 자기도 모르게 두어 걸음 뒤로 물러서고 있었다. 몹시 쑥스럽고 난처한 입장이어서 얼른 돌아서서 골목 안으로 성큼성큼 걸어 들어갈까 싶기도 했다. 그러면 지나가면서 뒷모습만 흘끗 보게 될 것이니 누군지 잘 모를 게 아닌가. 그러나 만일 그녀가 뒷모습만으로도 누구라는 것을 알아볼 경우 얼마나 사내로서 창피하고 수치스러운 일인가 말이다. 그래서 도리 없이 그냥 우두커니 담벼락에 붙어 서 있는데, 지나가던 수선이가 힐끗 돌아보았다.

"오메."

뜻밖의 일에 놀란 듯 수선이의 온 얼굴이 발그레 물들고 있었다.

중하도 입이 얼어붙은 듯 아무 말도 못하고 목줄기까지 벌개졌다.

동행하던 여학생도 힐끗 보더니, 아침부터 웬 남학생이 학교는 안 가고 책보를 한 손에 든 채 저렇게 담벼락에 붙어 서 있는가 싶은 듯 좀 얄궂다는 그런 표정을 지었다.

그들이 지나가 버리자 중하는 잠깐 동안 멍청해진 사람처럼 서 있다가 별안간 뒤를 쫓듯 후다닥 골목을 뛰어나가며,

"수선 씨!"

하고 냅다 불렀다.

둘이가 동시에 걸음을 멈추고 뒤를 돌아보았다.

중하는 성큼성큼 다가갔다. 그리고 서슴없이 안 포켓에서 편지를 꺼냈다.

수선이는 그게 뭐라는 것을 대번에 알아차리고 몹시 난처한 표정을 지으며 얼른 돌아서 걸음을 떼놓고 있었다.

"이거 받아요. 수선 씨!"

다른 여학생이 있거나 말거나 중하는 주저 없이 그녀에게로 다가 가며 편지를 내밀었다.

"오메, 어쩐디야. 난 몰라."

수선이는 어찌할 바를 모르며 얼굴만 온통 빨개지고 있었다.

그러자 다른 여학생이 아침부터 이거 참 재미있다는 듯이,

"하하하…… 이리 줘요. 내가 줄게요."

하면서 자기가 대신 편지를 받았다.

얼떨결에 그 여학생에게 편지를 주고 나서 중하는 잠시 또 멀뚱히 그들을 지켜보고 서 있었다.

나란히 걸어가면서 그 여학생은 편지를 수선이에게 내밀었다. 그러자 수선이는 얼른 그것을 받아 스커트의 포켓 속에 집어넣는 것이었다.

"옳지, 됐구나."

절로 중하의 얼굴이 활짝 밝아지고 있었다.

수선에게서 러브레터를 전달한 이튿날 밤 여덟 시가 되기 전에 중하는 오목대를 찾아갔다. 편지 끝에다가,

'이 편지를 받은 그 다음 날 밤 여덟 시에 오목대의 비석 있는 곳으로 나와 주세요. 그곳에서 기다리고 있겠어요. 꼭 나와야 합니다. 만일 안 나오면 밤새도록 그곳에 앉아 기다리고 있을 테니까요. 알겠죠? 그럼 그때 만나기로 하고, 이만 펜을 놓겠습니다. 당신을 그리워하는 중하로부터.'

이렇게 적어놓았던 것이다.

달은 아직 떠오르지 않았으나, 별이 총총해서 앞을 분간할 수는

있을 정도의 어둠이었다. 오히려 남의 눈을 피해서 단둘이 만나 사랑을 속삭이기에는 알맞은 그런 밤이었다.

비석에 기대앉아 중하는 하늘의 별들을 쳐다보기도 하면서 수선이가 나타나기를 기다렸다. 그러나 그녀는 좀처럼 나타나질 않았다. 벌써 여덟 시가 훨씬 지나서 여덟 시 반쯤은 되었을 터인데 아무 기척이 없었다. 중하는 손목시계를 차고 있지 않았다.

그 무렵은 요즘과 달리 손목시계 같은 것도 귀한 때여서 학생들 가운데에 시계를 차고 있는 사람은 한 학급에 한둘이 고작이었다.

하숙집을 나설 때 괘종이 일곱 시 반이었으니, 오목대까지 걸어오는데 이십 분 걸린 셈치고, 이곳에 와서 사오십 분은 능히 기다렸을 터이니 여덟 시 반이 되고도 남았다.

'그런데 도대체 어찌된 셈이지. 안 나오려는 걸까…… 안 나오면 밤새도록 여기 앉아서 기다리겠다고 했는데…….'

슬그머니 화가 치밀어 오르려고 하는데 저쪽에서 누군가가 가만가만 걸어오는 기척이 있었다. 돌아보니 검은 그림잔데 분명히 여학생 같았다.

'오는구나.'

중하는 어둠속에서 두 눈을 반짝이며 다가오는 검은 그림자를 가만히 지켜보았다.

가까워지는데 보니 아무래도 수선이가 아닌 것 같았다. 어둠 속이었지만 어쩐지 느낌이 그랬다. 좌우간 중하는 자리에서 일어서며,

"누구요?"

나직하게 물었다.

그러나 검은 그림자는 가만히 멈추어 서며,

"현중하 씹니까?"

하고 반문했다.

"예, 누구지요?"

"수선이 친구랑게요. 어제 아침에…… 히히히……."

"아 그래요?"

"저…… 이거 수선이가 갖다 주라고 해서 내가 대신 나왔당게요."

여학생은 몇 걸음 더 앞으로 다가오며 희끗한 것을 내밀었다.

어둠속에서도 편지라는 것을 대뜸 알 수 있었다. 중하는 얼른 그것을 받았다.

중하에게 편지를 전달하자 여학생은 얼른 돌아서 어둠속으로 사라져 갔다.

그런데 저만큼 언덕 밑 어둠속에서 깔깔킬킬 웃는 소리가 어렴풋이 들려왔다. 두 여자의 웃음소리였다.

그러니까 틀림없이 수선이도 함께 나와서 친구 혼자 편지를 갖다 주도록 하고서 저는 언덕 아래쪽에 기다리고 있었던 것이다.

중하는 그 두 여학생의 웃음소리에 저도 절로 헤벌레 입이 벌어지고 있었다. 결코 기분이 언짢지가 않았다. 편지에 무슨 말을 적어 놓았는지는 아직 알 수가 없지만, 직접 자기가 나타나서 답장을 내밀기가 쑥스러워 친구에게 부탁하고서 자기는 어둠속에 기다리고 있었던 수선이의 그 심정이 충분이 이해가 가는 것이었다.

여학생답다 싶었고, 이제 결코 자기를 동생처럼 생각하고 있지 않다는 것을 잘 알 수가 있었다.

그녀들의 웃음소리가 언덕 아래 주택가 쪽으로 사라지자 중하도 오목대를 내려갔다.

그런데 하숙집으로 돌아가면서 중하는 어쩐지 불안한 생각에 젖어들고 있었다.

자기는 편지에 오목대로 나오라고 했지 답장을 달라고 쓰지는 않았는데, 만나러 나타나지는 않고 남에게 답장만 불쑥 보내다니……

혹시 편지에 거절의 뜻이 적혀 있지나 않을까 싶은 것이었다.

생각 같아서는 당장 지금 편지를 뜯어보고 싶었으나 거리는 어둡고 드문드문 행인들도 있질 않는가. 도리 없이 하숙집으로 걸음을 재촉했다.

하숙방에 돌아가서도 곧바로 편지를 꺼내어 읽어볼 수가 없었다.

친구가 아직 자질 않고 빙글빙글 묘한 표정을 떠올리며 눈을 굴렁거리고 있으니 말이다.

친구가 잠자리에 들어 살살 코를 골기 시작한 다음에야 중하는 부스스 일어나 벽에 걸어놓은 상의 안 포켓에서 수선이의 편지를 꺼냈다.

봉을 뜯어 알맹이를 꺼내는 손이 약간 떨리는 느낌이었다.

"아니 이거…… 뭐 이래."

편지를 펼쳐본 중하는 어이가 없었다.

─이번 주 토요일에 집에 다니러 가요. 문수선.

하얀 종이에 머리도 꼬리도 없이 이렇게 적혀 있었다.

단 한 줄의 글을 중하는 한참 가만히 들여다보고 있었다.

기분이 좋아야 할지 나빠야 할지 잘 알 수가 없는 그런 묘한 상태였다.

잠시 후 그는 가만히 투덜거렸다.

"가시내 비싸게 구네. 더러워서……"

사흘 밤을 끙끙거린 끝에 겨우 한 통의 러브레터를 완성시켰고, 이튿날 아침에는 세숫대야에 코피까지 떨구었는데, 그런 열정에 대한 회답이 겨우 이 한 줄인가 싶으니 중하는 슬그머니 자존심이 상하기도 했다.

　그러나 그는 좋은 쪽으로 기분을 돌리려고 애를 썼다. 단 한 줄이기는 하지만 결코 거절의 뜻은 아니니 말이다.

　토요일 오후, 집에 다니러 갈 채비를 하고서 중하는 서둘러 하숙집을 나섰다.

　완산동 고개를 향해 걸음을 재촉하면서 중하는 속으로 여자란 콧대가 높은 것인가 하고 생각해 보았다.

　자기는 러브레터의 끝에다가 ‘그대를 사랑하는 중하로부터.’ 이렇게 적었는데, 답장에는 ‘문수선’이라고 성명 석 자만 달랑 적어놓지 않았던가. 하다못해 성명 밑에다가 ‘드림’이라는 두 글자라도 붙여놓았어야 옳지 않은가 말이다. 답장의 글귀가 단 한 줄인 것보다 중하는 성명 석 자만 적어놓은 게 더 당돌하다 싶었다.

　그 높은 콧대를 어떻게 하면 납작하게 만들어버릴 수 있을까. 기어이 납작하게 만들어놓고 말아야지. 그러나 납작코를 만들어도 서서히 만들어야지, 서둘면 오히려 납작해지는 것이 아니라 콧대가 더 삐딱하게 솟아오를지도 모른다 싶으며 중하는 공연히 혼자서 재미가 좋은 듯 가볍게 휘파람을 날리기도 했다.

　콧대 높은 수선이가 밉다는 생각은 조금도 없었다. 오히려 처음부터 납작해져가지고 고분고분 기어들어 오는 것보다는 훨씬 낫다 싶었다. 튕기는 맛이 있고 버티는 기색이 있어야 낚아 올리는 데 한결 흥이 나고 재미가 있을 게 아닌가. 싱싱하고 피둥피둥한 고기일수록 튕기고 버티는 법이니까. 중하는 마치 자기가 여자 낚시질에 통달한 사람처럼 코언저리에 노오란 웃음을 떠올리기도 했다. 실은 러브레터를 쓰는 데 사흘 밤낮이나 걸리고 코피까지 떨군 그런, 말하자면 처음으로 낚싯대를 들고 물을 찾아간 새파란 풋내기이면서 말이다.

완산동 고개에 당도했으나 수선이의 모습은 보이지 않았다. 콧대 높은 여자가 먼저 나와 있을 턱이 없다 싶으며 중하는 그곳에서 기다렸다. 거의 한 시간가량 기다려도 나타나질 않자 혹시 버스를 타려고 정류소로 간 게 아닌가 하는 생각이 들기도 했다. 장소도 시간도 적어놓지 않고, 단지 토요일에 집에 다니러 간다는 한 줄 써놓은 그 답장이 사람 골탕 먹이려고 일부러 그런 것 같아 슬그머니 화가 나기도 했다. 그러나 출발 시간이 일정하지도 않는 버스를 타려고 정류소로 갔을 턱이 없다 싶으며 계속 기다렸다.

얼마나 기다렸을까. 그만 혼자서 트럭을 집어타고 가버릴까 하고 있는데, 멀리 저쪽에 수선이의 모습이 나타났다. 꽤 먼 거리였으나 대뜸 중하는 그 세일러복을 입은 여학생이 수선이라는 것을 알아볼 수가 있었다. 절로 얼굴이 조금 달아오르며 지금까지의 초조하고 화나던 기분은 어디론지 싹 사라지고 말았다.

중하와 수선이는 만나자 어색한 눈인사를 나누었을 뿐 아무 말이 없었다. 중하가 "걸어갑시다. 가다가 차가 오면 타고……" 하면서 성큼성큼 앞장을 섰다. 수선이도 도리가 없는 듯 뒤따랐다.

시내에서 멀어지자 중하와 수선이는 가로수가 서 있는 신작로를 나란히 걸었다.

"이 달 마지막 토요일도 아닌데 왜 오늘 집에 다니러 가지요?"

나란히 걸으면서 중하가 수선이에게 물었다.

"내일이 아버지 생신이거든요."

"아, 그래요."

어쩐지 중하는 조금 기대에 어긋난 것 같은 느낌이었다. 그런 용무가 있어서 오늘 집에 다니러 간다면 자기를 만나는 게 목적은 아니었으니 말이다.

한참 말없이 걷다가 중하는 다시 물었다.

"내일 아버지 생신이 아니었다면 오늘 집에 다니러 안 가나요?"

"물론이지라우."

수선이는 서슴없이 대답했다. 그러나 그녀는 힐끗 돌아보며 살짝 웃었다. 왜 그와 같은 질문을 하는지 다 안다는 그런 표정이었다.

웃는 그 눈매가 야릇하게 곱자 중하는 기분이 좋았다. 입으로는 그런 식으로 콧대 높게 대답하고 있지만, 마음속은 결코 그게 아니라는 것을 그 고운 눈매가 잘 말해 주고 있었던 것이다.

중하는 슬그머니 장난기 같은 것이 속에서 꿈틀거렸다.

"수선 씨는 작문도 그런 식으로 간단하게 한 줄로 끝내나요?"

"호호호……."

"솜씨가 보통 아니던데요. 보통 사람이 답장을 그렇게 한 줄로 간단하게 쓸 수가 있겠어요?"

"호호호…… 기분이 상했던 모양이지라우?"

수선이는 웃으면서도 속으로 약간 당황하는 기색이었다.

"전에는 답장을 제법 길게 쓰더니……."

"전에 언제요?"

"잊었나요? 내가 죽산으로 이사 가서 편지를 했더니 한참 뒤에 답장을 보냈었잖아요."

"오메, 그런 일이 있었디야?"

정말로 잊었는지, 기억하면서도 일부러 그러는지 잘 분간할 수 없는 그런 아리송한 표정으로 수선이는 미소를 짓고 있었다.

뿌우연 흙먼지를 날리며 트럭이 한 대 달려왔다. 둘이는 길가로 비켜섰다.

"태워줘요—"

소리를 지르면서 수선이는 손을 들고 있었다. 그러나 중하는 타고 싶은 생각이 없는 듯 멀뚱히 바라보고 서 있기만 했다.

트럭에는 이미 사람들이 꽤 타고 있었다. 여기서 트럭에 올라타 버린다면 수선이와 더 얘기를 나눌 수가 없을 게 뻔했다. 더구나 자기는 수선이보다 먼저 금구에 내려야 하지 않는가. 그래서 중하는 트럭이 그냥 지나가 주기를 바랐다.

아니나 다를까, 트럭은 서질 않고 오히려 흙먼지를 심술궂게 뿌리며 지나가버렸다.

한참 더 걸어가다가 중하는,

"좀 쉬었다 갑시다. 다리가 아프네요." 하면서 길가에 있는 숲으로 들어갔다.

숲속에 들어가 중하와 수선이는 나란히 앉았다.

호젓한 숲속에 수선이와 나란히 앉은 중하는 무슨 말을 어떻게 했으면 좋을지 몰라 잠시 어색하게 굳어져 있었다.

"벌써 다리가 아파요?"

오히려 수선이가 먼저 입을 열었다.

"다리가 아프긴요. 그저 좀 앉아서 얘기나 하고 쉬었다 갈려고요."

힐끗 중하를 돌아보는 수선이의 눈매가 조금 발그스레 물들고 있었다. 그녀의 그런 눈매를 보자 중하는 별안간 용기라도 솟구친 것처럼 서슴없이 말했다.

"내 편지 읽어보셨죠? 어떻게 생각해요?"

수선이는 살짝 고개를 떨굴 뿐 아무 말이 없었다.

"그 편지를 쓰는 데 사흘 밤이 걸렸어요. 그리고 다음 날 아침에 세수를 하는데 코피가 뚝뚝 떨어지지 뭡니까."

"어메, 정말인기라우?"

"정말이고말고요. 나는 그렇게 진지하게 편지를 써서 보냈는데, 그에 대한 회답이 너무 간단하고 뜻밖이어서 놀랐다니까요."

말없이 수선이는 조금 미안한 듯한 그런 미소를 가만히 짓고 있었다.

"대답을 해줘요. 확실하게."

"……."

"내 편지를 읽고 어떻게 생각했어요? 확실한 대답을 듣고 싶어요. 대답을 해보라니까요."

"……."

"나를 사랑하죠?"

"호호호……."

"왜 웃죠? 내가 수선 씨를 사랑하는 만큼은 안 사랑한다 하더라도 그 절반 정도는 사랑하겠죠? 절반이 많으면 삼분의 일 정도는……."

"호호호…… 아직 잘 모르겠당게요."

"모르다뇨? 자기 마음을 자기가 몰라요?"

"나는 아직 뭐 어떤 것이 사랑인지 잘 몰라요. 편지를 받고 얼떨떨하기만 했어라우."

"좋아하느냐 그 말이죠."

"싫어하는데 그럼 이런 숲속에 나란히 앉아 있겠어요?"

"맞아요. 그렇죠, 그렇죠. 하하하 하하하……."

중하는 그만 기분이 좋아서 큰소리로 웃어댔다. 그 말 한마디면 충분하다는 듯이.

그러자 수선이는 수줍은 표정을 지으며 얼른 자리에서 일어났다. 이제 더 호젓한 숲속에 단 둘이 앉아 있기가 몹시 어색하고, 또 묘하게 두렵기도 한 듯, 신작로 쪽으로 성큼성큼 걸어가는 것이었다.

도리 없이 중하는 자리에서 일어나 그녀의 뒤를 따랐다. 좀더 앉아서 얘기를 나누었으면 싶었으나, 좀 미진한 대로 오늘은 이 정도면 됐다 싶었다.

길에 나서니 고맙게도 마침 버스가 달려오고 있었다. 중하는 서슴없이 번쩍 손을 들어 버스를 세웠다.

중하와 수선이는 그 뒤로 서로 사랑하는 사이가 되었다. 이따금 토요일에 집에 다니러 갈 때 만나는 것은 물론이고, 밤으로 사람들의 눈을 피해 오목대에서 혹은 한벽당 근처의 냇가에 만났고, 일요일에는 남고산에 올라 바위 그늘에 나란히 앉아서 멀리 시가지를 내려다보며 해가 기울어지는 것도 모르고 사랑을 속삭였다.

그러나 그들의 연애는 순결했다. 입맞춤은 고사하고, 손 한번 만져보는 일도 없었다. 그저 곁에 앉아서 얘기를 나누는 그것만으로 충분히 행복했다.

어쩌면 약간 풋내가 나기도 하는 그런 그들의 밀회도 머지않아 종지부를 찍지 않으면 안 되게 되었다. 중하 아버지 현장면이 봉남국민학교 교장 자리를 그만두고 고향인 경기도 인천 근처에 있는 어느

172

시골 국민학교의 교장으로 옮겨가게 되어 중하는 인천의 어느 중학교로 전학을 갔던 것이다.

그 무렵은 아직 고등학교라는 것이 생기질 않고, 중학교가 5년제로 되어 있었다. 그리고 전학이 마음대로 되었다.

중하는 인천으로 전학을 가고 싶은 생각이 조금도 없었다. 물론 다니고 있던 전주의 모교에 대한 정도 있었지만, 무엇보다도 수선이 때문이었다.

그러나 그런 이유를 아버지 앞에 밝힐 수는 없는 노릇이어서 결국 아버지가 시키는 대로 가족들과 함께 고향인 인천 쪽으로 옮겨가지 않을 수가 없었다.

전학을 간 뒤로 중하는 수선이에게 일주일이 멀다 하고 편지를 보냈다. 수선이 역시 마찬가지였다.

그들의 사랑은 헤어져 있게 됨으로써 오히려 러브레터를 통해서 한결 더 간절하고 뜨거워지는 것이었다.

수선이는 여학교를 졸업하자 고향인 황산면의 국민학교에서 교편을 잡았다.

그 무렵은 요즘과 달리 중학교만 졸업을 해도 국민학교의 준교사나 촉탁으로 채용될 수가 있었다. 황산면의 면장인 아버지가 힘을 써서 고향 학교의 여선생이 되도록 했던 것이다.

수선이가 여선생이 된 뒤에도 물론 중하와의 편지를 통한 사랑은 계속되었다. 그러나 그 편지질도 다음 해에는 끊어지지 않을 수가 없었다. 6·25가 일어났던 것이다.

전쟁이 일어났을 때 중하는 대학생이었다. 5년제 중학교를 졸업한 중하는 서울의 이름 있는 대학에 입학을 했었다.

대학 1학년생인 중하는 가족들과 함께 부산 쪽으로 피난을 갔다. 그리고 그곳에서 중하는 군대에 입대하는 몸이 되었다.

휴전이 성립된 뒤에야 군복을 벗고 사회에 나온 중하는 부산에서 전시연합대학에 복교를 했고, 직장을 구해서 돈벌이를 하면서 학교에 다녔다. 그 무렵은 반드시 야간부가 아니라도 그런 식의 학업이 가능했다.

그동안 수선이와의 연락은 끊겨 있었다.

전투가 한창 치열했던 시기에는 물론 중하는 수선이에게 러브레터 같은 것을 쓸 엄두도 못 냈다.

그러나 일단 북쪽으로 거의 끝까지 밀고 올라갔다가 중공군의 참전으로 다시 후퇴를 해서 전선이 중부지방에서 교착상태가 되고, 후방 부대의 본부에 근무하게 되자 중하는 황산국민학교로 수선이에게 편지를 써서 보냈다.

그러나 회답이 없었다. 서너 차례 아무 소식이 없자 그 학교에 수선이가 근무하고 있질 않는 것 같아 단념하는 수밖에 없었다. 편지를 받고서 회답을 안 할 턱은 만무한데 말이다.

제대를 한 뒤에도 두어 차례 부산에서 편지를 보내봤다. 여전히 무소식이었다.

생각 같아서는 한번 찾아가 보고 싶었으나 형편이 그렇지가 못했다. 부산에서 김제까지 찾아가는 일이 요즘과는 달라서 마치 어디 외국에라도 가는 만큼이나 아득했다. 교통편뿐 아니라 모든 여건이 그랬었다.

그리고 중하는 전쟁의 소용돌이 속에 휘말리고, 또 제대 후에는 피난민들이 들끓는 부산에서 어려운 학업을 계속하느라 몸과 마음이 무척 지쳐 있기도 했던 것이다. 수선이를 향한 그 깨끗하고 풋풋하던 사랑 말하자면 어느덧 퇴색되어 약간은 희미해져 있었다고 할 수가 있다. 군복을 입고 있던 시절에 이미 여러 차례 몸을 파는 여자의 싸구려 몸뚱어리 맛을 보았고, 또 전시연합대학에는 여대생도 많았던 것이다.

그렇다고 중하가 수선이에 대한 사랑을 저버린 것은 결코 아니었다. 가슴 한쪽 깊숙한 곳에 짜릿한 상처처럼 안타깝게 간직되어 있었다.

그런데 서울로 복귀를 한 뒤에 우연히 수선이의 소식을 알게 되었다. 전주에서의 옛 학우를 서울 거리에서 만났는데, 그의 말에 의하면 수선이가 벌써 몇 해 전에 결혼을 했다는 것이었다. 연애결혼은 아니고, 아버지의 강요에 못 이겨 교직을 그만두고 시집을 가버렸다는 것이다.

지난날 중하와 수선이의 관계를 잘 알고 있는 학우였다.

그 소식은 중하에게 아픈 충격이었다. 그러나 중하는 그 아픔을 쉬 잊을 수가 있었다. 이미 그때는 그에게 좋아하는 다른 여자가 생겨 있었던 것이다.

그 후 중하는 결혼을 했고, 학문의 길로 들어서서 마침내 대학에서 교편을 잡게 되었다.

말하자면 그렇게 중하와 수선이는 서로 헤어져야 할 아무 까닭도 없이, 이별의 마지막 말 한마디 나누지도 못하고 자연히 멀어지고 말았던 것이다. 전쟁이라는 것 때문에 그렇게 되고 만 셈이었다.

중하가 사십이 다 되어갈 무렵, 그러니까 수선이와 헤어진 지 이십 년이 지나서 참으로 우연히 설악산에서 수선이를 재회했다.

어느 해 가을, 중하는 혼자서 등산 차림을 하고 설악산을 찾아갔었다.

대청봉까지 올라가서 현중하는 혼자 점심을 해먹고, 해가 서쪽으로 서서히 기울어져 갈 무렵 비선대 쪽으로 하산을 했다.

폭포를 지나 울긋불긋 곱게 단풍이 든 나무들이 마치 터널을 이루고 있는 듯한 산길을 천천히 걷고 있는데, 계곡의 물가에 웬 여인이 한 사람 앉아 있었다. 현중하는 시선이 절로 그 여인에게 가서 멎었다.

얼른 보기에 자기와 비슷한 나이 같다고 현중하는 생각했다.

그런데 등산 차림이 아니었다. 그저 도시의 여느 가정집 주부가 혼자서 훌쩍 여행을 떠나와서 외롭게 계곡에 앉아 쉬고 있는 그런 모습이었다. 앉아 있는 곁에 여행용 숄더백이 한 개 놓여 있었다.

주말이 아니었다. 그래서 산길에는 등산객의 발길도 뜸했다.

그 무렵 현중하는 청주의 어느 대학에 조교수로 근무하고 있었는데, 학생들의 데모 관계로 휴교령이 내려 학교가 임시로 문을 닫는 바람에 에라 모르겠다 하고 며칠 설악산 쪽으로 여행을 떠나왔던 것이다.

여인이 앉아 있는 계곡 위로 다리가 걸려 있었다.

현중하는 그 다리를 건너면서도 곧장 그 여인을 힐끗힐끗 내려다보았다.

다리 중간쯤에서 여인과 시선이 마주쳤다. 잘 다듬어 놓은 듯한 미끈하고 편편한 바위 위를 미끄러지듯 흐르고 있는 티 없이 맑은 가을 물을 하염없이 바라보고 앉아 있던 여인이 인기척에 힐끗 고개를 들어 다리 위를 쳐다보았던 것이다.

시선이 마주치자 현중하는 순간 얼굴이 약간 화끈해지는 느낌이었다. 무척 낯익어 보이는 얼굴이었던 것이다.

어디서 많이 본 듯한 얼굴인데, 그러나 그게 누군지 얼른 머리에 와 닿지가 않았다.

다리를 건너자 현중하는 걸음을 멈추고 다시 그 여인을 돌아보았다.

여인은 다리를 건너는 현중하를 가만히 지켜보고 있었던 듯 다시 시선이 마주치자 이번에는 여인이 깜짝 놀라는 표정이었다.

"오메."

여인은 눈이 휘둥그레지며 무의식중에 자리에서 일어서고 있었다.

"아니 이거……."

현중하도 입이 살짝 벌어졌다.

어쩐지 시꺼멓게 젖어 있는 듯한 여인의 휘둥그레진 두 눈을 보자 그제야 문수선이라는 것을 알 수가 있었던 것이다.

너무나도 뜻밖이고 참으로 우연한 일이어서 현중하는 잠시 어찌할 바를 몰랐다. 다리를 건너왔기 때문에 문수선은 계곡의 물 건너 편에 서 있었다. 문수선 역시 어떻게 했으면 좋을지 모르겠다는 듯한 그런 표정으로 서 있었다.

현중하는 곧 성큼성큼 다리를 다시 건너가며 문수선을 향해,

"이거 정말 어떻게 된 일입니까?" 하고 물었다. 목소리가 약간 떨리고 있었다.

다리를 건너 현중하가 계곡으로 내려와 곁으로 다가오자 문수선은 발그레 물든 얼굴을 살짝 떨구었다.

"수선 씨, 이거 정말 몇 해 만이죠?"

현중하 역시 눈언저리가 약간 붉어지고 있었다.

문수선은 숙였던 얼굴을 들어 새삼스럽게 현중하를 확인이라도 하듯 바라보았다. 속눈썹이 긴 그녀의 두 눈에 살짝 눈물 같은 것이 어리는 듯했다. 그리고 그녀는 당황한 듯 얼른 또 고개를 떨구며 가만히 그 자리에 다시 앉았다.

현중하도 배낭을 벗겨 옆에 놓고 그녀 곁에 앉았다.

언뜻 문수선의 두 눈에 어리던 눈물을 보았기 때문인지 그는 가슴이 약간 멍멍해져서 잠시 아무 말이 없었다.

"혼자 오셨어요?"

오히려 문수선이 먼저 나직이 물었다.

"예."

현중하는 대답을 하고서 조금 있다가 물었다.

"수선 씨도 혼자 오셨나요?"

"예."

"지금 어디에 사는데요?"

"전주에 살아요."

"전주서 여기까지 혼자서 여행을 왔나요?"

"아니라우."

"그럼요?"

"강릉에 시누이가 살아요. 시누이가 아파서 입원을 했다기에 그래서 문병을 왔당께요. 강릉까지 온 김에 설악산 구경이나 한번 하고 갈라고……."

"아, 잘했습니다. 정말…… 이렇게 만나게 되다니 꿈만 같습니다."

"저도요."

문수선의 목소리는 들릴 듯 말 듯했다.

이십 년 만의 참으로 우연하고 공교로운 재회에 두 사람은 다시 가슴이 벅차오르는 듯 잠시 말이 없었다.

곱게 단풍이 든 낙엽이 한 잎 물 위에 떠서 앉아 있는 바로 발 앞으로 흘러오자 문수선은 살짝 그것을 한 손으로 집어 올리면서 입을 열었다.

"중하 씨는 지금 어디 살아요?"

"청주에서요."

"청주? 그럼 충청도네요."

"맞아요. 충북이죠."

"고향은 거기가 아닌디…… 거기서 뭘 하세요?"

"대학에 나가고 있죠."

"그럼…… 대학교수?"

문수선은 옆에 앉은 현중하를 살짝 돌아보며 물었다.

"예. 조교수죠."

"아기는 몇이나 돼요?"

"셋입니다. 아들 하나, 딸 둘……."

"마치맞게 두셨네요."

"수선 씨는 몇이나?"

대답 대신 문수선은 가만히 웃기만 했다. 어쩐지 쓸쓸해 보이는 그런 웃음이었다.

"왜 대답이 없죠? 아이가 몇 이예요?"

현중하가 재촉을 하듯 물었다.

"하나도 없당게요."

"그래요? 하나도 낳질 않았단 말입니까?"

"몰라라우."

그런 얘기는 싫다는 듯이 문수선은 가볍게 고개를 내저었다. 그리고 얼른 화제를 바꾸듯 말했다.

"왜 그 후에 아무 소식이 없었지요? 얼마나 소식을 기다렸다고요."

'그 후에'라니 언제부터를 말하는 것인지 얼른 머리에 와 닿지가 않아서 중하는 잠시 멀뚱해져 있었다.

"얼매나 울었는지 아능기라우?"

그러면서 그만 문수선은 가지런히 세우고 있던 두 무릎을 팔로 싸안으며 그 위에 얼굴을 묻어버렸다.

소리는 나지 않았으나 그 어깨가 가볍게 들먹거리는 듯했다. 속으로 흐느끼고 있는 게 틀림없었다.

현중하는 가슴이 멍멍해지며 코허리가 시큰해지는 것을 어쩌지 못했다.

잠시 후 문수선은 가만히 얼굴을 들고 자세를 고쳐 쪼그리고 앉아서 두 손을 물에 담갔다. 가을 물이라 벌써 차가운 듯 조금 씻는 둥 마는 둥 하고는 손수건으로 닦았다. 그리고 숄더백을 열어서 콤팩트를 꺼내어 거울을 들여다보며 얼굴 화장을 가만가만 고치기 시작했다.

문수선의 그런 모습이 무르익은 중년부인답기도 했고, 또 자기에 대한 옛날의 애정을 아직도 지니고 있는 것 같기도 해서 현중하는 가슴이 마냥 메이는 느낌이었다. 떨리는 듯한 숨을 가만히 한숨 쉬듯 내쉬고는 입을 열었다.

"다 6·25 때문이었지요. 전쟁이 아니었더라면 우리가 이렇게 남남이 됐을 리가 있겠어요."

약간 감상적인 투의 말에도 이제 문수선은 심정이 차분히 가라앉은 듯 담담한 표정으로 입술을 루주로 고쳐 그리고 있었다.

"그리고 수선 씨가 나한테 그 후 아무 소식이 없었느냐고 했는데, 군대에 있을 때도 여러 번 편지를 했고, 제대를 해서 부산에서 대학에 다닐 때도 편지를 보냈는데, 한 번도 답장을 못 받았지 뭡니까. 소식이 없었던 쪽은 내가 아니라, 바로 수선 씹니다. 내가 얼마나 수선 씨 소식을 알려고 애를 태웠는지 아십니까?"

"오메, 그랬어요? 편지를 학교로 보냈지라우?"

"예."

"그러니까 못 받았지요. 6·25가 일어나서 인공 세상이 된 뒤로는 학교에 안 나가다가 수복이 된 후에 다시 나갔었는데, 마침 중매가 들어와서…… 아버지가 난세에는 처녀들은 그저 빨리빨리 시집을 가버리는 게 제일이라고 하시면서……."

"아, 그렇게 됐군요."

현중하는 알았다는 듯이 고개를 끄덕였다.

"남편은 뭘 하는 사람입니까?"

현중하가 물었다. 좀 묻기 힘든 질문이었다. 그러나 문수선은 예사롭게 대답했다.

"건축업을 해요."

"건축업요? 그럼 아주 부자겠군요."

현중하가 웃자,

"그저 걱정 없이 밥이나 먹고 살 정도랑게요."

문수선도 웃었다. 그러나 그녀의 웃음은 어쩐지 김이 빠진 것 같은 허전하고 약간은 쓸쓸해 보이기까지 하는 그런 웃음이었다.

현중하는 그녀의 결혼생활이 행복하지 않구나 하는 느낌이 들었다. 아이가 하나도 없다는 말에서도 그런 느낌이 풍겼는데 말이다.

"몇 살이나 된 분입니까?"

"그런 것은 더 묻지 말았으면 좋겠어라우."

그러면서 문수선은 조금 전에 물에서 건져 발 앞에 떨어뜨려 놓은 낙엽을 집어 픽 물결 위에 버리듯이 던졌다.

미끄러지는 듯한 물결을 타고 그 곱게 물든 낙엽은 점점 멀어져 갔다.

어디선지 산새 지저귀는 소리가 호젓한 계곡에 잔잔한 메아리를 이루듯 들려오고 있었다.

"좀 궁둥이가 시려 오네요. 일어섭시다."

현중하가 자리에서 일어나 배낭을 메자 문수선도 따라 일어서서 숄더백을 한쪽 어깨에 걸쳤다.

어느덧 해가 성큼 서쪽으로 기울어 산그늘이 덮여 내려오고 있었다.

호텔과 여관, 상가 등이 있는 지대로 내려온 현중하는 문수선을 데리고 레스토랑으로 갔다.

아직 저녁식사는 이른 편이어서 우선 맥주와 안주를 시켰다. 문수선도 맥주를 조금 마실 줄 알았다. 술을 꽤나 좋아하던 무렵이어서 현중하는 거듭 컵을 비웠다. 어쩐지 취하지 않고서는 못 배길 것 같은 그런 심정이었다.

그곳에서 저녁까지 먹고서 그들이 밖으로 나온 것은 밤이 제법 깊어서였다.

꽤나 취기가 오른 현중하는 자연스럽게 문수선의 한 손을 잡고 있었다. 그녀도 조금 술기운이 있어서 그런지 별로 쑥스러워하지 않고 가만히 손을 내맡기고 있었다.

"바람이 꽤 쌀쌀하군요."

현중하가 말했다.

"그러네요."

"여관으로 갑시다."

문수선은 대답이 없었다. 그러나 그녀는 현중하가 이끄는 대로 순순히 걸음을 옮겼다.

현중하가 하룻밤 묵었던 그 여관의 그 방이었다. 여관방에 들어가자 문수선은 몹시 어색해 하며 그 자리에 굳어져 서 있기만 했다.

"내 방이에요. 어젯밤에도 이 방에서 잤으니까요. 자 앉아요."

현중하는 배낭을 윗목에 놓고 등산복 상의를 벗었다.

문수선이 몹시 어색해 하면서도 가만히 있는 것을 보고 현중하는 화장실로 들어갔다. 맥주를 마신 뒤라 줄줄줄 많은 소변을 쏟았고, 등산길에서 흘린 땀을 대충 씻었다.

생각 같아서는 뜨거운 물에 푹 몸을 담가 목욕을 하고 싶었으나 꽤 취기가 있고, 또 방에 문수선이 멋쩍게 앉아 있는 터이라 그만두기로 했다.

"좀 씻으세요."

화장실에서 나와 수건으로 얼굴을 닦으며 현중하가 말하자 문수선은 어색해 하면서도 곧 일어나 화장실로 들어갔다.

여자들이란 대체로 남자들보다 화장실에서 볼일이 보는 시간이 긴 법이다. 문수선 역시 마찬가지였다.

그녀가 화장실에서 볼일을 보고 있는 동안에 현중하는 장롱 속에서 이부자리를 꺼내어 방에 깔았다. 요 하나에 이불 하나, 그리고 베개는 두 개였다.

현중하는 바지도 벗고 잠옷으로 갈아입었다. 그래도 아직 문수선이 화장실에서 나오는 기척이 없어서 그는 벌렁 이불 위에 드러누워 버렸다. 가벼운 피로와 함께 주기가 혼혼하게 온몸을 돌고 있어서 기분이 매우 괜찮았다.

현실 속의 비현실— 문득 현중하는 그런 생각이 들었다. 지금 이 여관방에 문수선과 둘이 함께 있다는 게 엄연한 현실이면서 어쩐지 비현실적인 일로 느껴졌다. 참으로 예기치 않았던 기묘한 우연이니 말이다. 자기가 등산 갔다가 내려오는 길목에 마치 기다리고 있는 것처럼 문수선이 앉아 있었다니, 그래서 이십 년 만에 다시 만나게 되다니 꿈같은 일이 아닐 수 없었다.

자기가 이번에 설악산엘 혼자서 찾아온 것과 문수선이 강릉에 왔다가 혼자서 설악산에 온 것이 어쩌면 누군가의 보이지 않는 손길에 인도된 게 아닌가 하는 생각이 들기도 했다.

그런 신비감이 깃들기도 한 생각에 젖어 있는데, 문수선이 화장실에서 나왔다. 그녀의 얼굴은 조금 전과는 판이하다고 할 정도로 환하고 싱싱하게 달라져 있었다. 세수를 한 다음이라 그런지 두 눈의 긴 속눈썹은 한결 더 검게 젖어 보여 그녀를 색다른 아름다움으로 돋보이게 했다.

"아하—"

현중하는 자기도 모르게 가벼운 탄성을 흘리며 얼른 일어나 앉았다.

잠옷 바람이 되어 있는 현중하를 보자 그녀는 수줍은 웃음을 떠올리며 살짝 고개를 돌리고서 경대가 있는 곳으로 가서 그 앞에 앉았다. 그리고 얼굴 화장을 하기 시작했다.

화장을 하고 있는 그녀의 뒷모습을 현중하는 가만히 지켜보고 앉아 있었다.

여자의 아름다움은 어쩌면 앞모습보다도 뒷모습이 아닌가 하는 생각을 현중하는 평소에 하고 있었다. 경대 앞에 앉아 있는 문수선의 뒷모습은 무르익은 중년부인다운 아름다움으로 넘쳐 보였다.

야릇한 충격을 참을 길이 없는 듯 현중하는 그만 다가가 뒤에서 그녀를 안아버렸다.

"오메야!"

문수선은 호들갑스럽게 놀라며 뒤를 돌아보았다.

"수선이, 사랑해!"

뒤에서 그녀를 불끈 껴안은 현중하는 나직하나 떨리는 듯한 열기를 머금은 목소리로 말했다. 그는 비로소 그녀에게 반말을 하고 있었다.

"이러면 안 돼요."

"왜 안 돼?"

"몰라요."

그러나 문수선은 조금도 싫어하는 기색이 아니었다. 거울에 비친 그녀의 얼굴이 온통 발그레 피어오르는 듯했고, 야릇한 미태가 넘쳐 흐르는 것 같았다.

현중하는 그녀를 뒤에서 안은 채 한쪽 가슴 안으로 비스듬히 눕혔다.

"오메, 왜 이런다냐."

그녀는 꿈틀거렸다. 그러나 벗어나려고 버둥거리지는 않았다. 얼굴에는 수줍은 미소가 떠오르고 있었고, 입술은 유난히 발그레 곱고 싱싱하게 물들어 보였다.

"수선이, 우리가 이렇게 다시 만나다니 정말 꿈만 같애."

나직이 속삭이면서 현중하는 그녀의 입술 위로 자기의 입술을 가만히 가지고 갔다. 그녀는 사르르 눈을 감으면서 그의 입술을 받아들였다.

뜨거운 입맞춤이 한참 계속된 다음 현중하가 살짝 얼굴을 들고 말했다.

"수선이, 치문학교 시절의 일이 생각 안 나?"

"무슨 생각?"

"메뚜기 잡으러 가서 수선이가 한 말……."

"내가 무슨 말을 했었는데?"

"나중에 크면 가르쳐 준다고 했었잖아."

"크면 가르쳐 주다니 뭘?"

"정말 기억 안 나? 내가 말할까?"

"말해 봐. 나 기억 안 나."

나긋하게 바라보는 문수선의 검게 젖은 듯한 두 눈을 가만히 들여다보며 현중하는 더운 숨을 한번 몰아쉬었다. 그리고 말했다.

"아기를 어떻게 낳는지 나중에 크면 가르쳐 주겠다고 그랬어. 여자가 혼자 낳는 것이 아니라고……."

"오메, 내가 그런 말을 했었디야?"

"수선이, 나 인제 다 컸어. 아기를 어떻게 낳는지 가르쳐 줘."

"호호호…… 아이 몰라."

"오늘밤에 가르쳐 줘."

"중하 씨가 더 잘 알 거 아닌가비. 다 컸으니까. 호호호……."

"하하하…… 그렇지 그렇지, 내가 수선이한테 가르쳐 주는 게 옳지."

"아이 싫다니까."

문수선이 곱게 눈을 흘겼다.

현중하는 일어나 그녀를 번쩍 안아 올려 이부자리 속에 갖다 눕혔다. 그리고 그 곁에 자기도 누웠다.

"불을 꺼요."

문수선이 나직이 말했다. 현중하는 얼른 일어나 불을 껐다.

이튿날 아침 현중하는 열 시가 지나서야 잠을 깼다. 간밤에 너무 늦도록까지 문수선과 뜨겁고 진한 행위를 나누고 또 나누었던 것이다. 현중하가 그처럼 간절하고 격렬한 밤을 가지기는 처음이었다.

아직 몸이 나른했다. 이불 속에 누운 채 커다랗게 기지개를 켜며 옆을 돌아보았다.

"아니……."

옆에 누워 있어야 할 문수선이 보이지가 않았다. 일어나 화장실에 들어갔거나 아니면 바깥 산책이라고 나갔지 싶으며 현중하는 다시 가만히 눈을 감았다.

간밤의 그녀와의 일이 마치 머릿속에 천연색의 필름이 슬로모션으로 돌아가듯 차례차례 재생되어 떠올랐다. 흡사 황홀한 꿈의 장면들을 보는 듯한 느낌이었다. 첫사랑의 여자란 이십 년이란 세월이 흐른 뒤에도 그처럼 애틋하고 화끈한 뜨거움을 온몸에 불 질러 주는 것인지…… 그런 간절함이 그동안 몸의 어느 구석에 잠재되어 있었는지…… 생각할수록 신기했다. 그리고 그 황홀감에서 아직도 깨어나지 않은 듯 몽롱한 기분이기도 했다.

거듭된 행위 끝에 두 사람이 거의 몸을 가누지 못할 정도로 탈진되어 늘어져 누워서 잠이 들려고 할 때였다.

문수선이 한 손으로 현중하의 가슴패기를 슬슬 어루만지며 약간 목이 잠긴 듯한 그러면서도 감미로운 그런 목소리로 물었다.

"여보, 당신 청주 어느 대학에 나가요?"

그녀의 입에서 처음으로 '여보, 당신'이라는 말이 나왔던 것이다.

그 목소리가 현중하는 지금도 마치 환청인 듯 귓가에 아련하게 울리고 있었다.

잠시 후 현중하는 이불을 박차고 일어났다. 다시 잠이 올 것 같아서 이러다가는 안 되겠다 싶었던 것이다.

화장실 쪽으로 가서 노크를 해보았다. 그 안에 문수선이 들어가 있지 않을까 해서였다. 아무 반응이 없었다. 산책을 나간 모양이라고 생각하며 현중하는 문을 열고 들어가 볼일을 보았다.

수건으로 얼굴을 닦으며 나온 그는 경대 앞으로 다가가다가,

"아니 이거……."

주춤 멈추어 섰다.

경대 위에 하얀 종이쪽지가 놓여 있었던 것이다.

얼른 그것을 집었다.

—깊이 잠이 드셨기에 깨우지 않고 떠나갑니다. 미안해요. 저는 남편이 있는 몸이거든요. 문수선 드림.

이렇게 적혀 있었다.

현중하는 그 메모지를 들고 잠시 어떤 표정을 지어야 될지 모르겠는 듯 멀뚱히 서 있기만 했다. 메모지를 쥔 손이 가늘게 경련을 일으킨 듯 떨리고 있었다.

현중하가 설악산을 떠난 것은 그날 정오 무렵이었다. 늦은 아침을 먹고 강릉행 버스에 몸을 실었다. 강릉으로 나가면 그곳에서 청주로 가는 버스가 있었던 것이다.

날씨는 화창했다. 버스의 차창 밖으로 차츰 멀어져 가는 설악산의 봉우리들도 가을 햇살 아래 채색된 한 폭의 동양화인 듯 선연했다.

그러나 현중하는 우울하고 허전하기만 했다. 가슴 한가운데에 커다란 구멍이 뻐끔 뚫려버린 듯한 느낌이었다.

허망하고 어쩐지 어이가 없기도 해서 그저 망연하게 차창 밖의 풍경에 시선을 주고 있을 따름이었다.

바다가 펼쳐지기 시작했다. 망망하게 부풀어 오른 수평선과 한없이 벙벙하고 짙푸른 물 위에 쏟아져 내려 눈부시게 부서지고 있는 가을 햇살, 그리고 나부끼는 갈매기들…… 마치 한 폭의 산뜻하고 거대한 수채화 같았다.

후련하게 열려진 바다 쪽을 내다보고 있노라니 답답하고 무겁기만 하던 현중하의 가슴도 조금은 트이는 듯했다. 가슴 가득 커다랗게 숨을 들이쉬었다가 내뿜었다. 그리고 그는 문수선이 남긴 메모지 속의 짧은 글을 머리에 떠올려 보았다.

─깊이 잠이 드셨기에 깨우지 않고 떠나갑니다. 미안해요. 저는 남편이 있는 몸이거든요. 문수선 드림.

다시 생각해보아도 역시 입맛이 쓸쓰레했다. 그러면서도 피식 실소 같은 것이 흘러나왔다. 자기의 첫 러브레터에 대한 짤막한 한 줄의 답장 생각이 떠올랐던 것이다. 그녀는 짧은 글에 능하구나 싶었다. 이번의 글도 몇 마디뿐인데 그 속에 자기의 심정을 고스란히 담아놓지 않았는가 말이다. 그런데 이십 년 전의 짧은 화답에는 콧대 높게 '문수선'이라고 성명 석 자만 적어놓았었는데, 이번에는 그 밑에 '드림'이라는 두 글자가 첨가되어 있는 게 달랐다.

현중하는 지그시 두 눈을 감았다. '떠나갑니다.' '미안해요.' '저는 남편이 있는 몸이거든요.'라는 말이 가슴에 아프게 와 닿았다. 그렇다면 다시는 안 만나겠다는 뜻이 아닌가. '여보, 당신' 하면서 청주의 어느 대학에 나가느냐고 근무처를 물었을 때는 앞으로도 관계를 지속하자는 은근한 의사 전달에 틀림없었는데 말이다.

한밤 이불 속에서의 생각과 날이 밝아서의 생각은 그렇게도 판이하게 다른 것이란 말인가. 여자란 그처럼 쉽게 손바닥 뒤집듯 생각을 바꿀 수가 있는 것일까. 첫사랑의 불씨가 서로의 가슴속에 아직도 남아서 그처럼 타오를 수 있었다면 문제는 간단한 게 아니지 않는가. 요즘 세상에 남편이 있는 몸이면 어떻단 말인가. 사랑을 위해서는 남의 눈을 피해 얼마든지 타오를 수 있는 일이 아니겠는가.

현중하는 생각할수록 안타깝고 아쉽고 그녀가 원망스럽기만 했다.

강릉 터미널에서 버스를 갈아타고 청주로 가는 동안에도 현중하는 착잡한 심중에서 벗어날 수가 없었다. 마치 잠잠하던 마음의 호수에 누군가가 풍덩 커다란 돌덩이를 던진 것처럼 파문이 일고 있었다. 물 위의 파문은 곧 잠잠히 가라앉는 법인데, 가슴속의 파문은 그렇지가 못했다.

그녀가 만약 그런 쪽지를 남기고 사라지는 일 없이 그대로 아침에도 있어 주었다면 어떻게 되었을까. 마치 부부처럼 '여보, 당신' 하면서 어쩌면 설악산을 떠나지 않고 하룻밤을 더 묵었을지도 모른다는 생각이 들었다.

그런 생각은 현중하를 더욱 안타깝고 허전하게 했다. 말하자면 그런 미진한 아쉬움은 하체 쪽에서 머리를 쳐드는 욕망인 셈이었다.

둘이 함께 하룻밤을 더 지낸 다음에는 또 어떻게 해야 되는 것일까. 결국 그녀는 전주로, 자기는 청주로 각각 자기 가정으로 돌아가야 하는 것이 아닌가. 그녀는 남편의 품으로, 자기는 아내의 곁으로…… 서로 늘 얼굴을 바라보고 몸을 섞으며 한 울 안에서 살 수 있는 처지라면 차라리 아쉬움을 남기고 사라져 간 그녀가 현명하지 않은가 하는 생각이 문득문득 머리에 와 닿기도 했다.

그런 생각은 말하자면 상체의 윗부분에서 일어나는 이성인 셈이었다.

욕망과 이성의 갈등이 곧 현중하의 가슴속에 일고 있는 파문이었다.

집에 돌아간 뒤에도 그 파문은 사라지지가 않았다. 밤으로 잠자리에 누워서는 물론이고, 아침에 일어나 조간신문을 들고 화장실에 가 변기에 앉아서도, 학교에 가다가도, 연구실에 앉아서도 문득문득 그녀를 떠올리곤 했다.

그러면서도 혹시 학교로 그녀의 편지가 오지 않을까 하고 은근히 속으로 기다리기도 했다. 설악산에서의 그날 밤에 그녀가 청주의 어느 대학에 근무하느냐고 물어서 가르쳐 주었으니 말이다.

그러나 그 후 문수선으로부터는 아무 소식이 없었다. 현중하는 때로는 자기가 문수선을 찾을까 하는 생각도 해보았으나 막연했다.

자기는 그녀의 주소를 물어두지 않았으니 말이다. 그녀가 그렇게 홀연히 사라지지 않았더라면 헤어질 때 전화번호라도 알아두었을 것이다.

교직과 가정에 메인 몸이라 현중하는 그녀를 찾으려 한번 나서보지도 못하고 흐지부지 달이 가고 해가 바뀌어 이듬해 봄 신학년도에는 서울에 있는 대학으로 근무처를 옮기게 되었다.

생활환경이 바뀌면 그에 적응하느라 그 전의 생각들은 자연히 뒷전으로 물러나게 마련인 모양이었다. 결국 서울에서의 분주한 나날 속에 세월은 흘러서 문수선은 현중하의 머릿속에서 아득하게 멀어져 갔다.

그 뒤 이십 년이 넘는 세월이 흘렀으니, 지금은 현중하의 기억 속 깊숙한 밑바닥에 문수선이라는 성명 석 자는 추억의 잔해처럼 남아 있을 뿐이었다.

산중문답

버스가 전주 시내로 들어서자 현중하는 가벼운 피로를 느끼면서도 기분이 약간 설레는 듯했다. 꽤 오래간만에 방문하는 탓도 있지만, 언제나 전주에 오면 그는 옛 고향을 찾아온 것 같은 기분이었다. 그에게 있어서 전주는 제2의 고향과 다름이 없으니 그럴 수밖에 없었다.

버스가 덕진을 지날 때였다. 제법 큰 건물을 신축하고 있는 게 차창 밖으로 내다보였다.

그 건축공사 광경을 보자 현중하는 문득 머리에 문수선이 떠올랐다. 그녀의 남편이 건축업자라는 말을 이십여 년 전 설악산에서 들은 기억이 있기 때문이었다.

그녀는 지금도 전주에 살고 있는 것일까. 건축업을 하는 남편이 큰돈을 벌어서 지금은 거부의 안방마님으로 손자들의 재롱이나 보며 지내고 있는지…… 아니면 어디 딴 곳으로 이사를 해서 전주에는 없는지…… 나이가 자기보다 한 살 위였으니까 바싹 육십 고개에 다가섰으니 이제 제법 할머니 티가 나겠지, 머리에는 희끗희끗 백발이 섞이기 시작했을 것이고…… 늙어가는 그녀를 한번 보았으면…….

이런 생각에 잠기며 현중하는 그녀와의 아련한 추억을 잠시 되씹기도 했다. 조금 가슴 밑바닥이 아릿하기는 했으나, 이미 그것은 그리움이라기보다는 덧없는 회상에 지나지 않았다.

언제나 전북 쪽에 올 때면 가슴속 깊숙한 곳에 추억의 잔해로 묻혀 있는 그녀 생각이 슬그머니 고개를 쳐들곤 하는 것이었다.

칠팔 년 만에 보는 전주 시가지는 약간 놀랄 정도로 변모되어 있었다. 제법 높다란 건물이 곧잘 눈에 띄었고, 차들도 현저히 많아져 있었다. 전주라고 하면 현중하의 머릿속에는 언제나 아늑하고 한가로운 도시, 나무가 많아 녹색의 도시로 떠오르는데, 이제 그런 맛은 거의 찾아볼 수가 없었다.

우리의 소중한 예스러움이 차츰 사라져가는 데서 오는 허전함 같은 것을 현중하는 전주에 들어서면서부터 짙게 느끼고 있었다.

버스가 터미널에 닿자 현중하는 손목시계를 보았다. 하오 한 시가 조금 지나 있었다.

차창 밖으로 이리저리 시선을 보내면서 자리에서 일어났다. 백연미가 마중을 나와 있는지…… 그녀의 모습을 찾는 것이었다. 얼른 눈에 띄지가 않았다.

천천히 버스에서 내리는데,

"선생님!"

저만큼 떨어진 곳에서 연미가 활짝 밝은 미소를 지으며 얼른 다가왔다.

"많이 기다렸나?"

"아니요. 터미널에는 십 분 전에 왔어요. 선생님 시장하시죠?"

"응. 조금……."

"제가 좋은 데로 모실게요."

그러면서 연미는 택시가 정차해 있는 곳으로 앞장서 걸어갔다.

택시에서 내리자 연미는 어떤 골목 안으로 현중하를 안내해 갔다.

"선생님, 모주 자셔봤어요?"

"모주라니?"

"술이에요."

"모주라…… 글쎄 마셔본 기억이 안 나는데……."

"전주의 명물이라고 할 수 있죠. 한번 자셔보세요. 맛이 특별해요."

연미의 말에 현중하는 싱그레 웃음이 떠오르지 않을 수 없었다.

"연미, 아마 주객인 모양이지?"

"어머, 주객이라뇨. 아니에요. 술 잘 못 마셔요. 맥주 오백시시짜리면 충분해요."

"그런데 어떻게 모주 맛을 다 알지?"

"전주의 이름 난 술이니까 맛을 봤죠 뭐."

"전주는 콩나물비빔밥이 유명하잖아."

"비빔밥도 있고, 해장국도 있고…… 음식 맛이 좋기로 이름 난 집이에요. 선생님 술 좋아하세요?"

"몇 해 전까지만 해도 꽤 마셨지. 지금은 혈압이 좀 높다 그래서 술을 거의 안 마시지."

"오늘 모주는 한잔 자셔보세요."

"그래. 연미가 권하는데 안 마실 수가 없지."

"아이 좋아. 하하하⋯⋯."

연미는 조금 수줍은 듯한 고운 눈으로 현중하를 한번 힐끗 바라보고는 여대생답게 쾌활하게 웃었다.

골목 안의 아늑한 한옥이었다. 방에 들어가 한쪽 식탁에 연미와 마주 앉자 현중하는 비로소 조금 쑥스럽다는 생각이 들었다. 연미 역시 그런 듯 살짝 눈을 내리깔고 있었다.

비빔밥과 모주를 시켰다.

음식과 술이 오자 연미가 말했다.

"선생님, 비빔밥 그릇에 손대지 마세요. 뜨거워요."

"그래?"

비빔밥에서 김이 보일 듯 말 듯 피어오르고 있었다.

"이게 모주예요. 맛이 어떤가 드셔보세요."

사발에 담긴 연갈색의 액체였다. 막걸리 같았으나 빛깔이 달랐다.

현중하는 사발을 들어올려 한 모금 맛을 보았다. 약간 달짝지근하면서 묘한 향기가 감도는 그런 독특한 맛이었다. 술이 따뜨무레*('뜨뜻무레하다'의 영천말)하기도 해서 별미였다.

가만히 지켜보고 있던 연미가 물었다.

"어때요? 선생님."

"좋은데⋯⋯ 이거 정말 별미야."

모주 사발이 연미 앞에도 놓여 있었다.

"연미도 마시라구."

"저는 이렇게 많이 못 하는데⋯⋯."

수줍은 듯 연미는 술 사발을 두 손으로 들어올렸다.

모주를 반주 삼아 비빔밥을 먹으면서 현중하가 물었다.

"자운사가 연미네 집과 마찬가지라고 했는데 어째서 그렇지?"

연미는 얼른 대답이 나오지가 않았다. 자운사가 저의 집과 다름없으니 오셔서 마음놓고 며칠 쉬었다 가시라고 편지에는 별 생각 없이 쓸 수가 있었으나, 막상 어째서 연미네 집과 다름이 없느냐는 현 교수의 물음에는 약간 주저되는 것이었다.

어머니가 비구니라는 사실을 연미는 지금까지 누구에게도 밝히질 않았다. 굳이 어머니에 대해서 캐묻는 사람도 없었지만, 어쩐지 그런 일은 비밀에 붙여두고 싶은 심정이었다. 비구니의 딸이라고 한다면 누구나 조금은 신기하게 생각하고서 무언가 가정에 내막이 있고, 예사롭지 않은 사연이 있을 것으로 여길 것만 같았던 것이다.

연미는 현 교수를 힐끗 바라보고는 두 손으로 모주 사발을 들어올렸다. 제법 두어 모금 마시고는 용기를 내듯 입을 열었다.

"어머니가 거기 계시거든요."

"어머니가 자운사에?"

"예."

연미는 살짝 고개를 숙이며,

"주지예요." 들릴 듯 말 듯 말했다.

현중하는 고개를 두어 번 끄덕였다. 좀 의외였지만 전혀 예상하지 않았던 것은 아니었다. 연미의 편지에서 '저의 집과 다름없는 곳이니 아무 부담을 가지지 마시고 가벼운 기분으로 훌쩍 떠나오세요.'라는 대목을 읽었을 때 어머니가 그 절의 소유자거나 아니면 주지라도 되는 모양인가 싶었었다.

잠시 말없이 식사를 하다가 현중하는 화제를 바꾸듯 물었다.

"그 징 말이야 누구한테 그런 게 있다는 얘길 들었지?"

"어머니한테요."

"어머니가 그 징에 대해서 잘 알고 계시는 모양이지?"

"그런 것 같지는 않고요. 어머니의 시가 쪽 어른 되는 분이 그 징을 가지고 있었대요. 그 징의 유래에 대한 얘기도 듣긴 들으신 모양인데 하도 오래 돼서 기억이 희미하신 것 같애요.

"연미가 편지에 적은 그 정도만으로도 아주 가치 있는 자료 같더군."

"그렇죠? 선생님."

"정읍이라 그랬던가?"

"예. 아직도 그 어른이 그곳에 살고 있는지 어떤지 잘 모르신대요."

"어쨌든 그 징을 찾아야겠어."

"저도 그럴 작정이에요. 선생님, 만일 그 징을 못 찾을 경우에는 어떻게 되는 거예요? 응모해도 소용없나요?"

"그런 원고도 일단 받아주기로 했어. 그래서 아주 가치가 있는 내용이면 어떻게든지 그 현물을 찾도록 해야지. 안 그래?"

"맞아요."

연미의 한쪽 볼에 예쁘게 보조개가 패였다.

그 집을 나섰을 때는 제법 모주 기운이 올라서 그런지 현중하는 전주의 싸늘한 겨울 공기가 마냥 상쾌하기만 했다.

연미는 현 교수를 안내하여 시외버스에 나란히 몸을 싣고 자운사를 향해 가고 있을 때 월엽은 선실에 앉아 염주를 헤아리며 명상에 잠겨 있었다. 월엽은 심정이 매우 착잡했다.

연미로부터 현중하 교수가 이곳 자운사를 찾아온다는 얘기를 들은 것은 간밤의 이부자리 속에서였다.

"엄마, 나 엄마한테 한 가지 용서받을 일이 있어."

"뭔디?"

"저…… 우리 현 교수님이 내일 이곳에 오셔."

"오메, 뭣이 어찌여?"

월엽은 너무나 뜻밖의 말에 이불 속에서 약간 상체까지 일으키며 놀랐다.

"왜 그리 놀래? 엄마."

"난데없이 너거 선생이 온당께로 안 놀래겄냐? 이 일을 어쩐디야."

"엄마, 미안해."

"니가 오라고 했지? 맞지잉? 안 그랬으면 너거 선생이 여기가 어디라고 온다냐."

"맞어 엄마. 내가 놀러 오시라고 편지를 드렸어. 엄마하고 상의할라다가 엄마가 반대할 것 같아서……."

"나무관세음보살—"

"그런데 엄마, 내가 내일 전주로 마중 나가야 돼. 선생님이 오후 한시에 도착하셔. 고속버스로—"

"나 모르게 언제 그렇게 다 연락을 했었디야? 인자 봉께로 너 참 우멍하다*('의뭉하다'의 의미로 보인다)잉."

그 말을 듣고 나서 월엽은 오던 잠이 말짱 날아가 버린 느낌이었다.

간밤에 잠도 약간 설친 터이라 월엽은 더욱 머릿속이 뒤숭숭했다. 자그락자그락 염주를 헤아리면서 월엽은 얼기설기 얽혀서 잘 풀리지 않는 마음속의 번뇌를 가라앉히려고 애를 썼다.

무슨 인연이기에 이제 와서 또 그를 만나게 되는 것인지…… 퇴색

되어 이제는 거의 흔적이 없을 만큼 희미해진 젊은 날의 속세에서의 달콤한 추억을 새삼 일깨워 되씹게 되다니⋯⋯ 어쩌면 죽기 전에 한 번은 만나서 아무것도 모르는 한 가지 사실을 그에게 밝히는 것이 옳지 않을까 하는 생각을 해보기도 했고, 그런가 하면 자신도 반드시 그렇다고 확신할 수도 없고, 또 듣는 사람도 곧이곧대로 믿어줄 것 같지도 않은 말을 꺼냈다가 공연히 몇몇 사람에게 번뇌의 씨앗만 더 뿌려주는 격이 될지도 모르는 터이니, 아예 입을 다물고 그 비밀을 혼자 간직한 채 열반의 세계로 들어가 버리는 것이 현명한 일이라고 생각해 보기도 했었다.

그런 상반된 생각의 괴로운 뒤얽힘도 세월의 흐름과 함께 가라앉아서 이제는 머릿속에서 거의 사라진 터인데, 어쩔 수 없는 게 인연인지 연미가 현중하를 이끌고 찾아오고 있질 않은가. 인연의 고리란 참 신기하고 희한하고 놀라운 것이라는 생각에 월엽은 새삼 경탄을 금하지 못하기도 했다.

월엽은 문갑 위에 나직이 걸려 있는 원형의 거울 앞으로 가서 앉았다. 그리고 거울에 비치는 자기의 얼굴 모습을 새삼스럽게 이모저모 눈여겨 바라보았다. 이십 년 전 중년 시절의 모습이 남아 있는지 어떤지 살펴보는 것이었다.

그 무렵엔 파마를 한 긴 머리였고, 살결도 부드럽고 고운 편이었으며, 전제적으로 아직 여인으로서의 싱싱함이 풍겼었다.

그러나 지금 거울에 비치는 모습은 그때와는 거리가 멀었다. 우선 머리카락이 하나도 없는 파아란 까까머리가 아닌가. 눈 밑과 볼이 약간 처진 듯 탄력이 없고, 이마에는 주름살이 여러 개 그어져 있으며, 두 눈의 눈빛과 입술의 빛깔도 이십 년 전과는 달리 생기가 거의 없어 보였다. 속눈썹만은 아직도 여전히 긴 편이지만 그것도 어쩐지 숱이 엷어진 듯 시커먼 맛이 덜했다.

"알아보지 못할 것이여."

월엽은 혼자 가만히 중얼거렸다.

현중하가 자기를 알아볼는지 어떨지는…… 그런 생각이 들어 거울 앞으로 와 앉았던 것이다.

아무래도 알아보지 못할 것 같은 생각이 들었다. 이십 년 전 설악산에서 만났을 때도 자기가 먼저 알아보질 않았던가. 그는 다리를 건너가면서 계곡의 물가에 앉아 있는 자기와 시선이 마주쳐도 잘 모르고 그냥 건너갔고, 어딘지 낯선 여자가 아니라는 생각이 들었던지 걸음을 멈추고 뒤돌아보았을 때도 자기가 깜짝 놀라며 자리에서 일어서는 바람에 그제야 알아차리고서 다리를 건너왔던 것이다. 그러니까 그때 자기가 모르는 척했더라면 아마도 못 알아보고서 그냥 걸어가 버렸을지도 모를 일이었다.

만나서 그가 알아본다면 도리가 없지만, 그렇지 않다면 이쪽에서 먼저 아는 체는 하지 말아야겠다고 월엽은 생각했다. 가능하면 그냥 딸의 대학 스승으로만 대하고, 그쪽에서도 제자의 학부모로만 여기고서 헤어지는 게 피차 마음 편한 일이 아닐까 싶었다.

서로 알아보고서 옛날의 일을 되새기게 된다면 연미 보기에 에미로서 얼마나 쑥스럽고 체면 안 서는 일이겠는가. 학교신문에 난 현중하의 사진을 보면서 뭔가 수상한 기미를 느낀 연미가 물었을 때 전혀 모르는 사람이라고 딱 잡아떼질 않았던가 말이다. 만일 그렇게 될 경우에는 차라리 이십 년 전 자기 혼자서 간직해 온 비밀을 이 기회에 털어놓아 버리는 게 옳지 않을까 하는 생각이 들기도 했다.

그렇게 되면 당장 오늘부터 번뇌의 소용돌이 속에서 세 사람이 휘말리게 될 것이 뻔했다. 그리고 그 번뇌는 세 사람에게 한정되지가 않고, 아마도 틀림없이 현중하네 가족들에게까지 번져나가게 될 것이다.

"안 되지. 안 된당께. 번뇌는 나 혼자로 끝나야 쓰는 것이여. 암, 그렇고말고. 나무관세음보살—"

월엽은 거울에 비친 자기의 모습을 지우듯 지그시 두 눈을 감아버렸다.

절간 마당에 산그늘이 서서히 덮여 내려오고 있을 때 월엽은 법당 한쪽 모서리 큰 기둥 곁에 붙어서서 한 손으로 염주를 헤아리며 산문 쪽을 내려다보고 있었다. 야트막한 돌담 너머로 절 들머리 일주문이 훤히 보이고, 숲속으로 뻗어 있는 오솔길도 멀리 보였다.

오솔길에 연미와 현중하의 모습이 나타난 것은 한참 뒤의 일이었다. 두 사람이 나란히 걸어오고 있는 것이 눈에 띄자 월엽의 입에서는 절로 염불이 나직이 흘러 나왔다. 그리고 염주를 헤아리는 소리도 짜그락짜그락 한결 커지고 있었다.

산문을 들어서서 두 사람이 절 경내로 차츰 가까워오자 월엽은 마치 무엇에 놀란 사람처럼 눈이 약간 휘둥그레지기까지 했다.

"어쩌면 저렇게…… 틀림없당께, 틀림없어……."

속으로 혀를 내두르고 있었다. 나란히 걸어오고 있는 연미와 현중하의 모습을 뚫어지게 견주어보고 있는 것이었다.

서로 얼굴을 알아볼 만큼 가까워오자 월엽은 얼른 돌아서서 법당 옆문으로 슬그머니 사라져 버렸다.

현중하는 처음 찾아온 절이라 경내를 두리번거리고 있을 뿐이었으나, 연미는 먼빛으로도 어머니가 법당 안으로 들어가 버리는 것을 언뜻 보았다.

법당 앞마당에 탑이 한 개 서 있었다. 오층석탑이었다. 그다지 크지는 않았으나 꽤 오랜 세월 비바람에 씻긴 모습이었다.

현중하는 그 석탑 앞에 걸음을 멈추었다.

연미는 얼른 법당으로 가서 옆문을 열었다.

"엄마, 선생님 오셨어."

불단 앞에 앉아 있는 월엽은 아무 반응이 없었다.

"선생님 오셨다니까. 엄마!"

그제야 월엽은 얼굴을 돌렸다. 그러나 아직 일어날 생각을 하지 않았다.

"마당에 계셔. 석탑 앞에……."

"알았당게."

마지못한 듯 월엽은 일어났다.

어머니의 그런 태도가 연미는 못마땅하면서 어쩐지 일부러 그러는 것 같아 수상쩍었다.

월엽은 옆문으로 나가 고무신을 신고 법당 앞 돌계단을 내려갔다. 절로 고개가 숙여지고 있었다.

연미가 여승을 데리고 내려오자 현중하는 머리에서 등산모를 벗어 들었다.

두 사람의 시선이 마주쳤다. 그러자 월엽은 얼른 시선을 내리깔면서 그 자리에 멈추어 서서 두 손을 합장했다. 그리고,

"잘 오셨습니다." 하면서 머리를 꽤 깊이 숙였다. 학부모답게 말이다.

"어머니예요."

연미가 현중하에게 말했다.

연미의 어머니인 여승에게 낮은 목소리로,

"현중하라고 합니다."

자기소개를 하면서 현중하도 살짝 고개를 숙여 인사를 했다.

"우리 과 주임교수님이셔. 얘기했던……."

연미가 덧붙여 소개를 했다.

"말씀 많이 들었습니다. 이렇게 산중까지 찾아주셔서 고맙네요."

월엽은 담담한 표정으로 그러나 애써 시선을 피하듯 고개를 떨구며 말했다.

그런 월엽을 현중하는 그저 예사롭게 바라보았다. 산그늘이 한결 짙어지면서 서서히 땅거미가 깔리고 있어서 얼굴 모습이 선명하지 않기도 했고, 또 그저 연미의 어머니라고만 생각하고 초면이라 좀 서먹하게 대하고 있기 때문에 현중하는 그녀에게서 별다른 기미를 느끼질 못하고 있었다.

"폐가 되지 않을까 모르겠습니다."

흔히 하는 인사치레의 말을 했다.

"폐는 무슨 폐라우. 잘 오셨당게요."

그 말을 하고는 월엽은 약간 당황하듯 표정이 조금 흔들렸다. 그러나 곧 다시 담담해지면서 말을 이었다.

"불편하실까 걱정이랑게요. 자, 추우신데 어서 방으로 들어가시지라우."

월엽은 얼른 돌아서서 요사 쪽으로 현중하를 안내해 갔다. 연미도 현 교수를 모시고 그쪽으로 갔다.

젊은 비구니 하나가 요사의 마루에 서서 기다리고 있다가 방문 하나를 열며 이 방으로 드시라고 친절히 맞았다.

현중하는 배낭을 벗겨 마루에 놓았다. 그러자 그 비구니가 얼른 가져다가 방 안에 들여놓는 것이었다. 현중하는 마루 끝에 걸터앉아 등산화의 끈을 풀었다.

"그럼 선생님 방에 들어가 쉬세요."

월엽이 인사말을 했다.

"예, 고맙습니다."

등산화*(원전에는 '구두끈') 끈을 풀다가 현중하는 힐끗 월엽을 바라보았다.

눈이 마주쳤다. 얼른 시선을 피하는 월엽의 두 눈에 순간 수줍어하는 듯한 묘한 웃음이 살짝 지나갔다. 어스름 속이었지만 현중하는 그 야릇한 웃음을 분명히 보았다.

월엽은 얼른 돌아서서 승방이 있는 쪽으로 조금 빠른 걸음으로 걸어갔다. 마치 현중하로부터 서둘러 멀어지려는 사람 같았다.

잠시 현중하는 등산화 끈을 풀던 손을 멈추고 가만히 그녀의 걸어가는 뒷모습을 눈여겨 바라보고 있었다. 그 눈웃음뿐 아니라 걸어가는 뒷모습까지가 어쩐지 느낌이 예사롭지가 않은 것이었다.

연미도 그 장면이 약간 이상하다 싶었는지 어머니와 현 교수를 번갈아보며 서 있었다. 혹시…… 싶었다. 어쩌면 두 사람 사이에 무엇이 있는 것이 아닌가 하는 느낌이 들었다. 이미 학교신문에서도 성명과 사진을 본 터이라 어머니는 현중하가 옛날의 그 사람이라는 것을 이제 눈으로 확인했지만, 현 교수만 어머니를 알아보지 못하는 것이 아닌가 하는 생각이 들었다.

현중하는 연미가 가져가 마루 끝에 놓은 커다란 놋대야의 더운 물로 세수를 하고 발까지 씻었다. 그러고 나니 피로가 한결 가시는 느낌이었다.

미리 군불을 넉넉히 지펴놓은 듯 방 안 아랫목이 뜨끈뜨끈해서 좋았다. 현중하는 방바닥에 번듯이 드러누웠다. 사위가 호젓하기만 한 산사에 와서 드러누워 있으니 정말 속세를 멀리 떠나온 듯한 느낌이었다.

지나가는 겨울 산바람에 법당의 추녀 끝에 매달린 풍경이 쟁그랑 쟁그랑…… 울리는 소리가 은은히 들려왔다.

"잘 왔어, 좋은데……."

현중하는 혼자서 미소를 지으며 중얼거렸다. 그러다가 문득 연미 어머니의 모습을 떠올렸다. 조금 전의 그 눈웃음과 얼른 돌아서 조금 빠른 걸음으로 멀어져 가던 뒷모습…… 어딘지 모르게 낯설지 않다는 생각이 들었다. 많이 낯익은 듯하면서 은밀히 친근감을 자아내는 그런 자태였다.

그러나 현중하는 그게 누굴까 하는 생각은 전혀 해보질 않았다. 연미 어머니인 이 깊은 산사의 여승을 자기가 알 턱이 만무하니 말이다. 그 대신 어쩐지 누군가를 많이 닮은 듯해서 누구를 닮은 모습일까 하고 생각해보고 있었다. 쉬이 머리에 와 닿는 여인이 없었다.

그리고 현중하는 그 묘하던 눈웃음으로 미루어 보아서 어쩌면 그 여승이 염기(艶氣)가 다분히 있는 여자가 아닌가 싶었다. 그렇지 않다면 처음 대하는 남자에게, 더구나 자기 딸의 스승에게 순간적으로나마 그런 야릇한 눈웃음을 지을 턱이 있는가 말이다.

참 별일이라고 생각하면서 누운 채 커다랗게 기지개를 켜고 있는

데 방문에 노크 소리가 났다.

"예."

현중하는 일어나 앉았다.

젊은 비구니가 저녁상을 들고 들어왔다.

"찬은 없지만 많이 드시기라우."

부드러운 목소리였다.

뒤따라 연미가 물주전자와 컵을 담은 차반을 들고 들어왔다. 연미는 앉고, 젊은 비구니는 방에서 나갔다.

"선생님, 반찬이 그래서 어쩌죠? 절간이라 고기가 하나도 없어요."

연미의 말에 현중하는 고개를 내저었다.

"아니야, 귀한 산나물도 있잖아. 고기 없는 담백한 식사를 해보는 것도 좋은 일이지."

"선생님, 많이 드세요. 다 드셔야 해요."

"응, 그러지. 연미도 가서 식사를 하라구."

"예. 그럼 선생님 저녁 먹고 올게요."

연미는 일어나 밖으로 나갔다.

절간의 반찬 하나하나를 음미하듯 현중하는 천천히 식사를 했다.

현중하가 저녁식사를 마치자 곧 기다리고 있기라도 했던 것처럼 젊은 비구니가 들어와 밥상을 들고 나갔고, 잠시 후 연미가 들어왔다. 나무쟁반에 홍시를 네댓 개 담아가지고서였다.

"선생님, 이 홍시 자셔보세요. 디저트인 셈이죠."

"응, 그래."

현중하는 홍시를 한 개 집었다.

"연미도 먹어 봐."

"예."

그중에서 가장 작아 보이는 홍시를 연미는 집어 입으로 가져갔다. 홍시를 먹으면서 연미가 물었다.

"선생님, 며칠 예정으로 내려오셨어요?"

"글쎄, 며칠이라고 딱 결정을 하고서 출발하진 않았어. 와서 이곳 형편을 보고 며칠 쉴 수 있으면 쉬고, 그렇지 않으면 곧 올라가고…… 그럴 생각으로……."

"아무 염려 마시고 며칠이든지 선생님 쉬고 싶으신 대로 쉬세요. 엄마하고 다 얘기가 돼 있으니까요."

"고마워. 그래도 오래 있으면 폐가 되니까 곧 가야지.

"곧 가시면 안 돼요. 제가 한사코 붙들 거예요. 그리고 선생님, 정읍으로 그 징을 찾으러 같이 안 가보실래요?"

"가봐야지. 이곳에서 쉬는 것보다 그 일이 더 중요하지."

"그럼 선생님 이렇게 해요. 여기서 이삼 일 쉬시고, 정읍에 갔다가 와서 며칠이고 푹 지내시도록……."

"그렇게 폐를 끼칠 수는 없지."

"폐가 아니라니까요."

그런 얘기를 주고받고 있는데, 방문에 노크 소리가 났다. 그리고 살며시 문이 열렸다. 월엽이었다.

"선생님, 찬이 시원찮애서 식사를 어떻게 하셨지라우?"

방으로 들어설 생각은 않고 밖에 서서 살짝 시선을 떨구고서 말했다 학부모로서 식사 뒤의 인사치레인 셈이었다.

"아닙니다. 잘 먹었습니다. 산나물이 별미고 해서……."

그러자 연미가 말했다.

"엄마, 방에 좀 들어와."

"내가 뭐 하러……."

월엽은 여전히 방에 들어설 생각을 하지 않았다.

"선생님 여기서 오래 쉬셔도 되지?"

"얼마든지 쉬셔도 괜찮히여."

"선생님, 보세요. 어머니도 대찬성이니까요. 정읍에 갔다 와서 푹 지내시도록 해요."

"정읍에는 뭣 하러?"

"그 징을 찾으러 말이야."

"응……."

월엽은 고개를 두어 번 끄덕이고 나서 말을 이었다.

"연미야, 오늘은 선생님이 여기까지 오시느라 피곤하실 텐데 일찍 주무시도록 이부자리 갖다 디리고 나와."

그리고 월엽은 가만히 방문을 닫으면서 힐끗 현중하를 바라보았다. 그 순간 또 두 사람은 시선이 마주쳤다.

현중하는 자기도 모르게,

"아니……."

속으로 약간 놀라고 있었다.

시선이 마주치는 순간 연미 어머니의 눈에 이번에도 조금 묘하게 웃는 듯한 그런 기색이 살짝 지나갔다. 그러나 그래서 놀란 것이 아니었다. 그 두 눈의 속눈썹이 긴 것을 보았던 것이다.

방문을 닫은 월엽은 마루에서 내려서 고무신을 신고서 자기의 승방 쪽으로 가만가만 멀어져 가고 있었다.

현중하는 그녀의 기척을 가만히 귀 기울여 들으며 혼자서 히죽이 웃음을 떠올렸다.

문득 그의 머리에 문수선이 떠올랐던 것이다.

아까도 연미의 어머니가 어딘지 모르게 낯설지가 않고 많이 낯익은 듯하면서 은근히 친밀감을 자아냈는데, 누구를 닮은 모습이기에 그럴까 하고 생각해 봐도 쉬이 머리에 와 닿지가 않더니, 이제 보니 지난날의 문수선과 많이 닮질 않았는가 말이다. 그 긴 속눈썹을 보자 비로소 문수선의 모습이 머리에 떠올랐던 것이다.

이 산중 절간의 여승인 연미의 어머니가 문수선을 닮았다니, 그리고 그런 여승이 있는 산사를 자기가 찾아오다니…… 참 재미있고 공교로운 일이라고 생각하며 현중하가 고개까지 끄덕이면서 혼자 싱글싱글 웃자 연미가 좀 이상하다는 그런 표정을 지으며 물었다.

"선생님, 왜 그러세요? 무슨 우스운 일이 있으세요?"

"아니 아무것도 아니야."

"그렇지 않으신 것 같은데요. 속으로 무슨 우스운 일이 틀림없이 있으신 것 같아요. 말씀해 보세요."

"아무 일도 아니라니까."

"선생님, 혹시 무슨 비밀이 있으신 거 아니에요?"

"비밀이라니, 무슨 비밀?"

현중하는 얼굴에서 웃음을 거두고 정색을 하면서 연미를 바라보았다.

"혹시 어머니와의 사이에 무슨……."

"아니 그게 무슨 소리야?"

"옛날에 혹시 어머니와 서로 알았던 사이는 아니신지……."

"뭐라고? 헛헛허……."

현중하는 어처구니가 없다는 듯이 껄껄 웃음을 터뜨렸다.

그러자 연미는 그런 말을 꺼낸 게 도리어 민망스럽고 무색해서 얼굴이 발그레 물드는 것을 어쩌지 못했다. 그동안 속으로 궁금했던 점을 이때다 하고 기회를 포착해서 물어보았는데, 완전히 예측이 빗나가 버렸으니 자기가 생각해도 실없고 입맛이 떨떠름하기만 했다.

연미의 표정이 너무 어색해 보이자 현중하는 화제를 바꾸듯 말했다.

"내일은 등산을 할까 하는데, 어때?"

"예, 좋아요. 제가 안내할게요."

연미의 표정이 금세 활짝 밝아졌다.

그때 방문이 열리며 젊은 비구니가 이부자리를 가지고 들어왔다.

이튿날 아침을 먹고 잠시 쉰 다음, 현중하는 연미와 함께 등산을 갔다.

한겨울이라 바람결은 차가웠으나, 구름 한 점 없는 하늘은 튕기면 쨍 소리가 날 지경으로 투명하고 푸르러서 등산하기에 아주 좋은 날씨였다.

산길을 안내하는 격이어서 연미가 앞서고 현중하가 뒤따랐다. 연미는 마애불이 있는 쪽으로 방향을 잡았다.

"선생님, 등산을 좋아하시는 모양이죠?"

"응."

"서울에서도 자주 등산을 가세요?"

"거의 일요일마다 가지. 특별한 볼일이 없는 한……."

"어머, 겨울에도요?"

"등산은 말이야 겨울철이 제일이야. 금년엔 별로 눈이 안 와서 정취가 덜하지만, 눈에 뒤덮인 산길을 혼자서 터벅터벅 걷는 맛이란 몸에 익지 않은 사람은 몰라. 선(禪)의 경지라고까지 나는 생각하고 있지.

"그럼 진짜 베테랑이시군요. 언제나 등산을 혼자 가시나요?"

"대개 혼자 가지. 간혹 친구들과 어울릴 때도 있긴 하지만…… 등산의 진미는 역시 혼자 가는 데 있어. 혼자서 산길을 걷고, 밥을 지어 먹고서 산속에 누워 있을 때 나는 한없는 자유를 느껴. 절대 자유의 상태라고 할까……."

"야─ 선생님, 보통 아니시군요."

"보통 아닌가? 허허허─."

연미는 약간 장난기 어린 표정으로 뒤돌아보며 물었다.

"선생님, 서울에 가서도 오늘처럼 제가 등산에 따라나서면 어쩌실 거예요?"

"연미가 함께 가준다면 대환영이지."

"정말이에요?"

"정말이지."

"그러면 절대 자유가 없어지는 거 아니에요?"

"그럴 경우에는 절대 자유도 기꺼이 포기하는 거지 뭐."

"야─ 신난다. 하하하……."

연미는 진정으로 기쁜 듯 한쪽 볼에 보조개가 유난히 선명하게 패이도록 밝고 짙게 웃었다.

현중하는 스승으로서 여제자에게 슬쩍 본심을 드러내 보이는 그런 말을 한 것 같아 약간 쑥스러웠다. 그래서 얼른 화제를 돌렸다.

"저 봉우리는 해발 몇 미터나 될까?"

"글쎄요…… 한 삼사백 미터 안 될까요."

"삼사백 미터라니, 저래 뵈도 꽤 높다구. 이 지대가 벌써 해발로 몇백 미터 될 텐데 뭐."

"그렇겠군요. 그럼 칠팔백 미터 되겠는데요."

"그보다 더 될지도 몰라."

"저 정상까지 올라가실 거예요?"

"그럴 생각인데 연미는 어때?"

"좋아요. 자신 있어요."

저만큼 마애불이 보이자 현중하는,

"흐흠— 아주 좋은 게 있군."

하고 고개를 끄덕였다.

"선생님, 좋지요? 저기 가서 좀 쉬어요."

그러면서 연미는 걸음을 한결 빨리했다.

마애불 앞에 이르자 현중하와 연미는 나란히 바위에 걸터앉았다. 두 사람 다 벌써 조금 숨을 헐떡거리고 있었다.

숨결을 가라앉힌 다음 연미가 먼저 입을 열었다.

"선생님, 저는 마애불을 보면 어쩐지 동양적이라는 느낌이 들어요."

"좋은 말인데."

현중하는 옆에 앉은 연미를 힐끗 돌아보며 고개를 끄덕였다.

"불교는 동양에서 발생한 종교니까 사찰이나 불상 자체에서도 동양적인 것이 풍기지만, 마애불이 더욱 그런 것 같애요. 자연 속의 종교라고나 할까요."

"자연 속의 종교라…… 그럴듯한 말이군."

"선생님은 마애불을 어떻게 생각하세요?"

"나 역시 연미와 비슷한 생각이야. 그런데 나는 마애불을 볼 때마다 종교라는 것보다 먼저 세월이라는 것이 느껴져. 시작도 끝도 없이 흐르는 거대한 강물 같은 세월 말이야. 그것이 스치고 지나간 자취가 마애불에서는 보이거든."

"맞아요. 풍화되어 있으니까요."

"마애불을 가만히 보고 있으면 우리네 인생이라는 것이 너무 짧고 너무 덧없는 것 같애. 정말 허무한 생각이 들어."

"……."

"법당 안에 안치되어 있는 불상 앞에서는 그런 생각이 별로 떠오르지 않는데, 산속의 바위에 새겨진 마애불 앞에서는 허무해진단 말이야. 유구한 세월이라는 것이 보이는 듯하기 때문이겠지. 그런 의미에서 마애불은 연미가 말한 대로 자연 속의 종교라고 할 수 있지. 흐르는 세월이야말로 눈에 보이지 않는 무량(無量)한 자연이니까."

다소곳이 듣고 있던 연미는 가만히 큰 숨을 몰아쉬었다. 그리고 얘기를 좀 부드럽고 재미있는 쪽으로 돌려야겠다는 듯이 입을 열었다.

"선생님, 이제부터 제가 질문을 할 테니까 답변을 해보세요."

"난데없이 무슨…… 재치문답이란 말인가?"

"그런 장난이 아니고요. 좌우간 선생님 생각대로 대답하시면 되는 거예요."

"야 이거, 무슨 입학시험이라도 치르는 것 같은데……."

"하하하…… 그럼 제가 교수님이고, 교수님이 학생이게요."

"그래 좋아. 어디 무슨 질문인데? 너무 어려운 질문은 하지 말어."

현중하는 히죽이 웃음을 떠올리며 연미 쪽으로 얼굴을 돌렸다.

"저 마애불의 성이 뭐겠어요?"

"석가."

"그 성이 아니라, 남자냐 여자냐 말이에요."

"글쎄…… 여자 같군."

"맞았어요."

연미는 웃지도 않고 마치 시험관인 양 말했다. 현중하는 우스워지지 않을 수 없었다.

"어째서 맞았다는 거야?"

"제 생각과 같거든요. 제 생각과 같을 경우는 맞는 거고, 그렇지 않을 때는 틀리는 거예요."

그러면서 연미는 살짝 눈웃음을 지어 보였다.

"허허…… 그거 참 대단한 독단이군."

"다음 질문이에요. 정신 차리세요.

"좋아, 바짝 차리지."

"저 마애불을 누가 만들었겠어요?"

"석공이 만들었겠지. 불상을 전문적으로 만드는…… 말하자면 옛날 조각가지."

"맞았어요."

"허허허…… 이거 척척 들어맞는군. 척척박사가 되겠는데…….

"다음은 좀 어려워요. 정신 차리세요. 그 석공은 어떤 사람이었을까요?"

"어떤 사람이라니, 좀 구체적으로 물어야지. 용모를 말하는 건지, 아니면 다른 무슨…….

"좋아요. 다시 묻겠어요. 그 석공은 기혼자였겠어요. 미혼자였겠어요?"

"기혼자."

"틀렸어요."

"어째서?"

"이런 산중에서 저 불상을 새길려면 오랜 세월이 걸렸을 거 아니겠어요. 아내가 있던 남자 같으면 그 외로운 작업을 감당해낼 수가 없죠."

"왜 없을까?"

현중하는 시치미를 뚝 떼고 물었다.

"하하하…… 선생님도, 아내가 그리워서죠 뭐."

연미는 살짝 눈매를 붉히며 헬끗 곱게 흘겨보았다.

"그래 좋아, 다음은?"

"총각인 그 석공에게 애인이 있었을까요, 없었을까요?"

"없었겠지 뭐."

"맞았어요. 그런데 왜 없다고 생각하세요?"

"있었다면 역시 오랜 세월 이 산중에서 외로운 작업을 감당해낼 수가 없잖아. 애인이 그리워서…… 애인은 아내보다 훨씬 더 그리운 거니까."

"맞기는 맞았는데, 백 점은 아닌 것 같군요. 팔십 점 정도 드리죠."

"어째서 그래?"

"저 불상을 새길 당시에는 애인이 없었으나, 그 얼마 전에 실연을 한 거예요."

"하하, 재미있는데…… 무슨 전설 같군."

"제가 생각해낸 전설인 셈이죠. 왜 이야기가 그렇게 돼야 하는가 하면, 실연을 했기 때문에 석공이 그 아픔을 달래기 위해 이 산중에 들어와 오랜 세월에 걸쳐서 바위에다가 저렇게 아름다운 불상을 새길 수가 있었다 이거예요. 아마 틀림없이 저 불상은 그 석공의 애인의 모습일 거예요. 그러니까 그 애인이 변심을 해서 돌아선 게 아니라, 어쩔 수 없는 사연 때문에 두 사람이 슬픈 이별을 하게 된 거죠. 그런 간절한 동기가 없고서는 저런 아름다운 불상을 만들어낼 수는 없어요. 그냥 보통 사람의 직업적인 손끝에서는 신비한 미는 생겨나지 않는 거니까요."

연미는 마치 자기가 그런 방면에 통달한 사람처럼 지껄여 댔다.

"오호, 연미 다시 봐야겠는데……."

현중하는 고개를 끄덕이며 새삼스럽게 연미를 바라보았다.

"다시 보긴요. 히히히……."

연미는 기분이 나쁠 턱이 없어 장난스럽게 웃었다.

"이제 끝났는가? 질문……."

"아직 안 끝났어요. 한 가지 더 남았어요."

"어디 마지막 질문은 어떤 거야?"

슬그머니 현중하도 진짜 재미가 나는 모양이었다.

"그 석공은 저 불상을 완성한 다음 어떻게 했을까요?"

"어떻게 하다니, 그 다음의 행적 말인가?"

"그렇죠. 이번에는 선다형으로 하죠. 세 가지 답 중에서 하나만 고르시는 거예요. 잘 들으세요. 첫째, 그 석공은 저 불상을 완성하자 아픈 상처가 아물어서 다시 속세로 내려가 다른 여자를 만나서 아들딸 낳고 잘 살았다. 둘째, 불상을 완성한 다음에도 끝내 아픔과 외로움이 사라지지 않아 석공은 자기가 만든 마애불 앞에서 스스로 목숨을 끊어버렸다. 셋째, 석공은 속세로 내려가지 않고 불문에 귀의해서 머리를 깎고 승려가 되어 번뇌를 다스리는 수도의 길로 들어섰다. 어느 것일까요?"

"흠…… 첫째는 속세로 내려가 결혼을 해서 살아갔고, 둘째는 자살이고, 셋째는 불문에 귀의해서 승려가 됐다 그거지? 어느 것일까…… 셋째에다가 동그라미를 칠까."

"맞았어요."

"그래? 마지막에 안 틀려서 기분이 좋은데……."

"왜 셋째를 택했어요?"

"애인과의 이별을 그처럼 아파한 사람이라면 다시 속세로 내려가 다른 여자와 결혼해서 살아간다는 건 어울리지가 않거든."

"자살은요?"

"오랜 세월에 걸쳐 저 불상을 만들며 아픔을 달랬다면 완성했을 때는 그 상처가 상당히 아물었다고 볼 수 있잖아. 새삼스럽게 자살을 한다는 것은 우습지."

"제 생각과 똑같군요. 저도 그렇게 생각했어요. 결국 그 석공은 불문에 귀의해서 승려가 되었다.…… 이것이 제가 창작해낸 저 마애불에 관한 전설이에요. 그래야 이야기가 되지 않겠어요. 어때요? 선생님, 그럴듯하죠?"

"연미는 조금 뽐내고 싶은 듯한 그런 장난스러운 표정을 지었다.

"그럴듯해. 정말…… 보니까 연미 문학에 소질이 있겠는데……."

"히히히…… 그렇지도 않아요. 그저 방학 때 이곳 어머니한테 오면 곧잘 여기를 찾아와서 혼자 앉아서 그런 상상을 해본 것뿐이에요."

"그런 상상력이 결국 문학적 소질이 아니겠어."

연미는 좀 쑥스러운 듯 말머리를 약간 돌리듯이 말했다.

"선생님, 그런 일이 현실에도 있을 수 있을까요?"

"어떤 일?"

"제가 창작해낸 전설 속의 석공처럼 사랑에 실패해서 불문에 귀의하는 그런 일 말이에요."

"있을 수 있지."

현중하는 서슴없이 긍정을 했다. 대뜸 그렇게 말하는 현중하를 연미는 미소가 담긴 반짝거리는 눈으로 바라보았다.

"흔한 일은 아니겠지만, 우리의 현실 속에서도 얼마든지 찾아볼 수 있는 일일 거야. 남자가 승려가 되는 경우는 그렇지도 않겠지만, 젊은 나이에 비구니가 된 여자들 가운데는 사랑의 실패 때문인 경우가 종교적인 동기보다도 더 많지 않을까 싶은데……."

"그럴까요?"

"내 생각에는 그럴 것 같애. 물론 확실한 것은 알 수가 없지만……."

"그런 통계를 한번 내보는 것도 재미있겠는데요."

"나중에 연미가 한번 연구 과제로 삼아보지."

"글쎄요……."

현중하는 문득 연미 어머니 생각이 떠올랐다. 연미 어머니는 어떤 동기로 비구니가 되었는지 한번 물어보고 싶었다. 비구니가 된 다음에 연미를 낳았을 리는 만무할 것이고, 연미를 낳은 다음에 출가를 한 게 틀림없는데, 그렇다면 나이가 꽤 되어서 머리를 깎았다는 얘기가 아닌가. 그 동기가 무엇이었는지 흥미 있는 일이 아닐 수 없었다.

그러나 현중하는 그 말을 입 밖에 내어 물어볼 수가 없었다. 연미를 곤혹스럽게 하는 일이라 여겨졌던 것이다. 그 대신 현중하는,

"연미 어머니 이름이 뭐지?" 하고 물어보았다.

연미는 좀 뜻밖이라는 그런 표정을 지었다.

"법명 말이야."

제자의 어머니 이름을 묻는다는 것은 어쩐지 이상한 것 같아서 현중하는 얼른 말을 덧붙였다.

"월엽이라고 해요."

"월엽? 한자로 어떻게 쓰는데?"

"달 월(月) 자하고 나뭇잎이라는 엽(葉) 자예요."

"월엽이라…… 월엽 스님, 멋진 이름인데……."

현중하는 달월 자와 잎엽 자를 한쪽 손바닥에 써보며 고개를 끄덕였다.

연미는 어머니의 속세에서의 본명을 말할까 하다가 그만두었다. 묻지도 않는데 구태여 그것까지 알려준다는 것은 좀 이상하다 싶었던 것이다.

현중하 역시 제자 어머니의 본명까지 알 필요는 조금도 없는 일이어서,

"자아 또 걸어볼까."

하면서 자리에서 일어났다.

연미도 따라 일어나 자기가 앞장을 섰다.

차츰 올라갈수록 산길은 험해졌다. 등산로가 마련되어 있는 것도 아니고, 산으로 오르내리는 사람의 발길이 잦은 것도 아니어서 마애

불 앞을 지나 잠시 가자 이제 길이 사라지고 없는 것과 마찬가지였다. 소나무와 잡목들 사이를 누비며 그저 짐작으로 더듬어 올라가는 수밖에 없었다.

산에 눈이 쌓여 있지 않아서 오르기에 크게 힘이 드는 것은 아니었지만, 일정한 길이 없기 때문에 역시 불편했다.

앞장서서 길을 안내하는 격이었던 연미가 어느 결에 현중하의 뒤를 따르고 있었다.

낙엽 진 잡목과 말라버린 잡풀들 사이를 헤치며 올라가고 있는데, 난데없이 퍼드득퍼드득…… 날개를 치며 여기저기서 꿩이 서너 마리나 한꺼번에 날아올랐다.

"아이고 놀래라!"

"어머나! 깜짝이야."

현중하와 연미는 우뚝 걸음을 멈추고서 끼끽끼끽 꾸르룩끄르륵…… 우짖으며 날아가는 꿩들을 바라보았다.

그 가운데 한 마리는 장끼인 듯 퍼득이는 날개가 햇빛을 받아 영롱한 무지개빛으로 눈부시게 반짝거렸다.

"하— 산에 꿩이 많구나."

현중하는 신기해서 입이 딱 벌어지고 있었다.

"엽총이 있으면 한 마리 잡았으면……." 하면서 연미는 돌맹이를 주워 냅다 날아가는 꿩을 향해 던졌다.

꿩들의 모습이 사라지자 다시 걷기 시작했다. 한참 올라가니 나무와 풀이 없는 벌건 모래흙만의 밋밋한 비탈이 나타났다. 등산화를 신고 피켈을 짚은 현중하는 별 어려움 없이 올라가고 있는데, 뒤따르던 연미가 그만 냅다 비명을 질렀다.

"아이고메— 선생님! 어마야 어마야……."

현중하가 놀라 뒤돌아보니 비탈진 계곡 쪽으로 연미가 벌건 모래흙과 함께 주루룩 미끄러져 내려가고 있는 것이 아닌가.

놀란 현중하는 후다닥 연미에게로 다가갔다.

"아이 선생님—"

미끄러져 내려가면서 연미는 구원을 요청하듯 한쪽 손을 냅다 내뻗고 있었다.

현중하는 얼른 배낭을 벗어던지고 피켈로 비탈을 짚으며 연미를 붙잡으러 내려갔다. 비탈이 급경사는 아니었으나 모래흙이어서 현중하도 곧 주루룩 미끄러지고 말았다.

깊은 계곡은 아니었다. 중간쯤부터 듬성듬성 나무가 서 있었다. 연미는 용케 그 나무 하나에 걸려서 멈추었다. 뒤따르듯 미끄러져 내려간 현중하 역시 그곳에 멈추었다. 마치 연미를 덮치는 꼴이 되고 말았다.

"익크 이거……."

"어머나—"

두 사람은 잠시 정신이 얼떨떨했다. 먼저 현중하가 부스스 일어나며 연미에게 물었다.

"어디 다치지 않았나?"

"저는 괜찮은 것 같아요. 선생님은요?"

"나도 괜찮아. 하마터면 큰일 날 뻔했는데……."

"어머나, 저 바위……."

아래쪽 계곡을 내려다보며 연미가 다시 겁에 질린 표정을 지었다.

나무에 걸리지 않고 그대로 굴러 떨어졌더라면 계곡의 바위에 부딪쳐 목숨까지는 몰라도 아마 다리 하나쯤은 부러졌을지도 모를 일이었다. 아찔하지 않을 수 없었다.

현중하는 한 손에 쥔 피켈을 비탈에 푹 깊이 꽂았다. 그리고 그것을 의지하고 서서 한 손을 연미에게 내밀었다. 연미가 그 손을 잡고 몸을 가누며 일어났다.

일어선 연미는 쑥스러운 듯 그 손을 놓으려 했다. 그러나 현중하는 놓아주질 않았다. 두 사람의 시선이 마주쳤다. 연미는 절로 얼굴이 살짝 붉어지고 있었다. 연미의 두 눈을 가만히 들여다보고 있던 현중하가 애써 담담하고 점잖은 목소리로 말했다.

"자, 날 따라서 조심조심 걸으라구. 혼자서는 위험해. 또 미끄러져."

피켈을 뽑아 든 현중하는 연미의 한 손을 잡고 이끌면서 좀 흙이 단단한 쪽을 택해서 비탈을 서서히 오르기 시작했다. 자꾸 발이 미끄러지려고 해서 애를 먹었다. 연미는 현중하의 한 손을 잡고 엉금엉금 기다시피 하며 오르고 있었다. 가까스로 비탈을 올라 안전한 등성이에 올랐을 때였다. 현중하가 이번에는 손을 놓으려고 했다. 그러나 연미가 놓아주질 않고 그대로 꼭 쥐고 있었다.

두 사람의 시선이 또 마주쳤다.

어디선지 꾸꾸 꾸르르 꾸꾸 꾸르르…… 산비둘기 우는 소리가 은은히 들려오고 있었다.

현중하를 바라보는 연미의 두 눈동자는 가만히 정지되어 있었고, 쑥스러우면서도 간절한 그런 야릇한 것이 반짝거리는 듯했다.

현중하는 잠시 숨을 멈추고서 연미의 두 눈동자를 지그시 바라보고 있었다.

한 손을 놓아주지 않고 그대로 잡고 있는 연미의 손은 부드러우면서도 차가웠다. 손가락 끝이 가늘게 떨리고 있는 듯했다.

은은히 들려오던 산비둘기 우는 소리도 그치고, 겨울 산중은 고요하고 호젓하기 그지없었다.

현중하를 말없이 바라보고 있던 연미가 들릴 듯 말 듯,

"선생님……."

하고는 살며시 얼굴을 뒤로 조금 젖히면서 입술을 살짝 벌리고 있었다. 그 아랫입술이 가늘게 떨리는 것 같았다.

무엇을 요구하고 있는 것인지 대뜸 알 수가 있었다. 그러나 현중하는 얼른 다가갈 수가 없었다. 온몸이 야릇하게 굳어드는 느낌이었다.

우선 연미의 그 요구를 받아들이려면 손을 빼어서 그녀를 두 팔로 안아야 되고, 그리고서 입술을 가져가야 될 것이었다. 그래서 현주하는 지금까지 멈추고 있던 숨을,

"후훅……."

크게 내쉬면서 연미에게 붙잡혀 있는 한 손을 뺐다. 연미는 순순히 손을 놓아주었다.

현중하가 바짝 연미에게로 한 걸음 다가가자 그녀는 살짝 미소를 떠올렸다. 스물두 살 처녀의 풋풋하면서도 화사한 그런 염기(艷氣)가 어리는 웃음이었다.

그녀의 한쪽 볼에 보조개가 살짝 파이고 있었다.

그 예쁜 보조개를 보자 현중하는,

"후훅……."

이번에는 숨을 크게 들이마시며 두 손으로 그만 연미의 두 팔을

덥석 잡았다. 그녀를 안으려던 것이 보조개를 보는 순간 자기도 모르게 두 손이 그녀의 팔로 갔던 것이다.

두 팔을 잡고 살짝 앞으로 당겨서 현중하는 연미의 한쪽 볼에 파인 그 보조개에다 입술을 가져가 쪽! 소리가 나도록 입맞춤을 했다. 그리고 얼른 팔을 놓으며 그녀에게서 멀어지듯 뒤로 물러섰다. 그녀의 요구와는 달리 한쪽 볼에다가 키스를 한 셈이었다.

연미는 헬끗 눈을 흘겼다. 그리고 실망한 듯한 표정이었다.

현중하는 옷에 묻어 있는 모래흙을 툭툭 털고서 곁에 꽂아 놓은 피켈을 뽑았다. 그리고 배낭을 벗어 던져놓은 곳으로 성큼성큼 걸음을 떼놓았다.

"저를 뭐로 생각하시는 거예요? 어린앤 줄 아세요?"

연미가 원망스러운 듯한 어조로 서슴없이 말했다.

현중하는 뒤돌아보며,

"제자라고 생각하고 있는 거지."

이렇게 점잖게 대답했다.

"연미, 기분이 안 좋은가?"

현중하는 뒤따라 온 연미를 돌아보며 물었다.

"몰라요."

연미는 톡 쏘듯이 말했다. 그러나 얼굴에는 이제 좀 쑥스러운 듯한 미소가 배시시 떠오르고 있었다.

잠시 말없이 앞장서 걸어가던 현중하는 다시 연미를 돌아보며 농담조로 물었다.

"연미, 연애해 본 일이 있어?"

"그럼 없을까 봐요."

연미는 서슴없이 대답했다.

"언제 해봤는데?"

"여고 시절에도 해보고, 지금도 하고 있는 중인걸요."

약을 올려 주려는 듯한 그런 말투였다.

"그래? 경험이 풍부한 셈이구먼. 허허허…… 지금 상대는 어떤 사람인데?"

"남자죠."

"물론 남자겠지. 여자가 여자하고 연애를 하지야 않겠지."

"왜요, 여자끼리도 연애를 하죠. 레즈비언이라는 것 있잖아요. 선생님 그거 모르세요?"

현중하는 약간 당황하지 않을 수 없었다. 요즘 젊은 여성, 특히 여대생의 거침없는 면을 보는 것 같았다. 더구나 제자가 스승에게 예사로 그런 말을 지껄여대다니…… 현중하는 뭐라고 말이 나오지 않았다. 잘못하면 스승으로서의 체면이 말이 아닐 것 같은 생각이 들어 다시 입을 다물고 묵묵히 걸음을 옮기기만 했다.

연미가 바짝 옆으로 다가오며 꽤나 애교 어린 말씨로 물었다.

"선생님, 지금 제가 사랑하고 있는 남자가 누군지 아세요?"

"글쎄……."

"알아 맞춰보세요."

"남학생이겠지 뭐. 누군지 몰라도……."

"틀렸어요."

"그럼?"

"호호호 호호호……."

연미는 혼자서 공연히 까르르 웃었다.

그리고 눈을 헬끗 곱게 흘기며,

"바보."

하고 나직이 내뱉었다.

순간 현중하는 얼굴이 화끈해지는 느낌이었다. 속으로 야, 이것 봐라, 보통 일이 아니로구나 싶었다.

그래서 현중하는 못 들은 척하고, 일부러 큰소리로,

"어험!"

헛기침을 한번 하고는 성큼성큼 걸음을 빨리해서 산비탈을 씩씩거리며 마구 올라갔다.

뒤따르던 연미가 잠시 후 지친 듯 멈추어서며 큰소리로 말했다.

"선생님! 그만 가요. 다리가 아파서 더 못 올라가겠어요. 저기 저 양지바른 곳에 자리를 잡아요. 예?"

현중하는 걸음을 멈추지 않을 수 없었다.

산비탈 한쪽에 양지바르면서 반반하고 아늑해 보이는 장소가 있었다. 두 사람은 그곳으로 갔다.

배낭에서 자리를 꺼내어 깔고, 취사도구와 준비해 가지고 온 갖가지 인스턴트식품을 꺼내면서 현중하가 입을 열었다.

"연미, 춥지 않어?"

"괜찮아요. 선생님."

그러면서 연미는 오리털 잠바의 깃을 세워 목덜미를 덮었다. 이제 그녀는 스승 앞의 다소곳한 여제자로 돌아간 듯한 그런 표정이었다.

"아직 점심은 좀 이르니, 먼저 커피를 한잔 할까……."

현중하는 중얼거리면서 버너에 불을 붙였다. 그리고 물을 끓였다.

현중하가 만들어준 커피를 홀짝홀짝 마시면서 연미는 문득 생각이 난 듯 물었다.

"선생님, 선생님하고 저하고 닮았나요?"

"글쎄…… 참, 편지에도 그런 말을 썼었지?"

"예, 닮았다는 사람도 있고, 안 닮았다는 사람도 있고…… 어느 쪽이 맞는지 모르겠어요."

"양쪽 다 맞겠지 뭐."

"양쪽 다 맞다뇨? 그럼 닮았다는 말이에요, 안 닮았다는 말이에요?"

"보는 사람에 따라서 닮을 수도 있고, 그렇지 않을 수도 있지. 안 그래?"

"글쎄요……."

"그런데 말이야, 연미하고 나하고 닮을 까닭이 있나? 어째서 닮지? 생판 남남인데……."

"남남이라도 닮은 사람이 있잖아요."

"하기야 그렇지. 어디 닮았는가 자세히 좀 볼까…… 똑바로 눈을 뜨고 나를 보라구."

그리고 현중하는 자기도 얼굴을 똑바로 하고서 연미의 용모를 이모저모 살피듯 바라보았다.

"히히힉!"

연미가 그만 웃어버렸다.

"코하고 입 있는 데가 약간 닮은 것 같기도 하고……."

"그래요?"

"안 닮은 것 같기도 하고……."

"그런 말이 어딨어요?"

"잘 모르겠다 그거야. 두 사람 얼굴을 나란히 놓고 비교해 보기 전에는……."

"절에 돌아가면 거울 앞에 한번 나란히 서서 비교해 볼까요?"

"좋지. 허허허…… 그런데 닮았으면 어떻고 안 닮았으면 어떻단 말이야? 그게 뭐 그리 대단한 일이라고 그렇게 관심을 가지는 거지?"

"선생님하고 닮았다면 기분이 좋거든요."

"그래? 흠—"

현중하는 고개를 끄덕이고 나서 불쑥 입에서 나오는 대로 말해 버렸다.

"연미가 아마 아버지가 무척 그리운 모양이야."

뜻밖에 현중하의 입에서 아버지 말이 나오자 연미는 약간 당황하지 않을 수 없었다. 굳어진 표정으로 말없이 현중하를 바라보기만 했다.

현중하는 아차 싶었다. 말을 너무 경솔하게 해서 연미의 아픈 데를 건드린 것 같아 미안했다. 그러나 기왕에 입 밖에 낸 말이니 자연스럽게 화제를 이끌어나가는 게 옳다 싶어서 현중하는 되도록이면 담담한 어조로 예사롭게 물었다.

"연미는 몇 살 때 아버지가 돌아가셨나?"

"태어나기 전에요."

연미는 불쑥 내뱉듯이 대답했다.

"태어나기 전에?"

"예, 어머니 뱃속에 있을 때 돌아가셨데요. 교통사고로요."

"아, 그래? 그럼 연미는 아버지 얼굴도 모르겠군."

"맞아요. 몰라요."

싸늘한 어조로 대답했다.

현중하는 문득 연미가 가엾다는 생각이 들었다. 자기 아버지의 얼굴도 모르고 살아가다니, 쓸쓸한 일이라 싶었다. 게다가 어머니는 여승이 아닌가. 어쩐지 연미가 예사롭지 않은 운명의 별에 태어난 계집애 같은 생각이 들었다. 어머니는 왜 머리를 깎고 여승이 된 것일까. 어떤 사연이 반드시 있을 것 같아 다시 호기심이 머리를 쳐들었다.

그러나 현중하는 더 그런 얘기는 묻지 않기로 했다. 연미의 아프고 부끄럽기도 한 곳을 자꾸 벗겨보려는 것 같아 잔인하다 싶었던 것이다.

점심을 지어 먹고 나서 현중하는 하산을 하는 게 아니라, 저만큼 눈앞에 있는 봉우리를 정복하기 위해 연미에게 말했다.

"연미, 어때? 여기까지 와서 정상을 정복하지 못하고 내려간다는 것은 아쉬운 일이잖아? 등산의 진미는 정복에 있거든. 조금만 올라가면 되니까 저 봉우리를 정복하자구."

"그래요."

연미는 피로하기도 하고 좀 춥기도 해서 내키지 않았으나 도리 없이 동의를 했다.

그래서 현중하가 앞서고 연미가 뒤따라 다시 산비탈을 오르기 시작했다.

마침내 봉우리를 정복하여 정상에 올라서자 현중하는 두어 번 심호흡을 한 다음 냅다 고함을 내질렀다.

"야호—"

그 소리는 산허리에 메아리를 이루며 멀리 은은하게 울려나갔다.

"연미도 해보라구."

조금 멋쩍은 표정을 짓더니 연미는 두 손을 입언저리로 가져갔다.

"야호—"

그 다음은 둘이서 동시에 있는 힘을 다해 목청을 뽑았다. 태고 적 같은 정적에 휩싸인 겨울 산중에 남자와 여자의 두 가닥 목소리가 야릇한 화음으로 메아리를 이루며 울려 퍼졌다.

산의 정상에서 사방을 휘둘러보는 기분은 일품이다. 현중하는 소리 높이 '야호'를 외치고 나서 동서남북 사방을 아득히 조망했다.

겨울 산야는 황량했으나 끝없이 구비치는 산줄기들과 질펀하게 펼쳐진 들녘, 군데군데 휘돌아 흐르는 냇물, 그리고 그 위에 엷게 뒤덮인 이내는 한마디로 장관이었다.

"연미, 전주가 어느 쪽이지?"

불쑥 물었다.

"글쎄요, 이쪽이 동쪽이니까 저쪽이겠군요."

연미는 손가락으로 서북 방향을 가리켜 보였다.

"저쪽인가……."

현중하는 전주 방향을 하염없이 바라보고 있더니 문득 생각이 떠오른 듯 말했다.

"산의 정상에 올라서면 말이야 나는 간혹 그리운 사람의 이름을 불러보고 싶은 충동을 느낄 때가 있어."

"어머, 그래요?"

놀랐다는 듯이 두 눈에 활짝 미소를 담으며,

"야호— 대신 말이죠?"

하고 물었다.

"응."

"야, 정말 선생님 멋쟁이신데요. 그럼 지금 한번 불러보세요. 그리워하는 사람이 누군데요?"

연미의 두 눈이 호기심과 기대감에 야릇하게 빛나고 있었다.

"그리워한다기보다도……."

"그럼요?"

"그저 추억에 남아 있는 이름이라고나 할까……."

추억에 남아 있는 이름이라는 말에 연미는 기대감이 허물어지는 듯 좀 실망하는 기색이면서도 호기심은 여전히 남아 있어 보였다.

"옛날 애인 이름이란 말이죠? 어디 한번 불러보세요."

"쑥스러워서 안 되겠어."

"어머, 뭐가 쑥스러워요? 지금 애인 이름이 아니고, 옛날 애인 이름인데……."

"아냐, 어색해. 그리고 점잖지 못한 것 같애. 나 혼자라면 몰라도……."

"괜찮아요. 제가 있으면 어때요. 재밌잖아요. 혼자서 무슨 청승으로 옛날 애인 이름을 불러요. 살짝 머리가 어떻게 되지 않은 이상……."

"그럼 말이야 연미가 먼저 불러보라구. 연미도 그리운 사람이 있을 거 아냐. 여고 시절부터 연애를 했다니까. 그 사람 이름을 야호—처럼 크게 한번 불러 봐."

"헤헤헤…… 자기는 쑥스럽다면서……."

'자기'라는 말이 튀어나와 버리자 연미는 아차 싶어서 얼른 말씨를 고쳤다.

"예, 선생님 좋아요. 제가 먼저 부를 테니까 선생님도 꼭 불러야 돼요. 약속해요."

"응, 약속하지."

현중하는 고개를 끄덕였다.

연미는 잠깐 망설였다. 산봉우리 위에서 하계(下界)를 향해 그리운 사람의 이름을 외쳐 부르다니 멋있는 일이라 싶었지만, 막상 자기가 그러려고 드니 좀 우습기도 하고 쑥스럽기도 했다. 그리고 실제로 누구의 이름을 불러야 될지 알 수가 없었다.

여고 시절에 연애를 했다는 말은 과장된 것이었다. 현 교수의 약을 좀 올려주려고 일부러 그렇게 말했던 것이다. 보이프렌드가 없었던 것은 아니었고, 지금도 남학생 가운데 친하게 지내는 상대가 없는 것도 아니었다. 그러나 산정에서 외쳐 부를 만큼 그리운 존재라고는 할 수 없었다.

그래서 연미는 좀 생각하다가 '옛다 모르겠다. 까짓것……' 싶으며 두 손을 입언저리로 가져가 냅다 목청을 힘껏 뽑았다.

"선생님—"

현중하는 어리둥절했다.

"선생님이 누군데?"

"선생님이 누구라뇨? 그것도 모르세요?"

연미는 재미있다는 듯이 그러나 눈매를 살짝 붉히며 바라보았다.

현중하는 '야 이것 봐라.' 하고 또 속으로 시치미를 뚝 떼고 말했다.

"선생님은 여러 사람일 거 아냐. 국민학교 시절의 선생님, 중학교 고등학교 시절의 선생님……."

"저는 지나간 추억 속의 인물은 필요 없어요. 젊으니까요."

"흠— 그럼?"

"바로 현재의 선생님이란 말이에요. 누군지 아세요?"

"글쎄…… 대학의 선생이란 말이겠는데, 우리 학교에 교수가 얼마나 많나."

"피— 일부러 모르는 척 딴전을 부리시는 거죠? 바로 현재 제 눈앞에 계시는 선생님이란 말이에요. 아시겠어요?"

"야, 이거 야단났는데."

"뭐가 야단나요? 여제자가 선생님을 사랑하면 안 되나요?"

"사랑?"

"예, 사랑이에요. 안 된다는 법이 있나요?"

"안 된다는 법이야 없지."

"그런데 왜 야단나요? 안 그래요?"

현중하는 말문이 막혀버렸다.

"자, 인제 선생님 차례예요. 선생님이 그리워하는 사람의 이름을 불러 보세요. 약속했잖아요."

"좋아, 부르지."

그리고 현중하 역시 두 손을 입언저리에 가져가며 소리를 뽑았다. 그러나 그 소리는 고함쳐 부르는 듯 하면서 실은 목구멍에서 겨우 빠져나오는 그런 저음이었다.

"백연미—"

그러자 연미는 생글 웃으면서 눈을 살짝 곱게 흘겼다. 자기의 이름을 부른 것은 기쁜데, 큰소리로 외치질 않고 장난처럼 목구멍 속에서 부른 게 좀 섭섭했던 것이다.

약간 장난처럼 저음으로이긴 했지만 그리운 사람의 이름으로 '백연미'를 입 밖에 내어 부르고 나니 현중하는 스승으로서 점잖지 못할 뿐 아니라, 육십을 바라보는 나이에 어쩐지 낯간지럽다는 생각이 들었다. 그래서,

"어험!"

일부러 헛기침을 한 번 하고는 정색을 하며 말했다.

"내가 정식으로 한번 불러보지. 나는 늙어가는 사람이니까 추억 속의 이름이 역시 격에 어울릴 것 같애."

연미는 말없이 현중하를 지켜보고 서 있었다. 자기 이름보다 역시 추억 속의 이름 쪽이 더 절실한 것 같아 못마땅하면서도 약간 호기심이 없는 것은 아닌 그런 표정이었다.

"그리운 사람의 이름이라기보다 옛날에 그리워했던 사람의 이름인데, 그 사람이 전주에 살았었고, 아마 지금도 전주에서 살고 있을 것 같으니까 그쪽을 향해서 불러보는 게 옳겠지. 어때? 연미."

약간 짓궂게 연미를 돌아보며 물었다.

"흥!"

연미는 가볍게 콧방귀를 뀌고는 빈정거리듯 말했다.

"그 여자 귀에 들리도록 말이죠?"

"허허허…… 들리면 더 좋고……."

현중하는 웃지 않을 수 없었다. 연미의 심리상태가 빤히 눈에 보이는 듯하니 말이다.

"보자, 저쪽이라 그랬지? 전주가……."

시치미를 뚝 떼고 물었다.

"몰라요."

"허허허…… 맞어. 저쪽이라 그랬어. 자, 들어봐요, 연미 씨."

현중하는 전주 방향을 향해 서서 두 손을 입언저리로 가져갔다. 그리고 숨을 크게 들이쉬었다가 힘껏 내뿜으며 냅다 소리를 질렀다.

"문수선—"

아득한 전주 쪽 하늘을 향해 그 소리는 메아리가 되어 울려나갔다.

"어머나!"

연미의 입이 딱 벌어지고 있었다.

"왜 그래? 연미."

"……."

"왜 그렇게 놀라는 거지?"

"방금 뭐라고 불렀어요?"

연미는 자기의 귀를 의심하듯 빤히 현중하를 바라보며 물었다.

"문수선이라고 불렀지. 확실히 못 들었나? 문수선이 누군고 하면 내 첫사랑의 여자야. 중학교 시절부터 우리는 연애를 했었지."

"어머나—"

"왜 중학교 시절부터 연애를 했다니까 놀래는 거야? 그때는 중학교와 고등학교가 분리되지 않았을 때거든. 그러니까 지금으로 말하면 고등학교 시절인 셈이지."

"그래서 놀랜 게 아니에요. 선생님."

"그럼 왜?"

"우리 어머니가 바로 문수선이란 말이에요."

"뭐라구?"

이번에는 현중하의 눈이 휘둥그레졌다.

정말 뜻밖의 일이 아닐 수 없었다. 연미의 어머니가 바로 문수선이라니…… 너무나 놀라서 현중하는 마치 이마빼기를 정면으로 한 대얻어맞은 것처럼 얼떨떨하기만 했다. 문수선이 여승이 되어 있을 줄이야 꿈에도 생각지 못한 일이었다.

"어머니의 이름이 틀림없는 문수선 씬가?"

"예."

"어머니의 고향이 어딘데?"

"김제예요."

현중하는 문수선이라는 성명이 반드시 하나뿐이라는 법은 없으니혹시 동명이인이 아닌지, 정말 첫사랑의 여인인 그 문수선이 맞는지확실한 것을 알아보고 싶었던 것이다.

"김제 어디라 그래?"

"황산면이라고 들었어요."

"음…… 그렇구나."

황산면이면 틀림없질 않는가. 문수선이 황산국민학교에서 교편을 잡았었고, 그 학교로 수없이 편지를 보냈었으니 말이다. 6·25 전에는 인천과 서울에서 보냈었고, 전쟁이 일어나 군에 입대한 뒤에도, 또 제대를 하고 부산에서 전시연합대학에 다닐 때에도 그녀의 소식을 알려고 그 학교로 편지를 보냈었다. 그녀가 교직을 그만두고 시집을 간 뒤라 헛일이었지만, 어쨌든 마지막 편지까지 그 학교로 보냈던 터이라 현중하는 '황산'이라는 지명이 오랜 세월이 지난 지금도 머릿속에 뚜렷이 박혀 있는 것이다.

"어머니가 교편생활을 했었나?"

"예, 결혼하기 전에 고향에서 국민학교 선생을 잠깐 하셨다고 그래요."

"음……."

이제 틀림없는 그녀였다. 그러나 현중하는 아직도 선뜻 믿어지지
가 않는 듯 또 물었다.

"외조부는 뭘 하는 분이었지?"

"외할아버지 말이죠?"

"응."

"그곳 면장이었대요."

"면장하기 전에는 치문학교라는 데서 교편을 잡으셨지?"

"글쎄요…… 거기까지는 잘 모르겠는데요."

"됐어. 하하…… 그렇구나. 도대체 이게 어떻게 된 일이야."

현중하는 혼자 중얼거리며 너무나 의외의 꿈같은 일에 어떤 표정
을 지으면 좋을지 모르겠는 모양이었다.

그렇다면 문수선은, 아니 월엽 스님은 자기를 알고 있을 게 아닌
가 하는 생각이 들어서 현중하는 다시 물었다.

"연미, 혹시 말이야 어머니가 내 이름을 알고 계시는가?"

"예, 알고 계세요. 학교신문에 좌담회 기사가 난 것을 보셨거든요.
물론 사진도 봤죠. 그런데 어머니는 모르는 분이라고 딱 잡아떼지
뭐예요."

"그래? 음—"

"우리 엄마 나빠요."

연미는 서슴없이 내뱉었다.

"좌담회 기사와 사진을 보고 뭘 어쨌었는데?"

현중하는 바짝 궁금해서 물었다.

"선생님의 이름과 사진을 본 어머니의 태도가 이상했지 뭐예요."

"뭐 어땠는데?"

"표정이 아무래도 이상한 것 같더니 화장실에 간다고 방을 나가서 안 돌아오시잖아요. 그래서 찾아나가 봤더니 글쎄, 법당에 들어가 부처님 앞에 앉아 있지 뭐예요."

"음—"

"아무래도 이상하다 싶어 물어봤죠. 혹시 아는 분이냐고. 선생님이 어릴 적에 전북의 김제라는 데서 사셨다고 그랬잖아요. 우리 어머니도 김제가 고향이니까 혹시 어릴 때 아는 사이가 아닌가 싶어서 말이에요. 어머니의 태도로 봐서 알아도 그냥 보통 아는 사이가 아닌 것 같았죠. 서로 좋아한 사이가 아닌가 싶던데요. 그런데 어머니는 전혀 모르는 분이라고 딱 잡아떼지 않겠어요."

"그럴 수도 있지."

"어째서 그럴 수가 있어요?"

"딸에게 어머니가 자기의 옛날 애인 얘기를 한다는 건 쑥스럽잖아."

"쑥스럽긴요. 제가 그런 것 다 이해하고도 남을 나이잖아요. 다 큰 딸에게 오히려 그런 얘기 해주는 게 재미있고 친근감도 생기는 일이잖아요. 더구나 그 옛 애인이 딸의 대학 은사니까 좋아서도 얘기할 텐데…….."

"글쎄…… 사람에 따라서 다르겠지."

"그런데 말이에요. 어머니가 어쩐지 선생님을 원망하는 것 같은 그런 느낌을 주었어요."

"모르는 사람이라고 딱 잡아떼더라면서 원망은?"

"어쩐지 말투가 그런 것 같았어요. 잘 기억나지는 않지만…… 어떻게 헤어졌길래 그러죠?"

"나를 원망하다니 모를 일이군. 오히려 내가 원망을 했었는데……."

설악산에서의 일을 현중하는 머리에 떠올리고 있었다. 꿈같은 하룻밤을 가진 뒤에 이튿날 아침 몇 마디 짧은 글을 남겨놓고서 문수선이 홀연 사라져 버렸던 일 말이다. 그 뒤로 혹시나 하고 기다렸으나 아무 소식이 없어서 몹시 안타깝고 허전했었으니까, 원망할 쪽은 바로 자기가 아닌가. 그런데 문수선이 자기를 원망하고 있다니 도대체 무슨 얘긴지 알 수가 없었다.

"자, 연미. 이제 그만 내려가자구."

현중하는 얼른 가서 문수선은 만나고 싶은 생각에 약간 들뜬 사람처럼 보였다.

연미는 그런 현중하를 힐끗힐끗 보면서 시무룩한 표정으로 뒤를 따랐다. 일이 크게 기대에 어긋나 버려 이제 재미가 하나도 없는 듯한 그런 얼굴이었다.

산을 내려가면서 현중하는 생각할수록 재미있고 희한하고 우습기도 했다. 그래서 자기와 눈이 마주쳤을 때 여승의 시선이 그처럼 야릇했구나 싶으니 절로 고개가 끄덕거려졌다.

등산을 마치고 절에 들어오자 현중하는 말없이 일단 자기 방으로 갔다. 연미는 어떻게 할까 좀 망설이다가 승방 쪽으로 향했다. 어머니에게 아무래도 한마디 해야겠다 싶었던 것이다.

월엽은 낮잠을 자고 있었다. 연미가 들어서는 것도 모르고 자고 있었다.

연미는 아랫목으로 가서 담요 밑으로 두 손을 넣어 싸늘하게 굳은 손을 녹이고 나서 가만가만 어머니를 흔들었다.

"엄마 엄마."

"으으응……."

기지개를 켜며 월엽이 눈을 떴다.

"갔다 왔냐? 안 춥더냐?"

"왜 안 추워, 그런데 엄마 나 엄마한테 할 말이 있어."

"뭔디?"

"월엽은 누운 채 연미를 바라보았다.

"엄마, 왜 나한테 거짓말을 했어?"

"무슨 거짓말? 난데없이 야가 무슨 말이야."

"나 오늘 다 알았단 말이야."

"다 알다니, 뭣을 ?"

"현 교수님이 다 얘기했단 말이야."

"무슨 얘기를?"

월엽은 슬그머니 등이 당기는 듯 부스스 일어나 앉았다.

연미는 거침없이 내뱉듯 말했다.

"현 교수님이 엄마 옛날 애인이었지?"

"……."

"맞지? 그런데 왜 거짓말을 했어? 신문에 난 현중하라는 이름과 사진을 보고도 모르는 사람이라고 딱 잡아뗐잖아."

"나무관세음보살—"

그리고 월엽은 담담한 어조로 물었다.

"너거 선생이 자기 입으로 그런 말을 하더냐? 내가 문수선이라는 것을 알더냐 말이여."

"처음에는 모르셨어."

"그런디?"

"어떻게 됐는가 하면…… 등산을 가면 꼭대기에서 야호— 하고 소리를 지르잖아. 그런데 그 소리를 지르고 나서 선생님이 뭐라 그러시는가 하면, 자기는 산봉우리 위에 올라서면 그리운 사람의 이름을 큰소리로 부르고 싶어진다는 거야. 그래서 한번 불러보시라니까 글쎄, 문수선— 하고 엄마 이름을 부르시지 뭐야."

"나무관세음보살—"

월엽은 마음에 동요가 오는 듯 가만히 두 눈을 감고 있었다.

어머니가 눈을 뜨는 것을 기다려 연미는 말을 이었다.

"내가 깜짝 놀라면서 문수선 씨가 바로 우리 어머니라니까 선생님 두 눈이 휘둥그레지시잖아. 그런데 혹시 동명이인이 아닌가 싶으신지 어머니 고향이 어디냐, 국민학교 선생을 한 일이 있느냐, 외할아버지가 뭘 하신 분인가 하고 꼬치꼬치 캐물으시지 뭐야. 엄마, 외할아버지가 면장 하시기 전에 혹시 교편을 잡으셨어? 어디라더라— 치문학교……?"

월엽은 이제 연미에게 순순히 얘길 안 할 수가 없었다.

"응, 맞어야. 외할아버지가 치문학교에서 교편을 잡으셨어. 실은 그때 처음으로 현중하 씨를 만났당게."

"치문학교가 국민학교야?"

"응, 일제 때 사립학교였어."

"어머. 그럼 어릴 때부터 아는 사이였네."

"현중하 씨 아버지도 선생이었당게. 경기도 어디서 그 학교로 오셨어. 나는 그때 3학년이었고, 현중하 씨는 2학년이었어. 바로 옆집에 살았당게."

"엄마가 한 학년 위였구나. 그런데 나중에 연애를 했다 그거지?"

"응, 일 년인가 그 학교에 있다가 현중하 씨 아버지가 다른 학교로 가셨어. 그래서 헤어졌는데 나중에 내가 고녀(高女) 5학년 때 전주에서 다시 만났지.

"고녀가 뭐야?"

"해방되고 얼마 안 됐을 땐디 그때는 중학교와 고등학교가 분리되지 않았당게. 여자들이 다니는 중학교를 고등여학교라 했어야. 5년제였지."

"5학년 때 같으면 지금으로 말하면 여고 2학년이구나. 그지?"

"맞어야."

연미는 충분히 납득이 간다는 듯이 두어 번 고개를 끄덕이고는 다시 물었다.

"그런데 말이야 엄마, 둘이 왜 헤어졌어? 선생님이 엄마를 원망하는 것같이 말하시던데……."

"나를 원망해?"

"응, 내가 말이야 우리 어머니가 어쩐지 선생님을 원망하시는 것같더라니까, 무슨 소린지 알 수 없다면서 오히려 자기가 원망했었는데…… 이러시잖아. 어떻게 된 일이야?"

"내가 원망하기는 언제 원망하더냐?"

"그때 학교신문에 난 사진을 보고서 어쩐지 좋지 않게 얘기 했었잖아. 이 사람 이 사람 하면서 얼굴도 조랑말 상이고, 교수면 너한테 교수지 나한테도 교수냐, 교수도 사람이지 별것이냐 하고 마치 무슨 감정이 있는 사람처럼 말이야."

"나무관세음보살—"

월엽은 다시 지그시 눈을 감았다.

자기가 현중하를 원망했던 것은 그럴 만한 까닭이 있었으니 당연하지만, 그가 오히려 자기를 원망했었다니 무슨 애길까 싶으며 월엽은 이십여 년 전 설악산에서의 재회를 머리에 떠올렸다. 하룻밤을 같이 지내고서 이튿날 아침 아무 말 없이 간단한 몇 마디 쪽지만을 남겨놓고 떠나버려서 그래서 원망을 했다는 것인지…… 아무리 생각해도 그 일밖에는 머리에 와 닿는 것이 없었다.

잠시 눈을 감고 염주를 헤아리며 앉아 있던 월엽은 가만히 자리에서 일어났다.

"엄마, 어디 가?"

"저쪽에서 알았으니까 내가 찾아가 봐야 되지 않겠느냐."

조용히 월엽은 방문을 열고 나갔다.

월엽이 승방을 나서 현중하가 묵고 있는 요사 쪽으로 가는 것을 연미는 방문을 열고 가만히 지켜보고 있었다. 생각 같아서는 어머니의 뒤를 따라가 두 사람이 주고받는 것을 밖에서 엿듣고 싶었다. 그러나 그것은 실례라는 생각이 들었다. 어머니의 딸로서, 또한 현중하 교수의 제자로서 말이다.

그래서 연미는 어머니가 요사의 마루 위로 올라가 방문에 노크를 하는 것을 보자 마치 심술이라도 나는 것처럼 탁! 소리가 나도록 문을 닫아 버렸다. 그리고 아랫목으로 가서 담요를 뒤집어쓰고 벌렁 드러누웠다.

도무지 속히 편하지가 않았다. 현 교수가 어머니의 옛 애인이었다니, 아무래도 어머니의 태도가 이상해서 혹시 그렇지 않나 싶었는데, 결국 그게 사실로 판명이 나다니, 일이 몹시 재미없게 된 것만 같아 심사가 지랄 같기만 했다. 두 사람이 만나 옛 추억을 되살릴 게 틀림없다 싶으니 연미는 공연히 울고 싶어지기도 했다. 어머니가 입으로는 현 교수를 원망하듯 좋지 않게 말하더니, 저렇게 자기 발로 먼저 찾아가는 것을 보니 아무래도 옛 정이 아직 사그라지질 않고 남아 있는 것 같아 슬그머니 어머니가 밉기도 했다.

속에서 부글부글 끓어오르는 질투를 참느라 연미는 눈을 감고 애써 숨도 크게 쉬질 않고 가만히 누워 있었다.

월엽이 방문에 노크를 하자,

"예, 들어와요."

현중하의 목소리가 들렸다.

월엽은 가만히 방문을 열었다.

아랫목에 누워 몸을 녹이며 쉬고 있던 현중하는 뜻밖에 월엽 스님이, 아니 문수선이 제 발로 찾아오자 깜짝 놀라며 벌떡 일어나 앉았다.

월엽은 아무 말 없이 얼굴에 멋쩍은 듯한 미소를 살짝 떠올리며 방으로 들어가 윗목에 앉았다.

두 사람의 시선이 마주쳤다. 현중하도 얼른 뭐라고 말이 나오지가 않는 듯 빙그레 묘하게 웃기만 했다.

"미안해요."

월엽이 먼저 나직한 목소리로 말했다. 알고 있으면서 모르는 체한 데 대한 사과였다.

그 말의 뜻을 현중하는 대뜸 알 수가 있어서,

"아니 그럴 수가 있어요?"

온화한 목소리로 받았다.

월엽은 말없이 그윽한 시선으로 현중하를 바라보고만 있었다.

"모르는 체하다니 섭섭한데요."

"중하 씨가 알아보는가 어떤가 궁금했지라우. 그런데 못 알아보더 랑게요. 그래서……."

"그렇다고 모르는 체하다니 말이 되나요?"

"미안해요. 모르는 체 지나가 삔지는 것이 피차 마음 편할 것 같애 서……."

"마음 편하다니, 그럴 수가 있나요? 난 수선 씨가 이런 곳에 있을 줄은 꿈에도 생각 못했죠. 뭐 이런 절이 안 좋다는 얘기가 아니라, 스님이 됐을 줄은 정말 몰랐다 그 말입니다."

"나무관세음보살—"

월엽은 살짝 눈을 내리깔면서 들릴 듯 말 듯 염불을 외웠다.

그녀의 입에서 염불이 흘러나오자 현중하는 새삼스럽게 가만히 바라보며 잠시 말을 잊었다. 지난날의 문수선과는 아주 딴판인 다른 사람을 대하는 것 같은 느낌이었다. 우선 옷부터가 여자의 옷이 아닌 회색 승복이며, 머리도 모발이 없는 까까머리가 아닌가. 옛날의 문수선은 어디론지 증발해 버리고, 대신 색다른 문수선이 홀연히 나타나 앞에 앉아 있는 듯해서 약간 서먹하고 허망한 생각이 들기도 했다.

"고속버스가 전주로 들어섰을 때 수선 씨가 아직 전주에 사는지 어떤지 한번 만나보고 싶은 생각이 간절했지요. 덕진을 지나는데 마침 큰 건물을 짓고 있는 것이 창밖으로 보이잖아요. 문득 수선 씨 남편이 건축업자라는 생각이 떠올라 지금쯤 아주 갑부가 됐을지도 모른다 싶었는데……."

그 말에 월엽은 쓸쓸하게 웃었다. 그리고 한 손에 쥔 염주를 가만가만 헤아리기 시작했다.

염주를 헤아리는 그녀의 손으로 현중하의 시선이 가서 멎었다. 옛날의 문수선이라는 손이라기보다는 자비로운 보살님의 손 같다는 생각이 들었다.

"나는 말이죠, 어제 수선 씨를 처음 보았을 때 어쩐지 낯설지 않다는 생각이 들기는 했어요. 그러나 설마 수선 씨가 스님이 됐을 줄은 몰랐기 때문에 누구를 닮아서 그럴까 하고 생각을 해봤다니까요. 처음에는 누구를 닮았는지도 잘 몰랐는데, 저녁을 먹고 나서 수선 씨가 와서 방문을 열었을 때 속눈썹이 긴 것을 봤죠. 그제야 옛날 수선 씨가 떠오르지 않겠어요. 그래서 하하— 수선 씨를 많이 닮았구나, 수선 씨를 닮은 스님이 있는 절에 오다니 참 재미있는 일이라고 혼자서 속으로 웃었지 뭡니까."

"하하하……."

그제야 월엽은 조금 소리를 내어 웃었다.

"그런데 도대체 어떻게 된 영문입니까?"

월엽은 대답이 없었다. 자기가 어떤 연유로 비구니가 되었느냐는 물음이고 보니 쉬 입이 열리지가 않았다.

현중하는 너무 성급했다는 생각이 들었다. 여자가 머리를 깎고 승려가 되었다면 그 동기가 결코 간단하지가 않을 터인데, 그런 사연을 추궁하듯 묻는다는 것은 아무리 옛날의 애인이지만 실례라는 생각이 들어 얼른 말머리를 돌렸다.

"그때 설악산에서 왜 그렇게 무정하게 떠나버렸지요? 당신을 내가 얼마나 원망했는지 알아요?"

현중하의 입에서 '당신'이라는 말이 나오자 월엽 스님은 눈빛이 달라지는 듯했다. 눈매가 살짝 부끄러움에 물드는 듯하면서 두 눈에 어쩐지 엷은 물기가 어리는 것 같았다. 눈물을 보이지 않으려고 그녀는 가만히 눈을 감으면서 고개를 떨구고 있었다.

"아까 산에서 연미한테 얘기를 들으니까 당신이 나를 원망하는 것 같더라는데, 도대체 어떻게 된 일이죠? 원망할 사람은 난데…… 아무리 남편이 있는 몸이라고 하지만 첫사랑의 남자와 이십 년 만에 만나서 하룻밤을 같이 지낸 이상 그렇게 한마디 작별 인사도 없이 떠나버린다는 것은 너무 무정한 일이잖아요. 안 그래요?"

현중하는 추궁하는 투로 말했으나, 그 목소리는 차분하게 가라앉아 있었다.

"쪽지를 써놓았는디요 뭐."

고개를 들며 월엽은 변명을 하듯 말했다.

"그 쪽지를 보고 내가 얼마나 안타까워했는지 아세요? 그럴 수가 있어요? 너무나도 허망해서 울고 싶었지 뭡니까."

"미안해요. 그렇지만 저로서는 도리가 없었당게요. 아침에 눈을 떠봉께 옆에……."

월엽은 '당신'이라고 할까 망설이다가 말을 이었다.

"중하 씨가 누워 자고 있지 안히여라우. 깜짝 놀랬당게요. 그것이 여잔게비지요. 남편 있는 몸이 이것이 무슨 짓이디야 싶으고, 또 중하 씨가 깨면 대하기가 몹시 부끄러울 것 같기도 하고, 그래서 쪽지를 적어놓고 떠났었지라우."

"그건 그렇다 치고, 그 뒤에 왜 아무 소식이 없었어요? 내가 미리 당신의 전주 주소나 전화전호를 안 물어둔 것을 얼마나 후회했는지 알아요? 당신은 내게 청주의 어느 대학에 근무하고 있다는 것을 알았었잖아요. 그런데 왜 편지 한 장 없었느냐 그 말입니다."

그러나 월엽은 좀 이상하다는 듯이 현중하를 똑바로 바라보며 코언저리에 약간 비웃는 듯한 묘한 웃음을 살짝 떠올렸다.

"답장을 안 한 것이 누군데요?"

"뭐라구요? 답장을 안 하다니요? 그럼 나한테 당신이 그 뒤 편지를 보냈다 그 말입니까?"

"예."

"아니, 언제 편지를 보냈었는데요?"

"그런 얘기 지금 새삼스럽게 하면 뭘 헌당가요. 다 지나간 과거산디……."

"아니, 알고 싶어요. 언제 보냈었나요? 물론 청주의 학교로 보냈었겠죠?"

"예, 설악산에서 만난 것이 가을이었지라우?"

"맞아요."

"이듬해 초여름이었지라우. 5월인가 6월…… 두 번이나 보냈는데도 아무 답장이 없길래 남자란 다 그런 것인개비다 하고 체념을 해 뻔졌당게요."

"하하— 그렇게 됐군요. 그래서 나를 원망하고 있는 것 같다는 말이 연미 입에서 나왔군요. 우리가 설악산에서 만난 그 이듬해 신학년도부터 나는 서울에 있는 대학에 나가게 됐어요. 지금 학교죠. 직장을 옮기는 바람에 청주를 떠났었는데, 내가 떠난 뒤에 그 학교로 편지를 보냈으니 못 받을 수밖에요."

"오메, 그랬었구나……."

"일이 그렇게 돼서 원망을 한 셈이군요. 허허허…… 그런데 왜 그
렇게 이듬해 초여름에야 편지를 했었나요? 좀더 일찍 했더라면 좋았
을 텐데……."

현중하의 물음에 월엽은 대답 대신 나직이 관세음보살을 뇌며 염
주를 자그락자그락 다시 헤아리기 시작했다. 뭔가 마음속에 또 번뇌
같은 것이 고개를 쳐드는 모양이었다. 잠시 후 월엽은 가만히 입을
열었다.

"그것이 다 운명이겠지라우."

"이듬해 5월이나 6월 같으면 설악산에서 만난 뒤 칠팔 개월이 지
나선데……."

"그 전에도 편지를 할 것인가 말 것인가 많이 망설였당게요. 편지
를 하고 싶은 생각은 간절했지만, 남편이 있는 몸으로 그럴 수가 있
느냐 하는 생각 땜시 선뜻 펜을 들 수가 없더랑게요."

"그럼 남편이 돌아가신 뒤에 편지를 했었단 말입니까?"

"예."

월엽은 대답을 하면서 살짝 고개를 떨구었다.

"아까 연미 얘기를 들으니까 뭐 교통사고로 돌아가셨다고요?"

"예."

"그럼 그때 연미를 배고 있었겠군요. 연미는 자기가 태어나기 전에
아버지가 돌아가셨다고 그러던데……."

"맞어라우."

그러면서 월엽은 무슨 깊은 의미가 담긴 듯한 그런 묘한 시선으로

현중하를 바라보았다.

현중하는 그녀의 시선이 좀 야릇하다는 느낌은 들었으나, 그 속에 감추어져 있는 의미를 알 길은 없었다. 그래서 그저 말없이 고개를 끄덕이기만 했다. 그녀가 그처럼 늦게야 편지를 보낸 까닭을 알겠다는 듯이…….

월엽은 무슨 말을 할까 말까 망설이는 듯하더니 가만히 입을 열었다.

"당신하고 상의할 일이 있어서 편지를 했었어라우."

그녀의 입에서도 마침내 '당신'이라는 말이 나왔다. 현중하는 겉으로는 아무렇지도 않은 듯 시치미를 떼고 있었으나 속으로는 아하, 싶었다.

"무슨 상의……?"

입에서 나오는 대로 그렇게 말하기는 했으나, 현중하는 곧 그런 뻔한 일은 안 묻는 것인데 하고 후회했다. 남편이 사망한 뒤에 옛 애인에게 상의할 일이 있다면 그것은 뻔한 일이 아닌가 말이다. 일이 참 묘하게 어긋났구나 하는 생각이 새삼스럽게 들었다. 만일 그때 자기가 서울로 옮겨가지 않고 청주에 있어서 그 편지를 받았더라면 어떻게 됐을 것인가 생각하니 방금 그녀가 말했듯이 운명이란 참 알 수 없는 것이로구나 싶기도 했다.

월엽은 무슨 생각에 골똘히 잠기는 것 같았다. 입을 열까 말까 무척 망설이는 눈치였다. 그러나 그녀는 끝내 말을 꺼내질 않고 후유— 한숨을 쉬듯,

"관세음보살—"

하고 염불을 뇌었다.

아랫목에 누워 부글부글 끓어오른 심사를 가라앉히느라 가만히 눈을 감고 있던 연미는 아무래도 그냥 그러고 있을 수가 없어서 벌떡 일어났다.

"무슨 얘기가 이렇게 긴지 모르겠네."

공연히 연미는 심술이 치받치는 듯 혼자 투덜거렸다. 그리고 방문을 열고 나가 어머니와 현 교수가 단둘이 얘기를 나누고 있는 요사 쪽으로 가만가만 걸음을 옮겼다.

발자국 소리가 나지 않도록 조심조심 요사 한쪽으로 가서 살그머니 신을 벗고 마루로 올라가 현 교수가 묵고 있는 방 곁으로 살금살금 다가갔다. 방 안에서 두 사람이 얘기를 주고받는 소리가 어렴풋이 들리는 위치에 이르자 걸음을 멈추고 숨을 죽이며 귀를 기울였다.

현 교수의 목소리가 들렸다.

"이런 말을 물어도 되는지 모르겠는데, 저…… 어떤 연유로 불문에 귀의하여 스님이 되었나요?"

어머니의 대답하는 목소리는 들리지 않았다.

"내가 실례되는 말을 물은 모양이죠?"

"아니라우."

"언제 절로 들어왔지요?"

"연미가 돌을 지내고 얼마 있다가요."

"연미는 어떻게 하고요?"

"동생한테 맡겼지라우. 동생이 그때 애기가 없었거든요."

"어린 것을 떼놓고 머리를 깎고서 절로 들어올 때는 무슨 단단히 그럴만한 이유가 있었을 텐데……."

"있었지라우."

"무슨 이윤데요?"

"꼭 그 이유를 알고 싶어요?"

"궁금할 수밖에요."

잠시 조용해지더니 어머니의 목소리가 불쑥 들렸다.

"당신 때문이라고 할 수 있어라우."

"뭐요? 나 때문에?"

현 교수의 깜짝 놀라는 표정이 눈에 보이는 듯했다. 연미는 자기역시 너무나 뜻밖의 말에 눈이 휘둥그레지지 않을 수 없었다. '당신'이라고 부른 것도 놀랄 일이지만, 어머니가 승려가 된 까닭이 현 교수 때문이라고 할 수 있다니 정말 입이 딱 벌어질 지경이었다.

잠시 침묵이 흐르는 듯 조용해졌다가 다시 어머니의 목소리가 들려왔다.

"다 전생의 업이지요 뭐. 나무관세음보살—"

"……"

"내가 나쁜 여자라우. 다 내 탓이었응께."

"도대체 무슨 말을 하는 겁니까?"

"남편이 죽은 것도 다 내 탓이었당께요."

"뭐라고요? 교통사고로 돌아가셨다면서요?"

"교통사고의 원인이 나 때문이라고 할 수 있당께요. 내가 나쁜 년이 아니었으면 남편이 교통사고를 당하지도 안 했을 것이라우."

그 말을 들은 연미는 얼굴에서 핏기가 싹 가시는 느낌이었다.

어머니의 그 말은 연미로서는 큰 충격이 아닐 수 없었다. 어머니가출가하여 비구니가 된 것이 현 교수 때문이라고 할 수 있다는 말도 놀랄 일이었는데, 이번에는 아버지가 교통사고로 돌아가신 까닭이 어머니에게 있다니, 도대체 어떻게 된 영문인지 경악을 금할 수가 없었다.

그렇다면 어머니와 현 교수는 학생 시절에만 연애를 했던 게 아니라, 그 후도 계속되어 어머니가 결혼을 한 뒤에도, 연미 자신을 잉태했을 때까지도 관계를 지속했다는 얘기가 아닌가. 그래서 아버지와 어머니 사이에 다툼이 잦았다는 얘기같이 들렸다. '내가 나쁜 년'이라는 말을 어머니 입으로 거침없이 내뱉고 있는 것을 보아도 틀림없이 그랬던 것 같았다.

연미는 핏기가 가셔 가벼운 현기증까지 느꼈으나 정신을 가다듬어 계속 방 안의 대화에 귀를 기울였다.

"음— 도무지 무슨 소린지 알 수가 없구려."

신음하듯 괴롭게 말하는 현 교수의 목소리가 들렸다.

"남편과 사이가 극도로 나빠졌당께요. 애기를 밴 뒤로……."

"아이를 밴 뒤로요?"

"예."

"아이라니 연미 말이죠?"

"예."

"아이를 배면 나빴던 부부 사이도 좋아지는 법인데, 왜 그랬었죠?"

어머니의 대답하는 소리는 들리지가 않았다.

"이상한 일이군……."

현 교수가 혼자 중얼거리듯 말하자,

"하하하……."

어머니가 나직이 묘하게 그만 웃질 않는가.

연미는 어머니의 웃는 소리가 들리자 자기도 모르게 파르르 화가 치밀었다. 그런 얘기 끝에 웃을 수가 있는가 싶었다. 아무리 이십 몇 년이 지난 과거의 일이라고 하지만 그게 웃을 일인가 말이다.

연미는 방문을 열어젖히고 두 사람의 대화 속에 뛰어들고 싶은 충동을 느꼈다. 그래서 아버지의 죽음의 진상을 밝히고 싶은 심정이었다. 틀림없이 어머니와 현 교수의 사연 때문에, 그 삼각관계의 와중에서 아버지가 희생된 것같이 생각되었다. 그게 사실이라면 결코 간단한 문제가 아니라 싶었다. 분노와 함께 어떤 두려움이 온몸을 휩싸오는 것을 느끼며 연미는 등골을 바르르 떨었다. 그리고 어금니를 자그시 물며 계속 귀를 기울였다.

"도대체 어떻게 된 일인지 지세히 좀 얘기를 해봐요."

현 교수가 무척 궁금한 듯 추궁을 하듯이 묻는 소리가 들려왔다. 그러자 어머니는,

"그쯤 얘기했는데 짐작을 못 하겠어라우?"

이렇게 말하는 것이었다.

"교통사고와 부부 사이 나쁜 것과 무슨 관계가 있다는 겁니까? 도무지 알 수가 없구료."

"모르시는 것이 편하당게요. 나중에 알게 될 때가 있겠지라우. 그 얘기는 그만 허도록 해요. 괴롭당게요."

"음—"

잠시 대화 끊기고 조용했다가 어머니의 목소리가 다시 들렸다.

"정읍에 가보실랑가요?"

화제를 바꾸고 있었다.

"예, 연미하고 징 때문에 가볼 생각인데. 참 그 징에 대해서 당신이

얘기했다면서요?"

"예."

"그 징이 정읍에 있을까요?"

"글쎄라우."

"있으면 좋겠는데…… 아주 가치 있는 물건 같단 말입니다. 우리 학교에 새로 민속박물관을 짓고 있는데, 내가 그 운영의 책임을 맡았거든요."

"얘기 들었어라우."

"당신도 협조를 해줘야겠어요."

"그러면 정읍에 갈 때 나도 같이 갈까요?"

"좋지요. 그럽시다."

엿듣고 있던 연미는 그만 안색이 변하며 입주둥이가 절로 삐쭉 튀어나왔다. 어머니도 동행을 하다니 기분 잡친다 싶었다.

"언제 정읍에 가실 예정인디요?"

"내일 갈까요?"

"여기서 좀 쉬시고 가도록 하여라우."

"그럼 내일은 여기서 쉬고, 모레 가죠."

"그래라우. 그럼 내가 시고모부 되시는 분이 아직 정읍에 사는지 알아볼게요.

"그 분이 만일 정읍에 안 살면 갈 필요가 없잖아요."

"그렇당께요. 먼저 알아봐야지라우. 오메 벌써 저녁 예불 시간이 다 돼가네."

어머니가 자리에서 일어서려는 것 같았다. 연미는 얼른 돌아서서 발자국 소리가 나지 않도록 재빨리 그 자리를 떴다.

승방으로 돌아간 연미는 아랫목에 담요를 뒤집어쓰고 누워버렸다. 얼굴까지 담요 속에 묻고서 두 눈을 질끈*(원전에는 '질꿈') 감았다. 심사가 뒤숭숭하고 지랄 같아서 견딜 수가 없었다. 냅다 그만 악— 하고 악을 쓰듯 고함을 내지르고 싶은 충동을 느끼기까지 했다.

숨도 크게 쉬지 않고 뻣뻣하게 굳어져 있던 연미는 한참 뒤에야,

"흥!"

하고 콧방귀를 뀌었다.

저녁 예불을 올리는 소리가 법당 쪽에서 어렴풋이 들려왔던 것이다. 부처님 앞에 앉아 목탁을 치며 독경을 하고 있는 어머니의 모습이 떠오르자 연미는 절로 이맛살이 찌푸려졌다. 그리고 가벼운 소름이 등골을 타고 좍— 흘러내렸다. 인자한 보살의 탈을 쓴 마녀라는 생각이 문득 머리에 떠올랐다.

어머니의 비밀의 동굴 속은 너무나 깊고 음침한 것 같아 연미는 두려운 생각에 몸을 떨었다. 그러나 이미 그 동굴 속으로 들어가는 감추어진 문을 발견하여 그것을 열고 안으로 발을 들여놓은 셈이니 두렵지만 한 걸음 한 걸음 조심스럽게 끝까지 걸어 들어가 보는 수밖에 없다 싶었다.

연미는 여고 2학년 때 처음으로 혼자서 이곳 자운사로 어머니를 찾아왔을 적의 일을 머리에 떠올려 보았다. 어머니가 왜 자기를 이모한테 맡기고서 출가를 하여 비구니가 되었는지 그 의문을 풀어보려고 그날 밤 어머니와 한 이불 속에 누워서 분명히 물어보았었다.

몇 해 전 그날 밤의 대화를 연미는 지금도 선명하게 기억하고 있다.

"엄마, 내가 엄마 뱃속에 있을 때 아버지가 돌아가셨다며?"

"응."

"교통사고로 돌아가셨어?"

"응."

"왜 교통사고를 당하셨어?"

"그것을 어떻게 안다냐? 안 봤는디…….”

어머니는 약간 짜증스러운 어조로 분명히 이렇게 대답했었다.

어머니는 새빨간 거짓말을 했던 것이다. 아버지가 교통사고로 돌아가신 것이 자기 탓이라면서 스스로 나쁜 년이라고 조금 전에 현 교수에게 한 말과는 생판 다르지 않는가 말이다.

그런데 교통사고의 원인이 어머니에게 있다니, 도대체 어떻게 된 영문인지 연미는 도무지 납득이 가지가 않았다. 교통사고란 실수로 우연히 일어나는 법인데, 어머니의 탓이라니, 그렇다면 어머니가 혹시 무슨 실수를 했었다는 말인가. 아니면 어떤 고의성이라도…… 연미는 생각이 거기에 미치자 스스로 놀라며 고개를 내저었다. 어머니를 두고서 아무리 머릿속에서 혼자 하는 상상이라고는 하지만 그렇게까지 비약해서 생각한다는 것은 큰 잘못이라 싶었다.

어쨌든 그것이 첫 번째 의문이었고, 다음은 왜 자기를 밴 뒤로 아버지와 어머니의 사이가 나빠졌느냐 하는 점이었다. 현 교수의 말마따나 아이를 배면 나빴던 부부사이도 좋아지는 것이 정상일 텐데 말이다.

혹시 아버지가 어머니와 이혼을 하려고 생각을 하고 있었던 게 아닐까 싶었다. 아이를 낳게 되면 이혼 문제가 복잡해질 터이니 말이다. 틀림없이 그랬던 것 같았다. 어머니에게 옛 애인이 있었고, 그 애인과 그때까지도 은밀한 관계가 지속되고 있는 것을 눈치 챘다면 아버지로서 능히 그럴 수 있지 않았겠는가 말이다. 자기 아내의 부정을 눈치 채고서 가만히 있을 남자가 어디 있겠는가.

'바로 그거야. 틀림없어.'

두 번째 의문에 대해서는 어렵잖게 자신 있는 해답을 얻었다는 듯이 연미는 혼자서 중얼거리며 뒤집어쓴 담요 속에서 고개까지 끄덕였다.

그날 밤 월엽은 김제에 사는 옛 손아래 사촌동서에게 전화를 걸었다. 정읍에 시고모부 되는 심 노인이 아직 그곳에 사는지 어떤지 알아보기 위해서였다.

시집을 떠나 출가하여 절로 들어와 비구니가 된 뒤로 월엽은 시가 쪽 식구들과는 소식을 끊다시피 했다. 시가 쪽뿐 아니라 친정 쪽과도 되도록이면 왕래를 하지 않으려고 애썼다. 속세와 인연을 끊고 머리를 깎고서 승려가 되어 수도의 길로 들어선 이상 그러는 게 당연하기도 했던 것이다.

오래간만에 전화를 받은 김제*(원전에는 '전주')의 동서는 너무나 뜻밖의 일에 놀라,

"오메, 이게 누구여? 형님 웬 일인기라우?"

하고 호들갑스럽게 반겼다.

월엽은 비교적 담담한 어조로 그동안의 안부를 물었다. 그리고 본론으로 들어갔다.

"시고모부님 말이여 지금도 정읍에 그대로 사시는지 모르겠어."

"심 노인 말잉기라우?"

"응."

"그대로 정읍에 아직 살아 계시라우. 시고모는 몇 해 전에 돌아가시고……."

"오메, 그랬구나."

"그 분은 왜 베란간 찾아요?"

"동서도 얘길 들어서 알고 있을지 모르겠는디, 저…… 그 어른 집에 징이 있었잖히여. 동학란 때 맹글었다는……."

"응, 그 징. 그런디 그것은 왜?"

"그 징을 찾아야 쓸 일이 생겼당게. 그 징에 대한 내력도 좀 자세히 얘길 듣고…… 아직 그 집에 그 징이 있는지 모르겠어."

"글쎄라우. 그것까지는 모르겠는디요."

"됐당게. 그 어른이 정읍에 사시는 것만 확실허면……."

"그것은 확실허라우. 옛날 사시던 집 알지라우?"

"몇 번 가봤응게 찾겄지 뭐."

"그 집에 그대로 사실 것이요. 어디 다른 디로 이사혔다는 소식을 못 들었응게."

"알았어. 동서 고마워."

"고맙기는, 형님도 참."

"내일모레쯤 한번 찾아가 볼라그리여."

월엽이 전화를 하는 동안에 연미는 그 곁에 볼멘 표정을 하고 가만히 굳어져 앉아 있었다. 공연히 심사가 좋질 않았다. 어머니가 그 징을 찾으려고 발 벗고 나서는 듯하니 당연히 고마워해야 옳은데도 어쩐지 심정이 그렇게 돌아가질 않고 못마땅한 쪽으로 삐딱하게 기울어지고 있었다.

정읍으로 현 교수와 둘이 여행 삼아 그 징을 찾으러 가려고 은근히 기대에 부풀어 있었는데, 어머니가 거기까지 끼어들다니 마치 방해를 놓으려는 심보 같아 미운 생각을 떨쳐버릴 수가 없었다.

어머니가 수화기를 놓자 기다리고 있었다는 듯이 연미가 불쑥 엉뚱한 말을 내뱉고 말았다.

"엄마, 아버지가 교통사고로 돌아가신 게 엄마 탓이라며? 어떻게 된 일이야?"

월엽은 당황했다. 연미의 입에서 그런 말이 나오다니 정말 뜻밖이었다. 그렇다면 아까 해질 무렵에 현중하와 둘이서 주고받은 말을 연미가 밖에서 엿들은 게 틀림없질 않는가.

월엽은 몹시 기분이 언짢아서 말없이 연미를 쏘아보았다.

"엄마, 대답해봐. 아버지가 왜 돌아가셨어? 왜 교통사고를 당하신 거야?"

일부러 어머니의 아픈 데를 쿡쿡 쑤셔놓기라도 하려는 것처럼 연미는 짓궂게 물었다.

가만히 연미를 쏘아보며 언짢은 기분을 가라앉혀 보려던 월엽은 안 되겠다는 듯 발칵 화를 내며 말했다.

"너 엿들었지? 그랬지야?"

"……."

"그랬냐, 안 그랬냐? 대답을 해보랑께."

"그랬어."

어쩔 테냐는 듯이 연미는 어머니를 맞바로 쏘아보았다.

"야 이것아, 어른들 얘기허는디 엿듣다니 너 참 싸가지 없구나. 어디서 배워 처먹은 버릇이다냐. 응?"

"……."

"철없는 애들도 아니고, 대학생이나 된 것이 그게 무슨 짓이여."

"대학생은 뭐 엿듣지 말라는 법이 있어, 철없는 애들 같으면 뭐 하러 엿듣겠어. 철이 들었으니까 무슨 말을 하는가 알고 싶어서 그런 거지."

"곧 그래도 잘했다고 말대꾸냐?"

"잘했고 못했고 좌우간 난 비밀을 알고 싶단 말이야. 어머니는 너무 엉큼해. 무서워. 무서운 비밀을 속에 감추고 있는 여자야."

"뭐 여자? 너 말 다 했다냐?"

"여자지 그럼 남자야."

"이년이 인제 봉께로 사람 잡을 년이네. 에미한테 못허는 소리가 없당께."

딸에 대해 '년' 자를 붙여가며 월엽이 이처럼 격하게 내뱉기는 처음이었다. 모녀가 서로 쏘아보며 다투는 것도 처음 있는 일이었다.

월엽은 연미가 몹시 괘씸했다. 설령 그런 말을 엿들었다 하더라도 딸로서 어머니에게 대놓고 추궁을 하듯 대들 수가 있는가 말이다. 마치 무슨 자기가 범죄라도 저지른 것처럼 '무서운 여자'라니 어이가 없기도 했다.

혹시 이 애가 어미에게 어떤 질투를 일으키고 있는 게 아닌가 하는 생각이 문득 들었다. 현중하의 지난날의 관계를 알게 되자 공연히 샘이 나서 물고 늘어지려는 것 같았다. 밖에서 두 사람의 대화를 엿들은 것부터가 그런 심리상태에서가 아닌가 여겨졌다.

참 일이 같잖게 됐다 싶으며 월엽은 쩝쩝 입맛을 다셨다. 그리고 무겁게 신음소리를 토하듯,

"나무관세음보살—"

염불을 뇌었다.

"흥, 묻는 말에 대답은 안 하고⋯⋯."

연미는 어머니의 염불 소리까지가 이제 듣기 싫은 듯 콧방귀를 뀌고는 빈정거리듯이 말했다.

월엽은 연미에게 모든 사실을 밝혀버릴까 하는 생각이 들었다. 어미를 엉큼하다고, 무서운 비밀을 속에 감추고 있는 여자라고 말하는데, 그냥 가만히 있다가는 정말 어떤 오해를 사고 말지 알 수가 없었다.

그리고 연미가 어미에게 질투를 느끼다니, 그렇다면 현중하에게 마음이 기울어지고 있다는 얘기가 아닌가. 현중하가 누구라고⋯⋯ 그것은 될 말이 아니었다. 절대로 있을 수 없는 일이었다. 시제지간이라든지 나이 차이가 엄청나게 많다든지 해서가 결코 아니었다. 월엽으로서는 생각만 해도 기가 막히는, 사람의 세상에서는 있을 수 없는 일이었다.

그러나 월엽은 지금 이 자리에서 그런 엄청난 비밀을 털어놓을 수는 없을 것 같았다. 이렇게 모녀가 다투어 어색해진 분위기 속에서 그런 중대한 얘기를 꺼낸다는 것은 어느 모로나 어울리지 않는 일이었다. 딸의 추궁에 못 이겨 마치 자기변명을 하는 꼴이 될 것도 같았다.

월엽은 지그시 두 눈을 감고 앉아 염주를 헤아리며 화가 치솟아 어수선하고 침울해진 마음을 가라앉히려고 애썼다.

한참 말없이 빳빳하게 굳어져 있던 연미가 다시 입을 열었다.

"기어이 얘기 안 해줄 거야?"

"연미야."

월엽은 눈을 떴다. 목소리가 현저히 가라앉아 있었다.

"나를 에미라고 생각하거든 내 말을 들어보랑게. 언젠가는 너헌티 사실대로 다 얘기해 주기로 마음을 먹었어야. 안다는 것은 번뇌의 시작이여. 그렇지만 할 수 없는 일이지. 니가 그렇게 알고 싶어항께 말이여. 그러나 무슨 일이든지 다 때가 있는 법이여."

"아직 알 때가 안 됐다 그거야?"

"그런 것 같당께."

"그럼 언제야? 그때라는 것이……."

"저절로 알게 되는 그런 때가 와야 되는 것이여."

"저절로 알게 되다니, 어떻게 엄마 속에 깊숙이 감추어두고 있는 비밀을 내가 저절로 알게 된단 말이야?"

"그러니까 내 속에서 그 비밀이 저절로 제 발로 기어 나올 때까지 기다리라는 것이여."

"어떻게 비밀이 저절로 기어 나와? 엄마는 아리송한 말을 좋아해서 싫단 말이야."

"내가 얘기를 털어놓을 마음의 준비가 아직 안 됐다는 말이여. 어찌 그리 말귀를 못 알아듣냐?"

부엉 부엉 부엉…… 어디선지 부엉이 우는 소리가 밤바람에 실려 은은히 들려왔다. 잠시 그 부엉이 우는 소리에 귀를 기울이고 있던 월엽은 다시 입을 열었다.

"연미야, 내가 우선 너헌티 한 가지 부탁을 허는디 말이여, 너 현 교수님을 절대로 남이라고 생각하면 안 된당게. 알겠냐? 남이 아니여."

연미가 혹시 현중하에게 깊이 기울어질까 두려워서 월엽은 그런 말을 꺼냈다.

남자와 여자 사이의 일이란 예나 이제나 예측할 수 없는 그런 것인데, 요즘은 예전에 비해서 더욱 쉽게 결합이 되고, 또 간단히 떨어져 나가는 부박한 풍조가 되어 있다. 심지어는 성이라는 것을 일종의 오락의 도구처럼 여기고 아무렇지도 않게 굴리기도 한다.

남녀간의 그와 같은 풍조를 산중에 묻혀 사는 월엽도 잘 알고 있는 터이라 혹시 연미도 그런 부박한 생각에서 현중하에게 접근을 한다면 큰일이 아닐 수 없어서 미리 쐐기를 박듯 현 교수가 절대로 남이 아니라는 말을 했던 것이다.

"남이 아니라니?"

뜻밖의 말에 연미는 어머니를 빤히 바라보았다.

"나무관세음보살—"

"흥."

그만 연미는 콧방귀를 퉁 뀌어버렸다. 어머니가 그런 말을 하는 속셈을 대뜸 알겠는 것이었다.

자기의 옛 애인이니까 남이라고 생각하면 안 된다는 뜻이 아니고 무엇인가.

어머니의 옛 애인이 도대체 딸에게 무엇이 된단 말인가. 의부(義父)란 말인가. 무어란 말인가. 아무것도 아닌 남인데, 절대로 남이 아니라니, 그런 말을 자기에게 강조하는 어머니의 속마음이 빤히 들여다보이는 것 같아 연미는 코언저리에 냉소를 짙게 떠올렸다.

'그런 말을 한다고 내가 물러설 것 같애. 흥, 어림도 없지.'

연미는 속으로 이렇게 중얼거리며 벌떡 일어나 좀 거칠게 이부자리를 했다. 기분 잡쳤으니 어서 잠이나 자자는 듯이.

월엽도 잠자리에 들었다. 그러나 좀처럼 잠이 올 것 같지가 않았다. 머릿속이 헝클어져 뒤숭숭하기만 했다. 그동안 거의 사라진 줄 알았던 번뇌가 이렇게 난데없이 다시 되살아날 줄이야…… 정말 사람의 일이란 헤아릴 수 없는 것이라는 생각이 새삼스럽게 들었다.

그리고 월엽은 가만히 생각해 보았다. 지금까지 자기 혼자서 간직해 온 비밀을 털어놓을 경우 그 다음은 일이 어떻게 될 것인지…… 연미의 충격이 이만저만 아닐 터인데 그 뒤에 어떤 혼란이라도 오지 않을는지, 그리고 현중하는 어떤 반응을 보일지, 그 사실을 과연 믿어줄 것인지, 만약 믿으려 하지 않는다면 어떻게 해야 할지, 증명할 길이 있는 것도 아니니 말이다.

공연히 조용한 세 사람의 삶을 한꺼번에 뒤흔들어놓는 결과가 되는 것이 아닌지, 생각할수록 월엽은 심란하고 착잡하기만 했다.

그렇게 잠을 이루지 못하고 있는데, 이불을 들추고 연미가 일어나 살그머니 방문을 열고 밖으로 나가는 것이 아닌가.

어디 가느냐고 월엽은 묻고 싶었다. 그러나 어찌된 일인지 그 말이 얼른 입에서 나오지가 않았다. 입언저리의 근육이 별안간 마비된 듯한 묘한 느낌이었다.

잠자리에 누운 채 어둠 속에서 월엽은 신경을 바깥쪽으로 곤두세웠다.

마루로 나간 연미는 방문을 살그머니 닫고서 신을 신고 마당으로 내려서는 기척이었다. 그리고 발자국 소리가 자박자박 조금 들리다가 사라졌다.

월엽은 바짝 긴장이 되지 않을 수 없었다. 연미가 혹시 요사 쪽으로 가는 게 아닌가 싶었다.

마루 한쪽에 요강이 놓여 있었다. 뚜껑이 있는 방방하고 예쁘장한 놋요강이었다. 밤으로 소변이 마려우면 월엽은 화장실까지 가는 대신 그 요강에다가 볼일을 보았다. 연미 역시 이곳 자운사에 오면 옛 여인들의 유물 같은 그 민망스러우면서도 신기한 어머니의 놋요강을 어둠 속에서 남몰래 곧잘 이용하고 있었다.

그런데 연미가 마루를 내려서 어디론지 걸어가는 걸 보니 소변이 마려운 게 아닌 것 같았다. 그렇다면 이 밤중에 어딜 가는 것일까. 현중하가 혼자 자고 있는 요사 쪽을 찾아가는 것이나 아닐까 하는 생각이 절로 들었다.

월엽은 벌떡 일어났다. '망할 년, 그게 될 말인가.' 생각만 해도 끔찍한 일이었다.

월엽은 엉금엉금 기어가서 살그미 방문을 쪼끔만 열어보았다. 바깥은 구름이 잔뜩 낀 듯 칠흑 같은 어둠이었다. 연미의 기척은 어디에도 느낄 수가 없었다.

불이 꺼진 요사 쪽을 바라보며 귀를 바짝 기울였다. 역시 아무 기척도 소리도 들리지가 않았다.

잠시 숨을 죽이고 바깥 동정을 살피고 있던 월엽은 안 되겠다 싶어 방문을 왈칵 열어젖혔다. 그리고 일부러,

"에헴 에헴……."

하고 헛기침을 하면서 마루로 나갔다.

그러자 그때 요사가 있는 근처의 돌담 가에서 물줄기 뻗는 듯한 소리가 들려왔다. 깊은 밤 고요한 절 경내에 그 소리는 괴이할 정도로 선명하게 퍼지고 있었다.

"썩을 년."

월엽은 마루에 서서 그 소리 나는 쪽을 향해 눈을 흘기면서,

"요강을 내뻗쳐두고 어디 가서 저 지랄이여. 쯧쯧쯧……."

혀를 차댔다.

한참 내뻗던 물줄기 소리가 멎었다. 그리고 곧 자박자박 발자국 소리가 들려왔다.

연미가 마루로 올라서자 월엽은 나직하나 가시 돋힌 어조로 말했다.

"너 인제 봉께 사람 될라면 멀었구나. 어디 가서 오줌을 누는 거여?"

"흥!"

연미는 콧방귀를 뀌고서 얼른 방으로 들어가 버렸다.

월엽은 이번에는 자기가 놋요강에 가서 앉았다.

법당 추녀 끝에 매달린 풍경이 어둠 속에서 쟁그랑쟁그랑 울리고 있었다.

정읍행(井邑行)

이틀 뒤, 오전 열 시경에 세 사람은 승용차로 자운사를 출발하여 정읍으로 향했다. 월엽이 전날 전주에 전화를 걸어 렌터카를 불렀던 것이다.

운전사 옆에 연미가 앉고, 뒷좌석에 현중하와 월엽이 나란히 앉았다. 마치 한 가족의 나들이 같았다.

날씨는 쾌청이었다. 바람결은 쾌청이었으나, 제법 햇살이 두터워서 차 안에서 내다보는 바깥 풍경은 어느덧 조춘(早春)인 듯한 느낌이었다.

그러나 세 사람의 표정은 썩 밝은 것만은 아니었다. 렌터카로 여행을 하는 터이라 기분이 좋으면서도 어딘지 모르게 조금 어색하고 착잡한 그런 기색들이 엿보였다.

그럴 수밖에 없었다. 세 사람이 제각기 다른 두 사람에 대해서 심리적으로 약간 부담이 되는 상태여서 멋쩍은 기분을 느끼지 않을 수 없었다.

연미는 뒷좌석에 나란히 앉은 어머니와 현 교수가 옛날 서로 사랑했던 관계이고 보니 은근히 현 교수에게 마음이 기울어지고 있는 자기로서는 묘한 질투심이 속에서 꿈틀거리지 않을 수 없었고, 월엽은 이십여 년 만에 또다시 만난 첫사랑의 남자와 나란히 앉아 있는데, 그 앞좌석에 두 사람의 관계를 시기하는 듯한 딸이 마치 눈 위의 혹처럼 도사리고 있으니 심기가 편안할 수가 없었다. 더구나 그 딸은 자기만이 아는 비밀의 씨앗이고 보니 더욱 마음속이 착잡했다.

현중하 역시 자기에게 애정을 내비치는 여제자와 옛 애인인 그 어머니가 옆 좌석과 앞좌석에 앉아 있으니 기분이 야릇하고 쑥스러울 수밖에 없었다.

말하자면 승용차 안의 좁은 공간에 묘하게 서로 얽힌 삼각의 관계가 담겨 있는 셈이었다. 그 삼각관계를 싣고 승용차는 경쾌하게 달리고 있었다.

한동안 아무도 입을 여는 사람이 없었다. 기묘한 침묵이 흐르고 있었다.

앞좌석에 앉은 연미가 세 사람 가운데서 가장 기분이 무거워 보였다. 입을 유난히 꼭 다물고 거의 표정이 없는 그런 얼굴로 하염없이 앞을 바라보고 있을 뿐이었다.

그녀가 세 사람 중에서 기분이 제일 안 좋을 수밖에 없었다. 잃은 것뿐, 얻은 것은 하나도 없으니 말이다.

월엽과 현중하는 얻은 것이 있었다. 연미 때문에 두 사람 입장이 좀 묘해지기는 했지만, 뜻밖에 이십여 년 만에 또다시 서로 만나게 되지 않았는가. 그러나 연미는 현 교수와 둘이서 정읍으로 징을 찾으러 가려던 계획이 어머니가 끼어듦으로써 어긋나 버렸을 뿐 아니라, 현 교수의 관심을 아마도 절반 이상 어머니에게 빼앗긴 셈이 되어버린 것이다.

그래서 실은 어제 저녁에 연미는 어머니에게 들으라는 듯이,

"정읍에 나는 가지 말까 부다. 징이고 뭐고 기분이 나야 말이지."

이렇게 혼자 투덜거리듯 중얼거렸다.

연미가 그런 말을 중얼거린 것은 어머니가 자기의 속마음을 눈치채고서 정읍으로 같이 가는 것을 단념해주길 바라고서였다.

그러나 어머니는 처음에는 못 들은 척 아무 반응이 없었다. 연미는 잠시 후 이번에는 어머니에게 대놓고 말했다.

"엄마, 나 정읍에 가는 거 그만둘까 해."

그제야 월엽은 그렇게 말하는 속셈을 다 알겠다는 듯이 좀 얄미운 듯한 눈길로 연미를 바라보았다.

"니가 안 가면 쓴다냐. 니 일인디……."

"엄마가 대신 현 교수님하고 둘이 가서 징을 찾아주면 되잖아."

"그것이 말이라고 하냐? 니가 안 가면 현 교수님이 어떻게 생각하시겠어. 그리고 그 징에 대한 내력을 조사해갖고 뭐 원고를 써서 내야 된담시로?"

"……."

"가만히 봉께 니가 아매도 내가 같이 가는 것이 싫어서 그러는 모양인디, 내가 안 가면 그 집을 어떻게 찾을 것이여. 안 그러냐? 그리고 말이여 너하고 현 교수하고 둘이만 불쑥 찾아가면 그 노인이 무슨 영문인지도 모르고 낯선 사람헌티 자세한 얘기를 해주겠어."

연미는 뭐라고 대꾸할 정당한 말이 없었다. 그러나 어머니의 비위

를 쿡 찌르듯이 한마디 내뱉었다.

"자세한 얘기고 뭐고, 김 샜단 말이야."

"김 새다니?"

월엽은 연미를 쏘아보았다. 그러자 연미는 발딱 일어나 밖으로 나가버렸다.

"썩을 년. 뭐 저런 것이 다 있는지 모르겠당께."

월엽은 연미의 뒷모습을 흘겨보며 투덜거렸다.

기분이 자랄 같아서 월엽은 정읍으로 동행하는 것을 그만둘까 하는 생각이 들었다. 자기가 가지 않아도 심 노인 집을 찾을 수는 있을 것이다. 기억 속에 있는 그 집의 위치를 자세히 얘기해주면 말이다.

그리고 심 노인을 만나서 징에 대한 얘기를 듣고, 또 그 징이 지금도 그 집에 있으면 그것을 양도받는 일을 두 사람이 알아서 할 일이라 싶었다. 자기가 직접 가는 것보다는 어느 모로나 불편하겠지만, 둘이서 간다고 해서 불가능한 일은 아닐 것 같았다. 만약 그 징을 양도받는 교섭이 여의치 않을 경우는 그때 가서 자기가 개입해도 될 것이었다.

그러나 월엽은,

"안 되지, 안 된당게," 하고 고개를 가로저었다.

연미와 현중하가 단둘이서 여행을 하도록 내버려둘 수는 도저히 없었다. 만약 어떤 일이 생긴다면 그것은 생각만 해도 끔찍한 노릇이 아닐 수 없었다. 그들이 어떤 사이인가 말이다.

그래서 월엽은 연미가 몹시 못마땅해하는 줄을 알면서도 굳이 자기가 동행을 하기로 마음을 먹었던 것이다. 그 두 사람 사이를 가로막듯이 말이다.

차 안의 기묘한 침묵을 깨뜨린 것은 현중하였다. 그는 두 모녀간의 심리상태를 짐작하고 있는 터이라 아무래도 자기가 무슨 말이 됐든 입을 열어야겠다 싶었던 것이다.

"정읍까지 몇 시간이나 걸리려나?"

꼭 누구에게 묻는 것이 아니라 혼자 중얼거리는 투였다.

그 말에 대답을 한 것은 운전사였다.

"싸게 달리면 두 시간 정도밖에 안 걸릴 것이구만이라우."

그러나 월엽이 얼른 말했다.

"너무 싸게 달리지 마시오. 급한 것도 아닝게."

교통사고를 염두에 두고서 하는 말이었다.

어머니의 그 말에 연미는 절로 흥! 하고 콧방귀가 뀌어지려는 것을 참았다. 교통사고를 염두에 두고 한 말이라는 것을 대뜸 알 수가 있었고, 아버지의 죽음이 연관되어 머리에 떠올랐던 것이다.

교통사고로 돌아가셨다는 아버지의 죽음의 원인이 어머니에게 있다는 사실이 다시 연미의 머릿속을 괴롭게 짓눌러 왔다. 추궁을 하듯 물어도 이야기를 안 해주는 어머니의 심사를 이해할 수가 없었다. 딸이 그런 질문을 했을 때는 어머니로서 응당 자기의 입장을 변명하기 위해서도 사실을 밝힐 터인데, 굳이 아직 얘기할 때가 아니라면서 덮어두고 넘어가려는 속셈이 무엇인지 궁금했다.

그런데 자기에게는 비밀로 해두려 하면서도 현 교수에게는 그런 말을 선뜻 내비친 저의가 가만히 생각하면 얄밉고 겁이 나기도 했다. 옛 애인에게는 남편의 죽음의 원인이 자기에게 있다는 식으로 얘기해서 환심을 사려는 속셈이 아니고 무엇인가. 남편과 사이가 나빴고, 그래서 결과적으로 남편이 죽음에까지 이르게 되었다는 뜻이니 얼마나 가증스럽고 무서운 일인가 말이다.

그런데 어머니는 현 교수에게도 구체적인 얘기를 하지 않고, '모르시는 것이 편하당게요. 나중에 알게 될 때가 있겠지라우. 그 얘기는 그만허도록 해요. 괴롭당게요.' 이렇게 나중으로 미루어 버렸던 것이다. 연미로서는 그 까닭을 알 수가 없었다. 슬쩍 피해 버린다고 해서 괴로움이 사라질 성질의 것인가 말이다. 오히려 그런 식으로 얼버무리면 상대에게 잘못 오해를 살 여지가 있는 것인데…….

그리고 연미로서 또 한 가지 납득이 가지 않는 것은 자기를 잉태하고, 아버지가 돌아가셨을 그 무렵에도 어머니와 현 교수가 은밀한 관계를 지속하고 있었던 것 같은데, 아버지의 죽음에 대해서 또 그 뒤 어머니가 출가하여 비구니가 된 까닭에 대해서 현 교수가 모르고 있는 것 같으니, 도대체 일이 어떻게 돌아갔던 것인지 더욱 아리송하고 궁금하기만 했다.

연미가 그런 생각에 빠져든 것과 마찬가지로 현중하 역시 '너무 싸게 달리지 마시오. 급한 것도 아닝께.'라는 월엽의 말로 인해서 그녀의 남편의 죽음을 머리에 떠올리고 있었다.

남편이 교통사고를 당하여 죽었다면, 말하자면 비명사를 한 셈이니 여자로서 팔자가 매우 사납다고 할 수 있는데, 더구나 그 교통사고의 원인이 여자에게 있었다면 저주 받은 운명이라고 아니 할 수가 없다.

현중하는 그녀로부터 그저께 해질 무렵에 '내가 나쁜 여자라우. 내 탓이었응께. 남편이 죽은 것도 다 내 탓이었당게요.'라는 말을 들은 뒤로 도대체 어떻게 된 내막인지 궁금해서 그날 밤 잠자리에 들어서는 물론이고, 어제도 곧잘 이런저런 상상의 날개를 펴보곤 했다. 더구나 그녀가 머리를 깎고 여승이 된 것까지가 '당신 때문이라고 할 수 있어라우.' 하였으니 그녀의 운명이 자기로 인해서 크게 소용돌이를 쳤던 것 같아 은근히 어떤 죄책감 같은 것이 짓눌러오기도 해서 괴로웠다.

이제 그 번뇌로부터 헤어나 해탈의 경지에 이른 듯 '다 전생의 업이지요 뭐. 나무관세음보살—' 하던 월엽의 말이 현중하의 죄책감을 좀 덜어주기는 했다. 그러면서도 가만히 생각할수록 그 말이 오히려 가슴을 짜릿하게 아프게 하는 것이었다.

한 여자의 운명에 자기가 그처럼 검은 그림자를 던졌는데, 여자는 그것을 전생의 업으로 생각하고 체념하고 있다는 사실이 어떤 눈물겨움으로 다가왔다.

현중하는 옆에 앉아 있는 월엽의 손으로 살짝 시선이 가서 멎었다. 한 손으로 염주를 가만가만 헤아리고 있었던 것이다.

현중하는 그 염주를 마치 자기가 그녀의 손에 쥐어준 것만 같이 생각되었다. 그런 생각이 들자 불현듯 '나무관세음보살—'이라는 말이 속에서 솟구쳐 올라 입 밖으로 흘러나오려 했다. 물론 그것을 가만히 눌러 삼켰다. 현중하가 그런 충동을 느끼기는 난생처음이었다.

차 안에 다시 침묵이 계속되고 있었다. 그런 분위기가 답답하게 생각되었던지 운전사가 불쑥 입을 열었다.

"어제 말이지라우. 정말 끔찍한 사고를 봤당게요. 군산에 갔다가 오는디 목천포 삼거리에서 글쎄 추럭*('트럭'의 비표준어)하고 택시하고 정면충돌을 했지 뭔기라우."

"목천포에서요?"

현중하는 '목천포'라는 말에 귀가 번쩍 뜨이는 모양이었다.

"예, 손님 목천포 잘 아시는 모양이지라우? 말씨는 여기 분 아닌 것 같은디……."

"목천포에서 만경강 다리를 건너면 치문학교라고 있죠?"

"치문학교요? 그건 잘 모르겠는디라우."

"그 학교가 내 모교올시다."

그러면서 현중하는 옆에 앉은 월엽을 힐끗 돌아보았다.

'치문학교'를 들먹인 현중하와 시선이 마주치자 월엽은 절로 눈매에 고운 미소가 번졌다. 가만가만 염주를 헤아리던 손도 어느덧 멎어 있었다.

현중하는 월엽에게 물었다.

"아버님은 아직 살아 계시나요?"

치문학교 시절에 본 문수선의 아버지 문방원 선생을 머리에 떠올리며 묻는 말이었다.

"칠팔 년 전에 돌아가셨어라우."

"아, 그래요. 우리 아버지도 오륙 년 전에 돌아가셨죠."

"현 선생님이 우리 아버지보다 좀 젊으셨지라우?"

"글쎄요. 어릴 때여서 그것까지는 난 기억이 안 나는데요. 아버님이 살아 계시면 지금 연세가 어떻게 되나요?"

"팔십이 훨씬 넘었지라우. 보자…… 나보다 스물다섯 위였응께……."

"그럼 여든넷이군요."

현중하가 속셈이 빨랐다. 문수선이 자기보다 한 살 위였으니까 자기 나이에 스물여섯을 더했던 것이다.

"맞당게요. 하하하……."

월엽은 낮은 소리로 웃었다. 자기 아버지의 나이를 정확하게 모르고 있는 게 부끄러웠고, 또 재빠르게 현중하가 계산해낸 게 어쩐지 좀 우스웠던 것이다.

연미는 뒷좌석의 현 교수와 어머니의 대화를 들으면서도 아무 반응도 없이 입을 꼭 다물고 빳빳하게 굳어져 앉아서 앞 차창으로 획획 다가오는 풍경만을 가만히 바라보고 있었다.

"보자…… 어느덧 사십칠팔 년이라는 세월이 흘렀군요."

약간 감회 어린 그런 투의 목소리로 현중하가 말했다. 치문학교 시절을 두고 하는 말이라는 것을 월엽은 대뜸 알 수가 있었다.

"나무관세음보살─"

절로 입에서 염불이 흘러나왔다.

"지금도 그 제방엔 삐비가 많은지 모르겠어요."

현중하가 물었다.

"하하하…… 많겠지라우 뭐. 그 삐비가 다 어디 갔겠어요."

"논에 메뚜기는 요즘은 많지 않다지요?"

"그렇다 그래라우. 독한 농약 땜시……."

"메뚜기를 당신이 나보다 훨씬 잘 잡았었는데…… 허허허……."

"메뚜기뿐이 아니었지라우. 삐비도 내가 언제나 훨씬 많이 뽑았잔혀요."

"맞아요. 내가 삐비를 좀 달라다가 떠밀려서 둑 밑으로 데굴데굴 굴러버린 적도 있었지. 허허허……."

"하하하……."

옛날을 회상하며 마냥 즐거운 듯이 웃는 뒷좌석의 두 사람이 몹시 신경에 거슬리는 듯 연미는 목을 찔끔 움츠렸다가는 허리를 공연히 쭉 뻗으며 자세를 고쳐 앉았다.

"두 분이 옛날에 같은 학교를 다닌 모양이지라우?"

운전사가 입을 열었다.

"예. 목천포에서 강 건너면 있는 치문학교를 같이 다녔는데, 이분이 나보다 한 학년 위였죠."

현중하가 대답했다. 그러자 운전사는 백미러 속으로 뒷좌석의 두 사람을 힐끗힐끗 들여다보고는 조금 싱거운 표정을 지으며 말했다.

"그런디 두 분이 어떻게 되는 사인지 잘 모르겠네요."

대화 가운데에 '당신'이라는 말이 섞이는 것을 보면 남남 사이는 아닌 것 같은데, 여자 쪽이 여승이고 또 나누는 얘기로 보아서 부부간도 아닌 게 틀림없어 도대체 어떤 관계인지 미심쩍은 모양이었다.

"어떤 사이로 보이나요? 한번 알아맞춰 보구려."

현중하는 농담기가 약간 섞인 어조로 말했다.

"글씨라우. 부부간은 아닐티고…… 스님헌티 바깥양반이 있을 턱이 없응께. 나누는 얘기를 들어도 그렇고……."

"그리고요?"

"두 분이 오래간만에 만난 것 아닝기라우? 옛날 얘기를 나누는 것을 봉께 아무래도 그런 것 같은디요."

"맞았어요. 옛날 국민학교 때 꼬마 동창생이 오래간만에 만났죠."

"그냥 동창생만은 아닌 것 같은디라우."

옛날 국민학교 동창생이라는 그런 관계만이라면 '당신'이라는 말이 섞여 나올 턱이 없다 싶었던 것이다.

"그럼 어떤 사이 같나요?"

"혹시 저…… 이혼한 것 아닌기라우? 이혼했다가 오래간만에 다시 만난 사이같이 보이는디요."

그러자 그때까지 말없이 굳어져만 있던 연미가 별안간,

"헤헤헤……."

좀 이지러진 듯한 웃음을 터뜨렸다. 그리고 불쑥 말했다.

"이혼한 게 아니라 실연을 했었대요."

"실연요?"

"예."

"그럼 옛날 애인끼리 다시 만났다 그 말이네요."

연미는 대답을 하지 않고 살짝 고개를 숙여버렸다. 자기가 좀 당돌했다 싶었고, 뒷좌석에 앉아 있는 어머니와 현 교수의 시선이 뒤통수에 집중되는 느낌이었던 것이다.

운전사는 힐끗 뒤를 한번 돌아보며 물었다.

"맞는기라우?"

"맞았수다. 허허허……."

현중하는 좀 멋쩍은 듯이 웃었다.

"어느 쪽이 실연을 했는디요? 채인 쪽이 어느 쪽이냐 그 말이라우."

"채인 쪽도 없고, 찬 쪽도 없수다."

"그런디 어떻게 실연이 된당가요?"

"6·25가 터지는 바람에 그만 소식을 모르게 됐었지 뭐요. 그러니까 실연이라는 말은 딱 들어맞질 않는 셈이죠."

"그럼 6·25 때 헤어지고 처음 만났단 말인기라우?"

운전사는 참 희한한 일이라는 듯이 물었다.

연미는 현 교수의 입에서 어떤 대답이 나오려나 싶어 바짝 긴장이 되었다. 어쩌면 어머니와 현 교수의 지난날의 관계가 구체적으로 밝혀지고, 비밀의 실마리가 잡힐지도 모른다 싶었다.

"처음은 아니지요. 중간에 꼭 한번 만난 일이 있어요."

현중하가 대답하자 월엽이 얼른 입을 열었다. 좀 못마땅한 표정이었다.

"뭣 땜시 그런 얘길 자꾸 한당가요. 기사 양반도 싱겁당게. 남이사어떤 사이기나 뭣허러 꼬치꼬치 자꾸 캐묻는기라우."

"미안혀라우. 난 그저 심심풀이 삼아서 물어본 것인디……."

운전사의 표정이 머쓱해졌다.

다시 차 안에 침묵이 흘렀다.

연미는 속으로 가만히 생각해 보았다. 어머니와 현 교수가 6·25 때문에 서로 소식을 알 길이 없어 자연히 헤어지게 되었다는 사실과 중간에 꼭 한번 만난 일이 있다는 사실이 밝혀진 것이다. 6·25로 인해서 어쩔 수 없이 헤어지게 되었다면 두 사람 사이의 애정은 그대로 남아 있었던 셈이 아닌가. 그렇다면 현 교수의 말대로 실연이라고는 할 수 없을 것 같았다. 사랑하는 상대방을 서로 잃어버렸다는 점에서는 실연인지 모르지만, 어느 쪽도 애정의 배반이 없었으니 흔히 말하는 실연은 아닌 것이다. 어쩌면 서로 소식을 알 길이 없어 그리움은 더욱 간절해졌을지도 모를 일이었다. 실연이 아니라 비련이라고 하는 편이 옳을 것 같았다.

그런데 중간에 꼭 한번 만난 일이 있다는 사실은 뜻밖이었다. 연미가 혼자서 생각했던 것과는 달랐다. 연미가 어머니가 자기를 밴 뒤에도 현 교수와 은밀한 관계를 유지하고 있었던 것으로 생각했다. 그랬기 때문에 아버지와의 사이가 나빴고, 아버지는 이혼을 하려고 생각했던 것으로 상상했다. 꼭 한번 만나고 그만두었다면 틀림없이 서로가 다 결혼을 한 뒤의 일인 것 같은데, 그렇다면 서로 맺어질 수 없었던 것을 운명으로 돌리고 체념을 했었다는 의미가 아닌가. 그런데 왜 어머니 탓으로 아버지가 비록 교통사고였지만 돌아가시는 일이 생기고, 어머니가 머리를 깎고 비구니가 되기까지 한 것일까. 어머니가 자기 입으로 비구니가 된 까닭이 현 교수 때문이라고 할 수 있다는 말을 하지 않았는가 말이다.

도무지 그 대목이 이해가 가지 않아 연미는 혼자서 추리를 하듯 이런저런 상상에 빠져들고 있었다.

문득 연미는 차창 밖으로 경운기 한 대가 다가오고 있는 것을 보았다. 뒤이어 오토바이 한 대가 경운기를 추월하여 냅다 쏜살같이 질주해 오질 않는가.

"어머나!"

자기도 모르게 연미는 냅다 비명을 질렀다.

연미의 비명 소리와 동시에 운전사도 깜짝 놀라서 얼른 핸들을 오른편으로 꺾었다.

"오메!"

"으이크!"

월엽과 현중하도 순간 몸이 왼편으로 기울어지며 눈이 휘둥그레지고 있었다.

쏜살같이 질주해 온 오토바이는 승용차가 재빨리 오른편으로 비끼는 바람에 스칠 듯 말 듯 아슬아슬하게 핑 지나갔다. 참으로 위기일발이었다.

"야! 이 싸가지 없는 새끼야!"

운전사는 창밖으로 얼굴을 내밀면서 핑 도망치듯 멀어져 가는 오토바이를 향해 냅다 고함을 질렀다.

"죽고 싶어서 환장을 했다냐. 저 놈의 새끼…… 눈깔은 뭣 헐라고 달고 댕기는 것이여."

생각할수록 아찔한 듯 운전사는 곧장 투덜거렸다.

"정말 큰일 날 뻔했는데……."

현중하도 놀라서 가슴이 벌떡거리고 있었다.

"아이고 나무관세음보살……."

월엽도 놀란 숨을 내쉬며 염불을 뇌었다.

연미의 충격이 가장 컸던 모양으로 그녀는 두 손으로 얼굴을 꼭 가리고 고개를 떨군 채 꼼짝도 하질 않았다.

차 안에 놀란 뒤의 긴장된 무거운 침묵이 잠시 흘렀다.

긴장이 좀 누그러진 듯 운전사가 아까 애기를 꺼내다가 만 목천포의 교통사고를 다시 들먹였다.

"글쎄 목천포에서 어제 추럭하고 택시하고 정면충돌을 했는디 정말 못 보것더랑께요. 택시가 납짝해져 뻔졌는디 사람이 성할 것이요. 거짓말 안 하고 사람이 오징어같이 돼뻔졌지 뭔기라우. 세 사람이나……."

"허허허…… 사람이 오징어같이 돼버려요."

그 말이 현중하는 우스운 모양이었다.

'거짓말 안 하고'라면서 꽤나 과장이 심하다 싶었다.

"정말 입맛 안 나더랑게요."

"추럭은 괜찮고요?"

"택시가 납짝해질 때는 추럭도 성할 수야 있당가요. 코가 삐틀어지듯이 돼뻗졌지라우. 그런데 운전수는 괜찮던디요. 차를 몰라면 큰 차를 몰아야 쓰겠던디. 어제 봉께로."

"좌우간 요즘은 인명이 재천이 아니라 재차(在車)라고 할 수 있어요. 차 때문에 사람이 얼마나 많이 죽고, 다치고 하는지……."

그런 말을 하다가 현중하는 문득 옆에 앉은 월엽의 남편의 죽음이 생각나서 아차 싶으며 입을 다물어 버렸다.

'인명이 재천이 아니라 재차'라는 말에 월엽은 살짝 얼굴을 숙이며 가만히 두 눈을 감았다. 이십여 년 전 남편의 그 불의의 교통사고 생각이 절로 떠오르며, 자기의 불행했던 결혼생활이 씁쓰레하게 회상되었다.

지난날의 파도

아버지의 강요에 못 이겨 중매결혼을 한 문수선은 그런대로 남편에게 정을 붙이려고 노력하며 신혼생활을 해나갔다. 남편은 군청 서기였다. 김제군청에 다니고 있었다. 시가*(남편의 집안)도 김제읍내에 있었다. 대대로 그곳에서 살아 내려오는 집안이었다.

남편 백사민은 맏이가 아니어서 그들은 처음부터 자기들만의 보금자리를 가졌다. 그러니까 말하자면 신혼의 단꿈에 마음 편하게 흠뻑 젖어들 수가 있었다.

문수선은 그러나 현중하에 대한 그리움을 깨끗이 떨쳐버릴 수가 없었다. 남편이 출근을 하고 난 뒤 종일 혼자 있을 때 그녀는 문득문득 현중하 생각에 빠져들곤 했다. 기왕에 결혼을 하여 남의 아내가 된 몸이니 이제 그런 부질없는 생각을 안 하려고 애를 썼다. 그러나 그럴수록 오히려 더 그리움은 짙게 가슴속으로 스며들었다.

밤으로 남편과 행위를 가질 때 문수선은 으레 눈을 감았다. 중매

결혼으로 낯선 남자와 육체를 나누게 되었기 때문에 부끄러움에서 비롯된 버릇이었다. 눈을 감고서 짜릿한 쾌감에 앞니를 오도독 물면서도 그녀의 머릿속에는 곧잘 현중하를 그렸다. 지금 몸 위에서 뜨겁게 달아오르고 있는 남자가 다름 아닌 현중하라고 애써 생각하며 그와의 정사를 환상 속에서 즐겼다. 그러니까 실제로 몸은 남편에게 바치고 있으면서도 정신적으로는 첫사랑의 남자와 간음을 하고 있는 셈이었다.

한 번은 그런 환상이 지나쳤던지 행위가 끝나고 남편이 몸 위에서 미끄러져 내려 축 늘어졌을 때 눈을 뜬 그녀는 그게 현중하가 아닌 다른 남자라는 사실에 그만 형언할 수 없는 허전함과 슬픔까지 휘몰아쳐 와서 자기도 모르게 눈물을 주루룩 흘렸다.

"흐흐흑……."

그녀는 나직이 흐느끼기까지 했다.

그러자 늘어져 누웠던 남편이 약간 당황하듯이 아내를 돌아보았다.

"아니 당신 울고 있는 거여?"

"아니요."

그녀는 번쩍 정신이 들어 눈물이 흐르는 두 눈을 깜짝거리면서 얼른 표정을 바꾸어 애써 웃음을 떠올렸다.

"눈물이 흐르는디……."

"너무 행복해서라우."

정말 행복에 겨운 듯이 말하며 손바닥으로 눈물을 닦았다.

"그리여? 허허허……."

남편은 웃으면서 행위 때 기분이 너무 좋으면 우는 여자가 있다더니 어쩌면 자기 마누라가 그런 타입이 아닌가 싶었다.

신혼의 단꿈에 젖으면서도 머릿속 한쪽에는 현중하에 대한 그리움이 그처럼 사라지질 않고 눌어붙어 있으니 문수선은 결코 하루하루가 마음 편하고 행복하다고는 할 수가 없었다.

문수선은 때때로 6·25가 원망스러웠다. 전쟁 때문에 현중하의 생사를 알 길이 없어 안타깝고 슬펐다. 부디 그가 죽지 않고 살아 있기를 간절히 바랐다.

그런 생각에 빠졌다가도 그녀는 눈물을 머금으며 고개를 내젓곤 했다. 살아 있다면 어쩐단 말인가. 만약 그가 살아서 자기 앞에 나타난다면 오히려 난처하고 당황할 일이 아니고 무엇인가. 틀림없이 그는 사랑을 배반한 여자라고 자기를 원망할 것이다. 아버지의 강요에 못 이겼다고는 하지만 어쨌든 딴 남자에게 시집을 가버렸다는 것은 사랑을 배신한 행위임에 틀림없어 문수선은 괴로웠다.

그런 착잡한 심정을 감추기 위해서, 또 신부로서 신랑에게 미안한 생각이 들기도 해서 문수선은 남편이 퇴근해 오면 얼굴 한번 찡그리는 일 없이 애써 밝은 표정으로 가려운 데를 긁어주듯 극진히 대했다. 곧잘 필요 이상의 애교를 내비치기도 했다.

아내의 속마음을 모르는 백사민은 그처럼 나긋나긋하고 애교도 있는 문수선이 무척 마음에 들어 중매결혼이지만 장가를 썩 잘 들었다고 생각하고 있었다.

마음의 아픔에는 약이 따로 없는 법으로 흐르는 세월이 약이라면 약이었다. 달이 가고 해가 바뀌고 세월이 흐를수록 문수선의 가슴속에 깃들어 있던 현중하의 그림자도 차츰 희미해져 갔다.

이삼 년이 지난 뒤에는 그 그림자가 거의 사라진 것과 마찬가지였다. 물론 아직 흔적이 남아 있지 않은 것은 아니었으나 이제 체념이 되어 담담한 심정이었다.

설령 현중하가 불쑥 자기 앞에 모습을 나타낸다 하더라도 이제는 크게 당황하는 일 없이 전쟁 탓으로 이렇게 되었고, 또 이것이 피차의 운명이 아니겠느냐고 차분하게 자기변명을 할 수 있을 것 같았다.

말하자면 문수선은 백사민의 아내로서 몸과 마음이 함께 든든하게 틀이 잡혀가는 셈이었다.

그러나 이번에는 다른 걱정이 한 가지 슬그머니 문수선에게 그늘을 던지고 있었다. 어찌된 영문인지 어느덧 결혼을 한 지 삼사 년이 되었는데도 잉태를 하지 않는 것이었다. 결혼을 일찍 한 탓으로 아직 나이는 이십대 중반이어서 아이가 늦는 것은 아니었지만, 그러나 부부간에 살을 섞은 지 삼사 년이 되었으니 아이를 가지는 것이 정상이 아니겠는가. 빠른 여자는 결혼을 하자말자 임신이 되어 일 년이 채 못 되어서 어머니가 되기도 하는데 말이다.

슬그머니 걱정이었으나 문수선은 그런 말을 입 밖에 내비치지는 않았다.

그런 하루는 남편이 밤늦게 술에 꽤나 취해가지고 귀가를 했다. 왜 이렇게 늦었느냐고 물으니 같은 과에 근무하는 동료네 집에 갔다 왔다면서,

"오늘이 그 친구 아들 돌날이었당께. 돌날."

약간 혀 꼬부라진 소리로 '돌날'을 강조하듯이 내뱉는 것이었다.

남편의 입에서 '돌날'이라는 말이 나오자 문수선은 묘하게 긴장이 되었다. 그동안 남편은 전혀 그런 얘기는 내비치질 않았다. 지금

역시 자기들의 아이에 대한 얘기는 아니었지만, 아들을 가진 친구를 부러워하는 눈치였고, 또 그 돌날을 빗대어서 자기들 사이에 아이가 생기지 않는 것을 은근히 불만으로 내뱉는 것 같았다.

그러니까 남편 역시 겉으로 나타내지는 않았지만, 속으로는 자기와 마찬가지로 아이가 생기기 않는 데 대한 걱정을 은근히 하고 있었던 게 틀림없었다.

"돌 음식 잘 채렸어라우."

문수선은 남편의 상의를 받아 걸며 슬쩍 음식 얘기로 말머리를 돌리려 했다.

"아들이 잘 생겼더랑께. 저거 아버지보다 낫지 뭐여."

백사민은 노타이셔츠를 벗으며 동문서답이었다.

문수선은 말문이 닫히지 않을 수 없었다.

바지를 입은 채 백사민은 아랫목에 깔아놓은 이부자리 위에 가서 사지를 벌렁 내던지고 큰대자로 드러누웠다.

"오메, 바지도 안 벗고…… 무슨 술을 이렇게 먹었디야."

문수선은 다가가 남편의 허리끈을 풀고 바지를 벗겼다. 그리고 이번에는 두 발에서 양말을 뽑았다.

그러자 백사민은 술내를 내뿜으며 약간 꼬부라진 소리로 말했다.

"여보, 우리 아들 돌날은 언제랑가?"

"하하하……."

문수선은 웃지 않을 수 없었다.

"내년 가을쯤이랑가?"

"아직 임신도 안 했는디 어떻게 내년 가을에 돌이 된당가요. 지금 임신을 해도 저명년*('재명년'의 영천말)이라야 돌이 되지라우."

"그렁가…… 아이구 우리 아이는 어째서 그렇게 드딘지 모르겠네 잉?"

"글쎄 말이라우."

문수선은 힘없이 말했다.

그러자 백사민은 벌떡 일어나더니 아내를 끌어당겨 가슴에 안고 다시 벌렁 나가 뒹굴었다.

"여보, 오늘밤에 기여이 아들을 맹글더라고 잉?"

"가만있어요. 옷을 벗어야지라우."

"어서 벗어랑께. 바쁘당께. 빨리 아들을 맹글어야 쓰겄당께."

"히히히……."

봄밤이 이슥토록 두 사람은 기어이 회임이 되도록 하고 말겠다는 듯이 뜨겁게 휘감겨 거듭거듭 달아올랐다.

그런 일이 있은 뒤로 백사민은 술에 취해서 귀가하는 날은 으레 아이 얘기를 꺼내며 어째서 임신이 안 되는지 모르겠다고 아내를 원망하듯 투덜거리기 일쑤였다. 그럴 때면 문수선은 울고 싶은 심정이었다.

어쩌면 두 사람 중에 누군가 한 사람이 잘못되어 있는 게 아닌가 하는 생각이 들자 문수선은 슬그머니 암담해지기도 했다.

문수선은 불임의 원인이 어느 한쪽의 결함 때문인지, 아니면 무슨 까닭이 있는 것인지 병원에 가서 한번 검사를 해보았으면 싶었다. 정말 끝내 아이를 못 가져서 자식 없는 부부가 되어 버린다면 얼마나 허전하고 삭막한 인생일 것인가 말이다. 특히 늘그막에는 쓸쓸하고 처량하기까지 할 것 같았다.

그래서 한 번은 남편에게 조심스레 의향을 떠보았다. 함께 저녁을 먹으면서였다.

"여보."

"응?"

"저…… 우리 병원에 한번 가보는 것이 어떻겠어라우?"

"병원에는 뭣 하러?"

백사민은 무슨 뜻인지 얼른 못 알아듣는 듯 아내의 얼굴을 멀뚱히 바라보았다.

"검사해 보로요."

"검사라니 무슨 검사?"

"당신도 참 인제 봉께 말귀도 어지간히 어둡소 잉?"

"검사라…… 응, 알겄당게."

그제야 백사민은 히죽 한번 웃으며 고개를 끄덕였다. 그러나 별로 기분이 안 좋은 듯한 표정으로 바뀌고 있었다.

"한번 가보장게요. 검사를 해보면 안대요. 어느 쪽 잘못으로 임신이 안 되는가."

"……"

"그것이 아니면 무슨 다른 원인이 있는지 검사해 봤으면 좋겠어라우."

시무룩한 표정으로 듣고 있던 백사민은 약간 못마땅한 듯이 이마를 찡그리며 말했다.

"검사해보고 싶으면 당신 혼자 해보랑께. 나는 아무 결함이 없당께."

그 말은 문수선을 몹시 기분 나쁘게 했다. 자기는 아무 결함이 없다는 말은 곧 여자 쪽에 결함이 있다는 뜻이 아니고 무엇인가.

"결함이 있는지 없는지 검사도 안 해보고 어떻게 안당가요? 그럼 나헌티 결함이 있다는 말인기라우?"

"언제 내가 당신헌티 결함이 있다 그랬어?"

"당신헌티 결함이 없다면 나헌티 결함이 있다는 뜻이 아니고 뭣인 기라우. 그렇게 말하는 법이 어딨당가요?"

문수선은 토라지지 않을 수 없어 숟가락을 놓아 버렸다.

"밥 먹다가 베란간 쓰잘띠 없는 얘길 꺼내갖고서 기분 잡치게 지랄이여."

"지랄이라니 그것이 어째서 지랄이랑가요?"

"그만 아가리 닥치지 못헐 것이여."

"아니 이것이……."

백사민의 얼굴이 험악하게 일그러지며 곧 밥상이 뒤집어질 것 같았다.

문수선은 발딱 일어나 밖으로 나가며 기어이 또 한마디를 내뱉었다.

"나헌티는 결함이 없단 말이여!"

불임의 원인 검사 문제로 그렇게 다투고 나자 문수선은 한동안 그 일 때문에 꽤나 괴로워했다.

남편이 왜 그런 태도로 나왔는지 이해할 수 있을 것 같았다. 둘이 함께 병원을 찾아가 정자와 난자의 기능검사를 해서 정자 쪽에 결함이 있다는 결과가 나올 경우 남편은 치명적이지 않겠는가 말이다.

그렇다면 반대로 난자 쪽에 결함이 있다는 검사 결과가 나온다면 어떻게 되겠는가. 자기가 여자로서 결격인 셈이니 그 엄청난 충격을 어떻게 감당할 것인가. 생각하면 두렵기 짝이 없는 일이었다.

정자와 난자 어느 쪽에도 결함이 없다면 천만다행이지만, 그런 결과를 기대하기는 어려우리라 싶었다. 그렇다면 왜 결혼을 한 지 벌써 여러 해가 되는데도 임신을 못 하겠는가 말이다. 아무래도 어느 한쪽에 결함이 있을 것만 같았다.

문수선이 자기 혼자서라도 한번 병원을 찾아가 검사를 해볼까 하는 생각이 들기도 했다. 그러나 슬그머니 두려웠다. 난자에 이상이 없다면 다행이지만, 만약 그렇지 않을 경우를 생각하면 아찔했다. 그런 결과일 바에야 차라리 모르고 지내는 편이 훨씬 낫다 싶었다.

그리고 문수선은 아직까지 한 번도 산부인과 병원이라는 데를 가 본 적이 없었다. 아무리 병원의 의사라고는 하지만 생판 낯선 남에게 더구나 의사가 남자일 경우 가장 부끄러운 부분을 활짝 드러내 보일 일을 생각하면 절로 얼굴이 화끈 달아올랐다. 말하자면 아직 그녀는 여자로서의 마음의 청순함과 수줍음을 지니고 있었던 것이다.

그래서 문수선은 남편과 함께라면 몰라도 혼자서 병원을 찾아가 검사를 해보는 일을 단념하고 말았다.

백사민 역시 그 뒤로는 자기네 아이에 대한 말을 입 밖에 내비치는 일이 없었다. 그런 말을 꺼내면 틀림없이 아내가 병원에 가서 검사를 해보자고 나올까 봐 은근히 두려운 모양이었다.

백사민은 술을 좋아하고, 또 주량도 큰 편이었다. 결혼을 하여 몇 해가 지나면 대체로 남자들이란 가정이라는 것이 시들해지는 법인데, 더구나 아이까지 없고 보니 집구석이 따분하기만 한 듯 백사민은 퇴근을 하면 곧바로 귀가를 하는 일은 거의 없고, 으레 술집으로 향하기 마련이었다.

문수선은 그런 남편을 되도록이면 이해하려고 애를 썼다. 남자란 직장생활을 하다 보면 술을 마실 기회가 자주 생기기 마련일 것이고, 또 어느 쪽 탓인지는 모르지만 좌우간 아이가 없으니 집에 일찍 들어와도 별 재미가 없어서 그러려니 하고 너그럽게 생각하려고 노력을 했다.

그런데 하루는 밤늦게 여느 때보다 월등히 취해가지고 돌아온 남편의 입에서 뜻밖의 말이 흘러나왔다.

"당신 나하고 결혼하기 전에 애인이 있었다면서? 다 안단 말이시. 다 알어."

문수선은 당황했다. 남편의 입에서 그런 말이 나올 줄은 정말 꿈에도 생각 못했던 것이다.

친구의 아들 '돌날'을 들먹이며 우리는 왜 아기가 안 생기는지 모르겠다는 말을 꺼냈을 때보다 월등히 충격적이었다. 아이 얘기는 자기도 은근히 걱정했던 일이고, 부부간이면 결국 말이 나와야 될 성질의 것이지만, 결혼 전의 애인에 관한 얘기는 그것과는 근본적으로 문제가 달랐다. 결혼을 한 지 벌써 여러 해가 되는데 이제 와서 트집을 잡듯 불쑥 그런 얘기를 꺼내다니 어처구니가 없었다. 아마도 술자리에서 누군가에게 현중하와 자기 사이에 있었던 일을 얘기 들은 모양이었다.

이마빼기를 정면으로 한 대 얻어맞은 것처럼 아찔하기까지 했으나, 문수선은 재빨리 속으로 대처 방법을 굴혔다. 그런 문제는 결코 사실대로 밝혀서는 안 된다는 생각이 들었던 것이다.

"도대체 무슨 소린기라우?"

"시치미 떼지 말랑게. 다 안단 말이시."

"누구헌티 무슨 소리를 들었는디 그런 요상한 말을 한당가요. 애인이 있었다니, 애인이 있었으면 뭣 땜시 당신하고 결혼했겠소. 안 그래라우?"

눈을 똑바로 뜨고 문수선은 오히려 역공으로 나갔다.

"거짓말 헐 것이여? 내가 그런 소리를 함부로 입 밖에 낼 사람 같이여? 오늘 술자리에서 똑똑히 들었단 말이시. 알겄어?"

"어떤 썩을 놈이 그런 소리를 합띠여. 나헌티 무슨 웬수 진 일이 있어 그런 사람 잡을 소리를 함부로 내뱉는지 모르겄네. 내 참 기가 맥히서……"

"사람 잡을 소리는 무슨 사람 잡을 소리랑가. 그것이……"

문수선은 남편을 멀뚱히 바라보았다. 술에 취해서 정신이 오락가락하는 게 아닌가 싶었다.

"사람 잡을 소리가 아니고 그럼 무엇이랑가요?"

"결혼하기 전에 있었던 일잉께로 사람 잡을 것까지는 없다 그것이여. 지금도 그 애인허고 살짝살짝 만내고 있다면 몰라도……"

"살짝살짝 만내다니, 그것이 말이라고 허는 기라우?"

문수선은 발칵 화를 내듯 쏘아붙였다.

"그렇게 사실대로 말해 보라 그것이여. 결혼하기 전에 애인이 있었는디 어째서 감출라고 그래쌓아. 지금 아무 관계가 없으면 그만 아니겄어."

"없었던 애인을 맹글어 갖고 말한다요?"

"정말 없었다 그거여?"

"그래라우."

"당신이 황산국민학교에서 선생질 할 때 편지를 보내오던 남자는 그럼 누구랑가?"

"문수선은 말문이 막혔다.

"왜 대답을 못히여? 어서 대답해 보랑게."

백사민은 술기운 때문에 게슴츠레해진 눈을 깜작거리며 추궁하듯 말했다.

"편지를 보내오기는 누가 보내왔다고 그러능기라우?"

"아니, 안 보내왔었다 말이여? 정말 이렇게 끝까지 감출라고 헐 것인가? 그때 같은 학교에 근무했던 선생헌티서 오늘 들었다 말이시."

"누군디요. 그 선생이……."

문수선은 슬그머니 화가 치밀었다. 어떤 선생이 남의 부부 사이를 흔들어 놓으려고 그따위 소리를 함부로 지껄였는가 싶으니 얄밉고 괘씸하기 짝이 없었다.

"황 선생이라고 허덩가…… 나하고는 모르는 사람인디 오늘 술자리에서 인사를 허게 됐지. 그런디 그 선생이 연애니 뭐니 그런 화제 끝에 내가 당신 남편인 줄을 모르고, 우리 학교에 문수선이라는 처녀 선생이 있었는디 하고 당신 얘기를 불쑥 꺼내더랑게. 당신헌티 어떤 남자가 사흘이 멀다 하고 편지를 보내 오더라면서 편지로 그렇게 열렬히 연애를 허는 것도 좋아 보이더라고까지 말하더라 말이시."

황 선생이라는 말에 문수선은 대뜸 머리에 떠오르는 남선생이 있었다. 꽤 나이가 든 선생이었는데, 6·25가 일어나기 전 현중하로부터 보내오는 편지에 대해서 그 선생이 곧잘 농담을 던지곤 했던 일이 생각났다. 황 선생이라면 그 남선생이 틀림없는 것 같았다. 그러나 문수선은 시치미를 뚝 떼고,

"황 선생이라…… 누군지 모르겠는디…… 내가 그 학교에 있을 때

는 황 씨라고는 없었는디…….”

이렇게 말하고는 얼른 말머리를 돌렸다.

“여보, 당신 많이 취한 것 같당께. 어서 주무시고 내일 술 깨거들랑 얘기헙시다. 잉?”

그러면서 그녀는 남편에게 다가들어 바지를 벗기고 양말을 뽑았다. 그리고 남편의 욕정을 살짝 자극하듯 그의 눈앞에서 훌훌 옷을 벗었다. 거의 알몸이 되어 먼저 이부자리 속으로 들어가며 남편을 끌어당겼다. 과거의 애인 따위 지금 와서 들먹일 게 뭐 있느냐는 듯이 교태까지 보이면서 말이다.

이튿날은 마침 공휴일이었다. 여느 아침보다 월등히 늦게 잠을 깨자 이부자리 속에서 문수선은 남편 품 안으로 기어들듯이 하면서 나긋나긋한 목소리로 말을 꺼냈다.

“여보, 내가 솔직하게 얘기할 것잉께 내 말을 꼭 믿어주지라우?”

“무슨 말인디?”

백사민은 멀뚱한 표정을 지었다. 간밤에 너무 취했던 터이라 잘 기억되지가 않는 모양이었다.

“호호호 호호호…….”

남편의 그런 표정이 재미있다는 듯이 문수선은 약간 호들갑스럽게 웃어댔다.

“어젯밤에 무슨 말을 했는지 기억 안 나는기라우?”

“아으흑—”

아내의 말에 백사민은 커다랗게 하품을 하고서 그제야 흐릿하게 간밤의 일이 머리에 떠오르는 듯,

“응 알겄어. 결혼 전의 일을 들먹인 것 같은디…….”

하고 시들하게 말했다. 약간 겸연쩍어하는 것도 같았다.

기어이 실토를 듣고야 말겠다는 듯이 몰아붙이던 기세와는 너무 대조적이어서 문수선은 약간 맥이 빠지는 느낌이었다. 술이란 그처럼 허망한 것인가 하는 생각이 들기도 했다.

그러나 그럴수록 기회는 이때다 싶었다. 남편이 다시 추궁을 하기 전에 미리 그의 머릿속에 의혹의 찌꺼기가 남지 않도록 깨끗하게 해명해 두는 것이 현명한 일인 것 같았다.

"사실은 말이지라우 나헌티 짝사랑을 한 머저리 같은 남자가 하나 있었당게요."

싹 입에 침을 바르고 감쪽같이 엮어내는 해명이었다.

"머저리 같은 남자가…… 허허허……."

그 말이 꽤 기분을 괜찮게 하는 모양으로 백사민은 헛바람 새듯이 헐렁헐렁하게 웃었다.

"그 남자가 글쎄 싫다는디도 자꾸 편지를 보내더랑게요. 나중에는 귀찮아서 편지를 뜯어보지도 않고 찢어뻔졌지라우."

"그랬었구만……."

"한 번은 편지를 찢어뻔지는 것을 보고서 어젯밤에 당신헌티 얘기했다는 그 황 선생이 연애편지를 왜 찢어뻔지냐고, 인제 끝났느냐고 글쎄 그러더랑게요. 남의 속도 모르고……."

"……."

"6·25가 일어나기 전에 잠깐 그런 귀찮은 꼴을 당했는디, 6·25가 나고 그 머저리 같은 남자 군대 나가서 아매 죽어뻔졌을 것이라우."

"그 사람 안됐는디, 짝사랑만 허다가 전쟁이 나서 죽어뻔졌다면······."

진담인지 농담인지 백사민은 오히려 그 남자를 동정해서 말했다.

문수선은 이제 됐다 싶었다. 남편의 입에서 그런 말까지 나왔으니 말이다. 그러면서도 은근히 마음 한 구석이 아파왔다. 입에서 나오는 대로 무심히 지껄여낸 말이지만, 어쩌면 현중하가 정말 전쟁 때문에 죽지나 않았는지 하는 생각이 문득 와 닿았던 것이다.

앞니를 자그시 물며 문수선은 아픔을 삼킨 다음 남편에게 다짐을 받듯 말했다.

"인제 의심이 풀렸지라우? 내 잘못은 하나도 없당게요?"

"당신이 숫처녀였다는 것은 내가 잘 아는디 뭐. 첫날밤에 봉께로 틀림없었당께. 허허허······ 그러니까 그 남자하고 연애를 했다 하더라도 상관없는 일이여."

백사민은 제법 대범하게 이렇게 말했다. 간밤과는 현저한 차이가 아닐 수 없었다.

술이란 참 헤아릴 수 없는 묘한 음식인 듯 그것에 취했을 때와 깼을 때의 백사민의 상태는 매우 대조적이었다. 평소에는 별로 말수도 적고, 약간 내성적이라고 할 수 있는 그런 조용한 성격인데, 술에 취하면 현저히 말이 많아져 했던 말을 또 되풀이하기 일쑤고, 행동거지도 거칠어지는 경향이 있었다.

자기제어 능력을 거의 상실하는 것 같았다.

당신이 숫처녀라는 것을 초야에 확인했기 때문에 설사 그 남자와 연애를 했었더라도 상관없는 일이라고 대범하게 말했던 사람이 며칠이 못 가서 술에 취해 돌아오자 다시 그 말을 꺼내는 것이었다.

"짝사랑이었다고? 그것이 정말일까잉? 알 수 없는 일이랑께. 그 머저리 같은 자식이 정말로 전쟁에 나가 뒈져뻔졌을까? 아직 살아 있는지도 모른당께. 안 그리여? 여보, 어떻게 생각히여?"

이런 식으로 공연히 빈정거리듯 혹은 사람을 은근히 괴롭히려는 듯 혀 굳어진 소리를 하곤 했다.

그런 남편을 문수선은 경멸의 눈초리로 쏘아보았다. 남자가 한번 자기 입으로 대범하게 이해를 하는 것으로 말했으면 그것으로 그만인 것이지, 술에 취했다고 다시 말을 뒤집듯 그 얘기를 꺼내어 남을 괴롭히려 들다니 값어치 없는 인간으로만 보여 정나미가 떨어졌다.

그런 일이 거듭되자 문수선은 남편을 술도깨비쯤으로 생각하고 못 들은 척해 버리려고 애를 썼다.

백사민의 술주정은 세월의 흐름과 함께 차츰 더 심해져갔다. 아내의 혼전의 애인에 대해서뿐 아니라, 아이가 생기지 않는 데 대한 불만도 곧잘 터뜨렸다. 그러니까 그의 잠재의식 속에 그 두 가지가 끈끈한 앙금처럼 눌어붙어서 좀처럼 사라지지가 않는 모양이었다.

그러다가 백사민은 의처증 증세를 보이기까지 했다. 그 남자가 전쟁에 나가 죽지 않고 살아서 돌아온 게 틀림없다면서, 자기가 직장에 나가고 없는 동안에 살짝살짝 만나고 있지 않느냐고, 아무래도 그런 것 같다는 말을 서슴없이 내뱉었다. 취중에 그런다면 술도깨비가 또 헛소리를 해대는 것으로 치부해 버리면 그만인데, 멀쩡한 정신에도 간혹 그런 투의 말을 내비쳤다.

그럴 때면 문수선은 어처구니가 없어서 사람을 뭘로 알고 함부로 그따위 소리를 지껄이느냐고 마구 악을 쓰듯 대들며 공박을 주었다. 그러면 좀 의심이 가시는 듯 백사민은 두 눈을 멀뚱거리며 수긋해지는 것이었다.

한동안 계속되던 그런 의처증 증세가 지나가자 이번에는 외박을 하기 시작했다.

하루는 통행금지 사이렌이 울릴 때까지 남편이 돌아오질 않아 문수선은 까짓것 술도깨비 기다리면 뭘 하나, 어디 길바닥에라도 쓰러져 자는 모양이지 하고 혼자 잠이 들어 버렸다.

자다가 한밤중에 소변이 마려워 눈을 뜬 문수선은 남편이 돌아왔는가 싶어서 일어나 불을 켜보았다. 남편은 돌아와 있질 않았다. 어떻게 된 일인가 싶어 슬그머니 걱정이 되기도 했으나, 방 윗목에 놓인 꽃요강에 볼일을 보고 나서 까짓것 내사 모르겠다 하고 다시 잠이 들어버렸다.

남편은 새벽녘에 돌아왔다. 문수선이 일어나 방문을 열고 마루로 나가는데 대문을 두들기는 소리가 들렸다. 그들은 그 무렵 남의 집 아래채에 세 들어 있었다. 틀림없이 남편인 것 같아 그래도 별일 없이 무사히 돌아오는 것이 반가워서 얼른 가서 대문 빗장을 빼주었다. 남편임을 확인하자 그녀는 꼴도 보기 싫다는 듯이 아무 소리 없이 돌아서서 후닥닥 부엌으로 들어가 버렸다.

아침을 먹으면서 백사민은 변명을 하듯 말했다.

"여보 미안히여. 어젯밤에 집에 못 들어와서."

"……."

"같은 과 직원 집에 초상이 나서 거기 가서 밤샘을 했당게."

"누가 뭐라 그래요?"

"집에 와서 당신헌티 말을 하고 가는 것인디, 퇴근하고 모두 같이 가는 바람에 그렇게 됐당게."

그 말에 문수선은 남편의 얼굴을 빤히 바라보았다. 필요 이상 변명을 하는 것 같아서였다.

"예, 잘했어라우."

빈정거리는 투로 시들하게 말해 주었다.

그런 일이 있은 지 열흘도 채 못 가서 백사민은 두 번째 외박을 했다. 이번에는 국민학교 동기생 아무개네 집에 초상이 나서 문상을 가서 그곳에서 밤을 새웠다는 것이었다.

문수선은 남편의 그 말을 믿어야 될지 어떨지 알 수가 없어서 그 표정을 살피듯 눈여겨 바라보며 투덜거렸다.

"문상을 가면 꼭 밤을 새워야 쓴다요? 직장에 근무하는 사람이 밤샘을 하면 그 담날 일을 어떻게 하지라우?"

"그런 걱정은 허지 말랑게. 끄떡 없응께로."

백사민은 아직 술기운에 젖어 있는 듯한 두 눈을 끔벅이며 말했다.

머지않아 또 세 번째 외박이 있었다. 그때 역시 초상집에서의 밤샘이라는 것이었다. 문수선은 참을 수가 없었다. 남편에 대한 애정 때문이 결코 아니었다. 아내로서의 자존심 때문이었다. 멸시를 당한 것 같아 견딜 수가 없었다. 아무리 애정이 없는 부부간이라고는 하지만 자기 아내를 두고 번번이 외박을 하다니 이만저만한 모욕이 아니었다.

"무슨 놈의 초상이 그렇게 자주 난당가요? 그 전에는 안 그렇더니……."

초상집에서의 밤샘이라는 것도 이제 믿을 수가 없어서 문수선은 냅다 쏘아붙이듯 내뱉었다.

"초상나는 것을 내 맘대로 헌디야, 어쩐디야."

백사민은 히죽히죽 웃고 있었다.

남편이 웃는 바람에 문수선은 더욱 화가 치솟았다.

"초상집에서 밤샘을 했다고요? 누가 속을 것 같은 기라우? 인제 안 속는당께."

"그럼 내가 어디서 뭘 했다는 것이여?"

"다 안당게요."

"알기는 뭣을 알어?"

"남자가 어찌 그렇게 거짓말을 잘 한다요."

"뭣이 어쩐다고?"

백사민의 표정이 험악해졌다.

험악해지거나 말거나 문수선은 조금도 수그러들지 않고 뻣뻣하게 맞섰다.

"거짓말이 아니고 그럼 뭣잉기라우? 어떤 년하고 붙어 자고 왔으면시로 초상집에서 밤샘을 했다고…… 흥! 핑계가 좋당께."

그러자 백사민은 서슴없이 내뱉었다.

"뭐 너 볼라고 온 줄 알어? 흥! 사루마다 갈아입을라고 왔단 말이시."

"뭣이 어찌여? 이 썩을 놈아!"

문수선은 '사루마다 갈아입으러 왔다.'는 말에 자기도 모르게 그만 눈꺼풀을 파르르 떨며 악을 쓰듯 내뱉었다.

"썩을 놈? 말 다 했어? 요것이 죽고 싶어서 환장을 한 것 아니여."

"그리여, 죽고 싶어서 환장을 했어. 어쩔 것이여. 자, 죽여, 죽이랑께."

문수선은 머리를 쑥쑥 남편 앞으로 내밀면서 정신없이 뇌까려 댔다.

그러자 백사민은 주먹을 불끈 쥐고 냅다 아내를 내리칠 듯이 하다가 겨우 참으며 숨을 좀 가라앉히고 나서,

"내가 뭣 땜시 외박을 했는지 알어? 다른 여자한티서라도 아이를 낳아볼까 해서여. 알겄어?"

이렇게 말했다.

"뭣이라고?"

그 말에 그만 문수선은 핑 현기증 같은 것을 느꼈다. 눈앞이 아득해지는 느낌이었다. 더는 뭐라고 입을 열 수가 없었다.

그런 일이 있은 뒤로 문수선은 진짜 실의에 빠지고 말았다.

입맛까지 잃어버려 식사도 제대로 하질 않고 자리에 드러누워 있기 일쑤였다.

드러누워서 문수선은 문득문득 견딜 수 없는 질투심에 몸을 떨기도 했다. 아무리 애정을 느낄 수 없는 남편이라곤 하지만 그가 다른 여자와 동침을 한다고 생각을 하면 견딜 수가 없었다. 행위를 나누는 장면이 자꾸 눈앞에 어른거려 미칠 것 같았다. 어떤 년인지 당장 쫓아가서 머리끄덩이를 냅다 쥐어뜯어 주고 싶은 충동을 느끼기도 했다.

그러나 '다른 여자한티서라도 아이를 낳아볼까 해서여.'라던 남편의 말이 떠오르면 문수선은 슬그머니 그만 맥이 풀려버리는 것이었다.

문수선은 마침내 혼자서 병원을 찾아가 검사를 해보기로 마음먹었다.

남편이 다른 여자한테서라도 아이를 낳아볼까 해서 외박을 한다면 그것은 외도라고 볼 수가 없었다. 어떤 한 여자를 사귀어 그 여

자와 계속 육체관계를 가지고 있다는 뜻이 아니고 무엇인가. 그리고 남편의 그런 행위는 아내인 자기를 아이도 못 가지는 여자로 단정하고 있다는 의미이기도 했다.

그런 사실을 알고서 문수선은 가만히 있을 수가 없었다. 설령 검사 결과가 난자의 이상으로 임신 불능이라고 나오는 한이 있더라도 병원을 찾아가 검사를 해보지 않고는 못 배기겠는 것이었다.

그리고 그녀는 생각을 거듭한 끝에 만약 자기에게 결함이 있다고 판정이 되면 순순히 아내의 자리에서 물러나 주리라는 결심까지 했다. 그처럼 남편이 아이를 원하는데, 자식 생산을 못하는 여자가 어떻게 아내의 자리에 끝까지 버티고 있겠는가 싶었다. 다른 여자한테서 아이를 낳아서 남편의 몸과 마음이 그쪽으로 완전히 옮아가 버린다면 그처럼 괴롭고 비참한 일이어디 있겠는가 말이다. 그런 수모를 당하기 전에 차라리 깨끗하게 이혼을 하고서 달리 혼자서 살아가는 길을 모색하는 것이 떳떳하고 현명한 일일 것 같았다.

어느 날 아침나절 문수선은 혼자서 산부인과 병원을 찾아갔다. 만약의 경우는 이혼까지 각오하고 앞니를 자그시 물며 찾아간 병원인데도 조심스럽게 문을 밀고 들어서는 문수선은 공연히 가슴이 두근거리며 얼굴이 살짝 붉어 오르기까지 했다. 임신 기능의 정상 여부에 대한 불안감에 앞서서 낯선 의사 앞에 자신의 은밀한 부분을 드러내 보일 일이 부끄럽고 걱정이 되었던 것이다. 운명의 기로에 놓인 듯한 그런 긴장된 상태 속에서도 그녀는 여자로서의 수줍음을 잃지 않고 있었다.

그러나 검사를 마치고 병원 문을 나설 때의 그녀의 얼굴에는 은은한 미소가 어려 있었다. 생각했던 것과는 달리 별로 부끄럽지가 않앓을 뿐 아니라, 오히려 싱겁다는 느낌이었다는 것이다. 의사가 남자였는데도 말이다. 병원이란 참 묘한 곳이로구나 싶었다.

검사는 의외로 복잡하고 종류도 가지가지여서 일주일 후에라야 결과를 알 수 있다면서 찾아올 날짜를 지정해 주었다.

결과가 나오는 그 날짜를 기다리며 일주일 동안 문수선은 마치 찌뿌듯이 흐린 날씨 같은 심정으로 지냈다. 남편에게뿐 아니라 아무에게도 그런 검사를 했다는 얘기를 입 밖에 내질 않았다.

마침내 그 날짜가 다가와서 문수선은 마치 무슨 판결이라도 받는 미결수 같은 심정으로 병원을 찾아갔다.

"아무 이상이 없습니다. 얼마든지 임신을 할 수 있고, 건강한 아이를 낳을 수 있어요. 생식기관에 아무 하자가 없이 아주 정상이에요."

서울 말씨를 쓰는 의사는 자기도 기분이 좋은 듯 싱그레 웃으면서 말했다.

"아, 그렇습니까."

문수선도 표준어로 말하며 활짝 미소를 지었다. 눈앞이 금세 눈부시게 밝아지는 듯한 느낌이었다.

병원 문을 나서는 문수선은 들어올 때와는 정반대로 걸음이 가볍기만 했다. 찌뿌듯하게 흐려져 답답하기만 하던 가슴속도 어느새 활짝 개어서 개운하고 상쾌하기 그지없었다.

거리에 나서자 그녀는 '나도 아이를 낳을 수 있다.' '나는 여자로서 아무 결함이 없다.'는 말을 지나가는 행인들에게 냅다 큰소리로 알리고 싶은 충동을 느낄 정도로 기쁨에 들떠 있었다.

'나는 죄가 없다.' '나는 무죄 선고를 받았다.' 하고 재판에서 판결을 받은 미결수가 기뻐서 외치고 싶은 그런 심정이라고나 할까.

검사 결과가 그렇게 판명되었으니 결함은 남편 쪽에 있는 게 분명했다. 그렇다면 앞으로도 임신이 될 가능성은 없었다. 생각하면 역시 암담한 일이었다. 그런데도 문수선은 자기 자신이 여자로서의 기능에 아무런 하자가 없다는 사실이 적잖이 위안이 되었다. 설령 아이가 없는 부부로서 늙어간다 치더라도 그것이 자기의 탓이 아니니한결 마음이 가볍고 남들 앞에 떳떳할 것 같았다.

그날 종일 문수선은 모처럼 여느 때와 달리 유쾌했다.

공교롭게도 그날 남편은 일찍 귀가를 했다. 퇴근을 하자 곧바로 집으로 돌아온 것 같았다. 맨숭맨숭한 얼굴인 것이 술도 한 방울 입에 대지 않은 게 틀림없었다. 드문 일이었다.

저녁상을 차리면서 그런 남편을 향해 문수선이 상냥한 목소리로 말했다.

"여보, 오늘은 내가 술 한잔 받아드릴끼라우?"

"뭣이여? 술을 받아준다고? 살다 봉께 당신이 날 술 받아주는 날도 다 있구만 잉? 내일 아침에 해가 서쪽에서 떠오르는 것 아니여?"

"하하하…… 약주 반 되만 받아드릴 것잉께 그 이상은 더 자시지 마시요잉?"

"어떻게 된 일이당가? 오늘 아매도 당신 무슨 좋은 일 있는 것 아니여?"

"좋은 일은 무슨 좋은 일이 있어라우. 당신이 일찍 들어오싱께 좋아서 그러는 것이지."

"허허허…… 그럼 인제부터 매일 일찍 들어올꺼나…… ."

"그러시요. 그러면 매일 약주 반 되씩 받아드릴 것잉께."

"허허허…… 정말이여?"

"정말이랑게요 하하하……."

모처럼만에 두 사람은 정다운 부부로 되돌아가 밝게 웃었다.

주전자를 들고 나가서 실제로 약주 반 되를 받아온 문수선은 그것을 저녁상과 함께 방에 들여놓았다.

밥상을 가운데하고 마주앉아서 모처럼만에 남편과 같이 저녁을 먹게 된 문수선은,

"내가 술을 한잔 따라드릴 것잉게 자, 잔을 받으시요."
하면서 술잔을 내밀었다.

"이거 정말 뭣이 어떻게 된 일인지 모르것당게. 꼭 뭣에 홀린 것 같이여."

"홀리기는…… 내가 뭐 구미혼 줄 아시요. 홀린 것이 아닝께 아무 걱정 말고 어서 받으시랑게요."

"당신헌티 술잔 받기는 첫날밤 이후 첨인디."

백사민은 기분이 나쁠 턱이 없어 좀 쑥스러운 듯한 웃음을 씩 웃으며 잔을 받았다.

그 잔에 문수선은 두 손으로 주전자를 들어 약주를 가득 따랐다.

"아이구 넘친당게."

"잔은 넘치고 님은 품에 차야 쓴다면서라우?"

"당신도 알 것은 다 아네 잉? 허허허……."

"나라고 그런 말 모를 것이요. 귀가 있는디……."

"그런디 당신 베란간 어째서 나헌티 이렇게 정을 팍 쏟는당가?"

"아내가 남편헌티 정을 쏟는 것이 뭣이 어떻다요?"

"안 그러다가 베란간 이렁게로 얼떨떨허당게."

"더러 그럴 때도 있어야지우. 어서 드시기라우. 드시고 나도 한잔

주시요. 나도 쪼께는 마실 수 있어라우."

"그리여? 오늘 참 벨일이시."

백사민은 술잔을 입으로 가져가 꿀꺽꿀꺽 단숨에 들이켜 버렸다. 마치 술에 살짝 기갈이 들린 사람 같았다. 그리고 잔을 아내에게 내밀었다.

문수선도 잔에 약주를 절반가량 받아서 홀짝홀짝 두어 모금 마시고는 이맛살을 찡그리며 아직 술이 조금 남아 있는 잔을 그대로 도로 남편에게 건넸다. 그리고 다시 술을 채워주었다.

그들 부부는 구식으로 결혼을 했었다. 그래서 첫날밤에 야물상(夜物床)을 가운데 놓고 술잔을 주고받았었다. 먼저 신부가 신랑에게 잔을 권하고 술을 쳐주었고, 그 술잔을 비운 신랑이 이번에는 신부에게 잔을 건네고 술을 따랐었다. 그러나 신부는 잔을 갖다 대기만 했을 뿐 마시지는 않았다.

백사민은 그 첫날밤 일이 생각나서 절로 웃음이 나왔다. 그날 밤의 그 수줍던 신부가 이제는 자청해서 술잔을 받아 비록 두어 모금이지만 홀짝홀짝 마셨으니 말이다. 제법인데 싶었다. 그러면서도 한편 좀 같잖다는 생각도 슬그머니 들었다. 서른도 못 된 가정주부가 벌써 술을 마시려들다니 싶은 것이었다. 똥 묻은 개가 그래도 남자랍시고 말이다.

남편의 눈언저리가 발그레 물들기 시작한 것을 보고서 문수선은 조심스럽게 입을 열었다.

"여보, 당신하고 상의할 일이 한 가지 있어라우."

"뭣인디? 상의할 일이……."

백사민은 약주 기운에 혼혼해진 시선으로 아내를 은근하게 바라보았다. 그럴 수밖에. 아내가 자청해서 술을 받아왔을 뿐 아니라, 첫날밤 이후 처음으로 술잔까지 받은 터이니 말이다.

"저…… 우리 말이지라우 양자를 들이면 어떻겠어라우?"

문수선 역시 두어 모금이지만 꽤 주기가 있는 약주를 마신 터이라 속이 기분 좋게 짜릿해오는 것을 느끼며 눈에 고운 미소까지 살짝 떠올려 나긋나긋한 목소리로 말했다.

"뭐, 양자?"

"예."

"왜 양자를 들인당가?"

"아이가 없응께로 말이지라우. 아이가 있으면 누가 양자를 들인다요."

"아이가 있을지 없을지 어떻게 알아서 벌써 양자 얘기를 들먹거려?"

"벌써가 아니랑게요. 결혼한 지가 벌써 몇 핸기라우? 아직까지 아이가 없다면 앞으로도 가망이 없당게요."

"가망이 없다고 당신이 어떻게 단정을 내리는가 그 말이여."

슬그머니 백사민의 표정이 굳어들며 목소리가 약간 높아졌다.

"나는 알어라우."

그러면서 문수선은 묘한 웃음을 히죽 떠올렸다.

그 웃음이 좀 이상하게 느껴져서 백사민은 긴장된 시선으로 아내를 말없이 지켜보았다. 문수선도 남편의 표정을 살피듯 힐끗힐끗 바라보고는 자기도 슬그머니 굳어들며 말을 꺼낼까 말까 망설였다.

"당신이 뭘 어떻게 안다는 것이여? 말해 보라고."

이쯤 되었으니 이제 망설일 일이 아니라 싶어 문수선은 아랫배에 지그시 힘을 주며 그러나 되도록 부드러운 목소리로 말을 꺼냈다.

"실은 말이지라우 병원에 갔었어라우. 당신이 다른 여자헌티서 아이를 낳을라고 외박을 한다는 말을 듣고는 도저히 견딜 수가 없더랑게요. 입장을 바꿔놓고 한번 생각해 보시요. 당신이 여자 같으면 남편헌티서 그런 말을 듣고 가만히 참고 있겄어라우?"

"검사를 해봤다 그것이지?"

"예, 검사를 해봐서 만약 나헌티 결함이 있어서 아이를 못 가진다면 그때는 내가 깨끗이 떠나가 디릴라고 각오를 했어라우. 아이를 못 낳는 여자가 무슨 염치로 끝까지 버티고 있당가요. 안 그래라우?"

백사민은 표정이 아주 심각해지며 아무 말이 없었다.

"그런디 오늘 검사 결과가 나왔당게요."

"……."

"아무 이상이 없다 그래라우. 얼마든지 아이를 낳을 수가 있다 그러더랑게요."

"그런 나헌티 결함이 있다 그것이여?"

백사민의 한쪽 눈썹께가 파르르 경련을 일으킨 듯 떨리고 있었다.

문수선은 얼른 뭐라고 말이 나오지가 않았다. 남편의 파르르 떨리고 있는 한쪽 눈썹께를 약간 두려운 듯한 눈길로 가만히 보고 있을 뿐이었다.

"양자 말을 꺼내는 것 봉께 나헌티 결함이 있다는 거 아니고 뭣이여?"

"……."

"왜 말이 없어? 안 그리여?"

문수선은 들릴 듯 말 듯한 목소리로 말했다.

"나헌티 결함이 없응께 당신헌티 결함이 있는 것 아니겠어라우."

"뭣이 어찌여? 이 싸가지 없는 것이……."

"……."

"말 다했어?"

백사민은 발칵 화를 내어 내뱉었다.

"아니 여보, 당신은 뭣땜시 언제나 화부터 낸다요? 부부간에 서로 터놓을 것은 터놓고, 상의를 해야 쓰는 것 아닌기라우?"

문수선도 기를 죽이고 있을 수만은 없어서 얼굴을 빳빳하게 쳐들었다.

"상의고 지랄이고 나는 결함이 없당께. 나는 멀쩡하다 그것이여. 고자가 아니란 말이여."

"누가 고자라 그럽띠여?"

"그럼 뭐여? 고자가 아닌디 어째서 결함이 있다는 것이여? 어째서……."

"고자하고 그 결함하고는 다르다는 것을 정말 모르고 그러는 기라우?"

화가 나서 내뱉으면서도 문수선은 한편 웃음이 나오려는 것을 애써 참았다.

"모른당게. 어떻게 다른가 설명을 해보랑게."

"내 참 기가 맥혀서……."

"기가 맥히긴 누가 기가 맥힌다는 것이여? 내가 기가 맥혀 죽겄다고."

"그렇게 어거지를 쓰지 마시요 잉."

"어거지를 쓰기는 누가 어거지를 쓴다는 거여? 어서 설명을 해보란 말이여. 왜 설명을 못 히여?"

그러자 문수선은 그만 어이가 없는 듯이 웃으면서 빈정거리는 투로 말했다.

"정자가 시원찮다 그것이랑께요. 인제 알겠능기라우?"

"뭣이 어찌여? 정자가 시원찮다고? 이 싸가지 없는 년이……."

백사민은 그만 자기도 모르게 벌떡 일어서고 있었다. 도저히 그말을 듣고는 참을 수가 없었던 것이다. 남자로서 치명적인 모욕을 당한 것 같아 냅다 그만 한쪽 발로 밥상을 걷어차듯이 문수선을 뒤집어씌워 버렸다.

"오메야!"

비명과 함께 문수선은 밥상을 피하여 방바닥에 나가쓰러졌다.

엉망이 되어버린 방바닥에 옆으로 쓰러져서 꼼짝을 안 하고 있는 문수선을 향해 백사민은 마치 마지막 선언이라도 하듯 내뱉었다.

"잘됐당께. 내가 떠나 줄 것잉께 양자를 들이든지 딴 놈헌티 시집을 가든지 맘대로 허란 말이여! 맘대로 히여! 좋아한 남자도 있었잖히여. 나도 딴 여자헌티서 아이를 낳을 것이여. 두고 보랑께. 꼭 낳을 것잉께 두고 봐."

그리고 왈칵 방문을 열고 밖으로 홀쩍 나가버렸다.

그런 일이 있은 뒤로 문수선은 정말 이혼을 생각하기에 이르렀다. 자기가 여자로서 결함이 있어서 아이를 못 갖는다는 검사결과가 나올 경우 이혼을 해주리라 생각했었는데, 이제 그것이 아닌데도 도저히 백사민이라는 남자를 남편으로 여기며 함께 살아갈 자신이 없어지고 말았다.

밥상을 뒤집어쎴다고 해서가 아니었다. 지금까지는 부부간에 시끄러운 일이 잦았어도 그것이 말다툼으로 끝났었는데, 이번에는 남편이 발로 밥상을 차서 뒤집어씌우는 그런 거친 행동을 취했다는 점에서 물론 충격적이었다. 그러나 문수선은 남남이 부부가 되어 함께 살아가노라면 때로는 그런 충돌이 있을 수 있다고 생각하는 그런 편이었다.

도저히 견딜 수 없는 것은 '딴 놈헌티 시집을 가든지 맘대로 허란 말이여. 좋아한 남자도 있었잖히여', 라는 말과 '나도 딴 여자헌티서 아이를 낳을 것이여. 두고 보랑께.'라고 한 말이었다.

그런 말을 서슴없이 마지막 선언을 하듯 내뱉고는 뛰쳐나가 버린 사람을 그래도 남편이라고 생각하며 참고 기다리고 있을 수가 있겠는가 말이다. 이번에는 도저히 안 되겠는 것이었다.

실제로 그 뒤 백사민은 집에 돌아오질 않았다.

사흘을 거의 식음을 전폐하다시피 하고 늘어져 누워서 생각을 거듭한 끝에 마침내 문수선은 이혼을 결심하고서 일어나 밥도 지어 먹고, 매무새도 가다듬은 다음 방문에 우선 자물쇠를 채워놓고 친정으로 갔다. 이혼을 하되 일단 친정 부모에게는 허락을 받는 것이 도리일 것 같았던 것이다.

문수선은 먼저 어머니에게 그런 뜻을 비쳤다. 그러나 어머니는 펄쩍 뛰었다. 도대체 그게 무슨 소리냐는 것이었다. 난데없이 이혼이라니, 여자가 이혼을 한다는 것은 곧 자기 신세를 자기가 망치는 결과밖에 아무것도 아니라면서 절대로 그런 생각을 해서는 안 된다는 것이었다.

문수선은 예상했던 대로여서 어머니의 동의를 얻을 생각은 아예 포기했다. 그 대신 아버지는 과거에 교원생활도 했고, 면장으로 재직했으니 생각하는 것이 어머니처럼 그렇게 단순하지는 않으리라 여겨져서 아버지에게 간곡하게 하소연을 해야겠다고 마음먹었다.

친정에 간 이튿날 밤에 문수선은 아래채의 아버지를 찾아갔다.

문방원 씨는 면장을 지내다가 그만두고 그 무렵엔 고향 집에서 머슴을 두고 농사나 지으며 슬슬 감농(監農)이나 하며 지내는 한가한 처지에 있었다.

벌써 마누라에게 대충 얘기를 들어서 수선이가 왜 별안간 친정엘 와 있는지 알고 있었다. 그러나 방 안에 들어와 다소곳이 앉은 딸을 보고도 그저 담담한 표정으로,

"저녁 많이 먹었냐?"

이렇게 심상한 말을 했다.

"예, 아버지."

문수선은 조금 자세를 고쳐 앉으며 대답했다. 그리고 아버지의 눈치를 살피듯이 바라보았다.

문방원은 말없이 담배를 한 대 피워 물고 있었다.

그 덤덤한 표정으로 보아서 아버지는 아직 아무 말도 어머니한테서 들은 바가 없는 것같이 생각되었다. 문수선은 가만히 큰 숨을 한 번 조심스럽게 내쉬었다. 그리고 지그시 아랫배에 힘을 주며 입을 열었다.

"아버지 상의드릴 일이 있어서 찾아왔어라우."

"무슨 일인디?"

문방원은 담배연기를 내뿜으며 넌지시 딸을 바라보았다. 표정이 살짝 굳어드는 듯했다.

문수선은 조금 망설이다가 엣다 모르겠다는 듯이 불쑥 말을 꺼냈다.

"백 서방하고 헤어질까 생각해라우."

"……."

"도저히 같이 못 살겠당게요."

　푸— 하고 담배연기를 좀 세게 내뿜었을 뿐 문방원은 아무 말이 없었다.

　아버지의 그와 같은 무언이 무엇을 의미하는 것인지, 응낙 쪽인지 아니면 그 반대 쪽인지 알 수가 없어서 문수선은 꽤나 긴장된 시선으로 가만히 그 표정을 지켜보았다.

　담배 한 대를 거의 다 태울 때까지 아버지가 아무 말이 없자 문수선은 다시 조심스럽게 입을 열었다.

"아버지, 승낙해 주시는 것이지라우?"

　지금까지 말이 없는 문방원은 그제야 다 타가는 담배꼬투리를 재떨이에 썩 비벼 뭉개버리고는 불쑥 입을 뗐다.

"너 지금 무슨 말을 했냐? 다시 한번 말해 보랑게."

　그 어조가 뻣뻣했고, 눈빛이 날카로웠다.

　문수선은 슬그머니 움츠려들지 않을 수 없었다. 그 말투와 표정으로 보아 대뜸 아버지의 심중을 짐작할 수가 있었다. 결코 응낙하는 쪽이 아니었다. 그러나 물러설 수는 없는 일이어서 이번에는 약간 하소연 쪽으로 나갔다.

"아버지, 오직했으면 여자가 이혼을 할라고 결심을 했겠어라우. 참고 참고 또 참았는디, 인제 도저히 안 되겠당게요."

"백 서방이 뭘 어쩌는디?"

"하나하나 다 말을 할라면 한이 없어라우."

"뭣이 그렇게 백 서방이 잘못이 많다는 것이여? 어디 얘기를 좀 해 보랑게."

문방원은 사위 쪽을 편드는 듯한 그런 투로 말하며 딸을 오히려 못마땅한 눈으로 쏘아보았다.

"술을 마셔도 보통 마셔야 말이지라우. 거의 매일 술을 마시고 한 밤중에 들어와 주정을 항께 사람이 살 수가 없당게요."

"남자가 술을 마시는 것은 허물이 아니여."

문방원은 딸의 말을 싹 자르듯 이렇게 말했다.

"술만 마신다면 괜찮어라우. 의처증까지 있당게요."

"백 서방이 의처증이 있다고?"

"예."

문방원은 잠시 입을 꾹 다물고 무뚝뚝한 얼굴로 생각에 잠기는 듯하더니 불쑥 말했다.

"남자에게 의처증이 생긴다는 것은 다 여자 잘못이여. 어떤 짓을 했길래 남편이 아내를 의심하게 됐느냐 그것이여. 그렇게 백 서방에게 의처증이 생겼다면 그것은 너헌티 책임이 있어. 안 그러냐? 아니 땐 굴뚝에 연기 나는 법이 있더냐?"

문수선은 어이가 없었다. 딸은 젖혀 두고 사위 편만 드는 아버지가 야속스럽고 밉기까지 했다.

"아버지도 참 무슨 말씀을 그렇게 허시능기라우? 그럼 지가 무슨 의심 받을 짓이라도 했다 그것인기라우?"

"반드시 그렇다는 얘기는 아니고……. 그런디 어째서 백 서방이 너를 의심허느냐 그것이여. 아무 일 없는디 그런다면 그놈 미친 놈 아니여."

비로소 아버지의 입에서 사위를 욕하는 말이 나오자 문수선은 됐다는 듯이 재빨리 맞장구를 치듯 지껄였다.

"맞아라우. 살짝 미친 것 같당게요. 정말……."

"뭣이 어찌여? 백 서방이 살짝 미친 것 같다고?"

'미친 것 같다.'는 말을 액면 그대로 받아들인 문방원은 적이 놀라는 표정을 지었다.

너무 그렇게 과장해서는 안 되겠다는 생각이 들어서 문수선은 얼른 말머리를 돌렸다.

"그리고 말이라우. 딴 여자까지 있당게요."

"그것이 정말이야?"

"예. 정말이라우. 아버지헌티 그런 말을 맹글어서 하겠어라우. 번번이 외박을 한당게요."

"음—"

"술주정에 의처증에 딴 여자까지 둔 남자를 남편이라고 생각하며 살 수가 있겠어라우? 참는 것도 한도가 있어라우. 인제 도저히 같이 못 살겠당게요. 이혼을 할 것잉게 아버지, 허락해주시지라우."

문방원은 담배를 다시 한 대 피어물고 푸— 푸— 연기를 내뿜더니 불쑥 입을 열었다.

"안 된다. 이혼은 절대로 안 디여."

단호한 어조였다.

문수선은 말문이 막혀 원망스러운 듯한 눈길로 가만히 아버지를 바라보고만 있었다.

"남편에게 여자가 생겼다고 이혼을 해뻔지면 그 여자헌티 자기 자리를 내주는 꼴밖에 아무것도 아니잖냐? 그런 병신 같은 짓이 어딨다냐? 안 그러냐? 남자란 더러 오입도 할 수 있는 것이여."

그 말에 문수선은 심한 반발을 느끼며 내쏘듯이 말했다.

"백 서방은 오입이 아니랑께요."

백 서방은 오입이 아니라는 딸이 말이 도대체 무슨 뜻인지 문방원은 얼른 납득이 가지가 않았다.

"그럼 뭐냐? 오입이 아니고……."

"그 여자헌티서 아이를 낳을라고 그런당께요."

"뭣이여? 그 여자헌티서 아이를 낳는다고? 음—"

무슨 의민지 짐작이 가는 터여서 문방원은 무겁게 고개를 두어 번 끄덕이고 나서 물었다.

"그런디 말이여 애비가 이런 말을 물어서 쓰는지 모르겠다만, 저…… 너는 왜 아이를 못 가지냐?"

"내가 못 가지는 게 아니랑께요."

"그럼?"

"나는 아무 결함이 없다고 의사가 말했어라우. 검사를 해봤당께요."

"그럼 백 서방헌티 결함이 있다는 말이냐?"

"나헌티 결함이 없다면 그렇지 않겠어라우."

"백 서방은 검사를 안 해봤단 말이구나."

"절대로 자기는 멀쩡하다면서 병원에 가서 검사를 해볼 생각을 안 해라우."

"음— 그런디 다른 여자헌티서 아이를 낳을라고 허다니, 정신 나간 것 아니여."

318

"글쎄 그런당게요. 답답해서 말을 못 해라우."

문방원은 말없이 담배를 피워 대기만 했다. 문수선은 아버지의 표정이 이제 어느 정도 자기가 이혼하려는 까닭을 이해하는 쪽으로 기울어진 것 같아 밀어붙이듯이 계속 지껄였다.

"아이라도 있으면 아이 키우는 재미로라도 참고 살겠는디, 그것도 아닝께 도대체 무슨 낙으로 그런 남자하고 산다요. 안 그래라우? 아버지. 백 서방하고 살아서는 결국 평생 자식 하나 가져보지 못하고 만당게요."

"……."

"술주정에 의처증에 자식도 못 맹그는 그런 병신 같은 남자를 남편이라고 믿고 평생을 어떻게 살아라우. 아이를 가지고 싶어라우. 아버지, 그렁께 이혼하는 것을 이해해 주시기라우."

이제 '허락'을 받는 것이 아니라 '이해'를 구하는 쪽으로 말이 바뀌고 있었다. 그만큼 결심이 단단하다는 것을 문수선은 은연중 아버지 앞에 내비치고 있는 셈이었다.

담배연기를 깊이 빨아들였다가 길게 한숨처럼 내뿜고 나서 문방원은 입을 열었다. 지금까지와는 달리 나직하게 가라앉은 목소리였다. 그러나 오히려 더 위엄과 무게가 풍겼다.

"수선아, 잘 들어라. 이것이 마지막 말이여. 더 얘기허지 않을 것잉께…… 나는 어떠헌 일이 있어도 이혼은 허락하지 않고, 이해하지도 못히여. 한번 시집을 가면 여자는 그 집안에 뼈를 묻어야 쓰는 법이여. 알겄어?"

문수선은 아무 대답 없이 불만에 가득 찬 그런 모습으로 아버지를 원망스러운 듯이 바라보고 있었다.

"남편이 좋다고 살고, 나쁘다고 헤어지는 그런 법은 없당게. 아무리 요새 세상이라고 허지만 그것은 안 되는 일이여. 나는 그런 것은 절대로 용납 못히여. 설사 남편헌티 결함이 있어서 아이를 못 낳는다 치더라도 남편은 남편인 것이여. 얘기를 들응께 백 서방은 아직 병원에 가서 검사를 안 해봤응께로 아이를 못 맹근다고 단정할 수는 없잖은개비여. 무슨 다른 원인이 있어서 아이가 안 생길 것 같으면 양자를 들이면 될 것 아니여."

"양자 얘기를 해봤당게요. 그런디 펄쩍 뛰면서 자기는 절대로 멀쩡하다고 화만 냈지 뭣이라우. 다른 여자헌티서 아이를 낳을 것잉께 보라면서 밥상을 나헌티 뒤집어씌우고 나가뻔졌당게요."

"양자 얘기는 아직은 빨러야. 좀더 기다려보고 끝내 안 되면 그렇게라도 허는 것이지, 서른도 안 됐는디 벌써 무슨 양자를 들인다냐. 그리고 니 말을 들어봉께 아이를 갖기 위해서 백 서방하고 헤어질라 그러는 모양인디, 그렇다면 다른 남자헌티 개가를 허겄다는 것 아니여. 안 그러냐?"

"반드시 그런 것도 아니라우."

문수선은 허를 찔린 듯한 느낌이어서 절로 고개가 숙여지며 기어들어가는 목소리로 말했다.

"그럼 혼자 살겠다는 것이여 뭣이여? 혼자 살아서 어떻게 아이가 생긴다냐?"

"그것이 아니랑게요. 아버지."

"옛날 여자들은 말이여 남편이 죽어도 개가를 허는 법이 없었어. 일부종신을 허는 것이 여자의 도리였당게. 그런디 멀쩡하게 살아 있는 남편을 두고 딴 남자헌티 다시 시집을 갈라고 이혼을 하다니……. 나는 그런 꼴 못 본당게. 절대로 못 봐. 알겠어? 그렁께 이 애비가 살아 있는 동안에는 이혼 같은 것은 생각도 말어. 만일 그런다면 나는 너를 자식이라고 생각하지 않을 것이여. 혈연을 끊어뻗질 것잉께 그쯤 알어. 정말이여. 이 애비 눈에 흙이 들어가기 전에는 안 디여. 알겠지?"

문수선의 입에서 대답이 나올 턱이 없었다. 예상했던 것과는 너무나 달리 교원생활도 했고 면장으로도 재직했던, 말하자면 머리가 개화되었다고 할 수 있는 아버지가 그처럼 완고하게 나오다니 놀라지 않을 수 없었고, 어이가 없어 그저 멍멍할 따름이었다.

문방원은 담배를 재떨이에 문질러 끄고는 잠시 멀뚱히 앉아 있다가 입을 열었다.

"수선아, 나는 니가 심덕도 무던하고 해서 시집가면 잘살 줄 알았는디……."

그러더니 그만 얼른 손수건을 꺼내어 얼굴을 살짝 돌리며 코를 풀었다. 줄 녹아내리는 물코였다. 눈에는 눈물이 핑 어리고 있었다.

그처럼 완고하던 아버지가 별안간 축축한 코를 풀며 눈에 눈물을 떠올리자 그것을 본 문수선은 그만 지금까지의 어이가 없고 원망스럽던 생각이 가슴속에서 주르륵 녹아버리며 목이 콱 메어왔다.

흐르는 물코를 풀고 난 문방원은 약간 목이 잠긴 듯한 그런 목소리로 말했다.

"다 니 팔잔 줄 알고 참고 살아라. 잉? 수선아."

"예, 알았어라우. 아버지……."

그만 문수선은 흐흐흑 흐느꼈고, 눈에서 자기도 모르게 두 줄기 눈물이 걷잡을 수 없이 흘러내렸다. 뭐라고 형언할 수 없는 그런 뜨거운 복받침에 그녀는 훌쩍훌쩍 목메어 울기 시작했다.

문방원은 자리에서 슬그머니 일어났다. 방문을 열고 밖으로 나가면서,

"수선아, 울지 말랑게."

하고는 또 자기도 훌쩍 코를 한번 들이마셨다.

그 바람에 문수선의 울음은 한결 더 짙어지고 있었다.

그렇게 해서 이혼을 단념하지 않을 수 없게 된 문수선은 며칠 더 친정에 머물렀다가 힘없는 걸음으로 도로 자기네 살림집으로 돌아갔다.

백사민은 본처를 버릴 생각은 없는 듯 다른 여자와 본격적으로 동거를 하면서도 이혼을 하자는 말을 꺼내지도 않았고, 간혹 한 번씩 집에 찾아와 자고 가곤 했다. 그럴 때면 과부 아닌 과부처럼 독수공방을 하고 있는 본처에게 미안한 듯 반드시 뜨거운 잠자리 서비스를 잊지 않았다.

문수선은 그런 뻔뻔스러운 남편을 싫다고 거절할까 생각해 보기도 했으나, 사람의 몸뚱어리란 치사스럽기 짝이 없는 것인 듯 한 이부자리 속에서의 욕정을 어찌할 도리가 없어서 처음에는 싫은 듯이 몸을 조금 사리다가도 나중에는 눈을 질끈 감고 뜨겁게 휘감기고 마는 것이었다. 서른이 다 되어가는 무르익은 여자의 몸이라 어찌할 수가 없었다.

그런 생활은 남들 보기에 마치 문수선이 본처가 아니라, 소실인 것만 같았다. 위치가 전도된 셈이었다. 그러니까 백사민은 옛날 양반들이 본처를 두고서 공공연히 소실을 거느리듯이 그런 생활을 버젓이 계속해 나갔다. 오히려 한 술 더 떠서 소실과의 살림처*(살림을

322

하는 곳)를 본거지로 삼아서 말이다.

생각하면 기가 막히고 분하고 창피하기 짝이 없는 일이었으나 문수선은 참아나가기로 마음먹었다. 이웃 아낙네들이나 사정을 전해 들어서 아는 동기생 같은 친구들은 만나기만 하면 왜 그런 꼴을 당하고 가만히 있느냐고, 가서 살림을 모조리 때려 부수고, 어떤 년인지 그년 머리끄덩이를 죄다 쥐어뜯어 놓으라고, 자기들이 오히려 분한 듯이 떠들어대기 일쑤였다. 어떤 친구는,

"너는 쓸개도 안 달린 병신이냐, 아니면 무슨 새끼부처님이라도 되냐?"

하고 정말 알 수 없다는 듯이 공박을 하듯 말하기도 했다.

이웃 아낙네들과 친구들의 그런 부추김이 아니더라도 문수선은 때때로 고개를 쳐드는 질투와 분함 때문에 어떤 년인지 모르지만 그년의 살림하는 곳을 찾아가서 정말 한바탕 분풀이를 하고 싶은 생각이 간절하곤 했다. 그럴 때마다 '수선아, 나는 니가 심덕도 무던하고 해서 시집가면 잘살 줄 알았는디……' '다 니 팔잔 줄 알고 참고 살아라. 잉? 수선아.' 그러면서 녹아 흐르는 콧물을 풀던 아버지의 모습을 떠올리며 이를 악물었다. 아버지의 말마따나 타고난 팔자라고 생각하고서 참고 살아야지 하고 속으로 슬프게 다지면서 말이다.

그리고 문수선이 남편의 딴 여자와의 동거를 그냥 두고 보기로 마음먹은 데에는 또 한 가지 이유가 있었다.

'딴 여자헌티서 아이를 낳을 것이여, 두고 보랑께. 꼭 낳을 것잉께 두고 봐.' 하고 뛰쳐나간 남편이었으니 '오냐, 어디 두고 보자구, 아이를 맹글 수 있으면 한번 맹글어 보랑께. 흥! 어림도 없지.' 이런 생각에서였다. 그런 생각을 하면서 문수선은 혼자서 냉소를 떠올리기

도 했다. 결코 아이를 생산하지 못할 것이라고 굳게 믿기 때문에 그것을 남편이 스스로 인정할 때까지 기다려주자는 것이었다.

그런 까닭뿐 아니라 문수선은 다른 여자와 동거하는 남편을 억지로 빼앗아 오고 싶은 생각이 없기도 했다. 오기 싫은 사람을 억지로 돌아오게 한다는 것은 마치 무슨 애정을 구걸하는 것 같아서 자존심이 허락치를 않았다. 제 발로 걸어 돌아와야 기분이 괜찮고, 체면이 떳떳할 것 같았다.

그런 저런 생각이 겹쳐서 문수선은 본처로서의 분함과 여자로서의 질투를 눌러 참으며 그래도 남편이라고 백사민이 제 발로 돌아올 날을 기다렸다.

그런데 의외로 빨리 그런 날이 다가왔다. 공직자의 기강확립이라는 서릿발 같은 바람이 불어서 백사민은 음주로 인한 근무 성적 불량에다가 축첩이라는 수치스러운 이유가 겹쳐서 면직처분을 당하고 말았다. 월급쟁이가 직장에서 쫓겨났으니 날개 부러진 새와 마찬가지였다.

여자도 백사민에게 진정한 애정을 느끼고서 동거생활을 했던 것도 아닌 듯 남자가 직장을 잃고 빈둥빈둥 건달 같은 나날을 보내게 되자 머지않아 보따리를 싸가지고 떨어져나가 버렸다.

도리가 없어서 백사민은 터벅터벅 제 발로 본처한테로 돌아온 것이다.

"아무래도 조강지처가 제일이랑께. 다른 여자하고 살아봉께로 못쓰겠더랑께."

집에 돌아온 백사민은 좀 멋쩍은 표정을 지으면서도 뻔뻔스럽게 이렇게 말했다.

문수선은 같잖아서 흥! 하고 콧방귀를 뀌며 듣기 싫은 소리를 한 바탕 빈정거려주고 싶었으나 참았다.

"아이를 맹근다더니 그 일은 어떻게 됐다요?"
하고 짓궂게 묻고 싶은 충동도 꾹 눌러 삼켜버렸다.

문수선은 남편이 어쨌든 제 발로 돌아와서 기분이 괜찮았다. 억지로 뺏어온 것이 아니기 때문에 체면이 좀 선 것 같았다. 점잖게 승리를 한 느낌이라고나 할까.

그래서 되도록이면 지난 일은 없었던 걸로 하고, 새살림을 시작하듯 겉으로라도 남편을 위하려고 노력하며 살아갔다.

한동안 일자리 없이 빈둥거리던 백사민은 아버지와 형을 설득해서 재산을 좀 타내는 데 성공했다. 꽤나 괜찮게 사는 집안이었기 때문에 이번에 차남인 백사민의 몫으로 재산의 일부를 뚝 떼 내어 주었던 것이다. 단 그것으로 불려나가든지 들어먹어버리든지 앞으로 더는 절대로 보아주지 않는다는 단단한 다짐을 받고서 말이다. 아버지와 형도 그가 술과 여자 때문에 직장을 잃었다는 것을 잘 알고 있기 때문에 은근히 골칫거리였던 것이다.

백사민은 재산을 타가지고 전주로 이사를 갔다. 그리고 그곳에서 집 장사를 시작했다. 중학교 시절 친하던 친구 하나가 집을 지어 팔며 꽤나 재미를 보고 있어서 그와 동업을 하기로 했던 것이다.

친구끼리의 동업이란 대체로 순탄치가 못하고 실패하기 쉬운 법인데, 그 친구와는 학교 시절부터 배짱이 잘 맞았던 탓인지 큰 탈 없이 그런대로 순탄하게 사업이 이루어져 나갔다. 집을 지어 파는 그런 일에 경험이 없는 터이라 백사민은 매사를 친구의 의향에 따랐고, 친구는 또한 마음이 곧은 사람이라 조그만 일 한 가지도 학창 시절의 친한 친구를 속이려고 들질 않았기 때문에 별 말썽 없이 사업이 이루어져 나갔던 것이다.

전주로 이사를 해서 그런 사업을 시작한 뒤로 백사민은 사람이 꽤 달라지는 것 같았다. 김제 시절과는 달리 술에 취해가지고 귀가하는 일도 적어졌고, 집안 살림을 돌보는 일도 제법 이제 가장다워졌으며, 마누라에게도 진정인지 겉으로 그러는지 모르지만 좌우간 낯간지럽게 애정을 표시하려고 들기까지 했다.

말하자면 백사민은 김제에서의 무절제한 생활 때문에 직장에서 쫓겨나기까지 한 불명예를 씻고 새로운 생활인이 되어보려고 제 딴은 단단히 각오를 했던 것이다.

그러니까 김제에서의 살림살이 때와는 달리 문수선은 크게 속 썩이는 일 없이 그날그날을 비교적 평탄하게 살아갈 수가 있었다.

그러나 세월이 흐름에 따라서 제 버릇 개 못 준다는 격으로, 백사민의 음주벽은 다시 되살아났고, 아이도 못 만드는 주제에 오입질도 잦아졌다. 한 여자를 정말 정해 놓았는지, 아니면 그때그때 술집이나 다방 같은 데서 알게 된 여자를 데리고 노는지 알 수는 없었으나, 좌우간 곧잘 딴 여자와 관계를 가지고 있다는 것을 문수선은 훤히 짐작하고 있었다.

외도가 잦기는 했으나 백사민은 김제에서처럼 본처를 멀리하고 아예 여자와 살림을 차려서 같이 사는 그런 일을 저지르지는 않았고, 또 밖에서 자고 들어오는 경우도 없었다. 무슨 일이 있어도 꼬박꼬박 집에는 돌아왔다. 통행금지 사이렌이 울린 뒤에 어떻게 용케 붙들리지 않고 기어들어 오는 경우도 더러 있었다.

그러나 여자의 육감이란 비상한 것이어서 문수선은 남편이 그냥 술만 마시고 들어왔는지, 아니면 여자와 관계까지 가졌는지를 거의 정확하게 판별할 수가 있었다. 남편의 표정과 하는 말, 그리고 한 이부자리 속에 들었을 때의 그 체취로써 어김없이 식별이 되는 것이었다.

문수선은 그러나 그런 일로 다시 가정에 큰 파문을 일으키고 싶은 생각은 이제 없었다. 그런 정도는 아무것도 아니고, 그보다 훨씬 심각한 고비도 참고 무사히 넘긴 터이라, 남편의 그와 같은 습성에 대해 체념을 한 지가 이미 오래인 것이다. 김제 시절에 말이다.

그러나 여자로서, 아내로서 속이 상하지 않는 것은 결코 아니었다.

문수선이 절에 다니기 시작한 것은 그 무렵부터였다. 여학교 시절에 친하던 친구 하나가 이웃으로 이사를 와서 자주 만나게 되었는데, 그녀가 독실한 불교신자였다. 문수선이 아이가 없을 뿐 아니라 부부사이도 별로 정이 있는 게 아니어서 쓸쓸한 나날을 보내고 있다는 것을 알자 같이 절에 다니자고 그녀가 권유를 했던 것이다.

처음에는 어쩐지 서먹서먹하고 약간 기이하다는 느낌도 들었으며, 스님의 설법도 모호한 데가 많아서 잘 귀에 들어오지가 않았으나, 어쨌든 호젓한 산중에 있는 절간의 그 유현한 분위기가 마음에 들어서 문수선은 그 친구를 따라 계속 다니게 되었다. 그래서 차츰 문수선도 그 친구 못지않게 불제자가 되어갔다.

무엇보다 절을 찾아가 부처님 앞에 앉아서 불경을 외고 명상에 잠기면 속세에서의 온갖 번뇌가 잠시 어디론지 사라지고, 마음이 평안하게 가라앉는 듯해서 좋았다.

그렇게 차츰 불법의 오묘한 진미를 터득해가면서도 문수선은 아직 기복(祈福)의 범주를 벗어나지 못해서 부처님에게 곧잘 아이를 하나만이라도 좋으니 낳게 해달라고 축원을 드리곤 했다. 그것이 부질없는 소망인 줄을 뻔히 알면서도 내부로부터 절로 그런 간절한 기원이 솟곤 하는 것이었다.

그런 축원을 드린 다음에는 법당 밖으로 나와 문수선은 뜰 한쪽에 혼자 서서 먼 하늘가에 떠 있는 덧없는 구름송이를 하염없이 바라보며 쓸쓸하게 웃기 일쑤였다.

그러다가 몇 해 뒤 가을에 문수선은 강원도 쪽으로 며칠 혼자서 가게 되었다. 강릉에 사는 시누이가 위독해서 병원에 입원을 했다는 소식이 왔던 것이다.

그 무렵은 전화가 흔치 않은 때여서 시누이가 아파서 병원에 입원을 했다는 소식이 편지로 왔었다.

편지를 읽어보고 나서 백사민은 망설인 끝에 아내에게 말했다.

"여보, 당신이 혼자서 좀 갔다 오는 것이 어떻겠어? 난 요새 일이 바빠서 도저히 전주를 떠날 수가 없당께. 내일은 새로 지은 집이 팔릴 것 같단 말이여. 누님이 병원에 입원을 했다면 많이 아픈 모양인디…… 나도 한번 가봐야 쓰는디…… 우선 당신이 가서 문병을 허고 오라고. 바람도 쐴 겸."

"그러지라우."

문수선은 마지못한 듯이 대답을 했다. 그러나 속으로는 왜 그렇게 좋은지 알 수가 없었다. 기분대로라면 막 하하하…… 하고 웃음을 터뜨리고 싶을 지경이었다. 혼자서 답답한 전주를 떠나 처음 가보는 강원도 쪽으로 여행을 하듯 훌쩍 떠나게 되다니…… 정말 꿈만 같았다.

그리고 손위시누이는 자기 동생이 술이 과하고 여자까지 밝힌다는 것을 알고는 올케를 딱하게 여겨 만날 때마다 친동생처럼 대하며 참고 살아가노라면 남자들이란 다 나이가 들면 괜찮게 되는 법이라면서 진정으로 위로를 해주곤 했었다. 그런 시누이가 아파서 입원을 했다니 얼른 가서 문병을 하고 싶기도 했던 것이다.

강릉에 가서 시누이의 문병을 하고 그곳에서 이틀을 머문 다음 문수선은 바로 전주로 돌아갈까 하다가 여기까지 온 김에 설악산 구경을 한번 해야지 싶어서 그곳으로 향했다. 여자 혼자서 명승지를 찾아가는 것이 어쩐지 좀 쑥스럽기는 했으나, 이런 기회가 아니면 좀처럼 그 유명한 설악산 구경을 할 수 있을 것 같지가 않기도 했고, 또 어찌된 영문인지 묘하게 그곳에서 무엇이 은근히 끌어당기기라도 하는 듯 기어이 마음이 그쪽으로 향하는 것을 어쩌지 못했던 것이다.

설악산에 도착한 문수선은 신흥사에 가서 예불을 올렸다. 그곳 부처님에게 축원을 드리면서 그녀는 아이 하나를 낳게 해달라는 기원을 잊지 않았다. 이제 몇 해 후면 마흔 고개에 올라서니 여자로서의 생식기능이 끝나기 전에 아무쪼록 남편의 남자로서의 기능이 기적적으로 되살아나서 우리 부부 사이에 아이 하나를 점지해달라고 전주에서의 여느 예불 때보다 한결 간절하고 진지하게 빌고 또 빌었다.

그리고 밖으로 나온 문수선은 이곳까지 와서 그런 부질없는 축원을 드리다니 어쩐지 청승을 떨고 다니는 것만 같아 자기 자신이 가련하고 처량해져서 한쪽 구석 그늘로 가서 앉아 묘하게 복받쳐 오르는 슬픔을 어쩌지 못해 잠시 손수건으로 얼굴을 가리고 소리 없이 눈물을 흘렸다.

그러나 기분을 돌이켜 여기저기 구경을 하고, 케이블카도 타본 다음 점심을 사먹고 문수선은 혼자서 산길을 조금 걸어 올라가 보다가 어떤 계곡에 자리를 잡고 앉았다.

미끈하고 편편한 바위 위를 미끄러지듯 흐르고 있는 티 없이 맑은 가을 물이 문수선은 한없이 좋았다. 계곡 여기저기에 우거져 있는 나무들이 한창 울긋불긋 곱게 단풍이 들어 있었고, 이따금 산새들이 날아다니며 고운 목소리로 지저귀기도 해서 마치 어디 선경에라도 와서 앉아 있는 듯한 느낌이었다.

문수선은 그 계곡 물가에 혼자 앉아서 일어날 줄을 몰랐다. 언제까지나 그렇게 흐르는 물소리와 지저귀는 산새 소리를 들으며 그곳에 앉아 있고만 싶었다. 참 묘한 일이었다. 가을해가 서서히 서쪽으로 기울어져 가는데도 도무지 아랑곳없다는 그런 심정이었다. 설악산에서 일박을 하려는 예정이 아니었는데도 말이다.

그렇게 시간 가는 것도 상관없이 앉아 있다가 천만뜻밖에도, 정말 우연히 그곳에서 현중하를 만나게 되었던 것이다.

계곡 위에 걸려 있는 다리를 어떤 등산객 하나가 건너가는 것을 보고 문수선은 처음에는 그 사람이 현중하인 줄은 꿈에도 몰랐다. 그런데 다리 중간쯤을 건너던 그 남자와 얼굴이 마주쳤고, 등산복 차림이긴 했지만 그 뒷모습과 걸음걸이가 어쩐지 낯설지 않다는 생각이 들어 유심히 지켜보았다. 다리를 다 건너간 그가 다시 뒤돌아보아서 재차 시선이 마주쳤을 때는 자기도 모르게 문수선은 앉았던 자리에서 벌떡 일어서며 깜짝 놀라,

"오메!"

하고 입이 딱 벌어지고 말았다.

물론 현중하도 그제야 문수선을 알아보고서 어쩔 줄을 모르며 도로 다리를 건너서 그녀 곁으로 왔던 것이다.

　헤어진 지 이십 년 만에 생사조차 알 길이 없던 현중하를 천만뜻밖에도 설악산에서 우연히 재회하게 되다니 문수선은 꿈만 같았다. 반가움과 기쁨에 앞서 묘한 슬픔이 복받쳐 올라서 눈시울을 살짝 적시기까지 했다.

　그런 기적 같은 일이 있으려고 그처럼 설악산엘 오고 싶었고, 또 계곡 물가에 앉아서 시간 가는 것도 아랑곳없이 일어서고 싶지가 않았던가 싶으니 문수선은 어쩌면 무엇인가 보이지 않는 손길이 자기를 그렇게 이끌어 준 것만 같아 신묘한 생각이 들기도 했다.

　물가에 앉아서 이십 년 만에 만난 감회를 서로 주고받다가 현중하가 가자는 대로 순순히 따라가서 문수선은 레스토랑에서 맥주도 마시고 저녁도 먹었다.

　그때 현중하는 술기운이 올라서 많은 얘기를 했었는데, 그 중에서 특히 6·25 전쟁이 일어나지 않았더라면 당신과 나는 틀림없이 결혼을 하여 부부가 되어서 지금쯤은 아들딸이 중학교 고등학교에 다닐 터인데…… 라는 말은 왜 그렇게 문수선의 가슴을 아프게 했는지 몰랐다. 그녀는 자기에게 아이가 없는 서글픔까지 겹쳐서 그만 뭉클하게 복받쳐 오르는 슬픔을 어찌지 못해 고개를 떨구고 손수건으로 눈물을 닦으며 한참 흐느껴 울기까지 했다.

　밤이 제법 이슥해서 레스토랑을 나왔을 때는 현중하는 꽤나 취해 있었고, 문수선도 맥주 기운에 얼굴이 기분 좋을 정도로 혼혼하게 달아오르고 있었다. 그래서 현중하는 자연스럽게 문수선의 한 손을 잡았고, 그녀도 별로 쑥스러워 하는 일 없이 가만히 손을 내맡기고 있었다.

그러나 현중하가 여관으로 가자고 했을 때 문수선은 좀 망설여지지 않을 수 없었다. 그래도 되는 것인가 싶었다. 어쨌든 자기는 유부녀라는 생각이 앞을 가로막는 듯했던 것이다.

"바람이 꽤 쌀쌀하군요. 여관으로 갑시다."

라는 현중하의 말에 문수선은 아무 대답도 하질 않았다. 그러면서도 그가 이끄는 손을 뿌리칠 수가 없었고, 마지못한 듯 걸음을 옮겨 순순히 따르고 있었다.

그렇게 해서 문수선은 이십 년 만에 재회한 첫사랑의 현중하와 그때 비로소 처음으로 모든 것을 다 내던진 듯한 격렬하면서도 황홀한 꿈같은 밤을 가지게 되었던 것이다. 결혼한 지 어느덧 십육 년인가 칠 년이라는 세월이 흘렀지만, 그동안 남편과의 사이에서 결코 맛볼 수 없었던 그런 극치의 밤이었다.

문수선은 그날 밤 거듭되는 쾌감에 온몸을 떨면서 남녀 사이의 행위란 몸과 마음이, 다시 말하면 육체와 애정이 함께 불타올라야 비로소 진정한 황홀경을 이룰 수가 있다는 것을 깨달았다. 그동안 남편과의 행위에서는 언제나 몸만이 뜨거워졌을 뿐 마음이 도무지 점화되지가 않았었기 때문에 황홀경의 절반에도 미치지 못했었다는 것을 그제야 알게 되었던 것이다.

이튿날 아침잠을 깼을 때 문수선은 적이 당황했다. 한 이불 속에 누워 잠들어 있는 남자를 아직 잠이 덜 가신 눈으로 무심히 돌아보았던 것이다. 그런데 그 남자가 남편이 아니질 않는가. 순간 이게 어떻게 된 일인가 싶으며 좀 정신을 차리고 보니 현중하가 아닌가. 그제야 잠이 덜 가셔서 몽롱하던 정신이 활짝 맑아지며 문수선은 간밤의 일이 마치 황홀한 꿈을 꾸었던 것처럼 머리에 떠올랐다. 이불속에서 자기의 몸뚱어리를 손으로 더듬어 보니 팬티 한 장 바람이 아닌가. 등을 자기 쪽으로 돌리고 아직 깊은 잠에 곯아떨어져 있는 현중하를 보며 문수선은 슬그머니 부끄러운 생각이 들어 살짝 얼굴을 붉혔다.

그리고 어제 오후 계곡에서 현중하를 처음 만났던 일과 레스토랑에서 맥주를 마시고 저녁을 먹으며 나누었던 많은 얘기들을 머리에 떠올려보았다. 도무지 현실 같지가 않았다. 마치 자기가 어느 꿈같은 세계에 와 있는 듯한 느낌이었다.

그러나 한 이불 속에 현중하가 실제로 지금도 누워서 자고 있질 않는가. 문수선은 팬티 한 장 바람인 몸뚱어리를 현중하에게 바싹 다가가 그의 몸을 뒤에서 가만히 안아보았다. 틀림없는 현실이라는 것을 확인이라도 하려는 듯이.

문수선이 뒤에서 가만히 안자 현중하는 조금 몸을 꿈틀거렸다. 그러나 깨는 기색은 없었고, 여전히 깊은 잠에 곯아떨어져서 코까지 살살 골기 시작했다.

간밤에 너무 지친 모양이었다. 그 역시 팬티 한 장 바람이었다.

문수선은 현중하를 안고서 그의 목덜미께에 얼굴을 묻었다. 따스한 체온과 함께 야릇한 그리움이 가슴속으로 스며들어 오는 듯해서 그녀는 다시 아련한 정감에 젖으며 지그시 두 눈을 감았다. 그리고 속으로,

'이 사람이 내 남편이라면 얼매나 좋겄어. 이 남자와 결혼을 했어야 쓰는 것인디……' 하고 안타깝게 뇌고 또 뇌었다.

여관방의 밝아진 창문 밖에서 산새 지저귀는 소리가 상쾌하게 들

려오자 그제야 문수선은 번쩍 정신이 들 듯 자리에서 일어났다. 아랫배가 뻐근할 지경으로 요기도 느껴졌다. 혹시나 현중하가 깰까 해서 조용히 이부자리 속에서 빠져나가 방바닥에 벗어던져 놓은 내의를 주워 입으며 아직 깊이 잠들어 있는 현중하를 힐끗힐끗 부끄러운 듯 바라보곤 했다. 그리고 치마를 걸치고 화장실로 갔다.

용변을 보고 양치질과 세수까지 마치자 문수선은 그제야 맑은 제정신이 돌아온 듯 이제부터 어떻게 해야 될까 하는 생각이 들었다. 유부녀가 이게 무슨 짓인가 죄책감 같은 것도 문득 머리를 때렸다.

화장실에서 온 그녀는 방 안에 우두커니 서서 여전히 깊이 잠들어 있는 현중하를 멀뚱히 내려다보며 잠시 어떻게 하는 것이 좋을까 망설였다. 세 가지 방법이 있는 것 같았다.

첫째는 다시 이불 속으로 기어들어 가 현중하 곁에 눕는 일이었다. 다음은 그러질 않고 경대 앞에 앉아서 곱게 화장을 하고서 현중하가 깨어 일어나기를 기다리는 일이었다. 그리고 세 번째는 그가 잠에서 깨어나기 전에 홀연히 떠나버리는 방법이었다.

그 세 가지 가운데서 문수선의 마음을 가장 유혹하는 것은 첫 번째 방법이었다. 다시 이불 속으로 기어들어 가 현중하를 안고서 그가 깨기를 기다렸다가 깬 다음에도 그가 하자는 대로 다시 모든 것을 내맡기는 일이었다. 그래서 하루라도 좋고 이틀이라도 상관없으니 그곳에서 더 머물자면 순순히 그렇게 따르고 싶었다. 그게 그녀의 솔직한 심정이며 욕망이었다.

경대 앞에 앉아서 곱게 화장을 하고서 그가 깨어 일어나기를 기다리는 방법도 괜찮을 것 같았다. 이불 속으로 다시 기어들어 가는 것보다는 어느 모로나 여자로서 현숙한 태도일 것 같았다. 그러나 그렇게 하는 것도 결국은 앞으로의 행동을 현중하의 의사에 내맡기는 셈이 되는 것이었다.

세 번째 방법은 좀 매정한 것이 아닌가 싶었다. 작별의 인사도 없이 자고 있는 동안에 살짝 떠나버리다니…… 생각하면 안타깝기 짝이 없고 가슴이 아팠다.

세 가지 방법 중에서 어느 것을 택할 것인지 얼른 결정을 못하고 망설이다가 문수선은 경대 앞으로 가서 앉았다. 세수를 했으니 우선 화장을 하는 것이 순서이고 자연스러운 일인 것 같았다.

뒤에서는 여전히 현중하의 살살 코고는 소리가 들리고 있었다.

간밤에 무척 정력을 소모했는가 보다 싶으며 문수선은 조금 수줍은 듯한 미소를 떠올리면서 콜드크림으로 얼굴을 문지르고 있는데 방문 밖에서 젊은 남자의 목소리가 들려왔다.

"쌍화탕이요 쌍화탕. 뜨끈뜨끈한 쌍화탕이 왔어요."

그 소리에 문수선은 화장을 하다가 말고 일어났다.

방문을 열고 내다보자 스무 살쯤 되어 보이는 청년이 묘한 웃음을 씩 웃으며,

"잘 주무셨어요?"

하고 인사를 하는 것이 아닌가. 그리고 여전히 빙글빙글 싱거운 웃음을 코언저리에 떠올리며,

"쌍화탕 두 잔이지요? 두 분이 같이 주무셨으니까."

마치 두 사람이 자는 것을 보기라도 한 거처럼 아예 이쪽의 의사는 무시한 채 두 잔을 따르려고 들지 않는가.

문수선은 어쩐지 얼굴이 화끈해지며 몹시 기분이 언짢았다. 그래서 서슴없이

"그만둬요. 안 먹어요."
하고 방문을 닫아버렸다.

　신경과민이었다. 도둑이 제 발이 저리다는 격으로 마치 그 청년이 '아주머니 당신 유부년데 다른 남자하고 같이 잤지요? 다 알아요.'라는 뜻으로 받아들였고, 묘하게 닝글닝글 웃는 그 웃음도 그런 뜻의 비웃음처럼 느껴졌다.

　안 산다고 방문을 닫아버리자 그 청년은 어이가 없는 듯,
"허허허…… 내 참 오늘 아침에 재수 더럽네. 살라고 문을 열었다가 안 사다니 참 별난 아주머니도 다 있네그려. 그럴 거여. 그럴 거라니까. 탄로가 나면 큰일 날 것 아니겠어. 허허허 허허허……."

　짓궂게 웃고 나서 다시,
"쌍화탕이요 쌍화탕. 따끈따끈한 쌍화탕이 왔어요."
하고 외치면서 멀어져 갔다.

　'탄로가 나면 큰일 날 것 아니겠어.'라는 녀석의 말에 문수선은 우선 '간통'이라는 말이 머리에 와 닿았다. '간통' '간통죄' 그런 단어가 머리에 떠오르자 그만 그녀는 가벼운 현기증 같은 것을 느꼈다. 언짢기만 하던 기분이 별안간 불안감으로 바뀌고 있었다.

　두 눈을 가만히 감고서 현기증을 진정시킨 다음 문수선은 얼른 경대 앞으로 가서 앉아 하다가 만 화장을 서둘러 대강대강 마쳤다. 그리고 옷을 차려입기 시작했다.

　영문도 모르고 현중하는 으으응— 하면서 몸을 뒤척여 저쪽으로 돌아누우며 여전히 깊은 잠에 빠져들고 있었다.

　잠들어 있는 현중하의 얼굴을 잠시 무언의 작별을 하듯 바라보고 서 있던 문수선은 눈에 핑 어리는 눈물을 느끼며 돌아섰다. 그때 문

득 문갑 위에 놓여 있는 여관용 메모지가 눈에 띄었다.

그냥 아무 흔적도 남기지 않고 사라져 버리는 것보다는 한마디 작별의 말이라도 적어놓고 떠나가는 것이 도리가 아니겠느냐 싶어 얼른 숄더백 속에서 볼펜을 꺼냈다. 그리고 그 메모지 한 장을 떼어서 뭐라고 쓸 것인가 잠시 생각한 끝에,

'깊이 잠이 드셨기에 깨우지 않고 떠나갑니다. 미안해요. 저는 남편이 있는 몸이거든요. 문수선 드림.'

이렇게 간단히 적어서 그것을 눈에 잘 띄도록 경대 위에 놓았다. 그리고 살며시 방문을 열고 마치 도망치듯 얼른 빠져나가 버렸다.

여관을 나설 때 보이 녀석이,

"아주머니 혼자서 먼저 떠나시는 거유? 안녕히 가슈."

하고 싱그레 묘하게 웃었다.

그 웃음과 인사말 역시 조금 전의 쌍화탕장수 녀석의 말과 웃음처럼 그렇게 느껴져 문수선은 기분이 언짢고 공연히 불안해서 잰걸음으로 큰길에 나서자 대기하고 있는 택시를 얼른 집어타 버렸다.

강릉까지 택시로 달리면서 문수선은 언짢고 불안하던 기분이 가라앉자 이번에는 묘하게 슬퍼져 왔다. 어쩌면 지금쯤 현중하가 잠에서 깨어 일어나 자기의 쪽지를 보고 있을지도 모른다 싶으니 미안하기도 하고 허전하면서 짜릿한 슬픔이 복받쳐 올랐다. 왜 자기는 그처럼 가슴에 사무치는 사람과 인연이 되질 못하고 엉뚱한 남자의 아내가 되어 아이도 없이 외롭고 재미도 없는 답답한 인생을 살아가야 하는 것인지…… 절로 가슴이 메이며 한숨이 쉬어지고 눈물이 어렸다.

문득 오래 전의 아버지의 말이 생각나기도 했다. '수선아, 나는 니

가 심덕도 무던하고 해서 시집가면 잘살 줄 알았는디…….' '다 니 팔잔 줄 알고 참고 살어라. 잉? 수선아.' 그리고 줄 녹아내리는 물코를 풀던 모습이 떠오르기도 해서 문수선은 그만 눈물이 주루룩 흘러내려 손수건을 꺼냈다.

앞에서 운전사가 백미러 속으로 힐끗힐끗 바라보는 것도 아랑곳 없이 문수선은 손수건으로 눈물을 닦으며 한참 서럽게 그러나 조용히 흐느껴 울었다.

울음이 가라앉은 다음 그녀는 숄더백에서 콤팩트를 꺼내어 조그만 거울을 들여다보며 눈물에 얼룩진 얼굴을 대충 수습했다.

택시는 해변의 도로를 경쾌하게 달리고 있었다. 이른 아침의 바다는 신선하면서도 짙푸른 청록색으로 물결치며 끝없이 펼쳐져 있었다.

문수선은 벙벙하게 부풀어 오른 아득한 수평선을 차창 밖으로 하염없이 내다보았다. 그녀의 눈에는 후련하고 상쾌한 아침바다도 '슬픔의 바다'처럼 느껴졌다.

다만 며칠 동안이라도 여행을 갔다가 돌아오면 누구나 기분이 들뜬 듯 가벼워지고 유쾌하기 마련이다.

강릉과 설악산을 다녀온 문수선 역시 기분이 그전과는 현저히 다르다고 할 수 있었다. 그러나 그냥 즐거운 여행에서 돌아온 뒤의 가볍고 유쾌한 그런 기분은 결코 아니었다.

허전하고 안타깝고 쓸쓸하면서도 들떠 있는 그런 상태였다. 설악산에서의 일이 도무지 현실로 느껴지지가 않고 환상인 것만 같았다. 현중하와의 하룻밤은 생각할수록 황홀하고 꿈같기만 했다. 그런 밤을 가질 수 있었다는 것은 기적 같은 행복이었으나, 그럴수록 이제는 허망하고 쓸쓸하고 괴롭기까지 했다. 차라리 설악산에서 현중하와의 재회가 없었더라면 싶으며 슬픔에 젖어들기도 했다.

말하자면 문수선의 이번 여행은 그녀의 가슴속 깊숙한 곳을 뒤흔들어놓은 셈이었다.

그러나 문수선은 그런 기색을 절대로 남편이 눈치 채지 못하도록 밖으로 드러내지 않으려고 각별히 주의를 기울였다. 오히려 여행 중의 하룻밤의 부정을 용서받기라도 하려는 듯이 남편에게 그 전과 달리 필요 이상으로 나긋나긋하게 대하며 더러 애교까지 떨었다.

그런 아내를 보고 백사민은 기분이 좋아서,

"당신 이번에 강릉 갔다 오더니 사람이 달라진 것 같이여. 인제부터 자주 여행을 하라고. 허허허⋯⋯."

껄껄 웃기까지 했다.

마누라가 강릉에 가고 없는 동안 매일 밤 마음 놓고 여자들을 데리고 놀 수가 있어서 썩 괜찮았다는 그런 뜻의 웃음 같기도 했다.

남편의 유별난 웃음과 여행을 권장하는 말에 문수선은 대뜸 그런 의미가 내포되어 있다는 것을 짐작했으나, 자기도 저지른 일이 있어서 속으로 피장파장이다 싶으며 나오려는 쓴웃음을 참고 다소곳한 표정을 짓고 있었다.

남자나 여자나 삼십대 중반을 넘어 사십 고개를 바라볼 때쯤 되면 거의 대개가 그처럼 속 다르고 겉 다른 능구렁이가 다 되어가기 마련인가 보다.

어쨌거나 문수선은 아무리 안타깝고 쓸쓸하고 괴로워도 이제는 다 부질없는 일일 따름이니 심중의 동요를 가라앉히고 머릿속에서 현중하를 지워버리려고 애를 썼다. 그러나 사람의 마음이란 묘한 것이어서 잊어버리려고 애를 쓰면 쓸수록 오히려 더 생각이 나고 그리워지기 마련이었다.

그래서 문수선은 몇 차례나 그리움을 어찌할 도리가 없어서 호젓한 집 안의 안방에 혼자 엎드려서 현중하에게 편지를 쓰곤 했다. 절절히 솟구치는 그리움을 적어나가다가도 결국 끝까지 다 쓰질 못하고 그리움이 괴로움으로 변하여 편지지를 북북 찢어버리기 일쑤였다.

그러나 한 번은 편지를 끝까지 써서 봉투에 넣어 현중하가 근무하고 있는 청주의 대학으로 보내려고 뒷봉에 이쪽 주소와 성명까지 적어가지고 우체국을 찾아갔다.

우체국 앞에 이르자 문수선은 이상스럽게도 걸음이 멈추어졌고, 잠시 망설여졌다.

과연 이 편지를 부치는 것이 옳은 일인지 하는 생각이 새삼스럽게 드는 것이었다. 편지를 부치면 틀림없이 저쪽에서 답장이 집으로 올 터인데, 물론 낮으로는 남편이 집에 없으니 크게 염려할 것은 없으나, 그러나 서신이 오가면 한 번으로 끝나지 않을 터이니 혹시 잘못되어 만약 남편의 눈에 현중하의 편지가 띄기라도 한다면 어떻게 될 것인지…… 그런 일이 발생하지 않는다 치더라도 편지가 오가다 보면 결국 현중하와 다시 만나게 되고 관계를 가지게 될 터인데, 그렇다면 남편 몰래 그와의 사랑을 지속해야 하는 것인지…… 나쁘게 말하면 간부이고, 좀 듣기 좋게 말한다면 정부를 가지는 셈인데, 그러다가 결국은 어떻게 되는 것인지…… 그도 유부남이고 자기도 유부녀인데 말이다.

이런 생각 저런 생각이 착잡하게 뒤얽혀 선뜻 우체국 안으로 걸음이 들여 놓아지질 않는 것이었다. 마치 우체국 앞에서 누구를 기다리는 것처럼 서서 망설이고 있는데, 어떤 아가씨가 우체국 안에서 나오며,

"사모님, 여기서 뭐 하시능기라우?"

하고 불쑥 말을 걸질 않는가.

"남편의 건축 사무실에 근무하는 아가씨였다.

"응, 나 여기서 저…… 좀 무슨 일이 있어서……."

공연히 당황한 문수선은 말이 미끄럽게 나오질 않고 좀 더듬거렸다.

"그럼 사모님, 저 먼저 갈게요."

생글 웃음으로 인사를 대신하고 아가씨는 성큼성큼 걸어갔다.

아가씨의 뒷모습을 바라보고 있던 문수선은 후다닥 그 자리를 떴다. 묘하게 불안해지기 시작하는 것이었다. 마치 자기가 현중하에게 편지를 부치려던 비밀이 그 아가씨에게 발각된 것 같은 그런 느낌이었다.

집에 돌아온 문수선은 핸드백 속에서 편지를 꺼냈다. 그리고 그것을 두 조각으로 쫙 찢어버렸다. 두 조각이 되어버린 편지를 그냥 쓰레기통에다가 버리려다가 무슨 생각에선지 그것을 가지고 부엌으로 갔다.

그 무렵은 아직 전주에 아파트라는 것이 등장하지 않았고, 단독주택이었는데 부엌도 그대로 재래식이었다. 그러나 아궁이는 연탄용으로 개조되어 있었다.

그 연탄아궁이 뚜껑을 열고 그 위에다가 문수선은 두 조각으로 난 편지를 떨어뜨렸다. 연기와 함께 그것은 곧 불이 붙어 흘흘 타다

가 재로 변해 버리고 말았다.

문수선은 가만히 한숨을 쉬었다.

그런 뒤로 그녀는 다시는 편지를 쓰질 않았다.

그런 일이 있은 얼마 뒤 문수선은 고개를 갸웃거리지 않을 수 없는 일이 생겼다. 다달이 있어야 할 생리가 웬일인지 이달에는 없질 않는가.

초경이 시작된 이래 지금까지 문수선은 단 한 번도 달을 걸러본 일이 없을 뿐 아니라, 그것의 불순 같은 증세를 겪어본 적도 없었다. 생식기관의 기능이 매우 순조롭고 튼튼한 편이었다.

그런데 어찌된 영문인지 이번 달에는 그것이 없질 않는가.

세 가지로 생각해 볼 수 있었다.

첫째는 생리적으로 무슨 고장이 생겨서 그것이 안 비치는 경우였다. 두 번째로 생각해 볼 수 있는 것은 폐경이었고, 세 번째는 임신이었다.

문수선은 그 세 가지 이유 가운데서 폐경이라는 생각은 조금도 들지가 않았다. 아직 사십도 안 된 나이에 벌써 폐경이라니 말도 되지가 않았다. 그렇다면 생리적으로 무슨 고장이 났거나, 아니면 임신일 수밖에 없었다.

몸의 상태로 보아서 생리적인 고장인 것 같지도 않았다. 아무래도 임신인 듯했다. 입맛이 묘하게 조금 달라진 느낌이고, 또 음식 냄새 역시 그 전과 달리 민감해진 것 같았다.

아무래도 임신 쪽인 것 같다는 생각이 들자 문수선은 두 눈이 번쩍 뜨이며 절로 입까지 딱 벌어졌다. 놀라움에 가슴이 걷잡을 수 없이 두근거렸다. 그러면서도 별안간 눈앞이 활짝 밝아지며 온 세상이

찬란하게 자기에게로 다가오는 듯한 느낌이었다.

정말 틀림없는 임신일까…… 그렇다면 그녀에게 있어서 그것은 한마디로 기적이었다. 생산 불능인 남편과의 사이에서 아이가 생기다니 기적이 아니고 무엇이란 말인가.

그러나 곧 그녀는 몸을 으스스 떨지 않을 수 없었다. 기적이 남편과의 사이에서 일어난 것 같지가 않았던 것이다. 설악산에서 일어난 게 아닐까 싶었다.

결혼한 지 이십 년이 가까워지도록 그 오랜 동안 아이를 잉태시키지 못하던 남편이 난데없이 이제 와서 임신이 되도록 하다니 믿어지지가 않았다. 틀림없는 기적은 설악산에서 이루어진 것 같았다.

문수선은 어떤 두려움과 놀라움에 휩싸이며 가만히 눈을 감았다. 가슴은 여전히 두근두근 뛰고 있었고, 좀처럼 그 심장의 고동이 가라앉을 것 같지가 않았다. 이제는 그것이 기쁨에서의 두근거림이라기보다 두려움과 얼떨떨함에서의 두근거림이었다.

문수선은 눈을 감은 채 심호흡을 거듭하면서 생각을 가다듬어 보려고 애를 썼다.

반드시 현중하와의 사이에서 잉태된 것이라고 단정을 할 수도 없지가 않은가. 자기가 강릉 쪽으로 떠나기 전에도, 그리고 그쪽에 갔다가 돌아온 뒤에도 남편과의 사이에 여러 차례 방사가 있었으니, 정말 기적적으로 남편의 빈 쭉정이가 아닌 제대로 된 정자 하나가 난자와 결합이 되었다고 볼 수도 있지 않는가 말이다.

문수선은 잉태된 아이가 남편의 씨이기를 진심으로 바랐다.

아무리 현중하가 첫사랑의 남자이고, 이번에 뜻밖에 재회하여 하룻밤을 같이 지냈으며, 그에 대한 그리움이 가슴 밑바닥에서 지워지질 않는다 하더라도 자기는 엄연히 백사민의 아내임에 틀림없질 않은가. 백사민을 남편으로 가진 여자가 현중하의 씨를 받다니 될 말이 아니었다.

그래서 문수선은 남편과의 사이에 일어난 기적이라고 생각하고 싶었고, 또 틀림없이 그럴 것이라고 믿으려 애를 썼다. 절에 갈 때나 부처님 앞에 아이를 하나 점지해 달라고 그처럼 두고두고 축원을 드렸으니 그 영험이 일어난 것인지도 모를 일이 아닌가 말이다.

마음이 편하도록 그런 쪽으로 생각을 굳히다가도 문수선은 문득 혹시 그게 아니고, 현중하의 씨라면 어쩔 것인가 하는 생각이 들기도 했다. 착잡한 노릇이 아닐 수 없었다.

그러나 그녀는 단호히 어금니를 악물었다. 그리고 속으로 중얼거렸다.

"낳는당게. 어떠한 일이 있어도 낳을 것이여."

설령 그것이 남편의 씨가 아니라, 현중하의 씨라 하더라도 절대로 낙태를 시키는 일 없이 기어이 아이를 낳아야겠다고 마음을 굳히는 것이었다.

누구의 씨가 됐든 자기의 뱃속에서 자라서 자기가 낳을 자기 아이임에는 틀림이 없질 않은가. 얼마나 갖고 싶었던 아이인가 말이다. 서럽도록 절절하던 소망이 이제 이루어지려는데, 낙태라니 절대로 있을 수 없는 일이었다.

그리고 도대체가 누구의 씨인지를 신이 아닌 이상 어떻게 정확하게 알 수가 있단 말인가. 남편이 병원에 가서 검사를 해서 생식 불능이라는 판정을 받은 것도 아니니 말이다. 그러니 어쨌거나 낳고 볼 일인 것이다.

그렇게 단단히 결심을 한 문수선은 정말 임신이 틀림없는지 한번 산부인과 병원을 찾아가 진찰을 해볼까 하는 생각이 들었다. 그러나 방정맞게 서둘지를 말고, 다음 달까지 기다려보기로 했다. 병원에 갔다가 혹 임신이 아니고 무슨 다른 고장 때문이라는 진단이 나오면 그런 실망이 또 어디 있겠는가 싶어서였다.

　입덧이 시작된 것은 얼마 뒤의 일이었다. 묘하게 신 음식이 먹고 싶은가 하면, 난데없이 탕수육이 눈앞에 어른거려 못 견디게 군침을 돌게 하기도 했다. 그래서 혼자 중국음식점을 찾아가서 탕수육을 한 접시 시켜 그것을 깨끗이 다 먹어치우기도 했다. 그리고 이따금 공연히 속이 메스꺼워져서 헛구역질이 나오기도 했다.

　병원엘 찾아가 보지 않아도 이제 임신임에 틀림없었다. 그러나 문수선은 아직 그 사실을 남편에게 밝히질 않고 있었다. 백사민 역시 아내의 그런 입덧을 전혀 눈치 채지 못하고 있었다.

　다음 달의 생리도 없었다. 문수선은 이제 자기의 뱃속에 하나의 생명이 깃들어서 자라고 있다는 사실에 문득 신비한 생각이 들면서 어떤 경외감 같은 것에 휩싸이기도 했다. 그러면서도 과연 그 생명이 두 남자 가운데서 누가 뿌린 씨일까 하는 의문은 여전히 풀리지 않는 수수께끼처럼 머리에서 떠나질 않았다.

　그리고 이제 임신에 틀림이 없으니 안심하고 한번 산부인과 병원을 찾아가 진찰을 받아본 다음 남편에게 그 사실을 밝혀야겠다는 생각을 했다.

　그런데 어찌된 영문인지 문수선은 임신이 된 사실을 남편에게 얘기하는 일이 슬그머니 두려움으로 다가왔다. 남편의 반응이 어떨는지 공연히 걱정이 앞서는 것이었다. 결혼한 이후 지금까지 이십 년이 가까워지도록 아이가 없다가 난데없이 이제 와서 잉태를 했다면 그 사실을 어떻게 받아들일는지 궁금하면서도 맥없이 두려웠다. 김제 시절에 아이가 안 생기자 어느 쪽에 생식 불능인지 그 문제로 갈등을 겪은 적이 있고, 문수선 자신은 병원을 찾아가 검사를 해본 결과 아무 결함이 없다는 진단이 내려져 그 사실을 남편에게 밝혔다가 밥상을 뒤집어쓴 일까지 있었으니 말이다.

그랬다 하더라도 설악산에서의 현중하와의 하룻밤이 없었더라면 문수선은 벌써 첫 생리가 없었을 때 이미 임신이든 아니든 좋아서 견디지 못해 남편에게 그 사실을 얘기했을 것이다. 누구의 씬지 알 수는 없지만 좌우간 부정을 저지른 뒤이기 때문에 도둑이 제 발 저리다는 그런 심리상태에서 임신 얘기를 쉽사리 꺼낼 수가 없었고, 또 꺼내려 하니 슬그머니 두려워지는 것이었다.

그러나 어쨌든 이제 사실을 밝히지 않으면 안 될 단계에 이른 것 같아 적당한 기회를 보아 얘기를 해야겠다고 마음을 가다듬고 있는데, 어느 날 저녁 남편이 뜻밖의 말을 꺼냈다.

술을 일차에서 끝내고 귀가한 듯 기분 좋을 정도로 주기가 있는 백사민은 저녁밥상을 받자 여느 때보다 한결 밝은 표정으로 식사를 하다가 불쑥 입을 열었다.

"여보, 저…… 우리 말이지……."

들여온 지 얼마 안 되는 흑백텔레비전에 정신이 팔려 있던 문수선은 무슨 얘긴가 싶어 무심히 남편 쪽을 돌아보았다.

"양자를 들이는 것이 어떻겠어?"

"뭐 양자요?"

뜻밖의 말에 문수선은 약간 당황하지 않을 수 없었다.

그런 기색이 얼굴에 떠올라 보였던지 백사민은 좀 의외라는 듯이,

"양자 말을 헝께로 왜 그렇게 놀랜당가?"

하면서 히죽이 웃었다.

절로 문수선도 묘한 미소가 떠오르고 있었다.

"어디 한번 얘기해 보시오. 양자를 어떻게 들인단 말인기라우?"

문수선은 시치미를 뚝 물어보았다.

"어떻게 들이기는…… 아이가 없응께 남의 아이라도 하나 데리다가 수양아들로 삼는 것이지. 내 나이도 이제 사십 아닌개비여. 지금꺼지 아이가 없었는디 앞으로 아이 기대하기는 틀린 것 아니겄어."

비로소 남편의 입에서 나온, 말하자면 솔직한 심정의 고백인 셈이었다. 그 전에는 그런 얘기만 있으면 자기는 절대로 결함이 없다고 어디 두고 보라고 기어이 아이를 어느 여자한테서든지 만들고야 말겠다고 큰소리더니, 이제 그것이 다 부질없는 허세에 불과했다는 것을 깨달은 모양이었다.

그러나 그 말에 문수선은 표정이 굳어지고 있었다. 그렇다면 지금 뱃속의 씨는 뭐란 말인가. 남편의 것이기를 간절히 바라고 있는 터인데 그런 말을 하다니…… 혹시 남편이 자기 몰래 병원에 가서 생식기능검사라도 해본 게 아닌가 싶어서 슬그머니 불안해졌다. 만일 그래서 정자에 결함이 있어서 생식 불능이라는 판정이라도 받았다면 어떻게 되는가. 보통 문제가 아니질 않는가 말이다.

문수선이 불안과 긴장감에 말없이 굳어져 있는 것을 보고 백사민은 그저 화제의 성질이 심각한 것이어서 그러려니 하고 식사를 계속하면서 말을 이었다.

"오늘 말이여 우리 국민학교 시절의 고향 친구를 만냈는디, 그 친

구가 고아원을 경영허고 있다는 것이여. 그런저런 얘기 끝에 입양 얘기가 나왔지 뭐여. 우리헌티 아직 자식이 없다는 말을 헝께 어느 쪽이 결함이 있느냐고 묻질 않겄어. 아매도 내가 시원찮은 것 같다고 솔직허게 털어놓아 뻔졌지. 당신은 병원에 가서 검사를 해봤었당께 말이여."

문수선은 그제야 조금 불안감이 가시는 듯했다. 남편이 직접 병원에 가서 검사를 해본 것은 아니고, 그저 짐작으로 자기 쪽의 결함을 인정하는 그런 말투가 아닌가 말이다. 그제야 문수선은 가만히 입을 열었다.

"그래서 양자 얘기가 나왔구만이라우?"

"응, 그 친구 말이 그렇다면 자기가 고아 중에서 아주 제일 괜찮은 아이를 하나 우리헌티 입양시켜 주겠다는 것이여. 생기기도 잘 생기고 성질도 좋고 머리도 좋은 것 같은 녀석이 하나 있다지 뭐여."

"몇 살이나 됐는디요?"

문수선은 그저 재미 삼아서 물어보았다.

"다섯 살이라던가 여섯 살이라던가…… 벌써 내 기억력이 이렇게 희미해졌당께로."

"나이는 마치맞는 것 같은디라우."

시치미를 뚝 떼려고 해도 문수선은 절로 웃음이 나오는 것을 어쩌지 못했다.

"나이도 마치맞고 괜찮을 것 같은디…… 어띠여? 당신 생각은. 그 아이를 양자로 들일라면 큰집허고 상의를 해야 쓰는 것 아닌기라우? 우리 맘대로 고아원에서 데리고 왔다가 아버님 어머님이랑 시숙께서 뭣이라고 허시면 어쩐당가요?"

"그것도 그러겄는디……."

"아무래도 양자 문제는 큰집허고 사전에 논의허는 것이 옳겄어라우. 그리고 생판 남인 고아를 데리고 오는 것보다는 큰집 조카들 중에서 하나를 양자로 삼는 것이 내 생각에는 좋을 것 같은디라우."

문수선은 얘기가 나온 김이라 재미 삼아서 시치미를 떼고 남편의 말에 응대를 해나갔다.

"큰집 조카가 몇이나 된다고…… 아들은 둘뿐인디 하나를 양자로 주겄어. 안 그리여?"

"양자를 준다고 뭐 남이 되는 것인가. 핏줄은 그대로 있는 것인디……."

"그래도 사람의 맘이 안 그렇단 말이시. 형님은 혹시 몰라도, 형수씨는 절대로 안 내놓을라 그럴 것이랑게."

백사민은 아무래도 친구가 말한 고아원의 그 아이가 마음에 있는 모양이었다.

문수선은 살짝 미소를 지으면서 말했다.

"여보, 만약 말이지라우 양자를 들였다가 아이가 생기면 어쩐다요?"

"인제까지 안 생긴 아이가 앞으로 생기겄어. 인제 그건 틀린 일이여."

"어떻게 안다요. 사람의 일을……."

"솔직허게 말허겄는디 나는 단념했다고. 내가 결함이 있는 것이 틀림없는 것 같당께."

마침내 백사민은 아내 앞에 항복하는 격이었다.

그러자 문수선은 별안간,

"안 그래라우. 여보, 절대 안 그렇당께요."

하고 단호한 어조로 말했다.

아내의 뜻밖의 말에 백사민은 약간 어리둥절해지며 멀뚱히 그녀를 바라보았다.

그때였다.

"으윽 으으윽……."

문수선은 난데없이 구역질을 하기 시작했다.

"아니, 당신 왜 그리여?"

문수선은 한 손으로 살짝 입을 가리며 가만히 일어나 방문을 열고 밖으로 나갔다.

"베란간 저 사람이 왜 저런디야? 속이 많이 안 좋은 모양인디, 체했는가……."

백사민은 좀 걱정스러운 듯이 중얼거리며 아내가 나간 방문 쪽을 바라보았다. 그리고 수저를 놓았다.

바깥에서 잠시 헛구역질을 하고 나서 문수선은 조용히 방으로 돌아왔다.

"왜 그리여? 체했어?"

남편의 물음에 문수선은 그저 살짝 묘하게 웃기만 했다.

"활명수 같은 것 사다 놓은 거 없어? 없으면 가서 약을 사오도록 히여."

"괜찮여라우."

"괜찮다니…… 밖에 나가서 토한 것 아니여?"

"아니라우."

문수선은 임신이라는 사실을 밝힐까 하다가 잠깐 보류하기로 했다. 너무나 소중하고도 놀라운 사실이기 때문에 쉽사리 꺼내고 싶지가 않았던 것이다.

좌우간 오늘밤 안으로 얘기를 하리라 마음먹으며 그녀는 밥상을 들고 부엌으로 가서 대충 설거지를 마쳤다. 그리고 방으로 돌아와 이부자리를 깔았다.

백사민은 배도 부르고 적당히 취기도 있는 그런 만족스러운 얼굴로 텔레비전의 연속극에 정신을 집중하듯 바라보고 앉아 있었다. 텔레비전이라는 것이 보급된 지가 얼마 안 되는 시절이어서 흑백 화면이지만 신기하고 재미있기만 한 모양이었다.

"여보, 누워서 같이 연속극 봅시다. 이리 오시랑게요."

유혹하는 듯한 좀 색깔이 다른 말투에 백사민은 힐끗 아내를 돌아보며,

"당신 오늘밤 왜 그런당가? 무슨 생각이 쪼께 나는 모양이지."

기분이 결코 나쁘지가 않은 듯 기름기가 흐르는 듯한 닝글닝글한 웃음을 코언저리에 떠올렸다. 그리고 입고 있던 파자마를 훌렁 벗어던져버리고 이불 속으로 기어들어 갔다.

이불 속에 나란히 옆으로 누워서 텔레비전의 연속극을 한참 보고 있다가 극이 끝나고 광고물이 방영되자 두 사람은 약속이라도 한 듯이 화면에서 시선을 떼고 똑바로 자세를 고쳐 누웠다.

곧 문수선은 한 손을 남편의 가슴 위에 갖다 앉으며 가만히 입을 열었다.

"여보."

"왜? 벌써 시작하자는 거여?"

"히히히…… 그것이 아니고, 저…… 내가 지금부터 중대 발표를 할

것잉께 잘 들어보랑게요."

"뭐 중대 발표? 그것이 뭣이랑가?"

뜻밖의 말에 백사민은 좀 어리둥절해지면서도 농반진반으로 받아들이며 좌우간 호기심 어린 그런 표정을 지었다.

"아까 내가 구역질을 했지라우?"

"응, 그런디?"

"그 구역질이 뭣인지 아능기라우?"

"뭣인디? 체했거나 속이 거북해서 그런 거 아니여?"

"아니랑게요."

"그럼 뭐여?"

"약을 먹을 필요가 없는 구역질이랑게요. 그래도 모르겠소."

백사민은 약간 멍해지지 않을 수 없었다. 약을 먹을 필요가 없는 구역질이라니 그렇다면 혹시…… 생각이 거기에 미치자 그만 눈이 휘둥그레지고 말았다.

"아니 그럼 여보……."

너무나 의외의 일에 놀라서 백사민은 다음 말이 잘 이어지지가 않았다.

"인제 알겠지라라우?"

문수선은 자랑스러운 듯한 그런 미소를 그러나 조금 수줍은 듯이 떠올리고 있었다.

"정말이랑가? 당신이 임신을 했다 그것이여?"

"그렇당게요."

"도대체 이것이 어떻게 된 일이여? 응? 당신이 아이를 배다니……."

얼른 믿어지지가 않는 꿈같은 일이라는 듯이 백사민은 그만 벌떡 자리를 박차고 일어났다.

텔레비전에서는 광고가 끝나고 가요무대가 시작되어 여가수가 한 사람 나와서 간드러지게 노래를 부르고 있었다. 백사민은 얼른 가서 스위치를 꺼버렸다. 가요무대고 뭐고 그런 것이 지금 문제가 아닌 것이었다.

도로 이불 속으로 돌아온 백사민은 자기도 모르게 그만 아내를 끌어안아 버렸다. 그리고 감격에 겨운 듯한 목소리로 물었다.

"임신한 지가 얼매나 된 것이여?"

"경도가 두 번 없었응께 석 달째로 접어든 것 같애라우."

"그런디 왜 지금꺼지 나헌티 말을 안 했어?"

"확실한 것을 몰랐거든이라우. 월경 불순으로 경도가 없는 수도 있응께."

"그럼 병원에는 가봤어?"

"아직 안 가봤어라우."

"병원에 안 가봤으면 확실히 임신인지 뭔지 아직 모르겄구만. 안 그리여?"

"아니라우, 틀림없어라우. 입덧을 허는디요. 신 것이 먹고 싶다가 베란간 탕수육이 눈앞에 어른거리지 않겄어라우."

"탕수육이? 허허허…… 나헌티 얘기 했으면 실컨 탕수육을 사줄 것인디."

"한 그릇 살짝 혼자 가서 사먹었어라우. 견딜 수가 없더랑게요."

"아이고 그랬었구만. 그런디 나는 감쪽같이 몰랐지 뭣이여. 내일 중국집에 가더라고. 탕수육 사줄 것잉께."

"하하하…… 인제 탕수육은 생각 없어졌어라우."

"그럼 뭣이 먹고 싶당가? 요새는. 뭣이든지 말해 보랑게. 다 사줄 것잉게."

"나는 입덧이 벨로 심하지 않은 것 같애라우. 한동안 못 견디게 변덕을 부리더니, 요새는 벨로 안 그런당게요. 심한 여자는 열 달 내내 그렇다는디……."

백사민은 아내의 잠옷을 들추어 올려서 슬그머니 한 손을 내의 속으로 집어넣어 아랫배를 가만가만 어루만지며 그녀의 귀에다 대고 속삭이듯이 말했다.

"이 속에 내 씨가 들었다 그것이지?"

"히히히…… 맞어라우."

"꿈같은 일이랑게. 내 씨가 당신 뱃속에 심어지다니…… 석 달째라 그랬응게 인제 일곱 달 후면 내 새끼가 태어날 것 아니여."

"나도 정말 꿈만 같당게요."

"그런디 결혼해서 지금까지 보자……. 몇 년이지……."

백사민은 속으로 연수를 헤아려보는 듯하더니 말을 이었다.

"십칠 년째구나. 십칠 년 동안이나 안 생기던 아이가 어째서 인제 와서 생겼을꼬잉? 참 신기허기도 허당게."

남편의 그 말에 문수선은 어쩐지 약간 불안한 생각이 고개를 쳐드는 듯했으나 예사롭게 말했다.

"기적 같지라우?"

"맞어. 기적 같당게."

"기적이 왜 일어났는지 아능기라우? 내가 맹글었당게요."

"당신이 맹글다니…… 기적을 맹글었다 그 말이여?"

"예."

"어떻게?"

"내가 절에 댕기면서 불공을 얼매나 들였다고라우. 설악산에 가서도 축원을 들였당게요."

"설악산?"

"예. 설악산 신흥사에서라우."

문수선은 설악산이라는 말이 무의식중에 입 밖으로 나와 버려서 속으로 약간 당황했다. 그러나 애써 시치미를 뚝 떼고 아무렇지도 않은 듯이 대답했다.

"설악산엔 언제 갔었는디?"

"저번에 강릉 갔을 때 설악산 구경을 하고 왔지라우."

"누구하고 갔었는디?"

"누구하고는 무슨 누구하고라우. 혼자서 갔지."

"야, 당신 인제 봉께로 멋쟁이 여자로구만. 남자 같으면 한량이여."

"하하하…… 어째서라우?"

"여자가 혼자서 설악산 같은 디를 구경 갔께 말이여."

"혼자서 구경 가면 멋쟁이랑가요? 누구하고 같이 가면 멋쟁이 아니고……."

"여자가 그런 명승지에 혼자서 찾아간다는 것은 보통일이 아니란 말이시."

"강릉까지 갔웅께 그 기회에 설악산이나 한번 구경하고 돌아가자 싶었지라우 뭐."

"설악산에 가서 당일로 돌아왔능가?"

"물론이지라우. 여자가 혼자서 여관에 자겠어라우?"

문수선은 속으로 몹시 찔끔했으나, 그럴수록 오히려 겉으로는 큰 소리를 치듯 말했다.

"그런 점에서는 아직 덜 멋쟁이구만. 여자가 혼자서 여관에 자면 누가 업어간당가?"

"그럼 나도 한번 여관에 자볼 것인디…… 누가 업어가는가 어쩌는가 보게. 히히히……."

"업어가면 내가 가만히 둘 것 같이혀? 호호호……."

그러면서 백사민은 아내를 가슴 안에 안았다.

모처럼 만에 그들 부부는 제법 화끈한 방사를 가졌다. 백사민의 아내를 다루는 태도가 여느 때와는 꽤 달리 적극적이고 기교적이었다. 아내의 뱃속에 자기의 씨가 심어져 자라고 있다는 생각을 하니 그녀가 한결 소중하고 사랑스럽게 느껴져서 절로 그렇게 온몸이 뜨겁게 달아올랐던 것이다.

문수선 역시 꽤나 만족스러웠다. 그러나 그녀는 행위 도중에 눈을 지그시 감고 문득 지금 자기의 몸 위에서 뜨겁게 꿈틀거리고 있는 남자가 다름 아닌 현중하라고 생각하면서 설악산에서의 그날 밤의 그 꿈같은 장면을 떠올리며 황홀감에 몸을 떨었다.

"여보."

사지를 나른하게 내던진 채 백사민이 아내를 돌아보며 나직하게 입을 열었다.

"응."

문수선도 초점이 약간 풀린 듯한 시선으로 남편을 바라보았다.

"아들일까, 딸일까?"

"뭣이 말이라우? 하하하……."

문수선은 절로 웃음이 나왔다.

"당신 뱃속에서 자라고 있는 우리 아이가 말이지, 뭣이 말이겠어."

"아들이면 좋겠소, 딸이면 좋겠소?"

"그것이 말이라고 묻는당가? 사십 줄에 들어섰는디 아들이라야지. 인제 딸을 놓으면 어쩔 것이여."

"그것을 내 맘대로 한다요?"

"아들이 틀림없을 것이여. 나는 그렇게 믿는당게."

"물론 나도 아들이길 바래라우. 하지만 나봐야 알지, 어떻게 장담을 한다요. 안 그래라우?"

"좌우지간 아들이 틀림없다고 생각하고 이름을 지어볼까 허는디……."

"뭣이라우? 벌써 이름을 짓는다구요? 하하하……."

문수선은 웃음이 나오지 않을 수 없었다. 그러면서도 묘하게 가슴이 짜릿해지는 느낌이었다. 그처럼 남편도 아이 갖기를 소원했던가 싶으니 말이다.

"항렬자를 넣고 짓는 것이 좋겠어, 그냥 그런 것은 무시해 뻔지고 맘대로 짓는 것이 좋겠어?"

"하하하……."

"왜 웃는당가? 어느 편이 낫겠냐게?"

"그런 것은 당신 맘대로 하시기라우."

어쩐지 남편의 몹시 순진한 일면을 본 것 같아 문수선은 결코 기분이 나쁘지가 않았다. 오늘밤에야 임신이라는 사실을 알고서 벌써부터 이름을 지으려 들면서 항렬자까지 운운하다니……, 그처럼 술을 마셔대고, 여자를 밝히곤 하는 구제할 길 없는 듯한 남자에게도 속에 저런 순박한 일면이 깃들어 있었던가 싶으니 좀 신기한 느낌이기도 했다.

백사민은 이제 잠이 오는 듯 크게 하품을 하고서 아내에게 당부를 하듯 말했다.

"앞으로는 먹고 싶은 것이든지 뭐든지 나헌티 말히여. 그리고 말이여, 내일 같이 병원에 가서 정식으로 진찰도 한번 받아보더라고."

이튿날 백사민은 사무실에 볼일이 있어 좀 늦게 나간다는 전화를 해놓고는 아내를 데리고 산부인과 병원을 찾아갔다. 사십 줄에 들어선 남자가 사십을 눈앞에 바라보고 있는 아내와 함께 첫 임신을 확인하러 병원엘 같이 찾아간다는 것은 꽤나 멋쩍은 일일 터인데도 백사민은 별로 쑥스러워하는 기색도 없이 오히려 아내를 거느리고 앞장서서 병원을 들어서는 것이었다. 약간 들떠 있는 듯한 그런 표정이었다.

아내가 진찰을 받으러 들어간 동안에도 대합실에서 담배를 피워 물고 푸— 푸— 연기를 내뿜으며 약간은 초조한 듯이 앉아 기다렸다.

아내가 진찰실 문을 열고 벌떡 일어선 백사민은 자기 귀로 직접 의사의 말을 확인하려는 듯이 진찰로 성큼 들어섰다. 그제야 약간 쑥스러운 듯한 표정을 지으며,

"집사람이 임신이 틀림없습니까? 선생님." 하고 의사에게 물었다.

"틀림없어요."

"몇 달째나 됐는지요?"

"석 달쨌 것 같애요."

의사는 그저 사무적으로 대답하고 있었다. 그러나 백사민은,

"아이고 선생님, 정말 고맙습니다요."

마치 의사가 잉태를 시켜주기라도 한 듯이 꾸벅 깊이 머리를 숙여 감사를 표하고는 진찰실을 물러나왔다.

머리가 반백이 된 의사는 재미있는 남자라는 듯이 진찰실을 나서는 백사민의 뒤통수를 힐끗 바라보며 코언저리에 히죽 웃음을 한번 떠올리고는 간호원*('간호사' 이전의 말)에게 다음 환자를 들어오도록 했다.

아내와 함께 병원을 나서는 백사민은 마치 무슨 개선장군이라도 된 듯이 의기가 양양해 보였다. 문수선은 집 쪽으로, 자기는 사무실 쪽으로 헤어질 때 백사민은 임신이 확인된 아내에게 마치 축하의 선물이라도 하듯 이것저것 과일을 잔뜩 사주었다.

그리고 사무실로 향하는 백사민의 걸음은 가볍기만 했고, 사십 줄에 들어선 남자답지 않게 그의 입에서는 경쾌한 휘파람 소리가 흘러나오기까지 했다.

그러나 그런 백사민의 기쁨에 들뜬 듯한 기분도 며칠 뒤에는 찬물을 뒤집어쓴 것처럼 되고 말았다.

퇴근 무렵에 불쑥 사무실로 고아원을 경영한다는 그 친구가 들어섰다. 시내에 볼일이 있어서 나왔다가 들렀다는 것이었다. 당연히 같이 나가서 한잔 안 할 수가 없었다. 그렇지 않아도 백사민은 그 친구에게 자기 아내의 임신을 자랑하고 싶었고, 또 그가 제의했던 고아 가운데서 한 아이를 입양시키려고 했던 얘기는 없었던 것으로 해야 될 것 같았다.

마침 잘 만났다 싶어서 백사민은 그 친구를 데리고 단골 술집 가운데서 제일 나은 집이라고 할 수 있는 '매화집'이라는 데를 찾아갔다. 그에게 잘 한턱내고 싶은 기분이었던 것이다.

월심이, 춘매라는 제법 옛 기생 이름 비슷한 작부 둘을 곁에 앉히고서 술잔을 주고받기 시작했다.

월심이는 나이가 서른을 하나둘 넘은 제법 관록이 붙은 작부였는데, 백사민한테는 몇 차례 몸까지 제공한 터이라 그녀는 '백 사장' 곁에 앉아 술시중을 들었고, 아직 스물대여섯밖에 안 된 춘매는 박인두 곁에 붙어 앉아 잔에 술을 따르고, 젓가락으로 안주를 집어서 입에까지 갖다가 넣어주곤 했다.

주기가 조금씩 오르기 시작하고 있었으나 백사민은 아직 자기 아내의 임신 얘기를 꺼내려들지 않았다. 자랑거리는 되도록 아껴두었다가 나중에 꺼내는 법이라고 제법 의젓하게 도사리면서 술잔을 기울이고 있었다.

이런저런 세상 돌아가는 얘기를 하다가 박인두가 불쑥 화제를 돌리듯 말했다.

"참, 자네 생각해봤어?"

"뭐 말이랑가?"

백사민은 무슨 질문인지 대뜸 알아들으면서도 짐짓 모르는 체 되물었다.

"전번에 얘기했던 아이 말이여."

"응, 그 얘기……."

그러면서 백사민은 빙그레 재미있는 듯이 웃음을 떠올렸다.

"어쩔랑가? 데리고 갈랑가, 말랑가? 아이가 하도 괜찮아서 말이여, 달라는 사람이 더러 있당게. 그런디 자네 땜시 보류하고 있지 뭐여. 자네 부인하고 상의해 봤어? 어쨌어?"

이쯤 되었으니 이제 얘기를 꺼내지 않을 수가 없어서 우선 백사민은 잔을 들어 쭉 비웠다. 그리고 그것을 박인두에게 건네고서 춘매가 술을 따르는 동안 안주까지 집어넣어 천천히 씹어 넘겼다. 그리고 입을 열었다.

"실은 말이시 자네헌티 쪼께 미안허게 됐당게."

"미안허게 되다니? 달리 적당한 양자가 있다 그 말이지? 허기사 조카를 양자로 들이는 것이 원칙인지도 모른당게. 핏줄이 닿응께로 말이여."

"그것이 아니랑게."

"그럼 뭐여?"

"실은 말이여 양자를 들일 필요가 없게 됐다 그것이여."

"무슨 뜻이랑가?"

박인두는 도무지 무슨 말인지 얼른 짐작이 가지가 않았다.

"우리 집사람이 말이시 임신을 했다 그 말이랑게."

"뭐여? 그것이 정말이랑가?"

"정말이랑게. 그런 농담을 허겄어?"

"허허…… 그것 참 놀라겄는디."

"놀라겄지? 그러나 사실이랑게. 병원에 가서 진찰까지 해봤지 뭐여. 틀림없는 임신이라는 거여. 내 귀로 의사 선생 말을 똑똑허게 듣기까지 했당께로."

"야, 그것 참 축하하고도 남을 일이시그려."

박인두는 잔을 쭉 비우고서 그것을 살짝 높이 쳐들어 백사민 앞에 내밀며,

"부인의 임신을 정말로 축하허네."

하고 정식으로 축의를 표했다.

"허허…… 고맙네."

백사민은 기분 좋게 그 잔을 받았다.

재빨리 월심이가 술을 따르며 자기도 한마디 했다.

"저도 축하드려라우."

그러자 백사민의 입에서 서슴없이 농담이 흘러나왔다.

"월심이가 내 아이를 하나 낳아줄랑가 싶었는디 잘 안 되더랑게.
허허허……."

"오메, 그것이 무슨 말씀인기라우?"

뜻밖의 말에 월심이는 놀라듯 힐끗 백사민의 표정을 살피더니 말
을 이었다.

"저헌티 아이를 낳아달라고 백 사장님이 한마디만 혔으면 문제가
없었지라우, 그런 말을 안 했응께 그냥 모시기만…… 히히히 백 사
장님, 정말 저헌티 그럴 생각이 계셨어라우?"

월심이는 작부로서 관록이 있는 여자답게 조금도 스스럼없이 눈
매에 요염한 기색까지 떠올리면서 물었다.

"말은 안 했지만, 생각은 있었다고."

"오메, 그런 줄 알았으면 옥동자를 하나 낳아드릴 것인디……."

그러자 박인두가 빙그레 웃으며 입을 열었다.

"인제 봉께 둘이서 먹을 것은 다 먹었구만. 그란디 월심이가 백 사
장 사정을 몰랐던 것이 실수였당게. 사십이 되도록 아이가 없었다
그것이여."

"그런 줄을 누가 알았당가요. 알았으면 이 월심이가 틀림없이 옥
동자를 하나 맹글어 뻔지는 것인디……."

"그랬으면 팔자 고쳤지."

"글쎄 말이라우. 인제 늦었지라우?"

월심이는 정말 좀 아쉬운 듯이 그러나 히죽 웃으며 말했다.

"기차는 이미 떠나뻐졌당께. 본처가 임신을 혔는디 뭣 땜시 또 다른 여자헌티서 아이를 낳는당가? 그것처럼 골치 아픈 일도 세상에는 드물다고. 안 그렁가? 자네."

"허허허……."

마냥 기분이 좋은 듯 백사민은 껄껄 웃기만 했다.

"실은 말이여 아까 잠깐 말을 꺼냈다가 임신이 됐당게 그만뒀지만, 나는 이 친구 고잔 줄 알고 말이여 우리 고아원의 아이 하나를 양자로 줄라고 했당게."

박인두의 말에 백사민은 조금 언짢은 표정으로 바뀌었다.

"고자라니, 자네 말 조심혀. 당당히 임신을 시켰는디 고자여? 고자라는 것은 말이여 일어서질 안 혀서 입장도 못해보는 것을 말허는 것이여."

"히히히 히히히……."

몹시 재미있다는 듯이 그때까지 별 마리 없던 춘매가 키들키들 웃었다.

"백 사장님, 사모님이 몇 살인기라우?"

춘매가 물었다.

"나이는 왜 물어? 나보다 두어 살 밑이여."

"그럼 서른 칠팔 세 되셨네라우. 그 나이가 되도록 아이가 없다가 인제 와서 임신이라니 신기헌디라우."

"뭣이 신기혀?"

백사민은 표정이 약간 굳어지고 있었다.

"혹시 간식을 하신 것 아닐까라우? 히히히……."

"뭣이여? 간식?"

"히히히……."

아직 작부로서 설익은 춘매는 손님에게 할 수 있는 농담의 한계를 잘 가늠하질 못해서 자칫 지나치는 수가 있었다. 월심이가 힐끗 춘매에게 주의를 던지는 듯한 시선을 보냈다. 그제야 춘매는 아차 싶으며 얼굴을 좀 붉히면서 살짝 고개를 떨구었다.

"간식이라니 무슨 뜻이냐? 응? 야! 대답해 보랑께!"

화가 난 듯 백사민은 벌컥 소리를 내질렀다.

"농담으로 그랬어라우. 백 사장님, 죄송해라우."

"춘매는 고개를 떨군 채 진심으로 미안한 듯 기어들어 가는 목소리로 말했다.

"농담이면 무슨 말이든지 다 허는 것이여? 간식이 뭐여, 간식이. 니 말대로라면 우리 집사람이 다른 남자와 놀아나서 임신을 했다 그거 아니여. 안 그리여?"

"절대로 그런 뜻이 아니랑게요. 농담이었당께라우."

그러자 굳어진 분위기를 누그러뜨리려는 듯이 박인두가 입을 열었다.

"춘매라고 그랬지? 봉께로 아직 풋내기여 풋내기. 너 이런 디 나온 지 얼마나 됐냐?"

"이 년째라우."

"그렇게 보인당께. 아무리 술자리의 농담이지만 손님헌티 헐 말이 있고 못 헐 말이 있는 것이여. 알겠어? 그것부터 배우도록 히여."

"예, 알겠어라우."

이번에는 월심이도 관록이 붙은 작부답게 한마디 거들고 나섰다.

"백 사장님 노여움을 푸시기라우. 저것이 글쎄 아직 뭘 몰라서 주둥아리를 함부로 놀린당게요. 악의는 없는 앤께로 이번만 용서해 주시기라우. 자, 제가 대신 사과주를 한잔 올릴께라우."

그러면서 월심이는 얼른 빈 잔에 술을 가득 따라서 두 손으로 받쳐 들고 정중히 백사민에게 권했다. 마지못한 듯 그 잔을 받아 쭉 마시고는,

"허 그것 참, 잘나가다가 기분 잡쳤당게. 허지만 한번 봐줄 것잉께 담부터 말 조심혀. 알겠냐?"

백사민은 춘매를 향해 억지로 으으윽— 술 트림을 크게 해 보였다.

다시 술잔은 오고 갔다. 무안해서 다소곳이 앉았단 춘매는 잠시 후 소변이라도 보러 가듯이 살며시 일어나 밖으로 나가버렸다.

그날 밤 백사민은 꽤나 취해가지고 비틀거리며 귀가했다.

그 매화집에서는 기분이 잡쳤기 때문에 오래 있질 않고, 이차로 딴 단골집을 찾아갔었다. 박인두가 사양하지 않았더라면 삼차까지라도 가서 통행금지가 넘으면 여관에서 같이 자든지 그 술집에서 마실 때까지 마시다가 쓰러져 자든지 할 용의가 있었고, 왠지 기분도 그러고 싶었다. 재수 없게 그 춘매라는 계집애의 입에서 '간식'이라는 말이 나왔기 때문인지 그 뒤로 어쩐지 취기가 올라도 머릿속에 뭣이 뒤얽힌 듯 착잡하고 뒤숭숭하기만 했던 것이다. 그러나 술을 폭음하지는 않는 박인두가 이차로써 극구 사양하고, 시내에서 꽤 떨어진 고아원으로 서둘러 돌아가는 바람에 백사민은 좀 서운하고 아직 술이 미진한 듯하기는 했으나 도리 없이 자기도 걸음을 집으로 돌렸던

것이다.

문수선은 잠들어 있었다. 남편의 귀가를 기다리다가 오늘밤도 또 술타령인가 보다 하고 하품이 나오자 그만 텔레비전을 끄고 잠자리에 들어버렸다. 그녀는 하품이 나오는 것을 참아가며까지 주정뱅이 남편의 귀가를 기다리는 그런 주부는 벌써 오래 전부터 아니었다.

옷을 벗어던지고 아내 곁을 파고든 백사민은,

"여보, 여보, 나여. 나 왔어. 나 왔당게."

누가 반가워라도 할 줄 알고 곧장 아내를 흔들어 깨웠다.

"으으응― 당신이여?"

부스스 문수선은 잠을 깼다.

"벌써 깊이 잠들었던게비여?"

"아이고 술 냄새야. 저리 비키랑게."

잠 깬 코에 시큼한 술 냄새가 역겹기만 한 듯 문수선은 돌아누워 버렸다.

"허허허…… 술 냄새 인제 처음 맡아 봤당가?"

그러면서 백사민은 슬그머니 아내의 궁둥이를 끌어당겨 뿌듯이 안았다.

문수선은 잠이 와서 싫은 듯 궁둥이를 몇 번 꿈틀거리기는 했으나 곧 잠잠해졌다.

"백사민은 아내를 뒤에서 애무하면서 불쑥 물었다.

"당신 간식혔어 안 혔어?"

"간식?"

"응."

"오늘은 간식 두 번이나 혔당게."

"뭣이여? 정말이여?"

백사민은 취중에도 깜짝 놀라 정신이 번쩍 드는 느낌이었다.

"간식 안 허는 사람이 있다요? 당신은 더러 밖에서 간식 안 허는기라우?"

"뭣이 어찌여?"

"이 양반이 간식헸다는디 왜 화를 낼라 그런디야. 애기를 배고부터는 간식이 훨씬 심해졌지 뭔기라우. 밥보다 이것저것 간식이 허고 싶당게. 애기를 가져보지 않으면 그 사정을 모른당게요."

"지금 무슨 말을 허고 있는 거여? 허허허……."

백사민은 그만 어이가 없는 듯 웃음을 터뜨렸다.

"그것이 아니라, 간식 말이여, 간식."

"간식이 뭔디?"

"당신 참 머리가 잘 돌아가는 줄 알았더니, 인제 봉게 둔하기가 보통 아니시. 간식도 몰라? 입으로 먹는 간식이 아니라…… 있잖는개비여."

"아니, 이 양반이…… 지금 무슨 소리를 허고 있디야?"

"인제 무슨 말인지 알아들었구만."

"당신 난데없이 무슨 그런 요상한 소리를 꺼내는기라우? 사람을 뭘로 알고……."

남편이 무슨 낌새라도 채고서 그러는가 싶어서 문수선은 속으로 약간 찔끔했다. 그래서 일부러 더 필요 이상 발칵 화를 내어 쏘아붙였다.

"내가 간식이나 허고 댕기는 여자 같단 말이여? 뭐여!"

그리고 그녀는 뒤에 달라붙어 있는 남편을 엉덩이로 냅다 사정없이 내질러서 떠밀어내 버렸다.

애무를 하다가 나가떨어진 꼴이 된 백사민은 슬그머니 부아가 났으나, 자기가 한 말 때문이어서 화를 낼 수도 없어 머쓱해 있다가 투덜투덜 중얼거렸다.

"간식을 헌 일이 없으면 됐지, 왜 사람을 막 밀어낸당가. 허 내 참……."

그리고 슬금슬금 다시 다가오려 하자 문수선은 냅다 다시 엉덩이를 휘둘러대며 악을 쓰듯 내뱉었다.

"싫단 말이여! 저리 가! 저리……."

"허 그것 참, 오늘밤엔 별일이시. 간식이 아니라 정식도 마다허니…… 허허허……."

그러다가 제풀에 지쳐서 백사민은 곧 푸— 푸— 입으로 술 냄새를 불어내는 그런 숨을 쉬며 잠들어 버렸다.

그 뒤로 백사민은 술에 취해서 귀가를 해도 다시 아내에게 간식이니 뭐니 하는 그런 말을 꺼내지는 않았다. 그러나 그의 머릿속에서 그 '간식'이라는 단어는 떠나질 않고, 오히려 얄궂게 부풀어 오르며 그를 야릇한 망상의 구렁텅이로 이끌어 들이곤 했다.

아내가 다른 남자와 정말 간식을 즐기는 장면이 곧잘 머리에 떠올랐다.

사무실에서도 그랬고, 다방 같은 곳에서도 그랬으며, 심지어는 건축 현장에 나가 둘러보며 이것저것 지시를 하고는 잠시 앉아서 쉬는 동안에도 어느덧 그런 망상에 빠져들어 가 있기 일쑤였다.

처음 얼마 동안은 아내가 간식을 즐기고 있는 상대방이 그저 불특정의 남자일 따름이었는데, 어느 날은 그의 머릿속에서 아내를 짓이기고 있는 남자가 다름 아닌 결혼 전의 아내를 사랑했다는 바로 그 남자라는 생각이 문득 들었다. 물론 그 남자를 그가 본 적이 없으니 구체적인 모습이 떠오르는 것은 아니었지만, 생각이 그렇게 드는 것이었다. 그것은 충격이었다.

지금까지는 그저 부질없는 망상에 불과했지만, 그런 생각이 들자 어쩌면 그게 사실일지도 모른다는 의심이 고개를 쳐들었다.

한번 고개를 쳐든 의심은 수그러들 줄을 모르고 가지를 뻗으며 부풀어 올랐다.

결혼 초기인 김제 시절에 이미 한번 의처증 증세를 보인 전력이 있는 백사민은 두 번째 의처증의 늪으로 빠져든 것이다. 그러나 이번에는 김제 시절의 의처증과는 그 성질이 근본적으로 다르다고 할 수 있었다. 그때는 아내의 혼전, 그러니까 처녀 시절의 애정관계가 문제였고, 남자 쪽에서 짝사랑을 했었다는 것으로 끝났지만, 이번에는 그런 단순한 것이 아니라, 바로 임신이 된 아내의 뱃속의 아이가 진짜 자기 씬가 아닌가 하는 매우 심각한 문제였다. 자칫 잘못하면 온통 두 사람이 박살이 나고 말 그런 중대한 문제가 아닐 수 없었다.

의심을 할수록 모든 점이 아리송했다. 결혼한 지 십칠 년이 되도록 아이가 없다가 이제 와서 난데없이 임신이라니…… 그 점부터가 의문이었다. 사십 줄에 들어선 백사민은 자기가 생식 기능에 결함이 있는 게 틀림없다고 자인을 하고서 아이 만들어 볼 생각을 이제 단념하고, 체념 속에 양자를 들일 생각까지 했었는데, 뜻밖에 임신이라니…… 기적이라면 몰라도 도무지 잘 믿어지지가 않았다.

아내가 기적을 자기가 만들었다는 말을 했다. 불공을 얼마나 드렸는지 모른다면서 그 영험이 나타나 아이가 점지된 것이라고 했는데, 과연 그런 기적 같은 일이 있을 수 있는지 백사민은 의문이었다. 불공을 드려서 아들을 낳았다는 얘기는 흔히 들었지만, 그것은 불공을 안 드려도 아들을 잉태할 가능성이 있는 부부 사이의 얘기가 아니겠는가. 잉태 불능인 부부 사이에 불공으로 아이가 생겼다면 그것은 달리 무슨 수작이 있었다고 볼 수밖에 없지 않겠는가 말이다.

아내는 설악산 신흥사에 가서까지 축원을 드렸다는 말을 했는데, 정성이 지극했던 것만은 인정 안 할 수가 없다. 그러나 그래서 기적이 일어났다고는 백사민으로서는 도저히 믿을 수가 없었다.

강릉에 문병을 하러 간 사람이 그곳에서 바로 돌아오질 않고, 혼자서 설악산을 찾아갔다는 점이 또한 의심스러웠다. 정말 혼자서 갔을까. 여자가 혼자서 구경만을 목적으로 그런 명승지를 찾아갈 수가 있는 것일까. 혹시 설악산 신흥사에 잘 아는 젊은 중이라도 있는 것은 아닐까. 그렇지 않다면 처녀 시절에 자기를 짝사랑했다는 그 남자를 강릉에서 우연히 만나 같이 설악산에 간 것이나 아닐까. 별별 생각이 다 들었다.

어쨌든 문제는 설악산에 간 사실에 있는 듯했다. 그래서 백사민은 아내가 강릉 쪽에 갔던 날짜를 헤아려 보았다. 정확한 날짜는 기억되지가 않았으나 대략 석 달쯤 전이었다. 그러니까 그곳에 갔다 온 뒤에 아내가 임신을 한 게 틀림없었다.

생각이 거기에 이르자 백사민은 아찔해지지 않을 수 없었다.

결혼 초기의 백사민의 첫 번째 의처증은 술이 취했을 때는 물론이고, 그렇지 않은 경우에도 직접 아내를 들볶고 빈정거리며 의심하는 그런 형태로 나타났으나, 이번의 두 번째 의처증은 그렇지가 않았다. 첫 번째보다 훨씬 심각한 문제이고, 또 혼자서 의심을 해나가던 끝에 마침내 아찔한 현기증까지 느끼기에 이르렀으나, 어찌된 까닭인지 직접 아내에게 그런 말을 꺼내지는 않았다.

'간식' 얘기를 했다가 아내의 엉덩이에 쥐어박히듯 밀려난 일이 있기 때문에 그런 말을 해봐야 반응이 뻔할 것 같기도 하고, 또 실제로 자기 씨인데 공연히 엉뚱한 망상에서 임신한 아내를 괴롭히게 되는 것이나 아닐까 하는 생각이 머리 한쪽 구석에 조금은 남아 있기 때문인지도 몰랐다.

어쨌든 이번의 증세는 밖으로 나타나는 것이 아니라, 안으로 곪아가는 그런 식이었다. 말하자면 의처증도 이십대의 젊은 시절은 형태가 단순했다면, 사십 줄에 들어선 중년의 그것은 제법 신중한 양상을 보인다고 할까.

백사민은 집에서 그전보다 말수가 현저히 줄어들었고, 곧잘 아내를 혼자서 의심의 눈초리로 몰래 가만히 지켜보기 일쑤였다. 역시 여느 때와는 달랐다.

남편의 그런 변화를 눈치 채지 못할 문수선이 아니었다. 저이가 왜 저럴까. 뭔가 속에 괴로운 것이 들어앉게 되었나 보다. 그것이 무엇일까. 바깥에서의 사업관계일까, 혹은 여자관계일까, 아니면 자기에 대한 무슨 불만 때문은 아닐까. '당신 간식했어, 안 했어.'라고 어느 날 밤 난데없는 질문을 하더니 혹시 그런 의심 때문이나 아닐까…… 문수선은 그녀 나름대로 온갖 생각을 하며 남편의 태도에 대해 시치미를 뚝 떼고 모르는 체하면서 신경을 쓰고 있었다.

어느 날 한밤중이었다. 문수선은 자다가 소변이 마려워 눈을 떴다. 그런데 뜻밖에도 방 안이 환했다. 전기가 켜져 있는 것이 아닌가.

분명히 불을 끄고 남편과 한 이부자리 속에 들었는데 말이다.

　정신이 든 그녀는 깜짝 놀라지 않을 수 없었다. 뜻밖에 머리맡에 누군가가 도사리고 앉아 있는 것이 아닌가. 벌떡 몸을 일으키며 보니 다름 아닌 남편이었다. 남편이 앉아서 무슨 다른 일을 하고 있는 것이 아니라, 가만히 자기를 지켜보고 있는 것이었다. 그 눈빛이 예사롭지가 않았다.

　문수선은 섬뜩한 것을 느끼며 자기도 모르게 몸을 떨었다.

　"당신 뭣 허고 있어라우?"

　백사민은 아무 대답도 없이 여전히 싸늘한 시선으로 아내를 쏘아보고만 있었다. 마치 몽유병 환자가 꿈결에 일어나 앉아서 그러고 있는 것만 같았다.

　"아니 여보, 자다가 일어나서 왜 그러고 있당가요?"

　문수선의 목소리가 절로 떨려 나왔다.

　싸늘하면서도 어딘지 모르게 초점이 약간 흐려진 듯한 남편의 시선을 피하듯 문수선은 후다닥 일어섰다. 그리고 방문을 열고 소변을 보러 밖으로 나갔다. 기분 나쁜 오한 같은 것이 등골을 타고 좍— 흘러내렸다.

　한겨울 심야의 바깥 공기는 대번에 덜덜 떨릴 지경으로 차가웠다. 가뜩이나 으스스한 기분이어서 그녀는 더욱 한기를 느끼며 마루 한쪽에 놓인 꽃요강에다가 목을 잔뜩 움츠리고서 볼일을 마쳤다. 그리고 다시 방문을 여는 그녀의 손이 가늘게 떨리고 있었다.

　남편은 여전히 그 자리에 앉아 있었다. 그러나 조금 전과는 달리 고개를 살짝 떨구고 있는 것이 무슨 생각에 깊이 잠겨 있는 듯이 보였다. 문수선은 조심스레 다가가며 입을 열었다.

"여보, 왜 그러고 있어라우? 정말 이상허네."

백사민은 고개를 들었다. 아내를 바라보는 시선이 아까보다는 누그러진 것 같기는 했지만, 여전히 약간 초점이 흐려진 듯한 그런 묘하게 기분 나쁜 눈이었다.

문수선은 추위와 두려움에 몸을 떨며 자기가 자던 자리로 들어가 이불을 등 뒤로 뒤집어쓰듯 하고 앉았다. 힐끗 벽에 걸린 시계를 보니 세 시 오 분 전이었다.

"어서 잡시다요. 세 시 오 분 전이라우. 이 한밤중에 대관절 무슨 일인기라우?"

자꾸 떨리려는 것을 문수선은 아랫배에 지그시 힘을 주며 말했다. 그러자 백사민은 입을 뗐다.

"강릉에 갔던 날짜가 언제지?"

아닌 밤중에 홍두깨라더니, 불쑥 묻는 말이 꼭 그런 식이어서 문수선은 어리둥절했다. 그러면서도 대뜸 그녀는 역시 임신 문제로 남편이 괴로워하고 있다는 것을 알 수가 있었다. 근간에 와서 남편의 태도가 아무래도 이상하다 싶더니 결국 그 문제였구나 하는 생각이 들자 그녀는 바짝 긴장이 되지 않을 수 없었다. 그러나 시치미를 뚝 떼고 되도록이면 자연스런 어조로 말했다.

"자다가 일어나 앉아서 베란간 왜 그런 것을 묻는다요? 벨일도 다 보겠네. 내 참 호호호……."

문수선은 억지로 나직하게 조금 웃기까지 했다.

"웃지 말라고. 웃을 일이 아니랑게. 오늘밤에 내가 묻는 말에 사실 그대로 대답하지 않으면 무슨 일이 일어날지 모른다고. 알겠어?"

"……"

"너 죽고 나 죽을지도 모릉게 정직허게 대답하라고."

째려보는 남편의 끔찍한 눈길과 '너 죽고 나 죽을지도 모른다.'는 말에 문수선은 얼굴에서 핏기가 싹 가시는 듯한 느낌이었다. 그러나 그녀는 결코 기가 죽지 않으려는 듯한 그런 어조로 말했다.

"물어볼 것이 있으면 뭣이든 물어보랑게요. 사실대로 대답헐 것잉께."

"강릉에 갔던 날짜가 언제여?"

백사민은 다시 그것부터 물었다.

"언제더라……."

문수선은 속으로 헤아려보았으나 확실한 날짜까지는 얼른 머리에 떠오르지가 않았다.

"작년 10월 말경 같은디라우. 단풍이 한창 때였응께."

"설악산에 강께로 단풍이 한창이더라 그것이지?"

백사민은 싸늘하게 비꼬는 투였다.

"맞어라우."

문수선은 비꼬거나 말거나 당당히 대응해 나가야겠다 싶어서 분명한 어조로 대답했다.

"10월 말경 같으면 지금부터 대략 석 달 전 맞지?"

"지금이 1월 중순잉께 맞네요."

"당신이 임신을 한지도 석 달째라 그랬지?"

"예."

문수선은 뚜렷한 목소리로 대답하며 똑바로 남편을 바라보았다. 절로 얼굴에 긴장감이 감돌고 있었다.

"그렇다면 당신이 강릉과 설악산에 갔다 오자 임신이 됐다 그것이여. 안 그리여?"

"……"

"왜 대답이 없어?"

"맞당게요."

"그럼 그것이 내 씨가 아니잖냐 말이여."

문수선은 속으로 꽤나 당황하고 있었다. 그러나 그럴수록 능청스럽게 어이가 없다는 듯이 억지로 조금 웃기까지 하며 말했다.

"내 참 기가 맥혀서…… 대략 그 무렵에 임신이 된 것은 틀림없으라우. 그러나 강릉과 설악산에 갔다 오자 임신이 됐응께 당신 씨가 아니라면 내가 화냥질을 했다 그것인디, 사람을 어떻게 보고 그런 말을 함부로 허는기라우? 생각해 보시요. 강릉으로 떠나는 전날 밤도, 그리고 돌아온 날 저녁에도 나를 가만히 뒀어라우? 그전에도 그 후에도 관계가 계속됐잖느냐 그 말이라우. 그래서 임신이 된 것인디, 도대체 무슨 잠꼬대 같은 소리를 허능기라우? 당신이 만약 그 무렵에 한 달가량이라도 나헌티 손을 안 대고 가만히 내뻗겨 뒀는디 임신이 됐다면 강릉 쪽에 가서 화냥질을 헌 것이 뻔허지만…… 안 그래라우?"

조리 정연하게 남편을 몰아붙이는 셈이었다.

그러나 백사민은 여전히 수세로 돌아서는 일 없이 공세였다.

"나하고 관계를 계속한 것이 문제가 아니란 말이여. 나하고는 십칠 년 동안을 계속해도 임신이 안 됐는디, 이번에 강릉 쪽으로 갔다오더니 난데없이 임신이 됐응께 허는 소리여. 내 묻는 말에 솔직하게 대답해 보라고. 설악산에 간 목적이 뭐여?"

"구경하로 갔다고 몇 번이나 말하덩기라우?"

"정말이여? 거짓말허면 오늘밤에 너 죽고 나 죽을지 몰라. 알겠어?"

'너 죽고 나 죽을지 모른다.'는 말이 남편의 입에서 재차 나오자 문수선은 몹시 기분이 언짢았다. 처음 그런 말을 했을 때는 얼굴에서 핏기가 가시는 듯했으나, 이번에는 반대로 핏기가 얼굴로 혹 치솟는 느낌이었다. 그래서 그녀는 꽤나 강한 어조로 대들 듯이 말했다.

"죽일라면 죽이랑게요. 죽는 것이 쪼께도 두렵지 않응게. 이런 식으로 맨날 공박이나 당하고, 술주정이나 받으며 사는 것보다는 차라리 죽는 편이 낫겠당게."

악에 받친 듯한 그 말에 백사민도 말문이 막히는 듯 잠시 아내를 쏘아보고만 있다가 다시 물었다.

"구경하러 혼자 간 것이 정말이여?"

"정말이라우. 누구 같이 갈 사람이 있어라우?"

"혹시 말이여 당신을 옛날에 짝사랑했다는 그 남자라도 강릉에서 만난 것 아니여? 그래서 둘이 같이 간 것 아니냐 그것이여."

"뭣이라구요? 하하하……."

문수선은 어이가 없다는 듯이 소리를 내어 웃어버렸다. 그러나 가슴 한쪽 구석이 뜨끔했다. 옛날에 자기를 짝사랑했다는 남자, 실은 서로 사랑했던 현중하를 두고 하는 말인데, 그와 강릉에서 만나 설악산으로 간 것은 아니지만, 설악산에서 우연히 만났으니, 남편의 추측이 어느 정도 적중하지 않았는가 말이다. 속으로 약간 놀라면서도 문수선은 시치미를 뚝 떼고 말했다.

"옛날 그 남자 지금 만내면 서로 얼굴도 못 알아볼 것인디 강릉에서 만내다니…… 그것이 말이라고 허능기라우?"

그런 우연은 좀처럼 드문 일이라 싶어서 백사민은 그 점은 아내의 말을 믿기로 하고 다음 질문으로 넘어갔다.

"설악산에 구경 갔다는 사람이 신흥사는 뭣 땜시 찾아갔어?"

"하하하……."

"왜 웃는 거여? 웃지 말고 사실 그대로 대답허랑께."

"사실 그대로고 뭣이고 웃음이 안 나오겄소? 설악산에 간 사람이 신흥사를 구경 안 하는 수가 있당가요? 더구나 불교신도가 말이라우."

"나는 그래서 묻는 것이 아니여."

"그럼 뭣 땜시 묻는기라우? 그런 당연한 일을……."

"신흥사에 갈 목적으로 설악산에 간 것이 아닌가 싶단 말이여."

"그것은 또 무슨 뜻이다요?"

"신흥사에 잘 아는 중이 있지 않느냐 그것이여."

"하하하……."

문수선은 또 웃지 않을 수가 없었다.

"웃지 말랑께로! 남은 지금 죽기 아니면 살기로 묻는 거여."

두 사람 사이에 긴장감이 풀리는 듯하자 백사민은 그것을 바짝 죄듯이 싸늘하게 쏘아보며 내뱉었다.

"신흥사에 내가 아는 스님이 있을 턱이 있는기라우? 강원도 땅도 처음 밟아봤는디……."

아내의 천연스러운 대답에 백사민은 의혹의 눈초리로 훑어보며 추궁을 해나갔다.

"중들도 이 절 저 절 옮겨댕기잖느냐 말이여. 전근 가듯이…… 그

렁께 여기 당신이 만날 댕기는 절에서 잘 알던 중이 그 신흥사로 가
있지 않느냐 그것이여."

"그렇께 그 스님을 만내로 가는 것이 목적이었다 그것잉기라우?"

"그리여."

"내 참 기가 맥혀서…… 신흥사로 가신 스님도 없지만, 설령 말이
라우 그런 스님이 있어서 찾아갔다 하더라도 그것이 뭣이 나쁜 기라
우?"

"뭣이 어찌여? 안 나쁘다고?"

"신도가 잘 아는 스님을 찾아가는 것이 나쁜 일인 기라우?"

"그냥 찾아간다면 나쁘다고 헐 수는 없겠지. 그렇지만 여자 신도
와 남자 중 사이의 일은 장담을 못 헌다고."

"당신 지금 무슨 소리를 허고 있는 기라우? 부처님헌티 벌 받겄소.
그것이 말이라고 허는 기라우?"

"벌 받는 것 좋아하네. 실제로 그런 일이 없을 것 같혀여? 얼매든
지 있다고."

"당신이 봤는 기라우?"

"그런 일을 누가 보여주면시로 헌당가? 절에 가서 불공을 드려갖
고 아들을 낳았다는 여자들 다 수상허다 그것이여. 알겄어?"

"오메, 당신 정말 큰일 날 소리 허네. 당신이 여자를 밝힝께 남들도
다 그런 줄 아는 모양인디, 안 그래라우. 개 눈에는 똥밖에 안 보이
지만, 사람 눈에는…… 호호호……."

문수선은 말이 지나친 것 같아 아차 싶으며 그것을 얼버무리듯 코
를 살짝 위로 쳐들고 묘하게 웃었다.

"뭣이 어쩐다고? 개 눈에는 똥밖에 안 보인다는 말이 무슨 소리

여? 내가 개라 그것이여?"

"아니라우. 당신이 왜 개랑가요? 이를테면 말인 것이지. 속담에 그런 말 있잖어라우."

"싸가지 없이 말조심히여. 누구헌티 대고 함부로……."

남편이 째려보자 문수선은 슬그머니 화가 치밀었다. 정말 똥이 묻어도 온몸에 묻은 개가 그래도 남편이랍시고 큰소리를 치는 것이 더럽고 아니꼽기도 해서 빈정거리듯 말했다.

"그럼 당신이 여자를 안 밝히는 기라우? 어디 대답을 한번 들어보장께요."

그러자 백사민은 할 말이 없는 듯 아내를 노려보며 한 대 갈기기라도 할 것처럼 주먹을 쥐었다. 그러나 잠시 후 스르르 주먹을 풀며 입을 열었다.

"마지막으로 묻겄는디 설악산에서 하룻밤 잤어 안 잤어?"

"전번에 대답혔잖어요. 잔 일 없다고."

"좋아, 그럼 말이여, 내일 둘이 같이 병원에 가보더라고. 산부인과에 말이여."

"병원에는 뭣허러 가라우? 전번에 가서 임신이라는 것을 확인했잖어라우."

뜻밖의 말에 문수선은 약간 어리둥절한 표장을 지으며 말했다.

"그것이 아니란 말이여. 내 말을 들어보라구. 지금까지 당신이 대답헌 것이 거짓말이 아니랑께 내가 믿는 수밖에 없다고. 그런데 어떻게 된 셈인지 도무지 의심이 깨끗허게 안 풀린다 그것이여. 당신이 강릉과 설악산에 가서 헌 일을 내가 눈으로 못 봤응께 말이여."

"당신 병이 또 생겼구만이라우."

"병?"

"의처증 말이라우."

그 말에 백사민은 좀 이맛살을 찌푸리면서 서슴없이 수긍을 했다.

"그런 것 같당게. 의처증이 안 생길 수 없잖냐 그것이여. 십칠 년 동안이나 안 생기던 애기가 당신이 며칠 어디 갔다 오더니 임신이 됐응께 말이여."

"……."

"그래서 말만으로는 완전히 믿을 수가 없응께로 병원에 가서 검사를 해보자 그것이여."

"무슨 검사를?"

"당신이 임신이 된 것은 전번에 검사를 해서 틀림없응께, 이번에는 그 씨가 내 씬가 아닌가 검사를 해보자는 것이여."

문수선은 얼굴에서 핏기가 가시는 듯한 느낌이었고, 얼른 뭐라고 말이 나오지가 않았다.

"검사를 해보면 확실한 것을 알 수가 있을 것 아니겄어. 내게 고장이 없다면 내 씨가 틀림없는 것이고, 만약 나헌티 결함이 있어서 애기를 못 배게 한다는 결과가 나오면 그때는 당신 말이 말짱 거짓말이 되는 것이지. 말허자면 과학적으로 단판을 내자 그것이랑께. 그래야 의처증인지 뭔지 하는 병도 낫겄당께."

"그런 검사를 둘이 가서 헐 것이 뭐 있다요? 당신 혼자 가서 혀보지. 그렇게 사람을 못 믿겠으면……."

"나 혼자 가는 것보다 당신도 같이 가야 서로 확실한 것을 확인할 수 있지 않냐 말이여. 말허자면 재판인 셈인디, 재판을 혼자서 허는 법도 있당가?"

"재판은 무슨 재판인 기라우? 당신 혼자서 쓰잘디없이 의심을 혀쌌는 것이지. 나는 안 가라우."

문수선은 자르듯이 말했다.

백사민은 눈에 의심의 빛이 한결 짙어지며 묘하게 한쪽 눈썹이 파르르 경련을 일으킨 듯 파르르 떨리고 있었다.

"정말 안 갈 것이여?"

"예."

"안 갈라고 허는 것 봉께로 아무래도 수상하다 그것이여. 당신이 남의 씨를 받지 않았다면 안 갈라고 헐 게 뭣이여. 당연히 내 씬디…… 검사 결과 결함이 없는 것으로 나올 것 아니겠어? 왜 의심이 들도록 그러느냐 말이여."

충분히 이치가 닿는 말이어서 문수선은 순간적으로 태도를 싹 바꾸었다.

"좋아라우. 같이 갑시다요."

이튿날 그들 부부는 산부인과 병원을 찾아갔다.

백사민은 회사일 같은 것은 하루쯤 젖혀놓을 생각으로 아예 집에서 무슨 일이 있어서 오늘은 사무실에 못 나간다고 전화로 통고를 해놓기까지 했다.

남편의 뒤를 조금 떨어져서 따라 걸으며 병원을 향해 가는 문수선은 심정이 매우 착잡하고 불안했다. 간밤에 한밤중에 깨어서 남편의 심문을 받은 셈이어서 잠을 설쳤고, 서로 얘기가 끝난 뒤에도 이런 생각 저런 생각이 뒤얽혀 도무지 심란하고 울적해서 잠이 오지 않다가 날 샐 무렵에야 조금 잤을 뿐이기 때문에 골치도 띵하고 걸음이 무거웠다.

정말 어느 쪽의 씨일까. 남편의 것일까, 현중하의 것일까…… 그녀로서도 알 수 없는 수수께끼가 오늘 풀리게 되는 것이다. 남편의 씨라는 판단이 난다면 천만다행이지만, 그렇지 않다면 어떻게 되는 것일까…… 생각할수록 두렵기도 하고 불안하지 않을 도리가 없었다. 가벼운 현기증까지 살짝살짝 머릿속을 지나가는 듯했다.

병원 문을 들어설 때 문수선은 정말 간밤의 남편 말마따나 재판정에 발을 들여놓는 피고 같은 느낌이었다.

남들이 자기 부부 사이의 일을 알 턱이 만무한데도 어쩐지 자기가 그들의 눈에 남의 남자나 밝히는 그런 바람기 센 여자처럼 비치는 것 같아 공연히 창피하기까지 했다.

실제로 남편이 접수처에서 자신의 생식기능에 이상이 있는지 없는지 검사를 하러 왔다는 말을 하고 있을 때는 그녀는 정말 얼굴이 화끈해지는 느낌이었다. 얼른 대합실의 한쪽 구석 자리에 가서 앉았다.

접수처의 간호원이 힐끗 자기를 보는 것 같아 두 부부 사이의 사연을 짐작했을 게 아닌가 말이다. 전번에도 둘이 같이 임신 여부의 진찰을 받으러 왔으니 얼굴을 기억할 것만 같았다.

간호원 아가씨는 얼굴에 묘한 웃음을 엷게 떠올리며 말하고 있었다.

"정액을 받아가지고 오셔야 되는데요. 검사를 할라면……."

"그래요?"

백사민은 조금 망설이다가 씩 멋쩍게 웃으며 좀 낮은 목소리로 말했다.

"내일 다시 오기도 뭐헝께 여기 어디서 받지요 뭐."

"그러시겠어요? 그럼 그러세요. 먼저 의사 선생님을 면담하고요."

한참 차례를 기다렸다가 백사민이 진찰실에 들어갔다 나오자 간호원은 검사용 글라스를 한 개 건네주며 말했다.

"화장실에 가서 여기다가 받아오세요."

백사민은 그것을 받아 들고 화장실 쪽으로 사라져 갔다.

문수선은 쥐구멍이라도 있으면 기어들어 가고 싶은 심정이었다.

남편이 화장실에 들어가서 검사용 글라스에다가 정액을 받고 있는 장면을 생각하면 문수선은 견딜 수가 없이 수치스럽고 역겨웠다. 대합실에 앉아 차례를 기다리고 있는 몇몇 진찰 받으러 온 여자들의 시선이 어쩐지 힐끗힐끗 자기에게로 모이는 것만 같아 그녀는 고개를 떨구고 두 눈을 딱 감아버렸다.

십칠 년이라는 세월을 같이 살아오는 동안에 남편이 싫은 적이 헤아릴 수 없이 많았지만, 지금 이 순간처럼 정나미 떨어지기는 처음이었다. 도무지 천박하고, 구역질이 나고, 남부끄러워서 견딜 수가 없었다.

정액을 받아와야 된다면 그러냐고, 아무리 남자지만 얼굴이라도 살짝 붉히며 집에서 준비해 가지고 내일 다시 오겠다고 돌아서는 것이 상식일 것이다. 무슨 급한 환자도 아니면서 당장 검사를 해야겠다고 글라스를 받아 들고 화장실로 향하다니…… 남편이 그처럼 천덕스러운 저질인 줄은 미처 몰랐었다. 혼자 검사를 하러 왔다면 또 모르겠는데, 자기 마누라까지 데리고 와서 앉혀놓고서 말이다. 사람을 망신시켜도 분수가 있지 싶으니 울컥 화가 치밀기도 했다.

당장 일어나 밖으로 뛰쳐나가 버리고 싶은 심정이었다. 그러나 그녀는 꼼짝을 않고 가만히 눈을 감은 채 앉아 있었다. 묘한 긴장감에 온몸이 굳어져서 마치 그대로 정물이 되어버린 것 같았다.

잠시 후 화장실 쪽에서 뚜벅뚜벅 걸어오는 구둣발 소리가 들렸다.

그 소리에 문수선은 자기도 모르게 눈을 뜨며 고개를 들었다. 물론 남편이었다. 조금 멋쩍은 듯한 기색이 얼굴에 내비치고 있긴 했으나, 한 손에 정액이 담긴 희끄무레한 글라스를 무슨 소중한 물건이라도 되는 것처럼 들고 있었다. 왈칵 구역질이 올라와서 문수선은 이번에는 고개를 돌려버렸다. 구역질은 그치질 않고 계속되어 그녀는 손으로 살짝 입을 가리며 머리를 깊이 숙였다. 입덧인 헛구역질이었다.

백사민이 글라스를 간호원에게 갖다 주자 그것을 받은 아가씨는 되도록 무표정한 얼굴을 하고 검사실로 가져가면서 힐끗 헛구역질을 하고 있는 문수선 쪽을 바라보았다. 대기하고 있는 다른 여자들도 흥미롭기도 하고 딱하기도 한 듯한 그런 시선으로 두 부부를 힐끗힐끗 번갈아 바라보곤 했다.

간호원 아가씨가 검사실에 글라스를 갖다 주고 돌아오자 백사민은 물었다.

"의사 선생님이 그러시던디, 한 시간쯤 기다리면 검사 결과가 나온다지요?"

"예, 맞아요."

"기다리고 있을 것잉께 속히 좀 부탁해요."

그렇게 말하고서 백사민은 아내가 앉아 있는 곳으로 가서 그 곁에 궁둥이를 내렸다.

문수선의 헛구역질은 이제 멎어 있었다. 그러나 그녀는 남편을 거들떠보지도 않았다.

한 시간을 넘게 기다리는 동안 문수선은 견딜 수 없는 지경으로 괴롭고 불안하고 지루하기까지 했다. 마치 무슨 생사에 관한 심판을 기다리고 있는 듯한 그런 심정이기도 했다. 태어나서 사십이 가까워지도록 살아오는 동안에 이런 고통스럽고 긴장된 시간 속에 놓이기는 처음이었다.

백사민 역시 초조하고 기분이 무거웠다. 그러나 그는 피고의 입장이 아니라, 원고인 셈이어서 그 심정의 양상이 문수선과는 다르다고 할 수 있었다. 그래서 간혹 한 번씩 혼잣말인지 아내에게 하는 말인지 잘 분간할 수 없는 그런 말을 지껄였다.

"검사 결과가 잘 나왔으면 좋겠는디…… 아매 잘 나올 것이여."

"……."

"어젯밤 꿈이 나쁘지 않더랑게."

"……."

"나는 좀처럼 꿈을 안 꾸는디, 어젯밤에는 꿈이 꾸이지 뭐여."

문수선은 남편의 말을 분명히 듣고 있으면서도 들은 척 만 척 아무 말도 하질 않았다.

꿈이 나쁘지 않더라는 말에 문득 그녀는 자기의 간밤의 꿈을 생각해 보았다. 비교적 꿈을 자주 꾸는 편이고, 꿈을 꾸고 나면 이튿날 대체로 잘 기억이 되는데, 간밤에는 남편과 실랑이를 벌이다가 새벽녘에 살풋 잠이 들었을 때 꿈을 꾸어서 그런지 어떤 꿈이었는지 쉬 머리에 떠오르지가 않았다. 머릿속을 더듬듯이 곰곰이 생각해보니 다만 한 장면이 낡은 흑백영화의 한 장면처럼 어렴풋이 떠올랐다.

남편이 출장을 간다면서 손에 가방을 들고 집 대문을 나서다가 힐끗 뒤를 돌아보았다. 김제군청의 서기 시절의 모습 같았다. 그런데 그 얼굴이 희뿌옇게 흐려져서 윤곽이 뚜렷하지가 않았고, 어떤 표정을 하고 있는지 알 수가 없었다. 그때 그녀는 마루에 기둥을 짚고 서 있었다. 남편은 돌아보면서 말없이 한 손을 흔들었다. 그리고 대문 밖으로 사라져 갔다. 사라지는데 보니 남편의 복장이 검정 두루마기였다. 출장을 간다는 사람이 양복을 안 입고 검정 두루마기라니, 좀 이상하다 싶으면서도 그녀는 그저 멀뚱히 바라보고만 있었다.

그런 꿈이었다. 길몽인지 흉몽인지 그녀는 알 수가 없었다. 그러나 꿈이 주는 전체적인 느낌이 어쩐지 좋은 꿈은 아닌 것 같았다. 검은 두루마기를 입고 집을 나가는 것이 아무래도 흉몽이 아닌가 싶기도 했다.

그런데 남편은 꿈이 나쁘지 않더라고 하니, 서로 상반되는 것 같아 문수선은 속으로 피식 웃어버렸다. 허황한 꿈이 무슨 의미가 있다고 부질없이 그런 것에 매달리듯 신경을 쓰고 있는 것이 쓸쓸하면서도 우스웠던 것이다.

지루하기 짝이 없는 시간이 한 시간을 이십 분이나 지나서야 백사민은 호명되어 검사 결과를 들으러 진찰실로 들어갔다.

백사민이 진찰실로 들어서자 의사는 힐끗 보고는,

"이리 앉아요."

하면서 검사 결과가 나와 있는 종이 위로 시선을 떨어트렸다.

백사민은 의사의 책상 앞에 놓인 의자에 조심스레 궁둥이를 내렸다. 묘한 긴장감이 온몸을 휘감는 듯한 느낌이었다. 그러나 그는 되도록 침착하려고 아랫배에 지그시 힘을 주며 의사의 표정을 가만히 지켜보았다.

의사는 고개를 들었다. 그리고 무표정하려고 애를 쓰는 듯한 그런 태도로 물었다.

"결혼생활을 한 지 몇 년이나 되나요?"

"십칠 년요."

"십칠 년 동안에 부인이 한 번도 임신을 안 했던가요?"

"예."

검사를 하기 전의 면담에서는 왜 생식기능 검사를 하려고 그러는지 그 까닭에 대해서는 전혀 물어보질 않고, 그저 사무적으로 오늘 당장 검사를 해서 결과를 알고 싶으면 정액을 안 가져왔으니 화장실에 가서 받아라, 결과는 한 시간쯤 뒤면 알 수 있다, 그런 말만 했다.

그런데 백사민이 일어나 꾸뻑 머리를 숙여 인사를 하고는 진찰실을 나갈 때야 의사는 문득 낯설지 않다는 생각이 들었다. 전번에 자기 부인의 임신 여부를 진찰받으러 같이 와서 잉태라는 것이 확인이 되자 진찰실에 불쑥 들어와 '아이고 선생님 정말 고맙습니다.' 하고 깊이 머리를 숙여 감사를 표했던 그 사람이라는 기억이 떠올랐다. 부인의 임신을 자기가 확인했는데, 그 남편의 생식기능 검사를 또 자기가 하다니 좀 묘한 일이다 싶었고, 부부 사이에 무슨 문제가 있는 게 틀림없다는 생각이 들었던 것이다.

그래서 의사로서 그저 직업적으로 검사 결과만 정상이다, 아니다 하고 알려주면 그만이지만 어쩐지 매정한 것 같고, 또 두 사람 사이의 어떤 문제에 끼어든 것 같은 느낌이어서 머리가 반백이 된 의사는 직분상으로 필요 이상의 질문을 하고 있는 것이었다.

"그동안에 정액 검사를 한 번도 안 해봤나요?"

"예."

"십칠 년 동안이나 부인이 임신이 안 됐다면 검사를 해보는 것이 당연할 텐데, 왜 그랬지요?"

"지헌티 고장이 있다는 결과가 나올까 겁이 나서요."

백사민은 좀 쑥스러운 표정을 지으며 솔직하게 대답했다.

"그럼 부인도 그동안 검사를 안 해봤나요?"

"집사람은 나 몰래 혼자서 해봤다 그래요."

"그 결과는요?"

"괜찮다고……."

그러면서 백사민은 조금 고개를 떨어트렸다.

백사민은 이제 결과가 뻔한 것 같아 눈앞이 암담해지며 가벼운 현기증이 머릿속을 핑 지나가고 있었다. 그러나 곧 그는 떨어트렸던 고개를 들어 의사를 똑바로 바라보며 물었다.

"검사 결과가 어떻게 나왔어요?"

그 물음에 의사는 대답을 하지 않았다. 좀 망설이더니 약간 곤혹스러운 표정을 지으며 입을 열었다.

"전번에 부인이 나한테 와서 진찰을 받은 일이 있지요?"

"예."

"그때 당신도 같이 왔던 것으로 기억되는데…… 맞지요?"

"예 맞아요."

백사민은 이제 다분히 불만이 깃든 그런 투로 대답하고 있었다. 검사 결과는 알려주지 않고, 자꾸 엉뚱한 말만 묻는다 싶었던 것이다.

"지금 부인은 어디 있나요? 집에 있나요?"

"아니요."

"그럼?"

"여기 같이 와서 대합실에 있어요."

"그래요?"

의사는 의외의 일이라는 듯이 약간 휘둥그레진 눈으로 백사민을 바라보고는 얼른 담담한 표정으로 돌아가며 자리에서 일어났다.

"나 소변 보러 화장실에 갔다 올 테니까 잠깐 기다려요."

"예."

의사는 천천히 진찰실 문을 열고 나갔다.

웅크리고 굳어져서 정물처럼 앉아 있던 문수선은 진찰실 문이 열리자 얼른 그쪽으로 갔다. 불안과 긴장도 정조가 지나치면 감각이 마비되어 버리는 듯 그녀는 멍멍한 그런 상태에 있었다. 그러나 문이 열리자 순간 온 신경이 날카롭게 되살아나는 듯 바짝 긴장이 되었다.

남편인 줄 알았더니 뜻밖에 의사가 걸어 나오고 있질 않는가. 그녀는 의사와 시선이 마주치자 자기도 모르게 살짝 일어나 가볍게 머리를 숙여 인사를 했다.

의사도 조금 고개를 까딱하면서 눈으로 아는 체를 했다. 그런데 그 눈에 딱한 듯하면서도 약간 경멸하는 것도 같은 묘한 빛이 지나갔다.

그런 눈치를 감지하지 못할 문수선이 아니었다. 순간 그녀는 눈앞이 빙 도는 듯 현기증을 느꼈다. 의사의 그 눈빛에서 검사 결과를 읽을 수가 있었던 것이다. 뱃속의 아이가 남편의 씨가 아닌 게 분명하다는 생각이 들었다. 문수선은 안절부절 못하다가 눈을 찔끔 감아 버렸다.

잠시 후, 화장실에 갔던 의사가 대합실로 걸어오고 있는 슬리퍼 소리가 들렸다. 문수선은 감았던 눈이 절로 뜨였다. 의사는 무뚝뚝한 표정으로 이번에는 이쪽을 바라보지 않고 진찰실로 들어가 버렸다.

  문수선은 온몸에서 맥이 탁 풀렸다.

  넋을 잃은 듯 멀뚱히 앉아 있는 문수선의 시선 속에 접수처의 간호원 아가씨 얼굴이 힐끗 비쳤다. 아가씨는 시선이 마주치자 비웃는 듯한 기분 나쁜 웃음을 코언저리에 떠올리며 얼른 고개를 돌렸다.

  모든 것이 이제 분명했다. 견딜 수 없는 그런 상태가 된 문수선의 머리에 '너 죽고 나 죽을지 모른다.'는 간밤의 남편의 말이 문득 떠올랐다. 그녀는 자기도 모르게 자리에서 벌떡 일어났다. 그리고 약간 휘청거리는 듯한 걸음걸이로 도망치듯 병원 밖으로 나가버렸다.

  이제 뱃속의 아이가 현중하의 씨에 틀림없는 것 같으니 집에 가서 남편을 기다렸다가 맞아 죽으면 죽고, 말면 말지 하는 그런 극한의 심정이 되어 그녀는 곧잘 발이 헛디뎌지는 듯한 그런 걸음으로 집을 향했다. 차가운 겨울바람이 귀와 볼을 때리듯 불어오고 있었으나, 그녀는 추운지 어떤지도 모르고 걸었다.

  화장실에 갔다가 돌아온 의사는 백사민에게 질문을 계속했다.

  "의사로서 이런 말을 묻는다는 것은 좀 우스운 일인지 모르지만 좌우간 인간적인 입장에서 물어보는 것이니까 달리 생각하지 말고 솔직하게 대답해 주었으면 좋겠어요."

  무슨 질문인가 싶어 백사민은 멀뚱히 의사를 바라보았다. 의사는 되도록 얼굴에 부드럽고 인자하기까지 한 그런 표정을 떠올리려고 애를 쓰며 말을 꺼냈다.

"과학이라는 것을 당신은 어떻게 생각해요? 과학이 만능이라 믿나요?"

"과학요? 글쎄요…….."

"예를 들면 오는 일처럼 병원에서 과학적으로 검사를 한 그 결과를 백 프로 믿느냐 그 말이요."

"백 프로까지는 몰라도 좌우간 믿지요. 믿으니까 검사를 허로 온 것 아니었어요."

"믿지만 백 프로 믿는 것은 아니다 그런 말이 되겠네요. 말하자면 과학은 신은 아니다 그것이지요."

"……."

"맞지요?"

"예."

백사민은 약간 얼떨떨한 기분이 되어 대답해 버렸다. 마치 무슨 의사로부터 구두시험이라도 받는 것 같은 기분이었다.

"맞아요. 나도 그렇게 생각해요. 과학이 곧 신은 아니니까 절대적이라고는 할 수 없어요. 그러니까 검사 결과를 백 프로 믿지는 말아요. 구십구 프로 믿어도 일 프로의 착오가 있다는 것을 염두에 두도록 해요. 알겠지요?"

"예."

"이제 검사 결과는 굳이 말하지 않아도 짐작하겠지요?"

"알았어요."

백사민은 내뱉듯이 대답하고는 벌떡 자리에서 일어났다.

"잠깐만."

의사는 벌떡 일어선 백사민을 도로 의자에 앉혔다. 그 표정이 너무 험악해진 것 같아서 몇 마디 덧붙여 심정을 가라앉혀서 내보내야 겠다 싶었던 것이다. 바깥에 부인도 앉아 있으니 말이다. 의사는 문수선이 그대로 대합실에 아직 웅크리고 앉아 기다리고 있는 줄 알고 있었다.

"내가 왜 당신한테 자꾸 이런 말을 하느냐 하면 당신 부인을 내가 진찰해서 임신이라는 사실을 확인해 주었기 때문이오. 의사이면서 나도 평범한 한 인간이거든요. 좀 괴롭다 그것입니다. 알겠지요?"

"……."

"앞으로 부인의 임신을 어떻게 할 생각이요?"

그러자 백사민은 서슴없이 대답했다.

"죽여뻔지겠어요."

"뭐라고요?"

그 어조의 날카로움에 의사는 섬뜩했고 어리둥절했다. 그러나 애써 여유를 되찾으며 말했다.

"인생을 일시적인 기분으로 망쳐버리는 것처럼 어리석은 일은 없는 것이오. 방금 얘기했잖소. 과학은 신이 아니니까 검사 결과를 절대적으로 믿지 말라고…… 내 희끗희끗한 머리를 보구려. 아마 내가 당신보다 열댓 살은 위일 것 같은데, 인생의 선배로서 하는 말이니까 절대로 흘려듣지 말기를 바래요. 그리고 저……."

의사는 조금 망설이는 듯하더니,

"종합병원에 가서 한번 더 검사를 받아보는 것도 좋을 것이오."

하고 결론인 거처럼 말했다.

"싫어요!"

백사민은 거침없이 내뱉고는 벌떡 일어나 의사에게 인사도 없이 진찰실 문을 냅다 떠밀고는 대합실로 뛰쳐나갔다. 이미 제 정신이 아니었고, 눈에 불이 붙은 그런 상태였다.

백사민은 아내가 앉았던 자리가 비어 있는 것을 보자 큰소리로 투덜댔다.

"이년이 어디 갔지? 도망갔구나. 이 싸가지 없는 때리죽일 년 같으니……."

그리고 뒤쫓기라도 하려는 듯이 병원 출입문 쪽으로 뛰어나가고 있었다.

"계산은 하고 가야지요!"

접수처에 앉았던 간호원이 당황하여 일어나며 냅다 외쳤다.

되돌아온 백사민은 덜덜 떨리는 손으로 지폐를 꺼내어 계산을 마치자 다시 정신없이 병원 밖으로 뛰어나갔다.

눈에 불이 붙어서 눈앞에 아무것도 보이지가 않는 듯한 그런 상태가 된 백사민은 거리를 마구 가로지르며 집을 향해 뛰었다.

"이년, 죽일 년, 오늘 너 죽고 나 죽는다. 이년……."

입에 거품을 물고 투덜거리면서.

길이 꺾어지는 대목을 정신없이 뛰어 돌아가는 순간 찍― 차바퀴 급정거하는 소리가 요란하게 일어났다. 그 소리가 백사민의 귀에도 들린 듯했다. 그러나 이미 그는 길바닥에 나가떨어져 있었다.

집에 돌아온 문수선은 외투를 벗어 방 윗목에 아무렇게나 던지고서 나들이옷을 입은 채 그대로 우선 추위에 굳어든 몸을 녹이기 위해 아랫목에 깔린 담요 속으로 파고들었다. 그저 정신이 얼얼하고 가슴이 뛸 뿐 별다른 아무 생각도 없었다.

몸이 좀 녹고 긴장도 어느 정도 풀리자 그녀는 이제 자기의 운명은 남편의 손에 달렸다는 생각과 함께 체념의 늪으로 가라앉는 듯한 그런 상태가 되어가고 있었다. 너 죽고 나 죽을지 모른다고 했으니, 정말 죽이면 죽는 수밖에 도리가 없다 싶었다. 그러면서도 신경이 바깥 대문 쪽으로 곧잘 곤두서는 것을 어쩌지 못했다.

바람이 한결 거세어진 듯 이따금 대문짝이 덜컹거리기는 했으나, 어찌된 영문인지 남편이 돌아오는 기색은 없었다. 추위와 긴장이 풀리고 체념 상태가 되어 나른해진 그녀는 어느 결에 잠이 들어 있었다.

얼마나 지났을까.

때르르 때르르…… 때르르 때르르…….

그녀는 요란한 전화벨 소리에 잠을 깼다. 부스스 일어나 수화기를 들었다.

"여보세요. 거기가 백사민 씨 집이죠?"

젊은 아가씨의 목소리 같았다.

"예, 그런디요."

"여기 시립병원 응급실인디, 백사민 씨가 교통사고로 여기에 와 있당게요."

"오메, 그것이 무슨 소리디야."

문수선은 놀라 입이 벌어지고 말았다.

"부인인게비지요?"

"예."

"시립병원 응급실로 빨리 오시기라우."

"아가씨는 사무적으로 지껄이고는 전화를 끊었다.

문수선은 어리둥절했다. 난데없이 교통사고라니, 그리고 병원 응급실에 가 있다니…… 뭣이 어떻게 돌아가는지 알 수가 없어 어찌할 바를 몰랐다.

윗목에 벗어 던져놓은 외투를 주워 후다닥 팔을 꿰고서 마루로 뛰어나가 신을 신으려던 그녀는 정신이 차려져서 도로 방으로 들어갔다. 그리고 장롱 속에서 현금을 있는 대로 다 꺼내어 외투 안 포켓에 쑤셔 넣기가 바쁘게 다시 뛰어나갔다.

택시를 잡아타고 문수선이 시립병원 응급실에 도착했을 때는 이미 남편은 한쪽 구석에 버려진 상태가 되어 홑이불로 얼굴까지 온통 덮여 있었다. 조금 전에 숨이 끊어졌다는 것이었다.

간호원 아가씨가 그 침대 곁으로 문수선을 안내해 가서 홑이불을 살짝 들추어 사자의 얼굴을 보여주며 물었다.

"남편 맞지요?"

문수선은 입이 떨어지지가 않아 고개를 끄덕였다. 그리고 그만 그녀는 짙은 현기증에 휘감겨 눈앞이 핑 기울어지는 것을 느끼며 남편의 시체를 덮고 있는 피가 얼룩진 홑이불 위로 비실 쓰러졌다.

그렇게 날벼락 같은 교통사고를 당하여 백사민이 죽자 문수선은 주변의 사람들로부터 많은 위로를 받았다. 시집 쪽에서도 그들 두 사람 사이에 있었던 임신에 얽힌 갈등을 전혀 모르는 터이라 그녀를 위로하고 앞날을 걱정해 주었고, 친정 쪽 역시 마찬가지였다. 전혀 둘 사이의 내막을 모르는 터이어서 한탄과 함께 딸을 위로했다.

친정어머니는, "백 서방 그 사람 복도 지지리도 없당게. 사십 줄에 들어서서 용허게도 아기를 배게 해놓고설랑 새끼 얼굴도 한번 못보고 가뻔지다니 말이여."

이렇게 사위를 가엾게 말하는가 하면,

"마느래가 나중에 어떻게 혼자서 새끼를 키우라고 유복자를 맹글어 놓고 먼저 가뻔지냐 말이랑께. 갈라면 차라리 애기를 맹글지나 말고 갈 것이지. 참 야속도 헌 사람이랑께. 살아생전에도 마느래 속께나 썩여쌓더니……."

하고 원망스럽게 투덜거리기도 했다.

양가뿐 아니라 친지들도 모두 죽은 사람과 미망인을 함께 박복하고 불행한 부부로 측은하게 여겼고, 동정을 아끼지 않았다.

그러니까 그들 부부 사이의 잉태에 얽힌 사연은 백사민이 불의의 사고로 마지막 말 한마디 없이 눈을 감아버렸기 때문에 아무도 모르게 비밀의 장막 속에 가려지고 말았다. 혹시 교통사고가 신부인과 병원 근처에서라도 일어났다면 병원 측에서 알고 그 비밀이 새어나가 알려질 법도 한 일이었지만, 병원에서 꽤 떨어진 곳에서 발생했기 때문에 병원 측에서도 전혀 모르고 지나갔던 것이다.

그래서 그 비밀은 오직 한 사람 문수선의 가슴속에 묻힌 셈이 되었다.

그녀 역시 병원에서 남편의 검사 결과를 직접 말로 들은 것이 아니었기 때문에 확실한 것은 알 수가 없었다. 그러나 그때의 의사와 간호원의 눈치로 보아서 아마도 틀림없이 검사 결과는 정상이 아닌 것으로 판명되었으리라 믿어졌다.

그리고 문수선은 교통사고가 왜 일어났는지에 대해서도 확실한 것을 알 수가 없었다. 목격을 못했으니 말이다. 사고를 낸 운전사의 말로 미루어 짐작건대 아마도 집을 향해 정신없이 오다가 변을 당한 것 같았다. 사고 지점의 위치로 보아서도 그렇게 짐작되었다.

백사민이 왜 그 지점을 급히 꺾어져 돌다가 사고가 발생했는지에 대해서도 문수선은 혼자만이 속으로 짐작할 뿐 시가 쪽이나 친정 쪽, 그리고 친지들 모두가 아무도 그 까닭을 몰랐다. 그래서 재수 없는 단순한 사고로만 생각했다.

결국 백사민의 죽음의 비밀 역시 잉태의 비밀과 마찬가지로 문수선 혼자만의 가슴속에 묻혔다. 그녀가 입을 열지 않는 한 그 비밀은 언제까지나 묻혀 있다가 그녀의 죽음과 함께 영원히 사라질 것이었다. 그것은 그녀에게 있어서 엄청난 부담이 아닐 수 없었다.

그해 겨울을 문수선은 괴로움과 외로움이 뒤섞인 그런 울적하기 이를 데 없는 상태에서 보냈다. 처음 얼마 동안은 친정에 가 있다가 오래 그럴 수도 없어서 도로 전주 집으로 와서 혼자 지냈는데, 하룻밤은 괴이한 꿈을 꾸었다.

누군가가 대문을 두들기는 소리가 들렸다. 잠을 자려고 이부자리 속에 혼자 누워 있던 문수선은 일어나 나가서 대문을 열어주었다. 낯선 남자였다. 누구냐고 물으니까 누군지 나중에 안다면서 대문으로 들어서더니 앞장서서 서슴없이 방으로 들어가는 것이었다. 문수선은 별 이상한 남자도 다 있다 싶으면서 마당에 서서 잠시 망설였다. 낯선 남자를 뒤따라 방에 들어가야 하는지 어떤지 싶어서였다. 잠시 후 그녀는 도대체 남의 방에 들어가서 뭘 하는가 싶어서 가만히 마루로 올라서서 방 안을 들여다보았다. 낯선 남자는 이부자리 위쪽에 앉아 고개를 깊숙이 떨구고 있었다. 그녀는 참 별 이상한 남자도 다 있다 싶으며 방으로 들어갔다. 그리고 낯선 남자가 머리맡에 앉아 있거나 말거나 아랑곳하지 않고 이부자리 속으로 들어가 잠을 청하려고 눈을 감았다. 그러자 머리맡에 앉았던 남자가, "여보 여보." 하면서 한쪽 어깨를 흔드는 것이 아닌가.

"왜 이런디야?"

짜증을 내면서 문수선은 일어나 남자를 돌아보았다. 뜻밖에도 거기 앉아 있는 남자는 남편이 아닌가. 남편이라도 살아 있을 적의 모습이 아니라 병원의 응급실에서 마지막으로 보았던 그 새하얗게 굳어진 얼굴이었다.

"으악—"

문수선은 놀라 비명을 질렀다.

꿈을 깬 그녀의 이마에 식은땀이 내배어 있었다.

그런 꿈을 꾼 뒤로는 밤이 되면 무서운 생각까지 들어서 잠을 잘 이룰 수가 없었다. 그렇지 않아도 남편의 씨가 아닌 다른 남자의 아이가 뱃속에서 자라고 있고, 그 일 때문에 결국 남편이 죽음에까지 이르러서 가책이 이만저만이 아닌데, 꿈에 남편이 저주를 하듯 사안(死顔)으로 나타나기까지 하니 문수선의 괴로움은 한층 더했고, 불안감과 함께 야릇한 공포증이 온몸을 휘감아 오기도 했다.

그래서 전주에서 하숙을 하며 여고에 다니고 있는 친정 쪽으로 조카뻘이 되는 아이를 집으로 오도록 해서 함께 있어 보기도 했다. 그러나 조금 의지하는 기분이 되기는 했지만 역시 근본적인 해결책은 못 되었다.

잊을 만하면 남편이 또 꿈에 나타나곤 하는 것이었다.

그래서 결국 문수선은 시집 쪽과 상의해서 그 집을 처분하고 동생 수진이가 살고 있는 이리로 이사를 했다. 그 무렵 문수진은 남편의 직장 관계로 이리에서 살림을 하고 있었다.

시집 쪽에서는 이미 재산을 작은아들 몫으로 떼 내어 주었기 때문에 그것을 상속한 문수선의 의향에 간섭할 건더기가 없었고, 또 간

섭하려고 들지도 않았다. 유복자를 남겨놓고 아들이 죽었기 때문에 며느리에게 오히려 미안한 입장이어서 그녀 마음대로 하도록 내맡겼다.

뱃속의 아이까지도 반드시 낳아야 된다는 그런 말을 비치지도 않았다. 떼고 싶으면 떼고, 낳고 싶으면 낳으라는 식이었다. 아이를 떼고서 딴 데로 재가를 한다 해도 도리가 없는 일이라는 태도였다. 아들이 죽은 뒤의 작은며느리를 굳이 자기 집 사람으로 묶어둘 생각도 없었던 것이다.

문수선은 동생 수진이네 집 바로 곁에 살았다. 거의 매일 함께 어울려 지내니 한결 마음이 누그러지는 듯했다.

어느덧 봄이 가고, 초여름으로 들어서고 있을 무렵 문수선은 생각을 거듭한 끝에 현중하에게 편지를 썼다. 무엇을 어쩌자는 구체적인 생각이 있어서 그런 것은 아니었다. 남편의 죽음이 던진 충격이 이사를 하고 나자 어느 정도 가라앉기도 했고, 외롭기도 해서 현중하 생각이 문득문득 가슴에 다가오곤 했던 것이다.

혼자 몸이 되어 독수공방을 하는 신세라는 생각이 들자 이제 현중하를 만나도 상관없다 싶었고, 그럴수록 그리웠다. 그리고 만나서 그쪽 태도를 보아가며 뱃속에 당신의 아이가 자라고 있다는 사실을 밝힐 수 있다면 밝히고도 싶었다. 어쨌든 그런 막연한 생각을 하며 그리움을 편지에 담아서 청주의 대학으로 보냈다.

그러나 답장은 없었다. 기다리다 못해 보름가량 지나자 두 번째 편지를 써서 다시 보냈다. 두 번째 편지에도 끝내 답장은 오지 않았다.

그리움이 원망으로 변하여 문수선은 현중하를 속으로 욕해댔다. 지난해 가을에는 우연한 재회를 마치 무슨 꿈처럼 여기며 하룻밤을 온통 타오르는 듯한 정열로 사랑을 표시하더니, 불과 칠팔 개월이 지났을 뿐인데도 이제는 편지를 두 번이나 해도 답장조차 안 하다니…… 사랑이고 뭐고 다 입에 바른 새빨간 거짓말일 뿐 아니라, 남자란 전부 도둑놈이라 싶어 문수선은 배신을 당한 듯한 분함과 함께 허전하고 처량한 생각에 혼자서 소리 없이 눈물을 흘리기도 했다. 그리고 '현중하'라는 세 글자를 자기의 가슴속에서뿐 아니라 머릿속에서까지 싹 지워버리기로 했다.

그런 일이 있은 뒤로 문수선은 뱃속의 아이를 떼어 버릴까 하는 생각을 해보기도 했다. 현중하를 깨끗이 잊어버리기로 한 이상 그의 아이를 낳아서 키울 이유가 없다 싶었던 것이다.

그러나 이미 그녀의 배는 남의 눈에 띄고도 남을 만큼 부풀어 올라 있어서 낙태란 도저히 불가능한 일이었다. 이제 이삼 개월 후면 해산을 할 판이니 말이다.

부풀어 오른 배를 내려다보며 새삼 그녀는 슬픔에 잠기기도 했다.

문수선은 8월 말경 아직 더위가 기승을 부리고 있을 무렵에 해산을 했다. 그러나 순산을 못하고, 수술을 해서 아이를 꺼냈다. 전치태반이었던 것이다. 근 열흘 동안 입원을 했었다. 아이는 딸이었다.

제왕절개 수술을 받고 마취상태에서 깨어나 서서히 정신이 돌아오고 있을 때였다. 해질 무렵이었다.

병실 문을 똑똑 노크하는 소리가 들렸다. 일인용 입원실이었는데 간호를 하고 있던 동생 수진은 화장실에라도 갔는지 보이지가 않았다.

"누군기라우?"

문수선은 문 쪽으로 고개를 돌리며 힘없는 목소리로 물었다.

"들어가도 괜찮어요?"

남자의 목소리였다. 누군지는 알 수가 없었으나 문병객이 찾아온 것 같아 문수선은,

"괜찮어라우."

예사롭게 대답했다.

병실 문이 천천히 열렸다. 그리고 어떤 남자 하나가 들어섰다. 그런데 발로 걸어 들어오는 것이 아니라, 스르르― 마치 미끄러져 들어오는 것 같은 느낌이었다.

누군지 잘 알 수가 없었다. 이목구비가 뚜렷하질 않았다. 그런데 남자는 품에 웬 아이를 안고 있었다. 알몸뚱이의 뻘건 갓난애였다. 아이를 안고 남자는 문수선이 누워 있는 병상 머리 쪽으로 스르르― 다가와서 멈추어 섰다.

문수선은 다시 마취상태가 돌아오는 듯한 몽롱함을 느끼며 힘없이 눈을 감아버렸다.

"여보 여보."

남자가 가만가만 한쪽 어깨를 흔드는 바람에 문수선은 눈을 떴다. 그리고 곁에 와 서 있는 남자를 힐끗 쳐다보았다. 남편이었다. 얼굴이 새하얗게 굳어진 사안(死顔)인데, 두 눈은 희끄무레하게 뜨고 있었다. 문수선은 놀라 그만 입이 딱 벌어지고 말았다.

초점이 없는 듯하면서 섬뜩한 기운이 감도는 그런 눈빛으로 아내를 쏘아보고 있던 사자(死者) 백사민은 그만 안고 있던 갓난애를 번쩍 쳐들어 냅다 아내의 얼굴을 행해 내리쳤다.

"으악―"

문수선은 비명을 내질렀다.

"오메, 왜 이런디야?"

걸상에 앉아 여성잡지를 읽고 있던 문수진이 놀라 벌떡 일어났다. 살포시 잠이 드는 듯하더니 별안간 비명을 내지르며 벌벌 떨기까지 하다니, 아무래도 언니의 상태가 예사롭지 않아서 그녀는 잡지를 걸상에 던져놓고 후닥닥 간호원을 부르러 뛰어나갔다.

문수선은 어렴풋이 잠이 들다가 꿈을 꾼 것이었다. 그러나 비몽사몽이라 할까, 그녀는 도무지 잠이 든 것 같지가 않았고, 그것이 꿈으로 느껴지지가 않았다. 실제로 죽은 남편에게 그런 일을 당한 듯한 느낌이었다.

이리로 이사를 한 뒤로는 한 번도 꿈에 나타나지 않던 죽은 남편이 해산을 하자 그처럼 다시 문수선을 괴롭히기 시작했다.

병원에 입원해 있는 동안에도 세 차례나 비몽사몽인 듯 나타났고, 퇴원을 한 뒤에도 갓난애와 둘이서 자고 있는 방으로 남편은 곧잘 찾아들곤 했다. 그럴 때마다 남편은 갓난애를 짓밟으려고 했고, 젖을 먹이고 있는 문수선의 머리끄덩이를 거머쥐고 밖으로 끌어내려고 들기도 했다.

어떤 때는 문수선 자신이 남편을 윽박지르는 그런 꿈을 꾸기도 했다.

한 번은 어딘지 알 수 없는 길을 문수선은 남편과 둘이 걸어가고 있었다. 꽃이 피고 나비가 날고 있는 봄 경치를 즐기며 처음에는 둘이서 희희낙락하다가 저만큼 트럭이 한 대 달려오는 것을 보자 그만 문수선은 남편을 그 차 앞으로 왈칵 떠밀어 버렸다. 차바퀴에 깔려 그 자리에서 즉사를 한 남편은 그러나 어찌된 셈인지 곧 부스스 일어나 뒤돌아서서 피투성이가 된 얼굴로 무섭게 쏘아보며,

"네 이년— 어디 두고 보장께—"
하고 냅다 고함을 길게 내질렀다.

그런 꿈을 꾼 뒤로 문수선은 남편을 죽인 것은 바로 자기 자신이라는 생각에 시달리게 되었다. 자기 손으로 직접 죽인 것은 물론 아니지만, 남편의 죽음의 원인이 바로 자신의 부정에 있는 터이니, 결국 자기 자신이 간접적인 살인을 한 것과 마찬가지라는 생각이었다. 자기가 설악산에서 현중하를 만나 하룻밤을 함께 지내지 않았더라면 아이도 생기지 않았을 게 틀림없고, 남편도 죽지 않았을 게 아닌가 말이다.

그런 생각이 머릿속에 눌어붙어서 떠나질 않았다. 그것은 단순한 죄책감을 이미 넘어서 병적인 상태였다.

곧잘 꿈에 나타나는 남편에게 시달리고, 또 자기가 간접 살인을 했다는 망상을 떨쳐버리지 못하게 되자 문수선은 불면증과 정서불안이 쌓여가서 마침내 신경쇠약 증세를 눈에 띄게 나타내게 되었다.

통원 치료이긴 했지만, 동생 문수진은 언니의 증세를 늘 눈으로 보아 잘 알고 있기 때문에 은근히 두려운 생각까지 들었고, 친정 쪽과 시집 쪽에서도 알게 되어 걱정들을 했다.

친정어머니는 점을 쳐보고, 무당을 불러다가 굿을 하기도 했다. 죽은 사위의 원혼이 좋은 데로 못 가고 저의 각시에게 붙어서 그렇다고 점쟁이가 말했던 것이다.

그리고 그런 병세 때문인지 문수선은 젖의 분량까지 현저히 줄어들었다. 그래서 모유만으로는 도저히 안 되어서 분유를 사다가 먹이기에 이르렀다.

아이는 아직 정식으로 작명을 하지도 않았고, 호적에도 올리질 않았다. 그저 '귀염이'라고 불렀다.

그 이름도 어머니인 문수선이 지은 것이 아니라, 이모인 문수진이 그저 입에서 나오는 대로 그렇게 불렀던 것이다. 아이가 날이 갈수록 그 용모가 무척 귀엽게 자리 잡혀갔기 때문에 절로 그런 이름이 입에서 흘러나왔다.

문수진이 아이 이름을 정식으로 지으라고 언니에게 권해도,

"애비도 없는 딸자식 이름은 지어서 뭐허겠어. 귀염이 좋당게. 그렇게 부르면 됐지 뭐여."

문수선은 이렇게 시들하게 대답할 따름이었다.

그처럼 간절하게 가져보고 싶었던 자기 자식이었는데도 문수선은 거의 애정을 못 느끼는 그런 넋 나간 사람 같은 상태였다. 때로는 아이가 자기의 운명을 뒤틀리게 하고 괴롭히기 위해 생겨난 어떤 저주의 씨앗 같은 생각이 들어 정나미가 떨어지기도 했다. 현중하와 연락이 되고, 그와의 사랑이 변함없이 계속되었다면 죽은 남편에 대한 죄책감은 있어도, 아이에 대해 그런 생각까지 들지는 않았을 터인데, 진짜 애비마저 돌아서 버렸으니 그럴 수밖에 없었다.

그러면서도 또 어떤 때는 아이가 자신의 슬픈 운명의 덩어리같이 여겨져 가엾고 측은해서 꼭 품에 안고 하염없이 눈물을 흘리기도 했다.

귀염이는 거의 이모인 문수진의 손에 의해서 자랐다고 할 수가 있다. 문수선이 병원에 갈 때는 말할 것도 없고, 그렇지 않을 적에도 문수진은 자기의 볼일이 있어 밖에 나갈 경우를 제외하고는 매일같이 귀염이를 자기 집에 데려다가 우유를 먹이며 돌보았다. 문수선도 낮으로는 대부분 동생 집에서 지내다시피 했다.

문수진은 언니가 불의의 사고로 남편을 잃고 정신쇠약 증세를 보여 병원에 다니게 된 데 대해서 무척 마음 아프게 여기고, 언니를 아끼는 마음에서 귀염이를 돌보아 주기도 했지만, 그 무렵 문수진에게는 아이가 없었다. 첫 아이를 해산할 때 양수는 터졌으나 자궁이 잘 열리지가 않아 수술을 했는데, 그때 잘못되어 아이가 죽어버렸고, 그 뒤로 어디가 어떻게 손상되었는지 임신을 못하고 있었다. 온갖 약을 먹고 치료를 받아도 소용이 없었다. 그런 그녀인지라 귀염이가 자기 손으로 키워보는 최초의 아이였기 때문에 조카이지만 마치 친딸처럼 정이 가기도 했던 것이다.

귀염이는 달이 갈수록 더욱 이목구비가 반듯하고 귀여웠는데, 저의 어머니는 닮은 듯했으나, 어느 대목을 뜯어보아도 아버지를 닮은 데는 없어 보였다.

언젠가 한번 문수진은 귀염이에게 우유를 먹이다가 혼자 중얼거리듯이 말했다.

"야가 누구를 닮았지?"

그 말을 옆에 누워 있던 문수선이 들었다.

문수선은 누운 채 힐끗 동생을 쳐다보았다. 문수진 역시 그렇게 혼자 중얼거리고 나서 무의식중에 언니를 내려다보았다.

시선이 마주치자 문수선은 얼른 딴 데로 눈길을 돌렸다. 얼굴이 화끈해지는 느낌이었다.

그제야 문수진도 속으로 아차 싶었다. 듣기에 따라서는 언니가 오해를 할지도 모를 그런 말이라 여겨져서 잠시 말없이 귀염이에게 우유를 먹이다가 이번에는 언니에게 들으라는 듯이 말했다.

"이마랑 눈썹께는 저거 아버질 많이 닮은 것 같당께. 애기들을 크면서 몇 번이나 변항께로 다 커봐야 안당게."

그러나 문수선은 아무 말이 없었다.

실은 문수선 역시 귀염이가 달이 갈수록 현중하를 닮아 보인다는 것을 벌써 혼자서 느끼고 있었다. 얼굴의 아랫부분, 그러니까 코와 입, 턱 같은 데는 현중하를 축소해 놓은 듯한 느낌이었다.

아직 돌이 되려면 멀었는데도 벌써 용모에 진짜 저의 애비의 모습이 그처럼 짙게 나타나는 자체가 문수선은 싫었고, 끔찍하기까지 했다. 그런 점까지가 어쩐지 저주의 씨앗 같은 느낌을 불러일으켜 괴로웠다.

봄이 무르익고 있는 어느 날, 불쑥 시어머니가 찾아왔다.

이리 쪽으로 이사를 한 뒤로는 처음 걸음이었다. 이리에 사는 친척한테 볼일이 있어 왔다가 혼자서 아이를 키우며 어떻게 사는가 들여다보려고 왔다는 것이었다.

그날은 마침 문수진이 동창계에 나가고 없어서 문수선은 집에서 귀염이와 함께 낮잠을 자고 있었다. 문수선은 낮이나 밤이나 누워 있는 것이 버릇이 되어 버렸고, 잠자는 것이 유일한 낙이라면 낙이었다.

시어머니는 두어 시간 머물다가 돌아갔는데, 머무는 동안 손녀를 안아보기도 하고, 우유를 손수 먹여보기도 했다.

그리고 혼자서 고생이 많다고, 몸은 좀 어떠냐고 며느리에게 위로의 말을 몇 마디 했다.

그러나 아이에 대해서는 아무 말도 없다가 떠나려고 일어서면서 한마디 중얼거렸다.

"애기가 저거 애비는 쪼께도 닮은 디가 없는 것 같지 뭐여."

그 말은 문수선의 가슴에 화살을 쏘아 꽂은 것과 다름이 없었다. 언젠가 문수진이 한 말과는 그 성질이 근본적으로 다르다고 할 수 있었다. 시어머니가 며느리 듣는 앞에서 말을 한다는 것은 곧 아이를 자기네 손녀로 인정 못하겠다는 말과 다름이 없었고, 며느리의 화냥질을 직접적으로 질타한 말이라고 할 수 있었다.

그리고 그 말은 시어머니뿐 아니라 시집 쪽 사람들의 속마음을 은연중 공표한 것으로도 볼 수가 있었다. 시집 쪽 사람들은 십칠 년 동안이나 없던 아이가 난데없이 생겨난 데 대해서 말은 안 했지만 저마다 의혹의 눈길로 보아왔던 것이다.

시어머니의 그 말을 계기로 문수선은 귀염이를 앞으로 어떻게 해야 할 것인지, 그리고 저기가 어떤 길을 가야 할 것인지, 앞날의 일을 혼자서 진지하게 생각하기에 이르렀다.

살아가는 데 경제적인 어려움은 없었다. 남편이 친구와 합자해서 이룬 건축 관계 사업체가 이제 꽤나 규모가 커지고 내실해져 있으니 말이다.

그 회사를 운영해나가는 남편의 친구인 사장 문 씨는 동업자이며 중학교 시절 친하던 동기생이기도 한 백사민의 불의의 죽음을 몹시 가슴 아파했고, 그 미망인을 가엾게 여겨 앞으로 유족의 생활을 보장해 주기로 마음먹었다. 이익 배당을 월불(月拂)로 해달라면 그렇게 해주고, 백사민이 투자한 몫을 한꺼번에 가져가겠다면 서슴없이 그렇게 해주겠다는 뜻을 미망인에게 전한 터였다. 그래서 아직까지는 월불로 생활비를 받고 있는데, 그런 식으로 계속하든지, 아니면 일시에 거금을 손에 쥐든지 그것은 문수선의 생각에 달린 문제였다.

돈에 관해서는 조금도 걱정할 게 없었으나, 앞으로 어떤 길을 택해야 옳을지 문수선은 망설여졌다.

몇 가지 길이 있을 것 같았다. 귀염이가 현중하를 닮았거나 말거나, 친가 쪽에서 손녀로 인정하거나 말거나 자기 딸임에는 틀림없으니 그 애를 키우며 그냥 모녀가 살아가는 길이 하나 있었고, 다음은 아이를 시집 쪽이든 친정 쪽이든 혹은 다른 어떤 방법으로든 양육을 맡기고서 재가를 하는 길이었다. 그리고 또 한 가지 길은 아이를 누구에게든지 맡기되 다시 남자를 얻어 가는 것이 아니라, 아예 속세를 떠나서 절로 들어가 버리는 일이었다.

세 가지 길을 두고 문수선은 생각을 거듭했다. 그러나 세 갈래 길 앞에서 어느 쪽으로 발을 들여놓으면 좋을지 쉬 결정이 내려지지가 않았다. 딸을 키우며 모녀가 그냥저냥 살아가는 것이 가장 타당한 길인 듯했다. 그러나 그 길을 가면 괴로움에서 벗어날 수 있을 것 같지가 않았다. 현중하를 닮은 딸이 눈앞에 있는 이상 죽은 남편에 대한 죄책감을 떨쳐버릴 수가 없을 것 같았고, 또 어쩌면 여자로서의 외로움을 견뎌낼 수 있을지도 의문이었다. 아직 마흔이 안 된 삼십대 후반의 육체이니 말이다. 어쩌면 남자의 진미를 알아서 바야흐로 그것을 즐길 수 있는 시기인 것 같질 않은가.

혹시 아이가 딸이 아니라 아들이라면 그런저런 괴로움을 다 참고 견디며 그 아들 하나를 키우는 것을 유일한 보람으로 여기고 살아갈 수 있을지도 몰랐다. 청상과부도 아들 하나만 있으면 평생을 그 아들을 위해 수절하며 희생하는 것이 예부터 흔히 있어 내려온 여인의 길이니 말이다. 그러나 딸은 나중에 시집보내 버리면 그만인 것이니, 아무래도 아들과는 달리 생각되는 것이었다.

문수선은 두 번째 길을 택하고도 싶었다. 어미로서 매정한 일이지만 귀염이를 누구한테든지 맡기고서 다시 인생을 시작하듯 적당한 남자를 물색해서 까짓것 남이야 뭐라든 내사 모르겠다 하고 눈 질끈 감고 가버리는 것이다. 여자도 사람이니 어쩌면 가장 인간적인 길이라는 생각이 들었다. 그러나 적당한 남자가 있을지도 문제고, 또 재수 없게 죽은 남편 같은 그런 남자를 만날까 두려웠다. 그럴 바에야 차라리 혼자 사는 것이 월등히 낫다 싶었다.

마지막 길은 참으로 어려운 길인 듯했다. 절에 들어가 얼마 동안 있다가 나오는 일이라면 모르지만, 그것이 아니고 아예 불문에 귀의해서 머리를 깎고 여승이 되어버린다는 것은 아무나 쉽게 선택할 수 있는 길이 아닌 듯했다. 단단한 마음가짐이 필요할 것 같았다. 어쩌면 인생을 송두리째 바꾸는 것과 다름없는 일이니 말이다. 신심만은 자기도 그럴 수 있을 만큼 독실하다고 문수선은 생각했다. 그러나 어쩌면 그 길을 친정 쪽에서 극구 반대하고 나설 것만 같았다. 속세와 인연을 끊고 더구나 여자가 불제자가 되어 산중으로 들어가는 터이니 부모 마음이 오죽하랴 싶었다. 당장 곁에 있는 동생 수진이도 반대할 것 같았다.

그렇게 결정을 못 내리고 있는데, 부처님 오신 날인 사월초파일이 다가왔다. 문수선은 단골로 다니던 절을 찾아갔다. 오래간만의 걸음이었다. 이리 쪽으로 옮겨와서는 아이를 키우랴, 병원에 다니랴 해서 절에 가는 것을 깜빡 잊다시피 하고 지냈던 것이다.

귀염이를 동생에게 맡기고서 문수선은 전주 쪽에 있는 산중의 절을 찾아갔는데, 그녀는 그곳에서 하룻밤을 묵었다. 문수선이 독실한 불자이기는 했으나, 아직까지 절에서 자본 적은 없었다. 가정이 있었고, 또 나이도 젊은 축에 들었기 때문이었는지도 몰랐다.

하룻밤을 묵은 다음 날 그녀는 비로소 자기가 갈 길이 어느 길이라는 것을 깨닫기에 이르렀다. 남편이 죽기 전, 그러니까 자기가 임신을 하기 전까지는 절을 찾으면 으레 아이 하나를 점지해 달라는 것이 유일한 축원이었고, 그런 기복신앙만을 일삼았던 것이다.

그런데 이번에는 그게 아니었다. 어떤 복을 비는 것이 아니라, 용서를 빌었다. 자기가 남편을 죽게 한 셈이니, 이 죄 많은 중생을 용서해 달라고 빌고 또 빌었다. 그리고 죽은 남편의 명복을 아울러 빌었다. 그랬더니 신기하게도 자신의 내부에 도사리고 있던 괴로움의 덩어리가 부처님 앞에서 조금씩 조금씩 녹아서 서서히 흘러내리는 듯한 야릇한 영험 같은 것을 느낄 수가 있었다. 그것은 한마디로 개운함이었다.

지금까지 신경정신과 약으로도 완전히 치유되지가 않던 답답하고 무거운 마음의 병이 부처님에 의지하면 개운하게 나을 것 같은 생각이 들었다.

그리고 문수선은 우선 부처님의 모습부터가 그전과는 달라 보였다. 자신의 슬픔과 괴로움을 어루만져주는 듯한 그런 자비로움이 불안(佛顔)에 가득 넘쳐 보였고, 또 형언할 수 없는 신묘한 미소가 은은히 떠올라 보였다. 실제로는 웃고 있는 얼굴도 아닌데 말이다.

그런 신묘한 미소를 문수선은 새벽 예불 때 보았다. 절에서 잔 일이 처음이었기 때문에 새벽 예불에 참례한 것도 물론 처음이었다.

수없이 많은 배례를 올린 다음 부처님을 우러러보았더니 참으로 기이하게도 은은한 미소를 지으며 자신을 내려다보고 있었던 것이다. 어떤 황홀감마저 느끼며 그녀는 한참 넋을 잃은 듯이 불안을 우러러보고 서 있었다.

새벽에 울리는 종소리, 목탁 소리, 독경 소리도 여느 때와 달리 가슴에 깊숙이 와 닿는 듯 더없이 좋았다. 그리고 서서히 먼동이 트며 날이 밝아오는 산사의 새벽은 그야말로 속세를 벗어난 듯한 정정한 정취를 자아냈다.

"오메— 좋네잉. 이렇게 좋은 것이 있는 줄을 모르고서 지금까지 내가 뭘 허고 있었디야."

절로 이런 말이 문수선의 입에서 중얼거려졌다.

그때 그녀는 자기가 갈 길이 어느 길이라는 것을 확연히 깨닫게 되었고, 그렇게 하리라 하고 마음을 굳혔던 것이다.

절에서 하룻밤을 묵고 귀가한 문수선은 그야말로 다시 속세로 돌아온 듯한 답답함과 어수선함에 도로 휩싸여 마음과 몸이 함께 어지럽게 시달리는 느낌이었다. 생각 같아서는 당장 모든 것을 정리하고서 절로 들어가고 싶었다. 그러나 그녀는 아이를 위해서 어머니로서의 마지막 애정과 의무를 다한다는 뜻에서 귀염이가 돌이 될 때까지는 함께 지내다가 돌잔치나 해주고서 떠나기로 마음먹었다.

그동안 그녀는 혼자서 아무도 모르게 서서히 출가의 준비를 해나갔다. 전주의 건축회사 문 사장한테서는 남편의 지분을 청산해서 일시에 수표로 지불 받았고, 단골 절을 통해서 출가의 길을 주선해 받기도 했다. 거금이 손에 있는 터이라 출가의 길도 수월하게 열리는 것이었다.

그리고 귀염이의 돌날이 다가오자 풍성하게 돌상을 차려 드물게 성대한 돌잔치를 베풀었다. 친정 쪽에서는 양친을 비롯해서 형제들, 그리고 가까운 친척들이 거의 참석했다. 그러나 시집 쪽에서는 손윗동서 한 사람이 아이 때때옷을 한 벌 선물로 가지고서, 말하자면 대표로서 찾아왔을 뿐이었다.

손윗동서는 시종 웃는 얼굴이었으나 별말은 없었고, 그저 아이의 얼굴을 이모저모 눈여겨 뜯어보곤 했다. 돌아갈 때도 다른 말이 없고,

"동서, 그럼 나는 가. 혼자서 고생 많겠어."

이렇게 위로의 뜻을 간단히 비쳤을 뿐이었다.

돌잔치를 치르고 나자 문수선은 아이의 이름을 정식으로 손수 지었다. 성이 백 씨니까 그에 걸맞게 연꽃 연(蓮) 자와 아름다울 미(美) 자를 이름으로 했다. '흰 연꽃이 아름답다'는 뜻이니 썩 괜찮은 것 같았다. 불교적인 냄새도 풍기고 말이다.

그리고 그 이름을 호적에 올렸다. 그제야 아이의 출생신고를 했던 것이다.

연미를 맡기는 문제는 간단했다. 동생 수진이가 거의 키우다시피 했고, 또 자기 아이가 없었을 뿐 아니라 낳지도 못하는 형편이니 맡기기에 안성맞춤이었다.

그러나 거짓말을 하는 수밖에 없다고 문수선은 생각했다. 아무리 친동생이고 일 년 가까이 같이 지내다시피 했다 하더라도 자기가 머리를 깎고 여승이 된다는 사실을 밝힐 수는 없을 것 같았다. 십중팔구 펄쩍 뛰며 반대할 게 뻔했고, 그럴 경우 어쩌면 아이를 맡지 않으려고 뒤로 나앉을지도 몰랐다. 그러니까 우선은 미안한 일이지만 거짓말을 해서 속이고 떠나는 수밖에 없었다.

"수진아, 내가 한 가지 부탁이 있는디 들어주겠냐?"

어느 날 오후, 문수선은 담담한 표정으로 말을 꺼냈다.

"무슨 부탁인디?"

문수진도 그저 예사로 여기며 언니를 바라보았다.

"애기를 좀 맡아주었으면 싶어서……."

"왜? 어디 갈 디가 있는 거여?"

"응."

"어디?"

"절에 좀 가 있으면 좋겠당게. 아무래도 병원 약만으로는 내 신경 쇠약이 완전히 나을 것 같지가 않지 뭐여. 그래서 절에 들어가서 수양 좀 해볼까 허고……."

"그리여. 귀염이는 내가 키우고 있을 것잉게."

문수진은 서슴없이 응낙했다. 그리고 물었다.

"절에 얼매 동안이나 가 있을 예정인디……."

"글쎄, 가 있어봐야 알 것지만, 어쩌면 몇 해 걸릴지도 모른당게."

"몇 해?"

문수진은 약간 눈이 둥그레지고 있었다.

"양육비는 내가 충분히 줄 것잉게 걱정 말고……."

"누가 양육비 걱정을 했당가?"

"좌우간 너만 믿고 갈 것잉게 친딸처럼 키우고 있으라고. 알겠쟈?"

"응."

문수진은 고개를 끄덕였다. 언니가 병을 치유하기 위해서 절에 들어가 수양을 하겠다는데 반대할 이유가 조금도 없었던 것이다.

그렇게 아이를 동생에게 맡기고서 마침내 문수선은 불문에 귀의하여 비구니가 되어서 수도의 길을 가기 위해 집을 떠났다.

떠나는 전날 밤, 그녀는 자는 아이의 얼굴을 내려다보고 앉아서 추적추적 끝없는 눈물을 밤이 이슥토록 흘렸었다.

월엽이라는 법명을 가지게 된 문수선이 동생 수진의 집을 찾아온 것은 일 년 뒤의 일이었다.

그동안 어느 절에 가서 수양을 하고 있는지조차 알 길이 없을 정도로 소식이 두절되었던 언니가 머리를 빡빡 깎은 여승이 되어 승복에 바랑을 메고 나타나자 문수진은 눈이 휘둥그레지고 입까지 딱 벌어졌다.

"오메! 이것이 어떻게 된 일이디야? 응? 무슨 이런 일이 다 있당가."

너무나 뜻밖의 일에 언니를 붙들고 곧 울음이라도 터트릴 듯 눈에 눈물이 핑 어리고 있는 동생을 향해 문수선은 조금 멋쩍은 듯, 그러나 은은하고 밝은 미소를 떠올리며 말했다.

"다 전생의 업이지 뭣이었냐?"

"업이고 뭣이고…… 도대체 이럴 수가……."

"연미는 잘 커졌지?"

"응."

문수진은 시큰해진 코에서 흘러나오려는 물코를 한번 훌쩍 들이마시며 얼른 대문을 닫았다. 그리고 앞장서서 방으로 들어갔다.

우리네 나이로 세 살이 된 연미는 방 안에서 인형을 가지고 놀고 있었다.

엄마와 함께 머리를 빡빡 깎고 이상한 옷을 입은 사람이 들어와 앉자 뚱그레진 눈으로 빤히 바라보더니,

"엄마, 저 사람 누구?"

혀 짧은 듯한 소리로 물었다.

연미는 문수진을 엄마라고 부르며 자라고 있었고, 문수진 역시 친

딸처럼 여기며 키우고 있었다.

"이 사람이 누구냐 하면 말이여……."

약간 씁쓰레한 웃음을 떠올리며 문수진이 대답을 하려 하자 얼른 월엽이 제지했다. 그리고 나직한 소리로 귀에다가 속삭이듯이 말했다.

"내가 진짜 에미라는 것을 저 애기헌티 비밀로 해줬으면 좋겠어. 보라고. 나는 이처럼 이미 속세와의 인연을 끊은 사람이여. 그렁께 진짜로 니가 낳은 딸이라고 생각허고 키우랑게."

말없이 심각한 표정이 되어 문수진은 언니를 바라보고만 있었다.

"그렇게 헐 수 있겄지? 애기를 위해서도 그러는 것이 좋을 것 같이여. 많이 생각해 봤당게."

"그럼 언제까지 그 비밀을 지키라는 것이여? 연미가 다 큰 뒤에도? 결혼을 할 때도 내 친딸처럼 시집을 보내라 그것이여?"

"그것은 나중에 두고 보더라고. 자연히 알게 되면 도리가 없는 것잉께. 좌우간 대학을 마칠 때까지는 모르는 것이 좋겄어. 어린 것이 알면 충격이 클 것 같당게. 머리가 굵어진 다음에는 이 에미를 이해해 주겄지 뭐. 그러니까 나를 이모라고 해두랑게."

문수진은 힉 웃지 않을 수 없었다.

"그리고 말이여, 우리 친정 쪽이나 시집 쪽에서 찾아오는 사람도 없겄지만…… 장 서방한테는 말할 것도 없고……."

"안 그래도 연미가 장 서방을 아빠, 아빠하고 진짜 아빤 줄 알고 있당게."

"잘됐지 뭐여."

"장 서방도 우리 딸 삼아뻔질까 허면서 얼마나 귀여워하는

지……."

"나무관세음보살—"

월엽의 입에서 무의식중에 염불이 흘러나오자 문수진은 좀 묘한 눈길로 힐끗 언니를 바라보고는 얼른 시선을 돌렸다.

월엽은 하룻밤을 동생 집에서 자고 떠났다.

하룻밤을 묵으면서 월엽은 연미를 가만히 바라보기만 했을 뿐 안 아보려고 들질 않았다. 끓어오르려는 어미의 정을 누르려는 듯이 속으로 가만가만 염불을 외곤 하면서 말이다.

이듬해, 그러니까 연미가 네 살이 되던 때에 문수진은 서울로 이사를 했다. 남편이 그쪽으로 직장을 옮기게 되었던 것이다. 아직 세상 분간도 못하고 아무 철이 없던 연미는 더구나 서울이라는 일가친척이라곤 하나 없는 낯선 곳으로 가서 문수진과 장교식을 진짜 어머니 아버지인 줄 알고 자랐다.

연미를 그렇게 동생에게 친딸처럼 아주 맡겨버린 월엽은 속세와의 인연을 끊다시피 하고서 오직 수도 생활에만 전념하여 절로 정신 쇠약 증세도 말끔히 가셨을 뿐 아니라, 죽은 남편의 명복을 매일같이 예불 때마다 기원했기 때문에 그런지 망부가 꿈에 나타나는 그런 일도 없게 되었다. 그리고 그녀는 돈이 있는 터이라 자운사를 자기의 절처럼 가꾸고 넓혀나가 많은 신도들이 걸음을 하도록 사세를 키워서 이십 년이 흐른 지금은 그 고장에서는 누구나 알아주는 사찰이 되게 하기에 이르렀다.

그러나 세속의 일이란 비밀이 있을 수가 없는 듯 중학생이 되었을 때 연미는 마침내 자기를 낳은 어머니가 누구라는 것을 알게 되었고, 그 충격에 서울로 찾아간 생모인 월엽을 못 본 체하고 자취를 감추기도 했었다. 그러다가 여고 2학년 때에야 좀 철이 들었는지 자운사로 어머니를 찾기에 이르렀다.

그래서 말하자면 비밀의 한 꺼풀은 벗겨진 셈이었다. 그러나 연미의 태생에 얽힌 진짜 비밀은 아직도 월엽 혼자만의 가슴속에 깊숙이 묻혀 있을 뿐 아무도 모르고 있는 것이다. 그 비밀만은 끝끝내 밝혀지는 일이 없도록 그녀 혼자서 간직하고 있다가 열반의 세계에 들 때 가지고 가버려 영원히 아무도 모르게 하리라 마음먹고 있었다.

그런데 참으로 신기한 것이 인연의 얽힘인 듯 이번에는 난데없이 연미가 바로 다름 아닌 자기의 생부인 현중하를 이끌듯이 자운사로 찾아오도록 하지 않았는가. 마치 보이지 않고 알지 못하는 혈연의 고리를 이으려는 듯이 말이다.

그리고 지금은 세 사람이 묘한 삼각관계까지 된 듯한 상태에서 한 차에 몸을 싣고 정읍을 향해 달리고 있는 것이다.

고가(古家)를 찾아서

전주 시내로 들어선 차는 공교롭게도 옛날에 문수선이 임신을 확인하러 갔었고, 또 남편의 생식기능 검사를 했던 산부인과 병원을 향해 가는 것이었다. 말할 것도 없이 거리는 이십 년 전 그때와는 판이하게 달라져 있었다. 그러나 길은 여전히 그 넓이의 그 길이었고, 그 자리에 그 병원은 새로운 삼층 건물로 겉모습을 바꾸었을 뿐 그대로 있었다.

병원이 저만큼 앞으로 다가오자 차창 밖으로 힐끗 내다본 월엽은 자기도 모르게,

"나무관세음보살—"

염불이 흘러나왔고, 절로 고개가 살짝 숙여졌다. 그녀는 가만히 눈을 감아버렸다.

월엽이 그 병원 앞으로 와보기는 그 후 처음이었다. 이리로 이사를 한 뒤에도, 출가하여 여승이 된 후에도, 전주 시내에 걸음을 한

적은 많았으나, 그 병원이 있는 쪽으로는 갈 일도 없었지만, 일부러 그 근처를 지나가려고 하지도 않았다.

그런데 오늘은 하필 현중하와 연미까지 함께 탄 차가 그 앞을 지나다니…… 물론 운전기사가 과거의 그런 내막을 알고서 일부러 그 쪽으로 차를 몬 것은 아니지만, 어쨌든 일엽은 참 얄궂기도 하고 짓궂기도 한 일이라 싶었다. 오늘 일진이 좋지 않구나 하는 생각도 들었다.

게다가 이번에는 현중하가 병원 앞을 지나면서 차를 세우려고 하질 않는가.

"운전사 양반, 잠깐 차를 세우면 좋겠는데…… 소변도 마렵고, 차도 한잔 마시고 싶고……."

"예 그러지라우."

병원 바로 옆 건물에 다방 간판이 붙어 있는 게 눈에 띄자 운전사는 급히 브레이크를 밟았다. 차가 그 건물을 조금 지나서 미끄러져 멎자 친절하게도 운전사는 후진까지 해서 그 건물 앞 보도에 바싹 붙여 차를 세웠다.

"자 내려서 차나 한잔 합시다. 볼일도 보고……."

현중하가 옆에 앉은 월엽을 힐끗 돌아보며 말했다.

"싫어요. 나는 여기 앉아 있을 것잉게 갔다 오시기라우."

월엽은 묘하게 굳어진 표정으로 대답했다.

현중하가 차에서 내렸다. 그러자 얼른 연미도 말없이 차에서 내려 현중하의 뒤를 따랐다. 운전사도 소변이 마려운 듯 뒤따라 내렸다.

차 안에 혼자 남은 월엽은 이게 무슨 고약한 심술들인가 싶었다. 물론 현중하도 바로 저 산부인과 병원이 어떤 병원인지 알 턱이 만무했다. 그렇지만 하필 왜 이곳에서 차를 세우는지, 우연치고는 참 심술궂은 우연이 아닐 수 없었다.

월엽은 그들이 돌아올 때까지 눈을 감고서 중얼중얼 염불을 뇌며 한 손에 쥔 염주를 가만가만 헤아리고 있었다.

십 분가량이 지나서 세 사람은 함께 차로 돌아왔다. 운전사도 같이 차를 마신 모양이었다.

그 십 분 동안이 왜 그렇게 긴지, 월엽은 아직까지 그처럼 시간가는 것이 지겹도록 더디게 느껴진 적은 한 번도 없었던 것 같았다. 눈을 감고 염주를 헤아리며 염불을 뇌고는 있었으나, 어쩐지 차 바깥 약간 뒤편에 우뚝 솟아 있는 삼 층짜리 병원이 자기를 묘하게 기분 나쁜 눈길로 내려다보고 있는 것만 같아서 몹시 심정이 언짢고 무거웠다. 빨리 그곳을 떠나고 싶은 생각뿐이었다. 그러니 십 분이 지겹도록 길게 느껴질 수밖에.

이십 년 수도생활에도 불구하고 이런 불안이 다시 고개를 쳐들다니…… 월엽은 말짱 헛것이었구나 하는 생각이 들기도 했다.

옆자리에 돌아와 앉은 현중하는 손목시계를 보며 월엽에게 물었다.

"여기서 정읍까지 얼마나 걸려요?"

"글쎄라우."

그러자 운전사가 차를 출발시키며 대답했다.

"얼마 안 걸려요. 싸게 달리면 한 시간도 안 걸린당게요."

"그럼 지금 열두 시가 조금 지났으니까 정읍에 가서 점심을 먹으면 마치맞겠군."

차가 미끄러져 나가자 월엽은 후유— 무거운 숨을 가만히 내쉬었다.

완산동 고개를 지나면서부터 현중하는 차창 밖으로 바깥 광경을 유난히 관심이 가는 듯 내다보았다. 추억이 깃들어 있는 길이니 그럴 수밖에 없었다. 그 길을 달려보기는 중학생 때 고향인 경기도 인천에 있는 학교로 전학을 간 이후 처음이었다. 그러니까 꼬박 사십 년 만이었다. 그동안 더러 전주에 온 일은 있어도 그 길을 달려보지는 않았던 것이다.

사십 년 전 그 무렵은 완산동 고개를 넘으면 곧 길도 시골 신작로 같았고, 사방 풍경도 그러했는데, 이제 그게 아니었다. 계속 시가지가 이어져 있었고, 여기저기 아파트가 눈에 띄기도 했다.

전혀 낯선 곳을 달리는 듯해서 현중하는,

"많이 달라졌군요. 옛날 그때와는 전혀 다른데요."

하고 월엽을 돌아보며 말했다.

"그럼요. 벌써 사십 년이 흘렀응께……."

월엽은 조금 수줍은 듯한 그런 웃음을 살짝 떠올리고 있었다.

한참 달리자 이제 시내를 벗어난 듯 아스팔트 길 주변은 온통 논과 밭이었고, 드문드문 마을도 보였다.

어떤 숲 옆을 차가 지나자 현중하는 무엇에 깜짝 놀라듯이 입을 열었다.

"저기 저 숲이군요. 둘이 걸어가다가 처음으로 나란히 앉아서 쉬었던 곳 말입니다. 숲은 옛날보다 우거지긴 했지만 그대로군요."

"월엽은 이번에는 아무 말 없이 그저 은은한 미소를 지었다.

차가 금구에 이르러 세 갈래 길에서 정읍 쪽으로 꺾어질 때 현중하는 다시 월엽을 돌아보며 감개가 꽤나 무량한 듯이 말했다.

"여기가 바로 우리의 재회 장소였죠? 중학생이 되어 처음으로 만났던……."

"……."

"기억 안 나요?"

"하하하……."

월엽은 현중하가 어쩐지 소년 같다 싶어서 가만히 소리 내어 웃었다.

그러자 운전사가 백미러 속으로 뒷좌석의 현중하와 월엽을 힐끗힐끗 번갈아 바라보며 재미있다는 듯이 한마디 입을 열었다.

"두 분이 잊을 수 없는 추억의 장소겠네요. 여기가……."

"맞아요. 추억의 장소지. 허허허……."

현중하가 껄껄 웃자, 운전사 옆 좌석에 입을 꼭 다물고 못마땅한 표정으로 앞만 바라보며 앉아 있던 연미가 가볍게 흥! 하고 콧방귀를 뀌었다. 그리고 속으로 빈정거렸다.

'추억의 장소에 비나 한 개 세워야 되겠군.'

도무지 연미는 아직도 오늘 정읍행이 기분 내키지가 않았다.

정읍 시내에 도착하여 그들은 점심을 먹었다. 식사를 하면서 운전사에게 월엽이 물었다.

"기사 양반, 혹시 정읍 시내 지리를 아는기라우?"

"왜요? 어딜 찾는디요? 말만 허시요. 빠삭헝께요."

"그래라우?"

"바로 여기가 내 고향인디요 뭐."

"아, 그럼 잘 됐네."

월엽은 찾아가는 동네 이름을 대고 심지산(沈芝山) 노인을 혹시 아느냐고 물었다. 대를 이어 정읍에서 살아온 집안이기 때문에 여기가 고향이라면 알지도 모른다 싶었던 것이다.

"아다마다요. 수염이 허연 노인이지라우?"

"글쎄요. 본 지가 하도 오래돼서……."

"맞당게요. 그 노인이 우리 조부하고 가까웠어라우. 창도 좀 허시고 그러지라우?"

"그런기라우? 난 그런 것까진 모른당게요."

"창도 허시고 통소도 잘 부신다고 들었어라우."

"그럼 그 집도 알겠네요."

"글쎄라우. 아직 그 집에 사는지…… 나도 전주로 이사헌 지가 꽤 되거든이라우."

"거기 살어라우. 그것은 확실허당게요. 그 집을 찾아가는 길이라우."

"그럼 됐당게요. 그 집 앞까지 척 모실 것잉게 염려 놓으시오."

"오늘 일이 잘 되겠는디……."

렌터카의 기사가 심 노인까지 알고 있다니, 공교로운 일이라 싶으며 월엽은 얼굴에 환한 미소를 떠올렸다.

현중하도 기분이 좋은 듯 고개를 끄덕였고, 연미는 그제야 상그레 웃고 있었다.

점심을 먹고 나서 차는 곧 출발하여 심지산 노인 집 대문 앞에 가서 멎었다.

"오늘 기사 양반 잘 만나서 너무 쉽게 집을 찾았당게."

차에서 내리면서 월엽이 중얼거렸다.

옛날 남편과 살림을 할 때 몇 번 와 본 적이 있는 시고모네 집이었지만, 주변이 많이 달라져서 마침 잘 아는 운전사가 아니었더라면 찾는 데 애를 먹었을 것 같았다.

대문은 닫혀 있었다. 그러나 안으로 빗장이 걸려 있지는 않아서 월엽은 대문짝 하나를 밀고 안으로 들어섰다. 현중하와 연미, 그리고 운전사는 대문 밖에 서 있었다.

"누군기라우?"

삐그극 대문짝 소리에 안채의 큰방 문이 열리며 아낙네 하나가 얼굴을 내밀었다.

웬 여승이 찾아오는가 싶은지 그 아낙네는 마루로 나왔다.

월엽은 그 초로의 아낙네가 누구라는 것을 대뜸 알아볼 수가 있었다.

"동서, 나 모르겠어?"

월엽은 다가가며 상그레 웃어보였다.

그제야 그 아낙네가 옛 문수선을 알아보고,

"오메— 이것이 누구디야. 오늘 이거 어쩐 일이랑가."

입이 딱 벌어지고 있었다.

월엽의 옛날 시고종사촌 손아래동서인 배인실이었다. 그러니까 배인실 쪽에서는 월엽이 시외사촌 손윗동서가 되었다. 옛날에는 더러 만났었으나, 문수선이 남편을 잃고 출가하여 월엽이라는 이름으로 바뀐 후로는 처음이었다.

배인실은 도대체 웬일인가 싶고, 신기하기도 해서 여승이 된 옛 손윗동서를 이모저모 뜯어보듯 바라보았다. 월엽은 시고모부님을 찾아뵙고 좀 상의드릴 일이 있어서 찾아왔다고 했다. 혼자 온 것이 아니라 바깥에 동행이 두 사람 더 있다고 말했다. 그러자 배인실은,

"아이고 그럼 추운디 들어오시라 그러랑게."
하면서 자기가 얼른 대문간으로 갔다.

현중하와 연미가 대문 안으로 들어가려 하자 운전기사가 몇 시간이나 기다려야 되느냐고, 고향에 왔으니까 잠시 어머님을 만나 뵙고 오면 안 되겠느냐고 현중하에게 물었다. 현중하는 손목시계를 보며 두 시간은 걸릴 것으로 예상하고서, 지금 두 시 십 분 전이니까 그럼 네 시까지 오라고 일렀다. 그리고 대문 안으로 들어섰다.

나지막한 기와집인데, 얼른 보아도 아주 오래된 고가라는 것을 알수 있었다. 기왓장에 희끗희끗한 이끼가 돋아 있기도 했다.

현중하는 절로 고개가 끄덕거려졌다. 과연 전설적인 그 징을 간직하고 있을 법한 집 같았던 것이다.

월엽은 우선 마당에 서서 배인실에게 현중하와 연미를 소개했다.

"오메, 야가 딸이구만……."

배인실은 연미를 약간 호기심 어린 그런 눈으로 바라보았다. 그리고 도대체 무슨 일로 낯선 대학교수라는 분까지 같이 이렇게 난데없이 찾아왔는가 싶어 어리둥절한 표정이었다.

"시고모부님 지금 집에 계시는지 모르겄어? 시고모부님헌티 볼일이 있어서 왔당게."

"계시는디, 지금 낮잠을 주무실 것이여. 가만있어. 내가 가서……."
배인실은 얼른 사랑채 쪽으로 갔다.

사랑방으로 간 배인실이 잠시 후 방문을 활짝 열며 들어오라고 했다. 월엽이 앞장서 들어갔고 뒤따라 연미 그리고 현중하가 들어갔다.

방 안 아랫목에 수염이 허연 노인이 자다가 일어난 듯 조금 찌뿌드드한 얼굴을 하고 앉아 있었다.

월엽이 먼저 큰절을 하자, 노인은 며느리로부터 방금 얘기를 들은 터이라,

"아이구 이거 어쩐 일이랑가?"

고개를 끄덕이며 반겼다.

월엽은 그동안의 안부를 묻고, 오래 찾아뵙지 못해 죄송하다는 인사치레를 하고서 연미와 현중하를 소개했다.

심 노인 역시 서울의 낯선 대학교수까지 불쑥 찾아오다니, 도대체 무슨 일인가 싶은 듯 약간 어리둥절해하면서도 허옇고 너불너불한 수염을 두어 번 쓰다듬어 내리며,

"이런 누추헌 곳을 찾아와 주어서 고맙소."

현중하에게 말했다. 그리고 이번에는 연미를 바라보며,

"야가 유복자였던 그 애구먼. 흠—"

하고 고개를 끄덕였다. 이십여 년 전에 들었던 얘기가 기억에 떠오른 모양이었다.

심 노인은 연미와 현중하를 번갈아 바라보며 무슨 말을 꺼내려다가 마는 것 같았다. 어쩐지 닮아 보였던 것이다.

그런 눈치를 느낀 월엽이 얼른 입을 열었다.

"고모부님. 저…… 베란간 이렇게 찾아온 것은 다름이 아니라, 뭐 한 가지 여쭤어 볼 일이 있어서……."

"뭔디? 어서 말해 봐."

"저…… 동학란 때 맹글었다는 징 말이라우, 그 징이 아직 집에 있는지 모르겠어라우?"

"그 징은 뭣 땜시?"

"그 징을 우리 딸애가 댕기는 서울의 대학교에서 보물같이 값진 것이라고 학교 박물관에다가 갖다 놓았으면 쓰겄다 그러는 모양이라우."

"흠— 그리여? 그래서 교수께서 여기꺼지 찾아왔구만."

심 노인은 고개를 끄덕였다. 위쪽 한쪽에 앉은 배인실도 그제야 알겠다는 듯이 살짝 웃고 있었다.

"그 징 지금도 집에 있어라우?"

"있지."

심 노인의 대답에 현중하와 연미는 표정이 활짝 밝아졌다.

현중하는 이제 자기가 입을 열어야 될 차례라는 생각이 들어 학교에 새로 민속박물관을 세우고 있는데 그 운영 책임을 자신이 맡았다는 말, 그리고 방학 동안을 이용해서 학생들에게 역사와 연관이 되는 값어치 있는 민속자료를 수집하도록 했는데, 마침 연미로부터 동학란 때 만들어진 유서 깊은 징이 있다는 연락이 와서 여행 겸 내려왔다는 얘기를 했다.

가만히 듣고 있던 심 노인은 너불너불한 수염을 쓰다듬어 내리며 고개를 끄덕였다. 그리고 월엽을 보며 말했다.

"그것 참 신기한 일이시. 어젯밤 꿈에 말이여 우리 백부 되시는 어른이 징을 들고 나타나시지 뭐여. 그 징을 나헌티 주면서 오늘 누가 찾아올 것잉께 그 사람헌티 이 징을 주라는 것이여."

"오메, 고모부님의 백부 같으면 바로 그 징을 맹근 분 아니싱기라우?"

"맞당게."

"그것 참 신기헌 꿈이네요."

"지금 생각헝께 정말 신기하지 뭐여. 이렇게 세 사람이 징 땜시 왔으니 말이여."

"그럼 고모부님, 그 징을 도리 없이 우리헌티 주시야 되겠네요. 안 그래라우?"

월엽이 웃으면서 말했다.

"글쎄, 그런 것 같은디…… 허허허……."

심 노인도 웃었다.

"그 징 어디 있어라우?"

"바로 저 속에 있당게."

심 노인은 손으로 벽장을 가리켰다.

"어디 어떻게 생긴 징인가 좀 보장게요."

"임자들이 왔는 모양잉께 꺼내는 수밖에 없겠지……?"

혼자 중얼거리듯이 말하며 심 노인은 부스스 일어나 벽장문을 열었다.

방 안의 모든 시선이 벽장 쪽으로 향하고 있었다.

잠시 부스럭거리며 벽장 안을 뒤지던 심 노인의 입에서 "여깄구나." 하는 소리가 흘러나왔다. 그리고 둥글넓적한 징 한 개를 덜렁 들어내어 방 한가운데에 놓았다.

얼른 보기에도 오래된 징 같았다. 빛이 사그라들어서 거무튀튀한 것이 놋쇠로 만든 것이라기보다 어쩌면 그냥 무쇠로 빚은 징 같은 느낌이었다. 그 빛깔이 다를 뿐 모양과 크기는 여느 징과 마찬가지였다. 손잡이는 가죽 끈으로 되어 있는데, 그것 역시 거무스름하게 퇴색되어 있었다.

안쪽이 보이도록 놓았던 징을 심 노인이 뒤집어서 엎어놓으며 말했다.

"이걸 보랑게. 이것이 뭔지 알겠어?"

심 노인이 손가락으로 가리킨 징의 표면 쪽에 뭔지 거무죽죽한 무늬 같은 것이 얼룩져 있었다. 무슨 액체를 쏟아 부어놓은 듯한 그런 흔적이 다른 표면보다 약간 짙은 빛깔을 띠고 있었다.

"할아버지, 이게 무슨 자국이에요? 뭐가 묻은 것 같지는 않고……."

연미가 물었다.

심 노인은 허연 수염을 쓰다듬어 내리며 미소를 지었다.

"뭣이 묻은 것은 아니랑게. 애초에 맹글 때 그렇게 된 것이지."

"만들 때 왜 이렇게 됐대요? 무슨 액체를 쏟아놓은 자국 같애요."

"그것이 우리 백부님의 피라는 것이여. 그 징을 맹글 때 백부님이 어찌나 정성을 쏟고 힘을 들였든지 나중에는 그만 목에서 피가 올라왔다지 뭐여."

"어머, 그래요? 각혈을 하셨군요. 폐결핵이었던 모양이죠?"

연미의 말에 모두 가만히 실소를 자아내고 있었다. 그러나 심 노인은 못마땅한 표정으로 꾸짖듯이 말했다.

"요새 애들은 저렇게 경망스럽단 말이시. 정성이 지나쳐서 피가 목에서 올라왔다는디, 뭐 폐결핵?"

연미는 조금 미안하기도 하고 무안하기도 해서 살짝 고개를 떨구었다. 그러나 속으로는 목에서 피가 올라왔다면 각혈이니까 폐결핵이 아니고 뭣이겠어, 하고 흥! 콧방귀를 뀌고 있었다.

"말하자면 백부 되시는 분의 정성의 자국인 셈이군요. 그 분의 혼이라고도 할 수 있고요."

현중하가 말했다.

"그렇지라우. 혼이지라우, 혼. 혼이 쏟아졌응께 이렇게 얼룩이 졌지. 그냥 피 같으면 얼룩이 질 턱이 있겠어? 대학교수가 역시 다르당게."

심 노인은 그제야 기분이 매우 좋은 듯 흡족한 웃음을 떠올렸다.

이번에는 월엽이 물었다.

"저…… 제가 그 전에 들은 얘기로는 이 징을 맹근 어른이 돌아가신 그날 그 시가 되면 징이 혼자서 저절로 울린다는디, 그것이 정말인기라우?"

"응, 그리여."

심 노인은 고개를 끄덕였다. 그러나 어쩐지 자신이 없는 듯한 그런 애매한 대답 같았다.

"실지로 고모부님이 들어보셨어라우?"

"옛날에는 몇 번 들어봤당게."

"요새는요?"

"몇 번 들어봤으면 됐지, 그것을 뭐 해마다…… 안 그리여? 허허허…… 벽장 속에서 징을 꺼낸 것도 여러 해 만이구만."

그러자 연미가 생글 웃으며 물었다.

"할아버지, 그날 그 시라는 게 언제예요?"

"보자…… 음력으로 10월 초이렛날이지. 시는 자(子)시고."

연미는 얼른 준비해 온 메모지를 꺼내어 적었다. 그리고 말했다.

"할아버지, 이 징의 유래에 대해서 얘길 좀 해주세요. 동학란 때 만들었고, 또 만드신 분의 혼이 담긴 징이니까 아주 값어치 있는 얘기가 있을 것 아니에요."

"암 있지. 그 얘기를 다 헐라면 긴디……."

그러면서 심 노인은 허옇고 너불너불한 수염을 두어 번 쓰다듬어 내렸다.

설화

심명술이라는 사람은 고부 땅에서는 누구나 알아주는 좀 남다른 놋갓장이*(놋그릇 만드는 일을 업으로 하는 사람)였다.

우선 한쪽 발을 약간 절름거리는 것부터가 남다르다고 할 수 있었고, 놋갓장이면서 판소리에 썩 유능했으며, 또 역마살을 타고났느니 한 해에도 여러 차례 일터를 비우고 어디론지 구름을 따라 흐르듯 발길 가는 대로 떠돌아다니는 그런 버릇을 지니고 있었다. 길 때는 한두 달을 떠돌았고, 짧을 때는 대엿새 만에 돌아오기도 했다.

그러나 무슨 방랑객이나 건달꾼처럼 할 일 없이 떠돌아다니는 것은 결코 아니었다. 물건을 팔러 다니는 것이었다. 물론 자기 손으로 만든 갖가지 유기제품이었다.

그러면서도 그 물건들만을 파는 것만이 목적은 아니었다. 행상을 하면서 이곳저곳 낯선 고장을 두루 밟으며 경치 좋기로 이름난 곳을 찾아가 그곳에서 하루를 머물기도 했고, 때로는 마음에 드는 주모라도 있는 주막이면 그 집에 눌어붙어 며칠이고 술을 마셔대기도 했다. 판소리 가락을 내뽑으면서 말이다. 말하자면 가슴속의 바람을 그런 식으로 빼고는 집으로 걸음을 돌리는 것이었다.

심명술의 그런 바람은 봄가을이면 한결 더 했다. 꽃이 피어나거나 낙엽이 흩날리는 계절이 되면 마음이 묘하게 살살해져서 도저히 일터에 그대로 몸을 담고 있을 수가 없었다.

본시 심명술은 그와 같은 기질을 타고나기도 했지만, 첫 아내가 죽고 나서부터 가슴속에 맺힌 슬픔의 응어리가 좀처럼 풀리지가 않고, 때때로 그런 살살한 바람을 불러일으키는 것이었다. 첫 아내 양님이는 심명술의 첫사랑의 여자였다. 어릴 적부터 한 마을에서 자란 소꿉친구이기도 했다. 예쁘게 생긴 얼굴이라고는 할 수 없었지만 살결이 희어서 고왔고, 약간 사팔뜨기인 눈이 그녀의 매력이었다. 심한 사팔뜨기 같으면 보기에 흉하지만, 살짝 사팔뜨기인 듯 만 듯한 눈은 묘한 아름다움을 간직하고 있었다. 그 독특하고 야릇한 눈에 심명술이 반했는지도 몰랐다.

양님이 역시 한쪽 발을 약간 절름거리는 명술이가 조금도 싫지 않았다. 오히려 사팔뜨기인 자기에게 어울린다 싶었다. 양쪽 집안에서도 반대를 하지 않아 그들은 혼례를 올렸다. 심명술은 열일곱 살이었고, 양님이는 열여덟으로 한 살 위였다.

비록 심명술은 대장장이 아들로서 대장간 일을 이이받기는 했지만, 그들은 충분히 행복했다. 양님이는 스무 살이 되던 해 첫딸을 낳았다. 이름은 낭이라고 지었다. 낭이 역시 제 어미를 닮아서 살짝 사팔뜨기였고, 엄마보다 훨씬 예뻤다.

낭이가 다섯 살 때, 심명술은 상처를 하고 말았다. 염병이 돌았는데, 그 병에 걸려 그만 양님이가 죽어버리고 만 것이었다.

홀아비가 된 심명술은 낭이를 키우며 혼자 살다가 두어 해 뒤에 재취를 얻었다. 이번에는 오다 가다 만난 과부였다. 그러나 심명술은 후처에게는 도무지 정이 붙질 않고, 죽은 양님이 생각만 가슴속에서 아프게 맴돌았다.

전처 생각이 간절할수록 하나뿐인 딸이 귀엽고 또한 가엾기도 해서 심명술은 짙은 애정을 낭이에게 쏟았다. 자연히 계모는 낭이를 미워하게 되고, 구박하기 일쑤였다. 그러니 부부간에 충돌이 잦을 수밖에 없었고, 때로는 심명술이 분을 못 참아 여자에게 손찌검을 하기도 했다. 네가 낭이를 때렸으니 너도 좀 맞아보라는 식이었다.

결국 후처는 보따리를 싸고 말았다.

다시 홀아비가 되었을 때부터 심명술은 죽은 첫 아내를 새삼 못 잊어 하다가 마침내 살살해진 사람처럼 대장간 일을 던져두고 양님이를 찾으러 떠나기라도 하듯 정처 없는 발길을 떼놓았다. 낭이는 동생 집에 맡겼다. 겉으로 보기에는 행상을 떠나는 터이니 농사를 짓고 있는 동생은 홀아비가 된 형의 아이를 기꺼이 맡을 수밖에 없었다.

심명술의 그런 방랑 비슷한 행상은 습성처럼 되어 해마다 몇 차례씩 이어져 나갔다.

한 자리에 튼튼하게 뿌리를 박지 못하는 것 같은 생활이었지만, 그에게 여자는 거의 끊이질 않았다. 재취가 떠나간 뒤에 오래지 않아 세 번째 여자가 들어왔고, 세 번째가 가버리자 네 번째가 또 다섯 번째가…… 이런 식으로 그를 거쳐 간 여자는 죽은 본처까지 합해서 일곱이나 되었다. 정이 있어서 맞아들였다기보다는 그저 제 발로 걸

어 들어오고 싶어 하니까 받아들였고, 싫어서 떠나간다니까 가도록
내버려 두었을 뿐이었다. 마치 아내라기보다 부엌일이나 해주는 아
낙네쯤으로 생각했던 셈이다.

그런 것도 다 자신의 팔자려니 하고 체념을 하며 그는 오직 낭이
하나를 위해 살아갔다.

심명술은 그렇게 걷잡을 수 없는 사람이었으나, 자기가 하는 일을
천직으로 알고 거기에 정성을 쏟는 성실한 일면도 없지가 않았다.
마치 첫사랑의 여자를 사별한 뒤에도 두고두고 잊지 못하고, 그녀와
의 소생인 낭이에게 짙은 애정을 쏟는 그 고지식함처럼 말이다.

그는 결코 물건을 날림으로 만드는 일이 없었다. 자기 마음에 흡
족해질 때까지 갈고 다듬었다. 그래서 그의 제품이라고 하면 누구나
마음을 놓았다.

그리고 심명술은 우의나 신의도 깊은 사람이었다. 한 번은 이런
일이 있었다. 결혼 초기 양님이와의 살림에 꿀이 쏟아질 무렵의 일이
었다.

하루는 대장간에서 일을 하고 있는데 누군가가,

"명술이."

하고 불렀다. 굵고 점잖은 목소리였다.

관원의 행차가 대장간 앞에 멎어 있었다.

"야, 이 사람아, 나 모르겠는가?"

남여(藍輿)에 앉은 채 관원은 얼굴에 환한 웃음을 띠었다.

심명술은 당황했다. 뜻밖에도 예조좌랑 황도윤이었던 것이다.

황도윤은 심명술의 죽마고우였다. 황도윤은 양반집 아들이었고,
심명술은 평민 출신이었다. 그러나 황도윤은 그런 신분상의 차이를

조금도 의식하지 않고 어릴 적부터 심명술을 친구로 사귀었다.

머리가 남달리 뛰어난 황도윤은 열여섯 살에 이미 과거에 장원으로 급제하여 지금은 예조좌랑이라는 꽤 높은 벼슬에 올라 있었다. 시골 장터의 대장장이인 심명술과는 그 지체가 현저히 달랐다. 그러나 황도윤은 고향에 내려온 길에 어린 시절의 친구를 찾았던 것이다.

심명술은 황도윤을 집으로 모셨다. 그리고 황급히 주안상을 차리게 하여 대접했다. 심명술의 허름한 초가집 마루에 앉아 술잔을 기울이며 옛정을 나눈 황도윤은 자리에서 일어나며 한 가지 청을 했다. 장도(粧刀)를 하나 만들어 달라는 것이었다.

"자네가 만들어 준 장도를 언제나 곁에 두고 쓸 생각이네. 칼이 되거든 한번 한양 구경 겸 올라오게나."

그 말은 심명술의 가슴 속 깊은 곳에 울렸다. 옛 친구의 그 정을 깊이 간직하고서 심명술은 한 달이나 걸려 좋은 쇠붙이를 구했고, 석 달 열흘 동안 심혈을 기울여 장도 한 개를 만들었다.

백일 내내 심명술은 그 일을 새벽녘에 했다. 일찍 일어나 맑은 샘물로 얼굴과 손발을 씻고, 해가 떠오를 때까지 밝아오는 동녘 하늘을 바라보면서 일을 했다. 쇠를 달구어 그것이 종이처럼 엷어질 때까지 망치질을 했다. 그 종이 같은 쇠를 여러 겹으로 접어서 화덕에 넣어 풀무질을 해서 다시 달구었고, 그것을 꺼내어 종이처럼 될 때까지 또 두들기고 두들겼다. 그렇게 거듭하고 거듭할수록 쇠 녹이 빠지고, 질 좋은 시우쇠로 벼려지는 것이었다.

낮으로는 생계를 위한 평소의 대장일을 하고, 새벽으로만 그렇게 백 번을 거듭하며 심명술은 어린 시절의 친구에 대한 우의와 정성을 그 쇠붙이 속에 쏟아 넣었다.

　장도가 완성되자, 심명술은 그것을 소중히 싸들고 한양으로 올라 갔다. 반년이 지나서야 찾아온 심명술을 황도윤은,

"소식이 없길래 내 청을 잊어버렸는가 했지."

하면서 반가이 맞았다.

　진수성찬을 가운데 두고 마주앉아 술잔을 나누면서 심명술은 비단 보자기에 소중히 싸가지고 온 장도를 꺼냈다. 장도를 받아 본 황도윤은,

"이건가? 허허허……."

너털웃음을 웃었다. 약간 어이가 없는 듯한 그런 웃음이었다.

　심명술은 그럴 줄 짐작했다는 듯이 얼굴에 웃음을 떠올리며 물었다.

"왜 그러시는가? 마음에 안 드시는개비지?"

"마음에 안 든다기보다도…… 너무 수수헌 것 같애서……."

황도윤이 담담하게 대답했다.

"겉에 장식이 없응게 허시는 말씀 아니여? 장식은 일부러 안 했당게. 겉모양이 무슨 소용이 있겄나 싶어서……."

"흠, 그리여?"

"칼을 한번 뽑아 보시랑게."

　황도윤은 칼집에서 칼을 뽑아 시퍼렇게 번쩍이는 칼날을 잠시 눈여겨보다가 역시 또,

"허허허……."

큰소리로 웃었다. 이번 웃음은 조금 전의 너털웃음과 약간 그 의미가 다른 듯했다. 표정도 좀 달라 보였다. 꽤 섬뜩하게 날이 섰네.

그러나 어쩐지 좀 칼날이 반듯하지 못한 것 같지 않은가…… 라는 말을 웃음으로 대신하고 있는 것 같았다.

그런 황도윤의 마음속을 꿰뚫어 보면서도 심명술은,

"왜 웃으시는가?"

시치미를 떼고 물었다.

"날을 세우느라 꽤 공을 들인 것 같당게."

"그러신가? 허허허……."

이번에는 심명술이 웃었다. 자기가 백일 동안 그 칼에 쏟아 부은 정성에 비해서 황도윤의 대답은 너무 수월하고 대수롭잖은 것이어서 절로 웃음이 나왔던 것이다. 그리고 심명술은 말했다.

"이 사람아, 꽤 공을 들인 정도가 아니랑게. 내 있는 정성을 다 그 칼 속에 쏟아 부었어. 백일 동안 새벽으로만 일을 했당게. 동이 터오는 동쪽 하늘을 바라보면서 말이시."

"아, 그랬는가? 흠—"

황도윤은 고개를 크게 끄덕이며 손에 든 칼을 눈앞으로 조금 더 가까이 가져다가 새삼스럽게 눈여겨 살펴보더니,

"그런데 말이여 어찌 좀 빤듯하지가 못한 것 같당게. 안 그런가?"

하고 말했다. 코언저리에 비식 내비치는 웃음을 애써 뭉개버리면서 말이다.

"그렇게 보이시는가? 그렇다면 할 수 없지. 그러나 그것도 말하자면 겉모양인 셈이지. 나는 이번 일에 있어서는 겉모양 같은 것은 크게 염두에 두지 않기로 했었당게. 겉모양보다 내 온 정성을 칼날 안에다가 몽땅 쏟아 붓는디만 전력했어. 그렁께로……."

심명술은 잠시 뜸을 들이듯 잔을 들어 꿀컥꿀컥 술을 두어 모금

마시고 나서 말을 이었다.

"말하자면 내 혼을 칼 속에다가 불어넣은 셈이랑게."

"뭐 혼을? 칼 속에?"

황도윤의 두 눈이 약간 휘둥그레지며 번쩍 빛을 띠었다.

"그렇당게."

"그럼 이 칼 속에 자네 혼이 들어 있단 말인가?"

"거짓말이 아니여. 이 사람아."

황도윤은 놀랍기도 하면서 얼른 믿어지지가 않는 듯한 그런 표정으로 다시 그 칼날을 가만히 바라보았다.

"내 말이 믿어지지 않는 모양인디…… 이리 줘 보시랑게."

심명술은 칼을 받아 우선 상에 놓았다. 그리고 먼저 자기 앞에 숟가락과 젓가락을 한데 모아 쥐었고, 황도윤 앞에 놓인 숟가락과 젓가락도 거두어 한데 합쳤다. 놋쇠로 된 제법 굵고 긴 수저들이었다.

그러니까 정확히 숟가락 두 개와 젓가락 네 개, 모두 여섯 개의 놋쇠 가락이었다. 그것을 거꾸로 가지런히 해서 왼손으로 불끈 쥐었다. 그리고 오른손으로 칼을 쥐었다.

황도윤은 별안간 이 사람이 남의 앞에 놓인 수저까지 전부 모아 쥐고 뭘 어쩌려는 것인지, 약간 당돌하다 싶으면서도 호기심 어린 눈으로 지켜보았다.

심명술은 어금니를 지그시 무는 듯하더니 칼로 왼손에 쥔 놋쇠 뭉텅이를 탁 내리쳤다. 싹독! 하고 여섯 개의 놋쇠 도막이 방바닥에 떨어졌다. 그다지 힘을 주어 내리친 것 같지도 않은데, 여섯 가락의 놋쇠가 깨끗하게 잘려진 것이다.

황도윤은 눈이 휘둥그레졌다.

다시 심명술은 칼을 내리쳤다. 싹독! 또 내리쳤다. 싹독! 또, 싹독! 싹독! 싹독…… 마치 무를 베듯이 쌈빡쌈빡 부드럽게 놋쇠를 잘라나갔고, 방바닥에 놋쇠 도막이 수없이 굴렀다.

황도윤은 그만 입까지 딱 벌어지고 말았다.

"어떠신가?"

칼질을 멈추고 길이가 절반도 더 줄어들어 난쟁이처럼 되어버린 숟가락과 젓가락 토막을 상 위에 놓으며 심명술은 싱긋 웃었다.

"놀랐당게. 정말 칼 속에 자네 혼이 들어 있는 모양일세. 그렇지 않고서야……"

황도윤은 더 뭐라고 말을 잇지 못했다. 얼굴에는 놀라움과 어떤 두려움 같은 것이 외경의 표정이 되어 떠올라 있었다.

그 놀라운 장도의 대가로 황도윤은 백 냥을 내놓았다. 백 냥이면 은장도 열 개를 사고도 남을 대금이었다. 자기를 위해서 백일 동안 새벽으로만 일하며 칼날 속에 혼을 불어넣듯 정성을 다한 어릴 적 고향 친구의 정의가 무척 고마워서 그 어려운 생활에 도움이 되도록 황도윤은 큰 선심을 쓰려고 했던 것이다.

그러나 심명술은 손을 내저었다.

"아니랑게. 자네헌티 돈을 받으려고 이 칼을 맹근 것이 아니여. 어린 시절의 친구를 잊지 않으시고, 예조좌랑이라는 높은 벼슬에 오르신 자네가 미천한 이 대장장이를 찾아주시다니, 정말 감복해서 백분의 일이나마 그 옛정을 보답하고자 했을 따름이시."

"허지만 나로서는 얼매나 고맙고 또 미안한 일인가. 백일 동안이나 새벽으로 온 정성을 쏟다니……"

황도윤은 술잔을 들어 한 모금 마시고서 말을 이었다.

"그리고 많은 노자를 들여 그것을 가지고 한양까지 나를 찾아와 주지 않았는가. 어찌 내가 가만히 있을 수 있당가. 백 냥도 오히려 약소허지 않나 싶은디……."

심명술은 고개를 내저으며 말했다.

"무슨 그런 당치도 않은 말씀을……. 나는 그저 예조좌랑이 되신 자네 집에 와서 이렇게 진수성찬에다가 좋은 약주까지 대접받은 것만으로도 흡족허고, 또 분에 넘친당게."

"이 사람아, 그런 소리 말고 어서 받아두라 말이시. 돌아가는 데도 노자가 필요허지 않은개비네."

"돌아가는 노자까지 다 준비해 갖고 왔응게 염려 마시게. 내가 만약 그 돈을 받는다면 백일 동안 쏟은 정성이 아무 뜻이 없게 돼삔지지 않는개비. 안 그런가?"

"음—"

황도윤은 그 말에 고개를 천천히 무겁게 끄덕이며 더는 돈 얘기를 하지 않았다.

그 대신 황도윤은 심명술을 당분간 자기 집에 머물러 있도록 붙들었다. 그리고 그의 그 놀라운 성품과 솜씨를 조정에 알려 군기사(軍器寺)의 야장(冶匠)으로 천거했다. 곧 일이 이루어져 황도윤은 심명술에게 돈 대신 흐뭇한 선물을 안겨주었다.

그리하여 심명술은 뜻 아니 한 한양 살림을 하게 되었다. 그러나 그의 한양살이는 두 해를 넘기지 못했다. 병기(兵器) 중에서 창을 만드는 일이 그의 소임이었는데, 심명술은 도무지 그 일에 정을 붙일 수가 없었다.

그때까지 그는 고향인 시골 장터에서 호미니 괭이니 낫 따위 농구를 만들어 파는 것이 일이었다.

그 일은 조상으로부터 물려받은 천직 같은 것이기도 했지만, 그런 연장들을 만들 때는 논과 밭이 잘 파이도록, 벼가 잘 베어지도록, 그리고 아무쪼록 풍년이 들어 농사짓는 사람들의 얼굴에 웃음이 떠오르기를 바라는 생각이 머리에서 떠나질 않았다.

그런데 병기인 창을 만들게 되자, 항상 창날이 더욱 시퍼렇게 서고 창끝이 한결 날카롭고 뾰족하게 깎여서, 한번 찌르면 어김없이 사람의 배때기가 푹 관통이 되기를 바라면서 일을 하지 않을 수 없었다. 말하자면 늘 머릿속에서 수없이 많은 살인을 거듭하면서 일을 하는 셈이었다. 똑같은 쇠를 녹여 연장을 만들어도 풍년이 들기를 바라면서 일을 하는 농구 제작과는 하늘과 땅만큼의 차이가 있었다.

그리고 또 심명술은 관가에 매인 몸이 되자, 하루하루를 어김없이 시간을 지키고, 윗사람의 눈치를 보아가며 살아가야 하는 게 도무지 성품에 맞지가 않아 싫었다. 낮잠을 자고 싶으면 자고, 술을 마시고 싶으면 언제든지 마실 수 있는 시골에서의 자유스러운 대장장이 생활이 월등히 더 상팔자일 것 같았다.

두 해를 넘기지 못하고 고향 땅에 돌아온 심명술은 이번에는 농구 대신 유기를 만드는 놋갓장이가 되었다. 전에 경영하던 대장간을 딴 사람이 맡아서 잘 꾸려나가고 있었기 때문에 좁은 바닥에서 같은 연장을 만들어 서로 더 많이 팔겠다고 아웅다웅한다는 게 보기 좋은 일이 아니라 싶어서 자기가 종목을 바꾸었던 것이다.

처음에는 주로 놋그릇을 만들다가 차츰 제기에도 손을 댔고, 나중에는 놋요강을 만들기도 했다.

심명술이 놋요강을 만들게 된 데에는 그럴 만한 까닭이 있었다.

첫사랑이었으며 아내였던 양님이가 죽자, 심명술은 그녀가 시집
올 때 가지고 온 요강을 마치 그녀의 분신인 것처럼 아꼈다. 사기요
강이었다.

꽃과 나비가 그려진 그 희끄무레한 사기요강은 혼례를 올린 그날
밤 신방 윗목 병풍이 쳐진 그 앞에 놓여 있었다. 그냥 오줌을 누라고
놓아둔 것이 아니라, 거기에 촛불이 켜져 있었다.

고장에 따라 전해져 내려오고 있는 첫날밤의 풍습이었다. 요강에
다가 쌀을 담고, 그 쌀에 초를 꽂아서 불을 켜놓는데, 신랑신부의 금
실이 좋기를 비는 뜻으로 그렇게 하는 것이다.

그것을 본 신랑 심명술은 신기해서 신부인 양님이에게 물었었다.

"저거 왜 저렇게 해놓는디야?"

"모르겠어. 첫날밤에 그렇게 해놓는 것인개비여."

"초가 녹아서 쌀에 촛물*('촛농'의 비표준어)이 떨어지는디. 히히
히……."

신랑은 재미있다는 듯이 킬킬 웃었고, 신부는 수줍은 듯 살짝 미
소를 지으며 고개를 떨구었다.

그 뒤로 그 요강은 늘 그들 부부가 같이 자는 방 윗목 한쪽 구석
에 놓여졌고, 밤중에 소변이 마려우면 일어나 거기에 누었다. 그러니
까 그 요강은 말하자면 그들 부부가 함께 사용하는 좀 부끄럽고 색
다른 물건이라고 할 수 있었다. 두 남녀의 오줌이 함께 담기는 그릇
이니 말이다.

양님이가 죽은 뒤로 심명술은 그 요강에 소변을 볼 때마다 그녀와
의 애틋했던 사랑을, 뜨거웠던 살 섞음을 되새겨보며 그리움과 슬픔
에 젖곤 했다.

그런 소중한 물건인데, 그만 어느 해 겨울 낭이가 그것을 들고 우물로 씻으러 가다가 미끄러지는 바람에 깨어져 버리고 말았다. 심명술이 낭이에게 손질을 한 것은 그때가 처음이자 마지막이었다. 어찌나 화가 나는지 자기도 모르게 그만 낭이의 뺨을 한 대 찰싹 때려주고 말았던 것이다.

깨어진 그 사기요강 조각을 버리고 나니 마치 양념이의 분신마저 내다버린 것처럼 허전하고 안타까웠다. 심명술은 생각한 끝에 자기 손으로 놋요강을 하나 새로 죽은 양님이 것으로 만들어야겠다고 마음먹었다.

심명술은 그 놋요강 역시 새벽으로만 정성을 들여 한 달 보름이나 걸려서 완성시켰다. 별로 크지 않은, 뚜껑이 있는 방방한 놋요강인데, 그 거죽에는 함박꽃과 호랑나비를 새겼다. 화접문(花蝶紋)인 셈이었다.

제품에 무늬를 새기기는 그것이 처음이었다. 심명술은 그림 솜씨 역시 소박하면서도 뛰어난 데가 있었다.

그렇게 해서 만들어진 꽃요강을 심명술은 언제가 반질반질 윤이 흐르도록 닦아서 죽은 아내 양님이에게 바치는 선물로서 항상 방 윗목 한쪽 구석에 놓아두었다.

그런 일이 있고부터 심명술은 틈틈이 놋요강도 상품으로 만들게 되었다.

한 번은 요강만을 여러 개 짊어지고 행상을 나서보았다.

"자— 요강이요, 요강! 함박꽃에 호랑나비가 찰싹 달라붙는 꽃요강이요, 꽃요강! 꽃요강 사요— 꽃요강!"

이렇게 외쳐대면서 마을로 들어서면 꽃요강이 뭔지, 함박꽃에 호랑나비가 찰싹 달라붙다니, 도대체 무엇인가 싶어서 주로 아낙네들이 모여들었다.

뚜껑이 달려 있고, 꽃과 나비가 새겨진 방방하고 예쁘장한 놋요강을 보고 아낙네들은 눈을 반질거리면서 신기해 못 견디었다.

"오메, 이쁘게도 생겼네잉?"

"이렇게 이쁜 요강 난생 첨 본당께."

"글쎄 말이여. 이런 요강에 오줌을 누면 기분이 좋겠는디……."

"어디 아까워서 오줌을 누겄어. 안 그리여?"

"맞당게. 히히히……."

"하하하……."

아낙네들은 공연히들 좋아서 웃어댔다.

그럴 때면 심명술은 기분이 흡족해져서 묘한 웃음을 떠올리며 꽤나 허풍을 섞어 지껄였다.

"딸 시집보낼 때 혼수로 이런 요강을 하나 장만해 줘야 써라우. 신랑각시 같이 자는 방 윗목에 이런 꽃요강이 하나 놓여 있어야 안 쓰겄소? 그리고 첫날밤에는 이 요강에 쌀을 담고 거기에 초를 푹 꽂아서 불을 킨당게요. 그래야 신랑각시 금실도 좋고, 부귀다남(富貴多男)헌다 그것이요. 부귀다남보다 더한 복이 어디 있겠소? 부자고 귀한 몸인데다가 아들까지 많으면 상팔자지, 뭣이 상팔자겠소. 안 그래라우?"

심명술의 말을 재치 있게 되받는 아낙네도 더러 있었다.

"놋요강 하나 땜시 부귀다남 헐 것 같으면 부귀다남 안 헐 사람이 어디 있겠소."

이런 식으로 말이다.

반질반질 윤이 흐르는 그 귀물스러운 꽃요강은 부르는 게 값이었다.

심명술은 일부러 싸게는 팔지 않았다. 싸게 팔면 값어치가 없는 요강이 되어버리고 마는 것이다.

부르는 게 값이었지만, 큰 동네에서는 으레 한두 개는 팔 수가 있었다. 잘 사는 집에서는 딸의 혼수용으로 선뜻 큰돈을 내놓는 것이었다.

꽃요강을 만들어 파는 데 재미를 붙인 심명술은 나중에는 아예 다른 유기는 젖혀두고 요강만 만들게 되고 말았다. 정성껏 만들어서 고가로 파는 게 보람도 있고 실속도 나았던 것이다.

그렇게 놋요강 전문이 되자 그를 흔히들 '절름발이 요강장이'라고 부르게 되었다.

절름발이 요강장이가 어느 해 이른 봄, 행상으로 떠돌아다니다가 날이 저물어 어떤 삼거리에 있는 주막 겸 여인숙에서 하룻밤을 묵게 되었다.

저녁밥과 함께 술을 몇 잔 마시고 방에 혼자 번듯이 드러누워 있는데, 또 한 사람의 숙박객이 방문을 열고 들어왔다. 삼십 중반의 건장하게 생긴 남자였다.

"오늘밤 한 방에서 자게 되었소."

굵은 목소리였다.

심명술은 부스스 자리에 일어나 앉았다.

괴나리봇짐을 벗겨 윗목에 놓으며 힐끗 심명술을 돌아본 남자가 약간 놀라듯이 입을 열었다.

"아니, 이거 명술이 아니여?"

호롱불 밑이었으나 상대방의 얼굴을 심명술도 얼른 알아볼 수가 있었다.

"아이고 이거 누구여? 만갑이 아니여?"

"정말 뜻밖이시."

"아니, 자네를 여기서 만나다니…… 살다 봉께 참 희한한 일도 다 있네. 잉?"

"글쎄 말이여."

두 사람은 서로 두 손을 맞잡고 우연한 해후가 희한하기도 하고 반가워서 어쩔 줄을 몰랐다.

정만갑은 심명술의 고향 친구였다. 그런데 그는 장가를 들자 처가 곳인 군산 쪽으로 가서 살게 되었다.

뱃사람 노릇을 하고 있다는 소식을 심명술이 들었을 뿐, 그 뒤 어떻게 되었는지 서로 안부가 끊겨 있다시피 하고 있었다.

그런데 이렇게 한 여인숙에서 만나 한 방에서 하룻밤을 같이 자게 되다니, 우연치고도 참 희한한 우연이 아닐 수 없었다. 두 사람이 다 삼십 대 중반이 되어 있었으니, 십오륙 년 만의 만남이었다.

옛 고향 친구를 만났으니, 술 한잔이 없을 수 없었다.

"저 봐요, 아주머니― 술상 좀 채리다 주시요."

심명술이 방문을 열고 봉놋방*(원전에는 '목롯방') 쪽을 향해 소리 쳤다.

곧 술상이 왔다.

술상을 가운데 놓고 마주앉아서 심명술과 정만갑은 잔을 주고받 으며 서로 그간의 안부부터 나누었다. 어디에 사느냐, 자식은 몇이나 되느냐, 그런 인사치레의 말이 오고간 다음,

"그런디 만갑이, 자네 어디 가는 길인가?"

심명술이 먼저 물었다.

"보은에 가는 길일세."

정만갑이 대답했다.

"보은? 보은 같으면 충청도 땅 아닌가?"

"맞당게."

"거긴 뭣하러?"

심명술은 거기까지 무슨 볼일이 있어 가는가 하고 그저 예사로 물었다.

그런데 정만갑의 표정이 약간 굳어지는 듯했다. 아무 대답 없이 술잔을 들어 꿀꺽꿀꺽 마시고 나서 도리어 심명술에게 반문을 하듯 입을 열었다.

"자네는 어디 가는 길이여? 대장간 일은 작파했는가?"

"아닐세. 요새는 유기를 맹글고 있당게. 맹근 것을 팔러 나왔지 뭐여."

"응, 그렇구만……."

정만갑은 고개를 끄덕였다. 그리고 꿀꺽꿀꺽 잔을 마저 비우고서 심명술에게 건넸다. 잔에 술이 철철 넘치도록 따라주고서 잠시 가만히 심명술을 바라보더니 아까보다 한결 낮은 목소리로 말했다.

"명술이, 자네는 요즘 돌아가는 세상 꼴을 어떻게 생각허고 있지?"

뜻밖의 질문이었고, 또 묻는 어조가 무척 진지하면서 조심스러워서 심명술은 얼른 뭐라고 대답이 나오지가 않았다.

십오륙 년 만에 만난 정만갑은 옛 어린 시절과는 사람이 판이하게 다른 것 같은 느낌이기도 했다.

"왜 대답이 없는가?"

"요즘 세상이 어떤 꼴로 돌아가고 있는지 나 같은 사람이 알 수가 있어야 말이지."

심명술은 일부러 좀 멍청한 표정을 지으며 말했다.

"유기를 팔러 이곳저곳 돌아댕기면 세상 돌아가는 소문을 많이 들을 수 있을 거 아니것어."

"글쎄…… 뭐 세상이 제대로 잘 돌아가는 것 같지는 않다고들 하더구만."

"그렇당게. 잘 돌아가는 것 같지는 않는 게 아니라, 아주 잘못 돌아가고 있당게."

"아, 그런가?"

심명술은 고개를 끄덕이고 나서 술잔을 들어 두어 모금 벌컥벌컥 마셨다. 어쩐지 별로 기분이 좋지가 않았다. 정만갑의 말투에서 약간 으스스한 것이 풍기는 듯했던 것이다.

정만갑은 다시 심명술의 표정을 이모저모 뜯어보듯 가만히 지켜보고 있다가 불쑥 물었다. 여전히 낮으면서도 진지한 목소리였다.

"자네 혹시 최제우라는 분 아는가? 호는 수운(水雲)이지."

"모르는디."

"들어본 일도 없는가?"

"없는디."

"최시형이라는 분은?"

"모르겠는디."

"음—"

약간 실망을 한 듯한 표정으로 정만갑은 무겁게 고개를 끄덕였다.

"그분들이 뭐 허는 사람인디?"

심명술은 실제로 생소한 이름이어서 절로 약간 멍청한 표정이 되어 물었다.

정만갑은 히죽 웃었다. 그 웃음에도 경멸의 빛이 역력했다. 뭣 하는 분들인지 설명은 안 하고, 다시 나직한 목소리로 물었다.

"자네, 동학이라는 말은 아는가?"

"동학? 알지. 많이 들었당게."

"아, 그리여. 동학에 대해서 어떻게 생각허고 있지?"

"글쎄…… 나 같은 사람이 그것이 어떤 것인지 알 수가 있어야 말이지. 말은 많이 들었지만, 뭐 어떤 것인지 잘 모른당게."

심명술의 얼굴에 약간 두려워하는 기색이 떠오르고 있었다. 속으로 이 친구가 바로 동학 패거리로구나 싶었던 것이다. 동학이 어떤 것인지 자세히는 모르지만, 그것이 나라에서 금하고 있는 무슨 단체라는 것은 알고 있었다.

정만갑이 심명술의 그런 눈치를 못 알아차릴 턱이 없었다. 그러나 동학 접주인 정만갑은 아랫배에 지그시 힘을 주며 말을 이어나갔다.

"한마디로 말허면 말이여 사람을 섬기는 종교랑게. 다른 종교는 하느님이나 부처님, 혹은 귀신을 섬기지만, 우리 동학은 사람을 가장 소중하게 생각허고 사람을 곧 하늘처럼 섬기는 것이여."

심명술은 그저 말없이 약간 긴장된 표정으로 듣고만 있었다.

"인내천(人乃天)이라는 말이 있어. 자네 한자 아는가?"

"모른당게. 언제 배웠어야 말이지."

"사람 인 자에 어조사 내 자, 그리고 하늘 천 잔데, 사람이 곧 하늘이라는 뜻이지. 인내천, 이것이 바로 우리 동학 교리의 기본이라고 할 수 있어."

"사람이 곧 하늘이라, 그것 참……. 그래서 사람을 섬긴다 그것이 구만."

"그렇당게. 천지간(天地間) 만물지중(萬物之中)에 사람보다 더 귀한 것이 무엇이 있는가? 안 그런가?"

"그리여."

심명술은 마침내 고개를 끄덕이고 있었다. 술기운이 혼혼하게 온몸에 퍼지고 있어서 조금 전의 으스스함과 두려움이 슬그머니 어디론지 사라져 버렸던 것이다.

심명술의 그런 반응을 보자, 정만갑은 매우 기분이 좋았다. 어쩌면 오늘밤 한 사람의 교도를 더 불릴 수 있을지도 모른다 싶어 더욱 은근하고 차분한 어조로 동학 교리를 쉽게 펼쳐나갔다.

"그리고 말이여 하늘의 마음이 다름 아닌 사람의 마음이라 이것이여. 그것을 천심즉인심(天心卽人心)이라고 허는디, 바꾸어 말하면 인심이 곧 천심이라 그것이지. 인심이 곧 천심잉게 인심을 무엇보다 중히 여겨야 쓰지 않겠어?"

"맞당게."

그 뜻을 제대로 삭이는지 어떤지, 좌우간 심명술은 맞장구를 치고 있었다.

정만갑은 그 밖에 제세안민(濟世安民)이니 포덕천하(布德天下)니 하는 말을 풀이해서 심명술에게 들려주었다. 세상을 구제하여 백성을 편안케 하고, 덕을 천하에 널리 베푼다는 말은 어느 모로나 지당한 것이어서 심명술은 고개를 끄덕이며 동감을 표시했다.

정만갑은 지상천국이니 만민평등이니 하는 말도 알아듣기 쉽게 늘어놓았다. 사람이 곧 하늘이고 민심이 바로 천심이니, 사람이 사는 땅 위에 천국을 건설해야 된다는 것이었고, 또 사람이 곧 하늘인데 사람 사이에 차등이 있어서야 되겠느냐고, 만민이 다 평등해야 된다고, 다시 말하면, 양반과 상놈의 구별, 적자(嫡子)와 서자(庶子)의 차별 같은 신분상의 불평등을 없애고 노비문서를 폐기해야 된다고, 낮으면서도 열띤 목소리로 말했다.

심명술은 다 지당한 말이라 싶었다. 그러면서도 지상천국을 역설할 때는 어쩐지 자꾸 웃음이 나오려고 했다. 말이야 좋지만, 사람들이라는 것이 얼마나 영악하고 가지각색인데, 땅 위에 하늘나라를 만들다니 가당치도 않는 일이라 싶었던 것이다.

정만갑은 또 '만사지(萬事知)도 식일완(食一梡)'이라는 말도 동학 교리의 중요한 한 대목이라면서 풀이를 해주었다. 어려운 문자지만 쉽게 한마디로 말하면, 도(道)도 먹어야 닦을 수 있다는 뜻이라고 했다. '식일완'이란 한 사발의 밥을 먹는다는 말이라는 것이다. 먹는 것에 족하지 못하고 굶주려서는 도고 뭐고 다 없다는 것이었다. 그러면서 그는 술기운이 올라 번들거리는 눈으로 심명술을 똑바로 바라보며 말했다.

"요즘 시골 백성들이 어떠냐 말이여. 벼슬아치들과 양반들헌티 얼마나 빼앗기고 시달리느냐 그것이여. 이런 세상이어서는 절대로 안 된다 그 말이랑께. 내말 알아듣겠지?"

"응."

심명술은 대답을 하고서 가만히 큰 숨을 들이쉬었다. 어쩐지 두려운 생각이 다시 슬그머니 고개를 쳐드는 듯했던 것이다.

술잔을 기울이고 나서 정만갑은 마치 화제라도 바꾸는 듯 긴장된 표정을 풀면서 입을 열었다.

"아까 내가 물은 최제우, 최시형 두 어른은 다름 아닌 우리 동학의 교주님이시랑게. 수운 최제우 선생은 동학을 창시하신 첫 번째 교주시고, 해월(海月) 최시형 선생은 두 번째 교주시지."

"……"

"그런디 말이여. 우리 동학의 시조이신 최제우 선생을 나라에서 혹세무민을 했다고 목을 벴지 뭔가."

"혹세무민이 뭔디?"

심명술은 멍청한 표정으로 물었다. 옛날 같이 자랄 때의 정만갑은 저나 나나 아무것도 모르는 고부 땅 촌놈이었는데, 언제 이렇게 많은 것을 머리에 담게 되었는지 속으로 새삼스레 놀라운 생각이 들었다.

"혹세무민이 무슨 말인고 하면 백성을 속여 잘못 이끌어서 세상을 어지럽힌다는 뜻인디, 우리 동학을 나라에서 못마땅히 보고서 그런 당치도 않은 죄목을 씌워 교주 최제우 선생을 없애버린 것이여."

정만갑은 자못 비장한 표정을 지으며 말을 이었다.

"그렇다고 우리 교도들이 수그러들겠어. 어림도 없지. 오히려 더 고개를 쳐든당게. 교주가 억울한 죽음을 당했는디 가만히 있겠느냐 말이여. 그래서 일어난 것이 뭐냐 허면 신원운동이여."

"신원운동?"

심명술은 또 알 수 없는 말에 부딪쳐 멍청한 표정이 되었다.

"원통함을 푸는 것을 신원이라 허는디, 우리 교조의 억울한 죄목을 나라에서 풀어달라는 운동을 말하는 것이지. 상소도 올리고, 교도들이 모여서 집회도 갖고 헌당게."

"그렇구만……."

심명술은 무슨 말인지 알겠다는 듯이 고개를 끄덕였다.

정만갑은 갑자기 목소리를 현저히 낮추어서 말했다.

"곧 보은에서 또 집회가 열린당게."

"알겠어. 자네도 그 집회에 가는 길이구만. 아까 보은에 간다고 그랬잖어."

"맞당게."

정만갑은 고개를 끄덕이며 힐끗 방문 쪽을 한번 바라보았다. 혹시 누가 듣지나 않을까 해서 경계하는 눈치였다.

심명술도 어쩐지 슬그머니 다시 두려운 생각이 들었다. 자기가 두려워해야 할 아무 까닭이 없는데도 말이다.

"아으윽—"

심명술은 일부러 커다랗게 입을 벌려 하품을 한번 하고서 말했다.

"잠이 오는디 인제 그만 자더라고. 헐 얘기가 있으면 누워서 또 허고……."

"벌써 잠이 와?"

정만갑은 약간 아쉬운 모양이었다. 오래간만에 만난 옛 고향 친구를 붙들고 좀더 속에서 부글부글 끓고 있는 생각들을 털어놓아서 가능하면 그를 자기네 교도로 끌어들이고 싶었다.

그러나 심명술은 그런 이야기는 왠지 피곤하기만 했다. 하나하나가 다 지당한 말인데도 듣고 있기가 지겨웠다. 술자리의 화제란 음담패설이 제일인 것인데, 이 친구하고는 그런 술맛 나는 얘기는 아예 글렀다 싶어서 이 정도로 술상을 물리고 잠이나 자는 편이 덕일 것 같았던 것이다.

"난 또 내일 장사허로 돌아댕기야 됭께 그만허더라고."

"그럴까. 장사헐라면 피곤허겄지. 하기야 나도 내일 새벽 일찍 길을 떠나야 헐 판잉께……."

그러면서 정만갑은 미진한 표정이긴 했으나 술상을 윗목으로 밀어붙였다.

이튿날 새벽, 심명술은 누군가가 흔들어 깨우는 바람에 잠을 깼다. 정만갑이었다.

이제 방문이 겨우 희끄무레하게 밝아오고 있는데, 벌써 정만갑은 길 떠날 채비를 다하고서 작별을 하려고 심명술을 깨운 것이다.

심명술이 부스스 일어나자,

"자랑게. 난 떠나가네."

정만갑은 방문을 열고 밖으로 나가며 말했다.

"벌써? 아침도 안 먹고?"

"가다가 사먹지 뭐. 길이 멀고 바빠서……."

"이렇게 헤어지면 언제 또 만난당가?"

"곧 또 만나게 될거랑게. 옛날 그 대장간을 찾아가면 되는 거지?"

"그 대장간은 아니지만, 와서 아무한테나 물어봐도 다 안당게."

"그렇겄지 뭐. 요새는 유기를 맹글고 있다니까 유기장이를 찾으면 되겄지. 그럼 나는 가네."

"응, 잘 가랑게. 몸조심허라고."

새벽 어스름 속으로 괴나리봇짐을 지고 사라지는 옛 고향 친구의 모습을 멀뚱히 바라보다가 심명술은 방문을 닫고 다시 잠자리에 들었다.

그렇게 우연히 만나 하룻밤을 같이 자고 헤어진 정만갑을 심명술은 그해 가을 다시 만나게 되었다. 이번에는 정만갑이 고부 땅으로 심명술을 찾아온 것이었다.

어느 날 밤, 잠을 자려고 누워 있는데, 바깥에서 부르는 소리가 들렸다.

"명술이, 명술이."

이 밤중에 누군가 싶어서 심명술은 잠시 대답을 안 하고 가만히 있어 보았다.

"명술이, 자는가? 날세, 나 누군지 모르겠는가? 내 목소리 잊어뻔졌는가?"

나직하면서도 굵은 목소리였다.

심명술은 벌떡 일어났다.

"누군가?"

방문을 열고 내다보니 마당에 거뭇한 사람 하나가 우두커니 서 있었다. 별이 총총한 밤이었다.

"나랑게. 정만갑이."

"아니 자네 이 밤중에 이거 웬일인가? 어서 들어오라고."

작은방에 혼자 자고 있는 낭이가 벌써 깊이 잠이 든 듯 아무런 기척이 없었다.

"들어가도 되는가? 혹시 방해가 되는 것은 아닌지 모르겠어."

정만갑의 말에 심명술은 싱긋 웃으며 대답했다.

"방해는 무슨 방해, 혼자 자는디."

"혼자 자? 마느래는 어떻게 하고……."

"나 홀애비라고."

"그렁가? 허허허……."

정만갑은 웃으며 방으로 들어갔고, 심명술은 호롱에 불을 켰다.

"어디서 오는 길인가?"

"그런 것은 묻지 말자고. 알겠지?"

짐작하겠다는 듯이 심명술은 고개를 끄덕였다.

그날 밤 정만갑이 심명술을 찾아온 것은 한 가지 부탁이 있어서였다. 창과 칼을 대량으로 만들어 줄 수 없느냐는 것이었다.

그 부탁을 들은 심명술은 꽤나 당황했다.

"창과 칼을 맹글어 달라고? 뭣 헐려고 그러는디?"

이렇게 반문을 하기는 했으나, 심명술은 대뜸 속으로 짐작되는 바가 있었다. 동학의 무리들이 결국 무슨 일을 일으키려는 것이로구나 싶었다.

"창과 칼을 가지고 뭣을 허겠는가? 꼭 설명을 해야 알겠는가?"

"난데없이 창과 칼을 맹글어 달라니까 무슨 영문인지 알 수가 없당게. 한두 개를 맹글어 달라는 것도 아니고……."

"대가는 충분히 줄 것잉게 걱정 말고……"

"돈이 문제가 아니랑게."

정만갑은 그럴 줄 짐작했다는 듯이 고개를 무겁게 끄덕이고 나서 곰방대를 꺼내어 담배를 피우기 시작했다. 푹푹 담배 연기를 내뿜으면서 그는 세상 돌아가는 이야기를 늘어놓았다.

먼저 조정의 무능을 개탄했고, 지방 관원의 부패와 횡포를 질타했다. 그리고 청국과 노서아(露西亞), 일본 등 외세의 침투를 규탄했다. 백성이 이대로 가만히 있다가는 나라 꼴이 어떻게 될지 알 수 없다고 역설했고, 풍전등화처럼 위태로운 지경에 이른 나라의 운명을 바로잡고, 백성들이 마음 놓고 살 수 있는 태평한 세상을 만들기 위해서 동학교도들이 일어서기에 이르렀다는 결론이었다.

"어떻게 생각허는가? 자네 심정을 솔직허게 말해 보랑게. 세상이 요 모양 요 꼴로 돌아가도 상관없는가, 어떤가?"

"나 같은 사람이 뭘 알아야 말이지."

"나 같은 사람, 나 같은 사람 허지 말랑게. 자네나 나나 다 같은 이 나라 백성 아닌가. 백성이면 자기 나라의 운명에 대해서 생각이 있을 것이 아닌개비네."

"……."

"나라가 망해도 좋은가? 어떤가?"

"망하면 쓰는가. 잘돼 나가야지."

"그렇지, 바로 그거랑게."

정만갑의 얼굴이 호롱불 아래 환하게 밝아지고 있었다. 곰방대를 재떨이에 땅땅 두들겨 재를 떨고 나서 말을 이었다.

"이 나라가 잘돼 나가도록 하기 위해서 우리 교도들이 일어서는 것이란 말이여. 그렁게 자네도 나라를 위해서 우리 일에 협력을 해줘야 쓰지 않겠어? 창과 칼을 맹글어만 주면 되는 것이여. 그것을 들고 자네도 일어서라는 것은 아닝께……."

"……."

"부탁이여. 옛 고향 친구의 청을 거절하지 말랑게. 명술이, 맹글어 주겠지?"

심명술은 고개를 가로 내젓고 싶었다. 그러나 차마 정면으로 거절할 수가 없어서 얼버무리듯이 말했다.

"글쎄, 너무 갑작스런 일이라…… 좀 생각해 보더라고."

이튿날 새벽 역시 날이 채 밝기도 전에 정만갑은 떠나갔다. 떠나가면서 곧 찾아올 테니까 그동안에 잘 생각해 보고 좋은 회답을 달라고 당부를 했다.

심명술은 두고두고 생각을 거듭해 보았다.

그러나 정만갑의 말대로 아무리 나라를 위하는 일이라 하더라도 자기가 창과 칼을 대량으로 만들어서 그들에게 공급해 줄 수는 없는 일이라 싶었다.

창과 칼 같은 그런 무기는 한때 자기도 한양에서 근무한 적이 있는 그 군기사에서 만드는 것이지, 개인이 마음대로 만들 수는 없었다.

물론 나라의 허가 없이 하는 일이니 관원들 모르게 은밀히 만들어야 된다는 것은 아는데, 그런 일을 비밀로 해낼 수 있을 것 같지가 않고, 언젠가는 탄로가 날 것이었다. 어쩌면 곧바로 탄로가 나서 제대로 창과 칼을 만들어 그들에게 제공해 주기도 전에 붙들려 갈지도 몰랐다. 붙들려 가면 끝장인 것이다.

그러니까 목숨을 내놓고 해야 하는데, 뻔히 성공 못할 것을 알면서 목숨을 내놓고 시작한다는 것은 어리석기 짝이 없는 일이었다. 불을 보고 뛰어드는 부나비와 다를 바가 없었다.

심명술은 마침내 거절하기로 마음을 굳혔다.

그런데 거절하기로 작정을 하자 마음 한쪽 구석이 찜찜했다. 그런 청을 정면으로 거절하고서 무사할는지가 의문이었다.

이미 창과 칼 따위 무기를 만들어서 일어서기로 작정을 했다면, 말하자면 난리를 일으키기로 결정을 보았다는 얘긴데, 난리가 일어나서 만약 그들 말대로 세상이 될 경우 자기를 그냥 가만히 놓아둘지 어떨지 알 수가 없었다.

심명술은 일이 참 재수 더럽게 되었구나 싶었다. 지나간 봄에 그 삼거리 여인숙에서 머물지만 않았더라면 하는 생각이 들기도 했다. 그곳에서 우연히 정만갑을 만나게 된 것이 화근의 시초라고 할 수 있으니 말이다.

그러나 이제 도리가 없었다. 일이 이쯤 됐으니 원만하고 좋은 방법을 궁리해 보는 수밖에 없었다.

심명술은 창과 칼 이외에 다른 무슨 괜찮은 것이 없을까 생각해 보았다. 무기가 아니면서 그들에게 요긴한 물건이 무엇일까.

그런 것이 있으면 그런 것을 만들어 주면 되지 않을까 싶었다. 관원의 눈에 띄어도 아무렇지도 않을 그런 물건 말이다.

마침내 심명술의 머리에 와 닿은 것이 징이었다. 많은 사람을 움직이게 할 때 필요한 것이 징일 것 같았다.

무기가 아니면서 무기보다 더 사람들의 가슴속에 전의를 불러일으킬 수 있는 것이 징소리일 것 같았다.

"옳지. 됐당게."

심명술은 혼자서 탁 무릎을 치기까지 했다.

정만갑이 찾아온 것은 얼마 뒤의 일이었다. 한밤중에 정만갑은 심명술네 집 마당으로 검은 그림자처럼 들어섰다.

다시 찾아온 정만갑에게 창과 칼을 만들 생각은 없다고 심명술은 분명히 말했다. 정만갑의 표정이 실망으로 일그러지고 있었다.

"허지만 말이네 만갑이, 자네를 생각해서 내가 창이나 칼보다 더 값진 것을 하나 맹글어 줄까 헌당게."

"창이나 칼보다 더 값진 것이라니, 그것이 뭣이랑가?"

정만갑은 일그러진 표정이 약간 풀어지는 듯했다.

"징을 하나 맹글어 줄 생각인디, 어떤가?"

"징? 징은 뭣허게?"

"내 생각에는 말이여 창이나 칼보다 사람들을 움직이게 하는 디는 징이 훨씬 나을 것 같당게."

심명술은 말에 진정을 담아가지고 자기가 왜 징을 만들어 줄려고 하는지 그 까닭을 자세히 늘어놓았다. 백성이 제 맘대로 창이나 칼 같은 병기를 만든다는 것은 불을 보고 뛰어드는 부나비와 같다는 말까지 솔직하게 얘기했다.

그리고 또 한 가지 자기는 창이나 칼 같은 사람을 죽이는 연장은 만들고 싶지 않은 그런 천성을 타고난 것 같다면서, 한때 한양에서 병기를 만드는 군기사에서 근무한 적이 있는데, 그곳에 오래 있지 못한 것도 그런 천성 때문이었다는 말까지 들려주었다.

얘기를 다 듣고 난 정만갑은 묘한 시선으로 심명술을 잠시 가만히 바라보았다. 그리고 고개를 끄덕이면서 비식 웃었다.

"징은 얼마든지 구할 수 있는 것 아니여. 구태여 자네가 맹글어 주지 않아도……."

"그렇지만 말이여, 내가 자네에게 옛 친구의 정의로 맹글어 주는 것잉께 다른 징허고는 아무래도 다를 것 아니겄어. 안 그런가?"

"허허허……."

참 순박한 친구라는 듯이 정만갑은 웃었다.

이튿날도 정만갑은 이른 새벽에 떠나갔다. 떠나가는 정만갑을 사립문 밖까지 배웅하면서 심명술이 말했다.

"징을 언제까지 맹글면 쓰겄는가? 언제 가질로 올랑가?"

"좌우간 고맙네. 맹글어 놓으랑게."

정만갑의 대답은 시들했다. 반드시 징을 가지러 올 것 같지도 않아 보였다.

심명술은 속으로 잘됐다 싶었다. 옛 친구에게 의리는 선 셈이니 말이다. 난리가 난다 하더라도 심명술은 난리에 끼어들고 싶은 생각은 추호도 없었다. 그런 것과 자기는 거리가 먼 사람으로 생각되었다. 창과 칼 따위의 연장을 만들기 싫듯이, 어떤 난리도 싫었다.

그래서 심명술은 난리에 쓰일지도 모를 징도 아예 만들 생각을 하지 않았다.

그런데 참으로 어처구니없는 뜻밖의 일이 일어났다. 그것은 낭이의 자살이었다. 열여섯 살이 되어 이제 서서히 처녀티가 흐르기 시작한 낭이가 그만 집 뒤안*('뒤란'의 방언)에 있는 감나무 가지에 목을 매어 죽어버린 것이다.

심명술이 행상을 나가고 없는 사이에 일어난 참사였다. 낭이 혼자 집을 지키고 있다가 영군(營軍)의 못된 졸개들에게 겁탈을 당하고 말았던 것이다.

영군이란 감영에 속하는 군사들인데, 기율이 문란해져서 곧잘 백성들의 재물을 빼앗고, 부녀자들을 겁탈하기도 해서 관군이라는 것이 마치 유적(流賊)과 별다름이 없었다.

열여섯 살이 되어 서서히 여자로서 무르익어가기 시작한 낭이가 그만 그들에게 짓밟히고 말았던 것이다. 숫처녀의 몸을 여러 놈에게 마구 사정없이 짓이겨지고 만 낭이는 며칠을 식음을 전폐하고 누워서 괴로워하다가 마침내 스스로 목숨을 끊는 길을 택하고 말았다.

심명술이 집에 돌아온 그날 공교롭게도 낭이는 감나무 가지에 목을 매었다.

낭이의 죽음은 심명술에게 치명적인 사건이 아닐 수 없었다. 더구나 영군의 못된 졸개들에게 겁탈을 당한 끝에 그렇게 되었다는 것을 안 심명술은 미칠 것 같았다. 당장 그놈들을 잡아서 요절을 내고 싶었다. 그러나 그 비적보다도 못한 영군의 졸개들은 이미 어디로 사라졌는지 그 행방도 알 수가 없었다. 원통하고 절통해서 견딜 수가 없었다. 낭이 하나를 살아가는 유일한 보람으로 삼아온 터인데, 낭이가 없어져 버렸으니 이제 자기의 인생도 끝난 것과 마찬가지였다.

심명술은 술을 마시기 시작했다. 일이고 뭐고 다 걷어치우고 술을 퍼마셔댔다. 술에 취하고 또 취해서 미쳐버리거나 죽어버리고 싶었다. 이틀이고 사흘이고 밥알 한 개 입에 안 넣고 술만 마셨다.

술에 만취가 된 심명술은 절름절름 발을 절면서 거리를 헤매기도 했고, 들길 산길을 걸음 닿는 대로 떠돌아다니기도 했다.

"낭아— 낭아— 어디 갔디야. 잉? 어디 갔어. 너 혼자 가뻔지면 이 애비는 어쩐디여. 잉? 낭아— 낭아—"

딸의 이름을 허공을 향해 불러대면서…….

닷새째 되는 날, 심명술은 마침내 살짝 술 때문에 실성한 사람처럼 되어버리고 말았다. 낮과 밤의 구별도 없이 마셔대다가 달이 휘영청 밝은 한밤중에 그는,

"창을 맹글어야지. 창을. 칼도 맹글어야 쓰겄당게."
하고 외쳐대면서 대장간으로 나갔다.

대장간에 들어간 심명술은 창과 칼을 만들어 낭이를 겁탈한 불한당 같은 그놈들을 모조리 죽여 버린다면서 망치로 쇠붙이를 아무렇게나 마구 두들기기 시작했다.

쾅! 쾅! 쿵쾅! 쿵쾅!…….

망치소리가 온통 대장간 안에 울려 퍼지고 있는데 어디선지,

"아버지!"

부르는 소리가 들렸다. 심명술은 망치질을 멈추고 멀뚱히 그 소리가 나는 쪽을 돌아보았다. 뜻밖에도 대장간 입구에 낭이가 서 있는 것이 아닌가.

심명술은 휘둥그레진 눈으로 멀뚱히 낭이를 바라보고만 있었다. 술에 취해서 정신이 몽롱했으나, 죽은 딸이 어떻게 눈앞에 서 있는지 참 이상하다 싶었던 것이다.

"아버지, 나 왔어라우."

"……."

"아버지, 왜 아무 말씀이 없으시라우?"

심명술은 자기도 모르게 입에서 말이 흘러나왔다.

"니가 정말 낭이야?"

"예, 아버지."

"낭이는 뒤안 감나무에서 목을 매어 죽었는디?"

"맞어라우. 그래서 아버지를 찾아왔당게요. 아버지 지가 왜 목을 맸는지 아시지라우?"

"그래, 안다. 이 애비는 너를 잃은 뒤로 너무 슬프고 분해서 술 속에 빠져뻔졌지 뭐여. 술을 안 마시고는 못 살 것 같당게. 미치겄단 말이여. 내가 낭이 너 없이 무슨 낙으로 이 세상을 산다냐. 안 그러냐?"

"아버지, 죄송해라우. 아버지를 혼자 두고 먼저 저승으로 간 이 불효 여식을 용서해 주시기라우."

"니가 오직했으면 목을 맸겠느냐. 니 심정 안다. 이 불쌍헌 것아."

"아버지, 인제 술을 그만 자셔야 해라우. 술을 그만 드시고, 제 원수를 갚아주셔야 헌당께요."

그 말에 심명술은 정신이 번쩍 드는 듯 두 눈을 끔벅거리면서 낭이를 뚫어지게 바라보다가 대답했다.

"봐라, 낭이야. 지금 이 애비가 니 원수를 갚을라고 이렇게 창과 칼을 맹글고 있지 않는개비여."

그러면서 심명술은 손에 든 망치를 들어 보였다.

"아버지, 창과 칼을 맹글면 안 되어라우. 아버지도 죽는당께요. 제 말을 명심하셔야 해라우. 창과 칼 말고 다른 것을 맹그시랑게요."

"다른 것? 그럼 징을 맹글거나? 그렇잖아도 정만갑이가 창과 칼을 맹글어 달라 그래서 그것은 못 맹글겄고, 대신 징을 한 개 맹글어 주겄다 했는디……."

그러자 낭이는 대답 대신 상그레 미소를 지어 보이고는 슬그머니 돌아서서 걸음을 떼놓는 것이 아닌가.

"아니, 낭이야. 어디 가냐, 어디?"

심명술은 망치를 놓고 비실거리는 걸음으로 낭이의 뒤를 따랐다.

낭이는 집으로 가서 스르르 큰방으로 들어가는 것이었다. 뒤따라 심명술도 큰방으로 들어갔다.

방 안은 어두웠다. 심명술은,

"낭이야, 어두운디 불 좀 키지 그리여."

하면서 자기가 호롱에 불을 켰다.

방 안에 낭이는 없었다.

"아니, 낭이가 어디 갔지? 낭이가……."

심명술은 눈이 휘둥그레지고 말았다.

이튿날 아침잠을 깬 심명술은 간밤의 일이 꿈이었는지 생시였는지 잘 분간이 되지가 않았다. 아직도 술기운이 온몸에 남아 있어서 정신이 몽롱하고 머리가 무겁기 때문인지 어떻게 생각하면 간밤에 꿈을 꾸었던 것 같기도 하고, 한편 결코 꿈이 아니었고 실제로 취중에 그런 일을 겪은 것 같기도 했다. 도무지 어느 쪽인지 분명한 것을 알 수가 없었다.

어쨌든 낭이를 만난 것만은 사실이었다. 꿈속이었든 몽롱한 취중의 세계에서였든 낭이를 만나 대화를 나눈 것만은 분명했다. 그 대화 내용도 뚜렷하게 기억되었다.

'아버지, 술을 그만 드시고, 제 원수를 갚아주셔야 해라우.' '창과 칼을 맹글면 안 되어라우. 아버지도 죽는당께요.' '창과 칼 말고 다른 것을 맹그시랑게요.'

이렇게 말하던 낭이의 목소리가 지금도 귓전에 가물가물 맴도는 듯했다.

심명술은 그날부터 술을 입에 대지 않았다. 며칠 누워서 푹 쉰 다음 몸을 추스르고 일어나 새로운 기분과 단단한 결의로 일을 하기 시작했다. 말할 것도 없이 징을 만드는 것이었다.

심명술이 징을 만들어보기는 그것이 처음이었다. 그러나 유기 제품을 만들어 온 솜씨라 징은 오히려 쉬운 편이었다. 자잘한 손재주가 필요치 않으니 말이다.

징은 손재주로 만다는 것이 아니라, 정성으로 만든다고 할 수 있다. 만드는 과정에 얼마만큼 정성이 들었느냐에 따라서 그 징의 소리가 결정된다고 해도 과언이 아니다.

심명술은 대장장이와 놋갓장이로 뼈가 굵어진 사람이라 징 만드는 법도 알고 있었고, 어떤 징이 좋은 징인지도 잘 터득하고 있었다.

징에서 최고로 치는 것은 사람의 손으로 치지 않아도 저절로 혼자서 울리는 징이다. 징 속에는 울림이라는 것이 담겨 있어서 그것을 수시로 쳐서 쏟아내도록 해야 되는데, 오래 치질 않고 놓아두면 그 울림이 스스로 꿈틀거려 밖으로 내풍겨져서 저절로 궁— 궁— 하고 울리는 것이다. 한마디로 신령스러운 징이라고 할 수 있다. 전설 속에 흔히 등장하는 징이다.

그리고 좋은 징은 가슴속의 응어리를 풀어내듯 짙고 무게가 있는 소리면서도 잡음이 없고 맑은 울림을 쏟아낸다. 그 울림의 마지막 여운은 마치 울음의 끄트머리인 흐느낌처럼 은은히 떨리는 것이다. 그런 징소리가 산을 넘고 들을 건너 삼십 리는 울려 퍼져야 그게 일등 징이다.

심명술은 그런 일등 징을 만들어야겠다는 일념으로 새벽으로만 일을 했다. 그 징은 낭이의 원한을 풀어주는 애비의 선물이라고 생각하며 그 속에 자기의 혼을 쏟아 붓듯이 정성을 다했다.

관솔불을 지펴 구리와 주석을 녹일 때는 매운 연기 속에서 눈물을 수없이 흘렸다. 눈물이 흐를 때마다 그는 낭이를 부르며 가슴속으로 오열을 하곤 했다.

날씨가 차츰 겨울로 접어들고 있는 어느 날 새벽, 심명술은 망치질을 하다가 가벼운 현기증을 느꼈다. 낭이를 잃은 뒤로 술에 빠졌었고, 또 홀애비 신세라 끓여 먹는 것도 시원찮은 데다가 새벽 일찍부터 온 정성을 다해 징에 매달리고 있는 터이라 몸에 무리가 갔던 것이다.

심명술은 망치를 놓고 쪼그리고 앉았다. 현기증은 곧 가라앉았으나 이번에는 구역질이 올라왔다. 구역질과 함께 비릿한 냄새가 코를 찔렀다. 그리고 곧 입에서 피가 쏟아졌다.

욱— 욱— 하고 피를 쏟아낸 심명술은 다시 핑 하고 강하게 머리를 때리는 듯한 현기증을 느끼며 그 자리에 비실 쓰러졌다.

피는 징의 쇠판에 시뻘겋게 쏟아져서 지르르 흐르고 있었다.

심명술이 정신을 차린 것은 한참 뒤의 일이었다. 아침을 먹고 일을 하러 나온 조수 총각이 발견을 했던 것이다.

사흘을 약을 달여 먹고 누워 쉰 심명술은 다시 새벽에 몸을 추스르고 일어나 대장간으로 갔다.

그런데 참 신기하게도 징의 쇠판에 쏟아졌던 피가 그대로 쇠붙이 속으로 스며들어 가버린 것이 아닌가. 스며들어 검붉은 얼룩을 이루고 있었다.

"히야—"

심명술은 눈이 휘둥그레지고 입이 딱 벌어졌다. 이거야말로 진짜 일등 징이 될 것 같았다.

그 피가 얼룩진 쇠판을 다시 불에 달구어 두들기기를 거듭한 끝에 마침내 심명술은 한 개의 징을 완성시켰다.

어느 날 해 돋는 시각에 동녘 하늘을 향해서 심명술은 그 징을 높이 쳐들었다. 그리고 징채로 힘껏 두들겨 보았다.

궁— 궁— 그 소리가 예사롭지 않았다. 마치 무슨 거창한 늙은 짐승이 아가리를 쩍 벌리고 포효를 하는 듯한 그런 울림이었다. 울림이 크고 깊었다. 처음은 그런 울림이더니 차츰 잦아들어 끝머리에 가서는 마치 사람의 흐느낌처럼 떨리면서 은은하게 여운을 남기는 것이었다.

심명술은 버르르 몸을 떨었다. 전율을 느꼈던 것이다. 다른 사람의 귀에는 어떻게 들리는지 모르지만 분명히 자기의 귀에는 끝머리의 그 흐느끼는 듯한 울림은 낭이의 울음처럼 들렸다.

다시 한번 두들겨 보았다. 궁— 궁— 심명술의 귀에 이번에는 첫머리의 거창한 울림도 다름 아닌 자신의 가슴에 맺힌 응어리가 터져 나오는 소리 같았다. 틀림없이 자기의 원통하고 분한 마음을 소리로 나타낸다면 그런 울림이 될 듯싶었다.

그러고 보니 심명술 자신의 포효와 딸 낭이의 오열이 함께 담긴 징소리가 아니고 무엇인가.

그런 생각이 들자, 심명술은 두 눈에서 자기도 모르게 주르륵 눈물이 흘러내렸다.

징을 만들고 나자, 심명술은 슬그머니 정만갑이 기다려졌다.

징을 만들게 된 것은 동학교도들의 봉기에 심명술 자신의 방식으로 조금이나 보탬이 되도록 하기 위해서였고, 또 옛 친구에 대한 우의를 저버리지 않기 위한 것이기도 했다. 그리고 거기에 낭이의 억울한 죽음에 대한 애비로서의 보복의 의미가 가미된 것이다.

그 세 가지 뜻 가운데서 맨 나중의 딸의 죽음에 대한 보복이 가장 절실하고 간절한 것이라고 할 수 있었다. 만약 딸이 목매어 죽는 그런 끔찍한 일이 일어나지 않았더라면 심명술은 아마도 징을 만들지 않았을 것이다.

딸의 원수를 갚기 위해서는 그 징이 정만갑의 손에 넘어가서 동학교도들의 사기를 돋우기 위해 우렁우렁 끝없이 울려야 하는 것이다. 만일 정만갑이 다시 나타나지 않는다면 그 징은 어쩌면 쓸모가 없는 것이 되어버리고 말지도 몰랐다.

그런데 참 묘한 것은 기다리면 사람이 오지 않는 법이다. 그래서 심명술은 해질녘 때때로 혼자서 그 징을 치며 눈에 눈물을 머금곤 했다.

겨울 추위가 한창인 어느 날 밤 정만갑은 불쑥 찾아왔다. 그를 거의 잊다시피 하고 있던 심명술은 무척이나 반가웠다. 심명술은 정만갑 앞에 우선 징부터 내놓았다. 그리고 딸 낭이의 죽음에 관한 얘기를 늘어놓은 다음,

"내 딸 원수를 좀 갚아주소. 자네가……."

하고 울먹이는 듯한 목소리로 말했다.

"알았네. 음— 그 싸가지 없는 것들이 하나밖에 없는 자네 딸을 앗아가고 말았구만. 천벌을 받을 놈들……."

정만갑도 자못 비분강개를 하는 표정이었다.

호롱불 아래 징을 들고 이모저모 살펴보더니 정만갑은 말했다.

"이 검붉은 얼룩은 뭣이당가?"

"그것은 말이여, 내가 쏟은 피랑게."

"뭐 피?"

"응, 징을 맹글다가 피를 쏟으며 쓰러졌지 뭐여."

"저런……."

"말하자면 그것이 내 혼인 셈이랑게. 그 징을 나 혼자서 새벽으로만 맹글면서 내 원통하고 분하고 슬픈 심정을 온통 그 속에 쏟아 부었는디, 나중에는 피까지 쏟아지더랑게. 그렁께로 그것이 내 혼이 아니고 무엇이겠는가? 안 그런가?"

"맞네, 맞어. 음— 그리고 봉께로 자네 얼굴이 전보다 무척 안 좋아 보이는디……."

"딸이 죽은 뒤로 세상 살맛이 없어졌지 뭐야. 그래서 술로 세월을……."

"알겄당게. 음—"

정만갑은 무겁게 고개를 끄덕였다.

"내 혼이 담긴 그 징을 한번 쳐보랑게. 소리가 어떤가."

정마갑은 징을 들어 올려 주먹으로 한번 두들겼다. 궁— 그 울림이 예사 징과는 현저히 다른 듯해서 정만갑은 절로 눈이 휘둥그레지고 있었다.

이튿날 새벽에 정만갑은 징을 가지고 사라졌는데, 그 며칠 뒤에 마침내 동학교도들의 봉기가 있었다. 고부군수 조병갑의 학정에 맞서서 만석보에서 동학 농민전쟁의 불길을 올린 것이다. 그날이 갑오년, 그러니까 1894년 1월 14일이었다. 동학교도들뿐 아니라 학정에 시달려 원한에 사무친 농민들이 떼를 지어 모여들었다.

초임 때 이미 백성들로부터 심한 원성을 들어온 조병갑은 재차 고부군수로 부임해 오자 백성들의 고혈을 짜내는 수완이 더욱 능숙해져서 이번에는 수리(水利)를 빙자하여 사복(私服)을 채우는 묘안을 생각해 냈다. 동진강 상류에 있는 만석보가 허물어졌음을 알고서 그는 인부 수만 명을 강제로 동원해서 개수(改修) 공사를 시키고, 그해 가을에 수세를 거둬들였다. 농민들로부터 거둬들인 수세미(水稅米)가 근처에 있는 야산인 백산(白山)의 산더미만큼이나 되었다고 한다.

군민들은 수세미에 대한 군수의 불법 착복을 전주에 있는 전라감사 김문현에게 고하고 선처를 애소하기에 이르렀다. 그러나 다 한통속인 감사는 그 청원을 들어주지 않았을 뿐 아니라, 도리어 그 대표들을 잡아 옥에 가두고 말았다.

이에 격분한 고부의 백성들이 전봉준의 지휘하에 일어서게 되었던 것이다.

구름떼처럼 모여든 농민군들 속에서 징소리가 울리기 시작했다. 정만갑이 치는 징소리였다.

궁— 궁— 우르르 우르르—

징소리는 마치 먼 하늘에서 울려오는 천둥소리 같았다. 지금까지 들어봤던 징소리와는 그 울림이 현저히 달라서 사람들은 모두 눈에 놀라는 빛이 떠오르고 있었다.

그 징소리는 농민군의 가슴에 이상스러운 감동과 흥분을 불러일으키기에 충분했다. 전의를 긁어 일으키는 셈이었다.

징소리가 멎자 농민군의 입에서 절로 함성이 터져 나왔다.

"와— 와—"

"가자— 가자—"

"조병갑을 잡으러 가자—"

"가자— 와—"

그 함성은 만석보의 얼어붙은 빙판을 뒤흔들고 황량한 들녘으로 퍼져나갔다.

농민군은 만석보의 제방을 끊었다. 그리고 그날 저녁에는 두지(斗池) 시장에 진을 치고서 근처에 거주하는 향집강(鄕執綱)과 동장(洞長)의 집을 습격하여 불을 질러버렸다. 그리고 이튿날 일찍 고부 읍내로 진격해서 군수 조병갑을 잡아 향청(鄕廳)에 구금했다.

성내를 점령한 농민군은 관고(官庫)에 쌓여 있는 곡식을 풀어 굶주리는 백성들에게 나누어 주고, 군고(軍庫)를 열어 병기를 노획했다.

동도대장(東徒大將) 전봉준이 이끄는 동학 농민군이 고부 일대를 장악하고 백산에 주둔하게 되자, 무장(茂長)의 손화중, 남원의 김개남, 태인의 최경화 등도 봉기하게 되었고, 전국 각지의 동학교도들도 들썩거리기에 이르렀다.

전라감사 김문현은 처음에는 전봉준을 암살하려고 자객을 보냈으나 실패로 돌아가자, 마침내 동학 농민국의 정벌을 위해 휘하의 영군(營軍) 사천 명을 출동시켰다. 농민군과 영군이 처음으로 황토현에서 맞부딪쳐 싸운 것이 그해 4월 7일이었다. 그 황토현 접전에서 농민군에게 영군이 패하여 수많은 사상자를 내고 도주를 하고 말았다.

영군을 무찌른 농민군의 기세는 충천하여 이십 일 후인 4월 28일에는 전주성을 손에 넣게 되었다. 그러나 십 일 후인 5월 8일에는 조정에서 급파한 관군에게 도로 전주성을 비워주게 되고 말았다.

6월로 들어서면서 청국군과 일본군 사이에 전운이 감돌게 되었다. 전봉준은 기회는 이때다 하고 마침내 그의 숙원인 북상작전 준비에 착수했다. 전주성을 재차 손에 넣은 뒤 척왜척양(斥倭斥洋)이라는 기치를 들고서 일본군을 내몰기 위해 한양을 향해서 진격을 개시한 것은 그해 9월 하순이었다.

동학 북상군(北上軍)은 중도에 관군의 근거지인 공주성을 공략하였으나 실패로 돌아가 일단 논산으로 후퇴했다. 그곳에서 전열을 가다듬어 11월 3일에 다시 북상을 개시했는데, 관군의 요격을 만나 칠팔 일 동안 혈투를 거듭한 끝에 마침내 우금치에서 관군과 일본군에게 협공을 당하여 걷잡을 수 없이 무너지고 말았다.

살아남은 동학군은 남쪽으로 후퇴하여 금구, 태인 등지에서 최후의 저항을 시도했으나 관군의 기세를 당할 길이 없어 마침내 사방으로 흩어지고 말았다.

전봉준은 최후까지 싸우려는 결심을 하고 순창 지방으로 피신해서 몇 사람의 동지와 후일의 재기를 꾀하다가 배신자의 밀고로 마침내 그해 12월에 붙들리는 몸이 되고 말았다. 한양으로 압송된 전봉준은 이듬해 3월에 사형 집행을 당하여 동학 농민전쟁은 막을 내렸다.

싸움이 계속되는 동안 그 징은 곳곳에서 울렸다. 정만갑이 징잡이가 되어 군사들의 사기를 돋우어 댔던 것이다.

그런데 싸움에 패한 동학군이 남쪽으로 후퇴를 거듭하던 어느 날 밤, 정만갑은 놀라운 사실을 겪었다. 어느 집 헛간에서 잠을 자고 있는데, 잠결에 무슨 울음소리가 나는 듯해서 부스스 눈을 떴다. 어둠 속에 정신을 차리고 보니 곁에 놓아둔 징이 혼자서 저절로 울리고 있는 것이 아닌가.

우릉 우르릉…… 우릉 우르릉…… 그 울림이 영락없는 사람의 오열하는 소리 같았다. 정만갑은 놀라 눈이 휘둥그레졌고, 절로 온몸이 버르르 떨렸다.

정만갑은 끝까지 전봉준의 뒤를 좇아 생사를 같이하기로 마음먹고 순창 땅으로 전봉준을 따라 피신을 했다. 그러나 전봉준이 붙들리는 바람에 하마터면 그도 체포될 뻔했으나 용케 그 현장에 없었던 관계로 위기를 모면했다.

정만갑은 걸음아 날 살려가 하고 줄행랑을 쳤다. 도망을 가면서도 그는 그 징만은 소중히 간직했다.

정만갑은 걸음 닿는 대로 남해안의 어느 섬으로 흘러들어 가 그곳에서 몇 해 동안 고기잡이 노릇을 했다.

몇 해가 지나자 정만갑은 처자 생각도 나고, 고향땅도 그리워서 어부 생활을 청산하고 섬을 떠났다. 이미 세상은 많이 달라져서 몇 해 전 동학 난리는 사람들의 머리에서 희미해져 가고 있었다. 관원들도 이제 동학군의 잔도들을 잡을 생각을 하지 않고 있었다. 어지간히 뿌리가 뽑혔던 것이다. 그래서 정만갑은 군산 쪽으로 처자를 찾아가기로 했다.

그런데 고향 땅인 고부가 가까워지자, 그는 심명술을 만나서 징을 그에게 돌려주어야겠다는 생각이 들었다. 몇 해 전 어느 날 밤 혼자서 저절로 울리기까지 하던 신령스런 징이니 자기가 간직하고 싶었으나, 심명술 그 친구의 혼이 담긴 게 틀림없는 듯해서 그에게 돌려주어 자손대대로 가보로 삼도록 하는 게 옳겠다는 생각이 들었던 것이다.

심명술의 집을 찾아갔더니 낯선 젊은 부부가 살고 있었다. 맨 아래 동생이라는 것이었다. 얘기를 들으니 심명술은 몇 해 전에 죽었다는 것이다.

동학 농민전쟁이 일어나 그 군사들이 진격할 때마다 신기한 징소리가 울리게 되자, 그 소문이 관가에까지 퍼져서 그 징을 만든 심명술은 잡혀가는 몸이 되었다. 잡혀간 심명술은 자기가 만든 것은 사실이나, 옛 고향 친구가 부탁을 해서 만들어 주었을 뿐 그것이 무엇에 쓰이는지는 전혀 몰랐다고 끝까지 버티었다. 그래서 허리를 못 쓸 지경으로 곤장을 맞고서 풀려나왔다. 목숨은 부지해서 집에 돌아왔으나, 그렇지 않아도 쇠약해져 있던 몸이 모진 매를 맞아서 견뎌낼 재간이 없었던지 고랑고랑 앓다가 마침내 숨을 거두고 말았다.

그 얘기를 들은 정만갑은 머리에 와 닿는 것이 있어서 혹시나 싶어 심명술이 죽은 날짜가 언제냐고 물어보았다. 갑오년 그해 늦은 가을, 음력으로 시월 초이렛날 한밤중인 자시(子時)라는 대답이었다. 정만갑은 머릿속에서 헤아려 보았다. 아마도 틀림없는 것 같았다.

한밤중에 징이 혼자서 저절로 울린 것이 그해 늦은 가을, 음력으로 시월 초이레쯤 되는 것 같았다.

그 신비한 얘기를 하고서 정만갑은 이게 바로 그 징이라면서 심명술의 동생 내외 앞에 징을 내놓았다. 그리고 말했다.

"이 징에는 틀림없이 형님의 혼이 들어있응께 가보로 생각허고 자손대대로 물리도록 허랑게."

젊은 내외는 놀라 휘둥그레진 눈으로 두려운 듯 징을 내려다보았다.

산장(山莊)의 밤

심 노인의 이야기가 끝났을 때는 방문에 어리고 있던 겨울 오후의 햇살이 어느덧 걷히고 날이 설핏해 오고 있었다.

거의 두 시간가량 이야기를 늘어놓은 심 노인은 피로한 듯 두 눈을 스르르 감았다.

"아버님, 피로허신디 좀 누우시기라우."

며느리 배인실이 말했다.

"그럴꺼나. 여러분헌티 미안헌디…… 그럼 나 좀 실례허겄소."

심 노인은 부스스 자리에 드러누웠다.

"자, 마저 드시기라우."

배인실은 이번에는 현 교수와 월엽, 그리고 연미를 둘러보며 권했다. 심 노인이 이야기를 하는 동안 과일이랑 마실 것을 좀 차려다 놓았던 것이다.

홍시를 하나 집으며 연미가 입을 열었다.

"심명술이라는 분이 참 멋있는 사람이군요."

"멋있다니?"

월엽은 그 말이 얼른 납득이 잘 안 되는 듯 물었다.

"대장간 일이나 하는 사람이라기보다 한마디로 예술가 같잖아요."

"예술가?"

"여러모로 그런 것 같은데요. 장도를 백일이나 걸려서 새벽으로 정성껏 만든 점이랄지, 요강에 꽃과 나비를 새긴 점, 그리고 이 징에 다가 딸에 대한 아버지로서의 한 맺힌 애정을 쏟아 부은 점 같은 게 예술가 기질이라고 할 수 있지 않겠어요. 상품을 만들었다기보다 자기 작품을 만들었다고 할 수 있죠."

"나는 한마디로 비극적인 운명을 타고난 사람 같은디……."

월엽의 말을 받아 현중하가 입을 뗐다.

"비극적인 사람임엔 틀림없고, 또 예술가 기질도 많이 타고난 것 같애요. 그리고 거기다가 덧붙인다면 자유주의자인 셈이고, 평화주의자라고도 할 수 있고…… 물론 심명술 그분이 의식적으로 자유와 평화를 내세운 것은 아니지만, 그 천성이 그렇게 타고난 것 같단 말이죠. 가령 한양에서 병기를 만드는 군기사에 오래 근무하지 못한 원인을 살펴볼 때 그렇거든요. 그 원인을 두 가지로 볼 수 있는데, 첫째는 시간에 얽매여야 하고 윗사람의 눈치를 봐야 하는 게 싫었고, 둘째는 창이나 칼을 만드는 일에 정이 붙지 않는 것이죠. 그게 바로 자유분방한 생활을 좋아하고, 무기보다는 호미나 괭이 같은 농기구나 요강 같은 물건을 만드는 걸 좋아한 평화 지향적인 성격 탓이었다 그거죠."

현 교수의 성격 분석에다가 연미가 한마디 덧붙였다.

"창과 칼을 만들어 달라는 정만갑의 부탁을 거절하고 징을 만들어 준 것도 결국 그런 성격 때문이라고 할 수 있죠."

"맞어, 맞어."

심명술의 인간형에 대해서 연미는 재치 있게 한 가지를 더 덧붙여 말했다.

"그리고 그분은 아주 병적일 정도로 순정형의 사람이기도 하고요. 첫사랑이었으며 첫 아내였던 여자를 잊지 못해서 다른 많은 여자에겐 정을 붙이지 못한 점이 순정형이라도 보통 순정형이 아니잖아요. 본처 말고 여섯 명이나 되는 여자가 거쳐 갔는데도 말이에요."

그러자 아랫목에 누워 있던 심 노인이 불쑥 입을 열었다.

"그것이 다 팔자랑게. 우리 백부님이지만, 팔자를 기박하게 타고 난 분이지 뭐여. 안 그런가? 본처도 일찍 죽고, 딸도 목매어 죽고, 결국 당신도 병들어 매 맞아 돌아가셨으니 말이여. 그보다 더 기박한 팔자도 드물 것이랑게."

"맞어라우."

월엽이 동감이라는 듯이 가만가만 고개를 끄덕였다. 심 노인은 말을 이었다.

"남자란 조강지처하고 평생 해로를 허는 것이 뭐니 뭐니 해도 제일가는 복이여. 여자를 많이 거느렸다는 것은 그만큼 복이 없었다는 뜻이랑게. 일곱이나 거쳐 갔다면 그것이 보통 일이겄어. 정신 시끄러워도 이만저만 시끄러운 게 아니었을 것 아니여. 좌우간 복을 지지리도 못 타고난 분이었당게."

그 말이 결론인 듯 아무도 더 그에 대해 입을 떼지 않았다.

현중하가 손목시계를 보았다. 네 시가 조금 지나 있었다.

"바깥에 차가 와 있겠는데……."

혼자 중얼거리듯이 말하자,

"제가 나가 보고 올게요."

연미가 얼른 자리에서 일어나 밖으로 나갔다.

그러자 월엽이 일을 서둘러야 되겠다 싶어 심 노인에게 말을 꺼냈다.

"고모부님, 그럼 어떻게 헐거라우? 이 징을……."

심 노인은 부스스 자리에서 일어났다. 잠시 누워 있어서 그런 대로 약간 피로가 풀린 듯한 안색이었다.

"가져가랑게. 내가 말했잖았어. 어젯밤 꿈에 우리 백부 되시는 어른이 징을 들고 나타나서 오늘 누가 찾아올 것잉께 그 사람헌티 이 징을 주라고 말이여."

"오메, 당장 지금 주시는 기라우?"

"허허, 그것 주는디 무슨 절차가 필요허당가? 절차가 필요허다면 자 내가 이렇게 내 손으로……."

그러면서 심 노인은 방바닥에 놓인 징을 두 손으로 들었다.

"누구헌티 주지? 교수헌티 줘야 쓰겄지? 학교 박물관에 갖다놓는당께."

"예, 그러시기라우."

"자, 교수, 받으시랑게."

현중하는 너무나 일이 수월하게 되어 기분이 매우 좋으면서도 한편 고맙고 송구스러워서,

"아이고 이거 정말 감사합니다. 감사합니다."

곧장 고개를 꾸벅이며 그 징을 두 손으로 받았다.

"차가 와 있어요."

연미가 들어왔다. 징의 인계인수를 하는 것 같아 두 눈에 반짝 기쁜 빛이 떠올랐다.

징을 받아 옆에 놓으며 현중하가 말했다.

"노인장께서 가보와 다름없는 소중한 징을 이렇게 선뜻 내주셔서 정말 고맙습니다. 그러나 그냥 가져가는 것이 아닙니다. 우선 제가 보관하는 것으로 아시면 됩니다. 학교에 민속박물관 이 개관되어 그곳에 진열되면, 아니 그 전에 학교에 청구를 해서 응분의 대가를 지불하겠습니다."

"대가라니, 무슨 그런 소릴…… 우리 집안의 징을 서울의 대학교 박물관에 갖다가 진열해 주는 것만도 고마운디, 대가라니 당치도 않당게."

심 노인은 너불너불한 허연 수염을 쓰다듬어 내렸다.

"아닙니다. 제 맘대로 하는 것이 아니라, 그렇게 학교에서 집행을 하는 것이니까요."

그러자 월엽도 한마디 끼어들었다.

"세상에 공짜가 어디 있어라우. 학교에서 주는 것이랑께 받으셔야지라우. 될 수 있는 대로 많이 달라고 그러시랑게요."

방 안에 웃음이 넘쳤다.

현중하는 연미에게서 볼펜과 종이를 얻어 징을 자기가 받아 가서 보관한다는 보관증을 썼다. 그리고 그것을 심 노인에게 건넸다.

"이것이 뭣이랑가?"

"보관증입니다. 제가 이 징을 학교 박물관에 진열할 때까지 보관하고 있다는 증서지요."

"교수, 이런 것 필요없당게."

"아닙니다. 그래도 가지고 계십시오. 나중에 대가를 지불받은 다음에는 없애버려도 상관없습니다."

월엽이 또 끼어들었다.

"교수님 말이 맞어라우. 잘 보관하고 계시랑게요."

"허, 그것 참……."

마지못한 듯 심 노인은 멋쩍은 표정을 지으며 그것을 조끼주머니에다가 넣었다.

일이 끝나자 현중하는 다시 손목시계를 한번 보고 나서, 오늘 감명 깊은 이야기를 들었고, 또 소중한 징까지 받아 가지고 가게 되어 정말 고맙다는 인사를 심 노인에게 정중하게 드리고서 자리에서 일어났다.

월엽과 연미도 따라 일어났다. 징은 연미가 들었다.

그러자 배인실과 심 노인이 섭섭한 듯 만류를 했다. 참으로 뜻밖에 몇십 년 만에 찾아왔는데, 하룻밤 자고 가야지, 이렇게 떠나면 쓰겠느냐고 진심으로 안타까워했다. 그러나 월엽은 현 교수까지 동행이기 때문에 떠나지 않을 도리가 없었다.

징을 든 연미가 차에 오르자, 운전사는 웬 징인가 하고 무척 호기심이 동하는 듯 곧장 그 징을 힐끗힐끗 바라보았다.

"인제 장수의 절로 돌아가시는기라우?"

운전사가 뒷좌석에 앉은 월엽을 돌아보며 물었다.

"어떻게 허시겠어요?"

월엽은 옆에 앉은 현중하에게 그 의향을 타진했다.

"어떻게 할까……. 여기서도 서울 가는 고속버스가 있는지 모르겠는데……."

현중하는 또 손목시계를 보며 망설였다. 그러자 운전사가 말했다.

"있어라우. 저녁 여덟시까지 있당게요."

"그럼 시간은 충분하군."

현중하가 서울로 돌아갈 의향을 비치자 대뜸 연미가 반발이라도 하듯 입을 열었다.

"안 돼요, 돌아가시면…… 돌아가시더라도 내일 돌아가세요."

"그럼 또 장수의 절까지 가잔 말인가?"

거기까지 또 가기는 싫다는 의사인 것 같아서 월엽이 말했다.

"좋아라우. 그럼 여기꺼지 오신 짐에 내장산 구경이나 허고 가시기라우. 내장산은 여기서 가까웅께 오늘밤은 거기 가서 주무시고……."

"그래요, 선생님. 오늘밤은 내장산에서 자고, 내일은 동학혁명 전적지를 한번 둘러보도록 해요. 황토현에는 기념탑도 세워져 있다더군요. 그리고 서울로 돌아가시면 되잖아요."

"그럴까. 그거 좋겠는데……."

현중하는 고개를 끄덕였다.

차는 시내를 빠져나가 내장산을 향해 달리기 시작했다. 짧은 겨울 해가 어느덧 서산 위로 기울어 저녁놀이 서서히 서리고 있었다.

겨울이고, 주말도 아니어서 국립공원인 내장산이지만 찾아가는 행락객이 거의 없어서 차는 속력을 다해서 경쾌하게 질주했다.

"내장산은 아무래도 가을 단풍철이라야 구경헐 만헌디."

월엽이 혼자 중얼거리듯 말하며 현중하를 돌아보았다.

그 말에 현중하는 이십여 년 전 설악산에서의 우연한 재회가 생각나서 약간 농담기가 있는 그런 어조로 말했다.

"내장산뿐 아니라, 설악산도 가을 단풍철이 좋잖아요. 그때도 단풍이 한창이었죠?"

월엽은 살짝 고개를 떨구며 대답이 없었다.

"여행은 가을이 제일이죠. 그러나 겨울 여행도 색다른 정취가 있어요. 적막하게 착 가라앉은 정취라고나 할까요."

그러자 연미가 뒤를 돌아보지도 않고 가만히 앉은 채 불쑥 말했다.

"겨울 여행은 바다로 가는 게 좋아요. 겨울 바다가 얼마나 좋다구요."

이번에는 운전사가 한마디 끼어들었다.

"겨울에 바다에 가서 해수욕을 허는기라우? 추운디……."

연미는 하하, 웃을 뿐 그런 말 따위는 아예 싹 묵살을 해버렸다.

내장산에 도착하자 월엽은 장급인 여관에 들어가 객실 세 개의 숙박비를 지불했다. 하나는 현중하의 방이고, 하나는 운전사의 것, 또 한 개는 자기네 모녀의 하룻밤 잠자리였다. 이 층이었다. 각자의 방에 들어가 좀 쉰 다음, 저녁 식사를 하러 같이 나갔다. 여관 아래층에도 식당이 있었으나, 겨울철이라 손님이 적어서 그런지 개점휴업 상태였다.

밖으로 나가 식당가를 찾아가니 대부분 장사를 하고 있었다. 한식집으로 들어가 각자 입맛대로 주문해서 저녁을 먹었다. 식사를 하는 동안 거의 말이 없었다.

어쩐지 분위기가 서먹하고 무거워서 운전사가 연미를 향해 입을 열었다.

"아까 그 징은 어떻게 된 것인기라우?"

"얘기를 하면 길지요. 좌우간 그 징 때문에 정읍까지 왔지 뭐예요."

"아, 그래라우. 그럼 보통 징이 아닌개빈디……."

"보통 징이 아니죠. 동학혁명 때 만들어진 징이래요."

"동학혁명? 동학란 말이지라우?"

운전사의 귀에 동학혁명이라는 말은 생소한 모양이었다.

"예 맞아요."

"그때 맹근 징이라면 혹시 전봉준이가 친 것이 아닌지 모르겠네요."

"얘기를 들으니까 그런 건 아니고요. 치기는 정만갑이라는 사람이 쳤는데, 동학군들의 사기를 돋우기 위해서 친 징이라 그래요."

"오메, 기똥차는 징이요 잉?"

"허허허……."

현중하는 절로 웃음이 나왔다. 그 어투가 너무 재미있었던 것이다.

연미가 그 어투를 흉내 내어 말을 이었다.

"그래서 기똥차기도 하지만, 더 기똥차는 것은 그 징을 만든 사람의 이야기예요. 꼭 무슨 전설 같다니까요."

"뭐 어떻게 맹글었는디 전설 같은기라우? 얘기가 재미있겠는디……."

"얘기가 긴데, 간단히 줄여서 말하면, 심명술이라는 분이 자기 딸의 원수를 갚기 위해서 그 징을 만들었어요. 자기 딸이 관군의 여러 놈한테 한꺼번에 몸을 버리는 바람에 자살을 했거든요. 그래서 그 아버지가 딸의 원한을 풀어주기 위해 그 징에다가 자기의 있는 정성을 다 쏟아서 만들었다는 거예요. 말하자면 혼을 쏟아 부은 셈이죠.

그분도 결국 관가에 붙들려가 맞고 병이 들어 죽었는데, 죽는 그 시각에 그 징이 저절로 혼자서 울리더라는 겁니다. 기똥차는 징이죠?"

"맞네요. 그것이 사실이라면 정말 기똥차고도 남는 징인디…… 꼭 전설 같으네요."

"그렇죠?"

"테레비의 전설의 고향 프로에 한번 방영했으면 아주 쓰겠는 디……."

그 말에 모두 웃었다.

식사를 마치고 여관의 자기 방으로 돌아온 현중하는 이부자리를 깔고 누웠다. 아직 초저녁이니 벌써 잠을 자려는 것은 아니었다. 좀 피로해서 누워 있고 싶었던 것이다.

얼마나 지났을까. 방문에 똑똑…… 노크소리가 났다.

"누구요?"

"선생님, 저예요. 들어가도 되죠?"

연미의 목소리였다.

"응, 들어오라구."

방문을 열고 들어온 연미는 앉을 생각을 안 하고 그대로 선 채 누워 있는 현 교수를 내려다보며 말했다.

"벌써 주무실려고 그래요?"

"아니."

"저하고 놀러 나가요."

"어디로? 이 밤중에……."

"관광지에 와서 저녁만 먹고 그냥 잠이나 잔다는 것은 너무 멋없잖아요."

"어디로 가지?"

현중하는 부스스 자리에서 일어나 앉았다.

"어서 일어서세요. 제가 옷을 입혀 드릴게요."

그러면서 연미는 벗어 걸어놓은 현 교수의 상의를 벗겨 두 손으로 들고 서 있었다.

피로가 약간 가신 듯해서 현중하는 성큼 일어섰다.

여관을 나서자 싸늘한 밤공기가 목줄기를 휘감아 왔다. 연미는 파카의 깃을 세웠다.

조금 걸어가다가 연미는 현 교수에게로 바싹 다가붙으며 한쪽 팔을 끼면서 말했다.

"이래도 괜찮죠?"

"그래, 아무도 보는 사람이 없으니까."

"누가 봐도 난 상관없단 말이에요. 아시겠어요?"

"허허허…… 누가 보면 곤란하지."

"왜 곤란해요? 곤란할 것 아무것도 없다구요. 남자와 여자가 팔을 끼는데 뭣이 나빠요? 안 그래요?"

"그런가……."

두 사람은 틀림없는 연인 사이처럼 팔을 끼고서 다정스레 걸어갔다.

아무도 보는 사람이 없는 것이 아니라, 가만히 두 사람을 숨어서 지켜보듯 바라보고 있는 눈이 있었다. 월엽이었다.

월엽은 연미가 아무 말도 없이 파카를 입고서 방을 나가자, 어딜 가는가 싶었다. 대수롭지 않게 생각하다가, 현중하가 혼자 들어 있는 옆방으로 가서 노크를 하는 듯해서 그때부터 절로 신경이 곤두

섰다. 방문을 열고 연미가 그 방으로 들어가는 듯하더니 곧 둘이서 방을 나와 계단을 내려가는 기척이 났다. 어딜 가는가 싶어 월엽은 얼른 일어나 창문에 드리워진 커튼을 살짝 조금만 걷고서 바깥을 내다보았다. 가로등이 여기저기 켜져 있어서 바깥은 밝았다.

그런데 여관을 나서 조금 가다가 놀랍게도 연미가 현중하의 팔을 끼는 것이 아닌가. 그래도 현중하는 그것을 뿌리치질 않았다. 자연스럽게 팔을 끼고서 걸어가는 두 사람의 뒷모습을 바라보며 월엽은 절로 입이 딱 벌어지고 말았다.

아무리 연미와 팔을 끼고서 나란히 걷고는 있었지만 어두운 밤인 데다가 추워서 도무지 산책을 할 기분이 나지가 않아 현중하는,

"어디 들어가지."

하고 말했다. 다방에 들어가 차나 한잔 하고 싶었다.

그런데 연미는,

"나 맥주 사주세요. 오늘밤 취하고 싶어요."

이렇게 말했다.

"그럴까……."

현중하는 별로 내키지 않았으나 '오늘밤 취하고 싶어요.'라는 연미의 말이 묘하게 싫지가 않아서 다방 대신 카페를 찾아들어 갔다.

카페 안은 한산했다. 감미로우면서도 경쾌한 팝송이 흐르고 있었고, 몇몇 대학생인 듯한 남녀가 칵테일을 마시며 담소를 하고 있을 뿐이었다.

한쪽 호젓한 자리에 가서 마주앉은 현중하와 연미는 맥주에 마른 오징어와 땅콩을 시켰다.

술과 안주가 오자 연미는 현 교수의 컵에 맥주를 따르고 나서,

"제 잔에도 따라주세요."

하고 맥주병을 현 교수에게 건넸다.

"따라주지."

현중하는 싱글 웃으며 연미의 컵에 거품이 조금 넘칠 만큼 따라주었다.

연미는 컵을 갖다가 현 교수의 컵에 착착 하고 부딪쳤다. 그리고 나직한 목소리로 말했다.

"오늘밤엔 사제지간이 아니에요. 알겠어요?"

"그럼 뭐야?"

"몰라서 물으세요?"

"모르겠는데……."

"바보."

"허허허……."

"자, 어서 맥주나 드세요. 술기운이 오르면 절로 아시게 될 거예요."

그러면서 연미는 서슴없이 컵을 입으로 가져가 제법 꿀컥꿀컥 마셨다.

혈압 관계로 술을 삼가해 오는 현중하도 여행 중인데다가 갓 스물을 넘은 신선미가 넘치는 여제자가 꽤나 야릇하게 여자 냄새를 풍기며 접근해 오고 있는 터이라 안 마실 수가 없어서 벌컥벌컥 두어 모금 넘겼다.

현중하와 연미가 둘이서 술을 마시기는 이것이 두 번째인 셈이었다. 며칠 전 전주에 내려 마중 나온 연미와 점심을 먹으면서 모주라는 것을 마셨다. 그러나 그때는 점심이 위주여서 단둘이의 술자리라고는 할 수 없었다.

마른 오징어를 씹으면서 현중하가 말했다.

"나는 오징어를 먹을 때마다 향수 같은 것을 느낀다구."

"그래요? 고향이 바닷가이신 모양이죠?"

"그래서가 아니라, 우리 젊은 시절엔 으레 술안주로 오징어를 씹었거든. 막걸리에 오징어, 그것이 그 무렵 청춘의 대명사라고 할 수 있었지. 그때는 오징어가 형편없이 쌌단 말이야."

마른 오징어 이야기에서 요즘 젊은이들이 즐겨 찾는 안주나 음식 이야기로 화제가 옮겨갔다가 그것이 바닥을 드러내자 잠시 말없이 맥주를 홀짝거리며 현중하는 향수를 만끽하려는 듯 오징어를 씹어댔고, 연미는 땅콩을 바스락바스락 깨물었다. 그러다가 연미는 별안간 조금 진지해지며 불쑥 징에 관한 얘기를 꺼냈다.

"그 징 말이에요 진짜 가치가 있는 걸까요? 역사와 철학이 담겼다고 할 수 있느냐 그 말이에요. 제 생각에는 어쩐지 기대에 어긋난 것 같은 느낌이거든요."

"어째서?"

현중하도 화제가 이제 제대로 방향을 잡았다는 그런 표정을 지었다.

"왜냐하면 말이에요 그 징이 동학혁명의 현장에서 농민군의 사기를 돋우는 데는 많은 역할을 한 것 같은데, 그것을 만든 동기가 아무래도 좀 약하다 그거예요. 그 심명술이라는 사람이 동학혁명의 당위성을 절실히 인식한 것 같지가 않단 말이에요. 자기의 딸이 그런 꼴을 당해서 자살을 하지 않았다면 그 징을 그렇게 정성을 들여 피까지 쏟아가며 만들지는 않았을 것이니까, 징을 만든 동기가 일차적으로 동학혁명을 위해서라기보다 사적인 복수심에서였거든요."

현중하는 연미의 논조가 제법 명석하다고 생각하며 고개를 끄덕였다. 그리고 입을 열었다.

"연미의 말이 맞아. 그 징은 동학혁명 자체를 위해서 만들어진 것이라기보다 한 개인의 원한이 동기가 되어 빚어진 게 사실이지. 그러나 그렇다고 해서 그 징이 가치가 떨어진다고는 나는 생각하지 않아. 왜냐하면 그 징에는 한 개인의 그 시대에 대한 사무치는 분노가 들어 있다고 볼 수가 있어. 딸의 자살이 영군 졸개들의 집단강간 때문이었거든. 명색이 나라를 지키는 군사들이 아무 죄 없는 백성의 딸을, 그것도 열여섯 살짜리 어린 처녀를 그 지경으로 만들어버린 그런 횡포란 곧 그 시대가 어떤 시대였다는 것을 단적으로 말해 주거든. 그런 시대에 대한 선량한 한 백성의 억울하고 분한 심정이 그 징에 담겨 있단 말이야. 그것은 결코 작은 것이라고 할 수가 없어. 상징적인 의미가 있지. 아무리 큰 것도 결국은 작은 것의 집합이야. 동학혁명이라는 그 시대를 뒤흔든 사건도 한 사람 한 사람의 억울함이 분노가 되어 큰 덩어리로 터져 나온 것이라고 볼 수 있잖아."

연미는 말없이 수긍하는 눈빛으로 현 교수를 바라보다가 맥주 컵을 들어 꿀꺽 한 모금 마셨다.

"그리고 말이야 나는 그 심명술이라는 사람에게 무한한 애정을 느낀다구. 정만갑 쪽보다 오히려 나를 감동시키는 데가 있어. 정만갑은 반항의 기질을 타고난 사람 같애. 그래서 동학교도들을 농민전쟁 쪽으로 몰고 가는 데 발 벗고 나선, 요즘 흔히 말하는 투사형의 사람이지. 그러나 심명술은……."

잠시 말을 멈추고 현중하는 맥주로 목을 축였다.

"심명술은 정만갑과는 대조적인 사람이라고 할 수 있지. 투쟁과는 거리가 먼 사람이거든. 그가 한양에서 군기사에 근무하다가 창과 칼 같은 병기를 만드는 일에 정이 안 붙어서 그만둔 얘기랄지, 또 고향으로 돌아와서 전에 하던 농기구 제작을 포기하고 유기 쪽으로 직종을 바꾼 점 같은 것은 보통 사람이 취하기 어려운 태도거든. 창이나 칼을 만들면서 늘 머릿속에 살인 아닌 살인을 생각하는 게 싫어서 그만두었다든지, 좁은 한 고장에서 농기구를 두 사람이 제작해서 서로 많이 팔려고 아웅다웅한다는 것은 남 보기에 좋은 일이 아니라는 생각에서 오래 몸에 익은 종목을 스스로 다른 종목으로 바꾼다는 것은 대단히 선량한 심성이 아니고는 할 수 없는 일이지."

"그래요. 그 얘기는 저도 속으로 감동했어요."

연미도 전적으로 동감인 모양이었다.

현중하는 주기가 약간 오르자 담배를 꺼내어 한 개비 피워 물고 천천히 말을 이었다.

"그리고 그 사람은 또 유머도 있는 사람이거든. 놋요강에다가 꽃과 나비를 새겨가지고 그것만 가지고서 마을마다 '꽃요강이요, 꽃요강.' 하고 외치며 팔러 다닌다는 것은 퍽 해학적이란 말이야. 낙천적이기도 하고…… 안 그래?"

"맞아요. 그리고 저는 무엇보다도 그 사람의 훌륭한 점은 철저한 장인정신이라고 생각해요. 그런 꽃요강을 만들어도 대량생산보다는 마치 자기 작품인 듯 정성껏 만들어서 싸게는 안 판 그 정신이 아주 값진 것이라는 생각이 들어요. 그런 장인정신이 마침내 그 징을 만들어낸 거죠. 일을 하다가 피를 토하면서 쓰러지기까지 했으니까요. 정말 그 징 속에 자기의 혼을 쏟아 부었다고 할 수 있죠."

"좋은 지적을 했어. 예조좌랑인가 하는 어린 시절의 친구를 위해서 장도 하나를 백일이나 걸려 새벽으로만 만들었다는 것도 보통 사람으로서는 도저히 할 수 없는 놀라운 정성이지."

"맞아요. 친구에 대한 우정도 각별한 데가 있는 것 같애요."

"심명술 그 사람을 한마디로 말하면 뛰어난 보통 백성이었다고 할 수 있을 거야. 평화를 사랑하고 자유를 누리며 살아가려는 보통 백성이긴 하지만, 남다른 데가 있으니 말이야."

"뛰어난 보통 백성…… 그 표현 멋있는데요."

"그 뛰어난 보통 백성이 그 시대에 대한 분노를 징으로 만들어낸 셈이니까 얼마나 값어치가 있어. 안 그래?"

연미는 가만가만 고개를 끄덕이고 나서 말했다.

"그 사람이 숨을 거둘 때 그 징이 저절로 울렸다는 게 사실이라면 정말 신비한 일이에요. 죽은 날짜가 음력으로 시월 초이렛날 밤 자시라고 했으니까, 금년에도 그 시각에 울리는가 한번 지켜볼 거예요. 정말 울린다면……."

말을 하다가 연미는 뚝 그치고, 표정이 묘하게 굳어들었다. 그때 마침 월엽이 카페로 들어서 이쪽으로 다가오고 있었던 것이다.

월엽이 다가오자 현중하도 표정이 어색하게 변했다.

"오메, 맥주를 마시네. 요새 애들은……."

월엽은 연미를 바라보며 못마땅한 듯이 살짝 이맛살을 찌푸렸다. 그리고 어디에 앉을까 싶은 듯 조금 망설였다.

네 사람이 앉을 수 있는 테이블이어서 현중하 옆에도 좌석이 하나 비어 있었고, 연미 옆에도 비어 있었다.

"여기 앉아도 괜찮지라우?"

월엽은 살짝 미소를 지으며 조용히 현중하 옆 좌석에 앉았다.

"괜찮고말고요."

현중하의 어색하던 표정에 웃음이 떠오르고 있었다.

연미는 몹시 기분이 언짢은 듯 온통 얼굴을 일그러뜨리며 그만 고개를 떨구었다. 현 교수 옆에 앉은 엄마가 몹시 보기 역겹다는 그런 기색이었다.

현중하는 연미의 태도가 보기에 민망스러웠으나 애써 아무렇지도 않은 척하며 월엽에게 물었다.

"여기 있는 줄 어떻게 알았어요?"

"다 아는 재주가 있당게요. 왜요? 제가 온 게 싫으신기라우?"

"싫다니요. 그런 게 아니라……."

좌석이 한층 더 어색한 분위기에 휩싸였다. 월엽이 불쑥 내뱉듯이 말했다.

"오늘밤 나도 술을 한잔 하겠어라우. 맥주 한잔 따라주시랑게요."

현중하는 약간 당황하면서도 카운터 쪽을 향해 컵을 한 개 더 가져오라고 시켰다.

연미가 고개를 들고 어머니를 싸늘한 눈초리로 노려보듯 바라보았다. 그 눈빛에는 놀라움과 증오, 그리고 경멸의 감정이 뒤섞여 있는 듯했다. 승복을 입은 비구니가 술을 마시려 들다니 놀라운 일이면서 또한 경멸감이 들었고, 술을 마시려는 그 심리가 얄미웠던 것이다.

컵이 한 개 앞에 갖다 놓여지자 월엽은 가만히 그 컵을 들었고, 현중하는 맥주를 따랐다. 절반쯤에서 멈추려 하자,

"가득 따라달랑게요."

하고 월엽은 말했다.

　연미는 앞에 놓인 컵을 들어 절반가량 남은 맥주를 꿀컥꿀컥 마셔버리고 벌떡 일어났다. 그리고 성큼성큼 카페를 나가버리는 것이었다.

　"저런 버릇없는 것……."

　월엽은 연미의 뒷모습을 향해 눈을 흘겼다. 그러나 곧 담담한 표정으로 돌아가며 거품이 넘치려는 맥주 컵을 조심스레 탁자 위에 내려놓았다.

　"잔을 비우시랑게요. 제가 한잔 따라드릴 것잉께."

　말없이 현중하는 앞에 놓인 컵을 들어 조금 남은 맥주를 비웠고, 그 컵에 월엽이 새로 가득 채웠다. 그리고 월엽은 자기의 맥주 컵을 들고 연미가 앉았던 자리로 옮겨가서 현중하와 마주보고 앉았다.

　"자, 그럼 한잔합시다."

　약간 주기가 있는 현중하는 자기의 컵을 월엽의 컵에 갖다가 찰칵 부딪쳤다.

　두 사람은 카페에서 단둘이 마주앉아 맥주를 마시게 되자 감회가 새삼스럽지 않을 수 없었다. 주기가 약간 있는 현중하가 먼저 그런 말을 꺼냈다.

　"수선 씨, 정말 뜻밖이지 뭡니까."

　"인연은 어쩔 수 없는 것인개비라우."

　월엽은 나직이 말하며 컵을 입으로 가져가 살짝 한 모금 마셨다.

　"이십 년 전 설악산에서의 일이 생각나는군요."

　"맞아라우."

　"그때는 레스토랑이었죠? 식사를 하면서 맥주를 마셨으니까."

"예."

설악산 얘기가 나오니까 월엽은 이십 몇 년 전 일인데도 약간 수줍어지는 듯한 그런 기색을 떠올렸다. 월엽은 화제를 돌리려는 듯 물었다.

"자녀는 몇이나 두셨능기라우?"

"셋입니다. 아들 하나, 딸 둘."

"마치맞게 두셨네요. 며느리랑 사위는 보셨는가요?"

"사위는 하나 봤죠. 아들은 미국으로 공부하러 가 있고, 막내딸은 작년에 대학을 나와 잡지사에 다니고 있죠."

"행복허시겠어라우."

그렇게 말하는 월엽의 어조는 담담했으나, 어딘지 모르게 얼굴에는 쓸쓸한 빛이 어리고 있었다.

"별로 그렇지도 않아요."

현중하는 나직이 말했다.

맥주를 두어 모금 제법 꿀컥꿀컥 마시고 나서 월엽은 잠시 망설이는 듯하더니 불쑥 입을 열었다.

"여보, 제가 당신헌티 한 가지 할 말이 있어라우."

"뭔데요?"

현중하는 기분이 약간 야릇했다. 월엽이 서슴없이 '여보'니 '당신'이니 하는 말을 입 밖에 내니 말이다.

"저…… 다름이 아니라 연미가 말이지라우 당신하고 남이 아니랑게요. 아시겠어요?"

현중하는 말없이 가만히 월엽을 바라보고만 있었다.

"제 말을 예사로 들으시면 안 되어라우. 남이 아닝게로 앞으로……."

월엽은 말끝을 흐렸다.

현중하는 여전히 아무 말이 없이 약간 표정이 묘하게 일그러지며 컵을 들어 벌컥벌컥 맥주를 넘겼다. 그리고 속으로 옛 애인이었던 여자의 딸이니까 남이 아니라면 아니라고도 할 수 있는 것이겠지. 그러니까 앞으로 스승으로서 품위를 지키라는 경고인가 보다 하고 생각했다.

두 사람이 자리에서 일어선 것은 밤이 꽤나 이슥해서였다. 여관으로 돌아가자 현중하와 월엽은 말없이 각자 자기 방으로 헤어져 들어갔다.

연미는 이부자리 속에 반듯이 누워 눈을 감고 있었다. 그러나 잠이 들지 않았다는 것을 대뜸 알 수가 있었다. 그 얼굴이 긴장이 되어 보였다.

"야 연미야, 일어나 봐. 나하고 얘기 좀 하장게."

월엽은 그 곁에 털썩 주저앉았다.

연미는 못 들은 척하고 그대로 눈을 감은 채 꼼짝도 안 하고 누워 있었다.

"일어나 보랑께."

주기가 꽤 있는 월엽은 서슴없이 이불을 훌렁 들추고 연미를 흔들었다.

"왜 이래. 싫어."

연미는 저쪽으로 발딱 돌아누우며 다시 이불을 끌어올렸다.

"못된 것 같으니, 에미를 뭐로 아는 거여. 할 말이 있어서 일어나랑게 일어나지도 않고 ……."

"할 말이 있으면 해보란 말이야. 들어줄 테니까."

연미는 내쏘듯이 말했다.

월엽은 연미가 괘씸했으나, 도리가 없는 듯 그대로 앉은 채 돌아누운 연미를 향해 말을 꺼냈다.

"너 말이여 아까 봉께로 현 교수님의 팔을 끼고 가더라. 그것이 무슨 짓이냐? 학생이 스승의 팔을 끼는 법도 있다냐?"

"남이사 끼거나 말거나 무슨 상관이야."

"뭣이 어찌여? 남이사 끼거나 말거나? 그것이 에미헌티 허는 소리냐? 어디서 배워 처먹은 말버릇이여. 응?"

어머니의 어투가 꽤나 거칠어지자 연미는 말대꾸를 안 하고 가만히 굳어져 있었다.

"현 교수님이 누군 줄 알고 팔을 끼는 것이여 내가 그저께 밤에 말했잖냐. 남이 아니라고. 그 말을 벌써 잊어뻔졌냐?"

"남이 아니고 그럼 뭐란 말이야? 엄마의 옛날 애인이니까 나한테 뭐가 된다는 거야, 뭐야? 도대체……."

"나무관세음보살—"

월엽의 입에서 한숨처럼 염불이 흘러나왔다. '너의 아버지란 말이여.'라는 말이 목구멍에서 곧 튀어나오려는 것을 꿀컥 삼켰던 것이다.

월엽은 피로했다. 비밀을 밝히기 전에는 그런 간접적인 말로는 아무런 효과가 없겠다 싶어 일어나 옷을 벗었다.

그리고 불을 끄고 잠자리에 들었다. 참으로 오래간만에 술을 마셔서 그런지 월엽은 곧 코까지 살살 골며 잠이 들었다.

어머니가 잠이 든 것을 알자 연미는 살그머니 이불을 들추고 일어났다. 살금살금 발자국소리를 죽여 방문 쪽으로 가서 가만히 문을 열고 복도로 나갔다.

옆방으로 가서 연미는 똑똑 조심스레 노크를 했다. 물론 현중하가 혼자서 자는 방이었다. 안에서 아무 반응이 없었다. 똑똑 다시 좀 세게 노크를 했으나 여전히 조용했다. 연미는 잠시 망설이는 듯 가만히 서 있다가 살짝이 방문을 당겨보았다. 열렸다. 안으로 잠겨 있지 않았던 것이다.

방 안은 어두웠다. 가만가만 방으로 들어간 연미는 스위치를 더듬어 찾아서 불을 켰다. 자고 있던 현중하가 눈을 떴다. 깊이 잠이 들지 않았던 모양이다.

"저예요. 벌써 주무세요?"

그러면서 연미는 현 교수가 누워 있는 이부자리 가까이로 가서 앉았다.

잠을 깬 현중하는 누운 채 연미를 바라보며 말했다.

"밤이 꽤 깊었을 텐데, 잠이 안 오는 모양이지?"

"예. 잠이 안 올 뿐 아니라, 기분이 이상해요."

연미는 이부자리 속에 누워 있는 현 교수를 조금 수줍은 듯한 그런 눈으로 가만히 바라보았다.

"기분이 어떤데?"

"뒤숭숭하다 할까, 이상하게 걷잡을 수가 없어요. 공연히 화가 나기도 하고, 어쩐지 슬퍼지는 것도 같고, 울고 싶기도 하고……."

"사춘기 소녀 같군. 그런 시기는 지났을 텐데……."

"제가 생각해도 제 자신을 잘 알 수가 없어요. 왜 기분이 이런지…… 아무래도 오늘밤에 무슨 일이 일어날 것만 같은 예감이 들기도 하고요."

그게 무슨 뜻이지? 하고 현중하는 물어보려다가 그만두었다. 무슨 일이 일어날 것만 같다는 그 '무슨 일'이라는 게 혹시 자기와의 육체관계를 의미하는 것이 아닌가 하는 생각이 들어 현중하는 속으로 약간 당혹스러웠다.

현중하가 아무 말이 없자, 연미는 스무 살을 갓 넘은 처녀다운 그런 신선하면서도 야릇한 눈매로 현 교수를 쏘아보듯 바라보고 거침없이 뇌까렸다.

"무슨 일이 일어났으면 좋겠어요. 정말, 너무 기분이 이상해요. 못 견디겠어요."

"음—"

연미의 그 야릇한 시선을 피하듯 현중하는 가만히 두 눈을 감았다.

"주무시지 마시라구요. 눈을 뜨세요."

그러면서 연미는 서슴없이 이불 위로 현 교수를 흔들었다.

현중하는 눈을 뜨고 똑바로 연미를 바라보았다. 그녀의 시선은 여전히 신선하면서도 야릇했고, 또 강렬했다. 잠시 가슴이 두근거리는 듯한 긴장감에 싸였던 현중하는 후유— 가만히 더운 숨을 내뱉고 나서 말했다.

"연미, 밤이 깊었는데, 이제 가서 자도록 해."

"싫어요."

연미는 단호히 고개를 내저었다.

잠시 두 사람 사이에 침묵이 흘렀고, 현중하는 가벼운 피로감을 느끼며 다시 눈을 감았다.

연미는 그대로 그 자리에 정물처럼 앉아서 눈을 감은 현중하의 얼굴을 가만히 지켜보고 있었다. 그러다가 윗목에 놓여 있는 징이 눈에 띄자 얼른 일어났다. 가서 그 징을 집어 들고는 주먹으로 쾅! 한 번 쳤다.

궁— 징소리가 방 안에 울려 넘친다. 우르릉 우르릉 우르릉…… 흐느끼는 울음 같은 그 여운이 사라지자 다시 쾅! 친다.

궁— 우르릉 우르릉 우르릉…….

그러자 현중하가 눈을 뜨고 부스스 일어나 앉으며,

"연미, 뭘 하고 있는 거야? 이 밤중에…….."

나무라는 조로 말했다.

"눈 감고 주무실라 그러면 자꾸 칠 거예요."

연미는 그대로 징을 든 채 서서 정색을 하고서 현 교수를 바라보았다.

"그래, 안 잘게. 다른 숙박객들이 자다가 놀라서 깰 거 아냐. 여관방에서 징을 치다니, 한밤중에…….."

현중하의 말에 연미는 말없이 징을 도로 윗목에 놓았다. 그리고 현 교수에게로 다가가며,

"너무 이상하다구요. 허전해서 못 견디겠어요. 저를 안아줘요. 예? 예?"

연미는 그만 현중하의 가슴 속으로 몸을 내던지듯 쓰러졌다.

현중하는 당황했다. 그러나 무의식중에 그는 연미를 가슴 안에 받아들여 두 팔로 싸안고 있었다.

징소리에 잠을 깬 월엽은 어둠 속에서 정신을 가다듬었다. 옆에 누워 자고 있어야 할 연미가 이부자리 속에 없는 것 같았다. 얼른 일

어나 전깃불을 켰다. 아니나 다를까, 연미의 자리는 비어 있었다.

옆방에서 주고받는 목소리가 어렴풋이 들렸다. 월엽은 그쪽 벽으로 바짝 다가가 귀를 곤두세웠다. 남자와 여자의 목소리에 틀림없었다. 그러나 무슨 말을 나누고 있는지 그것까지는 잘 식별이 되지가 않았다.

연미가 옆방의 현중하에게로 가 있는 게 틀림없고, 그 방에서 징소리가 울렸으며, 둘이서 무슨 얘기를 주고받고 있으니, 도대체 어떻게 된 일인지 알 수가 없었으나, 어쨌든 월엽은 놀라지 않을 수 없었다. 자기가 잠든 것을 알고서 연미가 몰래 그 방으로 건너가다니, 어쩌면 큰일 날 일을 저지르려고 그러지나 않았는가 싶어 월엽은 새삼스럽게 정신이 번쩍 드는 느낌이었다.

서로 주고받던 말소리가 그치고 조용하더니, 이번에는 두 사람의 신음소리 비슷한 기척이 들려오질 않는가.

월엽은 깜짝 놀라 후다닥 일어났고, 정신없이 방문을 열고 나가 옆방 문을 똑똑 노크했다. 그리고 방 안의 응답을 기다릴 것도 없이 다짜고짜 왈칵 문을 열어젖혔다. 문은 잠겨 있지가 않아서 활짝 열렸다. 그리고 전깃불도 켜져 있었다.

그런데 이게 정말 무슨 일이란 말인가. 월엽은 그만 눈이 휘둥그레지며,

"오메, 이 일을 어쩐당가."

경악을 금치 못해 절로 입에서 비명에 가까운 그런 소리가 튀어나왔다.

이부자리 위에 현중하와 연미가 부둥켜안고서 뒹굴고 있었던 것이다. 두 사람의 입술이 하나가 되어 있었다. 그런데 연미가 공세를

취하고 있는 듯했고, 현중하가 수세인 것 같았다. 연미가 현중하의 입술을 마구 짓이기고 있는 것이었다.

그러다가 월엽이 뛰어들자 질겁을 하고서 두 사람은 후다닥 떨어져나가며 일어나 앉았다. 다행히도 아직 그들은 옷을 입은 채였다.

"관세음보살, 관세음보살—"

월엽은 너무 놀라서 '나무' 자는 빼고서 정신없이 염불을 뇌까렸다.

월엽은 방바닥에 털썩 주저앉았다.

연미는 너무 놀란 듯 고개를 푹 떨어뜨리고 가늘게 몸을 떨고 있었고, 현중하는 쑥스러워서 어쩔 줄을 모르는 그런 표정으로 조금 웅크리고 앉아 있었다.

월엽은 서슴없이 내뱉었다.

"부녀간에 이것이 무슨 일이랑가."

'부녀간'이라는 말에 연미는 고개를 얼른 들어 어머니를 가만히 바라보았다. 현중하도 그게 무슨 말인가 싶은 듯 약간 어리둥절해지고 있었다.

월엽은 연미를 쏘아보며 말했다.

"아버지란 말이여, 알겠어?"

"어째서 아버지란 말이야?"

연미는 쏘아붙이듯 반문했다. 어머니 자신의 옛 애인이니까 의부(義父)라는 뜻으로 말하는 줄 알았다.

"너의 진짜 아버지는 이 분이란 말이여. 인제 실토헌당께."

"아니 뭐라구?"

연미는 너무나 뜻밖의 말에 입이 벌어질 대로 다 벌어지고 말았다.

그 말에 현중하도 두 눈이 휘둥그레질 대로 휘둥그레졌다.

월엽은 이번에는 현중하를 바라보며 말했다.

"야가 당신 딸이랑게요. 내가 안 그럽띠여. 결코 남이 아니라고. 그때 설악산에서 뱄당게라우. 인제 실토를 허겄는디 죽은 남편은 아이를 못 맹그는 남자였당게요. 정자에 결함이 있어서 말이라우. 이 비밀을 나는 혼자서만 알고 절대로 입 밖에 내지 않을라고 했어라우. 내가 입을 다물고 죽어뻔지면 영원히 아무도 모를 것 아니겄어요. 그것이 연미를 위해서 좋을 것 같다고 생각했지라우. 그런디 일이 이렇게 돼뻔졌네요. 나는 당신을 다시 만나게 될 줄은 정말 꿈에도 몰랐당게요. 며칠 전에 연미가 당신을 모시고 왔을 때 정말 신기한 일이라고 나는 속으로 혼자서 얼매나 놀랬는지 어쩔 수 없는 것이 사람의 인연인 개비라우."

월엽이 얘기하는 동안 현중하와 연미는 마치 넋이 나간 사람처럼 굳어져서 숨도 제대로 쉬지 않는 것 같았다.

"나무관세음보살─ 얘기가 나왔응께 오늘밤 비밀을 다 털어놓겄어라우, 남편이 교통사고를 당해서 죽었는디, 교통사고를 당하는 장면을 내 눈으로 직접 보지는 못했지만, 좌우간 왜 교통사고를 당하게 되었는가 하면…… 이야기가 길어라우."

월엽은 숨을 크게 한번 들이마셨다가 내뿜고는 죽은 남편과의 사이에 있었던 기나긴 사연을 차근차근 늘어놓기 시작했다.

십칠팔 년 동안이나 임신을 못하다가 설악산에서 우연히 현중하와 재회하여 하룻밤을 같이 지내고 돌아와서 임신이 되었다는 얘기가 나왔을 때 싸늘하게 굳어진 표정으로 앉아 듣고 있던 연미는 마치 심한 현기증을 일으켜 실신이라도 하듯 비실 쓰러졌다. 그리고 얼굴을 이불 위에 묻고서 어깨를 들먹이며 가볍게 흐느끼기 시작했다.

연미가 흐느끼기 시작하자 월엽은 잠시 이야기를 그쳤다. 현중하도 무척 곤혹스러운 표정을 지으며 가만히 연미를 바라보았다.

연미는 두 사람의, 다시 말하면 어머니와 진짜 아버지로 밝혀진 현 교수의 시선이 자기에게로 집중되는 것을 느끼자 어떤 형언할 수 없는 감정이 한결 복받쳐 올라 흐느낌이 고조되었다.

그것이 슬픔인지 기쁨인지, 아버지를 연모한 데 대한 부끄러움에서 오는 것인지, 그런 비밀을 지금까지 감추어온 어머니에 대한 원망스러움에서 연유된 것인지 알 수가 없었다. 아마도 그런 것이 다 한데 엉기어 복받치는 울음이라고 할 수 있을 것 같았고, 어쩌면 자기의 기구한 태생에 대한 비애감에서 흐르는 눈물인지도 몰랐다.

그러나 그 울음은 길지 않았다. 잠시 후 흐느낌은 잦아들어 조용해졌다.

월엽은 다시 이야기를 계속해 나갔다. 연미는 그대로 쓰러져 얼굴을 묻은 채 이야기를 듣는지 꼼짝도 하질 않았다.

잉태에 관한 남편의 의심이 시작되어 다시 의처증이 발동해서 부부 사이가 심각한 갈등으로 빠져든 그런 이야기가 월엽의 입에서 나오자 연미는 벌떡 몸을 일으켰다. 약간 비틀거리면서 일어선 연미는 어머니와 아버지를 보지 않으려는 듯 외면한 채 방문을 열고 나가버렸다.

"나무관세음보살—"

그리고 월엽은 이야기를 계속했다.

죽은 남편에 대한 죄책감을 견디지 못해, 그리고 신경쇠약 증세를 고치기 위해서 마침내 돌이 지난 연미를 동생에게 맡기고 출가를 하여 머리를 깎고서 오늘에 이르렀다는 것으로 이야기를 끝맺고서 월엽은,

"이것이 전생의 무슨 업보인지 모르겠어라우."

하고 말했다.

현중하는 아무 말이 없었다. 그저 정신이 멍멍해진 사람처럼 멀뚱히 월엽을 바라보고 있다가,

"나 어지러워요. 누워야겠어요."

하고는 비실 쓰러지듯 이부자리 속으로 묻혔다.

"그럼 주무시기라우. 나무관세음보살—"

월엽도 가만히 자리에서 일어났다.

밤은 이미 자정을 훨씬 지나 있었다.

이튿날 아침잠을 깬 월엽은 연미의 잠자리부터 바라보았다. 연미는 보이지 않았다. 일어나 화장실에 갔거나 아니면 바깥으로 산책을 나갔겠지 하고 예사롭게 생각했다.

간밤에 자정이 넘도록 이야기를 늘어놓느라 좀 몸에 무리가 갔던지 아침인데도 피로가 가시질 않고 나른했다. 한참 이불 속에 그대로 누워 있다가 월엽은 소변이 마려워 부스스 일어났다.

그런데 경대 옆 문갑 위에 웬 쪽지가 한 장 놓여 있는 게 눈에 띄었다. 무심히 그 쪽지를 보니 '어머니께,'라고 쓰여 있질 않는가. 월엽은 얼른 그 쪽지를 집어 들고 펼쳐보았다.

—어머니, 저는 사라집니다. 저를 찾을 생각을 마세요. 다시 어머니 앞에 나타날 날이 있을지 없을지 지금으로서는 알 수가 없군요. 어머니를 원망하지 않겠어요. 아버지는 물론이고요. 그럼 안녕히 계

세요. 연미 올림.

쪽지에는 이렇게 적혀 있었다.

쪽지를 쥔 월엽의 손이 가늘게 떨렸다.

"나무관세음보살—"

월엽은 쪽지를 쥔 채 그 자리에 우두커니 서서 창 쪽을 바라보았다. 창문에 겨울 아침 햇살이 눈부시게 비치고 있었다.

그러나 월엽은 그 햇살이 흐릿한 안개처럼 보였다. 눈에 눈물이 고이고 있었고, 곧 주루룩 뺨을 타고 흘러내렸다.

월엽의 눈에서 눈물이 흐르기는 참으로 오래간만의 일이었다. 출가하여 비구니가 된 뒤로는 처음이었다.

소리 없이 눈물을 추적추적 흘리고 나서 월엽은 콧속이 축축하고 목이 메인 그런 음성으로 중얼중얼 염불을 뇌면서 그 쪽지를 가만히 문갑 위에 도로 놓았다. 그리고 조용히 화장실로 갔다.

세수까지 마치고 한참 동안 앉아서 정식으로 염주를 헤아리며 독경을 한 다음, 월엽은 한결 가라앉은 마음으로 그 쪽지를 들고 옆방의 현중하에게로 갔다.

현중하는 잠이 깨어 있었다. 그러나 그대로 이부자리 속에 누워서 두 눈을 멀뚱히 뜨고 하염없이 천장을 바라보고 있었다. 월엽이 들어와도 일어날 생각을 않고 그저 힐끗 돌아보기만 했다.

월엽은 가만히 그 곁에 앉았다.

"좀 주무셨어라우?"

현중하는 말없이 고개를 조금 끄덕여 보였다.

"연미가 없어졌당게요."

"뭐? 없어지다니?"

그제야 현중하는 놀란 표정을 지으며 몸이 몹시 무거운 듯 부스스 일어나 앉았다.

"이 쪽지를 남겨놓고……."

월엽이 내미는 쪽지를 받아 현중하는 심각한 표정으로 펼쳐 읽어 본다.

다 읽고 난 현중하는 괴로움과 곤혹스러움에 굳어든 그런 얼굴로 잠시 눈의 초점을 그 쪽지 위에 가만히 고정시키고 있다가 말없이 쪽지를 도로 월엽에게 건넸다.

"이 일을 어쩌면 좋을지 모르겠어라우. 여기가 내장산인디 어디로 가뻔졌는지…… 자살을 한 것 같지는 않지라우?"

"그건 아니잖아요. 글 내용이…… 자살을 할 이유가 뭐 있나요."

"나무관세음보살—"

"충격이 너무 커서 어쩔 줄을 몰라 혼자서 여길 떠나간 거예요."

"그럼 가만히 있어 볼 꺼라우?"

"도리가 없죠 뭐."

무거운 신음소리와 함께 현중하는 비실 쓰러지듯 도로 드러누워 버렸다. 그리고 다시 피로가 오는 듯 스르르 두 눈을 감았다.

충격은 연미보다 오히려 현중하가 더 크다고 할 수 있었다.

연미는 죽은 아버지가 친아버지가 아니라, 연모하던 은사가 진짜 아버지라는 바람에 심한 충격을 받기는 했으나, 어쨌든 자기를 낳게 한 아버지를 알게 되었으니 없던 아버지가 생겨난 셈이 아닌가. 충격이 서서히 가시고 나면 오히려 기쁨이 될 수도 있는 문제였다.

물론 그 아버지의 친딸로 행세할 수 있는 떳떳한 처지가 아니어서 또 다른 슬픔이 남기는 하지만 말이다.

그러나 현중하는 꿈에도 생각하지 않았던 자신의 혈육이 하나 난데없이 눈앞에 떨어진 셈이니 어처구니가 없고, 앞으로 이 일을 어떻게 했으면 좋을지 난감한 일이 아닐 수 없었다. 자칫 잘못하면 평온한 자기 가정에 걷잡을 수 없는 파문이 일 것도 같았다.

그리고 월엽과의 사이도 아름다운 옛 추억으로 남는 것이 아니라, 이제는 끊으려야 끊을 수 없는 그런 관계가 되어버린 셈이 아닌가. 두 사람 사이에 피를 나눈 혈육이 있으니 말이다.

늘그막에 괴로움을 떠안게 되었으니 그 충격이 이만저만이 아니었다. 연미의 충격보다 월등히 강도가 세다고 할 수 있었다. 말하자면 내장산에 와서 예기치 않은 벼락을 맞은 격이었다.

현중하는 정오가 가까워질 무렵까지 누워서 자는 둥 마는 둥 이리 뒤척 저리 뒤척 했다. 괴로움과 피로감 때문이었다. 혈압도 간밤에 그 충격적인 얘기를 듣고부터 부쩍 상승된 듯 머리가 무거웠다.

가만히 내버려두는 수밖에 도리가 없기는 했으나, 월엽은 그래도 어미 마음에 초조하고 안타까워서 혹시 운전사가 차로 연미를 정읍으로나 태워다 주지 않았을까 하는 생각이 문득 들어 그의 방으로 가서 물어보았다.

"예, 새벽에 깨우지 않겠어라우, 급히 정읍에 갈 일이 생겼다면서 태워다 달라더랑게요. 그래서 태워다 줬지요."

"무슨 다른 말은 없던기라우?"

"차 안에서 무슨 볼일인디 이렇게 아직 날도 새기 전에 정읍에 나가느냐고 물어도 그저 그럴 일이 있다면서 얘기를 안 허던디라우."

"정읍 어디다 내려줬는디요?"

"뻐스터미널에라우."

"음—"

월엽은 알겠다는 듯이 고개를 끄덕였다. 운전사는 무슨 일인가 싶은 듯 월엽의 표정을 힐끗힐끗 바라보았다.

그 말을 현중하에게 가서 했더니,

"충격이 가라앉으면 다시 나타날 테니 걱정 말고 기다리도록 해요. 그러는 수밖에 없잖아요. 지가 가면 어딜 가겠어. 안 그래요?"

마치 남편이 아내에게 역정을 내어 말하는 투였다.

현중하와 월엽은 아침 겸 점심을 먹고 내장산을 떠났다. 전주까지 가서 그곳에서 현중하는 고속버스로 서울로 올라갔고, 월엽은 자운사로 돌아갔다. 헤어질 때 월엽에게 학교의 전화번호를 적어 주었다.

징의 울음

현중하는 교수실의 창변에 앉아 담배를 피우며 창밖을 내다보고 있었다. 늦가을 오후의 햇살 속으로 노랗게 물든 은행잎이 한잎 두잎 나부껴 떨어지고 있었다.

"어느덧 가을도 깊어가는군. 내일이 음력으로 시월 초이렛날이지."

현중하는 담배 연기를 푸— 내뿜고서 벽에 걸려 있는 달력을 힐끗 보며 혼자 입속말로 중얼거렸다.

음력으로 시월 초이레. 그 날짜를 현중하는 잊어버리고 지나가지 않도록 달력에다가 빨간 동그라미를 쳐서 표시를 해놓은 것이다. 심명술이 숨을 거둔 날이다. 시는 자시(子時). 그러니까 밤 열한 시부터 자정을 지나 한 시까지다. 그 시간에 실제로 그 징이 울리는지 어떤지 확인해 보려고 하고 있는 것이다.

가을에 개관을 할 예정이던 민속박물관은 그동안에 재단 측과 학생들의 대립, 거기에 교수들까지 휘말리게 된 장기간의 분쟁으로 말

미암아 계획대로 공사가 진행되지 못하고, 지금도 중단상태에 놓여 있다. 재단 측의 비리에 얽힌 문제가 원만하게 해결되지 못하는 한, 그리고 학생들의 여러 가지 요구사항이 제대로 받아들여지지 않는 이상 언제 다시 공사가 시작되어 개관을 하게 되는지, 일 년이 연기되어 명년 가을쯤 될지, 이삼 년 뒤로 미루어질지 기약할 수가 없는 그런 상태다.

그래서 학교신문에 광고를 내어 현상 모집한 민속자료의 원고 심사결과도 아직 발표를 못하고 있다. 모든 준비사항이 거의 중단 상태에 들어가 있는 것이다.

그 일에 교수생활의 마지막 보람을 걸었던 현중하는 김이 팍 새버린 것 같아 의욕을 거의 상실해 버렸다. 그러나 정읍에서 가지고 올라온 그 징만은 자기의 방에 소중히 간직하고 있었다.

민속박물관의 개관이 늦어진 데 대해서뿐 아니라, 학교의 돌아가는 상태에 대해서도 현중하는 적지 않은 환멸을 느끼고 있었다. 민주화로 가는 과정에서 학원도 새롭게 태어나기 위해서 한 번은 치러야 할 홍역이라고는 생각하지만, 타협을 모르고 평행선으로만 치달으려는 작태가 한심스럽기 짝이 없었다. 타협이 없이 일방적인 밀어붙이기와 버티기만으로 민주화가 이루어지는 것이 아닐 터인데 말이다.

비단 학교 문제뿐 아니라, 현중하는 친혈육으로 밝혀진 연미의 문제로도 그 뒤로 많은 번뇌를 거듭했다. 학교 문제나 민속박물관 문제 따위는 어쩌면 아무것도 아닌지도 몰랐다. 연미의 문제는 삶의 한복판을 파고든 문제로 너무나 절실하고 무거운 괴로움이었던 것이다.

연미는 내장산에서 그렇게 사라진 뒤로 아무 소식이 없었다. 물론 학교에도 나오지 않았고, 자운사에도 나타나지 않았다. 어디에 가서 무엇을 하고 있는지 도무지 오리무중이었다.

현중하와 월엽은 그 뒤로 만난 적은 없었으나, 때때로 전화로 통화를 하고 있었다.

때르르 때르르…… 전화벨이 울렸다. 현중하는 담배를 재떨이에 비벼 끄고서 수화기를 들었다.

"여보세요, 현중하 교수님 계세요?"

수화기 속에서 여자의 목소리가 가물가물 들렸다.

"난데요."

그러자 잠시 저쪽에서 머뭇거리는 듯하더니 약간 떨리는 것 같은 목소리로 말했다.

"아버지, 저예요."

"누구냐? 영지냐?"

어쩐지 목소리가 좀 이상하다 싶으며 잡지사에 근무하고 있는 딸인가 하고 물었다. 아무 대답이 없었다.

"영은이냐?"

이번에는 출가한 딸인가 싶어서 다시 물었다.

"아버지, 저 연미예요."

"뭐, 연미? 아니…….''

현중하는 깜짝 놀라지 않을 수 없었다. 너무나 뜻밖이었던 것이다. 그동안 어디 가서 무엇을 하고 있는지 전혀 소식을 알 길이 없던 연미로부터 전화가 오다니, 더구나 '아버지'라고 호칭하면서 말이다.

현중하는 두 눈에 핑 눈물이 어리고 있었다.

"아버지, 그동안 별고 없으셨죠?"

연미의 목소리는 이제 담담한 편이었다.

"그래, 난 별 일 없다만…… 도대체 거기가 어디냐? 어떻게 된 영문이지?"

그에 대한 대답은 없었다. 그 대신 연미는,

"아버지, 내일이 음력으로 시월 초이레지요? 알고 계세요?"

하고 물었다.

"그래, 알고 있다."

"학교 민속박물관은 개관을 했나요?"

"아니."

"왜요?"

"학내 사정이 말이 아니었지. 그래서……."

"그럼 그 징은 어디 있어요?"

"내가 보관하고 있지."

"교수실에 보관하고 계세요?"

"그래."

"시는 자시라는 것도 기억하고 계시죠?"

"그래, 기억하고 있지."

"자시면 밤 열한 시부터 한 시까지 두 시간을 말하는 거죠?"

"그렇지."

"내일 그 시간에 아버지는 뭘 하실 거예요? 주무실 거예요?"

"아니, 그 징이 정말 혼자서 울리는지 어떤지 한번 지켜볼려고 그래."

"어디서요?"

"여기 내 방에서."

"알았어요. 아버지. 그럼……."

그리고 전화가 끊겼다.

현중하는 약간 당황했다. 그럼…… 그 다음 말을 듣지 못해 안타까웠다.

연미의 전화를 받고 난 현중하는 기분이 몹시 착잡하고 꽤 흥분도 되어 있었다. 말마다 아버지, 아버지 하고 부른 게 가슴 뿌듯하면서도 눈물겹기도 했다. 어느덧 십 개월이 가까워지고 있으니, 태생의 비밀을 알게 된 그 충격도 이제는 가라앉아 마음의 정리가 된 것같이 느껴졌다.

그런데 어디서 무엇을 하고 있는지는 밝히질 않고, 징이 스스로 울린다는 그 날짜를 기억하고서는 내일로 다가온 그 일에 대해서만 얘기를 한 게 약간 섭섭하기는 했으나, 어쨌든 마지막으로 한 '알았어요, 아버지. 그럼……'이라는 그 말의 여운으로 보아 내일 밤에 연미가 이곳으로 찾아올 게 틀림없다 싶었다.

그런데 연미가 자운사의 어머니한테도 전화를 했는지 어떤지 궁금했다. 곧 현중하는 자운사의 전화번호를 돌렸다.

젊은 여승이 전화를 받았다. 잠시 후에 월엽의 목소리가 수화기 속에서 가물가물 들려왔다.

"아 여보세요. 당신인기라우. 그동안 별일 없었겠지요?"

월엽은 이쪽 목소리를 대뜸 알아차리고 반가워하는 기색이 역력한 그런 어조로 말했다.

두어 달 만의 통화였다. 전화는 주로 월엽 쪽에서 현중하에게 걸려오곤 했다. 용건은 언제나 연미에 관한 얘기였다. 혹시 학교에 모습을 나타내지 않았느냐, 아무 소식도 모르느냐고 묻고는 한숨을 쉬고 나서, 현중하의 건강과 근황을 묻기도 했고, 자기네 절의 행사 이야기를 더러 하기도 했다. 그 어조에는 은연중 현중하에의 그리움이 내비쳤다.

현중하도 간혹 옛날 생각이 날 때면 그녀의 목소리라도 듣고 싶어서 전화를 걸었다. 그러나 전화를 걸고 나면 으레 괴로움이 여운처럼 뒤를 이어서 가급적 먼저 전화 거는 일을 자제해 왔다.

"난 별일 없이 지내고 있어요. 그쪽도 여전하지요?"

"예."

"그런데 말이지 조금 전에 연미한테서 전화가 왔지 뭐요."

"오메, 그래라우?"

월엽의 깜짝 놀라는 기색이 그 목소리에 묻어오는 듯했다.

연미가 어머니에게는 전화를 안 하고 아버지인 자기에게만 했다는 것을 알자 현중하는 심정이 약간 착잡했다. 그렇다면 순전히 그 징이 스스로 울리느냐 어떠냐, 거기에만 관심이 있어서 전화를 한 것으로 볼 수밖에 없었다. 심명술이 숨을 거둔 때가 음력으로 시월 초이렛날 자시라는 것을 기억하고 있다가 그 날짜가 내일로 다가오자 전화를 했고, 그 징이 지금 어디에 있느냐, 스스로 울리는지 어떤지 들어볼 생각이냐고 물은 게 전화 내용의 거의 전부였다고 할 수 있으니 말이다.

그런 말을 월엽에게 전하고서,

"아마 틀림없이 내일 밤에 연미가 학교의 내 방에 나타날 것 같아요."

현중하는 이렇게 말했다.

연미가 내일 밤에 나타날 것 같다는 말에 월엽은 또 한번 놀라는 듯했다. 이번에는 놀라면서 무척 기뻐하는 기색이 전화 목소리를 통해 역력히 전해오는 것 같았다.

"아 그래라우? 그럼 내일 나도 서울로 가겠어라우."

이제 월엽은 현중하에게 '저'라는 말 대신 '나'라는 말을 쓰고 있었다. 연미가 두 사람 사이의 혈육이라는 것을 밝힌 뒤로는 어쩔 수 없이 한 아이의 부모라는 관계에 놓이게 되었으니 스스로 그의 내연의 처로 자처하는 듯했다. 비록 몸은 처의 구실을 하고 있지 않지만, 마음으로나마 그렇게 생각하고 있는 모양이었다.

현중하도 그런 월엽의 마음을 통화를 할 때마다 느끼고 있었고, 또 자기 자신도 그것을 은연중 받아들이고 있었다.

"올라오구려. 오래간만에 얼굴이나 봅시다."

"어디서 만날 거라우?"

"몇 시에 서울에 도착할 수 있나요?"

"확실한 도착 시간은 잘 알 수 없지만, 좌우간 저녁답에는 만날 수 있겠지요. 내가 학교 근처로 찾아갈 꺼라우?"

"에— 내일은 보자— 강의가 오후 네 시에 끝나니까 그 이후엔 언제든지 좋아요. 내 방에서 기다리고 있을 테니까 도착하는 대로 전화를 하구려. 연미는 나타나도 아마 한밤중에 그 징이 울린다는 시간에 찾아오지 않을까 싶어요. 시가 자시니까 밤 열한 시부터 한 시까지."

"알겠어라우. 네 시 이후에 학교 근처에 가서 전화를 할 것잉께 자리 비우지 말고 기다리고 계시요. 잉?"

"그럼요. 염려 말아요. 허허허……."

현중하는 절로 기분이 괜찮은 그런 웃음이 나왔다.

그날 저녁 식탁에서였다. 잡지사에 근무하는 영지는 언제나 집에 돌아오는 시간이 늦어서 아내와 둘이 식사를 하다가 현중하가 불쑥 농담조로 말했다.

"여보 당신 말이야 만약 나한테 아이가 하나 있다면 어떻게 하겠어?"

"그게 무슨 소리예요?"

유혜선은 눈이 휘둥그레지며 현중하를 똑바로 바라보았다.

"바깥에 당신 모르게 낳아놓은 아이가 있다면 말이야."

"아니 그게 정말이에요? 난데없이 그게 무슨 소리죠?"

아내의 표정이 별안간 눈에 띌 정도로 심각해지자, 현중하는 애써 히죽히죽 웃음을 떠올렸다.

"왜 그렇게 심각해지는 거지? 정말 그런 일이 있을까 봐 그래?"

"그럼 난데없이 왜 그런 말을 꺼내는 거예요? 적당히 넘어갈려고 능청 떨지 말아요."

"허허허……."

현중하는 일부러 재미있다는 듯이 시치미를 뚝 떼고 너털웃음을 웃었다.

"당신도 참, 농담과 진담을 그렇게도 구별하지 못해? 센스가 예민한 줄 알았더니 이제 보니까 그게 아니군."

현중하의 말에 유혜선은 여전히 긴장된 표정을 풀지 않고 가만히 바라보고 있었다.

"농담이란 말이야, 농담. 내 얘기가 아니라, 무슨 얘긴가 하면 내 중학교 동기생 하나가 자기 마누라 몰래 바깥에서 아이를 하나 낳았던가 봐. 그 애가 글쎄 대학생이 되도록 감쪽같이 숨겨오다가 이번에 들통이 났다지 뭐야. 그래서 골치가 아파죽겠다면서 이 일을 어떻게 해결하면 좋으냐고 나한테 하소연을 하듯 조언을 구하지 뭐야. 문득 그 생각이 나서 당신 같으면 그런 경우 어떻게 나올려나 싶어서 농담 삼아 내 일처럼 말해 본 거라구. 알겠어? 이 아둔한 사람아."

그제야 유혜선은 의심이 싹 가신 듯 표정이 확 풀리며 히힉 한번 웃기까지 했다. 그리고 말했다.

"난 또 진짜 당신 얘긴가 싶어서 눈앞이 아찔했지 뭐유."

"그 친구 마누라는 이혼을 한다고까지 나온다는데, 당신 같으면 어떻게 하겠어?"

"나도 이혼을 할 거예요. 그런 남자를 남편이라고 믿고 어떻게 산단 말이유. 그동안 속아 살아온 걸 생각하면 분해서 그냥 가만히 이혼해도 안 된다구요. 당신 동기생이라는 그 남자가 뭘 하는 사람인지 모르지만, 그런 남자는 사회에서 매장을 시켜버려야 돼요."

"야, 지독하군. 여자들은 다 그렇게 악발이*('악바리'의 북한어)들인가?"

"어머, 악발이들이라니요. 그게 무슨 소리유? 바깥에서 애를 낳아가지고 대학생이 되도록 본처에게 숨겨온 남자는 그럼 뭔가요? 그건 악발이보다도 훨씬 더한 능구렁이 중에서도 최고 악질 능구렁이라구요. 내 말이 틀려요?"

"어쨌든 이혼이라는 게 그렇게 간단한 것인가? 삼십 년이 넘도록 살을 섞어가며 살던 남편과 육십이 다 돼가는 나이에 이혼을 하다니 말이 돼? 자식들은 어떻게 하고……."

"인제 자식들은 다 컸을 것 아니유. 시집 장가도 보냈을 거고······."

"아무리 시집 장가를 다 보냈다 하더라도 자식들을 봐서라도 그럴 수는 없는 일이지."

"아니에요. 내가 그런 지경을 당했다면 도저히 못 참아요. 이혼은 물론이고, 당신은 대학교수니까 매장시키기도 간단하잖아요. 학교 게시판에다가 커다랗게 써 붙일 거예요. 요즘 '대자보'라는 거 유행이잖아요. 하하하······."

유혜선은 자기가 말해 놓고도 우스운 듯 소리를 내어 웃었다.

"좌우간 지독하군. 당신이 그렇게 악발인 줄은 미처 몰랐다구. 허허허······."

현중하도 억지로 웃는 수밖에 없었다.

식사를 마치고 서재로 들어가서 누워 석간신문을 펼쳤으나 현중하는 도무지 활자가 잘 머리에 들어오질 않았다.

'요즘 대자보라는 거 유행이잖아요.'라는 아내의 말이 현중하의 머리에서 떠나질 않았다. 신문의 큰 활자만 대충 훑어보다가 던져버리고 눈을 감았다.

아내의 그 말이 비록 농담으로 한 말이지만, 결코 농담으로만 흘려버릴 수가 없었다. 실제 상황이 벌어지고 있는 셈이니 말이다.

친구의 일이라고 슬쩍 돌려서 아내의 의심을 풀기는 했지만, 만약 앞으로 그 사실이 아내에게 알려질 경우 아내가 어떤 태도로 나오리라는 것을 알게 되지 않았는가.

대자보까지야 농담이겠지만, 어쨌든 남편을 사회적으로 매장을 시키고서 이혼을 한다는 말은 아마도 과장된 표현이 아닌 것 같았다. 매장까지는 안 가더라도 크게 망신을 당할 건 틀림없었다. 그 성격으로 봐서 충분히 그럴 가능성이 있는 여자라는 생각이 들자 현중하는 난감했다. 만에 하나라도 정말 학교 게시판에다가 대자보가 아닌 '소자보'라도 붙이는 날이면 어떻게 되겠는가 말이다. 생각만 해도 아찔한 일이었다.

"절대로 비밀을 지켜야지. 절대로 절대로⋯⋯."

현중하는 무슨 거창한 결심이라도 하듯 곧장 입속으로 중얼거렸다. 사실 그로서는 이제 그것이 무엇보다도 중요한 과제였다. 가정의 평화를 깨트리지 않기 위해서뿐 아니라, 자신의 대외적 체면을 위해서도 말이다.

이튿날 아침을 먹고 좀 쉬었다가 강의 시간에 맞추어 집을 나서면서 현중하는 아내에게 말했다.

"나 말이야, 오늘밤 아마 열두시가 넘어서 귀가하게 될 것 같애."

"왜 그렇게 늦는 거유?"

유혜선은 좀 묘한 눈길로 바라보았다.

그 눈길과 마주치자 현중하는 도둑이 제 발이 저리다는 격으로 속으로 약간 당황하며 마치 무슨 변명을 하는 듯 말했다.

"다름이 아니라 말이야 오늘이 무슨 날인가 하면 왜 그 징 있잖아. 지난 겨울방학 때 정읍에 가서 가지고 왔다는⋯⋯ 내가 얘기했었지 왜."

"예, 그 뭐 동학란 때 만들었다는 징 말이죠?"

"맞어, 그 징이 저절로 혼자서 울린다는 날짜가 바로 오늘이잖아. 음력으로 시월 초이렛날. 시는 자시. 그러니까 밤 열한 시부터 한 시까지거든."

"그래 그 징이 정말 울리는가 그 시간에 지켜본다 그거유?"

"응."

"하하하……."

유혜선은 재미있다는 듯이 까르르 웃었다. 그리고 빈정거리듯이 말했다.

"당신 그걸 정말 믿는 거유?"

"믿는다기보다도 울리기를 바라는 거지."

"꼭 국민학교 학생 같다니까. 대학교수가……."

"허허허……."

현중하도 공연히 너털웃음을 한번 웃고는 집을 나섰다.

하늘은 찌뿌드드하게 흐려 있었다. 좌석버스를 타고 학교를 향해 가는데, 차창에 빗방울이 뚝뚝 부딪치기 시작했다.

차창에 부딪쳐 주르르 흐르는 빗방울을 바라보며 현중하는 간밤의 꿈을 떠올리고 있었다. 참 묘한 일이라 싶었다. 간밤의 꿈에서도 비가 오고 있었던 것이다.

그런데 꿈이 천연색이 아니라, 흑백으로 기억되었다. 그러니까 지금까지의 예로 본다면 결코 길몽일 수는 없었다.

추적추적 비가 내리고 있었다. 계절은 봄인 것도 같고, 가을인 듯도 했다. 비가 내리는 속으로 현중하는 혼자서 산을 오르고 있었다. 등산을 하는 것인지, 아니면 절을 찾아가고 있는 건지 잘 알 수 없었다. 한참 비에 젖으며 산길을 오르고 있는데, 한 마리의 산비둘기가 빗속으로 날아와 자기의 품 안에 안기는 것이 아닌가. 그러자 이번에는 어디선지 다람쥐가 한 마리 나타나더니 역시 자기의 품 안으로 날쌔게 파고들었다. 산비둘기와 다람쥐가 서로 깊이 품 안에 안기려는 듯이 냅다 다투기 시작하는 것이었다.

깜짝 놀라며 현중하는 꿈을 깼었다. 도대체 무슨 그런 꿈이 다 있는지, 젊은 여자 같으면 어쩌면 태몽이 아닐까 싶어서 현중하는 씁쓰레하게 혼자 웃었다.

그날 날씨는 종일 음산했다. 비가 뿌렸다 그쳤다 하며 바람까지 불고 있었다. 마치 여름철의 궂은 날씨 같았다.

오후 강의를 마치고 자기 방으로 돌아온 현중하는 창변에 앉아 손목시계부터 보았다. 네 시 십 분이었다.

담배를 한 개비 피워 물었다. 혈압이 약간 높아진 뒤로 되도록이면 삼가해오던 담배를 현중하는 지난 겨울방학에 월엽을 만나고, 연미가 자기 딸이라는 것을 안 뒤로 괴로움이 덮쳐올 때마다 까짓것 모르겠다 하고 서슴없이 담배를 다시 피우기 시작했던 것이다.

담배연기를 날리면서 창밖으로 비에 젖고 있는 은행나무를 내다보고 있는데, 때르르 때르르…… 전화벨이 울렸다. 타고 있는 담배를 그대로 재떨이에 놓아둔 채 현중하는 수화기를 들었다.

"아, 여보세요."

"당신인기라우? 도착했어라우."

월엽의 목소리였다.

"지금 거기가 어디요?"

"바로 학교 앞이랑게요."

"학교 앞 어디?"

"금잔디 다방이라고 알지라우?"

"알고말고요. 지금 곧 나갈게요."

수화기를 놓은 현중하는 담배를 다시 집어 들어 크게 한 모금 빨아들였다가 푸— 내뿜고는 재떨이에 비벼 껐다. 그리고 우산을 들고 교수실을 나섰다.

금잔디 다방은 학교 정문에서 가장 가까운 위치에 있는 다방이었다. 월엽은 한쪽 호젓한 곳에 다소곳이 앉아 있었다. 그녀 곁으로 다가가는 현중하는 가슴이 야릇하게 조금 두근거리는 것을 어쩌지 못했다.

"일찍 도착했네요."

"아침에 일찍 나섰지라우."

마주앉은 두 사람은 정읍에서 그때 헤어진 뒤로 처음 만나는 터이라 반가우면서도 조금은 쑥스러운 듯한 그런 표정이었다.

현중하는 월엽과 저녁식사를 하고서 영화를 하나 관람했다. 밤 열한 시부터 한 시 사이가 자시(子時)이니, 연미가 교수실로 찾아오는 시간도 아마 열한 시가 가까이 되어서가 아닐까 해서였다. 그동안 교수실에 월엽과 단둘이 앉아 있기도 무료할 것 같고 해서, 마침 학교에서 별로 멀지 않은 극장에서 〈달마가 동쪽으로 간 까닭은〉이라는 영화가 상영되고 있어서 그것을 보러 갔던 것이다.

그녀와 둘이서 영화 관람을 하기는 처음이었다. 마치 옛날 연인 시절로 돌아간 듯한 기분이었다.

월엽은 영화를 구경하는 게 몇십 년 만인 듯 약간 들떠 보이기까지 했다. 영화 내용도 불교를 소재로 한 것이어서 더욱 기분이 좋은 모양이었다.

영화가 끝나고 극장에서 나온 것은 아홉 시가 조금 지나서였다. 아직 열한 시까지는 시간이 꽤 있었으나, 비가 뿌렸다 그쳤다 하는 궂은 날씨여서 달리 갈 만한 곳도 없고 해서 현중하는 월엽을 데리고 학교로 갔다.

교수실로 들어선 월엽은 몹시 기분이 묘한 듯 곧장 실내를 두리번 거렸다. 현중하는 전기난로의 스위치를 꽂았다.

창밖으로 불이 훤하게 켜진 교사가 내다보이자 의자에 앉은 월엽이 신기한 듯이 물었다.

"저기 불이 켜져 있는 디는 뭐허는 딘가요?"

"야간부지요."

"아, 야간부…… 이 대학에 야간부도 있구만이라우."

"예."

현중하는 담배를 한 개비 피워 물었다.

이런 얘기 저런 얘기 나누다가 월엽이,

"그 징은 어디 있어라우?"

징 얘기를 꺼냈다.

"여기요."

현중하는 일어나 캐비닛을 열고 그 맨 아래 칸에 간직해 둔 징을 꺼냈다. 그리고 그것을 책상 한가운데에 치는 면이 위로 오도록 엎어 놓았다.

지난겨울 정읍의 심 노인네 사랑방에서 보았을 때와 다름없이 징은 거무튀튀한 빛깔이었고, 심명술이 토해낸 피가 스며들었다는 그 거무죽죽한 무늬 같은 흔적도 여전히 그대로 얼룩져 있었다.

무슨 액체를 쏟아 부어 놓은 듯한 그 흔적을 새삼스럽게 눈여겨 바라보며 월엽은 혼잣말처럼 중얼거렸다.

"오늘밤에 정말로 이 징이 혼자서 저절로 울릴란지 모르겄어."

그 말을 현중하가 받아서,

"정말 울린다면 이 징은 그야말로 보통 징이 아닌데…… 세계적인 화제가 되고도 남지."

역시 혼잣말처럼 지껄였다.

창밖에 또 빗줄기가 굵어지는 듯 좍— 쏟아지는 소리가 들렸다. 거세어지는 빗소리와 함께 똑똑똑 방문에 노크소리가 났다.

"누구요? 들어와요."

현중하는 노크소리에 응답을 하고서 힐끗 월엽을 바라보았다.

월엽은 긴장된 시선을 문 쪽으로 향하고 있었다. 연미가 찾아온 게 틀림없는 듯해서 현중하도 바짝 긴장이 되었다.

가만히 문이 열렸다. 그리고 조용히 스님 한 사람이 들어왔다.

"오메!"

"아니!"

월엽과 현중하는 너무나 의외의 일에 놀라 눈이 휘둥그레지고 있었다.

연미였다. 연미가 머리를 빡빡 깎은 모습으로 승복을 입고 나타났던 것이다.

연미가 비구니가 되다니…… 월엽은 절로 입에서,

"나무관세음보살—"

염불이 흘러나왔고, 곧 두 눈을 지그시 감아버렸다.

현중하의 눈에는 핑 눈물이 어리고 있었다.

"아버지 어머니, 그동안 안녕하셨어요?"

연미는 지나칠 정도로 착 가라앉은 목소리로 인사를 하고는 의자에 앉았다. 담담한 표정을 지으려고 애를 쓰면서도 어딘지 모르게 좀 어색하게 긴장되어 있는 그런 얼굴이었다.

"연미야, 도대체 어떻게 된 일이니?"

현중하가 목이 잠긴 듯한 목소리로 물었다.

"아버지, 아무 말도 묻지 말아 주세요. 제 모습을 보면 모든 것을 다 아실 수 있잖아요."

"음—"

현중하는 더 뭐라고 입이 떨어지지가 않았다.

사실 연미의 모습은 지난겨울 내장산에서 새벽에 홀연히 사라진 뒤로 그동안 그녀가 어디 가서 무엇을 하고 있었는지를 훤히 다 말해 주고 있었다.

그리고 태생의 비밀을 안 그녀의 충격과 괴로움이 얼마나 컸던가 하는 것도 확연히 알 수가 있었다.

한참 눈을 감은 채 중얼중얼 염불을 외고 있던 월엽이 가만히 눈을 뜨면서 물었다.

"지금 어느 절에 있냐?"

그 말에 대답을 할까 말까 연미는 조금 망설이는 듯하더니 입을 열었다.

"수덕사예요."

"나무관세음보살—"

월엽은 다시 눈을 감았고, 현중하가 고개를 끄덕이며 말했다.

"아하, 수덕사에 가 있었구나. 몇 해 전에 나도 수덕사에 가 봤었지. 맞어, 수덕사에 비구니의 도량이 있었어. 그런데 말이야 연미야, 내가 한 가지만 물어보겠는데…… 아주 불문에 귀의를 한 거야? 평생을 비구니로 살 거냐 말이지."

그 말에 연미는 비로소 살짝 미소를 지으며 대답했다.

"아직 모르겠어요. 이제 마음은 많이 가라앉은 것 같은데…… 어떻게 될지 두고 봐야죠. 아버지, 그런 얘기는 그만해요. 오늘밤은 이 징이 울리느냐 어떠냐 그것이 더 중요하다구요."

그리고 연미는 책상 위에 놓인 징으로 시선을 떨구었다. 어떠냐?

현중하는 손목시계를 보았다. 열한 시 십오 분 전이었다.

"자시가 이제 십오 분 남았군."

그는 자리에서 일어났다. 방문을 열고 나가 복도를 걸어서 교수회 관 아래층에 있는 화장실로 볼일을 보러 가는 것이었다.

때르르 때르르…… 전화벨이 울렸다.

연미가 수화기를 들었다.

"여보세요, 현 교수님 바꿔주세요."

젊은 여자의 목소리였다.

"화장실에 가고 안 계시는데요."

"지금 거기서 징이 저절로 울리는지 어떤지 그거 들어보려고 모여 있는 거죠?"

"예."

"알았어요."

전화는 끊겼다.

연미는 그저 학교 여학생이려니 하고 대수롭잖게 생각했다.

그러나 그것은 여학생의 전화가 아니었다. 현중하의 둘째딸인 영 지의 전화였다.

영지는 열한 시가 가까워지도록 아버지가 귀가를 하지 않자, 텔레 비전을 보다가 어머니에게 무심히 물었다.

"열한 시가 다 돼 가는데 아버지가 오늘밤엔 왜 이렇게 늦으시지? 비도 오고 하는데……."

그러자 유혜선도 무심히 대답했다.

"오늘밤에 학교에서 늦게까지 무슨 일이 있대."

"무슨 일?"

"그 뭐 얄궂은 징 있다 그랬잖아. 전라도 어디선가 가지고 왔다는……."

"응, 정읍에서 가지고 오신……."

"그 징이 저절로 혼자서 울리는 날이 오늘이라는 거야. 무슨 시라 그러더라…… 응, 자시. 밤 열한 시부터 한 시 사이가 자신데, 오늘밤 그 시간에 울린다는 거야. 웃기지. 그래서 오늘밤 늦는대."

"아, 오늘밤이구나."

영지는 정신이 번쩍 드는 모양이었다.

지난겨울에 아버지한테서 그 징에 관한 얘기를 대충 들었었는데, 그 얘기를 듣고 영지는 실제로 그 징이 저절로 혼자서 울리리라고는 생각되지 않았다. 그러나 그날 그 시간에 한번 지켜보았으면 하는 호기심이 있었다. 그리고 여성잡지의 기자인 그녀는 재빨리 직업의식이 작동해서 좋은 취재감이라는 생각이 들어 그 날짜를 메모해 두었다. 그런데 깜박 잊고 있었던 것이다.

그래서 영지는 얼른 학교의 아버지 방으로 전화를 걸어보았던 것이다.

전화를 끊고 난 영지 역시 전화를 받은 젊은 여자가 아버지의 제자인 여학생이려니 하고 예사롭게 생각했다. 그 징에 대해 호기심을 가진 학생들이 모여 있겠지 싶었다. 그리고 그녀는 서둘러 외출복으로 갈아입었다.

"이 밤중에 어딜 가니? 비도 오는데……."

"아버지한테. 그 징이 울리는지 어떤지 나도 가볼 거야."

"너도 웃긴다. 그 징이 울리리라고 믿니?"

"안 울려도 상관없다구. 잡지에 기사로 쓸려구 그래. 적당한 취재 감이 없어서 걱정이었거든. 엄마는 일찍 자."

영지는 우산을 들고 서둘러 집을 나섰다.

현중하가 화장실에서 돌아왔으나 연미는 전화가 왔더라는 말을 하지 않았다. 누군가 여학생한테서 걸려온 것으로 알고 대수롭잖게 생각했기 때문이었다.

오히려 월엽이 입을 열었다.

"어디서 전화가 왔던디요."

"어디서요?"

그제야 연미가 말했다.

"여학생인가 봐요."

"뭐라 그래?"

"현 교수님 바꿔 달라더니, 화장실에 가셨다니까 오늘밤 거기서 징이 울리는가 어떤가 지켜보느냐고 묻잖아요. 그렇다고 하니까 끊 어버리던데요."

"누굴까……."

현중하는 고개를 조금 기울였다가 역시 대수롭잖게 여기고서 손 목시계를 보았다. 열한 시 오 분 전이었다.

"오 분 전이군."

약간 긴장이 되는 듯 현중하는 담배를 한 개비 피워 물었다.

담배연기가 하늘하늘 나부껴 오를 뿐 실내는 조용하게 가라앉아 갔다. 세 사람은 책상 위에 놓인 징을 말없이 바라보고 있었다.

창밖에는 빗줄기가 가늘어지기는 했지만 여전히 추적추적 내리고 있었고, 바람이 이는 듯 이따금 빗발이 유리창에 와서 부딪쳐 주르르 흘러내렸다.

"정각 열한 시예요."

이번에는 연미가 손목시계를 보며 말했다.

현중하는 담배를 재떨이에 비벼 껐다. 징을 바라보는 세 사람의 시선이 한결 긴장감을 자아내고 있었다.

잠시 후 빗줄기가 굵어지는 듯 좍— 쏟아지는 소리가 들렸고, 곧 이어 번쩍번쩍 번개가 쳤다. 그리고 쾅! 콰쾅! 마치 하늘이 두 쪽으로 빠개지는 듯한 요란한 천둥소리가 났다. 우르르 우르르— 천둥의 긴 여운이 밤하늘을 울리며 멀어져갔다.

늦가을 밤에 비바람과 함께 천둥 번개까지 치다니, 드문 일이었다.

세 사람은 놀라 휘둥그레진 눈으로 창문을 바라보고 있었다.

번개가 또 쳤다. 그리고 한참 뒤에 쿵 쿵쿵 우르르 우르르— 천둥소리가 들려왔다. 이번에는 먼 거리인 듯 그 소리가 현저히 약했다.

두 번째 천둥소리의 여운이 사라진 뒤였다. 다시 징을 가만히 지켜보고 있던 연미가 별안간 화들짝 놀라며 외치듯 말했다.

"들려요. 들린다구요. 징이 울린다니까요."

현중하와 월엽도 바짝 긴장을 하며 귀를 곤두세웠다.

"맞어, 울리는군. 햐—"

현중하의 입이 딱 벌어지고 있었다.

그러나 월엽은 도무지 아무 소리도 들리지가 않아 자기의 청각이 어떻게 되었는가 싶어서 한쪽 귀를 바짝 징 가까이로 가져갔다. 잠시 후 월엽은 피식 웃으면서 말했다.

"들리기는 무슨 소리가 들린다는 것이여. 내 귀에는 아무 소리도 안 들리는디……."

"어머니는 안 들려요? 이 소리가. 틀림없이 들리는데……."

연미가 이상하다는 듯이 월엽을 바라보자 현중하도,

"글쎄 말이야. 분명히 들리잖아. 이봐."

하면서 스르르 눈을 감았다. 신기한 그 소리를 좀더 분명히 머릿속에 담아 넣기라도 하려는 듯이.

곧 또 세 번째 번개가 치고, 천둥소리가 뒤를 이었다.

현중하는 눈을 떴다. 우르르우르르…… 천둥소리의 여운이 사라지고 나자, 현중하는 가만히 징을 바라보며 말했다.

"이제 그쳤군."

그 말에 연미가 재빨리 입을 열었다.

"그치다니요. 아직 울리고 있는데요. 이봐요. 들리잖아요."

"그래? 나는 이제 안 들리는데……."

"분명히 들린다구요."

그러면서 연미는 잠시 그 소리에 온 정신을 집중하는 듯하더니, 마치 무엇에 살짝 들린 것 같은 표정으로 바뀌면서 혼자 중얼거리듯이 말했다.

"울음소리예요. 분명히. 목매어 죽은 심명술의 딸 낭이가 울고 있다구요. 아버지— 아버지— 하고 부르면서 울고 있는데요."

초점이 약간 흐려진 듯한 연미의 두 눈동자를 가만히 바라보며 월엽은,

"나무관세음보살—"

한숨을 짓듯 염불을 외었다.

그러자 이번에는 현중하가 중얼거리듯이 낮은 목소리로 말했다.

"나는 심명술이 그 사람이 우는 소리 같았어. 낭이야— 낭이야— 하고 딸을 부르며 우는 소리 같더라니까."

"오메, 그래라우? 그것 참……."

월엽은 자기 귀에는 들리지도 않는데, 정말 얄궂은 일이라는 듯이 고개를 살짝 기울이며,

"아버지와 딸의 혼이 우는 소리는 아버지와 딸밖에 안 들리는 모양이지라우."

이렇게 말했다. 그리고 씁쓰레하게 입맛을 다시며 가만히 웃었다.

어머니의 그 말을 받아 연미가 중얼거렸다.

"그 징에는 어머니의 혼은 깃들어 있지 않으니까 그럴 수밖에 없지요. 이 징은 아버지 심명술과 그 딸 낭이의 원혼이 함께 만들어낸 것이라고 할 수 있으니까요. 그리고 내 귀에 딸 낭이의 울음소리만 들리는 것은 낭이의 슬픔이 곧 내 슬픔이기도 하기 때문이지요. 낭이는 비극적인 죽음을 했지만, 나는 비극적으로 태어났거든요. 비극이라는 점에서는 마찬가지예요. 어쩌면 낭이의 슬픈 죽음보다 나의 슬픈 태어남이 더 비극인지도 모른다구요. 낭이의 비극은 후천적인 것이지만, 내 비극은 원초적인 것이니까요."

연미의 그 말에 월엽은 가만히 들릴 듯 말 듯 말했다.

"그게 다 전생의 업보랑게. 도리가 없는 것이여."

세 사람이 징을 바라보며 이런 대화를 나누고 있을 때 빗줄기 속으로 우산을 들고 은행나무가 늘어선 길을 교수회관 쪽으로 급히 걸음을 옮기는 사람이 있었다. 취재차 찾아온 영지였다.

민주화 시대, 통속 서사에 담은 순수문학적 역사의식

김주현(인제대학교 교수)

1. 전후 순수문학 작가로서 하근찬

하근찬은 1957년 「수난이대」로 등단했다. 태평양-한국전쟁을 잇는 만도 부자의 수난을 진솔하게 그려낸 이 등단작은 그의 문학적 방향성을 예고한 바 있는데, 범박하게 말해 근대사에 휩쓸려 고통받으면서도 잡초처럼 살아가는 민중의 생명력에 대한 애정이라 할 수 있겠다. 주로 영남을 배경으로 토착어를 맛깔나게 살려 쓰는 그의 문학적 원체험이 한국전쟁인 것은 잘 알려져 있거니와 그 문학의 뿌리가 '순수문학'의 토대 위에 있는 것도 사실이다. 얼핏 순수문학과 사실주의는 어울리지 않는 조합인 듯하지만 한국전쟁기 순수문학은 김동리의 이른바 '구경적 생의 형식'을 이탈한 자리에서 참혹한 전쟁 현실에 대응하며 작가들이 저마다의 방식으로 전쟁기의 사실주의를 수용했다. 등단작을 통해 이러한 전후 순수문학의 사실주의를 빼어나게 성취한 후 그는, 순수문학 작가로는 드물게, 전후와 70년대 리얼리즘 문학을 연결하는 독자적 세계를 구축했다. 즉 하근찬 문학은 일제강점기에 등단한 구세대와 60년대에 등단한 신세대의 특징을 함께 구현하고 있지만 그렇다고 구세대의 보수주의와 신세대의 진보성을 기계적으로 연결하지 않는다. 오히려 그는 스승 격인 구세대의 문학주의-순수문학적 방식을 지키는 데서 출발해 전후의 과제를 자신만의 방식으로 확장하고 있다. 여기에 순수문학의 계보에 속하는 하근찬 문학의 개성이 있으며, 이러한 특징은 대중적이고 통속적인 문법을 구사하는 신문연재 소설도 예외가 아니다.

「징깽맨이」(원제: 쇠붙이 속의 혼)은 1980년대 후반 노년기에 들어선 작가가 신문연재 특유의 통속 서사를 차용해 액자 소설 형식으로 동학혁명과 80년대 민주화 운동에 대한 소회를 담아내고 있다. 이 과정에서 독자는 동학으로까지 확장된 작가의 역사의식을 통해 순수문학적 관점에서 당대를 응시하는 일종의 균형감각을 보게 되는데, 주목할 것은 서사를 끌고 가는 운명론과 인연설, 액자격인 '징깽맨이 이야기'에서 느껴지는 전통적 소설 작법과 아울러 김동리의 영향이다. 특히 액자(內話)에서 이 요소들은 '영향의 불안'을 감지할 필요도 없이 노골적으로 제시되고 있다. 대략 이야기를 요약하면, 민주화투쟁이 한창인 1980년대 후반, 한국전쟁으로 부득불 연인과 헤어진 역사학 교수(현중하)가 신설될 대학 민속박물관장에 취임하면서 학부생 제자(이자 존재를 몰랐던 친딸)에 이끌려 동학혁명기 유물 수집에 나서는 와중에, 옛 연인(이자 승려가 된 딸의 어미)과 운명적으로 재회한다. 곳곳에서 근대소설과 어울리지 않는 '운명적 순간'들이 작가의 무르익은 입담과 필치에 의해 서사적 필연성을 확보하는 한편으로 진실을 모르는 딸에게 휘둘리는 현중하의 아슬아슬한 태도가 통속 소설의 재미를 더하고 있다.

큰 틀에서 보면 한국전쟁에 휩쓸린 인물들에 집중하는 하근찬 특유의 서사를 그대로 유지하면서도 인물들을 옭아맨 '운명의 줄'을 틀어쥐고 달려가는 주인공이 제 출생의 비밀을 모르는 도발적인 여대생인 것이 흥미롭다. 딸 연미는 전혀 의도하지 않았으나 운명이 '안배'한 인연에 따라 친부에게 연정을 느끼면서 한국전쟁이 낳은 제 출생의 비밀을 밝히기에 이르고, 친모와 친부는 사랑 앞에 용감한 딸의 폭주(!)에 불가피하게 끌려들어 간다. 이렇게 친모, 친부, 딸이 얽히는 삼각관계로 흥미를 충족하고, 역시 운명적으로 징을 만든 '동학란' 당시 놋갓장이의 사연이 액자로 들어가 작품의 예술성을 담보한다. 이를 순수문학적으로 푼다면 민주화 투쟁기에도 작동하는 「역마」의 세계, 곧 어떤 혁명과 투쟁의 순간에도 빈틈없는 연기(緣起)가 작용하며, 대재앙으로서 한국전쟁을 겪은 전후세대에게는 이러한 인식이 내면 깊숙이 자리함을 뜻한다. 다시 말해 우리에게 한국전쟁은 시간이 흘러 잘살게 됐다고 해서 잊히는 류의 단순한 사건이 아니라는 전후세대 일반의 세계 인식이 깔려 있다.

2. 역사와 세대를 꿰는 고리, 민속

이형기의 시, 「징깽맨이의 편지」에서 차용한 「징깽맨이」의 원제는 시의 문구에서 뽑은 「쇠붙이 속의 혼」이다. 1960년대 전통논쟁에서 전후세대를 대표해 전통과 순수시를 옹호한 이형기의 시를 모티프로 삼고 있는 것부터가 작품이 놓인 위치를 시사한다. 원제에 이미 표면 서사보다 내화를 더 중시하라는 의도가 드러난 셈이다. '징을 만든 장인'과 '징 속에 들어간 혼', 어느 쪽이든 징깽맨이의 비극적 생애와 장인정신은 우리에게 익숙한 문협정통파의 감수성-정한의 세계를 환기시킨다. 김동리-서정주-박재삼으로 이어지는 계보에 젊은 작가 한승원, 천승세, 유익서가 있고, 60년대의 신세대 이청준 또한 「매잡이」(1969)와 '남도소리' 연작(1976~1981)을 통해 이를 심미화된 근대성으로 선보인 바 있다. 「징깽맨이」는 전통을 재발견하고 심미화하는 이러한 흐름에 속해 있다. 차이라면 작품이 80년대 후반 민주화 투쟁기에 발표됐다는 점인데, 여기서 하근찬은 당대의 젊은 투사들이 선언한 진보적 역사관에 내재한 비가시적 요소들에 다시 눈을 돌림으로써, 한국문학사의 뚜렷한 미의식으로 존재하되, 전후 재건에 나선 근대화의 주체들이 비근대적 패배의식의 산물로 여긴 순수문학적 '정한(情恨)'의 세계를 옹호한다.

이 세계를 재미있게 풀어내고자 하근찬이 가져온 것은 민속이다. 80년대적 상황에서 민속학은 기성세대가 주축인 제도학문과 뒤에 나타난 젊은 민주화 세대가 함께 접속할 만한 '민족적' 가치가 있었다. 일제강점기 시작된 민속학은 1970년대에 이르러 국문학의 하위 분야로 제도화되었다. 특별히 근대적 민족사 기술의 사명을 안게 된 60년대 후반부터는 야나기 무네요시류의 수동적인 '선의 미'와 결별하면서 민족문화의 역동성을 강조하게 되는데, 풍자와 해학 같은 민중적 전통을 창작에 적극 활용하는 80년대에 이르러서는 판소리, 탈춤, 풍물 등 동적인 전통이 대학가에 퍼져 있었다. 이런 상황에서 80년대 초 대학에 진입한 민속학은 신생 학문의 정체성을 확립하는 한편으로 자발적으로 생겨난 대학 내 풍물패에 의해 그 민중적 정서가 공유되었다.

「징깽맨이」는 당시 민속학이 처한 이런 사정을 보여주며 대학 박물관장에 신생 민속학 교수가 아니라 학문의 역사와 내력이 깊은 근세사 교수를 내세운다. 총장이 "사십도 안 된" 민속학 선생들보다 "역사와도 연관이 되고, 나아가서는 무언가 철학도 담겨 있는"(22쪽) 민속박물관장에 현중하를 낙점한 배경이다. 미상불 민족사적 관점에서 국사와 민속은 국문학과 민속처럼 친밀한 관계기도 하다. 현중하가 이 뜻밖의 요청에 흔쾌히 응하며, 박물관에 소장할 민속품 수집이 학문적 엄밀성(정사)을 좇기보다 문학적인 야사, "민간에 파묻혀 있는 설화와 전설 같은 쪽"이 좋겠다고 하는 것이 그것이다. 현중하가 한때 시를, 지금은 수필을 쓰는 문학청년이었던 것도 같은 맥락에 있다. 이런 이유로 그는 이형기의 시를 빼닮은, 장인의 혼을 품은 징 이야기에 흥분할 수밖에 없다.

시 「징깽맨이의 편지」는 이후에 끼어들 액자 이야기를 대략적으로 암시한다. 현중하는 시에 나타난 놋갓장이의 설움(상사)과 징의 "혼령이 울음"이라는 시구에 감동해 박물관에 "혼이 담긴 물건" 수집을 결심하고 학생들에게도 이를 알리면서, 혼이란 물건이 기계적으로 생산되는 시대가 잃어버린 장인정신이라고 설명한다. "그 한은 단순히 징깽맨이 한 사람만의 것이 아니라, 보다 넓은 의미의 거대한 한이라고 할 수도 있을 것 같애. 우리 모두의…… 시를 읽고 나면 어쩐지 그런 생각이 들어."(45쪽) 여기서 장인의 물건이 대량생산품과 대비되는, 과학적 역사학을 배우는 학생들을 위한 '과학적' 설명이라면 후자는 구세대의 '비과학적' 정서─한을 옹호하고 있다. 현중하가 말하는 한이란 민족 공동체의 보편적 감정이다. 예로 든 에밀레종 설화도 그렇거니와 이런 옛이야기들은 청자의 감정에 호소하게 되는바, 관장직 수행에 의욕적인 현중하는 퇴행적이라고 비판받은 민족 공동체의 정서를 대학박물관에 전시할 민속품 수집의 꽃대로 제시하고 있다. 이는 민중의 역동성과 저항성을 담보한 전통 인식과는 결이 다르나, 민속학에 문학적으로 접근함으로써 양 진영에서 환영받은 민속의 내포와 외연을 열어두는 효과가 있다.

그러한 가능성은 신문사 좌담회에서 물질적 삶에 비판적인 연미의 발언에서도 확인된다. 연미는 현중하의 편에서 "전통적인 것을 되찾아 우리의 정신문화를 살찌게 하는 일"이 물질적 발달 못지않게 중요하다고 주장하며, 신세대의 입으로 민속의 매개적 기능을 옹호한다. 여기서 연미가 과할 정도로 당찬 신세대의 면모를 보이는 데 주목해야 한다. 연미의 신세대다움은 극단적이다. 총명하고 발랄하며 무례하리만큼 솔직한 면모는 현중하와 평범한 사제지간인 동안에도 유감없이 드러나는데, 이는 근대화 덕에 풍요로운 시대의 희소한 여대생이라는 당대적 인식이 반영됐다고 봐야 할 것이다. 그렇다고는 해도 호기심을 참지 못해 자리와 경우를 따지지 않고 직진하는 모습이 '성숙한' 성인으로는 보이지 않는다. 부정적으로 본다면 연미는 자신의 욕망에 충실한 철부지 여학생과 비슷하다. 출생의 비밀을 구실로 이모, 어머니, 현중하를 차례로 몰아세울 수 있는 것부터가 이전 세대에게 없는 모습이므로 연미가 전통문화 발굴에 우호적인 것은, 거울에 자신을 비춰보는 자기반영적 위치에서 스스로를 검열하며 전통을 사유했던 앞선 세대와는 변별되는, 유물과 자아를 분리해 사고하는 신세대의 면모라 하겠다. 기실 연미는 처음부터 현중하를 친근하게 '선생님'으로 칭하고, 어머니(월엽)의 허락도 맡지 않고 유물 수집을 핑계 삼아 현중하를 절에 초대하는 등 상대를 배려 하고 시간을 주는 완곡어법을 구사하는 부모 세대와는 그 어법이 판이하다. 「징깽맨이」에서 민속은 이렇게 연미 같은 대학생들에 의해 이제 부유해진 민족 집단이 보호해야 할 '가치 있는 유물'로 우선 전달된다.

물론 이 작품에서는 부모 세대도 아주 궁핍하게 성장하지는 않았다. 현중하의 부친이 일본인 교감에게 시달려 좌천된 과거가 있지만 절대적으로 빈궁하지는 않았다. 현중하는 비교적 순탄하게 자라 지성 있는 중산층을 대표하는 교수가 되었고 비구니가 된 문수선도 사고사한 남편이 남긴 유산 덕에 물질적으로 부족하지 않다. 본디 신문연재소설이 중산층의 삶을 그리는 특징도 있겠으나 민속학이 제도 학문에 편입되는 과정에 대한 환유로도 읽히는 부분이다. 앞에서 썼듯이 「징깽맨이」의 민속학은 당시 대학 동아리가 주축이었던 민족주의론의 문화적 근거지가 아니라 근대화에 성공한 정부가 문화적 민족주의의 일환으로 제도권에 편입시킨 지배 이데올로기에 '전유된 전통'이다. 이런 까닭에 철부지 연미가 유물에 호기심을 느끼고 통찰력을 번뜩이는 장면은 결말에서 비구니가 돼 나타나서 징의 울음을 설명하는 것을 포함해서, 80년대 평범한 대학생들이 민속을 배우고 이해하는 한 과정을 함축하고 있다. 이 점에서 「징깽맨이」는 뚜렷하게 감정적 자아/이성적 자아로 분리돼 있던 연미의 자아 정체성이 (운명적으로)통합되는 과정을 그린다.

구체적으로 연미는 어머니와 현중하의 인연에 대해 동물적 감각을 발휘해 둘의 유년이 겹치는 장소-김제로부터 이들의 인연을 상상하고 확신할 정도로 예리하다. 이런 통찰력으로 월엽에게서 동학란 당시 징에 대한 정보를 듣자마자 「징깽맨이의 편지」를 떠올리고,

현중하를 자운사에 불러 마애불을 보러 가서도 마애불에 얽힌 연정 설화를 즉석에서 상상한다. 전통적인 것을 이해하고 판단하는 연미의 이성적 자아는 현중하를 향한 연정과 어머니를 원망하는 감정적 자아 사이에서 예측불허의 진자운동을 보인다. 이 구도를 로맨스에 반응하는 여대생의 감수성으로 볼 수도 있겠지만 앞에서 말했듯이 신생 학문으로서 방향성이 불확실해도 일단 무엇이든 해야 하는 민속학의 위치가 불안정한 연미의 행보 안에 함축돼 있다고도 볼 수 있는 것이다. 작가는 제도 학문에 편입된 방대한 민속의 세계에 순수문학 진영의 전매특허인 (정)한을 밀어 넣어, 신세대 연미가 이것과 조응하는 형태로 서사를 직조함으로써 물질적 현재에 개입하는 과거의 정신적 힘을 수용하고 있다.

3. 전통적 소설 문법의 향연

「징깽맨이」는 전통적 소설 문법에 충실하다. 하얀 이마에 속눈썹이 짙은 여성 인물들은 외모부터 전형적이며, 서술자는 전지적 시점에서 인물의 내면을 친절하게 기술한다. 인물별로 빈번하게 꾸는 꿈은 바로 다음 장의 사건 전개에 개연성을 부여한다. 현중하와 연미가 부녀지간이라는 핵심 비밀만 제외하고 작품 안에서 어떤 은밀한 대화, 감정도 오래 지켜지지 않는다. 꿈, 엿듣기, 기타 자잘한 복선에 의해 확보되는 개연성은 우연성과 더불어 전통적 서사 장르에 필수적이다. 창작자와 향유자는 이 전통적 장치들을 통해 신기한 이야기를 복잡다단한 세상사의 한 국면, 혹은 사람살이의 역설적 이치로 받아들인다. 사실 광활한 우주에 우연히 태어난 인간은 세상사의 신비한 이치를 경험하면서 인지력의 한계를 절감하고 겸손해진다. 순수문학의 주체들이 대체로 이성보다 감정, 득실보다 인연을 중시하는 것은 무엇보다 태평양-한국전쟁이라는 재난을 겪고 이성적 세계 인식에 실패한 영향이 크다. 많은 전후소설의 인물들이 전쟁에서 기인한, 제 의지와 무관하게 닥쳐오는 사건을 운명, 또는 업보로 수용한 이유가 여기에 있다. 그러므로 이런 인물들은 전형적이며, 어떤 면에서는 매우 순응적이다.

문수선과 현중하는 명실공히 '배운 사람'이지만 사람을 대할 때 겸손하며 억지를 쓰지 않는다. 무정자증을 받아들이지 못해 수선을 탓하다 끝내 파경에 이르는 호색한 백사민(수선의 남편)과 비교해도 순응적이고 어디서든 도리를 지키고자 한다. 이렇게 해서 발칙한 여대생-연미/선량한 전후세대-부모라는 전형적인 인물쌍이 등장하지만 삶의 우연성은 고등교육을 받은 대학생과 교수라 할지라도 예외가 아니다. 「징깽맨이」에 빈발한 서사적 우연성은 앞에서 쓴 대로 한국전쟁이라는 재난이 던진 우연성이 내가 모르는 곳에서 여전히 작동한다는 것을 전제한다. 즉 인간의 인지력의 한계를 인정하는 데서 우연성은 서사적 필연성이 되는 것이다. 실제로 일상에서 우리는 길몽을 꾼 후 흔히 복권을 사고 흉몽을 꾼 날은 몸가짐을 조심하는 '비과학적' 주체로 살아간다. 아끼던 물건이 부서지면 하루 운세를 점치는 것도 이러한 믿음이 힘을 발휘하는 형태다.

대재난으로서 한국전쟁을 경험한 세대에게 전쟁은 이 모든 파괴적인 운명을 낳은 최종 심급이었다. 생사와 이별이 순간의 선택에 따라 갈렸고, 이를 '윤리적'으로 해결하려는 주체의 어떤 노력도 무력하기 일쑤였다. 바로 이 전쟁체험으로부터 형성된 '폐허의식'을 선보인 전후세대의 도저한 허무주의가 출구 없는 전후문학을 형성했다면, 하근찬은 폐허에서 일으킨 중흥과 재건의 역사 안에 전쟁에서 촉발된 인연의 힘이 작용한다고 주장한다. 80년대의 과학적 인과율로는 설명되지 않고, 또 그것이 반드시 좋은 결과를 가져오지도 않지만, 이로써 전후에 대응하는 두 극단적 방식─폐허 아니면 번영에 이의를 제기하는 것이다. 굳이 따지자면 1980년대에 한국사회를 떠받친 장년층에게는 번영 편에 선 리얼리즘 문법이 구시대의 유물로 밀어두었던 운명론이 내면화되어 있다. 존중받는 직업에 잘 성장한 자식들을 둔 현중하가 속물적인 아내와 깊은 대화를 나누지 못해 수시로 산을 찾는 것은 폐허를 딛고 성공한 중산층의 내면에 있는 이 '과거의 흔적'을 암시한다.

소설 내에서 이는 여러 장치들을 통해 확인된다. 먼저 복선 역할을 하는 꿈이 있다. 「징깽맨이」에서 꿈은 구비문학의 꿈과 기능이 동일하다. 전체 서사의 총 안내판 격인 첫 번째 천연색 꿈을 필두로 인물들은 중요한 국면마다 꿈을 꾼다. 현중하의 첫 꿈은 시골길을 걷다가 발견한 동헌에서, 자신이기도 한 늙은 징잡이를 만나고 스스로 울리는 징을 보는 것이다. 이 이야기는 후반부의 내화와 현중하에게 닥칠 사건을 축약하고 있다. 이런 식으로 독자는 인물들의 꿈을 통해 다음 서사의 포인트를 미리 알게 된다. 현중하와 윗세대들은 신기할 정도로 거의 예언자 수준의 꿈을 꾼다. 문수선은 임신 확인을 위해 산부인과 방문을 앞둔 날 남편의 죽음을 암시하는 꿈을 꾸고, 백사민도 자신의 기대가 반영된 꿈을 꾸었다. 심지어 징을 건네준 노인은 간밤에 백부(징깽맨이)가 징을 들고 나타나 "오늘 누가 찾아올 것잉께 그 사람헌티 이 징을 주라"는 예지몽을 꾸었다.(427쪽) 이렇듯 꿈은 여타 문학적 장치들과 함께 전통적 소설 문법으로 독자를 유인하고, 여기에 2000년대까지도 위력적인 '출생의 비밀' 모티프가 결합해 고금을 아우르는 흥미가 확보된다.

예지몽은 또한 우연성에 동반되는 불교의 인연설과 결합한다. 우주에 존재하는 보편법칙으로서 연기(緣起)설은 어떤 현상이 과거의 필연적 원인에 의한 결과라고 가르친다. 만물이 상호의존하기에 주체의 어떤 행동은 시공간이 달라져도 그 결과가 자신에게로 돌아온다. 흔히 '업'이라고 부르는 연기설에 기초한 이야기들은 어떤 경위로 연기를 깨달은 인물이 자신의 업을 해소하려는 행보에 나서는 불교적 세계관에 충실하다. 「징깽맨이」에서 이는 수선이 '보이지 않는 손길'에 이끌려 설악산을 찾았다가 현중하를 만나는 식으로 드러난다. 그러나 산업화 시대의 범인(凡人)은 웬만한 사건·사고가 생겨도 이를 연기에 연결하지 않으며, 설령 그것을 깨달아도 꼭 이롭지도 않다. 수선이 연기에 반응하는 것은 그가 저 익숙한 설화의 세계에 이어진 전형적 인물인 탓이다. 수선은 20년 만에 우연히 설악산에서 옛 연인을 만나 아이를 얻고 싶다는 바람을 이루었고, 그 때문에 번뇌에 빠져 자신이 지은 업(남편의 사망)을 풀고자 출가를 택했다. 여기서 수선이 구세대로서는 드물게 고등교육을 받은 재원인 것은 배운 여자의 '출가'에 작용하는 강력한 운명의 힘을 부각시킨다. 배운 여자는 남편의 사망과 딸의 '출생의 비밀'을 안고 "나무관세음보살"을 외는 월엽이 된다.

'출생의 비밀'은 신세대 연미를 과거의 시공간에 연결하는 핵심 모티프다. 따라서 답답할 정도로 공개가 지연되는 것도 월엽의 말을 빌리면, 때가 돼야 알게 되는 "인연의 소치"인 탓에, 연기에 무지한 연미는 거듭 되풀이되는 월엽의 완곡어법을 이해하지 못한다. 눈치 빠른 연미가 "현 교수님을 절대로 남이라고 생각하"지 말라는 월엽의 경고를 번번이 알아듣지 못하는 것은 분명히 부자연스럽지만, 연미에게 있어 어머니의 출가에 이어 친아버지의 출현이란 문자 그대로 '초월적' 시공간의 틈입과 다를 바 없다. 우연한 '출생'에 버금가는 날벼락인 것이다. 출생의 비밀이 동서양을 막론하고 흥미를 돋우는 모티프인 데는 우리가 세상에 '우연히' 던져진 존재라는 근본적인 인식이 있다. 어떤 신분, 어떤 계층으로 태어났건 태어남은 운명이므로 그것은 이미 연기다. 그렇기에 천륜을 어길 위험 정도에 처할 때라야 비로소 이 지독한 연기에 저항할 명분이 생긴다.

"부녀간에 이것이 무슨 일이랑가."
'부녀간'이라는 말에 연미는 고개를 얼른 들어 어머니를 가만히 바라보았다. 현중하도 그게 무슨 말인가 싶은 듯 약간 어리둥절해지고 있었다.
월엽은 연미를 쏘아보며 말했다.
"아버지란 말이여. 알겠어?"
"어째서 아버지란 말이야?"
연미는 쏘아붙이듯 반문했다. 어머니 자신의 옛 애인이니까 의부(義父)라는 뜻으로 말하는 줄 알았다. (503쪽)

내장산 여관에서 마침내 월엽이 비밀을 실토하는 이 장면은 신문 연재의 특성상 통속성이 최대치에 달해 있다. 물론 그 결과는 처음부터 예정돼 있었지만 내내 기다렸던 월엽의 폭로가, 부모와 달리 어떤 꿈도 꾸지 않고 신세대답게 추론하고 거침없이 질문하는 연미에 의해, 자신도 어쩌지 못하는 욕정을 거치고서야 중단된 데 주목해야 한다. 연미가 마지막까지도 월엽의 말을 알아듣지 못하는 것도 이 지독한 연기에 저항하려는 몸부림이다. 내장산 여관에서 "제 자신도 잘 알 수 없는" 예감에 붙들려, 현중하의 방을 찾고 징을 치며, 현중하를 몰아붙인 행동들이 연미로서는 연기의 힘에서 벗어나려는 (무의식적인) 행동이었던 것이다. 이렇게 현중하를 향한 욕망이 운명을 거부하는 연미의 응전일 때, 연미의 추리력이 출생의 비밀에 닿지 못하는 사정이 납득된다. 연미의 추리력이 오히려 운명에 순응하는 동력이 되는 한에서 이는 불필요한 것이다. 그럼에도 불구하고 결국 연미는 이를 수용할 수밖에 없다. 비밀이 공개되고 완전히 무력해진 연미가 보이는 즉자적 반응—"심한 현기증을 일으켜 실신이라도 하듯 비실 쓰러져" 흐느끼는—은 결국 운명의 힘에 패배한 신세대의 반응을 응축하는데, 서술자는 이를 슬픔과 기쁨, "아버지를 연모"한 부끄러움과 비밀을 감춰 온 "어머니에 대한 원망스러움"이 한데 섞인 감정이라고 정리한다. 요약하면, 연미 자신의 "기구한 태생에 대한 비애감에서 흐르는 눈물"이다.(505쪽)

이렇듯 문수선과 연미가 세대가 달라도 여성 인물의 전형성을 보이는 데 반해 현중하는 조금 다른 구석이 있다. 직업 특징이기도 하겠거니와, 전후 재건의 과제를 받아 안은 '남성 주체'로 살아온 인물인데도 백사민이 지닌 남성성의 부정적 면모가 거의 드러나지 않는다. 꽤 저돌적으로 문수선에게 구애하던 사춘기에도 "입맞춤은 고사하고, 손 한 번 만져보는 일도 없"이 순수했기도 하다. 그런데 기실 그는 갈등 회피형 인물이다. 번다한 세상사를 피해 산을 찾고 문학을 애호하는 몽상가적 기질 탓에 연미의 대담한 접근에 문득 사제지간을 잊고 흔들린다. 내장산 여관에서 연미와 접촉하지 말라는 월엽의 신호를 흘려들은 뒤 연미의 요구에 응해 술을 마시고, 또 감시차 이들을 쫓아온 월엽의 음주를 예사롭게 대한다. 현중하의 이런 태평한 태도와 '여유'는 폐허를 딛고 생활전선에서 분투 끝에 쌓아 올린 전후 가부장의 그것이 아니다.

현중하는 어떤 인물인가. 그는 하마터면 딸인 제자와 사고를 칠 뻔하다가 비밀이 공개되자 충격을 견디지 못해 이불 속으로 들어가(!) 버린다. 이 태도는 월엽과 대조된다. 일찍이 불륜을 의심하는 백사민의 의심을 종식하고자 노력하다가 백사민이 사고로 죽자 마침내 어린 딸을 두고 출가한 월엽의 '용단'에 비해 뒤늦게 출현한 딸의 존재 앞에 쓰러져버리는 현중하의 행동은 미숙하게 보인다. 여기에는 현중하가 세상을 살아온 방식이 투영돼 있다. 비교적 순탄하게 성장기를 보내고 전쟁터에서 무사히 돌아온 현중하가 보여주는 적극성은, 박물관장직 수행을 빼고는 문수선과의 만남에 국한된다. 그 적극성의 결과로 첫 재회에 이어, 다시 중년에 설악산에서 우연히 만난 하룻밤이 안긴 진실을 마주하자 그는 거의 체념적 상태가 된다. (그는 이튿날 연미가 사라지자 또 누워버린다.) 서술자에 따르면 졸지에 혈육이 생긴 현중하의 충격은 "연미의 충격보다 월등히 강도가 세다."

이러한 태도는 그가 설악산 재회에서 전쟁이 갈라놓은 인연을 안타까워하며 보여준 감정적 적극성과 비교해도, 사건의 '결정적 국면'에서 피동적으로 제외됨으로써 사태에 대한 책임을 면제받는 남성 주체상을 답습하고 있다.(신문연재소설에서 감성적 남성 주체가 겪는 피동적 상황과 패턴이 흡사하다.) 그는 설악산에서도 곤히 잠들어 문수선이 잠든 자신을 보며 앞일을 두고 선택지를 고민하는 것을 알지 못하고, 이튿날 "남편이 있는 몸"을 환기해준 수선의 메모를 읽고 순응적 주체답게 곧 '이성적인' 수선의 선택을 수긍한다. 결국 문수선에 한정된 적극성은 수선의 결단에 의해 '하룻밤 꿈'이 되고 만다.

그런데 한정된 적극성마저 근대적 우편 시스템에 의해 꺾인다. 근대 소설에서 편지가 제대로 전달되지 못해 사건이 기대치 않게 흘러가는 것은 흔하다. 사실 중요한 편지는 언제나 너무 늦게 배달되거나 엉뚱한 곳에 떨어진다. 현중하가 첫 재회 후 쓴 연애편지는 직접 수선에게 주었고, 답장 또한 인편으로 받았다. 반면 전쟁 중 어렵게 보낸 현중하의 편지는 엉뚱한 곳(수선의 전 직장)에 배달되었고, 연미를 임신한 후 현중하에게 보낸 문수선의 편지는 제대로 갔으나 수취인이 없었다. 시공간의 제약을 극복하고 소통하기 위한 이 근대의 발명품이 현중하와 문수선의 관계에서, 특히 현중하 편에서 제대로 작동하지 못한다는 것은 이 '소심한' 사회과학도가 선 지반이 자신의 업을 풀고자 출가한 문수선보다 취약함을 시사한다. 달리 표현하면 역사학자 현중하의 평탄한 삶 뒤에는 '가족사의 비밀'을 홀로 안고 견딘 문수선이 있었던 것이다. 전후문학의 남성 주체들이 흔히 붕괴된 주체성을 회복하고자 여성의 섹슈얼리티를 교묘하게 이용하는 데 비해 남자답지 않게 허약한 현중하의 주체성은 솔직하고 유약하기까지 하다. 하지만 그래서 하근찬의 인물들은 우스꽝스러울지언정 밉지는 않다.

4. 동학혁명의 미학적 형상화

작품의 주제의식이 담긴 징깽맨이 이야기는 후반부에 펼쳐진다. 징을 찾아 나선 정읍행에 월엽의 동행이 싫은 연미, 그런 딸을 모른 척하는 월엽, 둘 사이가 어떻든 유물을 찾는 기대에 부푼 현중하가 가는 곳은 월엽의 시고모댁이다. 끊기지 않는 연기의 세계에서 남편이 죽은 후 교류가 끊어졌어도 인연이 작동한다. 공교롭게도 백사민과 관계된 곳에 귀중한 유물이 있고, 하필 또 같은 마을 출신 운전사의 안내로 현중하는 그야말로 '운 좋게' 귀중한 유물을 단번에 확보한다.(실제로 민속학자가 이렇게 쉽게 바라던 유물을 입수할 리 있겠는가!) 게다가 이 징은 동학란 당시 만들어져 징을 만든 장인이 작고한 시간에 저절로 울리는 귀물이다. 징 표면에 남은 "거무죽죽한 무늬 같은 얼룩"이 혼신을 다한 징깽맨이(심명술)의 사연을 증명한다.

심명술은 어쩌다 동학혁명에 휩쓸려 징을 만들고 비극적 삶을 마감한 예인이다. 그리고 역사적 소재를 이런 식으로 미학화하는 것은 한국문학에서 낯설지 않다. 역사를 활용해 억압받는 (민족)집단의 역사를 미학화하는 시도는 일제강점기부터 시작되었다. 「왕자호동」을 통해 파시즘/피식민지인이라는 이중구속에 처한 주체의 고민을 낭만적으로 담아낸 이태준의 시도는 위태로운 대로 일제에 억압받는 민족공동체를 상상했다. 「왕자호동」이 일제와 민족 사이에서 주체화의 방법을 타협적으로 찾았다면 하근찬은 80년대의 민주화투쟁에 응하는 순수문학적 주체성을 모색하면서 동학혁명에 대한 사회적 인식변화와도 보조를 맞춘다.

1960년대 민족주의론에서 동학은 관제/민간 민족주의 진영의 공통된 아젠다였다. 동학혁명이 세계사적 보편성을 띤 '반외세 민족운동'으로 규정된 것은 해방 후였으나 50년대까지 그 명칭은 여전히 '민란'을 뜻하는 동학란을 벗어나지 못했다. 그런데 5·16 후 박정희 정권의 필요에 따라 동학란이 '동학혁명'으로 명명되고, 70년대 내내 관이 주도하는 기념사업이 있었다. 1963년 정읍에서 열린 기념탑 제막식에서 전봉준의 봉기는 자유당 '부패'를 보다 못해 나선 5·16에 비견되었다. 박정희 정권은 70년대에도 동학을 민족사로 관리하며 해석을 독점했고, 이는 80년대 군부세력도 마찬가지였다.

　　「징깽맨이」가 전북도민일보에 연재된 데는 이런 배경을 간과할 수 없겠지만 여기에는 또한 군사정권과 불화한 신동엽의 「금강」이 열어준 4·19의 영향도 개입해 있다. 1980년대에 동학은 그간의 관제 해석에 맞서 민간단체를 조직하며 동학의 민중사적 의의를 포기하지 않았다. 학술적으로도 동학을 조명하는 민중사학이 등장했다. 즉 이 시기에 이르러 동학은 관제/저항적 민족주의 진영에서 공통으로 환영받는 소재였고, 기의는 상이했으나 불의에 맞서 싸우는 민족 집단의 동적 주체성을 논하기에 적절한 소재였다. 비슷하게 관제 민족주의론에 포함된 60년대의 '신라정신' 논쟁과 비교하면 그 차이는 명확하다. 김동리, 서정주가 주도한 '신라정신'이 아득한 신라 설화를 차용해 순수문학을 반동적으로 퇴행시킨 데 반해 하근찬은 「수난이대」의 현실감각을 노년기에도 유지하고 있는 셈이다.

　　그럼에도 「징깽맨이」가 역사의식을 담아내는 방법은 순수문학적이다. 농민이 아니라 예인의 마음을 가진 장인을 주인공으로 택한 것, 역마살을 타고난 절름발이 예인은 기질상 구속을 견디지 못하고 돈보다 의리를 중시한다. 여기에 아내를 잃은 사연을 더하면 심명술은 근대소설에 등장하는 낭만적 예술가의 전형이다. 신분이 천하나 예인의 기질을 넘치게 타고 태어난 사내는 「역마」의 사내를 닮아 "한 해에도 여러 차례 일터를 비우고 어디론지 구름을 따라 흐르듯 발길 가는 대로 떠돌아" 다닌다. 게다가 죽은 처가 남긴 딸은 「무녀도」에서 슬픈 운명의 이름으로 각인된 '낭이'와 이름이 같으며, 어미로부터 유전된 사팔뜨기에 빼어난 외모는 김동리적 여성인물의 면모대로이다. 심명술에게 여자가 끊이질 않고, 그러면서도 낭에게만 애정을 쏟는 것도 그를 신비적으로 주조하고 있다. 이렇게 김동리의 영향을 수용하면서도 하근찬은 좀더 설화적인 이야기소를 덧붙인다. 신분을 초월하는 교우관계가 그것이다.

어린 시절 함께 자란 예조좌랑 황도윤이 심명술을 환대하고 그 솜씨에 감탄하는 에피소드는 심명술의 기예와 사람됨이 이미 검증됐다고 주장한다. 징 제작에 앞서, 친구 황도윤을 위해 특별히 '혼을 불어넣은 칼'을 만들 정도로 솜씨가 뛰어남에도 본질적으로 그는 평화주의자다. 황도윤의 천거로 들어간 군기사 야장 업무가 농구를 만들어온 이력에 어울리지 않는다고 그만둔 것이다. 여기서 농구와 병기는 상징적이다. 서술자의 말대로 양자는 성격이 다르지만 동학혁명기에 농구는 무기였다. 학정을 견디다 못해 낫을 들고 봉기한 '농민전쟁'에서 심명술이 생각한 농구=풍년 희구/병기=살인 도구의 구분은 무의미하다. 평화주의자에게는 병기도 농구도 아닌 것이 필요하고, 그것을 찾아낸 순간부터 그는 정치와 무관한 예인이 되는 것이다. 동학의 심미화를 위한 필요조건은 복잡하지 않다. 심명술은 전처의 애장품-요강을 '예술적'으로 되살려 팔게 되면서 봉기에 쓰일 '농구=병기'를 제작하지 않아도 되는 명분을 얻고, 다행히 동학 접주(정만갑)는 심명술의 입장을 이해하기에 이른다.

심명술은 어지러운 시국과 무관하게 살아가고자 하는 '비정치적 존재'다. 나라가 금하는 봉기를 두려워하면서도 혹시라도 봉기가 성공해 무기 제작을 거부한 죄로 후환을 입을까 두려워하는 소시민, 지극히 평범한 그가 정만갑의 요구를 듣고 고심 끝에 찾아낸 묘책이 "무기가 아니면서 무기보다 더 사람들의 가슴속에 전의를 불러일으킬 수 있는" 징 제작이다. 사실 이조차 의뢰자를 달래려는 미봉책일 정도로 난리에 끼고 싶은 마음이 추호도 없었던 그가 난리에 끼어들게 되는 것이 중요하다. 관군에 겁탈당해 낭이가 죽은 것, 동학봉기에 얽히는 내적 필연성을 형상화한 이 에피소드는 동학 봉기의 원인을 역사적으로 짚는 한편으로 80년대 민주화투쟁에 이어지는 동학의 민중사적 의미를 끌어안는다. 그러나 이는 복수를 하겠다는 부친을 저지하는 낭이에 의해 곧바로 차단된다. 낭이는 심명술의 꿈에 나타나 "창과 칼"이 아닌 것을 만들라고 요구한다.

절로 울리는 징은 이렇게 태어났으니, 이 귀물에는 지배층(관군)의 학정에 대한 분노, 낭이의 한, 피를 토하며 징을 만든 죄로 맞아 죽은 무력한 예인의 정성이 한데 서려 있다. 이후 이 징이 봉학봉기에서 사용되는 장면은 짧게 기술되다가 동학군이 패퇴하고 간신히 살아남아 심명술이 죽은 시간 절로 울리는 징을 기이하게 여긴 정만갑이 현재의 소유주에게 징을 전달하면서 이야기가 끝난다. 이상을 요약하면 「징깽맨이」의 동학 이해는 '반봉건 농민봉기'로 수렴된다고 하겠다. 그러나 하근찬은 이렇게 미학화한 동학에 더 보편성을 부여하기 위해 순수문학의 전통을 가져온다. 징을 받은 후 징에 담긴 "역사와 철학"을 토론하는 현중하와 연미의 대화를 보자. 연미는 심명술의 "사적인 복수심"에서 만들어진 징의 내력이 걸리고, 현중하는 이를 수긍하면서도 징에 담긴 "시대에 대한 개인의 사무치는 분노"를 보라고 말한다. 현중하에 따르면 심명술 같은 평화주의자를 끌어들인 동학은 결국 "한 사람 한 사람의 억울함이 분노가 되어 큰 덩어리로 터져 나왔"고,(491쪽) 그런 이유로 현중하는 필연히 동학에 끌려들어 가게 된 심명술에게 깊이 공감한다. 다음 발언이 추상화된 역사 기술을 피해, 인물을 통해 진실을 보려는 문학적 방식임은 재론할 필요가 없을 것이다.

"그리고 말이야 나는 그 심명술이라는 사람에게 무한한 애정을 느낀다구. 정만갑 쪽보다 오히려 나를 감동시키는 데가 있어. 정만갑은 반항의 기질을 타고난 사람 같애. 그래서 동학교도들을 농민전쟁 쪽으로 몰고 가는 데 발 벗고 나선, 요즘 흔히 말하는 투사형의 사람이지. 그러나 심명술은……"(491쪽)

심명술은 80년대적인 투사 정만갑과는 다른 옛날식 인간-선량한 장인이다. 현중하 표현을 빌리면 "뛰어난 보통 백성"인데, 정확히 말해 심명술을 이렇게 보기는 어렵다. 어느 모로 보나 그는 '특별한 예인 백성'이다. 하근찬식 인물의 특징 중 하나는 신체적 외상에 구애받지 않는 것이고 실제로 하근찬의 인물들은 장애를 입고도 선량한 품성을 잃지 않는다. 하지만 예인은 다르다. 자유를 추구하는 예인은 태생적으로 지배 이데올로기와 불화할 수밖에 없다. 하근찬은 신분이 천한 대장장이를 내세워 이를 요령껏 피해가면서도, 다시 그 신분에서 기인한 피지배층의 한을 동학혁명에 연결하는 전략을 구사해 60년대 이후 시대와 긴장을 놓아버린 순수문학의 퇴행적 역사의식을 살려낸다. 이 작품이 전후 순수문학이 보여준 사실주의를 여전히 끌어안고 있다는 설명이 이로써 가능해진다. 그러나 이와 별개로 그는 피/아가 선명한 80년대적 투쟁에 심명술의 방식, 다시 말해 '뛰어난 보통 사람'의 방식이 허용될 여지가 없는 것을 불편하게 느끼는 듯하다. 결말부에서 타협 없이 싸우는 학원 '민주화'투쟁 때문에 박물관 개관이 지연되는 것에 환멸하는 현중하의 모습에서 이를 추리할 수 있다.

결론적으로 징깽맨이 이야기는 80년대라는 당대성을 반영하되, 투사가 아닌 예인을 내세워 동학을 형상화함으로써 독자가 동학의 민중적 성격을 한국전쟁에 이어지는 '구체적인 역사'로 감각하도록 돕는다. 이것이 운명론, 인연설, 정한이라는 전통적 소설문법에 의한 것은 노년기에 든 작가의 자신의 문학적 뿌리를 선언하는 고집으로 읽힌다.

5. 연기는 역사다

마침내 모든 비밀이 공개된 후 연미는 비구니가 돼 부모를 충격에 빠트린다. 이미 월엽이 선례를 보여주기는 했어도 월엽의 선택이 백사민에 대한 속죄가 주된 동기라면 연미의 출가는 한국전쟁이 낳은 운명에 저항하려는, 결과는 속세와 연을 끊는 것이나, 내적으로는 자신을 이렇게 만든 연기를 납득하지 않고는 속세로 돌아갈 수 없다는 연미의 '의지'를 표방한다. 연미는 현중하에 이끌린 감정과 수선에 대한 반발을 도저히 '운명의 장난'으로 수용할 수 없다. 즉 연미의 출가는 운명의 방식을 빌려 운명에 맞서보려는 주체성의 구현이다. 그런데 연미는 왜 징깽맨이 설화에 집착하는가.

최종적으로 세 사람은 늦은 밤 현중하의 연구실에서 함께 징소리를 확인하게 된다. 이는 작품의 완결에 필요한 내용이지만 동시에 이들에게 새로운 문제를 안긴다. 연미가 나타나기 전날 현중하는 "산비둘기와 다람쥐가 서로 깊이 품안에 안기려는 듯이 냅다 다투"는 꿈을 꾼 것이다. 예측할 수 있듯이 이날 기다렸던 징소리는 천둥번개가 내는 파공음에 섞여 월엽을 빼고 '부녀'에게만 들린다. 연미에게는 낭이의 울음이, 현중하게는 심명술의 울음이 들린 것이다. 나아가 낭이에 자신을 이입한 연미는 후천적인 낭이의 비극보다 "원초적인" 자신의 출생이 더 비극이라고 말한다. 이는 비밀이 공개되고 10개월이 지났지만 출가와 관계없이 스스로는 어떤 해답도 얻지 못했다는 고백과 다를 바 없다. 마음이 가라앉은 것과 비극을 수용하는 것은 별개이기 때문이다. 연미는 단지 자신의 출생이 비극임을 알았을 뿐이므로 이미 연기를 받아들인 월엽의 설명—"그게 다 전생의 업보"—을 들어도 심중에 닿지 않는다. 연미와 현중하는 어떻게 이 문제를 풀 수 있을까.

의외로 해답은 제3자에게 있다. 마지막에 예고하듯이 연미의 이복언니이자, 「징깽맨이」에 등장하는 또 다른 신세대인 영지는 곧 연미와 마주칠 것이다. 잡지사 기자인 영지는 작품 전체에서 별다른 존재감이 없다가 결말에서 원고에 쓸 기삿거리 취재차 아버지의 연구실을 찾는다. 이 '산비둘기와 다람쥐'는 현중하를 두고 다투게 될 것이다. 하지만 그것이 전부는 아니다. 따져보면 연미의 비극은 연미의 출생 전에 시작돼 문수선의 삶을 뒤흔들었으며, 현중하는 이 때문에 사회적 지위와 가정이 파탄날 위기에 처해 있다. 이런 상황에서 연미의 미래에 개입할 다른 힘이 있다면 늙은 부모가 아니라 졸지에 이복동생의 존재를 인지할 영지일 것이다. 이는 이제 이 '출생의 비밀'이 만든 난제를 풀어나갈 주체가 바뀌리라는 예고이기도 하다. 현중하의 꿈대로 과정이 순탄치는 않을 터이나 마냥 비관할 필요도 없을 것이다. 징깽맨이 설화에 반응하는 기자라면 연미의 출생을 타매하기보다 그 기막힌 사연을 들으려 하지 않겠는가. 연미에게는 영지가 바로 자신의 비극을 듣고 응할 현재의 인연이다. 그러므로 빗속을 뚫고 막 학교에 도착한 영지는 크게 우려스럽지 않다. 「징깽맨이」의 주제의식처럼 모든 개인은 필연적으로 역사에 연결돼 있다.